HEYNE
BÜCHER

Von John Saul
sind als Heyne-Taschenbücher:

Blinde Rache · Band 01/6636
Wehe, wenn sie wiederkehren · Band 01/6740
Das Kind der Rache · Band 01/6963
Höllenfeuer · Band 01/7659
Wehe, wenn der Wind weht · Band 01/7755
Im Banne des Bösen · Band 01/7873
Zeit des Grauens · Band 01/7944
Bestien · Band 01/8035
Das Zeichen Kains/Das Gott-Projekt · Band 23/50
Teuflische Schwester · Band 01/8203
Prophet des Unheils · Band 01/8336
Die Wächter · Band 01/9092
In den Klauen · Band 01/8673
Schule des Schreckens · Band 01/8762
Wehe wenn du weggehst · Band 01/8437

JOHN SAUL

TÖCHTER DES BÖSEN

Roman

Aus dem Englischen von
Alexandra v. Reinhardt

Deutsche Erstausgabe

WILHELM HEYNE VERLAG
MÜNCHEN

HEYNE ALLGEMEINE REIHE
Nr. 01/9549

Titel der Originalausgabe
THE HOMING

Redaktion: Dr. Andreas Gößling

Printed in Germany 1995
Umschlagillustration: Gruner & Jahr Fotoservice/
Kahlbrandt + Kahlbrandt, Hamburg
Umschlaggestaltung: Atelier Ingrid Schütz, München
Gesamtherstellung: Elsnerdruck, Berlin

ISBN: 3-453-08857-3

Für Bruce und Beth Becker
und
Ed und Marie Morrison,

deren Unterstützung und
Freundschaft für mich seit
Jahren von unschätzbarem
Wert sind und mich mit
tiefem Dank erfüllen.

Mein besonderer Dank gilt
ferner Larry O'Bryant,
der mir seine Zeit und
sein Wissen zur Verfügung
stellte. Ich hoffe nur,
Larry, daß ich das meiste
richtig verstanden habe!

DAWN

PRÄLUDIUM

»Du bist auf mich doch genauso scharf wie ich auf dich, stimmt's, Kleine?«

Dawn Sanderson blieb wie erstarrt auf der Schwelle stehen und umklammerte die Klinke der halb geöffneten Küchentür. Der Freund ihrer Mutter, Elvis Janks, lümmelte sich am Küchentisch, eine offene Bierflasche vor sich, und seine roten Augen verrieten, daß es nicht seine erste Flasche war.

Höchstwahrscheinlich auch nicht die zweite oder dritte.

Aber es waren nicht seine roten Augen, die ihr angst machten – die hatte sie schon so oft gesehen, daß sie ihr überhaupt nicht mehr auffielen.

Was ihr Angst einjagte, war der Ausdruck in diesen blutunterlaufenen Schlitzen, ein lüsterner Blick, der sie auszog, sie ihrer Bluse und ihres BHs zu berauben schien, um zu können, was …

Sie gebot ihren Gedanken hastig Einhalt, weil sie befürchtete, daß er darin lesen und auf die absurde Idee verfallen könnte, sie sei an ihm interessiert.

Dawn wußte, daß Elvis ein Trunkenbold war, aber war er auch verrückt? Welche Veranlassung könnte sie ihm je gegeben haben zu glauben, daß sie ihn gern hatte? Sie konnte nicht einmal begreifen, was ihre Mutter an diesem widerlichen Kerl fand. Er hatte fettiges Haar, seine Fingernägel waren immer schmutzig, und er stank. Nicht nur nach dem Bier, das er andauernd trank.

Nein, er roch auch so, als ob er sich nie waschen würde.

Sie hatte gewußt, daß es zu dieser Situation kommen würde. In den letzten zwei Monaten, seit ihrem sechzehnten Geburtstag, hatte sie gespürt, daß er sie beobachtete, daß er sie anstarrte, wann immer er glaubte, sie würde es nicht bemerken. Sie hatte sogar ihrer Mutter davon erzählt, aber ihre Mutter hatte ihr nicht geglaubt und gesagt, solange sie es nicht mit eigenen Augen sähe, würde sie ihr niemals *glauben. Aber Dawn wußte, daß Elvis Janks nicht so dumm war, ihre Mutter irgend etwas bemerken zu lassen – in Ge-*

genwart von Mavis Sanderson tat er immer so, als ob Dawn überhaupt nicht vorhanden wäre.

Doch an diesem Nachmittag, während ihre Mutter arbeitete, sah Elvis sie auf ganz neue Art an, mit einem Blick, der ihr kalte Schauder über den Rücken jagte und ihr Übelkeit verursachte. Ihr Herz raste, sie wollte sich aus dem Staub machen, aber plötzlich wurden ihre Knie weich.

Elvis Janks spürte ihre Furcht, stemmte sich von seinem Stuhl hoch und kam schwankend auf sie zu, die Lippen zu einem höhnischen Grinsen verzogen. »Komm schon, Baby«, krächzte er, während im Speichel aus einem Mundwinkel tropfte, »du weißt doch, daß du's genauso willst wie ich.« Ein abstoßendes Kichern drang durch den dicken Schleim in seiner Kehle. »Soll ich's dir gleich hier besorgen, oder ist's dir im Schlafzimmer deiner Ma lieber?«

Mit zittrigen Beinen wich sie vor ihm zurück, aber nicht schnell genug. Elvis Janks packte sie am Handgelenk, und seine sehnigen Finger hielten sie so fest umklammert, daß sie einen Schmerzenslaut nicht unterdrücken konnte.

Dieses Geräusch schien ihn zu erregen, und während seine Fingernägel sich noch tiefer in ihre Haut gruben, verwünschte Dawn ihren Mangel an Selbstbeherrschung. Wenn sie keinen Laut von sich gegeben hätte, hätte er sie vielleicht in Ruhe gelassen.

Aber sie konnte einfach nicht anders – er schien ihr das Handgelenk brechen zu wollen.

O Gott, o Gott, o Gott! Dawn biß die Zähne zusammen, um nicht laut aufzuschreien. Sie wollte ihren Schmerz und ihre Angst herausschreien. Sie wollte sich die Seele aus dem Leib schreien.

Aber wer würde ihr zu Hilfe kommen? Das Haus jenseits der Auffahrt stand leer, und die Nachbarn der Sandersons auf der anderen Seite arbeiteten den ganzen Tag über. Außerdem wurde in dieser Gegend ständig soviel geschrien und gebrüllt, daß kein Mensch mehr darauf achtete. Und selbst wenn ihr diesmal jemand zu Hilfe käme, würde sich im Grunde nichts ändern: Elvis würde alles abstreiten, ihre Mutter würde ihm und nicht ihr glauben, und alles würde beim alten bleiben.

Alles.

Elvis fummelte an ihrer Bluse herum, und Dawn spürte, wie seine schwielige schmutzige Hand ihre Brust berührte.

Diese Berührung brachte das Faß zum Überlaufen. Die Wut, die sich in ihr aufgestaut hatte, seit ihre Mutter Janks erlaubt hatte, bei ihnen einzuziehen, entlud sich schlagartig, und der Zorn verlieh ihr neue Kräfte. Sie riß ihr Handgelenk los und schlug Elvis Janks hart ins Gesicht. Er war so verdutzt, daß er ihre Brust losließ.

Bevor er sie wieder packen konnte, schoß Dawn zur Tür hinaus und rannte davon, ohne sich auch nur einmal umzusehen, rannte wie von Hunden gehetzt, bis das Haus nicht mehr zu sehen war.

Ohne eine bewußte Entscheidung zu treffen, wußte sie genau, was sie jetzt tun würde. Zielsicher steuerte sie auf das Einkaufszentrum zu, das zehn Blocks entfernt war – auf den Geldautomaten zu, der ihr Zugang zu dem geheimen Sparkonto gewähren würde, auf das sie seit einem knappen Jahr fast alles eingezahlt hatte, was sie als Babysitter verdiente. Ihr wurde plötzlich klar, daß sie sich seit Monaten auf diesen Entschluß zubewegt hatte.

Sie handelte nicht aus einer Laune oder Verärgerung heraus, sie versuchte auch nicht, ihre Mutter für irgendeinen unbedeutenden Vorfall zu bestrafen.

Sie war keine Versagerin in der Schule, sie hatte keinen falschen Umgang, sie nahm keine Drogen.

Sie wollte nur nicht vom Freund ihrer Mutter vergewaltigt werden, und sie war überzeugt davon, daß genau das passieren würde, wenn sie zu Hause blieb.

Da war es besser, heimlich zu verduften und ihr eigenes Leben zu beginnen.

Dawn wußte, was sie tun wollte – sie wußte es seit langem. Sie wollte nach Hollywood gehen und Schauspielerin werden. Kein Star – einfach nur Schauspielerin. Sie war ziemlich sicher, daß sie das schaffen konnte – sie hatte dieses und auch schon vergangenes Jahr bei der Schulaufführung mitgewirkt, und alle hatten gesagt, daß sie wirklich gut gewesen war.

Wenn sie die richtige Ausbildung erhielt und eine Chance bekam, konnte sie noch viel besser sein, das wußte sie.

Vielleicht gut genug, um damit ihren Lebensunterhalt zu verdienen.

Als sie vor dem Geldautomaten stand und eine kleine Summe abhob – nur so viel, daß sie sich während des Trampens auf der In-

terstate 5 etwas zu essen kaufen konnte –, hatte Dawn Sanderson ihre Vergangenheit in Los Banos im Geiste schon hinter sich gelassen und schmiedete Pläne für eine Zukunft in Los Angeles. Als sie sich auf den Weg zur fünfzehn Kilometer entfernten, westlich von Los Banos verlaufenden Autobahn machte, nahmen ihre Träume bereits feste Gestalt an. Sie würde ein kleines Apartment mieten und einen Job finden, und ihre gesamte Freizeit würde sie sinnvoll nutzen, um Schauspielunterricht zu nehmen und ihren High School-Abschluß zu machen.

In raschem Tempo ging sie am Rand der Straße entlang, während ihr Gehirn fieberhaft arbeitete, und sie legte einen Kilometer nach dem anderen zurück, ohne zu bemerken, wie die Zeit verging. Die Abenddämmerung brach schon herein, als die breite Interstate endlich vor ihr lag, ein schnurgerades Band durch das Tal nach Süden, einförmig, soweit das Auge reichte.

Sollte sie jetzt, im schwindenden Abendlicht, trampen?

Nein.

Es war vernünftiger, bis zum Morgen zu warten. Dann würde es weniger gefährlich sein.

Wenn sie sich von Elvis Janks nicht vergewaltigen lassen wollte, würde sie sich auch nicht von irgendeinem wildfremden Mann vergewaltigen lassen.

Schier endlose Stunden lagen hinter Dawn, als sie endlich ins erste schwache Morgenlicht emporblickte. Der Himmel war klar, aber die Sterne, die während der ganzen Nacht über ihr geblinkt hatten, verblaßten schnell, und die aufgehende Sonne verdrängte die Finsternis, bis nur noch ein einziger Stern zu sehen war.

Der Morgenstern.

Sie beobachtete ihn, weil er eine geheimnisvolle, ihr selbst unverständliche Beziehung zu ihrem eigenen Leben zu haben schien, bis der Lichtpunkt schließlich von der Helligkeit des neuen Tages verschlungen wurde.

Erst als er verschwunden war, sah Dawn ein Omen in ihm.

Dies war der erste Morgen ihres neuen Lebens, und sie hatte wirklich und wahrhaftig alle Ängste überlebt, die nachts im notdürftigen Schutz einer Autobahnbrücke über sie hereingebrochen waren. Bei jedem Geräusch – ob es sich um das Heulen eines Kojo-

ten oder um das Rumpeln eines LKWs handelte – war sie aus ihrem unruhigen Schlaf aufgefahren und hatte den weiten Himmel angestarrt, krampfhaft bemüht, ihre Furcht vor der Dunkelheit und vor all den unsichtbaren Kreaturen, die darin verborgen sein mochten, zu bezwingen.

Vor den Dämonen, die manchmal zum Greifen nahe zu sein schienen.

Nachdem sie nun aber diese dunkle, bedrohliche Nacht hinter sich gebracht und den Morgenstern gesehen hatte, kam es ihr vor, als würde sich jetzt alles zum Guten wenden. Ein neues Leben lag vor ihr, und sie würde sich auch einen neuen Namen zulegen!

Dawn Morningstar – Dawn Morgenstern.

So würde sie sich nennen, sobald sie Hollywood erreichte.

Das klang viel besser als Dawn Sanderson.

Dawn streckte ihre schmerzenden Muskeln und stand auf. Sie hatte Hunger, aber auf diesen Abschnitt der Interstate gab es keinen Schnellimbiß, und außerdem wollte sie ihr Geld ohnehin nicht für ein Frühstück verschwenden.

Das war eine der Ängste, die sie nachts überfallen hatten: Was, wenn das Bankkonto, dessen Guthaben ihr noch gestern so hoch vorgekommen war, nicht einmal ausreichte, um ein Apartment zu mieten? Was dann?

Energisch verdrängte sie diesen düsteren Gedanken und klopfte Schmutz und Laub von ihren Kleidern ab. Was sollte sie als erstes tun? Ein Auto in Richtung Süden anhalten oder versuchen, sich vorher irgendwo zu waschen?

Die Entscheidung wurde ihr abgenommen, als sie feststellte, daß zu dieser frühen Morgenstunde auf der Autobahn kaum Verkehr herrschte.

Mit knurrendem Magen machte sich Dawn auf den Weg nach Süden. In der Ferne war ein Gebäude zu sehen, allem Anschein nach eine Tankstelle, wo sie Gesicht und Hände bestimmt vom gröbsten Schmutz säubern und zur Stärkung eine Tasse Kaffee trinken konnte.

Vielleicht würde sie sich sogar ein Doughnut leisten.

Sie war noch etwa anderthalb Kilometer von der Ausfahrt zur Tankstelle entfernt, als sie hörte, daß hinter ihr ein Auto bremste.

Gleich darauf rollte es an ihr vorbei und blieb auf der Standspur stehen.

Ein Mann stieg aus.

»Alles in Ordnung?« fragte er.

Dawn fielen schlagartig die strengen Ermahnungen ihrer Mutter und ihrer Lehrer ein, nie mit einem Fremden zu sprechen, und sie war einen Augenblick lang versucht, keine Antwort zu geben und einfach an dem Auto vorbeizulaufen, auf die Tankstelle zu.

Aber was dann?

Wie wollte sie jemals trampen, wenn sie es nicht einmal über sich brachte, einige Worte mit einem durchschnittlich aussehenden Mann zu wechseln, der sie nur fragte, ob mit ihr alles in Ordnung sei?

Sie blieb einige Meter vom Wagen entfernt stehen und musterte mißtrauisch den Fremden, aber er unterschied sich in nichts von den vielen Männern, die sie tagtäglich in Los Banos gesehen hatte.

»Ich möchte zur Tankstelle«, sagte sie schließlich. »Ich habe letzte Nacht dort hinten unter der Brücke geschlafen.«

Der Mann blickte zur Überführung zurück, die in der Ferne kaum noch zu erkennen war. »Bist du von zu Hause durchgebrannt?«

Nach kurzem Zögern zuckte Dawn die Achseln. Sie war noch nie eine gute Lügnerin gewesen, und außerdem – wozu auch? Allerdings war »durchgebrannt« ihrer Ansicht nach nicht der richtige Ausdruck: Sie hatte ihr Zuhause ganz einfach verlassen. »So was Ähnliches. Ich habe beschlossen, daß es an der Zeit ist, nach Los Angeles umzuziehen.«

»Und deine Familie war damit einverstanden?« fragte der Mann.

»Ich habe keine Familie«, erwiderte Dawn und redete sich ein, das sei nicht einmal so sehr gelogen. Schließlich war ihr Vater vor ihrer Geburt gestorben, und ihre Mutter interessierte sich viel mehr für Elvis Janks als für sie.

Der Fremde schien ihre Antwort zu akzeptieren. »Wenn du willst, kann ich dich bis zur Tankstelle mitnehmen. Ich muß ohnehin tanken.« Er stieg wieder ein und warf Dawn einen fragenden Blick zu.

Sie zögerte, und der Mann ließ achselzuckend den Motor an und fuhr auf die Fahrbahn.

»Warten Sie!« rief Dawn und rannte hinter dem immer schneller werdenden Auto her. Einen Augenblick lang war sie sicher, daß der Mann sie weder gehört noch gesehen hatte, doch dann wurde der Wagen wieder langsamer, so daß sie ihn einholen konnte. Als er stehenblieb, öffnete sie die Beifahrertür und stieg ein. »Ich glaube, ich sollte nehmen, was sich bietet, stimmt's?« fragte sie.

Der Mann grinste ihr freundlich zu, bevor er weiterfuhr und seine Aufmerksamkeit auf die Straße konzentrierte. Keine Minute später bog er, wie versprochen, auf die Ausfahrt ab und hielt an der Tankstelle. »Mach dich etwas frisch, während ich tanke«, sagte er. »Ich besorge uns Kaffee.«

Als sie nach zehn Minuten die Damentoilette verließ, wartete er hinter dem Lenkrad. Der Motor lief, und durch das offene Fenster stieg ihr der verführerische Duft von frischem Kaffee in die Nase. Sie nahm wieder auf dem Beifahrersitz Platz und sah vor sich auf dem Armaturenbrett nicht nur einen dampfenden Plastikbecher, sondern auch ein Doughnut. »Ich dachte, daß du vielleicht Hunger hast«, sagte der Mann, während er zur Interstate 5 in Richtung Süden zurückfuhr.

»Danke.« Dawn biß heißhungrig in das Doughnut und trank den heißen Kaffee in großen Schlucken.

Einige Minuten später, als eigentlich die belebende Wirkung des Kaffees hätte einsetzen müssen, fühlte sie sich schläfrig.

So schläfrig, daß sie ihre Augen kaum noch offenhalten konnte.

»Wow!« sagte sie, krampfhaft bemüht, den immer dichteren Nebel in ihrem Kopf abzuschütteln. »Was haben Sie gemacht – mir etwas in den Kaffee getan?«

Der Mann neben ihr schwieg. Langsam drehte er den Kopf und sah sie an.

Sein Gesichtsausdruck hatte sich verändert.

Seine Augen glitzerten eigenartig. Eine Vene pochte an seiner Schläfe.

Er streckte die Hand nach ihr aus.

Dawn Sanderson hob ihrerseits die Hand, versuchte ihn abzuwehren, versuchte von ihm abzurücken.

Aber die Schläfrigkeit drohte sie zu überwältigen, und ihr ganzer Körper wurde schwer.

So schwer, daß sie sich nicht bewegen konnte.

Während eine tiefe Finsternis, schwärzer als jene der vergangenen Nacht, sich auf sie herabsenkte, erkannte Dawn Sanderson, daß sie einen schrecklichen Fehler begangen hatte.

Elvis Janks hätte sie nur vergewaltigt.

Dieser Mann würde ihr etwas Schlimmeres antun, das wußte sie.

Etwas viel Schlimmeres …

Kapitel 1

Julie Spellman konnte immer noch nicht glauben, daß ihr so etwas widerfuhr.

Sie war noch nicht einmal sechzehn, und ihr Leben war im Grunde schon vorbei.

Während sie deprimiert durch die Windschutzscheibe starrte, versuchte sie wieder einmal zu ergründen, wie etwas Derartiges hatte geschehen können.

Mütter – jedenfalls *ihre* Mutter – durften sich nicht derart benehmen!

Sie rutschte unruhig auf dem Beifahrersitz des alten Chevrolets hin und her, um eine bequemere Position zu finden, bedauerte das jedoch gleich darauf, weil ihre Mutter sie mit jenem grauenhaften ermutigenden Lächeln bedachte, das Julie mittlerweile fast genauso haßte wie den Ort, zu dem sie unterwegs waren.

Wie konnte ihre Mutter nur lächeln?

Als würde es jemals wieder einen Grund zum Lächeln geben!

Bis zur vergangenen Woche hatte sich Julie strikt geweigert zu glauben, daß ihre Mutter tatsächlich Ernst machen würde. Aber jetzt saß sie auf dem Beifahrersitz eines kaum noch fahrtüchtigen Wagens, ihre kleine Schwester saß auf dem Rücksitz, und ihr gesamtes Hab und Gut war in einem Anhänger verstaut, der das Auto bei jeder Kurve so ins Schlingern brachte, daß Julie befürchtete, sich übergeben zu müssen.

Allerdings waren sie in der letzten Stunde durch keine einzige Kurve gefahren.

Keine Kurven, keine Städte, nicht einmal irgendwelche Hinweisschilder, abgesehen von jenen, die einem mitteilten, welches Benzin oder welchen Fraß man an der nächsten Ausfahrt bekommen konnte.

Julie registrierte verzweifelt, daß sie gerade einen Wegweiser passierten, der Kettleman City ankündigte, und ihre schlimmsten Befürchtungen wurden wahr, als ihre Mutter sagte: »Wir sind fast am Ziel. Pleasant Valley liegt nur zehn Kilometer westlich der I-5.«

Aus den Augenwinkeln beobachtete Julie, daß ihre Mutter wieder so gräßlich gedankenverloren dreinblickte. Das war fast so schlimm wie das ermutigende Lächeln. »Natürlich ist es heute nicht mehr so wie zu jener Zeit, als ich in deinem Alter war«, sagte ihre Mutter. »Damals waren wir von einer Autobahn so weit entfernt, daß wir so gut wie nie einen Fremden zu Gesicht bekamen.«

»Ich wette, daß sich daran nichts geändert hat«, knurrte Julie. »Warum sollte jemand den Wunsch verspüren, die Interstate hier zu verlassen?«

Wieder spähte sie aus dem Fenster auf die eintönige Ebene hinaus, die sich San Joaquin Valley nannte. Die Gebirgszüge der Sierra Nevada im Osten waren überhaupt nicht zu sehen, und es gab nicht einmal einen richtigen Horizont – nur einen verwaschenen Streifen, wo die bräunlich-grünen Felder in den bräunlich-blauen Himmel übergingen, so verschwommen, daß man die Grenzlinie nicht bestimmen konnte.

Wie ganz anders war da doch Los Angeles mit seinen Hügeln! Häuser, so weit das Auge reichte, vom San Fernando Valley bis hinauf zum Mulholland Drive, dem Villenviertel, wo Julie für ihr Leben gern gewohnt hätte. Jetzt fragte sie sich, ob sie diese prächtigen Häuser jemals wiedersehen würde.

Oder ihre Freunde.

Oder alles andere, was ihr bisher so vertraut gewesen war.

Es war schon schlimm genug gewesen, als ihr Vater vor fünf Jahren gestorben war. Eine Zeitlang hatte sie ihn so wahnsinnig vermißt, daß sie sich gewünscht hatte, ebenfalls tot zu sein. Während des ersten Jahres hatte sie sich fast jede Nacht in den Schlaf geweint, und manchmal weinte sie auch jetzt noch, wenn sie allein war und irgend etwas sie an ihn erinnerte. Dann hatten sie aus dem Haus in den Hügeln über Studio City ausziehen müssen. Das war schrecklich, aber sie hatte sich daran gewöhnt, ebenso wie an die Tatsache, daß ihr Vater nie mehr nach Hause kommen würde. Vieles hatte sich verändert, und sie alle hatten sich damit abfinden müssen, aber immerhin hatte sie ihre Schule nicht zu wechseln brauchen, und den meisten ihrer Freunde war es egal gewesen, daß sie plötzlich nicht mehr in einem hübschen Haus mit Swimmingpool, sondern in einer kleinen Wohnung lebte.

Sie hatte also immerhin ihren Freundeskreis behalten, die vertraute Schule besucht und ihre gewohnten Freizeitbeschäftigungen beibehalten.

Doch was sollte sie jetzt mit sich anfangen?

Nichts war mehr so, wie es sein sollte.

Niedergeschlagen betrachtete sie die Kleinstadt, die sie inzwischen erreicht hatten.

Wenn man dieses Kaff überhaupt als Stadt bezeichnen konnte.

Es gab ja nicht einmal ein Einkaufszentrum!

Nur eine Ansammlung von Holzhäusern, die alle gleich aussahen und deren Gemüsegärten nicht einmal durch Zäune voneinander getrennt waren.

Sie fuhren an der Schule vorbei, und Julie stellte mißmutig fest, daß Grundschule und High School in ein und demselben Gebäude untergebracht waren. Na großartig, stöhnte sie insgeheim. Einfach umwerfend! Sie und Molly würden in *einer* Schule sein.

»Schau mal«, krähte die Neunjährige auf dem Rücksitz, so als hätte sie Julies Gedanken gelesen. »Die Schulen sind hier nicht getrennt. Wir werden denselben Schulweg haben.«

»Ich kann's kaum erwarten«, murmelte Julie, wünschte aber gleich darauf, diese Bemerkung nicht gemacht zu haben, denn ihre Mutter warf ihr einen mißbilligenden Blick zu.

»Na komm, Liebling, gib all dem Neuen hier doch erst einmal eine Chance.«

Sie fuhren jetzt durch das Stadtzentrum, und Julie hätte am liebsten wieder gestöhnt, als sie das Kino sah.

Nur eine Leinwand? War das die Möglichkeit?

Hatte man hier noch nichts vom Multiplexverfahren gehört?

Zwei weitere Blocks, und schon lag die Stadt hinter ihnen. Wieder waren ringsum nur Felder zu sehen, im Westen mit einigen Hügeln als Kulisse, dazwischen bunt hingewürfelte Farmhäuser. Parallel zur Straße diente eine endlose Kette von Masten als Stütze für Hochspannungsleitungen.

»Weißt du, Mom, noch ist es nicht zu spät.« Julie wollte einen letzten Versuch unternehmen, ihrer Mutter diesen schrecklichen Irrtum auszureden. »Ich meine – wir könnten doch einige Tage hierbleiben und dann nach Studio City zurückkehren. Ich wette, daß du deinen Job wiederbekommen würdest, und ich könnte mir auch einen suchen, und dann könnten wir uns sogar eine bessere Wohnung leisten.«

Ihre Mutter würdigte sie nicht einmal eines Blickes, geschweige denn einer Antwort.

Felder, weit und breit nur Felder, und mit jedem Kilometer, der sie ihrem Ziel näherbrachte, sank Julies Stimmung tiefer.

Sie würde hier draußen sterben – das wußte sie einfach.

Und warum?

Nur weil ihre Mutter wieder heiraten wollte!

Es war total unfair – war es ihrer Mutter völlig egal, wie elend sie sich fühlte?

Na ja, wenn es unerträglich wurde, wenn sie alles zu sehr haßte, blieb ihr immer noch eine letzte Möglichkeit.

Sie konnte durchbrennen.

Vielleicht – aber nur vielleicht – würde sie das tatsächlich tun.

Karen Spellman spürte, daß die Stimmung ihrer Tochter immer düsterer wurde, und als sie ihr einen verstohlenen Blick zuwarf, sah sie, daß Julie in sich zusammengesunken an der Beifahrertür lehnte. Sollte sie etwas sagen? Aber was würde das nützen? Jedesmal, wenn sie versucht hatte, vernünftig mit Julie zu reden, hatte ihre Tochter sich geweigert zuzuhören, hatte die Hände in die Hüften gestemmt, eigensinnig den Kopf geschüttelt und nur ständig wiederholt, daß sie ihre Mutter für total bekloppt hielt. Doch Karen selbst war nach wie vor davon überzeugt, daß der Entschluß, den sie gefaßt hatte, der beste ihres ganzen bisherigen Lebens war.

Ihr eigenes Leben, das seit jenem Abend vor fünf Jahren, als Richard Spellman gestorben war, für immer vorüber zu sein schien, hatte unerwartet neu begonnen.

Und das alles hatte ein Brief bewirkt, an dessen Absender sie sich kaum erinnern konnte, ein Brief, den sie gerade wegwerfen wollte, als eine leise innere Stimme ihr zuraunte, daß das Treffen vielleicht Spaß machen würde.

Spaß?

Ein Klassentreffen ihrer High School in Pleasant Valley sollte ihr *Spaß* machen?

Ihre Mutter und sie hatten die Kleinstadt, in der sie aufgewachsen war, immer *Un*pleasant Valley – unfreundliches Tal – genannt, und eine Woche nach ihrem Schulabschluß war sie nach Los Angeles gezogen, mit einem sorgsam gefalteten Scheck von ihrer Mutter in der Handtasche.

»Ich habe diesen Betrag vom Haushaltsgeld zusammengespart«, hatte Enid Gilman vor fast einundzwanzig Jahren erklärt und sodann mit schmalen Lippen und verkniffenem Gesicht zum tausendsten Mal wiederholt, welches Leben ihr vielleicht beschieden gewesen wäre, wenn sie nicht Wilbur Gilman geheiratet und mit ihm in dieser gottverdammten Kleinstadt in der Einöde des San Joaquin Valley gelebt hätte.

Karen hatte den altvertrauten Klagen ihrer Mutter bereitwillig gelauscht: wie schlimm es sei, älter zu werden und alle Jugendträume dahinschwinden zu sehen, versengt von der gnadenlosen Sonne, die allem das Leben auszusaugen schien.

Dem strahlenden Sonnenlicht erbittert den Rücken zuwendend, hatte Enid ihrer Tochter den Scheck in die Hand gedrückt. »Es ist nicht viel, aber für den Anfang müßte es reichen. Du sollst all die wundervollen Dinge erleben, die ich versäumt habe.«

Und Karen hatte es versucht.

Sie fand eine kleine Wohnung in Hollywood, nahm einen Job als Kellnerin an und tat ihr möglichstes, um ein Filmstar zu werden, wie ihre Mutter es sich immer für sie erträumt hatte.

Doch fern von Pleasant Valley verlor Karen sehr schnell alle Illusionen, die in ihren ersten achtzehn Lebensjahren von Enid ständig genährt worden waren.

Sie war zwar hübsch, aber nicht annähernd schön genug, um allein aufgrund ihres Aussehens Erfolg zu haben. Tausende junger Mädchen hatten genauso prächtige dunkle Haare wie sie, genauso blaue Augen und eine genauso gute Figur. Nach einer knappen Woche in L.A. begriff sie, daß ihre Mutter ihr gewaltige Rosinen in den Kopf gesetzt hatte: Selbst wenn sie tatsächlich das hübscheste Mädchen von Pleasant Valley gewesen war, woran sie zweifelte, würde sie in den Filmstudios mit Sicherheit niemandem ins Auge fallen. Trotzdem nahm sie – hauptsächlich, um ihre Mutter nicht zu enttäuschen – Schauspielunterricht, klapperte sämtliche Agenturen ab und hörte geduldig zu, wenn Enid ihr versicherte, daß der Durchbruch zum Starruhm nicht mehr lange auf sich warten lassen würde.

Zwei Jahre später starb ihr Vater an Herzschlag, während er auf der Veranda des kleinen Hauses in Pleasant Valley döste, und ihre Mutter konnte ebenfalls nach Los Angeles ziehen.

Eine Zeitlang wohnten sie zusammen, und es dauerte keinen Monat, bis Karen erkannte, daß der Traum vom Star für Enid viel wichtiger war als für sie selbst.

Als sie dann Richard Spellman heiratete, war sie überglücklich, den hoffnungslosen Kampf endlich aufgeben zu können. Ihr Entschluß, Kinder zu haben und ihrer Familie ein gemütliches Heim zu schaffen, stieß bei ihrer Mutter allerdings auf totales Unverständnis, und Enid hielt mit ihrem Ärger und ihrer Enttäuschung wie immer nicht zurück.

»Du wirfst dein Leben weg, genau wie ich es getan habe!« jammerte sie tagaus, tagein. »Willst du so enden wie ich, zermürbt und frustriert darüber, nichts vorweisen zu können? Du könntest ein Filmstar sein, Karen! Du darfst deine Talente nicht so vergeuden!«

Karen ließ sie lamentieren, hörte aber nicht mehr auf diese

verbitterte Frau, die – wie ihr jetzt auffiel – viel älter aussah, als sie tatsächlich war.

Über zehn Jahre war Karens Glück fast vollkommen gewesen. Zuerst wurde Julie geboren, sechs Jahre später Molly. Doch dann, vor fünf Jahren, zerfiel alles zu Scherben. Nach einem langen und nicht allzu unerfreulichen Abendessen auf der Terrasse neben dem Swimmingpool hatte Richard ihre Mutter nach Hause gefahren, und auf dem Ventura Freeway war ein betrunkener Fahrer in seinen Wagen gerast. Richard und Enid waren auf der Stelle tot.

Karen hatte diesen doppelten Schock noch nicht überwunden, als sie feststellen mußte, daß die Schulden bei weitem höher waren als Richards Nachlaß. Wenig später mußte sie mit ihren Töchtern in eine winzige Wohnung umziehen, die für sie dennoch kaum erschwinglich war, obwohl sie nun wieder als Kellnerin arbeitete.

Los Angeles begann sie zu zermürben.

Sie rackerte sich ab und machte im Restaurant so viele Schichten wie nur irgend möglich. Nebenbei besuchte sie noch Fortbildungskurse, und ihre Anstrengungen führten letztendlich zum Erfolg: Sie brauchte nicht mehr als Bedienung von Tisch zu Tisch zu hasten, sondern wurde als Sekretärin bei einer der großen Anwaltskanzleien in Century City eingestellt. Doch so schwer sie auch arbeiten mochte – sie kam finanziell nach wie vor kaum über die Runden. Die Mieten stiegen genauso schnell wie ihr Gehalt, und es gelang ihr nie, sich und ihre Töchter aus jener engen Wohnung zu befreien, in die sie nach Richards Tod gezogen waren.

Und von Jahr zu Jahr nahm die Gewalt auf den Straßen ebenso zu wie das Verkehrschaos, während die Qualität der Schulen, die Julie und Molly besuchten, immer mehr zu wünschen übrigließ.

In den letzten ein, zwei Jahren hatte sich Karen kaum noch auszugehen getraut, weil Banden die Gegend unsicher machten und Schießereien an der Tagesordnung waren. Los Angeles war zu einem regelrechten Kriegsgebiet geworden.

Als sie dann entdeckte, daß Julie mit Drogen experimentierte, war sie nicht besonders überrascht. Viel mehr wunderte sie sich, daß es ihr gelang, diesem Treiben ein Ende zu bereiten.

Dieser ständige Überlebenskampf, der mit jedem Tag noch ein wenig härter wurde, führte dazu, daß sie manchmal geradezu sehnsüchtig nach Pleasant Valley zurückdachte, an die einst geschmähte Kleinstadt, die in der Sonnenglut friedlich dahindöste.

Und dann hatte sie eines Tages beim Nachhausekommen jene Einladung vorgefunden: ein Klassentreffen anläßlich des zwanzigsten Jubiläums ihres Schulabschlusses.

Zwanzig Jahre? War es wirklich schon zwei Jahrzehnte her, daß sie ihren Heimatort zuletzt gesehen hatte?

Anstatt die Einladung wegzuwerfen, befestigte Karen sie mit Hilfe eines Marienkäfer-Magneten an der Kühlschranktür, und dort hing sie eine Woche lang, während Karen sich unwillkürlich fragte, wie das Städtchen aussehen mochte, wenn sie es nicht durch die Brille ihrer Mutter, sondern mit ihren eigenen Augen betrachtete, und was aus den Kindern geworden sein mochte, mit denen sie aufgewachsen war. Nicht, daß sie viele Freunde gehabt hätte: Enid hatte dafür gesorgt, daß sie keine allzu engen Kontakte zu ihren Schulkameraden knüpfte, und jeder nähere Umgang mit den Farmerskindern in ihrer Klasse war ihr streng verboten gewesen. So war sie in einer ländlichen Gegend aufgewachsen, ohne jemals auch nur einen Fuß in eine Farm gesetzt zu haben.

Die Erkenntnis, daß sie im Grunde sehr wenig über ihre Heimatstadt wußte, führte schließlich zu ihrem Entschluß, am Klassentreffen teilzunehmen.

»Du kannst auf Molly aufpassen, und ich bin nur eine Nacht fort«, sagte sie zu Julie. »Für dich sind dabei zwanzig Dollar drin.«

Die lästige Pflicht, auf Molly aufpassen zu müssen, wurde für Julie durch die Aussicht, endlich einmal unbeaufsichtigt zu sein, mehr als wettgemacht – von den zwanzig Dollar ganz zu schweigen. Deshalb erklärte sie sich ohne lange Diskussionen bereit, den Babysitter für ihre kleine Schwester zu spielen, und Karen schickte die Karte ab, mit der sie ihre Teilnahme an dem Treffen zusagte.

Die Stadt sah noch genauso aus wie in ihren Erinnerungen.

Vertraut.

Und diese Vertrautheit hatte etwas seltsam Beruhigendes, etwas Anheimelndes an sich.

Nun endlich dämmerte ihr eine Erkenntnis: Sie selbst hatte Pleasant Valley nie gehaßt. Es war Enid gewesen, die diese Stadt haßte.

Als sie dann ihre Klassenkameraden umarmte und alte Bekanntschaften auffrischte, stellte sie verwundert fest, daß sie in Pleasant Valley immer noch mehr Freunde hatte als in Los Angeles, obwohl sie seit zwanzig Jahren – und das war mehr als die Hälfte ihres bisherigen Lebens – dort lebte.

Sie traf alte Freunde wieder, die sie behandelten, als wäre sie nie fortgewesen.

Und darunter einer – Russell Owen –, der plötzlich nicht mehr nur jemand war, den sie schon im Kindergarten gekannt hatte.

Nach dem Klassentreffen legte er den ganzen grauen kalifornischen Winter hindurch an jedem Wochenende die dreihundert Kilometer nach Los Angeles zurück, um sie zu sehen, und in den Osterferien fuhr Karen nach Pleasant Valley, damit Molly die Stadt und Russells Farm kennenlernen konnte.

Julie war so mit ihren Schulfreunden beschäftigt, daß sie sich weigerte mitzukommen, und Karen ließ sie schließlich unbeaufsichtigt in der Wohnung zurück.

Und jetzt, sechs Monate nach dem Klassentreffen, waren sie zu dritt nach Pleasant Valley unterwegs. Diesmal für immer.

Obwohl Julie geweint und protestiert hatte, war Karen bei ihrem Entschluß geblieben.

»Wenn du Molly und mich im Frühjahr begleitet hättest, wüßtest du, daß es nicht so schrecklich ist, wie du es dir vorstellst«, hatte sie Julie erklärt, und als ihre Tochter weiterzudiskutieren versuchte, hatte sie ihr ins Gedächtnis gerufen, was wenige Monate zuvor an ihrer High School geschehen war: Ein Schüler hatte auf einen Lehrer geschossen, außer dem Lehrer auch noch drei Teenager getötet und zuletzt die Waffe gegen sich selbst gerichtet. »In Pleasant Valley wirst du zumindest eine gute Chance haben, die High School zu überleben«, hatte sie argumentiert und Julie zärtlich an sich gezogen. »Na komm, Liebling, es ist nicht am Ende der Welt. Es könnte sogar der Anfang von etwas ganz Wunderbarem sein, nicht nur für mich, sondern für uns alle. Du mußt diesem neuen Leben nur eine Chance geben, das ist alles, worum ich dich bitte, mein Schatz. Versuch's wenigstens, okay?«

Doch als sie vor wenigen Minuten durch Pleasant Valley gefahren waren und Julie die Stadt gesehen hatte, in der sie die High School beenden würde, hatte Karen deutlich gespürt, daß der schwelende Zorn ihrer älteren Tochter neu aufloderte, obwohl Julie ihre Kommentare bislang auf leises Gemurmel und übertriebenes Seufzen beschränkte.

Molly hingegen zappelte nervös auf dem Rücksitz herum, ihren abgewetzten Teddybär, den sie nicht hatte zurücklassen wollen, fest an sich gedrückt, und plapperte aufgeregt über das Fohlen, das sie sehen würde, sobald sie die Farm erreichten.

Nächste Woche, dachte Karen, würde sie heiraten, trotz Julies offenkundiger Abneigung gegen Pleasant Valley.

Sie würde einen Mann heiraten, mit dem sie aufgewachsen war, einen Farmer, der zeit seines Lebens einhundertdreißig Hektar fruchtbaren Bodens in der Umgebung von Pleasant Valley bewirtschaftete.

Karen zweifelte nicht daran, daß ihre Mutter sich im Grabe umdrehen würde, daß sie noch wütender als Julie wäre.

Und ein verstohlener Blick aus den Augenwinkeln sagte ihr, daß Julie *sehr* wütend war, daß sie vor Wut förmlich kochte, so als müßte sie neben ihren eigenen Gefühlen auch denen ihrer Großmutter Ausdruck verleihen.

Der Wagen bog von der geteerten Landstraße ab und rumpelte auf einem ausgefahrenen Feldweg dahin, der zwischen smaragdgrünen Feldern schnurgerade in westliche Richtung führte. »Wird es noch schlimmer?« fragte Julie. »Ich befürchte ohnehin schon seit drei Stunden, daß diese Karre den Geist aufgibt!«

Insgeheim mußte Karen ihrer Tochter recht geben: Falls es mit ihr und Russell schiefgehen sollte, würde sie ein neues Auto brauchen, um auch nur nach Los Angeles zurückkehren zu können. Doch sie äußerte ihre Bedenken nicht laut. »Nein, es wird nicht schlimmer«, beruhigte sie Julie. »Das hier ist schon Russells Auffahrt.«

Trotz ihres festen Vorsatzes, sich in Pleasant Valley durch nichts beeindrucken zu lassen, machte Julie große Augen. »Soll das heißen, daß das alles Russell gehört?« Ihr Blick schweifte erstaunt über die weiten Felder. »Wieviel Land besitzt er denn?«

»Hundertdreißig Hektar«, erwiderte Karen. »Die Gebäude sind dort vorne.«

Etwa vierhundert Meter entfernt konnte Julie einen großen Stall, ein Silo und mehrere kleine Gebäude erkennen. Und dann kamen – von diesen Nebengebäuden durch einen breiten Hof getrennt, der mit riesigen alten Walnußbäumen gesäumt war – zwei Häuser in Sicht.

Das kleinere war einstöckig und ähnelte einer rechteckigen Schachtel mit angeklebter Veranda.

Das andere Haus war viel größer und wirkte geradezu viktorianisch: Eine breite, überdachte Veranda zog sich an den beiden Seiten entlang, die Julie bis jetzt sehen konnte, es gab ein breites Aussichtsfenster und mehrere Giebel im steilen Dach über dem ersten Stockwerk. An einem Ende bemerkte sie sogar ein Eckzimmer in einer Art Türmchen, mit fast runden Wänden und geschwungenen Fenstern.

Das Haus war weiß gestrichen und schwarz, grau und burgunderrot – passend zum Dach – verziert.

»Ist das ...« begann Julie, traute sich aber nicht, den verführerischen Gedanken weiter zu verfolgen.

»Ja, das ist Russells Haus«, bestätigte Karen, ein Lächeln in den Mundwinkeln. »Das kleine gehört seinem Vater. Dort ist Russell aufgewachsen.«

»He, das ist unfair!« rief Molly vom Rücksitz her. »Du hattest versprochen, daß wir ihr sagen würden, das kleine sei unseres.«

Karen ignorierte Mollys Proteste. »Russell hat das große Haus gleich nach seiner Heirat gebaut«, erklärte sie ihrer älteren Tochter. »Seine Frau und er wollten ein halbes Dutzend Kinder, aber ...«

»Was ist passiert?« fiel Julie ihr mit schmalen Lippen ins Wort. »Hat sie festgestellt, daß es ihr nicht gefällt, in dieser Einöde zu versauern?«

»Nein«, erwiderte Karen, den Blick auf den Weg gerichtet, während sie besonders vorsichtig bremste, weil ihr das nötige Gespür für den Anhänger fehlte. »Sie ist gestorben, wie dein Vater.« Als Karen hörte, daß Julie geschockt nach Luft schnappte, hätte sie sich auf die Zunge beißen mögen, aber nun war es zu spät. Entschuldigend griff sie nach der Hand des Mädchens. »Tut mir leid«, sagte sie, »ich hätte es nicht so kraß ausdrücken sollen.« Julies Augen schimmerten, und Karen wußte, daß sie an Richard dachte. »Wenn du nicht jedesmal, wenn ich mit dir über Russell sprechen wollte, beharrlich das Thema gewechselt hättest, oder wenn du bereit gewesen wärest, ihn ein bißchen besser kennenzulernen, hättest du gewußt, was passiert ist.«

Julie starrte auf ihren Schoß hinab und schämte sich plötzlich ihres Verhaltens. Warum hatte sie diese Bemerkung über Russells Frau gemacht? »Ich ... entschuldige bitte, Mom«, murmelte sie. »Ich glaube ... ich weiß nicht, ich ... na ja, ich rede manchmal dummes Zeug, glaube ich.«

»Du redest *dauernd* dummes Zeug!« kommentierte Molly von hinten und erntete dafür einen wütenden Blick ihrer Schwester.

Karen ging auch diesmal nicht auf Mollys Worte ein. »Gib all dem Neuen einfach eine Chance, Julie«, sagte sie. »Bitte, mir zuliebe!«

Nach kurzem Zögern nickte Julie. »Ich versuch's«, flüsterte sie, »aber hier ist alles so vollkommen anders, Mom, ich kenne niemanden, und ... was, wenn mich nun niemand leiden kann?«

Karen warf rasch einen Blick in den Rückspiegel. Ihr Instinkt hatte sie nicht getrogen: Molly setzte schon grinsend zu einer Stichelei an, begeistert über diese günstige Gelegenheit. »Kein Wort, Molly!« befahl sie. »Ich warne dich.« Während die Kleine sich enttäuscht zurücklehnte, wandte Karen ihre Aufmerksamkeit wieder Julie zu. »Alle werden dich gern haben, Liebling«, sagte sie sanft und strich ihrer Tochter eine Strähne des langen dunklen Haares aus dem Gesicht. Sogar ohne jedes Make-up waren Julies Augen sehr groß und dicht bewimpert, und ihre vom Vater geerbten Gesichtszüge waren viel zarter als Karens. »Du bist hübsch«, fuhr sie fort, »und meistens bist du auch sehr, sehr nett.«

Julie schaute auf, ihre düstere Miene hellte sich auf, und sie lächelte zum erstenmal, seit sie Los Angeles verlassen hatten. »Aber wenn ich ekelhaft bin, bin ich's richtig, stimmt's?« fragte sie.

Karen nahm sie kurz in den Arm. »Das hast *du* gesagt! So, und jetzt wirst du endlich deinen Stiefbruder Kevin kennenlernen.« Sie machte eine Kopfbewegung zum Haus hinüber. »Da drüben ist er.«

Julie folgte dem Blick ihrer Mutter und sah Russell Owen auf der breiten Veranda vor seinem Haus stehen. Neben ihm stand ein Junge, der etwa in ihrem Alter sein mußte. Er hatte dunkelblonde Haare und – soweit sie das vom Auto aus beurteilen konnte – blaue Augen.

Sie befürchtete sofort, daß er zu jener Kategorie gutaussehender Jungen gehören könnte, die viel zu eingebildet waren, um sie auch nur eines Blickes oder Wortes zu würdigen. Er schien einige Zentimeter größer als sie zu sein, und vielleicht war er auch ein Jahr älter als sie.

Aber was machte das schon? Sie war nicht auf der Suche nach einem Freund, und selbst wenn, würde sie sich mit Sicherheit nicht ausgerechnet für diesen Bauerntölpel interessieren.

Der Wagen kam stotternd zum Stehen. Molly riß die Hecktür auf, rannte die Verandastufen hinauf und warf sich in die Arme ihres Stiefbruders, dem sie im Frühjahr nicht von der Seite gewichen war. Gleichzeitig stieß ein großer Hund undefinierbarer Rasse die Verandatür auf und sprang schwanzwedelnd an Molly hoch. »Hallo, Bailey!« rief die Kleine, ließ Kevin los und schlang ihre Arme um den Hals des Hundes. Doch während sie ihn streichelte, blickte sie flehend zu Kevin empor. »Zeigst du mir das Fohlen? Geht es ihm gut? Wie groß ist es?«

Kevin hob Molly hoch in die Luft und ließ sie dann ein Stückchen herunter, so daß ihre Augen in gleicher Höhe waren. »Darf ich vorher wenigstens deine Mutter begrüßen und deine Schwester kennenlernen?«

Molly kicherte glücklich. »Okay.« Kevin wirbelte sie im Kreis herum, und Bailey jagte mit wildem Gebell hinter ihnen her. Sobald Molly wieder auf ihren eigenen Beinen stand, sprang der Hund sie an, warf sie um und leckte ihr das Gesicht.

Während Julie beobachtete, wie vergnügt ihre kleine Schwester mit Kevin und dem Hund spielte, fragte sie sich, ob es nicht doch vernünftiger gewesen wäre, die Osterferien hier zu verbringen.

Irgendwie hatte sie das Gefühl, als wäre hier schon eine Familie entstanden.

Eine Familie, zu der sie nicht gehörte.

Zehn Minuten später ließ sich Kevin von Molly endlich zum Stall schleppen, wo sie vor zehn Wochen die Geburt des Fohlens miterlebt hatte. »Darf ich schon darauf reiten?« bettelte sie, während sie ihn am Arm vorwärtszog.

»Nein, reiten kannst du es noch nicht«, erklärte Kevin ihr geduldig. »Aber du kannst es streicheln und füttern und waschen und pflegen.«

»Wirklich?« Mollys Augen leuchteten vor freudiger Erregung. »Ich darf es pflegen? Zeigst du mir, wie man das macht?«

Als sie im Stall verschwanden, legte Karen einen Arm um Russells Taille. »Tut mir leid, aber ich glaube, das Fohlen ist ihr im Augenblick wichtiger als alles andere. Sie hat während der ganzen Fahrt kein anderes Thema gehabt – ja, eigentlich hat sie von nichts anderem mehr geredet, seit wir im Frühling hier waren.«

»Dann dürfte ihr Hochzeitsgeschenk ihr ja gefallen«, sagte Russell, während er Karen an sich zog und den Duft ihrer Haare einatmete.

»Ihr Hochzeitsgeschenk?« frage sie verständnislos.

»Mmm-hmm«, erwiderte Russell. »Ich finde, wir sollten Molly das Fohlen schenken.«

»Es ihr *schenken*?« Karen machte große Augen. »Aber ...«

»Jedes Kind, das auf einer Farm lebt, sollte ein eigenes Pferd haben.« Russell legte ihr sanft einen Finger auf die Lippen, um die Einwände im Keim zu ersticken. »Deshalb dachte ich, daß Molly das Fohlen und Julie dessen Mutter bekommen sollte.« Er wandte sich Julie zu. »Kannst du reiten?«

Reiten? Wo hätte sie je reiten lernen sollen, dachte Julie erbittert. Und wer machte sich schon etwas aus Reiten? In L.A. ritten nur die snobistischen Töchter reicher Eltern.

Aber trotzdem ... ein eigenes Pferd?

Ungeachtet ihrer festen Überzeugung, daß Pleasant Valley ihr die schlimmsten Erfahrungen ihres Lebens bescheren würde, durchrieselte es sie vor Aufregung heiß und kalt.

Ihre Mutter sollte jedoch nichts von dem freudigen Aufruhr in ihrem Innern bemerken – von Russell Owen ganz zu schweigen. Deshalb knurrte sie ungnädig: »Ich ... ich mag Pferde nicht besonders.«

»Man braucht eine Weile, um sich an sie zu gewöhnen.« Russell zwang sich, Julies mürrischen Ton zu ignorieren. »Warum läßt du dir die Stute nicht von Kevin zeigen? Dann kannst du dich entscheiden, ob du sie haben möchtest oder nicht.«

Julie zögerte, hin- und hergerissen zwischen ihrem Vorsatz, alles in der Stadt und auf der Farm zu hassen, und ihrem wachsenden Interesse an dem Tier, das Russell ihr angeboten hatte. Schließlich trug ihre Neugier den Sieg davon. »Na ja, ich ... ich könnte mir das Pferd ja mal anschauen«, murmelte sie und ging betont langsam auf den Stall zu, um zu demonstrieren, daß sie einfach nur höflich sein wollte.

Russell und Karen schauten ihr nach und tauschten einen zufriedenen Blick, weil Julies Schritte wider Willen immer schneller wurden.

»Ich glaube, wir haben soeben den ersten Riß in ihrem Panzer entdeckt«, kommentierte Russell, während er seine zukünftige Frau wieder an sich zog.

Karen lächelte ihm dankbar zu. »Ich weiß nicht, was ich sagen soll ...« Ihr fiel plötzlich ein, daß sie für seinen Sohn überhaupt kein Geschenk hatte. »Weißt du, ich ... ich habe Kevin gar nichts mitgebracht, und ... « Sie verstummte, als sie sah, daß Russell ihren kaum noch fahrtüchtigen Chevrolet betrachtete.

»Da wäre ich mir nicht so sicher«, sagte er. »Der Junge ist sechzehn und hat vor zwei Wochen seinen Führerschein gemacht.«

Karen klappte der Unterkiefer herunter, als sie begriff, worauf er hinauswollte. »Meinen Wagen?« rief sie. »Du willst, daß ich ihm meinen Wagen schenke?«

»Nun, warum nicht?« fragte Russell. »Was sollen wir denn sonst damit machen? Wir haben hier schon zwei fast neue Autos und einen Transporter, und ich glaube nicht, daß wir Kevin eines dieser Fahrzeuge überlassen sollten.«

Karen hob die Brauen. »Aber ich soll ihm meines überlassen?« Doch als sie seine Worte noch einmal überdachte, begriff sie, was er damit sagen wollte. »Es ist aber in einem schrecklichen Zustand«, murmelte sie nachdenklich. »Der Motor wird schnell zu heiß, und die Bremsen sind fast im Eimer. Außerdem frißt es jede Menge Öl.«

»Folglich wird Kevin jede Menge Arbeit damit haben«, erklärte Russell, an ihre Logik appellierend. »Was wiederum bedeutet, daß er damit viel vorsichtiger umgehen wird, als wenn wir ihm ein Auto schenken, das von Anfang an in gutem Zustand ist.«

Karen schmiegte sich an ihn und dachte wieder einmal, welches Glück sie gehabt hatte, diesen weisen und liebevollen Mann zu finden.

Alles würde gutgehen.

Es würde klappen.

Sie würden heiraten und miteinander glücklich sein.

Nicht nur sie und Russell, sondern auch Kevin und Molly – und vielleicht sogar Julie.

Allerdings lebte auf der Farm noch eine weitere Person.

Otto Owen, Russells Vater, der kaum die elementarsten Gebote der Höflichkeit beachtet hatte, als sie im Frühling hier gewesen war.

Und jetzt war er nirgends zu sehen.

Sie blickte in Russells kraftvolles, attraktives Gesicht empor – eine ältere, wettergegerbte Ausgabe des Gesichtes seines Sohnes. »Wo ist Otto?« erkundigte sie sich besorgt.

Russell zögerte, machte dann aber eine Kopfbewegung in Richtung seines eigenen Hauses. »Oben«, sagte er.

Etwas in seiner Stimme löste bei Karen eine Alarmglocke aus. »Er will nicht, daß wir heiraten, stimmt's?«

»Nicht er entscheidet darüber, ob wir heiraten«, erwiderte Russell, aber sein kurzes Zögern, bevor er diese Worte aussprach, und ein unüberhörbarer Groll in seiner Stimme verrieten Karen, daß zwischen den beiden Männern etwas Unangenehmes vorgefallen sein mußte. Doch bevor sie etwas sagen konnte, fuhr Russell fort: »Er hat leider ziemlich altmodische Ansichten, was diese ganze Sache betrifft.« Vor Verlegenheit errötete er. »Abgesehen davon, daß er nicht will, daß ich ein ›Großstadtmädchen‹ heirate, wie er dich beharrlich nennt, besteht er auch darauf, daß du vor der Hochzeit nicht in meinem Haus wohnen darfst.«

»Das soll wohl ein Scherz sein!« Karen konnte kaum glauben, was sie soeben gehört hatte. Als sie jedoch Russells beschämte Miene sah, fehlten ihr fast die Worte. »Und du … du beugst dich seinem Willen?« stammelte sie.

Russell trat nervös von einem Bein aufs andere. »Es ist ja nur für ein paar Tage«, murmelte er beschwörend. Doch bevor Karen ihn unterbrechen konnte, fuhr er selbstsicherer fort: »Hör zu, Liebling – er hat sein ganzes Leben hier draußen verbracht, und er ist viel zu alt, um mit der modernen Welt zurechtzukommen. Können wir in diesem Punkt nicht nachgeben? Im Frühjahr hast du ja auch im Motel gewohnt.«

»Im Frühjahr hatten wir noch nicht beschlossen zu heiraten«, erinnerte ihn Karen. »Russell, das ist doch wirklich lächerlich!«

Er nickte, breitete aber in einer Geste der Hilflosigkeit die Arme aus. »Ich weiß«, seufzte er, »aber wenn ich in diesem Punkt nachgebe, wird er sich vielleicht bei der Hochzeit anständig benehmen.« Seine Augen funkelten schelmisch. »Oder möchtest du etwa, daß er sich während der Zeremonie erhebt und dich vor der ganzen Stadt als Hure beschimpft?«

»Das würde er nie tun«, wandte Karen ein, fügte aber verunsichert hinzu: »Oder doch?«

Russell zuckte die Achseln. »Möglich wäre es. Aber wie auch immer – es sind ja nur drei Nächte, und ich dachte mir, daß es dir und den Mädchen vielleicht sogar ganz recht ist, noch ein paar Nächte unter euch zu sein, bevor ihr von all dem hier vereinnahmt werdet.« Er beschrieb mit dem rechten Arm einen anmutigen Bogen, der das weite Land umfaßte. »Ich habe deshalb mit Vater vereinbart, daß du mit Molly und Julie bis zur Hochzeit in seinem Haus bleibst, während er das Gästezimmer im großen Haus benutzt. Einverstanden?«

Was sollte sie dazu sagen? Daß sie nicht in einem Haus bleiben wollte, das einem Mann gehörte, der sie offenbar total ablehnte? Daß sie bei Russell sein wollte und es ihr ziemlich egal war, was sein Vater dachte? Doch dann erkannte sie, daß Russell recht hatte – es ging nur um wenige Nächte, und vielleicht verstörte die Vorstellung, daß von nun an drei neue Personen auf der Farm leben würde, Otto genauso, wie der Umzug nach Pleasant Valley Julie verstört hatte. Sie würde sich die nächsten Tage einfach als eine Art Pufferzone vorstellen – eine Übergangszeit für sie alle. »Einverstanden«, sagte sie.

»Gut, dann bringen wir am besten gleich euer Gepäck ins Haus«, schlug Russell erleichtert vor.

Er begann das Gepäck auszuladen, und sie wollte ihm gerade dabei helfen, als ihr plötzlich ein kalter Schauder über den Rücken lief.

Jene Art Schauder, den man verspürt, wenn man weiß, daß man beobachtet wird. Überzeugt, die Ursache zu kennen, drehte sich Karen um und blickte zu dem großen Haus hinüber, das in wenigen Tagen ihr Zuhause sein würde.

Hinter dem Panoramafenster konnte sie eine Silhouette erkennen.

Otto Owen beobachtete sie.

Er beobachtete sie, kam aber nicht heraus, um sie zu begrüßen.

Und wenn Julie nun doch recht gehabt hatte?

War diese Rückkehr nach Pleasant Valley vielleicht doch nicht das Vernünftigste, was sie je getan hatte?

Würde diese Rückkehr sich vielleicht sogar als die törichtste Tat ihres ganzen Lebens erweisen?

Schaudernd verwarf sie diesen Gedanken sofort wieder. Der Tag war herrlich, und sie war verliebt, und Pleasant Valley war schön, und sie würde sich das alles von niemandem ruinieren lassen.

Am allerwenigsten von Otto Owen.

Als sie wieder zum Fenster hinüberschaute, war er verschwunden.

Kapitel 2

Molly Spellman erwachte beim ersten Hahnenschrei, warf die Baumwolldecke zurück und sprang aus dem Bett, das sie zum letzten Mal mit ihrer Schwester geteilt hatte. Während Julie das Laken über sich zog und den Kopf im Kissen vergrub, weil das Morgenlicht sie störte, eilte Molly zum Fenster und betrachtete begeistert die weite Landschaft rings um das Haus herum. Für sie war jeder Tag auf der Farm ein Abenteuer, und das größte stand ihr heute bevor.

Ihre Mutter und Kevins Vater würden heute heiraten.

Es kam Molly vor, als hätte sie sich nun schon seit einer Ewigkeit mit dieser Tatsache auseinandergesetzt, aber sie war sich über ihre Gefühle noch immer nicht ganz im klaren. Alles in allem fand sie es großartig, denn sobald ihre Mutter mit Russell verheiratet war, würde Kevin fast ihr richtiger Bruder sein, und einen großen Bruder hatte sie sich immer am allermeisten gewünscht – sogar mehr noch als ein Pferd.

Jetzt würde sie beides haben – das Fohlen, das sie Flicka getauft hatte, weil das Pferd in ihrem Lieblingsbuch so hieß, und einen Bruder!

Und sie mochte Russell wirklich sehr, obwohl sie immer noch nicht wußte, wie sie ihn anreden sollte. Sie konnte nicht »Dad« zu ihm sagen, denn er war ja nicht ihr richtiger Vater, und »Onkel Russell« kam ihr irgendwie albern vor. Warum sollte ihre Mutter mit ihrem Onkel verheiratet sein? Bisher hatte sie jede Anrede vermieden, aber jetzt würde sie bald eine Entscheidung treffen müssen.

Wenn ihr Glück dennoch nicht perfekt war, so lag das nur an Kevins Großvater. Wann immer er Molly – oder ihre Schwester oder ihre Mutter – ansah, schien er wütend zu sein.

Und er redete nur mit ihnen, wenn es sich überhaupt nicht vermeiden ließ.

Gestern hatte sie Kevin gefragt, warum sein Großvater dauernd so ärgerlich sei, aber Kevin hatte nur geantwortet, sie solle sich keine Sorgen machen, nach einer Weile werde der alte Mann sich bestimmt an sie alle gewöhnen, und dann werde alles in Ordnung sein.

Aber wenn er sich nun doch nicht an sie gewöhnte?

Und überhaupt – woran mußte er sich erst gewöhnen? Sie waren schließlich keine Monster.

Sie sah Otto Owens zorniges Gesicht förmlich vor sich, die düster glimmenden, tief in den Höhlen liegenden Augen, umgeben von runzeliger, lederiger Haut. Sein stechender Blick schien sie durchbohren zu wollen, und sie bekam rasendes Herzklopfen und versuchte verzweifelt, dieses Schreckensbild aus ihren Gedanken zu verbannen. Doch in diesem Moment tauchte der alte Mann tatsächlich im Hof auf.

Molly erschauderte, als er zu ihr herüberschaute, und wich hastig vom Fenster zurück. Sie begann sich anzuziehen, fischte ihre Jeans von gestern aus dem Kleiderhaufen, der sich auf dem Stuhl in der Ecke türmte und kramte in ihrem offenen Koffer nach einem sauberen T-Shirt. In der Küche holte sie den Krug mit Orangensaft aus dem Kühlschrank, und während sie ein Glas trank, hielt sie durch das Fenster ängstlich Ausschau nach Otto Owen. Wenn er im Stall war, würde sie lieber im Haus bleiben.

Und Flicka?

Ihr Blick schweifte vom Stall zur angrenzenden Koppel, aber keines der Pferde war draußen, was bedeutete, daß Kevin noch schlief.

Sollte sie allein in den Stall gehen? Kevin hatte ihr am Tag nach ihrer Ankunft auf der Farm gezeigt, was alles zu tun war, und gestern hatte sie alle Arbeiten ausgeführt, ohne irgend etwas zu vergessen. Vielleicht könnte sie heute sogar schon fertig sein, bevor Kevin herunterkam.

Was aber, wenn Kevins Großvater dort war?

Sie überlegte, dann faßte sie einen Entschluß. Die Pferde mußten gefüttert und auf die Koppel gebracht werden. Auch wenn Kevins Großvater im Stall war, würde er ihr nichts zuleide tun. Er war nur ein launischer alter Mann, und sie würde ihn einfach nicht beachten.

Sie nahm einige Zuckerstücke aus der Dose, die auf dem Küchentisch stand, zog gegen die Morgenkühle ihre Windjacke an, verließ das Haus durch die Hintertür und überquerte beherzt den Hof.

Doch vor dem Stall verließ sie der Mut, den sie sich in der Sicherheit der Küche zugesprochen hatte.

Was, wenn er dort drin war?

Was, wenn er sie anschrie?

Sie lauschte an der Tür, aber alles, was sie hören konnte, war das leise Schnauben der Pferde in ihren Boxen. Schließlich nahm sie ihren ganzen Mut zusammen, zog die große Stalltür weit auf und spähte ins Halbdunkel.

»M-M-Mister Owen?« rief sie mit zittriger Stimme. »Sind Sie hier?«

Es kam keine Antwort, nur ihre Stimme hallte dumpf von den Wänden zurück.

Zögernd wagte sie sich aus dem hellen Sonnenschein in den dämmrigen Stall hinein, blieb aber nach wenigen Schritten erneut stehen. Sie war doch auch gestern und vorgestern früh im Stall gewesen und hatte sich kein bißchen gefürchtet, redete sie sich selbst gut zu. Aber gestern war Kevin bei ihr gewesen, und am Morgen davor auch Julie.

Jetzt war sie allein. Und der Stall kam ihr plötzlich viel größer vor als bisher.

»H-Hi, Greta«, rief sie Flickas Mutter zu, die ruhig über ihre Boxtür schaute. Obwohl Molly weniger das Pferd begrüßen als den Klang ihrer eigenen Stimme hören wollte, wieherte die große rotbraune Stute zur Antwort. Dadurch ermutigt, ging Molly im Halbdunkel tapfer auf die Box zu, die Flicka mit ihrer Mutter teilte.

Sie griff in ihre Tasche, holte zwei Würfel Zucker hervor und gab einen dem Fohlen, den anderen der Stute. Während die Tiere schmatzend kauten, öffnete Molly die Außentür der Box. Beide Pferde folgten ihr auf die Koppel hinaus und stupsten sie sanft, weil sie sich weitere Zuckerstücke aus ihrer Tasche erhofften. Kichernd schob Molly sie zurück, ging zur Tränke und drehte den Wasserhahn auf. Sie ließ das Wasser laufen, bis es überfloß, wie Kevin es ihr gezeigt hatte, und füllte währenddessen den Futtertrog mit frischen Luzernen.

Dann kehrte sie in den Stall zurück, um als Futterzusatz eine Kaffeekanne voll Hafer zu holen.

Während sie den Hafer aus dem Faß abfüllte, hörte sie das Geräusch zum erstenmal.

Ein schwaches Summen, das von irgendwo im Stall kam.

Molly spähte zum dunklen Heuboden empor, konnte aber nichts sehen.

Stirnrunzelnd überlegte sie, ob sie vielleicht Kevin oder sogar seinen Vater holen sollte, doch als sie sich noch einmal umsah und wieder nichts Auffälliges sehen konnte, beschloß sie, das seltsame Geräusch einfach zu ignorieren.

Sie mischte den Hafer unter das Futter auf der Koppel und brachte danach auch die beiden anderen Pferde ins Freie.

Anschließend machte sie sich daran, die Box von Flicka und Greta auszumisten. Sie rechte das schmutzige Stroh zusammen, lud es auf die Schubkarre und brachte es zu dem großen Komposthaufen neben dem Gemüsegarten. Kevin hatte versprochen, daß sie ihre eigenen Reihen Kürbisse und Tomaten bekommen würde. »Sie wachsen wirklich schnell«, hatte er ihr vorgestern erklärt. »Bei vielen Gemüsepflanzen kann man kaum etwas sehen. Aber Kürbisse wachsen so schnell, daß du die Fortschritte gut beobachten kannst.« Vielleicht würde er ihr noch heute vormittag, bevor sie sich für die Hochzeit fertigmachen mußten, beim Einpflanzen helfen.

Molly schob die leere Karre zum Stall zurück. Nun, da die Sonne schon etwas höher stand, begann sie zu schwitzen. Es würde ein heißer Tag werden. Sie zog ihre Windjacke aus und legte sie neben der Stalltür auf den Boden.

Das Summen im Stall kam ihr zunächst lauter als vorhin vor, doch als sie die letzten Reste des schmutzigen Strohs zusammenrechte und sich ausschließlich darauf konzentrierte, nichts zu vergessen, was Kevin ihr beigebracht hatte, nahm sie das gleichmäßige Geräusch nur noch im Unterbewußtsein wahr. Erst als sie ganz sicher war, daß sogar Kevin die Box nicht gründlicher hätte säubern können, beschloß sie zufrieden, aus dem Kasten unter dem Heuboden frisches Stroh zu holen.

Hier war das Summen viel lauter, und als Molly emporblickte, sah sie endlich, wodurch es verursacht wurde.

Hoch oben, dicht unterhalb der Dachtraufe, schwirrten Bienen umher, die nur deshalb zu erkennen waren, weil durch die Ritzen und Astlöcher im Gebälk vereinzelte Sonnenstrahlen drangen.

Fasziniert von den Insekten, stieg Molly die Leiter zum Heuboden hinauf. Sie war fast oben angelangt, als sie von unten eine Stimme hörte.

Otto Owens Stimme.

»Halt!« rief er, nicht laut, aber so eindringlich, daß Molly auf der Leiter stehenblieb. Als sie dann langsam den Kopf hob, sah sie etwas, das ihr den Atem benahm.

Ihr Herz klopfte plötzlich zum Zerspringen.

Kaum anderthalb Meter von ihr entfernt, an einem der Stützbalken für das Dach, kroch eine Unmenge summender Insekten umher.

Ein Bienenschwarm.

Vor Schreck hätte Molly fast den Halt verloren.

Die Traube hatte einen Durchmesser von mehr als einem halben Meter: ein scheinbar wirres Knäuel aus Tausenden von Bienenleibern, die übereinander hinwegkrochen, während weitere Hunderte die bewegliche Masse umkreisten.

»Schon gut, Molly«, hörte sie leise, jedoch sehr deutlich Ottos Stimme. »Komm runter, aber ganz langsam. Du darfst dich auf keinen Fall schnell bewegen! Wenn du sie nicht in Panik versetzt, tun sie dir nichts zuleide.«

Hypnotisiert vom Anblick des Insektengewimmels, verharrte Molly bewegungslos. Erst als Ottos Stimme, diesmal viel schärfer, wieder an ihre Ohren drang, vermochte sie sich aus dem Bann zu lösen und stieg langsam, Sprosse für Sprosse, abwärts.

Otto Owen wartete unten auf sie. Seine schwieligen Hände packten sie bei den Schultern, und dann hob er sie hoch, trug sie aus dem Stall hinaus und stellte sie erst mitten auf dem Hof wieder auf ihre Füße. »Warum bist du raufgestiegen?« fragte er, seinen furchterregenden Blick auf sie gerichtet. »Hast du die Bienen nicht gehört? Hast du sie nicht gesehen?«

Seine tiefliegenden Augen funkelten so zornig, daß sie in Tränen ausbrach. »Ich ... ich w-w-wollte nur sehen, w-was sie m-machen«, schluchzte sie. »Sie haben mich ja auch nicht gestochen.«

Otto starrte auf sie herab, und Molly befürchtete einen Moment lang, daß er sie schlagen würde. Dann wurde sein Gesichtsausdruck jedoch etwas milder, und er ging steif in die Hocke, damit sich ihre Augen auf gleicher Höhe befanden. »Jetzt hör mir mal gut zu, junge Dame«, sagte er, zwar immer noch streng, aber nicht mehr angsteinflößend. »Wenn du je wieder so viele Bienen sehen solltest, bleibst du weg von ihnen, verstanden?«

Mollys Kinn zitterte, während sie ihre Tränen zu unterdrücken versuchte. »A-Aber sie haben m-mich nicht verfolgt.«

»Nein, das haben sie nicht«, bestätigte Otto Owen. »Aber wenn du sie aufgeschreckt hättest, hätten sie vielleicht angegriffen.« Molly riß die Augen weit auf. »Sie hätten dich töten können, Molly«, fuhr der alte Mann fort. »Geh nie, nie wieder in die Nähe so vieler Bienen! Es sei denn, du weißt ganz genau, was du tust.«

Während sie seine Worte zu verarbeiten versuchte, riskierte Molly einen Blick zum Stall zurück. Einige Bienen flogen in der Luft umher, andere saßen an der Wand, aber aus dieser Entfernung sahen sie völlig harmlos aus. Ihre Aufmerksamkeit wurde von den Insekten abgelenkt, als sie die Hintertür von Ottos Haus zufallen hörte. Sie drehte sich rasch um. Ihre Mutter kam auf sie zugerannt.

»Molly!«, schrie Karen. »Was ist los? Ist dir etwas passiert?«

Molly deutete auf den Stall. »Bienen!« rief sie, und in Gegenwart ihrer Mutter verflog ihre Angst schlagartig. Sie lief Karen entgegen und sprudelte ihr Erlebnis heraus. »Sie sind dort oben, Mom! Ein ganzer Bienenschwarm!«

Karen schaute zum Stall hinüber.

Wovon redete Molly? Da oben flogen einige Bienen ein und aus, aber ...

Und dann geschah es.

Plötzlich schien sich der ganze Stall in einen lebendigen Organismus zu verwandeln: Tausende von Bienen flogen aus allen Ritzen und Astlöchern hervor, und innerhalb von Sekunden war die Luft schwarz von ihnen, und ihr Summen schwoll zu einem ohrenbetäubenden Dröhnen an, unter dem die Erde zu erbeben schien. Dann schwirrten die Insekten auf sie zu. Karen packte Molly bei der Hand und zog sie hinter sich her, verzweifelt bemüht, rechtzeitig ins Haus zu kommen.

»Was machen sie, Mom?« fragte Julie, deren Magen sich vor Angst verkrampfte, während sie die Unmenge von Bienen dicht vor dem Fenster betrachtete. »Versuchen sie hereinzukommen?«

Einen Arm um Julie, den anderen um Molly gelegt, starrte Karen die schwärmenden Insekten an. Sobald sie Molly und sich selbst in Ottos Haus in Sicherheit gebracht hatte, hatte sie bei Russell angerufen. Kevin war am Apparat gewesen und hatte ihr gesagt, sie solle sich keine Sorgen machen, er und sein Großvater könnten gut mit Bienen umgehen. »Ich glaube nicht«, beantwortete sie schließlich Julies Frage, weniger aus innerer Überzeugung, daß die Bienen draußen bleiben würden, als vielmehr aus dem Bedürfnis heraus, ihre Töchter zu beruhigen. »Wir bleiben einfach hier, bis Kevin und Otto irgendwas unternommen haben.«

Ein riesiger alter Walnußbaum streckte seine Äste dem Haus entgegen, und die Bienen scharten sich jetzt um eine Gabelung, wo der dicke Stamm sich zweiteilte. Die Zahl der Insekten nahm ständig zu, und Julie und Karen verfolgten mit angehaltenem Atem das Schauspiel. »Mein Gott«, kam es Julie unwillkürlich über die Lippen, »wie groß kann der Schwarm denn werden?«

Ermutigt durch die Fensterscheibe, die sie vor der Insektenwolke beschützte, beobachtete Molly fasziniert die Bienen. »Im Stall war er noch viel größer«, verkündete sie. »Seht ihr? Da kommen immer noch mehr raus.«

Als Karen der Blickrichtung ihrer jüngsten Tochter folgte, zog sie die Kleine fester an sich und konnte nur mit Mühe einen Schauder unterdrücken. Gott sei Dank, daß Otto sie vor Schaden bewahrt hat! dachte sie. Kevin hatte am Telefon gesagt, es sei »keine große Affäre«. Keine große Affäre! Wie konnten die Millionen Bienen dort draußen keine große Affäre sein?

»Was werden sie machen?« fragte Julie, die ein feines Gespür für die Stimmungen ihrer Mutter hatte.

»Ich weiß es nicht«, erwiderte Karen, deren Nerven zum Zerreißen gespannt waren. »Vielleicht werden sie die Bienen mit einem Insektizid besprühen.«

Molly packte ihre Mutter plötzlich am Arm und deutete mit der anderen Hand auf den Stall. »Wow! Schau dir das mal an, Mom!«

Karen betrachtete ungläubig die beiden Gestalten, die, aus dem Stall kommend, rasch den Hof überquerten.

Otto und Kevin hatten zwar Hüte mit Schleiern aufgesetzt, trugen aber ansonsten keine Schutzkleidung. Kevin schleppte eine Aluminiumleiter, Otto eine große Schachtel. Während Kevin die Leiter aufstellte, öffnete Otto die Schachtel und entnahm ihr eine Art schmale Bürste, etwa dreißig Zentimeter lang und mit einem Griff versehen, sowie eine seltsame Metallbüchse mit umgekehrtem Trichter als Deckel und einem seitlichen Blasebalg aus Leder. Kevin kniete sich hin, holte ein Streichholz aus seiner Jeanstasche, zündete es an der untersten Leitersprosse an, warf es in den geöffneten Metallbehälter, blies kurz hinein und setzte sodann den Deckel wieder auf.

Karen und ihre Töchter beobachteten ängstlich, wie der Junge nun die Leiter hinaufstieg, bis er mit Kopf und Schultern fast auf Höhe der Bienentraube war, die nur einen halben Meter entfernt an einem Ast hing. Otto reichte ihm die Bürste, erklomm die drei untersten Sprossen und hielt die große Schachtel hoch, direkt unter den Schwarm.

Kevin betätigte den Blasebalg am Metallkanister, und

dichter Rauch hüllte die Bienen ein, die sofort vor den giftigen Dämpfen zu fliehen begannen. Als sich etwa zwei Drittel des Schwarms zerstreut hatten, fegte Kevin den Rest der Traube mit der Bürste behutsam in die Schachtel.

Im ersten Moment flogen die Insekten, kaum daß sie in der Schachtel waren, auch schon wieder davon, doch das änderte sich sehr schnell. Sie blieben nun, wo sie waren, und der aufgeschreckte Teil des Schwarms kehrte zurück und begann sich ebenfalls in der Schachtel niederzulassen.

Otto stieg langsam von der Leiter und stellte die Schachtel behutsam auf den Boden.

Gleich darauf stieg auch Kevin herunter, klappte – von Bienen umschwirrt – die Leiter zusammen und trug sie in den Stall. Otto folgte ihm mit dem Rauchbläser und der Bürste.

Während sie die Gerätschaften wegbrachten, verschwanden nach und nach so gut wie alle Bienen in der Schachtel. Otto brachte aus dem Stall einen Deckel mit, verschloß die Schachtel vorsichtig und trug sie zu dem Transporter, der neben dem Stall geparkt war. Währenddessen kam Kevin ins Haus.

»Geht es dir gut?« fragte Karen, die kaum glauben konnte, was Kevin soeben geleistet hatte. »Bist du nicht gestochen worden?«

»Warum sollten sie mich stechen?« erwiderte Kevin seelenruhig. »Ich habe ihnen ja nichts zuleide getan.«

Von den Aufregungen wie ausgelaugt, sank Karen auf einen Küchenstuhl. »Wo sind sie hergekommen?« fragte sie mit hohler Stimme. »Waren sie die ganze Zeit über im Stall?« Sie dachte daran, daß Julie und Molly gestern und vorgestern immerzu dorthin gerannt waren. Hatte sich der Bienenschwarm da schon auf dem Heuboden aufgehalten, als unsichtbare Gefahr für ihre beiden Töchter?

Kevin schüttelte den Kopf. »Wahrscheinlich sind sie erst heute morgen dorthin geflogen«, antwortete er. »Vergangene Nacht war es für sie zu kalt. Bienen können nicht gut fliegen, wenn die Temperatur auf zwölf Grad Celsius oder tiefer sinkt.«

»Aber wo sind sie überhaupt hergekommen?« beharrte Karen.

Kevin zuckte die Achseln. »Wahrscheinlich aus einem der Bienenstöcke.«

»Bienenstöcke? Ich kann mich gar nicht erinnern, hier Bienenstöcke gesehen zu haben.«

»Es gibt sie aber«, sagte Kevin. »Alle Farmen haben Bienenstöcke – wir brauchen Bienen für die Bestäubung der Futterpflanzen. Doch sobald ein Stock überfüllt ist, wird eine Jungkönigin produziert, und die alte Königin verläßt mit etwa einem Drittel des Volkes den Stock. So entstehen neue Kolonien. Wir werden diese hier zurückbringen und für sie einen neuen Stock neben den alten einrichten.«

»Wo sind sie?« fragte Molly, deren Neugier nun auch die letzten Reste von Furcht verdrängte. »Warum hast du sie mir nicht gezeigt?«

»Weil sie jenseits der hinteren Weide stehen, so weit wie möglich vom Haus entfernt«, erklärte Kevin. »Und sie sind dort draußen, damit kleine Kinder wie du ihnen nicht zu nahe kommen.«

»Ich bin kein kleines Kind!« protestierte Molly. »Ich bin fast zehn.«

»In zehn Monaten«, warf Julie ein.

Molly warf ihrer Schwester einen wütenden Blick zu. »Ich möchte die Bienen aber sehen!«

»Das reicht jetzt, Molly!« befahl Karen. »Kevin und Mr. Owen werden sich um die Bienen kümmern, und du bleibst hier bei mir.«

Draußen hatte Otto mittlerweile die Schachtel im Wagen verstaut und winkte Kevin.

»Möchtest du mitkommen?« fragte Kevin Julie, wobei er leicht errötete und ihren Blick so verlegen mied, daß Karen, die ihn vom Tisch aus beobachtete, sich nur mühsam ein Lächeln verkneifen konnte.

Julie starrte ihn an. »Das soll wohl ein Witz sein?« sagte sie. »Du willst, daß ich mit Millionen Bienen spazierenfahre?«

Kevins Gesicht wurde noch röter. »Es ist nicht gefährlich«, sagte er. »Der Deckel kann nicht aufgehen.«

»Aber ist es nicht gefährlich, wenn ihr sie in den Stock befördert?« fragte Karen. »Dann müßt ihr die Schachtel doch öffnen.«

Kevin nickte. »Aber Julie würde nicht in der Nähe sein. Sie kann sogar im Wagen bleiben und die Fenster schließen, wenn sie will«, erklärte er und sah Karen flehend an.

Sie konnte seinem Hundeblick nicht widerstehen. »Warum fährst du nicht mit, Julie? Ich bin sicher, daß Kevin und Otto genau wissen, was sie tun.«

»Mut-ter!« stöhnte Julie. »Also *wirklich!* Warum sollte ich …«

Aber diesmal ließ Karen sie nicht ausreden. »Ich finde, daß du mitfahren solltest«, sagte sie. »Wenn ich nicht soviel zu tun hätte, würde ich selbst mitfahren. Es hört sich interessant an.« Bevor Julie widersprechen konnte, wandte sich Karen an Kevin. »Sag deinem Großvater, daß er bitte noch einen Augenblick warten soll. Julie kommt gleich.«

Kevin spürte, daß sich zwischen Mutter und Tochter ein Machtkampf abspielte. »Wenn sie aber keine Lust hat …« murmelte er zögernd, doch Karen fiel ihm rasch ins Wort.

»Sie wird in einer Minute am Wagen sein«, beharrte sie. »Otto soll bitte warten.«

Sobald die Tür hinter Kevin zugefallen war, drehte sich Karen nach ihrer Tochter um, deren Augen Blitze schleuderten.

»Mutter, ich will nicht mitfahren!« legte Julie los. »Ich meine – was sind denn schon Bienenstöcke? Wen interessieren sie? Ich verstehe nicht, warum …«

Karen hob die Hände, um Julies Redestrom zu stoppen. »Würdest du mir bitte zuhören? Ich möchte nichts weiter, als daß du sie begleitest. Siehst du denn nicht, wie wichtig das für Kevin ist? Bitte, Julie! Du kannst ja im Wagen bleiben und in die andere Richtung schauen, wenn du willst. Aber wir werden von nun an auf dieser Farm leben, und wir müssen alle miteinander auskommen, sogar mit Otto Owen. Und ich darf dich vielleicht noch daran erinnern, daß er Molly aus dem Stall gebracht und Kevin geholfen hat, den Schwarm vom Baum zu holen, während wir uns hier im

Haus versteckt haben. Kein Wunder, daß er nicht viel von uns hält – wir haben uns wie Feiglinge verhalten! Also fahr mit, und bedanke dich bei Otto, daß er uns von den Bienen befreit hat. In Ordnung?«

Julie holte tief Luft und wollte neue Einwände erheben, sah dann aber, daß ihre Mutter jenen Gesichtsausdruck hatte, der besagte, daß jede weitere Diskussion sinnlos war. »Also gut«, seufzte sie, »ich fahre mit. Aber ich werde nicht aussteigen – ich *hasse* Bienen!«

»Tatsächlich?« fragte Karen mit hochgezogenen Brauen und schelmisch funkelnden Augen. »Dabei haben sie immer nur Gutes über dich gesagt.«

Julie starrte ihre Mutter erbittert an, drehte sich auf dem Absatz um und durchquerte die Küche. Vielleicht würde es gar nicht so gräßlich sein, die Bienenstöcke zu sehen, entschied sie. Obwohl sie das natürlich nie zugeben würde, war sie im Grunde schon etwas neugierig, wie Kevin und sein Großvater es bewerkstelligen wollten, den Schwarm aus der Schachtel in den Stock zu schaffen.

»Und was ist mit mir?« hörte sie Molly quengeln, als sie die Tür aufstieß. »Warum darf ich nicht mit?« Julie beschleunigte ihre Schritte, damit ihre Mutter gar nicht erst auf die Idee kam, sie könnte ihre kleine Schwester vielleicht doch mitnehmen.

»Weil jemand hierbleiben und mir helfen muß, mich fertig zu machen«, erklärte Karen und hob Molly etwas hoch, damit sie nicht hinter Julie herrennen konnte. »Du willst doch bestimmt nicht, daß deine alte Mutter wie eine Hexe aussieht, wenn sie heiratet, oder?«

»Ich will aber die Bienen sehen!« beharrte Molly.

Karen hielt sie so, daß ihre Nasenspitzen sich berührten. »Ich mache dir einen Vorschlag – du bleibst jetzt hier und hilfst mir beim Anziehen, und morgen verdrücken wir beide uns, ohne jemanden zu sagen, wohin wir gehen, und schauen uns die Bienenstöcke zusammen an. Aber du mußt mir versprechen, nicht zu nahe heranzugehen. Okay?«

Mit ihrem Schicksal ein wenig versöhnt, nickte Molly widerwillig, und Karen stellte sie wieder auf die Beine. Draußen nahm Julie gerade neben Otto Platz, und obwohl der alte Mann sie kaum beachtete und seine Begrüßung sich auf ein kurzes Nicken beschränkte, schmunzelte Karen insgeheim. Sie war ganz sicher, in Julies Augen einen Funken Interesse gesehen zu haben, und wahrscheinlich würde das Mädchen während der Fahrt Otto mit Fragen zum Thema Bienenstöcke löchern.

Und Otto würde sich so vielleicht mit wenigstens einer ihrer Töchter etwas anfreunden.

Eine Stunde später, als der Transporter zurückkehrte und Julie wieder ins Haus kam, mußte Karen feststellen, daß sie sich geirrt hatte.

»Julie?« rief sie. »Was ist passiert?«

Unterwegs zu dem Zimmer, das sie mit Molly teilte, drehte sich Julie um und starrte ihre Mutter zornig an.

»Mr. Owen«, sagte sie. »Ich hasse ihn! Ich hasse ihn wirklich! Er wollte einfach nicht mit mir reden, nicht einmal, wenn ich ihm eine simple Frage stellte. Er hat nur geknurrt, ich solle ihnen ja nicht im Weg stehen. Dabei wollte ich doch nur zusehen! Als ob ich mich für diese blöden Bienen interessieren würde! Hier interessiert mich gar nichts, aber auch wirklich gar nichts!« Sie brach plötzlich in Tränen aus, stürzte in das kleine Schlafzimmer, warf sich aufs Bett und vergrub ihr Gesicht im Kopfkissen.

Karen stöhnte innerlich. Warum mußte das ausgerechnet an ihrem Hochzeitstag passieren? Und, noch schlimmer, was bedeutete es für die Zukunft? Würde Otto nie akzeptieren, daß sie jetzt hier lebten?

Vielleicht sollte sie mit Russell über seinen Vater sprechen.

Oder vielleicht sollte sie sogar die Hochzeit verschieben …

Nein! Genau das wollte Otto ja: nicht nur, daß sie die Trauung verschob, sondern daß sie gänzlich darauf verzichtete und mit ihren Töchtern nach Los Angeles zurückkehrte.

Zum Teufel mit ihm! Karen beschloß, heute keinen Gedanken mehr an den zänkischen Alten zu verschwenden, setzte sich auf die Bettkante und versuchte, ihre Tochter zu beruhigen.

Doch auch als Julies Tränen versiegt waren, blieb ihr Blick düster.

»Wir sollten nach Hause fahren«, sagte sie. »Wir gehören nicht hierher. Wir sollten einfach nach Hause fahren.«

Karen erwähnte nichts von ihrer eigenen flüchtigen Anwandlung, die Hochzeit zu verschieben, und betete insgeheim, daß Julie sich irren möge.

Kapitel 3

Die Nachmittagssonne brannte heiß vom Himmel, und Karen kamen allmählich Zweifel, ob sie in bezug auf ihr Hochzeitskleid eine kluge Entscheidung getroffen hatte. Es war ein gutes Kleid, vor Jahren gekauft, als Richard noch lebte, und Hellgrün war ein Farbton, der ihrem Teint schmeichelte und einen reizvollen Gegensatz zu ihrem dunklen Haar bildete. Vielleicht war es etwas altmodisch, aber damit mußte sie sich eben abfinden – sie hatte kein Geld für ein neues Kleid gehabt, und Russells Angebot, ihr eines zu kaufen, hatte sie abgelehnt. »Farmersfrauen verschwenden kein Geld für ein Kleid, das sie nur ein einziges Mal tragen werden«, hatte sie argumentiert, als er ihr vorgeschlagen hatte, sie solle sich vor dem Umzug nach Pleasant Valley doch in Los Angeles ein neues Kleid kaufen. Damals war das ihre echte Überzeugung gewesen, aber als sie jetzt ihr sorgsam geändertes und gebügeltes Festgewand betrachtete, das an der Schranktür hing, war sie nahe daran, ihre Entscheidung zu bereuen.

Die Temperatur war auf über dreißig Grad gestiegen, und das schwere Seidenkleid hatte lange Ärmel. Nervös malte sie sich aus, wie sich die dunklen Flecken unter ihren Achseln immer mehr vergrößern würden, während sie den Hof überquerte und den kleinen Hügel zu Russells Veranda emporschritt. Allein schon diese Vorstellung brachte sie zum Schwitzen. Aber was könnte sie sonst anziehen? Sie wollte gerade noch einmal schnell ihre mitgebrachten Kleidungsstücke durchsehen, als eine Autohupe ihre Aufmerksamkeit ablenkte. Sie schaute aus dem Fenster und sah einen grauen Jeep Cherokee, der im Hof anhielt. Der Mann am Steuer kam Karen irgendwie bekannt vor, aber sie konnte ihn nirgends einordnen.

Was hatte er so früh hier zu suchen? Die ersten Gäste sollten eigentlich frühestens in einer halben Stunde eintreffen. Karen, deren Nervosität mit jeder Sekunde zunahm, gab die

Idee auf, nach einem anderen Kleid zu suchen, und eilte zur Tür, um ihren Pflichten als Gastgeberin nachzukommen. Doch dann hörte sie Ottos Stimme.

Der alte Mann klang, wie immer, zornig.

Als Karen auf die Veranda trat, stieg der Besucher gerade aus seinem Cherokee. Er war vierschrötig und mußte einige Jahre älter als sie selbst sein. Seine Augen waren hinter dikken Brillengläsern verborgen. Er trug Jeans und ein Westernhemd und holte einen fleckigen, schäbigen Cowboyhut aus dem Wagen, um seinen schütter behaarten Kopf gegen die Sonnenglut zu schützen. Dann lehnte er sich, ein amüsiertes Lächeln in den Mundwinkeln, an den Jeep und blickte Otto Owen gelassen entgegen.

»Was zum Teufel machst du hier?« rief der Alte, während er mit großen Schritten den Hof überquerte. In einiger Entfernung blieb er stehen, um einen Händedruck zu vermeiden, und verschränkte die Arme kampflustig vor der Brust.

Angesichts von Ottos Feindseligkeit verwandelte sich das Lächeln des jüngeren Mannes in ein breites Grinsen, das Karen jedoch ziemlich gezwungen vorkam. »Die Hochzeit, Otto«, erklärte er. »Russell hat mich nämlich eingeladen, ob du's glaubst oder nicht. Und ich bin etwas früher gekommen, weil ich dachte, daß ich vielleicht bei irgendwas helfen könnte.«

»Er braucht deine Hilfe nicht, Henderson!« knurrte Otto.

Der Mann nickte resigniert, so als hörte er das alles nicht zum erstenmal, und sagte achselzuckend, fast traurig: »Ich kann das einfach nicht verstehen, Otto. Warum sträubst du dich so gegen alle Versuche, diese Farm wirklich rentabel zu machen?«

»Rentabel?« wiederholte Otto Owen mit hochrotem Kopf und lauter Stimme. »Du hast ja nicht die leiseste Ahnung, wovon du redest, Henderson!«

Karen wußte jetzt, warum der Mann ihr bekannt vorgekommen war. Carl Henderson hatte seit ihrer Kindheit stark zugenommen, aber sie erinnerte sich noch genau an ihn. Er war vier oder fünf Jahre älter als sie und hatte ihr und ihren Freundinnen oft geholfen, auf den Wiesen Schmetterlinge zu fangen. Hatte er nicht am *Cal Poly* Entomologie studiert? Sie hatte in all den Jahren höchstens zwei- oder dreimal an ihn gedacht, und bisher hatte sie vermutet, daß er in irgendeinem Museum gelandet sei. Aber offenbar lebte er immer noch hier in seinem Heimatort.

»Verdammt, diese Farm war viel länger rentabel, als so'n Grünschnabel wie du wissen kannst!« hörte sie Otto schimpfen, als sie in die Gegenwart zurückkehrte. »Zuerst für meinen Pa, dann für mich. Und wenn ihr Bastarde nicht gewesen wärt, tät' sie sich auch noch für meinen Sohn und meinen Enkel großartig rentieren!«

»Jetzt hör aber auf, Otto!« protestierte Henderson, während er den wütenden alten Mann aus schmalen Augen fixierte. »Du weißt verdammt gut, daß diese Felder nicht mehr die Erträge von früher brachten. Und schließlich konnte kein Mensch ahnen, daß der Dünger die Bienen unfruchtbar machen würde! Was zum Teufel willst du von uns? Wir haben mehr Schadenersatz bezahlt, als die ganze Ernte wert war, und wir zahlen immer noch. Nebenbei gesagt – wenn du und dein lieber Vater die Felder nicht so ausgelaugt hättet, wäre der Dünger überflüssig gewesen! Und wenn du allein weitergewirtschaftet hättest, wärest du doch in spätestens fünf Jahren total ruiniert!»

»Hast du 'ne Ahnung!« brüllte Otto. »Und ich brauch' deine sogenannte Hilfe nicht mehr! Diese ganzen verdammten Chemikalien, die alles vergiften! Kein Wunder, daß ihr jetzt diese hochgezüchteten Bienen braucht. Normale Insekten würden die Giftmenge nicht überleben! Warum zum Teufel bleibst du nicht endlich, wo der Pfeffer wächst!«

»Um Himmels willen, Otto«, entgegnete Henderson. »Die Felder müssen gedüngt und die Pflanzen bestäubt werden. Ich versuche doch nur, eure Situation zu verbessern. Wir düngen eure Felder und wir versorgen euch mit Bienen, und, ehrlich gesagt, tu' ich dir einen großen Gefallen, indem ich mich um die Bienenstöcke kümmere. Wenn du das tun müßtest ...«

Doch Otto ließ ihn nicht ausreden. Er fuchtelte mit dem Zeigefinger drohend vor Hendersons Gesicht herum, und seine zeternde Stimme wurde noch lauter. »Wenn wir zulassen, daß ihr – du und die Bastarde, für die du arbeitest –

euch weiter so rührend um uns kümmert, werden wir *alle* in fünf Jahren vergiftet sein! *UniGrow*, daß ich nicht lache! *Uni-Dead* müßte man eure Giftküche nennen!«

»O Gott, das ist doch nicht möglich!« stöhnte Karen, die unwillkürlich den Atem angehalten hatte, weil sie befürchtete, daß Otto zuschlagen würde. »Otto?« rief sie, während sie auf die beiden Männer zulief. »Was ist los? Was ist passiert?«

Von Carl Henderson abgelenkt, bedachte der alte Mann Karen mit einem wütenden Blick, machte auf dem Absatz kehrt, stürmte ins Haus seines Sohnes zurück und schmetterte die Tür zu.

»Das ist meine Schuld, befürchte ich.« Carl Henderson ging zögernd auf Karen zu. »Ich bin ...« Er blieb abrupt stehen, seine Augen leuchteten auf, und ein Lächeln breitete sich auf seinem Gesicht aus. »Mein Gott – Karen Gilman! Sogar nach all den Jahren hätte ich dich überall wiedererkannt. Du bist noch genauso hübsch wie als kleines Mädchen.« Sein Lächeln wurde schwächer. »Du erinnerst dich bestimmt nicht an mich, stimmt's? Als du in die High School kamst, war ich schon auf dem College. Ich bin ...«

»Carl Henderson«, ergänzte Karen und streckte ihm die Hand entgegen. »O doch, ich erinnere mich an dich! Du hast mir und den anderen Kindern immer geholfen, Schmetterlinge zu fangen. Aber ich heiße schon lange nicht mehr Gilman – seit meiner ersten Eheschließung war ich Mrs. Spellman.«

»Tut mir leid, daß es zu diesem Auftritt gekommen ist«, sagte Henderson, während er Russell zuwinkte, der aus dem Haus auf dem Hügel gerannt kam, sein nur halb zugeknöpftes Frackhemd über der Hose. »Ich hielt es für vernünftiger, etwas früher zu kommen, damit Otto sein Gebrüll vor Ankunft der anderen Gäste veranstalten konnte.« Er tat so, als wollte er Karen etwas ins Ohr flüstern, redete aber absichtlich so laut, daß Russell ihn verstehen konnte. »Ich werde dir ein Geheimnis verraten, Karen. Dein zukünftiger Schwiegervater ist verrückt. Er hat sie nicht mehr alle!«

Russell klopfte Carl Henderson auf den Rücken und lud ihn zu einem schnellen Drink ein – »damit ich die Zeremonie überhaupt durchstehe« –, und Karen kehrte in Ottos Haus zurück, wobei sie sich müde fragte, mit wem Otto wohl den nächsten Streit vom Zaune brechen und ob ihre Hochzeit jemals über die Bühne gehen würde – geschweige denn an diesem Nachmittag.

»So, schöner werde ich nicht mehr!« sagte Karen eine halbe Stunde später, während sie ihr Make-up ein letztes Mal im Spiegel begutachtete. »Ihr beide seht hinreißend aus, also können wir der Zeremonie gefaßt entgegensehen.«

Sie hielt still, während Julie ihr das winzige Schleierhütchen aufsetzte. Molly betrachtete ihre Mutter mit schiefgelegtem Kopf und gerunzelter Stirn.

»Warum bedeckt dein Schleier nicht das Gesicht?« fragte sie.

»Weil ich das nicht leiden kann«, erwiderte Karen. Oder hatte sie auf einen langen Schleier verzichtet, weil ihr dieses ganze Brimborium bei der zweiten Trauung albern vorkam? »Und jetzt laß dich noch einmal anschauen.«

Molly stellte sich in Positur und drehte sodann eine Pirouette, um ihr bestes Kleid vorzuführen, dessen helles Pink ihren rosigen Teint noch unterstrich. Lächelnd wandte Karen ihre Aufmerksamkeit Julie zu, der sie ein neues Kleid gekauft hatte, weil weder ihr eigener noch Julies Kleiderschrank etwas Passendes enthielt, das leicht zu ändern gewesen wäre. Vielleicht war dieser Kauf aber auch eine Art Bestechung gewesen. Jetzt suchte sie den Blick ihrer älteren Tochter, in der leisen Hoffnung, daß sich Julies Einstellung zu der Hochzeit in letzter Minute geändert haben könnte. »Na – bereit, deine alte Mutter zum Traualtar zu geleiten?«

Julie zögerte für den Bruchteil einer Sekunde, und Karen konnte ihr ansehen, daß sie am liebsten einen allerletzten Versuch unternommen hätte, ihr diese Sache auszureden. Zu Karens großer Erleichterung verzichtete sie jedoch darauf und brachte sogar ein fast überzeugendes Lächeln zustande.

»Bereit«, sagte sie. »Und du siehst echt super aus.«

Sie verließen das Schlafzimmer, und Karen blieb mit Julie im Wohnzimmer stehen, während Molly auf die Veranda lief und den Musikanten auf Russells Veranda durch Winken signalisierte, daß sie zu spielen anfangen sollten. Gleich darauf wehten die ersten Takte des Hochzeitsmarsches über den Hof, und Molly griff nach dem Körbchen mit Feldblumen, die sie vormittags gepflückt hatte. Der Hof war voller Menschen – es waren so viele, daß Molly einen Moment lang vergaß, was sie zu tun hatte. Doch dann sah sie Kevin, der auf der obersten Verandastufe des großen Hauses neben seinem Vater stand und ihr zuzwinkerte.

Ich schaff's, dachte sie. Und ich werde auch nichts falsch machen!

Sie nahm eine Handvoll Blumen aus dem Korb und streute sie auf die Stufen. Langsam begann sie den Hof zu überqueren, und als wenige Sekunden später ein Raunen durch die Menge ging, wußte sie, daß ihre Mutter und Julie aus dem Haus getreten waren. Unter Aufbietung ihrer ganzen Willenskraft widerstand sie der Versuchung, sich nach ihnen umzudrehen, und setzte blumenstreuend ihren Weg fort, bis sie die Stufen von Russells Veranda erreichte.

Julie wartete, bis Molly einige Schritte gemacht hatte, bevor sie ihr folgte. Nun, da die Hochzeit tatsächlich stattfand und sie mit ihrer Mutter nicht mehr darüber debattieren konnte, stellte sie fest, daß sie sogar ihre Freude daran hatte. Obwohl sie bis zum letzten Moment Widerstand geleistet hatte und von den Plänen ihrer Mutter alles andere als begeistert gewesen war, liebte sie ihr hellblaues Kleid, das sie zusammen ausgesucht hatten, und während sie den Hügel zu Russells Haus emporschritt, stellte sie fest, daß der Rahmen einfach perfekt war: Die Sonne strahlte vom wolkenlosen Junihimmel, und die hügelige Landschaft, wegen der ungewöhnlich schweren Regenfälle des Winters noch prächtig grün, bildete eine perfekte Kulisse für die Farm und Russells Haus.

Und sogar die Gäste – für Julie größtenteils wildfremde Menschen – sahen offen und freundlich aus. Ganz anders als die Leute in L.A., die einen entweder total ignorierten oder aber anstarrten, als wollten sie einem die Kehle aufschlitzen. Doch hier lächelten alle ihr sogar zu!

Fast gegen ihren Willen lächelte Julie zurück. Sie fühlte sich von einer Welle der Sympathie emporgetragen und hatte das beruhigende Gefühl, in ihrem schönen neuen Kleid und mit den dunklen Haaren, die ihr offen über den Rücken fielen, so hübsch wie nie zuvor zu sein.

Doch dann, etwa auf halbem Wege, spürte sie plötzlich etwas anderes.

Jemand starrte sie an.

Ein stechender Blick, der sie wie kalter Stahl durchbohrte, der ihre Hochstimmung zunichte machte und sie trotz der Hitze frösteln ließ.

Einen Moment lang kreuzte sich ihr Blick mit dem des Mannes, der sie beobachtete, doch sie schaute sofort weg, denn irgendwie jagte er ihr Angst ein, und am liebsten hätte sie einen weiten Bogen um ihn gemacht.

Das ist doch albern, sagte sie sich. Daß er dich ansieht, bedeutet noch lange nicht, daß er etwas von dir will. Er ist ein ganz normaler Mann. Doch als sie an ihm vorbeiging und absichtlich starr nach vorne blickte, hatte sie erneut das Gefühl, von seinen Augen wie von einer kalten, scharfen Klinge durchbohrt zu werden.

Es war so, als wollte er ihr auf den tiefsten Grund der Seele schauen.

Sie erschauderte und schielte unwillkürlich zu dem Mann hinüber, allen festen Vorsätzen zum Trotz. Wieder trafen sich ihre Blicke für den Bruchteil einer Sekunde, und er lächelte ihr zu.

Errötend wandte Julie die Augen ab, und es kostete sie große Anstrengung, ihren gemessenen Gang beizubehalten. An der Veranda angelangt, wagte sie einen flüchtigen Blick über die Schulter hinweg.

Carl Henderson starrte sie noch immer an.

Plötzlich wußte Molly nicht mehr weiter.

Sollte sie die Verandastufen hinaufgehen oder unten stehenbleiben?

Sie geriet fast in Panik, überzeugt davon, daß ihre Mutter und Schwester dicht hinter ihr waren, doch Kevin machte ihr diskret ein Zeichen, und sie verstreute die restlichen Blumen rasch auf den Stufen und rannte dann zu Kevin, verunsichert durch leises Gelächter der Gäste. Doch als ihr Stiefbruder ihr beruhigend die Hand drückte und ihre Mutter ihr zulächelte, kam sie zu dem Schluß, daß sie ihre Sache vielleicht doch ganz gut gemacht hatte.

Julie stellte sich – wegen des starrenden Mannes mit leicht gerunzelter Stirn – neben Molly, und ihre Mutter nahm ihren Platz neben Russell ein.

Der Geistliche trat aus dem Haus.

Die Zeremonie begann.

Molly wollte den Worten des Geistlichen lauschen, wurde aber vom Summen einer Biene abgelenkt. Sie drehte sich verstohlen um, weil sie befürchtete, daß der ganze Schwarm wieder anrückte.

Dann sah Molly sie.

Eine einzelne Biene, die über den Blumen auf den Verandastufen schwirrte.

Molly versuchte sie zu ignorieren, aber sie kam immer näher.

Was, wenn die Biene ihre Mutter mitten in der Traurede stach?

Das Insekt war jetzt auf der Veranda, interessierte sich aber nach wie vor nur für die Blumen. Wenn Molly ihren Fuß unauffällig bewegen würde, könnte sie es erreichen. Und wenn sie es zertrat, konnte es ihre Mutter nicht stechen. Sie schob ihren weißen Glanzlederschuh näher heran.

Die Biene flog hoch, beschrieb einen Kreis und ließ sich wieder auf den Blumen nieder.

Molly schob ihren Fuß noch weiter vor.

Sie schaute auf, aber niemand beobachtete sie. Und die Biene war nur noch wenige Zentimeter von ihrer Schuhspitze entfernt.

Sie hob den Fuß, doch die Biene flog in letzter Sekunde davon, und Molly wußte zunächst nicht, wohin sie verschwunden war.

Diese Ungewißheit hielt aber nicht lange an.

Unter ihr Kleid!

Die Biene war unter ihr Kleid geraten und krabbelte an ihrem Bein hoch!

Molly unterdrückte den Impuls, ihren Rock hochzuheben, damit die Biene wegfliegen konnte. Wenn es ihr gelang stillzuhalten, bis der Geistliche die Trauung vollzogen hatte …

Sie stand wie angewurzelt da, während das Insekt über ihre Wade kroch, doch als es ihre Kniekehle erreichte, wo sie besonders kitzelig war, hielt sie es einfach nicht länger aus und bewegte ihr Bein.

Nicht heftig – nur ganz vorsichtig, damit die Biene sich an eine andere Stelle bewegte.

Und dann fühlte sie die sengende Hitze des Stachels, der in ihr Fleisch eindrang.

Sie schnappte nach Luft, konnte aber unter Aufbietung aller Willenskraft einen Schrei unterdrücken.

Wie lange noch? Wie lange würde der Geistliche denn noch reden?

Sie versuchte zuzuhören, aber das Brennen breitete sich sehr schnell über ihr ganzes Bein aus, und sie fühlte sich plötzlich so sonderbar. Endlich hörte sie durch den Schmerz hindurch die Worte: »Hiermit erkläre ich euch zu Mann und Frau. Russell, du darfst deine Braut jetzt küssen.«

Molly schaute hoch und sah, daß Russell ihre Mutter küßte. Sie streckte die Hand aus, doch noch bevor ihre Finger den Arm ihrer Mutter berühren konnten, drohte ihr die Luft wegzubleiben, und das Atmen fiel ihr immer schwerer. Stöhnend taumelte sie gegen Kevin, der verwundert auf sie herabsah.

»Molly?« hörte sie ihn fragen. »He, Knirps, was hast du denn?«

Mit schreckgeweiteten Augen versuchte sie zu sprechen, doch ihre Kehle schien immer enger zu werden, und sie brachte nur leise und keuchend hervor: »Eine … B-Biene hat … mich … gestochen …« Tränen traten ihr in die Augen, während sie eine Hand auf jene Stelle preßte, von der die glühende Hitze in alle Richtungen ausstrahlte. Doch obwohl der Schmerz schier unerträglich war, konnte sie den Druck ihrer eigenen Finger kaum spüren.

Sie hob ihren Rock und starrte entsetzt das Bein an, das so gräßlich rot war wie nicht einmal nach dem Sonnenbrand, den sie im vergangenen Sommer gehabt hatte. Ein blutleerer weißer Fleck markierte die Einstichstelle. Sie konnte den Stachel sogar sehen, der aus dem Körper des Insekts herausgerissen worden war, als es seine Waffe aus der Haut zu befreien versuchte. Molly wollte den Stachel aus ihrem angeschwollenen Fleisch ziehen, aber in ihrer zunehmenden Panik gelang es ihr nicht, den winzigen schwarzen Dorn zu fassen, der ihr solche Qualen verursachte, und statt eines lauten Angst- und Schmerzensschreis drang nur ein ersticktes Gurgeln aus ihrer zugeschnürten Kehle.

Der seltsame Laut veranlaßte Julie, einen Blick auf ihre Schwester zu werfen. Sie schnappte erschrocken nach Luft und packte ihre Mutter am Arm. Karen löste sich von Russell und starrte bestürzt das rote Bein ihrer kleinen Tochter an. »Liebling ...?« begann sie, doch Kevin fiel ihr ins Wort.

»Sie hat eine allergische Reaktion auf einen Bienenstich«, erklärte er. »Ich hole den Erste-Hilfe-Kasten.«

Während Karen neben Molly niederkniete, die immer mühsamer nach Luft rang, stürzte Kevin ins Haus und kam gleich darauf mit der Hausapotheke zurück. Russell öffnete hastig den Kasten und injizierte eine Dosis Epinephrin in Mollys Oberschenkelmuskel.

Als Mollys Atem kurz darauf erschreckend schwach und unregelmäßig wurde, nahm Russell das Mädchen auf den Arm. »Komm mit«, rief er Karen zu. »Die Spritze wirkt nicht, sie hat einen Schock! Wir müssen sie in die Klinik bringen. Schnell!«

Molly wimmerte hilflos in seinen Armen, während er sich rücksichtslos einen Weg durch die Menge bahnte, Karen dicht auf seinen Fersen. Alles war so schnell gegangen, daß Julie einen Augenblick lang wie betäubt dastand. Dann lief sie los, konnte die anderen aber nicht mehr einholen. Russells Wagen brauste schon davon.

Julie blickte ihm nach und kam sich vollkommen überflüssig vor.

Kapitel 4

»Alles wird wieder gut, Molly«, murmelte Karen tröstend. »Dir wird es bald bessergehen.« Doch während sie ihre Tochter in den Armen wiegte, fragte sie sich, ob ihre Worte der Wahrheit entsprachen. Mollys Bein schwoll immer stärker an, so daß das Knie kaum noch zu sehen war, und biegen konnte sie es überhaupt nicht mehr. Die Atmung der Kleinen verschlechterte sich von Sekunde zu Sekunde, und ihre ganze Haut war hochrot.

»Kannst du nicht schneller fahren?« drängte Karen ihren Mann, wobei sie inbrünstig hoffte, daß die Angst in ihrer Stimme Molly verborgen blieb.

»Wir sind in weniger als einer Minute da«, versicherte Russell. »Jemand wird angerufen und Dr. Filmore informiert haben, daß wir unterwegs sind. Molly wird rasch geholfen werden.«

»Aber was hat sie nur?« fragte Karen. »Sie ist schon früher von Bienen gestochen worden, und nie ...«

»Ich weiß auch nicht mehr als du, Liebling«, sagte Russell. Drei- oder vierhundert Meter vor der Stadtgrenze trat er auf die Bremse und bog von der Straße auf den Parkplatz der kleinen Klinik ab, die erst vor einem Jahr eröffnet worden war, finanziert durch Spenden der Einwohner von Pleasant Valley, die über einen Zeitraum von fast zehn Jahren gesammelt worden waren. Wie Russell versprochen hatte, wurden sie bereits erwartet. Eine etwa fünfunddreißigjährige Frau hielt ihnen die Eingangstür weit auf, und Karen hastete hinein, Molly in den Armen.

»Bringen Sie sie gleich in den Raum dort drüben«, sagte die Frau und deutete auf eine der beiden Türen im Hintergrund des Wartezimmers.

Zu Karens Verwunderung war der Raum leer. Einer Panik nahe, drehte sie sich nach der Frau um, die sie eingelassen hatte. »Wo ist Dr. Filmore?« rief sie aufgeregt. »Russell hat doch gesagt ...«

»Ich bin Ellen Filmore«, stellte die Frau sich vor. »Ziehen wir ihr erst mal das Kleid aus.«

Während Karen ihre Tochter hochhielt, öffnete Ellen Filmore, deren vorzeitig ergrauende Haare ein hübsches, ovales Gesicht mit warmen braunen Augen umrahmten, geschickt die Knopfreihe auf dem Rücken des Kinderkleidchens und zog die Arme des Mädchens aus den Ärmeln. »Gut, legen wir sie hin.«

Karen legte Molly behutsam auf den Untersuchungstisch. Die Kleine atmete immer mühsamer, und ihr Gesicht, das eben noch hochrot gewesen war, verfärbte sich jetzt bläulich. »O Gott!« schrie Karen. »Sie bekommt keine Luft mehr! Sie müssen ...«

Doch Ellen Filmore schob sie einfach sanft beiseite. Sie hielt einen merkwürdigen Kunststoffgegenstand in der Hand, und auf der anderen Tischseite war plötzlich ein junger Mann in weißer Hose und hellgrünem Kittel aufgetaucht. »Wollen Sie ihr ein Sedativ verabreichen?« fragte er.

»Ich glaube nicht, daß sie eines benötigt«, sagte die Ärztin. Während sie das Instrument – es bestand aus zwei Röhren, die in der Mitte durch eine große Plastikplatte getrennt waren – in Mollys Mund schob, erklärte sie Karen rasch, was sie machte. »Ihre Kehle schwillt zu und blockiert die Luftröhre. Wenn uns eine Intubation gelingt ...« Ihre Stimme verklang, und sie konzentrierte sich jetzt ausschließlich auf ihre Aufgabe. Der Krankenpfleger hielt Mollys Mund geöffnet und drückte ihre Zunge mit einem Holzstäbchen beiseite. Die Kleine würgte, als die Röhre eingeführt wurde, und Karen litt mit ihr, doch plötzlich dehnte sich Mollys Brustkorb, und ihre Lungen füllten sich mit Luft. Die bläuliche Verfärbung verblaßte rasch, nicht aber die unnatürliche Röte. »Machen Sie sich keine allzu großen Sorgen über ihre Farbe«, sagte Dr. Filmore. »Das bedeutet, daß sie wieder Luft bekommt. Mit etwas Glück ist das Schlimmste bereits überstanden.« An den Pfleger gewandt, fügte sie hinzu: »Geben wir ihr eine Epinephrin-Injektion, Roberto.«

Während der Pfleger hinauseilte, meldete sich Russell, der in Türnähe stehengeblieben war, erstmals zu Wort. »Ich habe ihr schon Epinephrin gespritzt. Es schien überhaupt nicht zu wirken.«

Stirnrunzelnd blickte Ellen Filmore von Molly auf, um deren Arm sie gerade eine Gummimanschette eines Sphygmomanometers wickelte. »Sind Sie sicher, daß Sie nicht versehentlich das Mittel gegen Schlangenbisse erwischt haben?« fragte sie, während sie die Manschette aufpumpte. Mollys Blutdruck war bedrohlich niedrig.

»Es war das Mittel gegen Bienenstiche«, erwiderte Russell. »Und es ist ganz frisch. Ich habe es erst vor einem Monat ausgetauscht.«

»Dann haben wir ein Problem.« Ellens Miene verdüsterte sich, während sie hastig irgendwelche Notizen auf eine leere Karteikarte kritzelte. »Wir müssen sie nach San Luis Obispo bringen.«

Karens Ängste drohten erneut in Panik auszuarten. Sie legte beschützend eine Hand auf ihre Tochter, die glücklicherweise nicht mehr zu hören schien, was gesprochen wurde. »San Luis Obispo?« wiederholte sie verstört. »Warum können Sie sie denn nicht hier behandeln?«

Ellen Filmore ignorierte Karens Frage und wandte sich Russell zu. »War Carl Henderson bei der Hochzeit?«

Russell nickte.

»Gut, dann rufen Sie bei sich zu Hause an, und fragen Sie ihn, ob wir sein Flugzeug benutzen können. Sollte er schon fort sein, versuchen Sie ihn zu finden.«

Russell verließ den Raum, und die Ärztin führte eine Hohlnadel in Mollys rechter Unterarmvene ein, um eine Infusion durchzuführen. Gleichzeitig klärte sie Karen auf. »Ich werde ihr für alle Fälle noch eine Epinephrinspritze geben, aber wenn sie wieder nicht darauf anspricht, haben wir ein Problem«, wiederholte sie.

»Ein Problem?« Karen dachte sofort an das Schlimmste. »O Gott, Molly wird doch nicht etwa ...« Sie vollendete den Satz nicht, weil sie befürchtete, daß Molly das Wort »sterben« hören und verstehen könnte.

Ellen Filmore begriff auch so, was Karen auf der Seele lag, und schüttelte energisch den Kopf. »Davon kann überhaupt keine Rede sein«, versicherte sie. »Hatte Ihre Tochter je zuvor eine Allergie gegen Bienenstiche?«

Karen schüttelte den Kopf und wiederholte, was sie Russell im Auto gesagt hatte. »Sie ist weiß Gott wie oft auf Bienen getreten, und natürlich hat sie geweint, während ich den Stachel herauszog, aber dann hat sie sofort weitergespielt. Sie hatte nie auch nur eine Schwellung.« Während sie Mollys schmerzverzerrtes Gesicht betrachtete, füllten sich ihre Augen mit Tränen, obwohl sie verzweifelt dagegen ankämpfte.

Sobald der Pfleger mit der Spritze zurückkam, injizierte Ellen das Epinephrin und wartete gespannt auf eine Reaktion.

Umsonst.

»Bleiben Sie bei ihr, Roberto«, sagte die Ärztin. »Ihr Zustand scheint im Augenblick stabil zu sein, aber rufen Sie mich sofort, falls irgendeine Veränderung eintritt.« Sie führte Karen aus dem Raum und schloß die Tür. »Ihre Tochter hat allem Anschein nach eine Allergie entwickelt«, erklärte sie. »So etwas kommt gelegentlich vor – jahrelang zeigen Menschen keinerlei Reaktion auf Bienengift und dann plötzlich – wumm! Bei manchen scheint es ein kumulativer Effekt zu sein. Mehr Sorgen macht mir aber« – ihre Stirn umwölkte sich –, »daß sie nicht auf das Epinephrin anspricht. Es hätte ihre heftige Reaktion eigentlich stoppen müssen – es sei denn, wir haben es mit einer anderen Bienenart als der uns bekannten zu tun.«

Im ersten Moment verstand Karen nicht, was die Ärztin damit sagen wollte, doch dann fielen ihr all die Zeitungsberichte ein, die in den letzten Jahren in Los Angeles für Schlagzeilen gesorgt hatten, und die Bedeutung von Dr. Filmores Worten kam ihr voll zu Bewußtsein. »Sie meinen … Killerbienen?« flüsterte sie erbleichend.

»Das habe ich nicht gesagt«, entgegnete Ellen. »Ehrlich gesagt, würde mich das sehr wundern. Die afrikanische Gattung hat sich bisher, soviel man weiß, nicht so weit nach Norden ausgebreitet, und außerdem ist sie zwar viel aggressiver als unsere einheimischen Bienen, aber das einzelne Insekt ist genauso ungefährlich. Nein, es sieht fast so aus, als sei Molly von etwas anderem gestochen worden.«

Bevor Karen etwas erwidern konnte, kam Russell aus der Empfangshalle zurück. »Ich habe mit Carl gesprochen – er fährt sofort zum Flughafen. Wir treffen ihn dort.«

«Ausgezeichnet«, sagte Ellen Filmore. Sie kehrten in den Untersuchungsraum zurück, und Russell starrte die Infusionsnadel in Mollys Arm an. Sogar sein ungeübtes Auge konnte sehen, daß die Schwellung schlimmer geworden war, und obwohl Molly durch die Kunststoffröhren atmen konnte, kostete es sie sichtlich Anstrengung, ihre Lungen mit Luft zu füllen. Konnte sie den Flug überhaupt überleben?

»Wie ...« setzte er zum Sprechen an, aber beim Anblick des hilflosen Kindes versagte ihm die Stimme, und so deutete er nur stumm auf die Instrumente, die Molly am Leben erhielten.

»Das geht in Ordnung«, beruhigte Ellen ihn. »Wir fahren mit dem Transporter zum Flughafen, und ich begleite Sie nach San Luis Obispo. Carl hat ein Funktelefon an Bord. Ich kann also während des Fluges mit dem Krankenhaus sprechen und einen Krankenwagen anfordern. Gehen wir.«

Während sie Molly, die kaum noch bei Bewußtsein war, mit Robertos Hilfe auf eine Rollbahre legte, zeigte sie Russell, wie die Sauerstoffzufuhr reguliert wurde, und erklärte Karen den Umgang mit dem Infusionsgerät. »Aller Voraussicht nach werden Sie beide überhaupt nichts zu tun brauchen«, sagte sie, während sie die Bahre zur Tür schob. »Doch falls sich ihr Zustand verändert, während wir in der Luft sein, werde ich vielleicht keine Zeit für Erklärungen haben. Das wichtigste ist, die Flasche höher zu halten, als Molly liegt, damit die Flüssigkeit in ihren Arm tropfen kann. Und wenn ich Ihnen sage, daß Sie die Zufuhr stoppen sollen, drehen Sie das Ventil zu. Der Schlauch darf sich nicht von der Flasche oder von der Nadel lösen, und auf gar keinen Fall darf die Nadel aus ihrem Arm herausgleiten. Fertig?«

Die Teamarbeit klappte problemlos: Ellen Filmore und der Pfleger rollten die Bahre vorsichtig auf den Parkplatz, Russell trug den Sauerstoffkanister, Karen die Infusionsflasche. Im Transporter hielt Russell das kleine Mädchen in den Armen, und zehn Minuten später erreichten sie den Flughafen, wo Carl Hendersons kleine Maschine schon mit laufendem Motor bereitstand.

Molly wurde auf die mittlere der drei engen Sitzreihen gelegt, Russell nahm den Platz des Kopiloten ein und lächelte Karen zu, die sich mit der Ärztin den Rücksitz teilte.

»Wir werden mit Sicherheit die bestgekleideten Eltern sein, die das Krankenhaus von Obispo je gesehen hat, glaubst du nicht auch?« versuchte er seine Frau aufzuheitern, obwohl ihm eigentlich nicht zum Spaßen zumute war.

Karen wollte sein Lächeln erwidern, doch als Molly in ihrem Betäubungszustand erschauderte, mußte sie sich auf die Lippen beißen, um nicht in Schluchzen auszubrechen.

Laß sie nicht sterben, betete sie im stillen. Bitte, Gott, laß sie nicht sterben.

Julie hängte den Telefonhörer in der Küche ein. Hinter der geschlossenen Tür zum Eßzimmer konnte sie das Gemurmel der wenigen Gäste hören, die hiergeblieben waren, weil sie wissen wollten, ob Molly überleben würde. Sie stellte sich seelisch darauf ein, Fragen beantworten zu müssen, öffnete die Tür und schlängelte sich möglichst schnell durch die kleine Schar der engsten Freunde ihres Stiefvaters. »Es hört sich nicht so an, als würden sie noch heute abend nach Hause kommen«, berichtete sie Maddy Brewer, die zu den wenigen gehörte, an deren Namen sie sich erinnern konnte. »Molly geht es gar nicht gut, und Mutter klingt ziemlich besorgt.« Erleichtert entdeckte Julie ihren Stiefbruder auf der vorderen Veranda, eilte hinaus und atmete dankbar die frische Luft ein. »Mom hat gerade angerufen«, sagte sie. »Sie haben Molly ins Krankenhaus von San Luis Obispo gebracht, und Mom ist nicht sicher, wann sie nach Hause kommen. Vielleicht morgen, vielleicht aber auch erst übermorgen.«

Kevin stieß einen tiefen Seufzer aus. Er wußte nicht, was er sagen sollte. Die Erinnerung an den Schmerz, den er vor einer Stunde in Mollys Augen gesehen hatte, zerriß ihm fast das Herz, und er hatte einen Kloß im Hals, der ihn daran hinderte, sich nach Mollys Zustand zu erkundigen. Anstatt seine Angst um das kleine Mädchen in Worte zu fassen, nahm er deshalb Zuflucht zum Galgenhumor und quälte sich ein trockenes Lächeln ab. »Schöne Hochzeit, was? Wahrscheinlich sollten wir den restlichen Gästen sagen, daß sie nach Hause fahren können.« Er warf einen Blick ins Haus, wo die Tische mit allen möglichen Speisen gedeckt waren. »Ganz schöne Verschwendung, was?«

Julie starrte ihn an. »Ist das alles, worüber du dir Sorgen machst – die Fressalien? Was ist mit meiner Schwester?« Was glaubte Kevin eigentlich – daß Molly sich absichtlich hatte stechen lassen? »Sie hat es doch nicht absichtlich getan!«

»Das behauptet ja auch niemand«, erwiderte Kevin, bestürzt über Julies plötzlichen Zorn. Was hatte sie nur? Warum ging sie so auf ihn los? »Ich habe doch nur gesagt ...«

»Ich habe gehört, was du gesagt hast«, fiel Julie ihm wütend ins Wort. »Und es hörte sich so an, als würdest du glauben, Molly hätte absichtlich ...«

»Ich habe Molly mit keinem einzigen Wort erwähnt«, protestierte Kevin, nun ebenfalls mit erhobener Stimme.

Die Verandatür flog auf, und Otto Owen bedachte die beiden Teenager mit finsteren Blicken. »Was ist denn hier los?«

Bevor Kevin ein Wort sagen konnte, sprudelte Julie ihre Beschuldigung hervor.

»Nun, er hat ganz recht«, knurrte Otto. »Wenn ihr Mädchen mit eurer Mutter dort geblieben wärt, wo ihr hingehört, wäre deine Schwester nicht gestochen worden, stimmt's?«

Julie stand einen Moment lang mit offenem Mund da, völlig fassungslos, und dann brach sie in Tränen aus, schlug sich die Hände vors Gesicht, stolperte die Stufen hinab und rannte über den Hof zum Stall.

Kevin starrte seinen Großvater an. »Mein Gott, Opa!«

»Es stimmt doch, oder etwa nicht?« brummte Otto. »Sie gehören nicht hierher!«

Kevin konnte nicht mehr an sich halten. »Dad und Karen sind verheiratet, Opa! Er liebt sie. Und ich mag sie auch.« Er redete immer schneller. »Sie ist nicht meine Mutter, aber was macht das schon? Mom ist tot, und daran läßt sich nichts mehr ändern. Und ich mag auch Julie und Molly! Wenn Molly stirbt, weiß ich nicht, was ich tun werde! Sie ist wie eine kleine Schwester für mich. Hör also endlich auf zu stänkern, Opa, okay?« Bevor Otto etwas erwidern konnte, wandte Kevin ihm den Rücken zu, sprang die Stufen mit einem Satz hinab und rannte Julie nach.

Otto knirschte mit den Zähnen, und an seiner Schläfe begann eine Vene zu pochen. Er machte einen zögernden Schritt hinter Kevin her, blieb aber dann stehen, wirbelte auf dem Absatz herum, stürmte ins Haus zurück und schob sich durch die Gästeschar, bis er vor dem Tisch mit der Punschschüssel stand. Er wollte sich ein Glas davon einschenken, besann sich dann aber eines Besseren und ging zum Sideboard, wo verschiedene Flaschen aufgereiht waren. Er goß sich eine großzügige Menge *Jack Daniel's* ein, leerte das Glas und genehmigte sich ein zweites.

Kinder! Was nahmen sie sich heutzutage alles heraus? Wenn er selbst jemals so mit seinem Großvater gesprochen hätte wie Kevin soeben mit ihm, hätte sein Vater ihm eine Tracht Prügel verabreicht, die er nie mehr vergessen hätte.

Er schüttete das zweite Glas Whisky genauso schnell hinunter wie das erste und füllte es wieder.

Vielleicht würde er sich einfach betrinken.

Vielleicht würde er Kevin aber auch noch die wohlverdiente Tracht Prügel geben!

»Julie?« Kevin betrat den Stall und blieb kurz stehen, damit seine Augen sich von der hellen Sonne auf das Halbdunkel umstellen konnten. »Julie?« rief er wieder. »Wo bist du?« Er spitzte die Ohren, konnte aber zuerst nur die normalen Stallgeräusche hören. Die Pferde schnaubten leise in ihren Boxen, und einige Hühner scharrten auf dem Boden nach Körnern. Dann hörte Kevin aber vom Heuboden ein anderes Geräusch.

Ein Schluchzen.

Er ging zur Leiter und begann hinaufzusteigen, hielt jedoch inne, als Julie von oben rief: »Komm nicht rauf! Laß mich in Ruhe!« Ihre Stimme wurde von Tränen erstickt.

Kevin zögerte kurz, kletterte dann aber weiter, bis er auf den Heuboden schauen konnte. Julie saß auf einem Heuballen, etwa fünf Meter von der Leiter entfernt, und als Kevins Kopf und Schultern in der Luke auftauchten, kehrte sie ihm hastig den Rücken zu und zog defensiv die Schultern hoch. »Habe ich nicht gesagt, daß du unten bleiben sollst?« rief sie.

»Ich bin aber trotzdem raufgekommen«, erwiderte Kevin, während er sich auf den Heuboden schwang und zögernd auf sie zuging. »Ich wollte nur ... ich weiß nicht ...« Er schob seine Hände tief in die Taschen und starrte seine Füße an. »Ich glaube, ich will mich einfach entschuldigen«, murmelte er. »Ich meine ... mir wäre nie auch nur in den Sinn gekommen, daß Molly die Hochzeit absichtlich verderben wollte, aber ich habe wahrscheinlich eine wirklich dumme Bemerkung gemacht. Du lieber Himmel, ich mag Molly. Sie ist wirklich nett. Und auch Großvater hätte nicht sagen sollen, was er gesagt hat. Ich weiß nicht, warum er solche Dinge von sich gibt.«

»Na ja, vielleicht hat er recht«, sagte Julie, ohne sich umzudrehen. Immerhin entspannte sich ihre verkrampfte Haltung ein wenig. »Vielleicht hätten wir wirklich nicht herkommen sollen. Meine Idee war es bestimmt nicht.«

Obwohl der Schmerz in ihrer Stimme ihm regelrechtes Magendrücken verursachte, widerstand er dem plötzlichen Verlangen, sich ihr zu nähern. Statt dessen setzte er sich mit gekreuzten Beinen auf den Holzboden und drehte nervös einen Strohhalm zwischen den Fingern. »Meinst du damit, daß du nicht herkommen wolltest?«

»Was glaubst du denn?« fragte Julie, immer noch, ohne ihn anzusehen. »Warum sollte ich all meine Freunde verlassen und die Schule wechseln wollen, nur um hierher zu kommen? Weißt du überhaupt, wie stinklangweilig diese Kleinstadt ist?«

Kevin knirschte mit den Zähnen, und wenn Julie ihn in diesem Moment angesehen hätte, wäre ihr eine fast unheimliche Ähnlichkeit mit Otto aufgefallen, aber er beherrschte mühsam seinen Zorn. »Ich ... ich glaube, ich habe nie darüber nachgedacht«, gab er zu. Er legte jedes Wort auf die

Goldwaage, um Julie nicht noch unglücklicher zu machen, als sie ohnehin schon war. »Weil es mir selbst hier so gut gefällt, nahm ich einfach an, daß es allen anderen auch gefallen muß. Das war wohl ziemlich dumm, was?«

Julie nickte stumm.

»Na ja, jedenfalls tut es mir leid«, sagte Kevin. »Es tut mir leid, daß Molly gestochen wurde, und es tut mir leid, daß sie im Krankenhaus bleiben muß und daß Dads und Karens Hochzeitsparty nicht stattfinden konnte, tut mir auch leid.« Nach kurzem Zögern fügte er noch hinzu: »Ich wollte deine Gefühle wirklich nicht verletzen.« Er wartete eine Weile, weil er hoffte, daß Julie etwas sagen würde. Als sie schwieg, stand er auf, verlegen, da er seine Gefühle gezeigt hatte. »Ich habe mich wohl wirklich sehr dumm benommen, und ich mache dir keinen Vorwurf daraus, daß du nicht mit mir reden willst.« Er begann die Leiter hinabzusteigen, und sein Kopf war kaum noch zu sehen, als Julie sich endlich umdrehte.

»Kevin?«

Er hielt an und wartete.

Sie fuhr sich mit den Fingern der rechten Hand durch ihre langen dunklen Haare und versuchte zu lächeln. »Ich ... ich glaube ... ich weiß selbst nicht ... es ist nur ... alles ist hier so ganz anders, und ich habe keine Freunde, und ...«

Rasch kletterte Kevin auf den Heuboden zurück und kauerte neben dem Heuballen nieder, auf dem sie saß. »Du bist ja erst ein paar Tage hier«, sagte er. »Und ich kenne eine ganze Menge Jungs und Mädchen. Ich wollte dich während der Party mit ihnen bekannt machen, aber du hast dich ja in der Küche versteckt.«

Julie errötete. »Ich ... ich hatte Angst um Molly«, stammelte sie. »Was, wenn sie stirbt?«

Kevin nahm ihre Hände in die seinen. »Sie wird nicht sterben, Julie. An einem Bienenstich stirbt man nicht. Sie werden ihr eine Spritze geben, und dann wird es ihr wieder gutgehen, du wirst sehen. Und jetzt komm, ich stelle dich meinen Freunden vor.«

Julie zögerte immer noch.

Ihre Angst um Molly war nicht der einzige Grund gewesen, weshalb sie sich in der Küche verkrochen hatte.

Zum einen war da Carl Henderson. Bevor er fortgefahren war, um Molly ins Krankenhaus zu fliegen, hatte sie ihn mindestens dreimal dabei ertappt, daß er sie anstarrte, und die Intensität seiner Blicke hatte sie immer mehr verstört. Sollte sie Kevin über den Mann ausfragen? Aber sie wußte ja schon, daß Henderson ein guter Freund ihres Stiefvaters war. Wenn sie fragen würde, ob er irgendwie pervers sei, würde Kevin bestimmt glauben, daß sie Ärger machen wollte.

Außerdem war auch Carl Henderson nicht ausschlaggebend für ihren Rückzug von der Party gewesen. Sie würde aber eher sterben als Kevin gestehen, daß die drei Mädchen, die ihn umringt hatten, gleich nachdem sein Vater und ihre Mutter mit Molly davongebraust waren, sie total eingeschüchtert hatten. Wie konnte sie ihm ihre Befürchtung erklären, daß er sie seinen Freundinnen nicht vorstellen und überhaupt keine Notiz von ihr nehmen würde, wenn sie sich der Gruppe anschloß?

»Da ist noch irgend etwas anderes, stimmt's?« fragte Kevin.

Julie zögerte, schüttelte dann aber den Kopf. Es war vernünftiger, ihm nichts von ihren Ängsten zu verraten, entschied sie.

Als sie schwieg, stand Kevin auf und zog sie hoch. »Dann komm«, sagte er. »Molly wird bestimmt gesund werden. Gehen wir ins Haus.« Er warf durch die offene Heubodentür einen Blick auf den Hof hinab. »Es sind immer noch Leute da, und wir haben Essen in Hülle und Fülle. Nachdem unsere Eltern nicht da sind, sollten wir vielleicht die Rollen der Gastgeber übernehmen, meinst du nicht auch?«

Julie schaute zum Haus hinüber. »Ich kann mich an kaum einen Namen erinnern«, wandte sie ein.

»Ich werde dicht an deiner Seite bleiben und dich mit allen bekannt machen«, beruhigte Kevin sie. »Hör auf, dir Sorgen zu machen, und klopf das Heu von deinem Kleid.«

Julie betrachtete den Rock ihres schönen neuen blauen Kleides, das jetzt zerknittert war und Heuflecken aufwies. »O Gott, ich sehe schrecklich aus!« stöhnte sie.

Kevin grinste zum erstenmal, seit er den Stall betreten hatte. »Nein, du siehst phantastisch aus. Du bist viel hübscher als die anderen Mädchen.«

»Aber mein Kleid ...«

»Die Leute werden glauben, wir hätten uns hier oben amüsiert«, lachte Kevin, während Julie tief errötete. »Das wird für mich einfach super sein! Alle Jungs werden mich glühend beneiden. Sie sind mir vorhin dauernd in den Ohren gelegen, daß sie dich kennenlernen wollten.«

»Aber wir haben uns doch gar nicht amüsiert!« protestierte Julie.

Kevins Grinsen wurde noch breiter. »Das brauchen wir ja niemanden auf die Nase zu binden!« schlug er vor.

»Aber alle werden glauben ...« Dann erst ging ihr der verborgene Sinn seiner Worte auf, und ein Schwindel erfaßte sie. »Tut mir leid, daß ich vorhin so ausgerastet bin«, sagte sie leise. »Ich ...« Sie war völlig verwirrt, und als seine Finger sich fester um ihre Hände schlossen, bekam sie rasendes Herzklopfen. »Ich weiß nicht, was plötzlich in mich gefahren war.«

»Na, jetzt ist ja alles wieder in Ordnung.« Kevin kicherte leise vor sich hin. »Jedenfalls bist du nicht sauer auf mich, und ich bin nicht sauer auf dich. Nur Opa hat auf uns beide eine Mordswut.«

»Auf uns beide?« wiederholte Julie. »Warum sollte er denn auf dich wütend sein?«

»Weil ich ihm gesagt habe, daß er aufhören soll herumzustänkern.« Beim Gedanken daran, daß die Augen seines Großvaters Blitze geschleudert hatten, als er ihn auf der Veranda stehenließ, fröstelte er unwillkürlich. »Ich vermute, daß er mich liebend gern verdreschen würde.« Ohne Julies Hand loszulassen, ging er wieder auf die Leiter zu. »Na ja, wir werden ihm einfach aus dem Weg gehen, dann beruhigt er sich wieder. Er geht furchtbar schnell in die Luft, aber seine Wut verraucht dann auch fast genauso schnell. Komm, jetzt mußt du endlich meine Freunde kennenlernen. Aber die Jungs sollen ihre Finger von dir lassen, sonst bekommen sie's mit mir zu tun.«

Während sie als erste die Leiter hinabstieg, überlegte Julie, wie sie seine letzten Worte interpretieren sollte.

Wollte er sie beschützen, weil er jetzt so was wie ihr älterer Bruder war?

Oder meinte er etwas ganz anderes?

Zu ihrer eigenen Verwunderung mußte sie sich eingestehen, daß sie hoffte, er habe etwas ganz anderes gemeint.

Daß Kevin sich ihr gegenüber wie ein Bruder benahm, war wirklich das allerletzte, was sie sich wünschte!

Karen Owen stand schreckensstarr im Notbehandlungsraum des Krankenhauses von San Luis Obispo, den Blick auf ihre Tochter gerichtet. Während des Telefonats mit Julie hatte sie so getan, als wäre sie nicht allzu beunruhigt, doch jetzt stieg wieder Panik in ihr auf, denn Mollys Bein war grotesk verformt, ihr Atem ging schwer und stoßweise, und ihr Gesicht war unnatürlich rot und so stark geschwollen, daß ihre großen blauen Augen zu Schlitzen verengt wurden.

Warum tat denn niemand etwas?

Warum unterhielt sich der Arzt mit Ellen Filmore, anstatt Molly irgendwie zu helfen?

»Hat sie je zuvor unter Allergien gelitten?« hörte sie jemanden fragen und bemerkte erst jetzt, daß der Arzt sich ihr zugewandt hatte.

Obwohl sein Namensschild ihn als Dr. Paul Martin auswies, sah er kaum älter als ein Absolvent der High School aus, nicht einmal wie ein Medizinstudent. »Nein«, erwiderte sie und schüttelte zusätzlich den Kopf.

Stirnrunzelnd begann Martin mit einer Untersuchung, die in Karens Augen eine sinnlose und zeitraubende Wiederholung der Prozedur war, die Ellen Filmore in Pleasant Valley durchgeführt hatte. Eine Krankenschwester stand neben ihm und machte sich Notizen. Karen war einem Schreikrampf nahe, als der Arzt endlich etwas murmelte, das sich wie eine Anweisung anhörte, ein Medikament zu holen. Die Schwester eilte aus dem Zimmer und kam Sekunden später mit einer Spritze und einer Ampulle zurück.

»Was ist das?« fragte Karen mit unnatürlich lauter Stimme. »Was geben Sie ihr da?«

»Ein neuartiges Gegengift«, erwiderte der Arzt. Er führte die Nadel in Mollys Arm ein und injizierte ihr eine klare Flüssigkeit. Dann zog er die Nadel heraus, warf sie in einen Papierkorb und tupfte die winzige Einstichstelle sorgfältig mit einem Wattebausch ab.

»Das mach' ich schon, Doktor«, sagte die Krankenschwester beflissen. Der Arzt überließ ihr den Tupfer, trat aber nicht vom Tisch zurück, sondern beugte sich über Molly und zog behutsam ein Augenlid zurück.

»Stimmt ... stimmt etwas nicht?« flüsterte Karen. Bevor der Arzt antworten konnte, zuckte Mollys Hand, und eine Sekunde später begann sich ihre Farbe zu verändern: Die unnatürliche Röte ließ nach. »Was ist mit ihr?« stammelte Karen, die nicht so recht wußte, ob Molly auf das Medikament ansprach oder nicht. »Klappt es nicht?«

»Helfen Sie mir mit dem Intubator«, wandte sich Martin an die Krankenschwester, ohne auf Karens Fragen einzugehen.

Während die Schwester Mollys Kopf festhielt, damit die Kleine sich nicht instinktiv von der Hand des Arztes wegdrehte, zog er vorsichtig die Kunststoffröhre aus ihrer Kehle heraus. Karen umklammerte eine Stuhllehne so fest, daß ihre Nägel sich in das Vinylpolster gruben, und unwillkürlich hielt sie selbst den Atem an, als die Entscheidung unmittelbar bevorstand, ob Molly ohne Intubator atmen konnte. Erst als sich die Brust des Mädchens hob, blickte Dr. Martin lächelnd zu Karen herüber.

»Die Schwellung in ihrer Kehle ist schon soweit zurückgegangen, daß sie Luft bekommt, und ihre Farbe ist fast normal. Sie kommt durch!«

Wie zur Bestätigung der Worte des Arztes flatterten Mollys Lider, dann schlug sie die Augen auf und flüsterte kaum vernehmbar: »Mommy?«

»Ich bin hier, Liebling«, sagte Karen, trat rasch an den Untersuchungstisch heran und nahm Mollys Hand zwischen ihre beiden Hände. »Ich bin hier, und du wirst bald wieder gesund sein. Gesund und munter.«

Molly sah sich um und runzelte die Stirn. »Wo bin ich?«

»Im Krankenhaus, in San Luis Obispo«, erklärte Karen.

Allmählich fiel Molly wieder ein, was passiert war, und ihre Miene verdüsterte sich. »Ich habe die Hochzeit verdorben, nicht wahr?« fragte sie. »Sind jetzt alle sauer auf mich?«

Tränen der Erleichterung liefen Karen über die Wangen, während sie Mollys Finger küßte. »Natürlich ist niemand sauer auf dich. Du bist von einer Biene gestochen worden und hast allergisch darauf reagiert, weiter nichts. Es war nicht deine Schuld. Alles ist jetzt wieder in Ordnung.«

Immer noch nicht ganz beruhigt, versuchte Molly sich aufzusetzen. »Wo sind alle anderen?« wollte sie wissen. »Ist Julie auch hier?«

Karen schüttelte den Kopf. »Nur ich und Russell und Dr. Filmore. Mehr Leute hätten im Flugzeug auch keinen Platz gehabt.«

»Im Flugzeug?« wiederholte Molly verwirrt.

»Mr. Henderson hat uns hergeflogen«, erklärte Karen. »Er arbeitet für eine Firma namens *UniGrow*, die Russell zu besseren Ernteerträgen verhilft.«

»Und ich werde euch auch zurückfliegen«, versprach eine Stimme hinter ihnen.

Karen drehte sich um und sah Carl Henderson und Russell auf der Schwelle stehen.

»Man hat uns erlaubt hereinzukommen«, sagte Russell, während er mit großen Schritten näher kam. Er küßte Molly auf die Wange, und dann tat er so, als wollte er sie an den Rippen kitzeln, ein Spiel, das er und das kleine Mädchen schon vor einiger Zeit erfunden hatten. »Wie geht's meinem Lieblingsmädchen?«

Kichernd wich Molly seinen Fingern aus. »Ich dachte, daß Mommy dein Lieblingsmädchen ist.«

»Nach dir ist sie das auch«, erwiderte Russell. »Fühlst du dich besser?«

Molly nickte. »Nur mein Bein tut noch weh.«

»Das müßte auch bald aufhören«, sagte Dr. Martin und fügte, an Carl Henderson gewandt, hinzu: »Ein fantastisches Zeug habt ihr da hergestellt. Sie hat in weniger als einer Minute darauf angesprochen.« Als Henderson fragend die

Brauen hob, sah der Arzt verwirrt Karen an: »Haben Sie nicht gerade gesagt, daß er für *UniGrow* arbeitet?«

Bevor Karen antworten konnte, nickte Henderson. »Das tu' ich auch, aber was hat das mit Molly zu tun?«

Dr. Martin blickte noch verwirrter drein. »Sie wissen nicht, was Ihre Pharma-Abteilung macht?«

Henderson schüttelte den Kopf. »Mit Pharmazeutik habe ich nichts zu tun. Ich bin Entomologe und habe mich auf landwirtschaftlich nutzbare Insekten spezialisiert. *UniGrow* ist ein großes Unternehmen, und die meisten Abteilungen wissen über die Arbeit der anderen nicht Bescheid. Außerdem habe ich das Glück, draußen in Pleasant Valley zu arbeiten, größtenteils selbständig.«

Martin griff nach der leeren Ampulle, die noch auf der langen Arbeitsplatte lag, und reichte sie Henderson. »Ein erstaunliches Mittel. Es scheint viel schneller zu wirken als alles, was wir bisher hatten.«

Ellen Filmore trat näher heran. »Und wie heißt das Wundermittel?«

Martin schnitt eine Grimasse. »Es hat noch keinen Handelsnamen. Bisher stehen nur die chemischen Komponenten drauf, und an denen möchte ich mir nicht die Zunge zerbrechen.« Er deutete auf die Krankenschwester. »Wir nennen es einfach ›das neue Zeug, das *UniGrow* gegen Bienenstiche erfunden hat‹. Sehr wissenschaftlich, was?«

»Ich find's gut«, lachte Ellen. »Vielleicht sollten sie es unter diesem Namen auf den Markt bringen. Dann könnten wir Ärzte endlich dieselbe Sprache wie die Patienten sprechen.« Sie beugte sich über die Ampulle in Hendersons Hand. »Kannst du mir was von dem Zeug besorgen?«

»Warum nicht?« erwiderte Henderson. »Wenn es im Katalog steht, gibt es überhaupt keine Probleme. Wenn nicht, wird allerdings ein gewisser bürokratischer Aufwand unvermeidlich sein.«

Ellen Filmore zuckte mit den Schultern. »Selbst wenn es noch nicht auf dem Arzneimittelmarkt sein sollte, möchte ich alles darüber wissen. Wenn sich irgendwer querlegt, könnte ich argumentieren, daß wir uns an der abschließenden Testphase beteiligen wollen. Wir brauchen dieses Zeug, denn wenn sich solche Bienenstiche wie bei Molly wiederholen, können wir mit Epinephrin offenbar nichts ausrichten.«

Henderson nickte. »Ich tu', was ich kann.« Er sah Dr. Martin fragend an. »Darf Molly nach Hause?«

Paul Martin schüttelte den Kopf. »Auf gar keinen Fall. Ich habe ihr gerade eine starke Dosis eines ganz neuen Mittels verabreicht und muß sie deshalb hierbehalten, bis ich sicher sein kann, daß keine unerwünschten Nebenwirkungen auftreten.« Er grinste dem kleinen Mädchen zu. »Tut mir leid, aber ich muß dich bis morgen früh in ein Einzelzimmer stecken, mit Fernseher, Videorecorder und einen Stapel Filme als einziger Gesellschaft.«

Molly bekam leuchtende Augen. »Haben Sie *Bambi*?« wollte sie wissen. »Ich liebe *Bambi*.«

»Wahrscheinlich haben wir den Film«, antwortete Dr. Martin. »Und wenn nicht, möchte ich wetten, daß du deinen Dad überreden kannst, das Video in der Stadt für dich auszuleihen.«

Molly warf Russell einen zweifelnden Blick zu. »Er ist nicht mein Dad, er ist ...«

»Ich bin ihr Stiefvater«, erklärte Russell. »Und ich bin ziemlich sicher, daß wir eine Kopie von *Bambi* auftreiben können.« Er legte einen Arm um Karens Taille. »Was hältst du von einer Hochzeitsnacht in San Luis Obispo?« fragte er. »Ich weiß, es ist nicht Paris ...«

»Es wird herrlich werden.« Karen lächelte. »Und ich weiß auch schon, wo wir die Nacht verbringen – im *Madonna Inn!*«

»Wunderbar!« stimmte Russell zu. »Ich habe schon immer nach einem Vorwand gesucht, um dort übernachten zu können, und dies ist genau die richtige Gelegenheit.« Er küßte Molly. »Danke, Prinzessin! Ich weiß nicht, wie du das gemacht hast, und es tut mir leid, daß du die Nacht im Krankenhaus verbringen mußt, aber jedenfalls hast du dafür gesorgt, daß die Hochzeit perfekt ist. Deine Mutter und ich haben nichts mit der riesigen Party auf der Farm zu schaffen, und wir können unsere Hochzeitsnacht an einem Ort verbringen, der es uns seit langem angetan hat. Wir sind dir zu großem Dank verpflichtet, und deshalb bekommst du ein Geschenk, bevor wir morgen nach Hause fahren. Überleg dir also schon mal, was du dir wünscht, okay?«

Endlich überzeugt davon, daß weder ihre Mutter noch ihr Stiefvater ihr böse waren, nickte Molly glücklich, während ein Pfleger sie in ihr Zimmer rollte.

Als sie dann im Bett lag, ging die Schwellung an ihrem Bein allmählich zurück, und sie hatte kaum noch Schmerzen.

Glücklicherweise wußte sie nicht, wie nahe sie dem Tod gewesen war.

DAWN

INTERMEZZO

Es war ein Alptraum.

Es mußte ein Alptraum sein, und in wenigen Minuten würde sie aufwachen.

Sie würde in ihrem Zimmer in Los Banos sein, und durch die dünne Wand würde sie Stimmen hören: ihre Mutter und Elvis Janks, die sich wie üblich stritten, während sie ihren Kater mit Kaffee zu kurieren versuchten.

Die Dunkelheit würde weichen, und sie würde die Decke zurückwerfen, ihre Arme und Beine strecken und das Morgenlicht sehen, das durchs Fenster flutete.

Doch während ihr Bewußtsein langsam durch die dunklen Wasser des Schlafes an die Oberfläche trieb, wurde die Finsternis um sie herum durch keinen Lichtschimmer erhellt, und allmählich dämmerte ihr die Erkenntnis, daß dies kein Alptraum war, daß die Wirklichkeit sogar den allerschlimmsten Alptraum bei weitem übertraf. Ihre Hoffnung schwand dahin.

Dawn Sanderson hatte keine Ahnung, wie lange sie schon von dieser Finsternis umgeben war.

Waren es Stunden oder Tage?

Vielleicht Wochen?

Sie wußte es nicht.

Die Zeit hatte jede Bedeutung für sie verloren.

Sollte sie versuchen zu schreien?

Sie erinnerte sich daran, das schon früher versucht zu haben.

Vor wie langer Zeit?

Sie wußte es nicht.

Ein Schluchzen schüttelte ihren Körper, aber es war ein fast lautloses Schluchzen.

Während sie vollends erwachte, wartete sie auf den vertrauten rasenden Schmerz in ihren Armen. Sie waren über ihrem Kopf gefesselt, und der Strick, an dem sie hing, war so straff angezogen, daß ihre nackten Füße sich vom Boden des Kerkers hoben, sobald sie ihre Knie auch nur ein wenig bog, und dann hatte sie das Gefühl, als würden ihr die Arme aus den Schultergelenken gerissen.

Diesmal jedoch schien der Schmerz verschwunden zu sein. Einen flüchtigen Moment lang verspürte Dawn ein ungeheures Glücksgefühl, weil sie glaubte, von ihren Fesseln befreit zu sein. Doch als sie versuchte, ihren nackten Körper zu bewegen, spürte sie, daß ihre Füße sich vom Boden hoben. Mit grenzenlosem Entsetzen begriff sie, was geschehen war.

Sie war keineswegs ihrer Fesseln ledig. Sie hatte einfach jedes Gefühl in Armen und Händen verloren.

Mit dieser schrecklichen Wahrheit konfrontiert, nahm sie zugleich einen neuen Schmerz wahr.

Eine gräßliche Kälte tief im Innern, die von ihren betäubten Schultern auszustrahlen schien.

Warum?

Warum nur war ihr so etwas zugestoßen?

Jedesmal, wenn sie aus einem Schlaf erwacht war, der ihr weder Erholung noch völliges Vergessen gewährte, hatte sie versucht, eine halbwegs einleuchtende Erklärung für das Geschehen zu finden.

Sie hatte doch nur einer Vergewaltigung entgehen wollen!

Und der Mann war ihr so nett vorgekommen. Er hatte auch keineswegs versucht, sie in sein Auto zu zerren.

Er hatte ihr nur höflich angeboten, sie mitzunehmen. Und sie hatte sein Angebot nur angenommen, weil es ihm egal zu sein schien, ob sie mitfuhr oder nicht.

Er hatte ihr einen Becher Kaffee gekauft, und dann war sie schläfrig geworden.

Und als nächstes erinnerte sie sich daran, daß sie langsam im Dunkeln aufgewacht war und höllische Schmerzen in den Armen verspürt hatte, nicht nur, weil diese hoch über ihrem Kopf gefesselt waren, sondern auch, weil der Strick in ihre Handgelenke schnitt und ihr die Haut aufschürfte.

Sie hatte geschrien – aus voller Kehle geschrien –, bis ihre Stimmbänder versagten und nur noch ein heiseres Stöhnen sich ihrer Kehle entrang.

Die Tür hatte sich geöffnet, während sie schrie, und einige Sekunden lang hatte sie sein Gesicht sehen können.

Das freundliche Lächeln, das er zur Schau getragen hatte, als sie in sein Auto stieg, war verschwunden. Seine Lippen waren zu einem höhnischen Grinsen verzerrt, und seine Augen hatten jenen seltsamen Glanz wie in den Sekunden, bevor sie das Bewußtsein verloren hatte.

»Es wird dir nichts nützen«, hatte er gesagt. »Es hilft nie!«

Dann hatte sich die Tür geschlossen, und trotz seiner Worte hatte Dawn weiter geschrien, bis ihr die Stimme versagte.

Sie hatte ihn seitdem noch zweimal gesehen.

Er hatte die Tür geöffnet, sie kurze Zeit angestarrt, ohne auch nur ein Wort zu sagen, und die Tür wieder geschlossen, so daß sie von neuem der schrecklichen Dunkelheit ausgeliefert war.

Sie klammerte sich an die wenigen Bilder, die sich ihr unauslöschlich eingeprägt hatten, während die Tür offenstand.

Ein Keller.

Man hielt sie in einem Keller mit Betonwänden gefangen, und die Decke wurde von schweren Holzbalken getragen.

Doch das war auch schon alles, was sie wußte.

Sie hatte ihn jedoch gehört.

Manchmal, wenn sie aufwachte, hörte sie ihn vor ihrem dunklen Kerker leise murmeln, so als würde er mit jemanden reden.

Aber sie hörte nie eine andere Stimme und kam deshalb zu dem Schluß, daß er Selbstgespräche führte.

Während sie jetzt im Dunkeln hing und die gräßliche Kälte sich von ihren Schultern unerbittlich in den übrigen Körper ausbreitete, begann Hunger an ihr zu nagen, und sie verspürte auch wieder quälenden Durst. Ihre Kehle war ausgedörrt, und sie versuchte, sich die Lippen zu benetzen, um die unerträgliche Trockenheit wenigstens ein wenig zu lindern, aber ihre Zunge klebte dick geschwollen am Gaumen, fast wie ein Knebel, der sie zu ersticken drohte.

Allmählich, ganz allmählich dämmerte ihr die Wahrheit.

Dawn Sanderson begann langsam zu sterben.

Das war es, was die Kälte zu bedeuten hatte.

Sie konnte ihre Arme und Hände nicht mehr spüren, weil sie abgestorben waren, und jetzt kroch die Todeskälte schon durch ihren ganzen Körper.

Wie lange würde es dauern?

Würde es in wenigen Minuten zu Ende sein, oder würde dieses Grauen in der Finsternis sich eine Ewigkeit hinziehen?

Würde sie überhaupt merken, daß sie gestorben war?

Dawn Sanderson begann zu weinen, tränenlos, lautlos.

Dann drang durch die Stille, die diesseits und jenseits der Kerkermauern herrschte, ein Geräusch.

Das war der Mann – er war wieder in den Keller gekommen.

Dawn lauschte und betete inbrünstig, daß die Tür aufgehen möge, daß der Mann sie diesmal aber nicht nur anstarren, sondern eine Tasse Wasser an ihre Lippen halten möge, damit sie sie wenigstens ein klein wenig befeuchten konnte, wenn er sie schon nicht trinken ließ.

Das Geräusch kam näher.

Ein Pfeifen.

Er pfiff leise vor sich hin, und dann hörte sie etwas anderes.

Ein Schaben, so als wäre eine Schublade geöffnet oder etwas über den Betonboden gezogen worden.

Unwillkürlich hielt Dawn im Dunkeln den Atem an, während sie wartete, was als nächstes geschehen würde.

Würde der Mann wieder zurückkommen, um sie anzustarren?

Um sie zu verhöhnen?

Um ihr das anzutun, weswegen er sie hergebracht hatte?

Doch als der Angriff endlich erfolgte, war er so unerwartet und grauenhaft, daß sich Dawns erschöpften Stimmbändern ein neuer Schrei entrang.

Ihre Füße!

Etwas war an ihren Füßen!

Zuerst spürte sie nur ein eigenartiges Kitzeln, doch Sekunden später verwandelte sich dieses Kitzeln in ein heißes Brennen, in ein Glühen, so als würden ihre Füße in loderndes Feuer gehalten.

Sie riß die Beine hoch, zog die Knie bis zur Brust an. Jetzt hing ihr ganzes Gewicht an dem Strick um ihre Handgelenke, und sie hörte ein Knacken, als ihre rechte Schulter aus dem Gelenk sprang. Sie wollte wieder schreien, doch ihr Kehlkopf protestierte gegen jede weitere Mißhandlung, indem er ihr schier unerträgliche Schmerzen im Hals bescherte.

Das Brennen in ihren Füßen breitete sich rasch auf die Beine aus, und dann spürte sie etwas anderes.

Etwas Warmes und Dickflüssiges sickerte an ihren Beinen und Füßen entlang und tropfte von ihren Zehen auf den Boden.

Blut!

In blinder Panik zerrte Dawn an ihren Fesseln, verzweifelt bemüht, ihren unsichtbaren Angreifern zu entkommen, doch einige Sekunden später versank sie, von Grauen und Schmerz überwältigt, abermals in gnädiger Bewußtlosigkeit.

Doch während sie besinnungslos war, setzten die Angreifer ihr Zerstörungswerk fort, fraßen sie ganz langsam, Zelle für Zelle, auf.

Kapitel 5

Ins Zimmer flutendes Sonnenlicht weckte Karen. Die durchsichtigen weißen Vorhänge bewegten sich leicht in der Brise, die auch ihr Gesicht streichelte.

Eine Woche.

Eine Woche, seit sie Russell geheiratet hatte, und sechs Tage, seit sie mit Molly, die sich über Nacht völlig von dem Bienenstich erholt hatte, aus San Luis Obispo zurückgekommen waren.

Doch erst an diesem Morgen – diesem herrlichen Junimorgen – hatte sie beim Aufwachen sofort gewußt, wo sie war, und zum erstenmal hatte sie das Gefühl, daß sie wirklich hierher gehörte.

Sie streckte sich, blieb dann aber noch einige Minuten im behaglichen Bett liegen, genoß die Geräusche und Gerüche, die durch das offene Fenster drangen, und betrachtete zufrieden das Stück türkisblauen Himmel, der hier von keinem Smog getrübt wurde, wie sie ihn von Los Angeles her gewöhnt war.

Sie rollte sich auf die Seite und schaute auf die Uhr.

Schon sechs.

Russell war seit mindestens einer Stunde auf den Beinen, ebenso wie Kevin und Otto. Die drei Männer trafen sich jeden Morgen im Stall, besprachen die Pläne für den Tag und machten sich sodann an die Arbeit.

Auch Molly und Julie waren bestimmt schon aufgestanden, hatten ihre Pferde auf die Koppel gebracht, die Boxen ausgemistet und die übrigen Tiere gefüttert und getränkt.

Allmählich klappte alles so, wie Karen es sich erträumt hatte, obwohl sie in jenen ersten Tagen vor der Hochzeit, als alles schiefzugehen schien, manchmal befürchtet hatte, daß die beiden Familien niemals zu einer einzigen zusammenwachsen würden. Seitdem Russell und sie mit Molly aus dem Krankenhaus zurückgekommen waren, war alles gut verlaufen. Teilweise lag das natürlich an der Unterbringung: Die ganze Familie wohnte jetzt unter einem Dach, ausgenommen Otto, der wieder in seinem eigenen Haus war, wo er – wenn es nach Karen ging – so mürrisch sein mochte, wie er wollte, sofern er seine Einsamkeit dafür in Kauf nahm. Jedenfalls konnte er jetzt nicht mehr Tag und Nacht die Atmosphäre in »Paulas Haus« vergiften, wie er es weiterhin beharrlich nannte.

Es war aber nicht mehr Paulas Haus. Mit jedem Tag verwandelte es sich mehr und mehr in ihr – Karens – Haus. Als sie hier angekommen waren, hatte sie freilich das Gefühl gehabt, in ein alptraumhaftes Remake von *Rebecca* geraten zu sein, mit Otto als Mrs. Danvers, was durchaus keine Fehlbesetzung war. Doch Russell hatte sie ermutigt, das Haus in Besitz zu nehmen, und sie hatte zögernd mit kleinen Veränderungen begonnen, einige Möbel umgestellt und ihre eigenen Sachen hinzugefügt.

Anfangs hatte sie befürchtet, Kevins Gefühle zu verletzen, wenn sie etwas in dem Haus veränderte, das seine Mutter eingerichtet hatte, aber bisher war er voll des Lobes gewesen. Vor zwei Tagen hatte er sie sogar gefragt, ob sie ihm helfen würde, einige neue Sachen für sein Zimmer auszusuchen, und als sein Vater außer Hörweite war, hatte er ihr anvertraut: »Mom hatte ziemlich komische Vorstellungen, was mir gefallen sollte und was nicht.« Als Karen sich mit Tränen in den Augen dafür bedankt hatte, daß er ihr das Gefühl vermittelte, hier zu Hause zu sein, hatte er einen hochroten Kopf bekommen und sich schnell verdrückt.

Aber Karen war mit dem bisher Erreichten mehr als zufrieden. Dies war ihr Heim und ihre Familie, und es würde Otto nicht gelingen, die Atmosphäre zu vergiften, auch wenn er sich noch so sehr bemühte.

Sogar Julie beklagte sich kaum noch über die Veränderung ihres Lebens. Zum Teil hing das natürlich mit ihrem Pferd zusammen. Sie verbrachte mehr und mehr Zeit mit Greta und auch mit Kevin, der ihr Reitunterricht gab.

Andererseits redete Julie nach wie vor kaum mit Otto und wollte offenbar nicht einmal versuchen, das Kriegsbeil mit dem alten Mann zu begraben.

Karen trennte sich endlich von ihrem Bett und ging im Geiste den Inhalt ihres Kühlschranks durch, während sie rasch duschte, ihre Haare frottierte und ihre hiesige Werktagskluft anzog: Jeans und eines der Hemden, die Russell eigentlich schon für die Altkleidersammlung aussortiert hatte, als er den Schrank im Schlafzimmer aufgeräumt hatte, um Platz für ihre Kleider zu schaffen. Als sie nach unten ging, hatte sie sich schon für Omelett mit dem restlichen Schinken vom Hochzeitsempfang entschieden, außerdem mit gehackten grünen Zwiebeln, die sie vor einigen Tagen im Gemüsegarten entdeckt hatte und die jetzt hoffentlich erntereif waren.

Oder wurden Zwiebeln nicht geerntet, sondern gepflückt? Na ja, was spielte das schon für eine Rolle?

Leise summend betrat sie die Küche, doch dann erstarb die fröhliche Melodie auf ihren Lippen, und sie blieb abrupt stehen.

Am Küchentisch saß Otto Owen und starrte sie, eine Kaffeetasse in der Hand, aus seinen tief eingesunkenen Augen finster an.

Dies war das erste Mal seit der Hochzeit, daß er dieses Haus betreten hatte, und obwohl Russell mehrfach beteuert hatte, daß sein Vater ihnen nur aus Rücksicht auf ihr Privatleben fernbleibe, glaubte Karen es besser zu wissen. Und Ottos erste Worte bewiesen, daß sie recht hatte.

»Als Paula noch lebte, war das Frühstück immer schon fertig, wenn Russell herunterkam.«

Ärger stieg in Karen auf und vertrieb die Hochstimmung, in der sie an diesem Morgen aufgewacht war. Doch sie zwang sich zur Ruhe, fest entschlossen, ihm nicht in die Falle zu gehen. »Wahrscheinlich war sie eine bessere Frau als ich«, antwortete sie. »Aber ich glaube, ich werde erst im Herbst damit anfangen, schon vor Sonnenaufgang aufzustehen.«

Die Hintertür wurde geöffnet, und Julie betrat die Küche, blieb aber zögernd stehen, als sie Otto sah. Sie warf ihrer Mutter einen fragenden Blick zu, und Karen verdrehte die Augen, um Julie anzudeuten, daß sich Otto auf dem Kriegspfad befand.

Sie hatte gehofft, daß der alte Mann den wortlosen Gedankenaustausch nicht bemerken würde, aber er knurrte: »Ich bin genausowenig blind wie taub!« Während Karen zum Kühlschrank ging, Eier herausholte und in eine Schüssel aufzuschlagen begann, ließ er sie nicht aus den Augen. »Die brauchen nicht im Kühlschrank aufbewahrt zu werden«, klärte er sie auf. »Frische Eier halten sich ausgezeichnet auf der Anrichte. Aber du bist natürlich nur die Ladeneier gewöhnt, und die sind schon eine Woche alt, wenn du sie zu sehen bekommst. Und sowas nennt man dann *frisch*!« Er trank seinen Kaffee aus und hielt Karen die Tasse zum Nachfüllen hin.

Die Kaffeekanne stand ganz am Ende der langen Anrichte. Näher bei Otto als bei Karen.

Erwartete er wirklich, daß sie ihre Arbeit unterbrach, seine Tasse nahm, ihm Kaffee einschenkte und die volle Tasse überreichte?

Um Himmels willen, er war doch kein Invalide!

Sie öffnete schon den Mund, um ihn zu fragen, ob er über Nacht zum Krüppel geworden sei, besann sich aber in letzter Sekunde eines Besseren. Er ist ganz einfach alt, rief sie sich ins Gedächtnis. Er ist total festgefahren, und er hat sein ganzes Leben lang nur Farmerfrauen gekannt. Wortlos griff sie nach seiner Tasse, füllte sie und reichte sie ihm. Otto hielt es nicht einmal für nötig, danke zu sagen.

Julies Augen wurden dunkel vor Zorn, und sie wollte eine Bemerkung machen, aber Karen schüttelte unmerklich den Kopf. »Soll ich dir auch eine Tasse einschenken, Julie?« bot sie an.

»Laß nur, Mom«, erwiderte Julie, ohne Otto aus den Augen zu lassen, der ihre wütenden Blicke jedoch ignorierte. »Es gibt Menschen, die sich auch selbst bedienen können.« Sie nahm Karen die Kanne ab und trug sie zum Tisch, und als sie hinter Ottos Stuhl vorbeikam, tat sie so, als würde sie ihm den dampfenden Kaffee über den Kopf gießen.

Karen war gerade dabei, das erste Omelett zu backen, als der Rest der Familie durch die Hintertür in die Küche stürmte.

»Oh, wir sind zu früh dran!« rief Russell. Er blieb kurz am Herd stehen und küßte seine Frau auf die Wange, bevor er sich an der Spüle gründlich die Hände wusch.

»Oder ich bin zu spät dran«, meinte Karen. »Kevin, könntest du Julie beim Tischdecken helfen? Im Kühlschrank ist Orangensaft, und ich glaube, Marmelade muß auch noch da sein. Wenn nicht, hol bitte ein neues Glas aus der Speisekammer.«

»Und was kann ich tun?« fragte Russell.

»Toast machen, während ich die Omeletts fertigbacke.« Sie blickte zögernd zu ihrem Schwiegervater hinüber. »Wirst du mit uns frühstücken, Otto?«

Otto hob die Brauen. »Nicht, wenn du vorhast, auch mich arbeiten zu lassen. Es ist *eine* Sache, Frauenarbeit zu verrichten, wenn keine Frau im Haus ist ...«

Russell wollte seinen Vater unterbrechen, doch Julie kam ihm zuvor, und ihr honigsüßer Ton ließ nicht nur Otto, sondern auch alle anderen sofort aufhorchen. »Aber, Mr. Owen, es würde uns nicht einmal im Traum einfallen, einen *Mann* zu bitten, in der Küche auch nur einen Finger zu rühren«, säuselte sie. »Bleiben Sie gemütlich sitzen, und lassen Sie sich von uns Frauen umsorgen.« Sie schob rasch ein Set auf seinen Platz, ging zum Herd und nahm ihrer Mutter den Teller mit dem ersten Omelett ab. »Molly, du bist doch auch ein Mädchen. Willst du Mr. Owen nicht ein Glas Orangensaft einschenken? Mach dir nichts daraus, wenn du es aus Versehen bis zum Rand füllst, denn falls er etwas verschütten sollte, werden wir es mit Freuden aufwischen, stimmt's?«

Molly verstand zwar nicht ganz, welches Spiel gespielt wurde, eilte aber bereitwillig zum Kühlschrank.

Kevin trat ein wenig vom Tisch zurück, um den Schlagabtausch zwischen seinem Großvater und den drei neuen Familienmitgliedern besser beobachten zu können.

Karen tauschte einen Blick mit Russell, der ihr ansah, daß sie entschlossen war einzugreifen, bevor Julie zu weit ging. Mit einem unmerklichen Kopfschütteln hielt er sie davon ab.

Julie stellte das Omelett vor Otto. »Können Sie selbst essen,

Mr. Owen, Sir?« fragte sie übertrieben devot. »Ich wäre nämlich überglücklich, wenn ich Ihnen dabei helfen könnte.« Als sie sich auf den Stuhl neben Otto fallen ließ und sein Omelett zu zerteilen begann, beschloß Karen, das Spiel zu beenden.

Doch bevor sie etwas sagen konnte, brachen Kevin und Russell in schallendes Gelächter aus.

Ottos Gesicht lief scharlachrot an, und die Vene an seiner Schläfe pochte. Er sprang auf, stürmte durch die Küche und warf hinter sich die Tür zu.

Julie begann zu kichern, doch dann fiel ihr der tadelnde Blick ihrer Mutter auf. »Aber er benimmt sich so, als wärest du eine Dienstmagd!« verteidigte sie sich.

»Damit werde ich allein fertig«, stellte Karen klar.

»Ach, komm!« sagte Russell begütigend, doch jetzt war sie es, die ihn mit einer Geste bat, sich nicht einzumischen.

»Er ist ein alter Mann«, erklärte sie ihrer Tochter, »und er wird sich nicht mehr ändern, ganz egal, was du oder ich sagen. Deshalb können wir nur eines tun – tolerant sein und hoffen, daß andere Menschen uns gegenüber ebenfalls tolerant sein werden, wenn wir einmal in diesem Alter sind.«

Julie verzichtete widerwillig darauf, Einwände zu machen. »Ich ... ich sollte mich jetzt wohl bei ihm entschuldigen ...« murmelte sie, ließ den Satz aber absichtlich in der Schwebe, weil sie hoffte, daß ihre Mutter ihr wenigstens einen Aufschub gewähren würde.

»Das solltest du«, bekräftigte Karen.

»Ich werde dich begleiten«, bot Kevin an, als Julie langsam auf die Hintertür zuging.

»O nein, das wirst du nicht«, schritt Karen ein. »Julie hat sich ganz allein in diese Situation gebracht, und jetzt muß sie auch allein damit fertigwerden. Wir anderen frühstücken.«

Während sich Julie auf die Suche nach Otto Owen machte, buk Karen endlich die restlichen Omeletts.

Carl Henderson wollte gerade in die Auffahrt der Owens abbiegen, als er zuerst Julie und gleich darauf Russell, Kevin und Molly vom Stall zur Küche gehen sah.

Otto – so vermutete Henderson – war entweder schon dort

oder hielt sich, wenn er seine Einstellung seit der letzten Woche nicht geändert hatte, in seinem eigenen Haus auf.

Das bedeutete, daß niemand in der Nähe der Bienenstöcke sein würde, und er sich soviel Zeit lassen konnte, wie er wollte, ohne irgendwelche Fragen beantworten zu müssen.

Er parkte seinen Jeep am Rande der Landstraße, an einer Stelle, wo der Cherokee vom großen Haus aus nicht zu sehen war, weil der Stall die Sicht versperrte. Dann öffnete er seinen Rucksack und holte eine der kleinen braunen Ampullen hervor, die er erst vergangene Nacht in seinem Labor gefüllt hatte.

Henderson glaubte nicht, daß er länger als eine halbe Stunde benötigen würde, denn bei der Hälfte der drei Dutzend Bienenstöcke, die den Owens gehörten, hatte er die Königinnenzellen bereits identifiziert. Sie waren viel größer als die anderen Zellen, daher leicht zu erkennen, und in jedem Bienenstock gab es nur wenige davon.

Ein einziger Tropfen Flüssigkeit in jede dieser Zellen, und dann würde er nur noch abwarten müssen.

Abwarten und beobachten und die neuen Königinnen markieren, wenn sie schlüpften.

Wenn er recht hatte, wenn der Inhalt der Ampullen die gewünschte Wirkung erzielte, würde Carl Henderson ein Held sein.

Wenn der Versuch aber nicht klappte, würde überhaupt nichts passieren, und er würde einfach beharrlich in seinem Privatlabor weiterarbeiten, bis das Problem gelöst sein würde.

Das Problem.

So wurde es jetzt von allen bezeichnet. Quasi in Großbuchstaben geschrieben, wie ein Filmtitel oder so was ähnliches.

Alles hatte vor drei Jahren begonnen, als *UniGrow* einen neuen Dünger auf den Markt brachte, mit dem Versprechen, daß sich die Luzernenernte dadurch verdoppeln ließ. Der Dünger war allen nur erdenklichen Tests unterzogen worden, und niemand hatte *irgendwelche* Probleme vorhergesehen, geschweige denn *das Problem.*

Der Dünger schien perfekt zu sein, denn er enthielt keinerlei Gifte, die irgendein Lebewesen gefährden könnten, und auch keinerlei Schadstoffe, die das Wasser oder den Boden verpesten könnten.

Er war hundertprozentig biologisch abbaubar und umweltfreundlich.

Und er hatte die Bienen nicht getötet. Das war einer der ersten Tests gewesen, die *UniGrow* durchgeführt hatte, denn ohne Bienen konnte kein Mensch Luzernen anbauen – und auch sonst nicht viel.

Carl hatte die Bienentests persönlich geleitet, und er war genauso begeistert gewesen wie alle anderen.

Er war auch der erste gewesen, der einige Monate später den einzigen großen Nachteil des Düngers entdeckte: Die Bienen, die damit in Berührung kamen, starben zwar nicht, wurden jedoch steril. Nach und nach waren alle Bienenstöcke in dieser Gegend ausgestorben.

Und daraus resultierte ein Jahr später *das Problem.*

Seit zwei Jahren arbeitete *UniGrow* auf Hochtouren an einer Lösung dieses Problems – bislang ohne Erfolg.

Carl Henderson hatte während dieser ganzen Zeit in seinem Privatlabor auf eigene Faust geforscht und sein umfangreiches Wissen, das er durch jahrelanges Studium und unzählige Experimente erworben hatte, ausschließlich in den Dienst dieses Problems gestellt. Und die braune Ampulle, die er jetzt in der Hand hielt, enthielt möglicherweise endlich die Lösung, nach der alle suchten.

Eine biologische Lösung für ein biologisches Problem.

Wenn das Serum so funktionierte, wie Henderson sich das vorstellte, würden aus den Königinnenzellen, in die es injiziert wurde, Bienen schlüpfen, deren Nachkommen gegen die Auswirkungen des Düngers immun waren und neue Generationen von Bienen erzeugen konnten.

UniGrow wäre dann nicht nur von der Bürde befreit, zu Beginn jeder Saison neue Bienenstöcke liefern zu müssen, sondern auch von den enormen Schadensersatzzahlungen, die die Gerichte jenen Farmern zuerkannten, deren Felder mit dem Dünger behandelt worden waren.

Statt dessen würde das Unternehmen hohe Gewinne erzielen, wenn der neue Dünger zusammen mit Hendersons neuer Bienenart auf den Markt kam. Und Carl Henderson, dessen Genialität diesen Durchbruch ermöglicht hatte, würde mindestens ein Prozent des Gewinns einheimsen.

Das Problem würde gelöst sein, und alle würden glücklich sein.

Falls es funktionierte. Henderson war sich dessen noch nicht ganz sicher. Ehrlich gesagt, hatte sein letztes Experiment nur die Giftigkeit der Bienen gesteigert.

Es war dieses neuartige Gift, auf das Molly Spellman vergangene Woche so heftig reagiert hatte, das wußte Carl genau, obwohl er sich verständlicherweise gehütet hatte, den verschiedenen Ärzten zu widersprechen, die vermuteten, daß das Mädchen auf einen normalen Bienenstich besonders allergisch reagiert hatte. Molly hatte sich ja erholt, niemand war ein bleibender Schaden zugefügt worden, und Henderson war sich relativ sicher, daß sein neuestes Produkt keine negativen Nebenwirkungen haben würde.

Er holte eine Spritze aus dem Etui, zog sie auf, legte sie ins Etui zurück, schob es in seine Hemdtasche und schloß sicherheitshalber die Klappe.

Ohne den Cherokee abzuschließen, überquerte er die Straße und ging den Feldweg entlang zu den Bienenstöcken, die er selbst ganz am Rand der Farm aufgestellt hatte, außer Sichtweite des Hauses.

Es waren insgesamt sechsunddreißig, drei Reihen mit je einem Dutzend Stöcke in vernünftigem Abstand. Jeder Bienenstock war vier Magazine hoch, und Henderson hatte jene markiert, in denen sich die Rahmen mit den Königinnenzellen befanden, die er behandeln wollte. Er vergewisserte sich, daß kein Mensch in der Nähe war, und machte sich an die Arbeit. Vorsichtig nahm er die beiden halbhohen oberen Stockwerke ab und stellte sie beiseite. Dann konzentrierte er sich auf das nun offene große Magazin, einen schlichten weißgestrichenen Kasten für Zuchträhmchen. Das Gestell war einfach konstruiert und hatte sich kaum verändert, seit L. L. Langstroth es 1851 erfunden hatte. Am wichtigsten daran war die präzise Aufteilung der Rahmen, die einer Biene genau 0,95 Zentimeter Raum ließen. Bei einem kleineren Zwischenraum hätten die Bienen die Rähmchen einfach nicht benutzt, bei einem größeren hätten sie sofort mit dem Bau von Zwischenwänden begonnen. Äußerst behutsam zog Henderson den vierten Rahmen heraus. Das Holzrechteck war schwer von Honigwaben und mit Bienen übersät, aber sobald es dem Sonnenlicht ausgesetzt wurde, schwirrten die meisten Insekten davon oder ließen sich in die wuselnde Menge im Innern fallen.

Carl fand die Königinnenzelle, die er schon vor Tagen identifiziert hatte, mühelos wieder, durchbohrte die Wachshülle mit der Spritze und injizierte einen Tropfen der Flüssigkeit aus der braunen Ampulle. Er zog die Nadel aus der Zelle heraus und verschloß das winzige Loch mit etwas Wachs, das er mit dem kleinen Finger andrückte. Sobald der Rahmen wieder im Magazin war, würden sich die Bienen an die Arbeit machen und Wachs hinzufügen oder entfernen, bis diese Wabe von den anderen nicht mehr zu unterscheiden war.

Und innerhalb der Zelle würde das injizierte Serum auf die verpuppte Biene einwirken. Wenn alles erwartungsgemäß verlief, würden die Nachkommen dieser Königin gegen die katastrophale Nebenwirkung des Düngers immun sein.

Wenn nicht, würde die Königin einfach sterben, und Henderson würde in seinem Labor weiterforschen.

Zum Abschluß seiner Arbeit am ersten Bienenstock stellte er die oberen Kästen wieder an Ort und Stelle. Dann ging er zum zweiten und nahm gerade den Deckel ab, als er hinter sich ein Geräusch hörte.

Einen Atemzug.

Ein tiefes Atemholen, wie wenn man etwas Unerwartetes sieht.

Oder etwas Erschreckendes.

Carl Henderson versteifte sich, richtete sich auf und drehte sich langsam um, bereits darauf eingestellt, der Person – wer auch immer es sein mochte – zu erklären, daß er nur eine routinemäßige Kontrolle der Bienenstöcke durchführte.

Doch Henderson schnappte seinerseits nach Luft, als er Julie Spellman vor sich sah. Er hatte sie seit der Hochzeit nicht mehr gesehen, und als ihre Blicke sich trafen, ballte er unwillkürlich die Fäuste.

Ihr langes schwarzes Haar fiel wieder offen über ihren Rücken, und ihre dunklen Augen fixierten ihn wie bei der Hochzeit.

Bis ins Innerste aufgewühlt, spürte er ein Kribbeln in den Fingern.

Nicht! sagte er sich. Geh nicht näher an sie heran! Berühr sie nicht! Schau sie nicht einmal an!

Aber er *mußte* sie einfach anschauen.

Seine Augen krallten sich förmlich an ihr fest, und aus den tiefen Schlupfwinkeln seines Geistes stieg Finsternis empor.

Eine grauenhafte Finsternis – eine Finsternis voll namenlosen Grauens, das nach ihm zu greifen schien.

Schon spürte er die Klauen der Angst, die sich tief in seine Seele bohrten, und ein höhnisches Gelächter dröhnte in seinen Ohren.

Es war ein Gelächter aus der Vergangenheit, ebenso wie die Angst, die ihn zu überwältigen drohte, in einem schrecklichen Erlebnis der Vergangenheit wurzelte. Das Gelächter versetzte ihn in blinde Raserei, und obwohl Carl Henderson sich an die Ursache des Gelächters und der blinden Wut nicht erinnern konnte, wußte er, wohin sie ihn führen würden.

Stimmen flüsterten ihm jetzt zu, er solle der Wut freien Lauf lassen. Er wollte ihnen nachgeben, wollte sich von ihnen leiten, sich von ihnen zeigen lassen, wie er den in ihm lodernden Haß löschen konnte.

Aber das war unmöglich.

Dieses Mädchen kannte ihn.

Und was noch schlimmer war – auch Julies Mutter und Stiefvater kannten ihn.

Wenn er den Dämonen nachgab, die in ihm hausten – dem Zorn und dem tiefen Haß, die er nun schon seit so vielen Jahren vor der Welt verbarg –, würden seine Geheimnisse enthüllt werden.

Alle würden erfahren, wozu ihn diese Dämonen trieben.

Doch noch während er gegen die Schwärze in seinem Innern anzukämpfen versuchte, war die Schlacht im Grunde schon verloren, denn er konnte seine Augen einfach nicht von Julie abwenden, er starrte dieses Gesicht an, das ihn verspottete, ihn verhöhnte, marterte.

Die Finsternis schloß sich dicht um ihn, und in seinen Ohren ertönte das vertraute Summen, das ihn in seinen Alpträumen verfolgte, solange er sich überhaupt erinnern konnte.

Mit jenem düsteren Glitzern in den Augen, das Julie vor nur wenigen Tagen schon einmal so geängstigt hatte, ging er auf sie zu.

Julie wich instinktiv zurück, als sie Carl Henderson näherkommen sah. »Ich … ich habe Mr. Owen gesucht«, stammelte sie.

»Er ist nicht hier«, erwiderte Henderson, und seine rauhe Stimme jagte Julie einen Schauder über den Rücken. »Nur ich – ich und du.«

Einen Augenblick lang verstand Julie nichts. Er starrte sie genauso wie bei der Hochzeit an. So als haßte er sie. Aber er kannte sie ja nicht einmal.

Sie machte noch einen Schritt rückwärts, doch plötzlich packte Henderson sie am Arm und hielt sie fest.

»Hör auf!« befahl er. »Hör sofort auf, mich auszulachen!«

Julie riß die Augen weit auf, während Angst ihr die Kehle zuschnürte. Wovon redete er? Sie lachte ihn nicht aus. Sie hatte ja nicht einmal gewußt, wer er war, als sie ihn zum erstenmal gesehen hatte! »Ich habe sie nicht …«, begann sie und versuchte gleichzeitig, ihren Arm zu befreien.

»O doch!« zischte er, holte mit seinem freien Arm weit aus und schlug ihr mit der Handfläche ins Gesicht. »Du lachst mich immer aus! Immer!

Julie schrie auf, als seine harte Hand auf ihrer Wange landete, und duckte sich wimmernd. »N-nein«, stammelte sie, »ich habe nur nach Mr. Owen gesucht! Ich wollte …«

Aber Carl Henderson hörte Julies Worte nicht. Er hatte nur ihr Bild vor Augen und wurde von rasender Wut vorangetrieben, von flüsternden Stimmen, die ihm einredeten, daß er ihr antun sollte, was sie ihm angetan hatte.

Die Dunkelheit, flüsterten die Stimmen in seinem Kopf. *Bring sie in die Dunkelheit, zu der anderen. Tu ihr an, was sie dir angetan hat. Jetzt, Carl! Tu es jetzt! Niemand ist hier ... niemand kann dich sehen ... tu's, Carl ... tu's ...*

Er umklammerte ihren Arm noch fester und zerrte sie näher heran. Sie stolperte und fiel zu Boden.

Er ließ sich auf sie fallen, und während sein Gesicht ihr jede Bewegung unmöglich machte, schlossen sich seine Hände um ihren Hals. »Nein!« schrie sie noch einmal. »Neeeein!«

Otto Owen trat aus seinem Haus. Seine Wut war endlich verraucht, und wenn er ganz ehrlich sein wollte, kam er sich ziemlich töricht vor.

Als Julie vor wenigen Minuten an seine Tür geklopft hatte, hatte er genau gewußt, weshalb sie gekommen war: Sie wollte sich entschuldigen.

Aber er hatte sich geweigert, sie anzuhören – verdammt, er hatte nicht einmal zugeben wollen, daß er sie hören konnte, obwohl sie vermutlich geahnt hatte, daß er im Haus war, sogar dicht hinter der Tür.

Und dabei war sie im Grunde kein übles Mädchen. Waren heutzutage nicht alle Kinder viel frecher als damals, als er selbst in ihrem Alter gewesen war? Aber wessen Schuld war das? Wenn er schon auf jemanden wütend sein wollte, dann auf Karen, nicht auf Julie. Das Mädchen war eben so erzogen worden, das war alles. Und wenn er *absolut* ehrlich sein wollte, so hielt er Karen nicht einmal für eine allzu schlechte Mutter, obwohl er das natürlich keiner Menschenseele eingestehen würde.

Außerdem konnte sich Otto sogar jetzt, da er auf die Achtzig zuging, noch gut daran erinnern, daß er in Julies Alter seinem eigenen Großvater liebend gern die Meinung gesagt hätte.

Trotzdem konnte er nicht so tun, als wäre er glücklich über die Veränderungen auf der Farm. Nichts schien mehr so zu sein, wie es früher gewesen war – und wie es sein sollte.

Sein Leben lang war auf der Farm alles seinen gewohnten Gang gegangen. Er und sein Vater – später er und Russell – hatten die Felder bewirtschaftet, und seine Mutter, dann seine eigene liebe Frau Emily und schließlich Russells Paula hatten sich um das Haus gekümmert.

Nachdem Emily gestorben war, hatte Paula auch in seinem Haus nach dem Rechten gesehen, und sie hatte sich nie darüber beklagt.

Sie hatte ihre Pflicht gekannt und erfüllt!

Nach ihrem Tod hatten Russell, er und Kevin natürlich die ganze Hausarbeit selbst erledigen müssen. Und es war durchaus nicht so, als hätte er nicht gewollt, daß Russell wieder heiratete – verdammt, er *hatte* es gewollt! Schließlich brauchten sie jemanden, der sich um sie kümmerte.

Er hatte die ganze Woche gehofft, daß Karen früher oder später zu ihm kommen und ihm anbieten würde, den dringend nötigen Hausputz zu übernehmen, doch er hatte vergeblich darauf gewartet, und deshalb war er heute morgen ins große Haus gegangen, um mit ihr darüber zu reden, aber sie war nicht einmal besonders höflich zu ihm gewesen.

Wie sie ihn angesehen hatte, als er nichts weiter als eine Tasse Kaffee haben wollte!

Gewiß, die Kanne *war* in seiner Reichweite gewesen, und Karen *war* sehr beschäftigt gewesen.

Vielleicht hätte er sich den Kaffee selbst einschenken können.

Gerechtigkeitshalber müßte er wohl sogar zugeben, daß er sich den Kaffee selbst hätte einschenken *sollen*.

Er begann plötzlich zu kichern, als ihm Julies Vorstellung einfiel. Hatte ihm Edna Gilman nicht vor vielen Jahren einmal erzählt, daß Karen nach L.A. gegangen sei, um Schauspielerin zu werden?

Nun, nach allem, was er heute morgen gesehen hatte, war es Julie, die hierfür Talent besaß.

Otto blieb auf der hinteren Veranda stehen und ließ seinen Blick über den leeren Hof schweifen. Keine Spur von Julie – aber warum sollte sie hier auch noch sein? Er war ein rechthaberischer alter Mann gewesen, genauso grob zu ihr wie sie zu ihm, aber *sie* hatte immerhin einen guten Vorsatz gefaßt. Er beschloß, sie zu suchen, damit sie ihre Entschuldigung zu Ende bringen konnte. Das würde ihr guttun.

Aber wohin mochte sie gegangen sein?

Er blickte zum Haus seines Sohnes auf dem Hügel empor. War sie dorthin zurückgekehrt?

Wenn sie nun aber nicht gewußt hatte, daß er sich in der Küche aufhielt und ihr zuhörte? Dann würde sie immer noch nach ihm suchen.

Er machte sich auf den Weg zum Stall, blieb aber wie angewurzelt stehen, als er das Fahrzeug sah, das am Ende der Auffahrt geparkt war.

Carl Hendersons Jeep!

Ottos Blut geriet erneut in Wallung, während er den staubigen grauen Cherokee des *UniGrow*-Mitarbeiters anstarrte.

Wozu in aller Welt hatte Henderson seinen Jeep dort unten abgestellt? Wo war der Kerl? Warum war er nicht bis zum Hof gefahren, wenn er mit Russell sprechen wollte?

Und dann ging Otto ein Licht auf.

Die Bienenstöcke!

Das mußte es sein: Henderson machte sich an den Bienenstöcken zu schaffen!

Reichte es noch nicht, daß Henderson und Konsorten seine – Ottos – Bienenstöcke vernichtet hatten? Der alte Mann geriet noch mehr in Wut, als er sich daran erinnerte, was passiert war, nachdem Russell trotz seiner eigenen Einwände erlaubt hatte, daß *UniGrow* die Felder mit einem neumodischen Dünger behandelte.

Nach dem Desaster mit den Bienenstöcken hätte Russell diesen Henderson und die übrige Bagage einfach zum Teufel jagen sollen. Es gab jede Menge Leute, von denen sie Bienen hätten bekommen können, aber nein – Russell mußte sich wieder mit *UniGrow* einlassen!

Manchmal frage sich Otto, ob er einen Idioten großgezogen hatte.

Mit finsterer Miene überquerte er die Landstraße und ging den Feldweg am Rand der Weide entlang. Als er die Wakkersteine passierte, von denen sein Vater die Felder noch vor seiner Geburt geräumt hatte, erblickte er Carl Henderson.

Aber der Kerl machte sich keineswegs an den Bienenstökken zu schaffen.

Er lag auf dem Boden, auf Julie Spellman, die sich verzweifelt gegen ihn wehrte.

Mit seinen steifen Beinen rannte Otto, so schnell er nur konnte, auf Henderson zu. »Henderson!« brüllte er. »Zur Hölle mit dir!«

Otto Owens dröhnende Stimme drang durch die Trübung von Hendersons Bewußtsein. Er ließ Julie augenblicklich los und sprang auf.

»Mr. Owen!« kreischte Julie, während sie wegkroch und auf die Beine zu kommen versuchte. »Helfen Sie mir!«

Otto näherte sich hastig, ohne Henderson aus den Augen zu lassen. Für ihn war die Sachlage völlig klar.

»Es ist nicht so, wie du denkst«, versuchte Carl sich zu rechtfertigen. »Sie ist gestolpert, und ich wollte ihr nur ...«

Diese unverschämte Lüge ließ Ottos Wut überkochen. Er stürzte sich auf Henderson und packte ihn mit beiden Fäusten am Hemd. »Hältst du mich für blind, Henderson? Ich bin nicht blind, und du wirst ins Gefängnis wandern, du Hurensohn! Weißt du, wie alt dieses Mädchen ist?«

Carl Henderson warf die Arme hoch, schüttelte den alten Mann ab, ballte die rechte Faust und holte zum Schlag aus.

Julies Entsetzen machte plötzlichem Zorn Platz. Sie stürzte sich auf Henderson, schlang den rechten Arm um seinen Hals und wollte ihn von Kevins Großvater wegzerren.

Henderson befreite sich jedoch mühelos aus ihrem Griff und stieß sie heftig beiseite. Julie taumelte, verlor das Gleichgewicht und stieß im Fallen gegen einen Bienenstock. Sofort schwärmten Bienen aus dem weißen Kasten und umschwirrten sie mit ärgerlichem Gesumm.

»Achtung!« schrie Otto. »Steh auf, Julie! Lauf! Schnell!«

Julie rappelte sich auf und versuchte vergeblich, den wütenden Angriff der Insekten abzuwehren, indem sie mit den Armen wild um sich schlug. Sie stolperte auf Otto und Henderson zu, wirbelte dann aber auf dem Absatz herum und rannte in die andere Richtung. Nach etwa dreißig Metern gaben die Bienen die Verfolgung auf und flogen zu ihrem umgestürzten Stock zurück, der von einer Wolke aufgeregter und verwirrter Insekten umkreist wurde.

Die drei Stiche, die Julie abbekommen hatte, brannten heftig, als sie kehrtmachte, und nach drei oder vier Schritten in Richtung der beiden Männer wurde ihr schwindelig, und sie spürte, daß ihre Beine versagten.

»Julie?« hörte sie Otto Owen rufen. »Ist alles in Ordnung?«

Seine Stimme schien aus weiter Ferne zu kommen. Julie öffnete den Mund, um ihm zu antworten, wollte laut schreien.

Sie brachte keinen Laut hervor.

Eine Sekunde später sank sie ohnmächtig zu Boden.

Otto starrte das Mädchen erschrocken an. »Mein Gott!« keuchte er. »Was zum Teufel hast du mit ihr gemacht?«

Carl Hendersons Gehirn hatte inzwischen hektisch gearbeitet.

Wenn Otto erzählte, was er gesehen hatte, und wenn Julie seine Aussage bestätigte ...

Henderson erstarrte vor Schreck das Blut in den Adern, als er an die Folgen dachte.

Man würde sein Haus durchsuchen und ...

Nein! Das durfte nicht geschehen! Wenn sie fanden, was er im Haus hatte, würden sie ihn für den Rest seines Lebens ins Gefängnis sperren.

Doch dann fiel sein Blick auf Julie, und er begriff schlagartig, daß er vielleicht doch noch mit heiler Haut davonkommen würde.

Denn Julie reagierte auf den Bienenstich genauso allergisch wie Molly eine Woche zuvor.

Sogar noch schlimmer.

Wenn sie starb, würde kein Mensch Ottos Worten glauben, denn die ganze Stadt wußte, wie sehr der Alte ihn verabscheute.

Und wenn es zudem noch so aussah, als hätte er versucht, Julie das Leben zu retten ...

»Es ist ein Schock«, erklärte er Otto, während er sich bückte und die bewußtlose Julie hochhob. »Ich muß sie in die Klinik bringen, und zwar schnell.« Mit dem Mädchen auf den Armen eilte Carl Henderson den Feldweg entlang, zur Landstraße, wo sein Jeep stand.

Otto folgte ihm, obwohl er nur mühsam mit dem viel jüngeren Mann Schritt halten konnte. »Du bringst sie nirgends hin!« protestierte er. »Nicht, nachdem du ihr das antun wolltest!«

Henderson blickte den alten Mann mit gekonnt gespielter Verblüffung an. »Wovon redest du, Otto? Ich habe nur ...«

»Du hast versucht, sie zu vergewaltigen, du verfluchtes perverses Schwein!« schrie Otto. »Ich habe es doch mit eigenen Augen gesehen!«

Sie hatten den Jeep erreicht. Carl legte Julie auf den Rücksitz und sah Otto kalt an. »Du weißt nicht, was du gesehen hast«, sagte er. »Aber ich werde es dir verraten, also hör gut zu. Mit den Bienen stimmt etwas nicht, Otto! Deshalb reagieren Karens Kinder so extrem auf Stiche. Und ich habe nur versucht, Proben zu entnehmen, damit wir herausfinden können, was mit ihnen los ist!«

Er lächelte hämisch über Ottos verbissene Miene. »Versuch nicht, jemanden etwas anderes weiszumachen«, fuhr er fort. »Kein Mensch wird dir glauben. Alle werden dich für einen verrückten alten Trottel halten.«

Ottos Gesicht versteinerte. »Julie weiß, was du getan hast«, knurrte er. »Sobald sie wieder zu sich kommt ...«

»Falls sie zu sich kommt«, fuhr Henderson ihm ins Wort. Er ließ den Motor an und fuhr los, aber die Stimme des alten Mannes war unüberhörbar.

»Ich zeige dich bei den Bullen an, Henderson, und ich sorge dafür, daß du im Kittchen landest, du Hundesohn!«

Ottos Drohung in den Ohren, gab Henderson Gas. Er wußte, daß er noch nicht in Sicherheit war. Falls Julie zu sich kam ...

Er warf einen Blick auf den Rücksitz.

Das Mädchen war bewußtlos, und es atmete von Sekunde zu Sekunde mühsamer.

Wenn er nun langsamer fahren würde, so daß sie starb, bevor er die Klinik erreichte ...

Aber er konnte nicht langsamer fahren, wenn er den Eindruck erwecken wollte, als hätte er sein Bestes getan, um sie zu retten.

Deshalb mußte er sie in die Klinik bringen, wo Ellen Filmore – die höchstwahrscheinlich bereits von der Farm aus verständigt worden war – sich unverzüglich an die Arbeit machen würde.

Zweifellos würde sie ihn um das Gegengift bitten, das er ihr versprochen hatte.

Das Gegengift, das er ihr für heute versprochen hatte. Das Serum, das er in seiner Aktentasche hatte.

Und sie wußte, daß es in seiner Aktentasche sein mußte, denn als sie ihn gestern angerufen und gefragt hatte, wann sie es erhalten würde, hatte er es ihr für heute fest zugesagt.

Ellen Filmore würde Julie das Mittel injizieren, und wenige Minuten später würde das Mädchen wieder normal atmen, es würde eine normale Gesichtsfarbe bekommen, und die Schwellung würde zurückgehen.

Es würde zu sich kommen.

Und reden.

Carl Hendersons Gehirn arbeitete fieberhaft, während er auf den Klinikparkplatz einbog.

Erst als sein Jeep zum Stehen kam, fiel im die Lösung ein.

Eine einfache, elegante Lösung.

Eine Lösung, die sicherstellte, daß Julie Spellman nie mehr zu sich kommen würde.

Kapitel 6

»Ich bringe ihn um, Russell!« sagte Karen. »Wenn es stimmt, was Otto sagt, bringe ich den Kerl eigenhändig um, das schwöre ich dir!«

Sie saß neben ihrem Mann, der den Chrysler lenkte, während Kevin und Molly auf dem Rücksitz Platz genommen hatten. Als die Klinik in Sicht kam, wurde sie von einem gräßlichen Déjà-vu-Gefühl überwältigt. Vor nur einer Woche hatte sie genau die gleiche Fahrt unternommen, aus genau dem gleichen Grund.

Ein Bienenstich.

Zuerst Molly, die fast gestorben war.

Und jetzt Julie, die sofort das Bewußtsein verloren hatte.

Und die außerdem, Otto zufolge, vergewaltigt worden war.

Sie waren zu viert aus der Küche gestürzt, als sie Ottos Gebrüll gehört hatten, das plötzlich im Aufheulen eines Motors untergegangen war. Hendersons Jeep war davongebraust, und Otto war ihnen auf der Auffahrt entgegengeeilt.

Mit wachsendem Entsetzen hatte Karen dem aufgeregten Bericht des alten Mannes gelauscht. In ihrer übermächtigen Wut auf Carl Henderson wurde ihre Geduld auf eine harte Probe gestellt, weil Russell darauf bestand, als erstes Ellen Filmore zu Hause anzurufen und zu informieren, daß Julie auf dem Weg in die Klinik war. Als sie dann endlich ins Auto stiegen, hatte Russell sie gebeten, möglichst Ruhe zu bewahren.

»Wir sollten keine voreiligen Schlüsse ziehen«, mahnte er. »Ich kann einfach nicht glauben, daß Carl …«

»Niemand will so etwas glauben«, fiel Karen ihm kalt ins Wort, während sie blind durch die Windschutzscheibe nach vorne starrte. »Deshalb kommen ja auch so viele Perverse ungeschoren davon! Aber Otto hat es *gesehen!*« Sie warf Russell einen zornigen Blick zu. »Er …« Sie bemerkte, daß Molly auf dem Rücksitz die Ohren spitzte, und verstummte abrupt.

Ottos Worte dröhnten ihr in den Ohren. »Ich fahre lieber nicht mit«, hatte er erklärt, »denn wenn ich diesen Hurensohn von Henderson zu Gesicht bekäme, hättet ihr größte Mühe, mich von einem Mordversuch abzuhalten! Kümmert ihr euch um Julie, ich rufe derweil Mark Shannon an. Ich habe Henderson versprochen, ihn ins Kittchen zu bringen, und – bei Gott! – das werde ich auch! Außerdem muß ich den Bienenstock wieder aufstellen.«

Die Bienenstöcke, dachte Karen. Die Bienen hätten vor einer Woche Molly um ein Haar getötet, und jetzt hatten sie Julie angegriffen. »Wir müssen die Bienenstöcke abschaffen«, sagte sie, vorübergehend vom Problem Carl Henderson abgelenkt.

Russell schüttelte den Kopf. »Wir können sie nicht einfach abschaffen. Wir brauchen sie.«

»Brauchen?« rief Karen aufgebracht. »Nach allem, was passiert ist? Wie kannst du überhaupt …«

»Beruhige dich«, sagte Russell, während er auf den Klinikparkplatz fuhr und seinen Wagen neben Hendersons Jeep zum Stehen brachte. »Schauen wir doch erst einmal, wie es Julie geht, okay?«

Karen erwiderte nichts darauf, doch als sie aus dem Auto sprang und über den fast leeren Parkplatz hastete, stand ihr Entschluß bereits fest, ungeachtet aller Argumente, die Russell noch vorbringen mochte.

Bevor dieser Tag zu Ende war, würde Carl Henderson im Gefängnis sitzen, und die Bienenstöcke würden von der Farm verschwunden sein.

Die Eingangstür der Klinik stand weit offen, aber Rezeption und Wartezimmer waren leer.

Kein Wunder – es war ja noch nicht einmal sieben Uhr morgens!

»Wo sind sie?« fragte Kevin. »Warum ist niemand hier?«

»Sie werden im Untersuchungsraum sein«, erwiderte Russell und ging rasch auf eine geschlossene Tür zu, hinter der leise Stimmen zu hören waren. Ohne anzuklopfen, trat er ein, dicht gefolgt von Karen.

Julie lag auf dem Untersuchungstisch, und Ellen Filmore

beugte sich über sie und beobachtete sie aufmerksam, wie sie es eine Woche zuvor auch bei Molly getan hatte.

Carl Henderson stand im Hintergrund, mit dem Rücken zur Tür. Seine geöffnete Aktentasche lag auf der langen Arbeitsplatte an der Wand.

Gleich werde ich es wissen, dachte Russell. Sobald ich sein Gesicht sehe, werde ich wissen, ob Dad die Wahrheit gesagt hat. »Carl«, rief er leise.

Henderson drehte sich um. Er war auf diesen Moment gut vorbereitet – er hatte sich geistig darauf eingestellt, seit er Julie in die Klinik getragen hatte. Nun, da Russell und Karen vor ihm standen, konnte er ihren Gesichtern sofort ansehen, daß Otto ihnen alles haarklein berichtet hatte, und er reagierte darauf mit einer Pose gutmütiger Erbitterung: mit dem Anflug eines verzerrten Lächelns und hilflosem Schulterzucken. »Offenbar hat Otto euch erzählt, ich hätte Julie vergewaltigt.« Wie er gehofft hatte, waren Russell und Karen total verblüfft über seine unerwartet offenen Worte. Henderson baute seinen Vorteil sofort weiter aus. »Ich fürchte, daß er jetzt wirklich übergeschnappt ist.«

Karen öffnete den Mund zu einer Erwiderung, doch dann fiel ihr Blick auf Julie, und die Worte erstarben auf ihren Lippen, als sie das hochrote Gesicht ihrer Tochter sah.

Genauso hatte Molly vor einer Woche ausgesehen, und sie hatte genauso verzweifelt um Atem gerungen. Julies Augen waren geschlossen, und an ihrem Hals waren drei starke Schwellungen zu sehen.

»Haben Sie ihr schon etwas gegeben?« fragte Karen die Ärztin.

Ellen Filmore nickte. »Das gleiche Mittel, mit dem wir es schon bei Molly versucht haben.« Sie betrachtete Julie. »Und sie spricht darauf genausowenig an wie Molly.«

Karen konnte nur mit größter Mühe ein angstvolles Wimmern unterdrücken, da Mollys Qualen ihr plötzlich wieder in allen Einzelheiten lebhaft vor Augen standen. Als nächstes würden sie Julie zum Flughafen transportieren und nach San Luis Obispo bringen.

Doch inmitten dieser Schreckensvision hörte sie Ellen Filmore sagen: »Ich brauche jetzt sofort dieses neue Serum, Carl.«

»Selbstverständlich.« Henderson holte eine kleine braune Glasampulle mit Gummipfropfen aus seiner Aktentasche und reichte sie der Ärztin, die nach einem flüchtigen Blick auf die vielsilbigen Wörter des Etiketts fragend zu ihm aufsah. »Bist du sicher, daß es das richtige Mittel ist?«

»So sicher, wie es unter diesen Umständen möglich ist«, erwiderte Henderson. »Die Burschen aus der Pharma-Abteilung haben es mir gegeben, und es war wahnsinniges Glück, daß ich es überhaupt bekommen habe. An sich soll es erst in drei Monaten erhältlich sein – außer für die Testkliniken –, aber nachdem ich ihnen von Molly erzählt hatte, gaben sie mir diese Ampulle für den Fall, daß die Kleine noch einmal gestochen würde.«

Ellen Filmore zögerte immer noch. Wenn das Zeug noch nicht auf dem Markt war, so bedeutete das, daß die Aufsichtsbehörde keine endgültige Genehmigung erteilt hatte. Und wenn etwas passierte ...

Wenn Julie nicht auf das Mittel ansprach ...

Auf dem Untersuchungstisch begann Julie am ganzen Körper plötzlich krampfhaft zu zucken, und ihr Atem, der Sekunden zuvor zwar mühsam, aber relativ kräftig gewesen war, verwandelte sich in jenes keuchende Röcheln, in das auch Molly vor Einführung des Intubators verfallen war.

Ellen Filmore entschloß sich zum Handeln. Sie riß die Verpackung einer Einmalspritze auf, schob die Nadel durch den Gummipfropfen und zog eine Dosis der klaren Flüssigkeit auf. Gleich darauf injizierte sie das Serum in den Muskel von Julies Oberarm.

Alle warteten gespannt.

Im ersten Moment geschah gar nichts.

Dann zuckte Julie wieder, und ihre Brust wölbte sich bei dem verzweifelten Versuch, trotz ihrer fast zugeschwollenen Kehle Luft in die Lungen zu pumpen.

Ellen Filmore griff nach dem Intubator, der schon auf der Arbeitsplatte bereitlag.

»Wird sie sterben?« fragte Henderson leise. Es fiel ihm

sehr schwer, seine wahren Gefühle zu verheimlichen. *Stirb, Julie, stirb! Wenn du stirbst, werde ich in Sicherheit sein!*

Und nicht nur das – auch die Ungeheuer in seinem Innern würden befriedigt sein, zumindest für den Moment.

»Nicht, wenn ich es irgendwie verhindern kann«, antwortete die Ärztin. »Aber vielleicht werden wir wieder dein Flugzeug benötigen.« Sie betrachtete Julie und schüttelte den Kopf. »Falls sie überhaupt so lange durchhält«, fügte sie niedergeschlagen hinzu, aber so leise, daß nur Carl sie hören konnte. »Halten Sie ihren Kopf fest, Russell«, befahl sie, und er gehorchte sofort.

Aschfahl im Gesicht, umschloß Karen Julies Hand mit ihren beiden Händen. »Halte durch, Baby«, flüsterte sie. »Du kannst es schaffen, Julie. Du mußt mir nur weiter zuhören.«

Ellen Filmore wollte die Kunststoffröhre gerade in Julies Kehle einführen, als eine Veränderung eintrat.

Ihre kirschrote Haut nahm eine normalere Farbe an, und die Schwellungen am Hals gingen zurück.

Sie begann langsam und gleichmäßig zu atmen.

Keine zehn Sekunden später schlug sie die Augen auf und versuchte sich aufzurichten.

»J-Julie?« stammelte Karen, die kaum glauben konnte, daß das Wunder sich wiederholte.

Julie drehte den Kopf zur Seite und sah ihre Mutter an.

Etwas war nicht in Ordnung.

Ihr war so heiß, als hätte sie Fieber.

Hohes Fieber, bei dem einem der Schweiß ausbricht, um gleich darauf einem Schüttelfrost Platz zu machen.

Doch als sie ihre Stirn berührte, fühlte ihre Haut sich trocken an.

Trocken und kühl.

Dann wurde ihr plötzlich eiskalt, und ein Schauder überlief ihren ganzen Körper.

Den Bruchteil einer Sekunde später gaben die eisigen Finger sie wieder aus der Umklammerung frei.

Nun krampfte Übelkeit ihr den Magen zusammen.

Was geschah nur mit ihr?

Starb sie?

Schreckliche Panik stieg in Julie auf, und sie öffnete den Mund und wollte um Hilfe rufen, wollte die Ärztin anflehen, etwas zu tun, damit sie nicht sterben mußte.

Doch bevor sie auch nur ein Wort hervorbringen konnte, schnürte sich ihr die Kehle zusammen, so daß sie zu erstikken glaubte.

Nein! rief sie sich innerlich zu. Stirb nicht! Entspann dich ... hol tief Luft!

Unter Aufbietung aller Willenskraft versuchte sie ihre Ängste zu überwinden und den Hilferuf in Worte zu fassen, trotz des schrecklichen Gefühls, dem Ersticken nahe zu sein.

»Ich ...«, begann sie. »Ich ...« Sie streckte verzweifelt die Hand aus und fand sogleich Halt an ihrer Mutter.

»Was ist?« fragte Karen. »Julie, was ist los?«

Wieder versuchte Julie zu sprechen, und endlich brachte sie stammelnd einige Worte über die Lippen.

Unbegreifliche Worte.

»Mir ... mir geht es gut«, hörte Julie sich sagen, während sie vom Untersuchungstisch glitt und auf ihre eigenen Beine zu stehen kam. Ihre Mutter war sofort dicht an ihrer Seite. Dann wurde ihr schrecklich schwindelig, doch das verging genauso schnell wie der gräßliche Kälteschauder. »Ich ... ich muß nur in den Waschraum.«

Erneut schwappte eine Hitzewelle über sie hinweg, und ihr Magen drohte zu rebellieren. Sie riß sich von ihrer Mutter los und rannte aus dem Zimmer. Karen eilte ihr nach.

Molly und Kevin warteten vor der Tür des Untersuchungsraums, und als Julie herauskam, fragte ihre kleine Schwester begierig: »Mußt du jetzt auch über Nacht im Krankenhaus bleiben, so wie ich?«

Obwohl sie das Gefühl hatte, sich in der nächsten Sekunde übergeben zu müssen und ohnmächtig zu werden, blieb Julie kurz stehen, doch erneut hatten ihre Worte nichts mit der Wirklichkeit zu tun. »Mir geht's gut«, hörte sie sich wieder sagen, und als der Brechreiz immer stärker wurde, fügte sie rasch hinzu: »Ich muß nur kurz in den Waschraum, weiter nichts.«

Sie hastete an Molly und Kevin vorbei, den Gang entlang, immer noch dicht gefolgt von Karen. »Ich komme allein zurecht, Mutter«, murmelte sie, als sie endlich die Tür zur Toilette erreicht hatte. Karen betrachtete sie besorgt.

War es wirklich möglich, daß Julie wieder wohlauf war? Vor wenigen Minuten hing ihr Leben noch am ... Nein, Karen wollte diesen Gedanken nicht weiter verfolgen. Ihr fiel plötzlich wieder ein, was Otto ihnen vor der Abfahrt in die Klinik berichtet hatte, und sie legte ihrer Tochter eine Hand auf den Arm. »Hat Carl Henderson dir etwas angetan?«

Julie warf ihrer Mutter einen verunsicherten Blick zu. »Angetan?« fragte sie. »Was sollte er mir denn angetan haben?«

Karen holte tief Luft. Julie war fünfzehn, fast sechzehn, und sie war alles andere als naiv. »Otto sagt, er hätte gesehen, daß Carl Henderson dich ... na ja, daß er dich vergewaltigen wollte.«

Julie riß die Augen weit auf.

Vergewaltigen?

Wovon redete ihre Mutter eigentlich?

Warum sollte Carl Henderson versuchen, sie zu vergewaltigen?

»Ich muß jetzt wirklich dringend aufs Klo, Mom«, sagte sie. »Ich bin gleich wieder da.« Bevor ihre Mutter etwas erwidern konnte, schlüpfte Julie in die kleine Kabine, die außer der Toilette nur ein Waschbecken und einen Spiegel enthielt, und verschloß automatisch die Tür.

Sie kniete sich auf die kalten Bodenfliesen und hielt ihren Kopf über die Kloschüssel, im Mund den Geschmack von Galle.

Gleich würde ihr Magen sich entleeren, gleich würde sie sich erbrechen.

Sie wartete mit offenem Mund und angespanntem Körper.

Doch die Übelkeit verging so schnell, wie sie gekommen war.

Julie wartete einige Minuten, dann stand sie auf und betrachtete sich im Spiegel.

Obwohl sie immer noch Fieber zu haben glaubte, obwohl ihre Glieder schmerzten und sie das Gefühl hatte, die schlimmste Erkältung ihres Lebens auszubrüten, sah sie völlig normal aus.

Ihre Augen leuchteten, und ihre Wangen hatten eine gesunde Farbe.

Sie sah geradezu blühend aus.

Aber sie fühlte sich grauenhaft.

Sie dachte an ihre seltsame Behauptung, daß es ihr gutgehe, obwohl sie in Wirklichkeit geglaubt hatte, sterben zu müssen.

Was geschah nur mit ihr?

Wurde sie vielleicht verrückt?

Das Blut erstarrte ihr in den Adern, als ihr ein schrecklicher neuer Gedanke kam.

Vielleicht *war* sie schon verrückt! Vielleicht hatte sie den Verstand verloren.

Ein Traum!

Das mußte es sein! Nichts von all dem war Wirklichkeit, es war nur ein schlimmer Alptraum, und wenn sie sich zwickte, würde sie aufwachen.

Sie grub die Fingernägel der rechten Hand ins Fleisch des linken Handgelenks, so fest, daß sie vor Schmerz fast aufgeschrien hätte.

Doch eine Sekunde später, als der Schmerz nachzulassen begann, war sie immer noch in dem Alptraum gefangen.

Sie starrte wieder ihr Spiegelbild an.

Ihre Augen waren leuchtend und klar, ihre Haut hatte eine ganz normale Farbe.

Dabei hatte sie jedoch das Gefühl, als hätte irgendein Monster Besitz von ihrem Körper und Geist ergriffen, als ob es in ihren Eingeweiden wühlte und dieses unerträgliche Übelkeitsgefühl erzeugte, als ob es ihr Gehirn attackierte und sie zu der Lüge gezwungen hätte, daß es ihr gutgehe.

Dann fiel ihr, noch während sie ihr Spiegelbild anstarrte, plötzlich ein, was ihre Mutter gesagt hatte, bevor sie in die Toilette geflohen war.

Ihre Mutter hatte gesagt, Carl Henderson habe versucht, sie zu vergewaltigen.

Sie erinnerte sich daran, wie er sie am Hochzeitstag ihrer

Mutter angestarrt hatte und wie unheimlich ihr das gewesen war. Aber nicht einmal damals hatte sie geglaubt, daß sie eine magische Anziehungskraft auf ihn ausübte.

Ganz im Gegenteil – aus einem unerfindlichen Grund hatte sie das Gefühl gehabt, daß er sie *haßte.* Sie schloß die Augen und versuchte sich vorzustellen, daß Carl Henderson sie vergewaltigte.

Sie konnte es nicht.

Und doch – als sie Otto bei den Bienenstöcken gesucht hatte, war statt dessen Carl Henderson dort gewesen.

Er war dort gewesen – aber was war dann geschehen?

Er hatte mit ihr geredet, und sie hatte etwas geantwortet, und …

… und dann konnte sie sich erst wieder daran erinnern, daß die Bienen aus dem Stock, den sie umgeworfen hatte, sie umschwärmten.

Sogar jetzt noch konnte sie das wütende Summen hören und die über ihre Haut krabbelnden Bienen spüren.

Sie erschauderte und versuchte instinktiv, die Insekten abzuschütteln.

Aber sie waren ja gar nicht da! Keine einzige Biene war da!

Und doch konnte sie die unzähligen feinen Beine spüren! Das war doch keine Einbildung! Während ihre Gedanken sich in panischem Schrecken überschlugen, schien der Juckreiz auf ihrer Haut sich ins Innere zu verlagern, schien bis auf die Knochen auszustrahlen.

Verstört riegelte sie die Tür auf und trat auf den Gang hinaus, fest entschlossen, ihrer Mutter zu erzählen, wie miserabel sie sich fühlte, was in ihr vorging und daß sie sich nicht erinnern konnte, ob Carl Henderson ihr etwas angetan hatte.

Doch auf dem Rückweg zum Untersuchungsraum geriet ihr Entschluß wieder ins Wanken, so als raubte etwas in ihrem Innern ihr den Willen und die Kraft. Und als sie zum Sprechen ansetzte, schien sie jede Kontrolle über ihre Worte verloren zu haben. »Ich bin fertig«, sagte sie, und ihre Stimme kam ihr selbst unnatürlich ruhig vor, spiegelte nichts von ihrem inneren Aufruhr wider. »Können wir jetzt nach Hause fahren?«

Karen zögerte. Trotz grenzenloser Erleichterung über die scheinbare Genesung ihrer Tochter wurde sie das schreckliche Gefühl nicht los, daß etwas nicht stimmte, daß Julie sich unmöglich in kürzester Zeit vollständig erholt haben konnte. Dann fiel ihr eine einleuchtende Erklärung ein:

Schock!

Julie stand unter Schock.

»Bald«, sagte sie sanft. »Aber vorher sollte Dr. Filmore dich noch untersuchen, damit wir ganz sicher sein können, daß dir nichts fehlt, okay?«

Julie schöpfte neue Hoffnung. Ihre Mutter hatte ihren Worten keinen Glauben geschenkt, und jetzt würde die Ärztin feststellen, wie krank sie in Wirklichkeit war, und ihr helfen! Sie nickte zustimmend und lächelte sogar.

Die Männer hatten den Untersuchungsraum verlassen, und Ellen Filmore arbeitete an Julies Krankenbericht. Sie blickte kurz auf, lächelte freundlich und wollte sich wieder ihren Notizen zuwenden, starrte aber statt dessen das Mädchen ungläubig an.

Vor kaum fünf Minuten hatte diese Patientin bewußtlos dagelegen, mit grotesk geschwollenem Hals, mühsam nach Atem ringend.

Jetzt stand sie lächelnd auf der Schwelle und sah völlig gesund aus. Soviel Ellen wußte, war so etwas unmöglich. »Julie?« fragte sie. »Wie fühlst du dich?«

Julie formulierte im Geiste die Worte, die ihren Zustand treffend beschrieben, verzweifelt bemüht, der Ärztin die ganze Wahrheit zu sagen.

Fieber.

Kälteschauder.

Übelkeit.

Doch auch diesmal gelang es ihr nicht, dem Alptraum zu entkommen. »Mir geht es gut. Großartig.«

Ellen Filmore runzelte die Stirn. Großartig? Das war völlig ausgeschlossen, sowohl angesichts ihres kritischen Zustands vor wenigen Minuten als auch in Anbetracht dessen, was Russell berichtet hatte, während Julie auf der Toilette gewesen war. Wenn das Mädchen vergewaltigt – oder beinahe vergewaltigt – worden war, könnte es durchaus einen schweren Schock erlitten und sich eingekapselt haben. »Ich glaube, ich werde doch lieber selbst beurteilen, ob es dir ›großartig‹ geht«, sagte sie sanft und gab Julie ein Klinikhemd. »Zieh das bitte an und leg dich noch einmal hin, okay?« Während Julie sich auszukleiden begann, führte Ellen Karen auf den Gang hinaus und schloß die Tür. »Sie können ruhig dabei sein, wenn ich sie untersuche«, sagte die Ärztin. »Aber würden Sie mir vorher noch genau erklären, was Carl gemeint hat, als er sagte, Otto hätte ihn wohl bezichtigt, Julie vergewaltigt zu haben?«

Karen bemühte sich, möglichst emotionslos wiederzugeben, was Otto ihnen berichtet hatte. »Ich habe Julie danach gefragt«, fügte sie hinzu, »aber sie hat mir keine klare Antwort gegeben.«

»Sie könnte unter Schock stehen«, sagte Ellen Filmore und bestätigte damit Karens Vermutung. »Wenn Otto die Wahrheit gesagt hat, wird sie sich früher oder später daran erinnern, und vermutlich werde ich auch irgendwelche körperlichen Anzeichen dafür finden. Selbst wenn es nicht zu einer Penetration gekommen ist, gibt es möglicherweise Hautabschürfungen oder blaue Flecken, die auf einen Kampf hindeuten würden.«

Sie lächelte aufmunternd, schloß insgeheim aber auch nicht die Möglichkeit aus, daß Otto Owen die Situation völlig mißverstanden hatte und Carl Henderson sich zu Recht gegen die Beschuldigung wehrte.

Die beiden Frauen kehrten in den Untersuchungsraum zurück, und Ellen begann mit der Untersuchung. Sie schob ein Thermometer unter Julies Zunge und wickelte die Manschette eines Blutdruckmessers um ihren linken Oberarm.

Sie schaute ihr in den Hals, betrachtete ihre Zunge.

Sie überprüfte die Augen und schlug mit einem Gummihämmerchen an die Knie, um Julies Reflexe zu kontrollieren.

Sie untersuchte die Schamgegend auf irgendwelche Verletzungen.

Schließlich schüttelte sie den Kopf und lächelte Julie gezwungen zu. »Nun«, seufzte sie, »ich will gar nicht erst vorgeben, daß mir die Wirkungsweise dieses neuen Serums klar wäre, aber du hast recht: Dir fehlt wirklich nichts. Du hast ungeheures Glück gehabt. Wenn Carl Henderson dieses Mittel nicht bei sich gehabt hätte, wärst du möglicherweise nicht durchgekommen, sogar wenn wir es geschafft hätten, dich nach San Luis Obispo zu bringen.«

Kaltes Entsetzen bemächtigte sich Julies.

Die Ärztin mußte doch etwas gefunden haben! Irgend etwas! Es war einfach unvorstellbar, daß sie sich so miserabel fühlte, wenn ihr angeblich nichts fehlte.

Als sie sich langsam aufsetzte, stellte sie jedoch fest, daß es ihr wirklich etwas besserzugehen schien. Ihre Glieder schmerzten immer noch, aber nicht mehr so stark wie noch vor kurzem, und auch das Fieber schien ein wenig nachzulassen.

Ihr Magen rebellierte nach wie vor, aber sie rechnete nicht mehr so fest damit, sich übergeben zu müssen.

War es vielleicht doch möglich, daß ihr nichts fehlte, daß sie nur unter irgendwelchen Nebenwirkungen der Injektion litt? »Sie meinen, ich kann nach Hause?« fragte sie, während sie sich anzog. Insgeheim hoffte sie immer noch, daß die Ärztin Einspruch erheben und darauf bestehen würde, daß sie in der Klinik blieb.

Ellen Filmore zögerte. »Julie, kannst du dich erinnern, ob Carl Henderson dir etwas angetan hat, bevor die Bienen angriffen?«

Wieder versuchte Julie verzweifelt, sich an irgend etwas zu erinnern, das ihre Verfassung erklären könnte. Doch sie wußte nur noch, daß sie mit Henderson geredet hatte – was gesprochen worden war, fiel ihr beim besten Willen nicht ein – und dann plötzlich von dem Bienenschwarm umringt gewesen war. Sie schüttelte den Kopf. »Er hat mir gar nichts getan. Nur versucht, mir zu helfen.«

Karens Nervenanspannung ließ endlich nach. Die Untersuchung hatte ergeben, daß Julie nichts fehlte, und Otto hatte offenbar nur einmal mehr versucht, Unruhe zu stiften. Sie nahm Julie zärtlich in den Arm. »Komm, fahren wir nach Hause und danken unseren Glückssternen, daß Carl Henderson zur Stelle war und das Serum dabeihatte. Sie haben doch nichts dagegen?« fügte sie, an die Ärztin gewandt, hinzu.

»Ich wüßte nicht, was dagegen spricht«, mußte Ellen Filmore widerwillig zugeben. »Aber falls etwas passieren sollte – falls irgendwelche ungewöhnlichen Symptome auftreten –, rufen Sie mich bitte sofort an.« Sie nahm die braune Ampulle zur Hand, die noch zu zwei Dritteln gefüllt war, und zeigte sie Julie. »Wenn dieses Zeug irgendwelche Nebenwirkungen hat, möchte ich darüber Bescheid wissen.«

O ja, es hat welche, wollte Julie schreien. Können Sie das nicht sehen? Können Sie nicht sehen, was mit mir geschieht? Doch es gelang ihr auch jetzt nicht, die Worte hervorzubringen, und sie nickte lächelnd, obwohl jede Fiber ihres Körpers flehte: *Helfen Sie mir, helfen Sie mir!*

Sie unternahm einen letzten Versuch, die Ärztin über das Fieber, die schmerzenden Gelenke, die Übelkeit und die Kälteschauder zu informieren.

Doch auch jetzt konnte sie wieder nur lächeln. Leise kam ihr abermals die schreckliche Lüge über die Lippen:

»Mir geht's gut.«

Besiegt von der seltsamen und erschreckenden Macht, die in ihrem Innern das Regiment übernommen hatte, verließ Julie den Behandlungsraum und ging in die Halle hinaus. Carl Henderson wartete an einem Ende des Raumes, sehr bleich im Gesicht, ihr Stiefvater am anderen.

Auf der Schwelle blieb sie zögernd stehen. Am liebsten wäre sie auf ihren Stiefvater zugerannt und hätte sich in seine Arme geworfen, damit er sie vor dem Etwas beschützte, das sich ihres Körpers und Geistes bemächtigt hatte.

Doch anstatt bei ihm Hilfe zu suchen, ging sie gegen ihren Willen auf Carl Henderson zu. »Danke«, hörte sie sich sagen, und die Worte fielen ihr auf unerklärliche Weise zu, »wenn Sie nicht gewesen wären ... nun ja, vielen Dank ...«

Es gelang Henderson, sich nichts von den Ängsten anmerken zu lassen, die ihn gequält hatten, während er auf die Untersuchungsergebnisse gewartet hatte. Er hatte so gehofft, daß Julie sterben würde. Sie hätte eigentlich sterben müssen.!

Aber sie war nicht gestorben. Doch als er jetzt ihren Worten lauschte, begriff er, daß er in Sicherheit war. Obwohl die Injektion das Mädchen nicht umgebracht hatte, war sie allem Anschein nach doch nicht ganz wirkungslos geblieben.

Julie konnte sich zum Glück an nichts erinnern.

Er nahm ihre Hand in seine beiden Hände und drückte sie herzlich. »Gern geschehen«, sagte er. »Sehr gern geschehen.« Doch noch während er diese Worte aussprach, blieb sein Blick unwillkürlich wieder auf Julies Gesicht haften, und sofort stieg jener unergründliche Zorn in ihm auf.

Sogar hier, in der Klinik, verspürte er das schier unwiderstehliche Verlangen, sie zu packen und zu vernichten.

Warum? *Warum?*

Er hatte nicht die leiseste Ahnung.

Julie sah, wie seine Augen dunkler wurden und Haß in ihnen aufglomm, und aus den Tiefen ihres Unterbewußtseins stieg ein Erinnerungsfetzen auf. Sie riß ihre Hand zurück, doch das winzige Erinnerungsfragment versank genauso schnell, wie es aufgestiegen war.

Verzweifelt haschte sie danach, doch es war verschwunden.

Resigniert wandte sie sich von Henderson ab.

Als sie wenige Minuten später zwischen ihrer Mutter und ihrer kleinen Schwester auf dem Rücksitz des Chryslers saß, sah sie, daß ihr Stiefvater sie im Rückspiegel beobachtete.

»Bist du wirklich sicher, daß dir nichts fehlt?« fragte er. »Vielleicht solltest du dich heute ein bißchen schonen.«

Wieder öffnete Julie den Mund und wollte Russell erzählen, wie sie sich fühlte.

Und wieder brachte sie diese Worte nicht über die Lippen.

»Mir geht's gut«, wiederholte sie die alte Leier. »Ganz bestimmt.«

Doch sowohl ihr Körper als auch ihr Geist sagten ihr, daß es ihr gar nicht gutging.

Etwas war passiert, das wußte sie.

Etwas in ihrem Innern schrecklich fehlgeschlagen, und nun hatte sie keine Kontrolle mehr über das, was sie sagte.

Wie lange würde es wohl dauern, fragte sie sich, bis sie auch die Kontrolle über ihr Denken verlor?

Was aber, wenn sie auch die bereits verloren hatte?

Wenn sie bereits verrückt geworden war – was dann?

Was würde sie wohl als nächstes tun, falls sie wirklich schon verrückt war?

Sie sah Molly an, die dicht neben ihr saß und deren kleine Hand ihre eigene, viel größere umklammerte.

Sie vertraut mir, dachte Julie. Sie vertraut mir, aber sie hat keine Ahnung, was mir widerfährt.

Wenn ich sie nun verletzte?

Wenn ich sie nun umbringe?

Wenn ich alle umbringe?

Diese Furcht gewann immer mehr an Raum, bis sie keinen anderen Gedanken mehr fassen konnte.

Fühlten sich so die Menschen, von denen sie gelesen hatte, jene Menschen, die aus heiterem Himmel begannen, ihre Freunde oder ihre Familien oder sogar wildfremde Leute umzubringen?

Hatten jene Menschen das Gefühl gehabt, gleich zu sterben, und waren trotzdem außerstande gewesen, jemanden um Hilfe zu bitten?

Wieder stieg grenzenloses Entsetzen in ihr auf.

Was, wenn ich verrückt geworden bin? Was, wenn ich anfange, alle umzubringen?

Ohne daß jemand ihr etwas ansehen konnte, begann Julie Spellman tränenlos, aber um so bitterlicher zu weinen.

Kapitel 7

Mark Shannon war seit fast fünfzehn Jahren Polizist in Pleasant Valley. Er und sein Kollege Manny Gomez wußten über fast alles Bescheid, was in der kleinen Gemeinschaft vorging, und Mark neigte sogar zu der Ansicht, daß sie alles in Erfahrung bringen konnten, wenn sie genügend Zeit hatten.

Er war aus San Francisco gekommen, doch dort war er es nach nur fünf Jahren leid gewesen, Großstadtbulle zu sein. Er wollte irgendwo arbeiten, wo er zur Gemeinschaft gehörte – wo die Leute ihn als den Menschen Mark Shannon mochten oder ablehnten, nicht aber, weil er eine blaue Uniform trug.

Seine Hoffnungen hatten sich voll und ganz erfüllt. Er war seit vielen Jahren ins Leben der kleinen Stadt integriert, und das einzige Problem, das er jetzt hatte, bestand darin, daß einige der Kids, die unter seinen Augen herangewachsen waren – und die er sogar als Trainer der *Little League*, der Baseball-Liga für Kinder, betreut hatte – sich in notorische Unruhestifter verwandelten, so daß er bestimmt eines Tages gezwungen sein würde, irgendeinen Burschen zu verhaften, der ihn bis jetzt noch für einen Freund hielt. Andererseits erleichterte es seine Arbeit beträchtlich, daß Manny und er mit den meisten lokalen Gaunern und Perversen auf vertrautem Fuße standen.

Bis zu diesem Morgen hatte Carl Henderson nicht auf der Liste der Perversen gestanden, doch nach allem, was Otto Owen – zweifellos ein Sonderling, aber Marks Wissen nach weder ein Gauner noch ein Perverser – ihm berichtet hatte, neigte der Polizist fast dazu, Henderson auf die kurze Liste der Personen zu setzen, die Manny und er ständig im Auge behalten mußten.

Das Problem bestand darin, daß Ottos Geschichte sich zwar plausibel angehört hatte, daß es aber keine Beweise für ihren Wahrheitsgehalt gab. Mark hatte sich fast eine halbe

Stunde mit Ellen Filmore unterhalten, und sie hatte ihm versichert, daß Julie Spellman zweifelsfrei noch Jungfrau war. Die Untersuchung hatte nicht einmal irgendwelche Hinweise auf einen Kampf ergeben, auch keinerlei Verletzungen an den Genitalien. Die Ärztin vertrat deshalb die Ansicht, daß ein Angriff auf Julie – wenn er denn stattgefunden hatte – bei weitem nicht so gewalttätig gewesen sein konnte wie die von Otto beschriebene Szene.

Und jetzt hatte er sich selbst eine halbe Stunde mit Julie unterhalten, und die ganze Geschichte wurde immer undurchsichtiger.

Er studierte seine hingekritzelten Notizen. Otto zufolge gab es nicht den geringsten Zweifel daran, was in der Nähe der Bienenstöcke vorgefallen war. Doch Julie zufolge war überhaupt nichts vorgefallen, und ihre Aussage wurde durch Dr. Filmores Untersuchung gestützt.

Als nächstes würde er zu Carl Henderson fahren, obwohl er sich nicht viel davon versprach. Was auch in Wirklichkeit passiert sein mochte, er konnte sich beim besten Willen nicht vorstellen, daß Henderson eine versuchte Vergewaltigung zugeben würde.

Seltsamerweise hatte Mark Shannon aber trotz der Aussagen von Julie Spellman und Ellen Filmore das sichere Gefühl, daß bei den Bienenstöcken tatsächlich etwas vorgefallen war. Zum einen gab es dort eine Stelle, die ganz danach aussah, als hätte dort ein Kampf stattgefunden: tiefe Furchen in der harten Erde, in die sich Kiesel eingedrückt hatten, so als hätte ein beträchtliches Gewicht auf ihnen gelastet.

Natürlich war die Möglichkeit nicht auszuschließen, daß Otto den angeblichen Ort des Geschehens selbst präpariert hatte. Wie allen anderen Einwohnern von Pleasant Valley, war auch Mark bekannt, daß Otto einen abgrundtiefen Haß gegen Henderson hegte. Doch andererseits hatte der alte Mann ihm ganz offen erzählt, wie wütend er am frühen Morgen auf Julie gewesen war. »Aber daß sie unverschämt zu mir war, heißt noch lange nicht, daß irgend so'n Schwein sie vergewaltigen darf!« hatte er geknurrt, als er seine Aussage machte.

Im Augenblick konnte Shannon jedenfalls nicht viel unternehmen, Intuition hin oder her. Er stemmte seine Ein-Meter-vierundneunzig aus dem ächzenden Rattanstuhl auf Russells schattiger Veranda und ließ seinen Blick über das Tal schweifen. Der Morgen war noch nicht allzu heiß, und die Luft war so klar, daß in der Ferne sogar die Gipfel der Sierras zu sehen waren.

Auf der Koppel neben dem Stall grasten die Pferde, und nördlich davon weidete auf einem Feld Russells kleine Kuhherde.

An Tagen wie diesem wirkte Pleasant Valley geradezu absurd friedlich, so daß Mark sich manchmal fragte, wozu man hier überhaupt einen Polizisten benötigte.

Aber im Grunde wußte er natürlich, warum er gebraucht wurde: Hin und wieder rief eben doch jemand aufgeregt an, um Anzeige zu erstatten, so wie Otto heute morgen, auch wenn dieser spezielle Fall wohl im Sand verlaufen würde. »Na ja«, sagte er zu Russell und Karen, »ich rede mal mit Carl Henderson, aber nachdem Julie sagt, daß nichts passiert ist, wird dabei wohl nicht viel herauskommen.« Das Mädchen saß zwischen Russell und Karen auf der großen Hollywoodschaukel, die bei jeder Bewegung fürchterlich quietschte. Während Mark seinen Hut auf die dichten blonden Haare stülpte, beschloß er, ihnen zu verschweigen, daß er Henderson für alle Fälle scharf im Auge behalten würde. Julie schien zwar ein nettes Mädchen zu sein, aber er konnte auch nicht gänzlich ausschließen, daß sie Henderson ermutigt hatte, was erklären würde, warum Ellen Filmore keine Verletzungen gefunden hatte.

Mit der Zeit würde die Wahrheit ans Licht kommen, davon war Mark überzeugt. Er verabschiedete sich von den Owens, fest entschlossen, die Ohren zu spitzen, ob in der Stadt irgendwelche Gerüchte kursierten – nicht nur über Henderson, sondern auch über Julie. Geschlechtsverkehr mit Minderjährigen war immerhin strafbar, und falls Pleasant Valley es mit einer Lolita zu tun hatte, wollte er immerhin ein paar Leute warnen können, daß sie ihr aus dem Weg gehen sollten.

Während er die Farm verließ, ging ihm durch den Kopf, daß es bei seiner Arbeit meistens darauf ankam, Kontakte zwischen den falschen Leuten zu verhindern, damit möglichst wenig Funken flogen.

Nachdem Mark Shannon gegangen war, sah Karen ihre Tochter besorgt an. »Vielleicht solltest du dich etwas hinlegen.«

Julie schüttelte den Kopf. »Mir geht's großartig«, sagte sie, und diesmal entsprachen ihre Worte fast der Wahrheit, denn sie fühlte sich wirklich viel besser. Das fiebrige Gefühl hatte stark nachgelassen, und das seltsame Kribbeln tief im Innern war fast verschwunden.

Vielleicht würde sie doch nicht den Verstand verlieren.

»Na gut«, sagte Karen seufzend, »wie du meinst.« Als Julie aufstand und ins Haus ging, wandte Karen sich ihrem Mann zu. »Die Bienenstöcke«, sagte sie, und ihr Ton verriet Russell, daß diese Diskussion sich nicht länger hinausschieben ließ. »Wie schon gesagt – ich will, daß diese Bienenstöcke von der Farm verschwinden, Russell. Das ist mein voller Ernst. Zuerst wäre Molly fast gestorben, dann Julie.«

»Aber sie haben sich sehr schnell wieder erholt«, wandte Russell ein. »Das Gegengift hat bei beiden großartig gewirkt.«

»Und wenn Henderson es heute nicht zufällig bei sich gehabt hätte?« fragte Karen. »Julie war in noch schlimmerer Verfassung als Molly. Sie hätte nicht einmal den Flug nach San Luis Obispo überlebt.«

»Aber er *hatte* das Mittel dabei«, rief Russell ihr ins Gedächtnis.

»Und wenn es Dr. Filmore ausgeht? Mein Gott, Russell, das Mittel ist noch nicht einmal auf dem Markt, und jeder von uns kann jederzeit gestochen werden!« Sie schüttelte den Kopf. »Ich will die Stöcke nicht hier haben. Diese Bienen sind gefährlich.«

»So gefährlich sind sie nun auch wieder nicht«, widersprach Russell eigensinnig. »Außerdem können wir sie nicht einfach wegschaffen. Ohne Bienen würden die Luzernen nicht bestäubt werden. Wir sind auf die Bienen angewiesen.«

Karen starrte ihn an. »Willst du damit sagen, daß wir von ihnen total abhängig sind?«

»So funktioniert eine Farm wie die unsere nun einmal«, erklärte er. »Alfalfa – die Luzerne – ist eine großartige Futterpflanze, aber sie kann sich nicht selbst bestäuben. Dazu sind Bienen notwendig.«

»Es muß doch eine andere Möglichkeit geben ...«, begann Karen wieder, aber Russell ließ sie nicht ausreden.

Statt dessen erläuterte er ihr, was geschehen war, nachdem sie die Felder mit dem neuen Dünger behandelt hatten, der zur Sterilität der Bienen führte. »Wir haben mehr als achtzig Prozent der Ernte verloren«, schloß er. »Ohne die bestäubenden Bienen verschwand das Alfalfa einfach.« Er blickte ihr in die Augen. »So etwas darf sich nicht wiederholen, Karen. Noch ein solches Jahr, und wir wären pleite. Regelrecht *ruiniert*, Karen«, betonte er, als er ihre zweifelnde Miene sah. »Wir würden die Farm verlieren.«

Karen holte tief Luft, hielt sie so lange wie möglich an und ließ sie schließlich mit einem Seufzer entweichen. »Also gut.« Sie stand von der Hollywoodschaukel auf. »Dann müssen wir eben irgendeine andere Möglichkeit finden. Komm mit.«

Sie gingen Hand in Hand die Auffahrt hinab, überquerten die Landstraße und schlenderten den Feldweg entlang, der zu einem Steinwall führte, hinter dem die Bienenstöcke standen. »Und wenn wir sie nun weiter vom Haus entfernt aufstellen?« schlug Karen vor.

Russell schüttelte den Kopf. »Es ist nicht so einfach, Bienenstöcke zu versetzen. Man muß sie um mindestens acht Kilometer verlegen, sonst verliert man die Arbeiterinnen. Wenn es weniger als acht Kilometer sind, werden sie am nächsten Tag wie immer ausschwärmen, um Pollen und Nektar zu sammeln, doch anstatt in den neuen Bienenstock zurückzukehren, werden sie zu dem Ort fliegen, wo bisher ihre Behausung war. Die einzige Möglichkeit, sie davon abzuhalten, immer wieder an die ursprüngliche Stelle zurückzukehren, bis sie sterben, ist die Verlegung in eine völlig neue Umgebung, wo ihnen nichts vertraut ist.«

Karen gab sich noch nicht geschlagen. »Dann besorgen wir uns eben von *UniGrow* neue Bienenvölker und stellen die Stöcke so weit wie nur irgend möglich vom Haus entfernt auf«, erklärte sie resolut, so als müßte diese Lösung des Problems ihm genauso einleuchten wie ihr. Dann warf sie ihm jedoch einen fragenden Blick zu. »Oder ist auch das aus irgendwelchen Gründen nicht möglich?«

»Das weiß ich nicht«, gab Russell zu. »Aber ich kann mit Carl Henderson darüber reden. Vermutlich hängt es davon ab, ob *UniGrow* im Augenblick Bienenvölker liefern kann.« Er legte einen Arm um ihre Schultern und zog sie an sich. »Wir werden es herausfinden, Liebling, und sobald wir wissen, was mit den Bienen los ist und warum beide Mädchen diese Überreaktion auf Stiche zeigten, werden wir auch wissen, was zu tun ist. Aber wir müssen Carl eine Chance geben, die Bienen zu untersuchen.« Er gab ihr einen Kuß. »Ich habe wirklich nicht gewußt, daß du solche Angst hast.«

»Bis heute war das auch nicht der Fall«, sagte Karen. »Bei Molly dachte ich noch, es wäre einfach eine Allergie, aber als auch Julie ...« Sie erschauderte, als sie sich erinnerte, wie ihre Tochter in der Klinik ausgesehen hatte, verunstaltet durch die Schwellungen, mühsam nach Luft ringend, dem Tode bedrohlich nahe.

»Wir werden das Problem lösen«, versprach Russell. »Carl arbeitet schon daran, und er wird auch den Labors von *UniGrow* die Hölle heiß machen. Schlimmstenfalls müssen wir es den Sommer über mit diesen Bienen aushalten. Wegen der durch den Dünger verursachten Vergiftung der Felder werden die jetzigen Bienen sowieso steril werden, so daß wir nächstes Jahr ohnehin neue beschaffen müssen. Aber eines steht fest – wir werden hier immer Bienen brauchen. Ohne sie kann diese Farm nicht existieren.«

Obwohl sie nicht ganz beruhigt war, schlang Karen ihren Arm um Russells Taille. Immerhin würde etwas unternommen werden, und wenn sie alle vorsichtig waren, würde vielleicht nichts mehr passieren.

Die Sonne stand tief am westlichen Himmel. In fünfzehn oder zwanzig Minuten würde sie hinter den Ausläufern des Küstengebirges versinken, und Schatten würden auf die Farm der Owens fallen und sich rasch weiter über das San Joaquin Valley bis hin zu den Sierras ausbreiten. Diese Zeit der Dämmerung dauerte etwa eine Stunde, und schon nach ihrer ersten Woche in Pleasant Valley hatte Karen diese langen Abende, wenn das Licht allmählich immer schwächer wurde, zu ihrer Lieblingstageszeit erkoren. Die Nachmittagshitze war vorüber, und vom Ozean her gelangte schon eine frische Nachtbrise ins Tal. Es versprach ein fast vollkommener Abend zu werden. »Ich möchte einen Spaziergang machen«, murmelte Karen, die dicht neben Russell auf der Hollywoodschaukel saß und die Aussicht genoß. »Ich möchte zum Bach hinuntergehen, dem Rauschen des Wassers lauschen und die frische Luft genießen. Und ich möchte, daß du meine Hand hältst. Ich möchte, daß wir so tun, als wären wir einem jener törichten romantischen Liebesromane entsprungen, wo niemand sich mit der realen Welt auseinandersetzen muß.«

Das Abendessen war beendet, und in der Küche spülten Julie und Kevin das Geschirr. Molly spielte auf dem Rasen mit Bailey. Karen hatte den Eindruck, daß der große Hund das neunjährige Mädchen mit einem widerspenstigen Kalb verwechselte, aber beide tollten mit der gleichen Begeisterung herum. Sie hatten eine Verfolgungsjagd erfunden, deren Spielregeln – soweit Karen das beurteilen konnte – nur ihnen beiden bekannt waren.

Im Haus läutete das Telefon. Karen wollte aufstehen, aber Russell hielt sie zurück. »Laß eines der Kinder rangehen. Wenn es für uns ist, rufen sie uns schon.« Karen sank wieder in die Polster der quietschenden Schaukel. Gleich darauf tauchte Kevin auf der Veranda auf.

»Dürfen wir ins Kino?«

»Meinst du mit ›wir‹ dich und Julie oder aber dich, Julie und Molly?« wollte Russell wissen.

Kevins Stirn umwölkte sich. »Na hör mal, Dad – niemand nimmt kleine Kinder mit!«

»Wer ist mit von der Partie?« fragte Russell.

Kevin rasselte vier Namen herunter, die Karen irgendwie bekannt vorkamen, obwohl sie sich an keine Gesichter erinnern konnte.

»Was meinst du?« hörte sie Russell fragen.

Sie zuckte die Achseln. »Wenn Julie sich gut genug fühlt, habe ich nichts dagegen.«

Zehn Minuten später kamen Julie und Kevin aus dem Haus. »Wir gehen zu Jeff rüber«, sagte Kevin. »Er fährt uns dann in die Stadt.«

Karen sah Russell fragend an, der auf das nächste Anwesen deutete – mehrere in der Landschaft verstreute Gebäude etwa siebenhundertfünfzig Meter stadteinwärts. »Marge Larkins älterer Sohn«, erklärte er. »Sie hat ein altes Pächterhaus von Vic Costas gemietet, dem die Farm gehört.«

Karen, der die Schrecken des Morgens noch in den Knochen saßen, warf Julie einen besorgten Blick zu. »Bist du ganz sicher, daß dir nichts fehlt?«

Julie verdrehte in pubertärem Zorn die Augen. »Wie oft soll ich es denn noch sagen, Mom? Mir geht's großartig.«

»Also gut«, seufzte Karen. »Ich wollte ja nur sichergehen. Wann werdet ihr wieder zu Hause sein?«

»Um eins?« eröffnete Julie die Verhandlungen.

»Um zehn«, konterte Karen.

»Mom!« jammerte Julie. »Um zehn wird der Film noch nicht mal zu Ende sein! Und es ist Sommer – da sollten wir doch mindestens bis Mitternacht wegbleiben dürfen!«

»Dies ist aber eine Farm, wo alle früh aufstehen müssen«, mischte sich Russell ein. »Ihr werdet um elf zu Hause sein, verstanden?«

Julie, die nur an Verhandlungen mit ihrer Mutter gewöhnt war, setzte eine trotzige Miene auf, und Karen wußte, daß nun die Zeit gekommen war, ein für allemal die Regeln innerhalb der neuen Familiengemeinschaft festzulegen. »Ihr habt es gehört – um elf müßt ihr zu Hause sein«, sagte sie, keineswegs sicher, daß ihre Tochter nicht einen Streit mit Russell vom Zaun brechen würde. Doch bevor Julie etwas sagen konnte, griff Kevin ein.

»Länger als bis halb elf hat sowieso nichts auf. Gehen wir!«

»Und was ist mit dir?« fragte Russell, nachdem Kevin und Julie sich auf den Weg zur nächsten Farm gemacht hatten. »Hast du noch Lust zu diesem Spaziergang?«

»Was ist mit Molly?« wandte Karen ein. »Wir können sie doch nicht alleinlassen.«

»Warum denn nicht?« fragte Russell. »Wir sind hier nicht in L.A., Liebling. Dad ist gleich nebenan, und sie spielt mit einem Hund, der jedem mit Freuden an die Gurgel springen würde, der ihr etwas zuleide tun will. Glaub mir, sie ist hier gut aufgehoben.«

Doch Karen schüttelte den Kopf. Sie wollte ihre Tochter auf keinen Fall mit dem Hund als einzigem Schutz allein lassen, jedenfalls nicht heute abend, nach dem schrecklichen Vorfall am frühen Morgen.

Russell, der ihr diese Ängste ansehen konnte, pfiff nach Bailey und rief Molly zu: »Kommt mit! Wir gehen zum Bach!« Während das Mädchen und der Hund querfeldein rannten, ging Russell noch einmal ins Haus und holte die Taschenlampe, die immer auf dem Tischchen im Flur lag.

Dann schlenderten Karen und er Hand in Hand auf die verkümmerten Eichen zu, die das Feld säumten und zwischen denen sich ein Bach von den Hügeln hinab ins Tal schlängelte.

Wenige Minuten später ließ sich Karen auf einen Stein fallen, zog ihre Turnschuhe und Socken aus und streckte ihre Füße ins kühle Wasser. Sie seufzte zufrieden, während sie beobachtete, wie Molly und Bailey einige Meter weiter unten das Ufer erkundeten. »Wundervoll!« murmelte sie. »Einfach vollkommen!« Sie lehnte sich an Russells Brust und war glücklich, als er seine Arme fester um sie schlang. »Alles wird gut werden, nicht wahr?« fragte sie.

»Selbstverständlich«, versicherte Russell. »Von nun an wird alles großartig klappen.«

DAWN

FINALE

Dawn wußte nicht, wie lange sie um den Tod gebetet hatte. Vor einer Weile – vielleicht vor Minuten, vielleicht vor Stunden oder auch erst vor wenigen Sekunden – hatte sie geglaubt, ihre Qualen wären endlich zu Ende. Die Schwärze um sie herum begann zurückzuweichen, und sie hörte Musik. Himmlische Klänge. So hatte sie sich immer die Musik von Engelsharfen vorgestellt.

Sie fühlte eine sanfte Liebkosung, so als streichelten zärtliche Finger ihre Haut.

Doch dann begann sich alles zu verändern – die wirbelnden Farben verwandelten sich in grelles Licht, und was eben noch Musik gewesen war, wurde zum wütenden Summen von Tausenden Insekten.

Die streichelnden Finger verwandelten sich in Folterinstrumente, als Mandibeln und Stachel sich in ihre nackte Haut bohrten.

Ihr Geist drohte zu zerbrechen, als er durch die körperlichen Qualen erneut aus der Sicherheit und dem Trost des Schlafes gerissen wurde, und wieder versuchte sie, ihren gemarterten Stimmbändern einen Schrei abzuzwingen.

Doch nur ein blubbernder Laut kam als letzter verzweifelter Hilferuf über ihre Lippen, ein kaum hörbares Gurgeln der endgültigen Kapitulation.

Es war das Lachen – das ekelhafte, wahnsinnige Blöken –, das die letzten Schutzwälle ihres zerbröckelnden Geistes durchbrach und sie veranlaßte, noch einmal die Augen zu öffnen.

Er stand auf der Schwelle, durch das grelle Licht der nackten Glühbirne hinter ihm nur als Silhouette zu erkennen – ein schwarzer Schatten vor blendend weißem Hintergrund.

Trotzdem wußte sie, wer es war, ja, sie wußte sogar, warum er gekommen war.

Sie starb, und das wollte er miterleben.

Eine Welle rasenden Zorns überkam Dawn, und aus ihrem tiefsten Innern schöpfte sie die Kraft, um noch einmal auszuschlagen, nach ihm zu treten, obwohl sie keine Hoffnung hatte, ihn zu tref-

fen. Als er wieder lachte, erschlaffte sie, und ihr Kopf sank nach vorne.

Zum erstenmal sahen ihre Augen, was ihr widerfuhr.

Von dem schrecklichen Anblick total gelähmt und stumm, starrte sie entsetzt die Tausenden von Insekten an, die über ihre Haut krochen. Aber sie krochen nicht nur auf ihr herum.

Sie töteten sie auch.

Töteten sie und fraßen sie gleichzeitig auf.

Ameisen!

Tausende von Ameisen. Hunderttausende.

Sie waren überall, nicht nur auf ihrem Körper, sondern auch auf dem ganzen Fußboden. Eine Sekunde lang versuchte Dawn die Beine anzuziehen, aber sie hatte keine Kraft mehr dazu. Ihre blutigen Füße, an denen keine Haut mehr das rohe Fleisch bedeckte, sanken sofort wieder auf den Boden hinab, wo ihr klebriges Blut sich mit dem Insektengewimmel vermischte.

Einige Insekten kämpften gegeneinander, von uralten Instinkten der Feindschaft dazu getrieben, doch die meisten folgten einem viel mächtigeren Lockruf.

Ihrer Freßlust.

Sie wollten fressen, und sie wollten ihr Opfer töten.

In dem grellen Licht, das durch die offene Tür fiel, konnte Dawn erkennen, daß winzige Teilchen ihres Fleisches in den Mandibeln der Ameisen hingen, die an ihren Beinen hinabkrabbelten, über unzählige, genauso blutberauschte Artgenossen hinweg, und mit der Beute in dunklen Ecken der Kammer verschwanden.

Bei lebendigem Leibe aufgefressen!

Sie wurde buchstäblich bei lebendigem Leibe aufgefressen!

Während sich ihr Magen unwillkürlich in heftigem Protest umdrehte und ihre Kehle sich mit dem Geschmack von Erbrochenem füllte, hörte sie den Mann etwas schreien.

»Sieh mich an!« brüllte er. »Sieh mich an, laß mich deine Augen sehen!«

Aber Dawn konnte seinem Befehl nicht mehr Folge leisten, denn die letzte Kraft verebbte in ihrem Körper, und die Erkenntnis, auf welche Weise sie starb, hatte ihr endgültig den Verstand geraubt.

Obwohl ihr Körper noch atmete, war Dawn als Person tot …

Er stand auf der Schwelle und beobachtete, wie Dawn starb.

Er hatte vor ihr andere Mädchen sterben sehen.

Aber mit Dawn hatte er experimentiert.

Die anderen hatte er einfach mit nach Hause gebracht, in die Kammer gesperrt, und dann hatte er die Insekten freigelassen.

Er hatte die anderen Mädchen geknebelt, damit niemand ihre Schreie hören konnte, aber bei Dawn hatte er auf einen Knebel verzichtet, damit er vor der Tür sitzen und ihren Schreien lauschen konnte, während sie im Dunkeln vor Angst verging, noch bevor er die Insekten überhaupt freigelassen hatte.

Bei den früheren Mädchen hatte er genüßlich an der Tür gelauscht, wie sie in der Dunkelheit umherrannten, wenn sie den Insektenschwärmen zu entkommen versuchten.

Bei Dawn hatte er jedoch etwas Neues ausprobieren wollen: Er hatte sie an den Deckenbalken aufgehängt, so daß sie dem Angriff der Insekten in regungsloser Hilflosigkeit ausgesetzt war.

Doch seine größte Freude erlebte er jetzt, während er sie sterben sah. Er wußte, daß es die Feuerameisen – seine geliebten Solenopsis saevissima – waren, die sie letztendlich umgebracht hatten. Sie hatten sich stundenlang auf ihr getummelt, und die winzigen Stachel am Ende des Unterleibs der Ameisen hatten einen Tropfen Gift nach dem anderen in ihren Körper gespritzt, bis sie das Gefühl hatte, lichterloh zu brennen.

Doch nun war sie tot, und plötzlich kam ihm eine Idee.

Er machte sich auf die Suche nach brauchbaren Utensilien. Als er in den hintersten Kellerraum zurückkehrte, hatte er eine rostige Stange und einen großen Holzhammer bei sich. Er preßte ein Ende der Stange – jenes Ende, das er sorgfältig zugespitzt hatte – gegen Dawns Brust und schlug mit dem Hammer auf das andere Ende, trieb die Stange durch ihren Körper und in das alte Holz des Balkens hinter ihr.

Derart aufgespießt, war sie ein neues Exemplar in seiner Sammlung.

Er fragte sich, wie lange es dauern würde, bis ihr Körper zu verwesen begann. Dann würde er gezwungen sein, sie wegzuschaffen.

Während er sein Werk begutachtete, entschied er, daß das Mädchen es mit einem Insekt bei weitem nicht aufnehmen konnte.

Insekten verwesten nicht, nachdem er sie aufgespießt hatte, sie blieben ewig in perfekter Schönheit erhalten, warteten – an ihren Nadeln schwebend – darauf, immer wieder von ihm bewundert zu werden.

Ja, in vieler Hinsicht waren Insekten den Menschen überlegen. Vielleicht liebte er sie deshalb so sehr.

Kapitel 8

Julie starrte das Fahrzeug an, das vor dem Haus der Larkins stand. Sie hatte in L.A. schon so manche Klapperkiste gesehen, aber diese hier stellte alle anderen bei weitem in den Schatten. »Ist es das?« fragte sie Kevin, gerade als Jeff aus dem Haus kam. »Damit sollen wir ins Kino fahren? Springt es überhaupt an?«

»Meistens«, sagte Kevin.

»Dieses Auto braucht nur etwas Lack und ein paar kleine Reparaturen an der Karosserie«, erklärte Jeff, während er auf seine Rostlaube zuging, fest entschlossen, sie in Schutz zu nehmen. Er hatte den alten Kombi vor zwei Jahren in einem Schuppen entdeckt, kurz nachdem er mit seiner Mutter und seinem kleinen Bruder auf diese Farm gezogen war. Vor einigen Monaten war es ihm endlich gelungen, das Auto halbwegs fahrtüchtig zu machen, und Vic Costas hatte ihm erlaubt, es zu benutzen, wenn er die Versicherung bezahlte und für den Unterhalt aufkam. Obwohl fast jeder Penny den er zusammenkratzen konnte, dafür draufging, lohnte sich dieses Opfer seiner Ansicht nach. »Ist doch allemal besser als laufen zu müssen, oder?«

Achselzuckend stieg Julie ein und versuchte den moderigen Geruch zu ignorieren, der den Polstern entströmte. Doch während der Fahrt in die Stadt begann sie sich wieder ganz komisch zu fühlen.

Es fing mit Ohrensausen an, sobald sie von der Auffahrt auf die Straße eingebogen waren.

In den ersten Minuten störte sie das nicht besonders – es war nicht mit den Schrecknissen zu vergleichen, die sie morgens in der Klinik durchgemacht hatte –, doch je näher sie der Stadt kamen, desto schlimmer wurde es, und schließlich kurbelte sie – überzeugt davon, daß etwas außerhalb des Autos daran schuld sein mußte – ihr Fenster hoch, obwohl die stinkenden Sitze ihr Übelkeit verursachten.

Doch das Ohrensausen ließ nicht nach, und nun kam noch etwas anderes hinzu.

Sie hatte das Gefühl, als würde das Auto sie erdrücken, und gleichzeitig juckte es sie wieder am ganzen Körper.

Schon nach wenigen Minuten wäre sie am liebsten aus ihrer Haut gefahren.

Es entging ihr nicht, daß Kevin sie einige Male von der Seite her betrachtete.

Konnte er ihr ansehen, daß etwas nicht stimmte? Aber warum fragte er dann nicht, was ihr fehlte?

Doch noch während sie sich diese Frage stellte, schnürte Angst ihr das Herz zusammen, denn sie hörte sich schon sagen, es gehe ihr großartig, obwohl sie sich in Wirklichkeit gräßlich fühlte und wieder befürchtete, verrückt zu werden.

O Gott, was sollte sie nur tun?

Was geschah mit ihr?

Sie wurde immer nervöser. Als die Hitze im Auto unerträglich wurde, kurbelte sie das Fenster herunter und atmete die Nachtluft in vollen Zügen ein. Und dann, kaum daß sie in der Stadt ankamen, hörte das Ohrensausen auf, und wenige Sekunden später ließ auch der schreckliche Juckreiz im Innern ihres Körpers nach.

War sie doch nicht ernsthaft krank?

Aber wie lange würde ihr Wohlbefinden anhalten?

Jeff fand einen Parkplatz, und sie gingen den halben Block bis zum Kino zu Fuß. Die anderen Teenager warteten schon auf sie.

Im Saal fühlte sich Julie während der ersten Minuten großartig. Doch sobald die Lichter ausgingen und die Vorschaubilder über die Leinwand liefen, setzte das Ohrensausen wieder ein.

Aber jetzt war es nicht nur dieses Summen, das sie fast zur Raserei trieb.

Die flimmernde Leinwand war genauso schlimm.

Anfangs versuchte sie ihr Unbehagen einfach zu ignorieren, aber noch vor Beginn des Hauptfilms bekam sie starke Kopfschmerzen, und ihr Magen drohte zu rebellieren.

Geh raus, sagte sie sich. Steh auf, geh raus, und setz dich ins Foyer, bis du dich wieder besser fühlst.

Doch als sie von ihrem Sitz aufstehen wollte, verweigerte ihr Körper ihr den Gehorsam.

Es war so, als gäbe irgendeine Kraft in ihrem Innern ihr den Befehl zu bleiben, wo sie war, und anstelle ihres eigenen Gehirns schien nun diese Macht die Kontrolle über ihren Körper auszuüben.

Die Angst, die sie im Auto verspürt hatte, überfiel sie erneut, steigerte sich zum Entsetzen.

Noch einmal versuchte sie, Ohrensausen und Kopfweh zu ignorieren und sich auf den Film zu konzentrieren. Sie hatte die ersten sechs – oder waren es sieben? – Filme dieser Serie gesehen und auf diese Fortsetzung gewartet.

Aber heute abend konnte sie der Handlung einfach nicht folgen. Ihr Kopf dröhnte, sobald sie auf die Leinwand schaute.

Und der Juckreiz, der als vages Gefühl der Rastlosigkeit tief in ihrem Körper begonnen hatte, verlagerte sich jetzt nach außen, auf ihre Haut, so als würden Tausende winziger Insekten auf ihr herumkriechen – unter ihren Kleidern, in ihrem Haar, ihrer Nase, ihren Augen, überall.

Sie kratzte sich und rieb sich am Sitz, doch auch das brachte ihr keine Linderung.

Am schlimmsten war der Juckreiz in ihren Fingern, und sie kratzte und knetete an ihnen herum, bis sie befürchten mußte, die Haut blutig zu reißen.

Und während das Ohrensausen, die dröhnenden Kopfschmerzen und der Juckreiz immer schlimmer wurden, wuchs auch ihre Panik.

Es widerfuhr ihr tatsächlich, dessen war sie sich jetzt sicher:

Sie verlor den Verstand.

Kevin starrte im abgedunkelten Saal auf die Leinwand und versuchte ein letztes Mal, der Filmhandlung zu folgen.

Aber es war unmöglich.

Dies nicht etwa, weil der Film – der siebte oder auch achte

einer Serie, in der sich alles um einen blindwütigen Schlächter drehte – keinen Sinn ergab, obwohl auch das wahrscheinlich zutraf, denn soweit er sich an die Handlung erinnerte, hatte es für keinen der bisherigen Morde irgendein Motiv gegeben.

Nein, es lag nicht nur an dem Film.

Es lag auch an Julie.

Seit sie in Jeffs Auto gestiegen waren, hatte sie sich seltsam benommen.

Jetzt saßen sie nebeneinander, Jeff und Shelley Munson saßen links von Julie, Andy Bennett und Sara McLaughlin rechts von Kevin. Gleich nachdem die Lichter ausgegangen waren, hatte er Julie gestupst und geflüstert: »Schau mal an die Decke!« Und sie hatte über die künstlichen Wolken, die als Projektion über ihren Köpfen herumwirbelten, gekichert.

Er hatte nach ihrer Hand gegriffen und sie gedrückt, und sie hatte den Druck erwidert.

Doch als die Vorschaubilder und kurz darauf der Vorspann über die Leinwand flimmerten, hatte sie ihm ihre Hand entzogen, und seitdem rutschte sie ständig auf dem Sitz herum, knetete ihre Hände und kratzte sich unablässig die Finger, was allmählich auch ihn nervös machte.

Er hatte sie mehrmals von der Seite angesehen, und obwohl sie seine Blicke nicht erwiderte, schien sie sich auch nicht für den Film zu interessieren. Sie hielt sogar den Kopf gesenkt, so als wollte sie die Leinwand einfach ignorieren.

Einmal beugte er sich zu ihr hinüber und fragte flüsternd, ob alles in Ordnung sei. Sie zögerte, doch dann nickte sie und versicherte, es gehe ihr ausgezeichnet.

Einige Minuten lang gelang es ihr fast, ihn davon zu überzeugen, aber dann rutschte sie wieder unruhig herum und kratzte sich Hände und Finger wund.

Als sie den Blick erneut von der Leinwand abwandte, flüsterte er ihr ins Ohr: »Warum gehen wir nicht einfach, wenn der Film uns beiden nicht gefällt? Wir könnten irgendwo eine Cola trinken.«

Ohne etwas zu sagen, fast sicher, daß ihr Körper ihr auch

diesmal den Gehorsam verweigern würde, versuchte Julie aufzustehen.

Und zu ihrer großen Verwunderung und Erleichterung gelang es ihr mühelos.

Sie konnte ihr Glück kaum glauben und schob sich rasch an Jeff und Shelley vorbei. »Wohin geht ihr?« flüsterte Shelley Kevin zu, der Julie auf den Fersen folgte.

»Wir wollen irgendwo eine Cola trinken. Dieser Film ist so saublöd, daß ich einfach nichts mitkriege.« – »Wir gehen mit«, sagte Shelley, und als Jeff stöhnte, zuckte sie demonstrativ die Achseln. »Bleib da, wenn du willst«, erklärte sie in einem Ton, der ihre Worte Lügen strafte. »Ich komme auch allein nach Hause.«

»Na, hör mal, Shelley«, protestierte Jeff. »Wir alle wollten diesen Film sehen.«

»Du meinst, du und Andy wolltet ihn sehen«, widersprach Shelley. »Außerdem habe ich ja gesagt – du brauchst mich nicht nach Hause zu bringen.«

Als andere Kinobesucher verärgert »pst!« machten, drängte sich Shelley rasch durch die Reihe, und Jeff folgte ihr nach kurzem Zögern. Gleich darauf tauchten auch Andy und Sara im Foyer auf.

»Was ist denn los?« fragte Andy. »Der Film wurde doch gerade echt gut! Habt ihr den letzten Mord mitgekriegt? Himmel, soviel Blut hab' ich noch nie im Leben gesehen!«

»Vulgär!« kommentierte Sara. »Ich hasse diesen Film! Er ist so hirnrissig.«

»Ist er nicht!« protestierte Jeff. »Er ist klasse!«

»Du und Andy könnt ja wieder reingehen und euch den Rest zu Gemüte führen«, schlug Shelley vor. »Wir anderen trinken irgendwo Cola.«

»Wie wär's statt dessen mit Bier?« fragte Andy. »Jeff und ich haben ...«

»Mensch, halt die Schnauze!« fuhr Jeff ihn an und schaute sich ängstlich um. »Was, wenn dich jemand hört? Wenn wir erwischt werden?«

»Niemand erwischt uns«, beruhigte ihn Andy. »Außer Josh Carter ist kein Mensch in der Nähe, und der würde mitkommen, wenn er nicht arbeiten müßte.« Josh, einer ihrer Klassenkameraden, der hinter der Süßigkeitentheke stand, blickte hoffnungsvoll zu ihnen herüber.

»Ich habe frei, sobald die nächste Vorstellung anfängt«, sagte er.

»Das ist zu spät«, erwiderte Jeff. »Bis dahin haben wir schon alles ausgetrunken.«

Die sechs Teenager verließen das Kino, und Julie atmete begierig die Nachtluft ein. Nun, da sie nicht mehr vor der flimmernden Leinwand saß, fühlte sie sich viel wohler.

Sie quetschten sich in Jeffs Wagen.

»Wohin fahren wir?«

»Zu den Stromleitungen«, erwiderte Jeff.

Fünf Minuten später erreichten sie einen alten Stadtpark. Angelegt unter den Hochspannungsleitungen, die Pleasant Valley mit Elektrizität versorgten, war er von den Einwohnern schon vor Jahren aufgegeben worden, weil die Leute wegen möglicher Auswirkungen der Magnetfelder auf die Gesundheit ihrer Kinder besorgt waren. Seit ungefähr zehn Jahren gingen fast nur noch die Teenager in den Park.

Zu dieser Abendstunde – die Dämmerung verwandelte sich jetzt sehr schnell in Dunkelheit – war der Park völlig menschenleer.

Jeff brachte den Kombi zum Stehen, und Andy Bennett fischte unter dem Sitz herum und hielt dann triumphierend einen Sechserpack hoch. »Da haben wir's schon!« krähte er. »Tolles Versteck von mir, was?« Er zog die Dosen aus der Plastikfolie und verteilte sie.

Auch Julie ließ sich eine Dose in die Hand drücken. Seit sie dem Kino entronnen war, ging es ihr besser, und bei ihrer Ankunft im Park war der gräßliche Juckreiz völlig verschwunden. Doch nun machte er sich plötzlich wieder bemerkbar, und auch das seltsame Summen in den Ohren setzte wieder ein.

Sie versuchte beides zu ignorieren und betrachtete die Bierdose, die sie vor Nervosität viel zu fest umklammerte.

Sie hatte in L.A. einige Male Bier probiert, aber noch nie richtig davon getrunken.

Vielleicht würde sie sich danach wieder besser fühlen.

Sie öffnete den Verschluß und führte die Dose an ihre Lippen. Als die warme und bittere Flüssigkeit ihren Mund füllte, glaubte sie im ersten Moment, daran zu ersticken. Dann sah sie aus dem Augenwinkel, daß Sara McLaughlin durstig trank.

Na ja, wenn die Kids in Pleasant Valley darauf abfuhren ...

Sie schluckte das Bier herunter und nahm einen zweiten Schluck.

Das Summen in ihren Ohren wurde schlimmer, ebenso der Juckreiz, der seinen Ursprung tief in ihrem Körper zu haben schien.

Und jetzt geschah etwas Neues – sie hatte plötzlich das unwiderstehliche Bedürfnis, aus dem Auto hinauszukommen.

Hastig öffnete sie die Tür und stieg aus. Kevin folgte ihr. »Bist du okay?« hörte sie ihn fragen.

Julie nickte, trank wieder einen Schluck Bier und entfernte sich vom Wagen, in die Abendschatten hinein. Nach kurzem Zögern lief Kevin ihr nach.

»He!« rief Sara. »Wo geht ihr denn jetzt wieder hin?«

»Willst du die beiden begleiten?« stichelte Shelley, die wußte, daß Sara in Kevin verknallt war. »Kannst du es nicht ertragen, Kevin für ein paar Minuten aus den Augen zu verlieren?«

Sara errötete heftig vor Verlegenheit und schwor sich, Shelley nie mehr ein Geheimnis anzuvertrauen. Noch dazu war sie überzeugt davon, daß sich Kevin, seit Julie in der Stadt war, für kein anderes Mädchen mehr interessierte, geschweige denn für sie.

Kevin schien jedoch nicht gehört zu haben, was Shelley gesagt hatte. »Wir machen nur einen kleinen Spaziergang«, rief er, während er sich fragte, was mit Julie los war, warum sie einfach wegrannte. »Wir sind gleich wieder da.«

Jeff warf ihm einen wissenden Blick zu. »Einen Spaziergang, soso!« spottete er. »Red doch keinen Stuß! Wir alle wissen, was ihr vorhabt!« Er kicherte. »Soll ich dir eine Decke borgen?«

Doch Kevin rannte hinter Julie her. »He«, rief er, als er sie fast eingeholt hatte, »alles in Ordnung?«

Julie, der es inzwischen wieder besserging, lächelte ihm zu. »Natürlich.« Sie suchte nach einem Vorwand, um nicht zum Wagen zurückkehren zu müssen. »Ich ... ich dachte, daß es Spaß machen könnte, zu Fuß nach Hause zu gehen«, murmelte sie. »Ich meine ... es ist so warm ...«

Kevin starrte sie an, konnte aber im letzten schwachen Licht ihr Gesicht kaum erkennen.

Waren es die anderen Kids? Konnte Julie sie vielleicht nicht leiden?

Dann kam ihm ein anderer Gedanke.

Vielleicht wollte sie einfach mit ihm allein sein.

»Ja ... ja, natürlich können wir zu Fuß gehen«, stammelte er. »Es sind ein paar Kilometer, aber wir brauchen nur den Stromleitungen zu folgen.« Er deutete auf die dicken Kabel über dem Auto. »Sie führen direkt zu unserem Haus.«

Kevin machte einen Schritt auf die Doppelreihen riesiger Strommasten zu, aber Julie griff nach seiner Hand und hielt ihn zurück.

»Nein«, sagte sie.

Verwirrt versuchte Jeff wieder, im Dunkeln ihr Gesicht zu erkennen.

»Nein?« fragte er. »Was meinst du damit?«

Julies Gedanken überschlugen sich. Als Kevin auf die Hochspannungsleitungen gedeutet hatte, war ihr klargeworden, daß das Ohrensausen seinen Ursprung nicht in ihrem Kopf hatte.

Nein, die Stromleitungen waren schuld daran!

Zuerst hatte sie das Ohrensausen während der Hinfahrt bekommen, auf der Straße, die an den Masten entlangführte.

Und dann wieder, als Jeff vor einigen Minuten direkt unter ihnen geparkt hatte.

»Ich ... ich will einfach nicht«, sagte sie. »Ich meine ... alle reden doch davon, wie schädlich die elektrischen Felder sind.«

»Jetzt mach aber mal einen Punkt!« neckte Kevin sie freundschaftlich. »Wir wollen uns ja nicht häuslich unter den Leitungen niederlassen!« Er steuerte wieder auf die Masten zu, zwischen denen ein Wartungsweg verlief.

»Nein!« rief Julie scharf, ließ seine Hand los und schlug eine andere Richtung ein. »Du kannst diesen Weg nehmen, wenn du willst, aber ich komme nicht mit!«

Kevin blickte ihr fassungslos nach. War sie verrückt? Er war eine Sekunde lang versucht, sie laufen zu lassen und allein den bequemen Heimweg anzutreten.

Aber wenn sie sich nun verirrte?

Na und? flüsterte eine innere Stimme. Wen kümmert das denn schon?

Aber er wußte die Antwort auf diese Frage.

Ihn kümmerte es.

Zögernd folgte er Julie, wobei er überlegte, wie sie nach Hause kommen sollten, ohne die Landstraße zu benutzen, die ja ebenfalls dicht an den Stromleitungen entlangführte.

Es war wirklich töricht, aber wenn ihr soviel daran lag …

Beklommen erkannte Kevin wie er sich benahm.

Er benahm sich als ob er in Julie verliebt wäre.

Mit rasendem Herzklopfen rannte er ihr nach, und als er sie eingeholt hatte, schob er seine Hand in die ihre.

Julie lächelte ihm zu und drückte glücklich seine Hand.

Seit sie ein Stück von den Stromleitungen entfernt war, fühlte sie sich wieder wohl.

Kapitel 9

Lügner!

Otto Owen saß auf dem durchgesessenen Sofa in seinem Wohnzimmer und starrte auf den Fernsehschirm, doch er kochte vor Zorn und nahm kaum wahr, daß der Fernseher lief.

Lügner!

So nannten sie ihn, obwohl ihm niemand das Wort auf den Kopf zugesagt hatte.

Lügner!

Das war Mark Shannons Meinung über ihn.

Der Polizist hielt ihn entweder für einen Lügner oder für einen verwirrten Mummelgreis, der nicht richtig einschätzen konnte, was er an diesem Morgen gesehen hatte.

Und auch Karen hielt ihn für einen Lügner, obwohl sie genausowenig wie Shannon den Mut gehabt hatte, dieses Wort zu verwenden.

Was ihn aber wirklich schmerzte, war das Verhalten seines Sohnes und seines Enkels, während er Mark Shannon berichtete, was Carl Henderson Julie angetan hatte. Gesagt hatten sie zwar nichts, aber Kevin hatte seinen Blick gemieden, und Russell hatte den Kopf geschüttelt.

So als würde ich ihm leid tun, dachte Otto verbittert. Alle hielten ihn für alt und blind. Oder für nicht zurechnungsfähig.

Oder sie hielten ihn für einen Lügner.

Wie in aller Welt war es nur möglich, daß sie diesem Halunken Henderson geglaubt hatten?

Natürlich war es nicht gerade hilfreich gewesen, daß Julie sich an nichts erinnern konnte, aber war das verwunderlich, nach allem, was ihr widerfahren war? Herrgott, sie war an den Bienenstichen fast gestorben! Wie konnte jemand unter diesen Umständen erwarten, daß sie sich daran erinnerte, was Henderson ihr angetan hatte?

Otto hatte den ganzen Tag über gegrübelt, ob er sich vielleicht wirklich geirrt hatte, ob seine Augen ihm vielleicht einen Streich gespielt hatten. Schließlich war er in der Tat kein junger Mann mehr, er brauchte mittlerweile sogar eine Brille zum Lesen! Am Nachmittag war er deshalb noch einmal zu den Bienenstöcken gegangen, um sich zu vergewissern.

Er hatte die Entfernung zwischen dem Steinwall und der Stelle, wo Henderson Julie zu Boden gedrückt hatte, mit seinen Schritten gemessen.

Es waren höchstens fünfzehn Meter.

Dann war er zum Steinwall zurückgegangen und hatte seine Augen getestet.

Er hatte nicht nur die Bienenstöcke, die sich mindestens drei Meter hinter dem Tatort befanden, ganz deutlich sehen, sondern auch das Wort *UniGrow* lesen können, das seitlich aufgemalt war, so als hätte irgendwer Interesse daran, die verdammten Dinger zu stehlen.

Nach Hause zurückgekehrt, hatte er den restlichen Nachmittag und den Abend damit verbracht, alles noch einmal zu überdenken.

Und je länger er nachdachte, desto wütender wurde er.

Schon morgen würden in der ganzen Stadt Gerüchte kursieren, daß Otto Owen nicht mehr ganz bei Trost sei, daß man ihm nicht mehr vertrauen könne.

Und das war eine verdammte Lüge! Was er gesehen hatte, hatte er gesehen, ganz egal, was jemand sagte oder nicht sagte oder nicht beweisen konnte.

Auch wenn Henderson Julie vielleicht nicht vergewaltigt hatte – er hatte auf ihr gelegen, und sie hatte sich gewehrt, daran bestand nicht der leiseste Zweifel. Und was der Hurensohn auch immer im Schilde geführt haben mochte, er würde ungeschoren davonkommen, es sei denn, er – Otto – würde die Sache selbst in die Hand nehmen. Und es gab durchaus etwas, das er tun konnte! Er konnte zu Henderson fahren und ihn zwingen, die Wahrheit zuzugeben.

Auch wenn er auf die Achtzig zuging, war er ganz sicher, mit einem Schlappschwanz wie Carl Henderson fertigwerden zu können!

Ottos Entschluß stand fest. Er schaltete seinen Fernseher mit der Fernbedienung aus und verließ das Haus.

Zehn Minuten später bog sein drei Jahre alter Ford-Transporter in die Walnut Road ein. Am Ende der Straße stand Hendersons Elternhaus. Der Mann mußte wirklich verrückt sein, dachte Otto. Carls Mutter war schon vor Jahren gestorben, und seine Schwester lebte seit langem irgendwo im Osten, und für eine Einzelperson war dieses Haus viel zu groß. Doch für normal hielt er Henderson ja sowieso nicht, rief sich Otto ins Gedächtnis, nicht nach dem, was er an diesem Morgen gesehen hatte!

Er fuhr langsamer, als er sich dem Haus näherte. Über einen halben Kilometer vom nächsten Nachbarn entfernt, war es zwischen den Bäumen kaum zu sehen und schien seit zwanzig Jahren nicht mehr gestrichen worden zu sein. Obwohl es bewohnt war, sah es ziemlich verwahrlost aus, und auch das warf ein bezeichnendes Licht auf Henderson. Einem Mann, der sich nicht um sein eigenes Haus kümmerte, war nicht zu trauen, das war Ottos feste Überzeugung.

Die Dunkelheit brach jetzt rasch herein, und er konnte Hendersons Wagen nirgends entdecken. Leise fluchend, weil er um die Konfrontation gebracht wurde, auf die er sich den ganzen Nachmittag vorbereitet hatte, wollte Otto schon nach Hause fahren, als er plötzlich hart auf die Bremse trat.

Er hatte Hendersons grauen Cherokee zwischen den Bäumen erspäht. Die Lippen zu einer schmalen Linie zusammengepreßt, setzte er etwas zurück und bog in die Auffahrt ein. Sekunden später parkte er vor dem Haus, stieg aus, ging die Stufen zur vorderen Veranda hinauf und drückte auf die Klingel neben der Tür. Als von drinnen kein Laut zu hören war, klopfte er laut an.

Er wartete, aber im Haus blieb es ganz still.

Stirnrunzelnd trat er ans Fenster und spähte ins Wohnzimmer, das von einer Messinglampe mit starker Glühbirne beleuchtet wurde. Der Raum enthielt ein viktorianisches Sofa, zwei dick gepolsterte Stühle, einen Couchtisch und zwei Beistelltische, auf denen allerhand Krimskrams herumstand, wie auch seine eigene Frau das geliebt hatte. Nach ihrem Tod hatte es kein Jahr gedauert, bis er sich dieses ganze Zeug vom Halse geschafft hatte. Gerahmte Fotos, Porzellanfigürchen und billige Glasgegenstände, wie man sie auf allen Rummelplätzen gewinnen konnte. Staubfänger, weiter nichts, seiner Ansicht nach.

Dann fiel sein Blick auf die Wände.

So weit er sehen konnte, waren alle Wände in Hendersons Wohnzimmer mit Schaukästen bedeckt.

Schaukästen voller Insekten, die auf Nadeln gespießt waren.

Dutzende von Glasvitrinen, viele mit Schmetterlingen und Motten gefüllt, andere mit Käfern, Wespen, Grashüpfern und Grillen.

Manche der Insekten waren Otto so vertraut wie Stubenfliegen, doch in einigen Kästen befanden sich exotische Arten, die er noch nie gesehen hatte.

Käfer mit dicken Panzern und riesigen Hörnern, die aussahen, als könnten sie einem Menschen die Finger brechen.

Fliegen, die doppelt so groß waren wie die Otto bekannten Arten.

Während seine Blicke über die Vitrinen schweiften, überlief ihn ein leichter Schauder bei der Vorstellung, wie jemand mit dieser morbiden Sammlung leben konnte, umgeben von toten Insekten, wohin man auch blickte.

Er verließ die Veranda und ging langsam um das Haus herum, doch erst als er im Hinterhof stand, fiel ihm auf, daß aus einem schmutzstarrenden Kellerfenster in einem schmalen Ventilationsschacht schwaches Licht drang.

Otto stieg die Stufen zur Hintertür hinauf, klopfte zweimal sehr laut, wartete eine Weile, rief Hendersons Namen.

Nichts.

Seine Stirn umwölkte sich noch stärker. Er drehte am Türknopf.

Abgeschlossen.

Doch das Schloß saß so locker im Türrahmen, daß der Riegel das Schließblech kaum erreichte.

Wenn er sich nur ein wenig dagegen stemmte ...

Eine Sekunde später stand er in der Rumpelkammer von Hendersons Haus.

Er ging sofort weiter in die Küche, auf so leisen Sohlen, daß seine Schritte auf dem abgenutzten Linoleum nicht zu hören waren.

Doch trotz seiner extremen Vorsicht waren in der Küche Geräusche zu hören.

Es waren die Geräusche einer Sommernacht, erkannte Otto, doch in diesem Fall kamen sie nicht von den Feldern, sondern aus dem Haus selbst.

Otto tastete nach dem Lichtschalter und drückte darauf. Leuchtröhren überfluteten nach kurzem Flackern den Raum mit grellem weißen Licht, das fast so hell wie das Tageslicht war.

In der Spüle stapelte sich schmutziges Geschirr vom Abendessen, das allem Anschein nach im Mikrowellenherd auf der Anrichte neben dem Kühlschrank zubereitet worden war.

Doch Otto nahm das Geschirr, den Mikrowellenherd und die Überreste von Hendersons Mahl kaum wahr.

Denn überall in der Küche – auf Metallregalen, die eine ganze Wand einnahmen, auf der Anrichte neben dem Mikrowellenherd und sogar auf dem Küchentisch, wo nur eine kleine Ecke frei war – standen Glasbehälter. Terrarien.

Doch anstelle der üblichen Eidechsen, Schildkröten oder kleinen Schlangen enthielten sämtliche Terrarien in Hendersons Küche Insekten.

Insekten und Spinnen.

Im Gegensatz zum Haus als solchem waren die Glasbehälter sehr gepflegt: Für alle Bewohner war mit großer Sorgfalt eine artgerechte Umwelt geschaffen worden.

Ein Terrarium, das auf dem Tischrand neben Otto stand, schien bis auf einige Blätter am Boden leer zu sein, doch als er sich bückte, konnte er Dutzende grüner Raupen erkennen, die sich an den Blättern labten.

Andere hatten bereits Kokons gesponnen und begannen sich von Puppen zu Schmetterlingen zu verwandeln.

In einem der kleineren Behälter saß eine große haarige Tarantel und schien Otto angriffslustig anzustarren.

Schaudernd wandte er sich von der häßlichen Spinne ab.

Er verließ die Küche und gelangte durch das Eßzimmer in einen Flur, der zur Haustür und zur Treppe in den ersten Stock führte. Wie im Wohnzimmer, so waren auch im Flur die Wände mit Schaukästen bedeckt, in denen Carl Hendersons riesige Insektensammlung untergebracht war, alle Exemplare in exakten Reihen angeordnet und beschriftet.

Hinter der Treppe war eine Tür, und als Otto sie öffnete, fand er genau das, wonach er gesucht hatte.

Die Kellertreppe.

Er blieb lauschend stehen, hörte von unten aber nur das gleiche leise Summen von Insekten wie in der Küche.

»Henderson?« rief Otto.

Es kam keine Antwort, und er konnte auch kein Licht sehen. Folglich mußte es mehr als einen Kellerraum geben. Wieder tastete Otto nach einem Lichtschalter, und wieder fand er ihn dort, wo er ihn erwartet hatte.

Über der Tür leuchtete eine nackte Glühbirne auf. Ottos Schatten huschte vor ihm die steile Kellertreppe hinab. Unten fand er drei weitere Lichtschalter und knipste einen davon an.

Wie in der Küche tauchten auch hier Leuchtstoffröhren den Raum in grelles Licht. Otto blinzelte, bis seine Augen sich an die Helligkeit gewöhnt hatten, dann sah er sich neugierig um.

Der Keller war in ein Labor verwandelt worden, und die muffige Luft roch nach starken Desinfektionsmitteln.

Eine lange Arbeitsplatte aus weißem Marmor nahm eine ganze Wand ein, nur unterbrochen von einem glänzenden Spülbecken aus rostfreiem Stahl. Verschiedene Mikroskope standen auf der Platte, und darüber waren Bücherregale angebracht, die mit Nachschlagewerken gefüllt waren.

Chemikalien und Instrumente waren hinten auf der Platte aufgereiht.

Ein noch nicht voller Schaukasten war offen, und daneben lagen auf dickem Karton etwa ein Dutzend Insekten, alle auf Nadeln gespießt, aber noch ohne Etiketten.

An der gegenüberliegenden Wand gab es weitere Regale

mit Terrarien. Sogar aus drei Meter Entfernung konnte Otto erkennen, daß mehrere davon Ameisenbauten enthielten, aber nicht solche, wie man sie in Spielzeugläden kaufen konnte, dazu bestimmt, Kinder einige Tage zu amüsieren und danach weggeworfen zu werden. Carl Hendersons Ameisenbauten waren groß, und nur wenige Tunnel waren sichtbar. Aber an der Oberfläche wimmelte es von den kleinen Insekten, was die Vermutung nahelegte, daß in jedem der großen Behälter Tausende von Ameisen gediehen.

Otto starrte noch immer die Terrarien an, als hinter ihm eine scharfe Stimme ertönte:

»Was hast du in meinem Haus zu suchen?«

Otto zuckte überrascht zusammen und drehte sich rasch um. Carl Henderson stand auf einer Schwelle am anderen Ende des Kellers, wo es so dunkel war, daß Otto die Tür völlig übersehen hatte. Carls Gestalt war nur als schwarze Silhouette zu erkennen, weil in dem Raum hinter ihm Licht brannte. Er schaltete es sofort aus und ging auf Otto zu, aber der alte Mann hatte in dem hinteren Kellerraum doch etwas gesehen.

Ein Mädchen.

Ein Mädchen mit langen, offenen dunklen Haaren.

Haaren, wie Julie sie hatte.

Aber das war unmöglich – Otto hatte Julie mit Kevin weggehen sehen, kurz bevor er selbst aufgebrochen war. Die beiden hatten den Weg zu Vic Costas' Farm eingeschlagen, wo Kevins Freund Jeff Larkin wohnte.

Und doch war Otto nach dem flüchtigen Blick, der ihm vergönnt gewesen war, bevor Henderson die Tür hinter sich schloß, fast sicher, daß es Julie war.

»Was geht hier unten vor, Henderson?« knurrte er und machte einen Schritt auf den jüngeren Mann zu. »Was macht Julie hier?«

»Julie?« Henderson fixierte Otto und fuhr mit leiser, aber sehr ruhiger Stimme fort: »Sie ist nicht hier, Otto. Du hast mich heute morgen gestört, weißt du das nicht mehr?«

Otto war sprachlos. Würde es so leicht sein? Würde Henderson zugeben, was er getan hatte? Aber warum auch nicht? Außer ihnen beiden war niemand hier. Warum sollte Henderson also auf seine Worte achten?

Hendersons Lippen verzogen sich zur düsteren Parodie eines Lächelns. »Es war nicht das, was du vermutet hast, Otto«, sagte er. »Ich wollte sie nicht vergewaltigen. So etwas würde ich nie tun.«

Otto geriet wieder in Wut, und seine Kiefer begannen zu mahlen. »Ich hab's doch mit eigenen Augen gesehen, Henderson! Ich weiß, was du ihr antun wolltest!«

»Nein, du weißt gar nichts«, erwiderte Henderson. »Aber ich werde es dir zeigen.« Er grinste noch breiter. »Möchtest du meine Sammlung sehen, Otto?«

Sammlung?

Wovon redete Henderson? War nicht das ganze Haus eine riesige Insektensammlung? »Ich habe sie schon gesehen, Henderson«, brummte er, »und wenn du mich fragst ...«

»Ich habe dich aber nicht gefragt«, fiel Henderson ihm ins Wort, und seine Stimme war zwar noch immer leise, aber so kalt und hart wie die Marmorplatte. »Ich habe dich auch nicht hierher eingeladen, Otto. Vor allem habe ich dich nicht aufgefordert, in mein Haus einzubrechen.« Seine Augen verengten sich zu Schlitzen, als Otto bei seinen letzten Worten unwillkürlich zusammenzuckte. »Du *bist* eingebrochen, stimmt's? Ich schließe nämlich immer ab, bevor ich nach unten gehe.« Er schwieg einen Moment und wiederholte dann: »*Immer!*«

Der Tonfall, in dem Henderson dieses Wort aussprach, ließ Otto das Blut in den Adern erstarren, und unwillkürlich wich er einen Schritt zurück. Diese Bewegung war für Henderson der Auslöser zum Handeln. Plötzlich stand er neben Otto, und die Finger seiner rechten Hand gruben sich in die Schulter des alten Mannes.

Finger, die viel kräftiger waren, als Otto es für möglich gehalten hätte.

»Du kannst nicht einfach gehen, Otto«, erklärte Carl. »Weißt du, ich kann nicht zulassen, daß du Geschichten über mich verbreitest, das verstehst du doch?«

»Faß mich nicht an, du ...«, begann Otto, aber Henderson unterbrach ihn wieder.

»Du hast aber erst einen Teil meiner Sammlung gesehen, Otto. Der Rest ist dort hinten.« Er packte Otto am Arm und zog ihn auf die geschlossene Tür am hinteren Ende des Kellers zu. »Komm mit, Otto! Willst du nicht meine besten Stücke sehen?«

Eine schreckliche Vorahnung stieg in Otto Owen auf. Carl legte seine freie Hand auf den Türknauf und blickte dem alten Mann in die Augen. »Wenn du meine Sammlung gesehen hast, kannst du nicht einfach gehen, das ist dir doch klar.«

Bevor Otto antworten konnte, stieß Carl die Tür auf.

Der beißende Geruch von Desinfektionsmitteln wurde sofort stärker.

In dem Raum brannte zunächst kein Licht, und während die Tür langsam und lautlos aufschwang, wurde die gespenstische Szenerie quasi in Zeitlupe sichtbar.

Es war nicht Julie, die Otto flüchtig gesehen hatte, als Henderson wenige Minuten zuvor aus diesem Raum gekommen war.

Es war ein anderes Mädchen.

Ein Mädchen, das Otto nicht kannte.

Ein Mädchen mit langem dunklem Haar.

Dieses Haar fiel offen über ihre Schultern und reichte ihr fast bis zur Taille.

Mit einem dicken Strick an den Handgelenken gefesselt, hing sie an einem Deckenbalken. Ihre schwärzlich verfärbten und geschwollenen Hände mußten schon brandig gewesen sein, bevor der übrige Körper gestorben war, denn während das Blut nach dem Tod aus ihren Armen abgeflossen war, war das bei den Händen nicht der Fall, deren fleckiges Dunkelviolett von den alabasterweißen Unterarmen abstach.

Aus ihrer Brust ragte das Ende einer langen Stange hervor, einer Stange, die durch ihren Körper hindurch in einen der Stützbalken getrieben worden war.

Ihr Kopf hing herunter, so als starrte sie zu Boden, aber Otto konnte ihre Gesichtszüge doch erkennen.

Sie mußte etwa in Julies Alter gewesen sein.

Otto hatte keine Ahnung, wie lange sie schon tot war, wie

sie gestorben war. Doch während sein Magen gegen den grausigen Anblick rebellierte, sandte er ein Stoßgebet zum Himmel.

Ein Gebet, daß sie gestorben sein mochte, bevor Henderson ihr diese letzte Schmach angetan und sie an die Wand gespießt hatte, als perverse Parodie auf die tausend und abertausend Insekten in den Schaukästen im ganzen Haus.

Im Gegensatz zu den Insekten war der Leichnam des Mädchens jedoch nicht mehr unversehrt.

Er wurde langsam aber sicher aufgefressen.

Auf den Beinen wimmelte es von Ameisen, die sich an Haut und Fleisch labten.

Von den Füßen, die nur wenige Zentimeter über dem Boden hingen, waren fast nur noch die Knochen übrig, und die abgenagten Zehen wurden nur noch durch Knorpel zusammengehalten.

Der Bauch war grotesk geschwollen, und aus dem verwesenden Fleisch kam plötzlich eine Made hervor, blähte die Haut wie eine Pustel und fiel zu Boden, wo sie sich eine Sekunde wand, bis sie von den Ameisen überrannt wurde, die alles fraßen, worauf sie – unterwegs zu den Beinen der Toten – stießen.

Otto stand vor Entsetzen wie gelähmt da, ohne seinen Blick von der grotesken Gestalt abwenden zu können.

»Bald wird nichts mehr von ihr übrig sein«, hörte er Henderson sagen. »Aber das macht nichts.« Seine Lippen verzogen sich wieder zu einem höhnischen Grinsen. »Es gibt jede Menge Mädchen, Otto. Wenn ich Julie nicht hierherbringen kann, werde ich jemand anders finden.«

Otto bewegte hilflos die Lippen, bis er endlich mühsam ein einziges Wort hervorbrachte: »Warum?«

Carl Hendersons grausames Lächeln gefror. Seine Augen wurden dunkel und funkelten vor irrer Wut. »Es ist ihr Aussehen«, zischte er mit zusammengebissenen Zähnen, am ganzen Leib zitternd, während er das tote Mädchen anstarrte. »Es ist nicht meine Schuld. Wenn ich sie sehe, passiert etwas. Ich kann nicht …« Er verstummte mitten im Satz und zwang sich, seine Augen von dem Leichnam an der Wand abzuwenden und Otto mit einem verächtlichen Blick zu streifen. »Vielleicht will ich nur, daß sie das gleiche fühlen wie du jetzt gleich, Otto.«

Blitzschnell glitt Henderson aus dem Raum, schaltete das Licht aus und schloß hinter sich die Tür.

In der knappen Sekunde, bevor die Tür zufiel, versuchte Otto, sie mit einem Sprung zu erreichen. Aber es war schon zu spät. Von Dunkelheit umgeben, hörte er, wie der Schlüssel sich im Schloß drehte.

Carl Henderson genoß den Ausdruck, den er in Ottos Augen gesehen hatte, in jener halben Sekunde, bevor er die Tür geschlossen und den alten Mann in der Kammer eingesperrt hatte, wo er seine kostbarsten Exemplare aufbewahrte.

Es war ein Ausdruck blanken Entsetzens gewesen, ein Ausdruck, der Carl verriet daß Otto wußte, was ihn erwartete – der Tod.

Carl wünschte sich sehnlichst in den nächsten Minuten Ottos Gesicht beobachten zu können – oder auch in den nächsten Stunden, je nachdem, wie lange es dauern würde, bis der alte Mann den Tod fand. Doch das war natürlich unmöglich.

Dazu hätte es in dem Raum nämlich hell sein müssen, und Licht gestand Otto seinen Opfern niemals zu.

Ihre Angst – das hatte er vor langer Zeit gelernt – war viel intensiver, wenn sie nicht sehen konnten, was ihnen geschah, wenn ihre Phantasie den Tod noch qualvoller machte als er es mit den ausgefallensten Torturen zu erreichen vermochte.

Für Otto Owen konnte sich Carl leider nicht soviel Zeit nehmen, wie er gewollt hätte.

Das letzte Mädchen – das auch jetzt noch in dem stockfinsteren Raum an die Wand gespießt war – war erst nach Tagen gestorben, obwohl es geistig nicht einmal die erste Nacht unbeschadet überstanden hatte.

Sie hatte ebenso wie alle ihre Vorgängerinnen an der Autobahn Richtung Süden trampen wollen, und wie alle anderen war auch sie etwa fünfzehn Jahre alt.

Kaum hatte er sie auf der Heimfahrt von einer kurzen Reise nach Sacramento, wo er übernachtet hatte, erblickt, als er auch schon gewußt hatte, daß er sie in seinen Keller bringen würde, denn ihn überkam die vertraute Wut, als er sie nur am Straßenrand entlanglaufen sah.

Natürlich ließ er damals sich nichts von seinen Gefühlen anmerken, sondern lächelte ihr zu und tat so, als wäre es ihm egal, ob sie einstieg oder nicht.

Ein nettes Mädchen namens Dawn.

Dawn Morningstar.

Den Familiennamen hatte er ihr nicht geglaubt – kein Mensch hieß Dawn Morningstar. Aber das spielte ja letztlich keine Rolle.

Carls Gedanken schweiften zu dem Tag zurück, als er Julie Spellman kennengelernt hatte. Auf den ersten Blick war ihm klar gewesen, daß er für sie Platz im Keller schaffen mußte.

Und das bedeutete, daß es für Dawn Morningstar an der Zeit war zu sterben.

Und sie war gestorben, und er hatte jeden einzelnen Augenblick ihres Todeskampfes genossen. Doch jetzt mußte er die herrlichen Bilder von Dawns letzten Momenten vorerst verdrängen und sich auf Otto Owen konzentrieren.

Sollte er Otto töten und dann aufspießen, so wie er es mit Dawn getan hatte? Aber nein – diesen zeitlichen Luxus konnte er sich nicht leisten. Viel machte ihm das nicht aus – ihm lag eigentlich nichts an Otto Owen.

Es war nicht das gleiche wie bei den Mädchen. Wenn Otto an diesem Abend nicht hergekommen wäre, hätte Carl sich überhaupt nicht mit ihm beschäftigt. Doch jetzt, da Otto sein kleines Geheimnis kannte, mußte er natürlich sterben.

Eine Frage der Logik, weiter nichts. Otto mußte schnell sterben und auf unverdächtige Art, damit ihm nicht wieder jemand ins Haus schneite.

Carl Henderson brauchte nicht lange, um das Problem zu lösen.

Er ging auf eines der Terrarien zu, die im Wandregal standen, und betrachtete bewundernd die Insassen.

Centruroides limpidus. Skorpione.

Dutzende davon.

Klein, von blasser Farbe, äußerlich von der lokalen Gattung kaum zu unterscheiden.

Aber gefährlicher. Viel gefährlicher.

Mit Hilfe einer langen Pinzette holte er die Spinnentiere aus dem Terrarium und setzte sie in eine Kiste, die er eigens konstruiert hatte, um seine besten Exemplare aus ihrem Glashaus in die Dunkelkammer zu transportieren.

Als die Kiste voll war, schloß Carl den Deckel und brachte sie zu dem Tunnel, der durch die Wand in den Nebenraum führte. Die Kiste paßte perfekt hinein, und nachdem er sich vergewissert hatte, daß sie richtig stand, drückte er auf einen Knopf, der den Behälter an einem Ende öffnete und die aggressiven Skorpione in die lichtlose Betonkammer einließ.

Dann setzte er sich hin und lauschte.

Otto Owen wollte gegen die Angst ankämpfen, die ihn überfallen hatte, als die samtige Dunkelheit sich plötzlich um ihn schloß. Ihm war schwindelig, so als hinderte man ihn nicht nur daran, die Wände zu sehen, sondern hätte ihn auch der Fähigkeit beraubt, zwischen oben und unten zu unterscheiden.

Leicht schwankend, versuchte er sich zu orientieren.

Er stand mit dem Gesicht zur Tür, die höchstens einen Meter von ihm entfernt sein konnte.

Der an die Wand gespießte Leichnam war hinter ihm, vielleicht zwei Meter entfernt.

Er schauderte bei dem Gedanken an das tote Mädchen, aber er wußte, daß er jetzt nicht daran denken durfte.

Jetzt galt es vor allem, nicht in Panik zu geraten, die in der Dunkelheit eine reale Macht zu sein schien.

Er durfte nicht an den Leichnam denken, noch weniger an die Ameisen und Maden, die sich an ihm ergötzten.

Statt dessen mußte er seine Kräfte darauf konzentrieren, irgendwie der Falle zu entrinnen, in die er aufgrund seiner Dummheit getappt war.

Denn wenn ihm das nicht gelang, würde Henderson ihn mit Sicherheit umbringen.

Mit ausgestreckten Armen machte Otto im Dunkeln einige Schritte vorwärts. Als seine Finger die Holztür berührten, ließ die Angst, die ihn soeben noch zu überwältigen drohte, ein wenig nach. Jetzt hatte er wenigstens nicht mehr das grauenhafte Gefühl, in der Dunkelheit zu schweben.

Seine Beine trugen ihn plötzlich nicht mehr, und er ließ sich auf den Boden sinken und lehnte sich mit dem Rücken an die Wand.

Sein Herz pochte rasend in der Brust, und einen schrecklichen Moment lang dachte Otto, daß Henderson ihn vielleicht gar nicht mehr umbringen mußte, weil er vorher einem Herzschlag erliegen würde.

Doch dieser Moment ging vorüber, und sein Herz schlug wieder normal.

Er wollte gerade aufstehen, um sein dunkles Gefängnis weiter zu erkunden, als er etwas hörte.

Auf der anderen Seite der Wand ging etwas vor sich.

Angespannt lauschend überlegte er, was Henderson treiben mochte.

Gleich darauf hörte er ein Klicken, gefolgt von einem Geräusch, das sich wie das Zuschnappen einer Mausefalle anhörte.

Dann trat wieder totale Stille ein.

Bevor Otto aufstehen konnte, spürte er etwas.

Etwas kroch an seinem Bein hoch, unter die Hose.

Instinktiv wollte er es abstreifen.

Und spürte sofort den ersten brennenden Stich, als sich der Giftstachel des Skorpions in sein Fleisch bohrte.

Otto bemühte sich, auf die Beine zu kommen, doch als er sich mit einer Hand abstützte, griff ein zweiter Skorpion an, stach ihn zwischen Daumen und Zeigefinger. Er riß seine Hand hoch und führte sie in einer Reflexhandlung zum Mund, um das Gift aus der Wunde zu saugen.

Der Skorpion, der sich an Ottos Finger geklammert hatte, peitschte ihm mit dem gegliederten Hinterleib ins Gesicht. Der alte Mann schrie auf und versuchte wegzurollen, aber der ganze Fußboden schien jetzt mit den tödlichen Kreaturen bedeckt zu sein, und er spürte, wie zuerst ein Skorpion und dann noch ein zweiter zustach, durch sein Hemd hindurch.

Hilflos schlug er um sich, während das Gift durch seinen Organismus brandete. Wohin er sich auch bewegte – überall wartete ein Skorpion auf ihn.

»Nein!« schrie er, als eines der Spinnentiere auf sein Gesicht kroch. »Hilfe!« Seine Stimme stieg zu einem durchdringenden Flehen an: »Um der Liebe Christi willen …«

Doch noch während er diese Worte stammelte, bohrten sich weitere Stachel in sein Gesicht und in seine Brust, und wimmernd sank er wieder gegen die Wand.

Eine neue und noch dunklere Finsternis begann Otto zu umschließen.

Eine Schwärze, aus der er nie mehr auftauchen würde, das wußte er genau.

Er unternahm einen letzten verzweifelten Versuch, die für ihn unsichtbaren Kreaturen abzuwehren, doch dann überwältigte ihn die Dunkelheit, und seine Hand sank zu Boden.

Die nächsten Stiche spürte Otto glücklicherweise nicht mehr.

Kapitel 10

Julie hatte so etwas noch nie erlebt.

Im San Fernando Valley, wo sie aufgewachsen war, gab es solche Nächte nicht.

Dort war immer Licht.

In der Gegend, wo die Spellmans seit dem Tod von Julies Vater gewohnt hatten, warfen grelle Halogenlampen aus großer Höhe ein fast schattenloses Licht über Straßen und Gehwege. Dieser Versuch, die Nacht zu vertreiben, sollte Drogenhändler und Banden des Schutzschilds der Dunkelheit berauben, aber die Gesetzlosigkeit griff dennoch von Woche zu Woche weiter um sich.

Doch auch früher, als sie noch in den Hügeln über Studio City gewohnt hatten, wo der warme Schein von Laternen mit Glasschirmen nur kleine Lichtinseln auf den nächtlichen Straßen erzeugte, war es nie wirklich dunkel gewesen.

Nicht so wie hier.

Alles war immer vom Widerschein des Lichtermeers von Los Angeles – einem Hunderte von Quadratkilometer großen Gebiet – schwach erhellt.

Doch jetzt gingen Kevin und sie, abseits der Straße und der Stromleitungen, durch die bebauten Felder im Tal. Die Lichter der Kleinstadt waren hinter ihnen zurückgeblieben, und obwohl Julie hin und wieder in der Ferne ein vereinzeltes Licht sehen konnte, herrschte ringsum fast totale Finsternis.

Über ihr wölbte sich ein märchenhafter Sternenhimmel, wie sie ihn noch nie zuvor gesehen hatte – Millionen und Abermillionen von Sternen, die in der Dunkelheit schimmerten, während der große Schwaden der Milchstraße den Kosmos aufschlitzte wie eine Kaskade von Diamanten auf schwarzem Samt.

Doch noch mehr als die Sterne waren es die Geräusche der

Nacht, die Julie tief anrührten und in ihr eine bisher ungekannte Resonanz auslösten.

In Los Angeles war das Dröhnen des Verkehrslärms nie verstummt, und sie hatte dieses ständige Hintergrundgeräusch nur noch dann bewußt wahrgenommen, wenn der Rhythmus sich änderte, etwa durch plötzliches Kreischen von Bremsen oder Quietschen von Reifen.

Im Sommer hörte man manchmal Grillen zirpen.

Hier jedoch war sie, während sie durch die Felder ging, von einer wahren Symphonie von Lauten umgeben.

Das Zirpen der Grillen bildete hier nur das gleichmäßige rhythmische Leitmotiv, von dem sich alle möglichen anderen Töne abhoben, deren Ursprung Julie nicht kannte.

»Hör doch nur!« flüsterte sie Kevin zu. Sie hatte ihre Schritte immer mehr verlangsamt. Nun blieb sie stehen und drückte Kevin fest die Hand.

»Was denn?« Kevin sah sie an, konnte aber nur eine dunkle Silhouette erkennen, die sich schwach von der nächtlichen Kulisse abhob.

»Hörst du es nicht?« Julies Stimme war so leise, daß Kevin sie kaum verstehen konnte. »Es klingt wie Musik.«

Kevin runzelte die Stirn. Musik? Er konnte nur die Geräusche hören, die Millionen zirpender und summender Insekten verursachten, indem sie ihre Beine oder Flügel aneinander rieben, um in der Dunkelheit Gefährten anzulocken. »Wovon redest du?« fragte er, bevor er die Bierdose an seine Lippen führte und die letzten Tropfen trank. »Es sind doch nur Grillen und all so was.«

Julie schüttelte den Kopf. »Nein, es klingt wie Musik! Ich habe so etwas noch nie gehört.«

Kevin verdrehte die Augen. »Nur gestern und vorgestern und vorvorgestern! Um diese Jahreszeit machen sie solchen Lärm, daß man kaum schlafen kann.«

»Mir gefällt es«, sagte Julie. »Laß uns ein Weilchen zuhören, okay?«

Kevin schaute sich unbehaglich um. Warum wollte Julie einem Haufen zirpender Insekten zuhören? »Gehen wir lieber weiter.«

Julie sah ihn an, aber ihr Gesicht war von den dunklen Schatten ringsum nicht zu unterscheiden. »Du fürchtest dich doch nicht etwa?«

Ihre Stimme kam Kevin plötzlich verändert vor, und ihn überlief ein Schauder.

Kein Angstschauder.

Nein, ein Schauder der Erregung.

Er schluckte nervös. »Ich ... ich finde einfach, daß wir nach Hause gehen sollten«, stammelte er. »Ich meine ... ich bin mir nicht einmal sicher, auf wessen Grund und Boden wir uns hier befinden. Wenn uns nun jemand erwischt?«

»Na und?« konterte Julie. »Was macht das schon?« Ihre Stimme wurde noch leiser. »Schließlich tun wir doch nichts Verbotenes, oder?«

Kevins Sonnengeflecht geriet in Aufruhr. Fantasierte er nur, oder dachte sie an dasselbe wie er? »W-wir könnten zum Bach runtergehen«, murmelte er, ohne ihre Frage direkt zu beantworten. »Abends ist es dort unten wirklich super.«

Er war fast erleichtert, daß Julie nichts antwortete, doch als er weiter querfeldein ging, kam sie bereitwillig mit, Hand in Hand mit ihm.

Eine halbe Stunde später gelangten sie an den Rain eines Feldes, das – wie Kevin wußte – Vic Costas gehörte, und dann gingen sie einen Feldweg entlang, der am Rand des Tales verlief, eng an die Hügel geschmiegt. Etwa vierhundert Meter entfernt konnte Kevin die Lichter ihres Hauses erkennen, die ihnen in der Dunkelheit zuzuwinken schienen.

Fünfzig Meter weiter führte eine alte Holzbrücke über den Bach. Hier war die Grenze zwischen der Farm der Owens und der ihrer Nachbarn. Doch anstatt die Brücke zu überqueren, führte Kevin Julie die niedrige Böschung hinab, ans Wasser. »Ein Stück weiter unten ist ein besonders schönes Fleckchen«, erklärte er ihr. »Komm.« Sie gingen am felsigen Ufer entlang, auf ein kleines Eichengehölz zu. Dahinter gab es eine sandige Stelle, einen Miniaturstrand, wo Jeff Larkin und er oft badeten.

Immer, wenn sie hier waren, malten sie sich aus, daß sie Mädchen mitbringen würden, und in ihrer Fantasie tollten diese Mädchen bereitwillig mit ihnen im Wasser herum, und dann …

Kevin schauderte vor Erregung, als er an die Fortsetzung dieser Tagträume dachte.

Doch dann stöhnte er innerlich – jetzt war er mit Julie zu dem Ort seiner schönsten Fantasien unterwegs und hatte nicht einmal eine Decke dabei!

Aber vielleicht würde das nichts ausmachen – wenn Julie Lust zum Schwimmen hatte, könnten sie sich hinterher einfach im Sand ausstrecken und …

Die herrliche Vision steigerte Kevins Erregung. Vielleicht war das die Nacht, in der er endlich …

Und dann zerplatzte seine Hoffnung wie eine Luftblase, löste sich durch eine Stimme jäh in nichts auf.

Durch die Stimme seines Vaters.

»Wir sollten uns auf den Heimweg machen«, hörte er ihn sagen, während eine Taschenlampe aufleuchtete. »Ich glaube, Molly schläft uns sonst gleich ein.«

Kevin erstarrte. Molly? Sein Vater und Karen? Was machten sie hier? Warum waren sie nicht im Haus, wo sie hingehörten? Er wollte mit Julie umkehren, doch als er einen Schritt zurück machte, rutschte er plötzlich aus. Um nicht hinzufallen, hielt er sich rasch an Julie fest, während lose Steine unter seinen Füßen klapperten.

»Scheiße!« kam es ihm unwillkürlich über die Lippen. Eine Sekunde später stürzte sich aus der Dunkelheit eine dunkle Masse auf ihn. Von Baileys freudigem Überfall vollends aus dem Gleichgewicht gebracht, stürzte er zu Boden, und der große Hund leckte ihm begeistert das Gesicht. »Gehst du weg!« schrie Kevin und versuchte sich zu befreien. Ein Lichtstrahl blendete ihn.

»Kevin?« rief sein Vater. »Julie? Was macht ihr zwei …« Die Worte erstarben auf Russells Lippen, als ihm klar wurde, was die beiden hier trieben – oder jedenfalls, was Kevin vorgehabt hatte. Nur mit größter Mühe konnte er sich das Lachen verbeißen, als er die verlegene Miene seines Sohnes sah. »Vielleicht sollten wir alle zusammen nach Hause gehen«, meinte er.

»Möchtest du meinen Käfer sehen?« fragte Molly ihre Schwester, sobald die ganze Familie in der Küche versammelt war. »Hast du ein Glas, Mommy?«

Karen nahm ein leeres Konservenglas von einem Regal in der Speisekammer und gab es ihrer Tochter, die einen großen Junikäfer hineinfallen ließ und den Deckel zuschraubte.

Molly hatte das Insekt fast eine halbe Stunde in ihrer Faust gehalten, obwohl Russell ihr versichert hatte, daß sie jederzeit ein anderes fangen könnten, einfach indem sie das Verandalicht einschalteten. Der Käfer landete auf dem Rücken, strampelte hilflos, kam dann aber wieder auf die Beine, allem Anschein nach völlig unversehrt.

»Ist er nicht hübsch?« fragte Molly, während sie Julie das Glas reichte.

Julie betrachtete das Insekt, das in dem Behälter herumkrabbelte und nach einem Weg ins Freie suchte.

»Warum läßt du den armen Käfer nicht frei?« fragte sie Molly. »In dem Glas wird er nur sterben.«

»Nein!« beharrte Molly. »Er gehört mir, und wenn ich ihn füttere, wird er nicht sterben.«

»Du wirst jetzt erst mal deinen Pyjama anziehen!« Karen scheuchte ihre jüngere Tochter aus der Küche, und während die Kleine durch das Eßzimmer zur Treppe lief, wandte Karen ihre Aufmerksamkeit Julie zu.

Im hellen Licht der Leuchtröhren sah das Mädchen sehr blaß aus, und seine Stirn war mit einem leichten Schweißfilm überzogen, so als hätte es Fieber. Besorgt legte sie Julie eine Hand auf die Stirn.

Zu ihrer großen Überraschung schien die Temperatur normal zu sein.

»Bist du ganz sicher, daß du dich wohl fühlst?« erkundigte sie sich. »Du siehst gar nicht gut aus. Vielleicht treten jetzt doch noch die Nebenwirkungen der Injektion auf, die Dr. Filmore dir gegeben hat.« Sie sah Russell fragend an. »Glaubst du, wir sollten sie anrufen?«

»Es ist mitten in der Nacht, Mom!« protestierte Julie. »Und ich bin nicht krank.«

»Vielleicht hat sie nur einen Bazillus erwischt«, meinte

Russell beruhigend. »Wir wollen Ellen nicht unnötig stören. Wenn Julie morgen früh nicht hundertprozentig in Ordnung ist, bringen wir sie in die Klinik.«

Julie verdrehte die Augen. »Ich bin okay, wie oft soll ich das noch sagen!« stöhnte sie. »Ich gehe jetzt schlafen. Gute Nacht!«

Sie wollte die Küche verlassen, doch Russells Stimme veranlaßte sie stehenzubleiben.

»Noch nicht!«

Julie drehte sich um und sah ihren Stiefvater nervös an.

Russells Augen schweiften von Julie zu Kevin, der in der Nähe der Hintertür stand und den Blick seines Vaters mied. »Habt ihr zwei euch eine Geschichte ausgedacht, von der ihr glaubt, daß wir sie schlucken werden, oder wollt ihr uns einfach die Wahrheit sagen und die Sache schnell hinter euch bringen?«

»Du bist nicht mein Vater und ...«, brauste Julie auf, doch ihre Mutter fiel ihr streng ins Wort.

»Wir sind jetzt eine Familie, Julie. Russell ist dein Stiefvater, und du wirst ihm den entsprechenden Respekt zollen.« Julie wollte wieder protestieren, doch die nächsten Worte ihrer Mutter brachten sie endgültig zum Schweigen. »Bevor du etwas sagst«, erklärte Karen mit trügerischer Ruhe, »solltest du wissen, daß euer Atem nach Bier stinkt.«

Julie riß die Augen weit auf. »Wir ... wir haben jeder nur eines getrunken«, stammelte sie.

»Und das ist eines zuviel«, stellte Karen fest. »Ihr habt doch gesagt, daß ihr ins Kino wollt.« Sie warf einen Blick auf die Uhr. »Da ihr nicht einmal zwei Stunden fort wart, müßt ihr euch anders besonnen haben.«

Julie und Kevin sahen einander an, und dann ergriff Kevin das Wort: »Der Film taugte nichts, und da sind wir wieder gegangen. Als Andy dann von dem Bier anfing, hätten wir uns wohl absetzen sollen.« Er zuckte hilflos mit den Schultern. »Aber das haben wir nicht getan. Wir sind alle in den Park gefahren, und dann hat Andy das Bier verteilt, und gleich darauf haben wir uns von den anderen getrennt.«

Russells Blick schweifte von einem Teenager zum anderen. »Warum habt ihr euch von den anderen getrennt?«

Diesmal antwortete Julie. »Mir hat es dort unter den Stromleitungen einfach nicht gefallen«, sagte sie achselzukkend. »Deshalb sind wir zu Fuß nach Hause gegangen.«

»Und das war alles?« fragte Russell.

Kevin und Julie tauschten einen kurzen Blick, dann nickten beide.

»Also gut«, sagte Russell. »Karen und ich werden darüber reden, und morgen früh werden wir euch unsere Entscheidung mitteilen. Aber ich vermute, daß ihr euch auf mindestens eine Woche Hausarrest einstellen könnt.«

»Eine *Woche* ...«, begann Julie, doch Russell hob warnend die Hand.

»Wenn du darüber diskutieren willst, könnten es auch zwei werden«, erklärte er ruhig.

Julie starrte ihn noch in sprachloser Empörung an, als plötzlich Mollys Junikäfer zu summen begann.

Sie lauschte diesem Summen, und tief in ihrem Innern sprach etwas so stark darauf an, daß ihre Wut auf Russell schlagartig verflog. »Tut mir leid«, sagte sie. »Darf ich jetzt zu Bett gehen?«

Karen war über den plötzlichen Stimmungsumschwung ihrer Tochter so verblüfft, daß sie nur stumm nickte.

»Ich nehm' das für Molly mit rauf«, sagte Julie und griff nach dem Glas mit dem Junikäfer. Sie wünschte Kevin und Russell gute Nacht, eilte die Treppe hinauf und blieb vor Mollys Zimmertür stehen. »Wie wär's, wenn ich ihn heute nacht für dich aufhebe?« fragte sie.

Mollys Augen verengten sich mißtrauisch. »Was soll das? Willst du ihn freilassen?«

Julie schüttelte den Kopf, ohne den summenden Käfer aus den Augen zu lassen. »Ich möchte ihn nur ein Weilchen beobachten, okay? Und morgen früh helfe ich dir herauszufinden, womit wir ihn füttern müssen. Wie wäre das?«

Molly nickte nach kurzem Zögern, und Julie ging in ihr eigenes Zimmer, fasziniert dem Summen des im Glas gefangenen Insekts lauschend.

Mondlicht fiel durch das Fenster in den dunklen Raum, und die Strahlen brachen sich im schillernden Panzer des Käfers.

Obwohl Julie unnatürlich verrenkt dalag, während sie, ohne zu blinzeln, das Insekt mit weit geöffneten Augen betrachtete, bereitete diese unbequeme Haltung ihr keine Schmerzen, denn ihre ganze Aufmerksamkeit war auf das kleine Lebewesen konzentriert, das sich in seinem Gefängnis unablässig bewegte.

Sie starrte es wie hypnotisiert an, und gleichzeitig nahm sie wieder die Geräusche anderer Lebewesen wahr, die sich unsichtbar durch die Sommernacht bewegten.

Zirpende Grillen.

Das schrille Sirren der Moskitos, die ihre Beute ansteuerten.

Julie unterschied die Geräusche nicht voneinander, ordnete sie keinen bestimmten Insekten zu.

Für sie verschmolz diese Musik zu einer seltsamen, hypnotischen Symphonie, deren Rhythmen das ihr innewohnende Bewußtsein immer stärker durchdrangen, bis sie schließlich vom Bett aufstand und ihr Zimmer verließ.

Mit schlafwandlerischer Sicherheit ging sie, nur im dünnen Nachthemd, leise die Treppe hinab, tappte auf bloßen Füßen durch Eßzimmer und Küche und trat auf die hintere Veranda.

Hier waren die nächtlichen Geräusche noch klarer, die Gesänge der Insekten noch eindringlicher zu hören.

Julie überquerte langsam den Hof, und die kühle Brise von den Hügeln im Westen strich zärtlich über ihre, nackte Haut, als sie die Weide hinter dem Stall betrat.

Sie ging immer weiter, ließ sich von dem Sirenengesang der Insekten leiten.

Mitten auf der Koppel legte sie sich hin und spreizte im bleichen Schein des Sternenhimmels sinnlich die Glieder, wie eine heidnische Priesterin, die sich den Göttern darbietet.

Das Notturno berauschte sie, und sie wühlte ihren Körper sehnsüchtig ins Gras hinein.

Und tief in der Erde unter ihr spürte eine Ameisenkolonie ihre Gegenwart und machte sich auf den Weg an die Oberfläche.

Im Gras verstummten die Grillen für einen Moment, begannen dann aber wieder zu zirpen.

Ein Mückenschwarm, der aufgeschreckt worden war, als Julie sich im Gras ausstreckte, schwirrte ein Weilchen in der Luft umher, ließ sich dann jedoch wieder nieder, aber jetzt nicht mehr auf den Halmen, von denen er vertrieben worden war, sondern direkt auf Julies Haut.

Die Ameisen tauchten aus dem Boden auf, krabbelten über Julies Arme und Beine und erforschten mit ihren Fühlern die Haut des Mädchens.

Von überallher kamen Insekten: Sie flogen durch die Dunkelheit, sie krochen durch das Gras, sie eilten aus ihren unterirdischen Bauten herbei.

Eine Woge des Entsetzens schwappte über Julie hinweg, als sie spürte, daß die Insekten ihre Haut bedeckten.

Sie wollte aufspringen und schreiend durch die Nacht rennen.

Sie wollte ihre Fingernägel tief ins eigene Fleisch graben, als Millionen winziger Beine auf jedem Quadratzentimeter ihrer Haut einen brennenden Juckreiz auslösten, wie sie ihn nie zuvor verspürt hatte.

Aber sie konnte nichts tun, denn jene furchterregende Macht in ihrem Innern hatte wieder die Kontrolle übernommen, erstickte ihre Schreie, zwang ihre Muskeln ihr den Gehorsam zu verweigern, lähmte ihren Körper, während die wimmelnde Horde sie umschwirrte.

Schließlich gab sie auf, erschöpft von ihren vergeblichen Bemühungen, ihren Körper dem eigenen Willen zu unterwerfen, und bald war sie von wimmelnden Lebewesen eingehüllt, von einer beweglichen Decke, die sie vor der Kühle der Nacht schützte.

Das eindringliche, gleichmäßige Summen erfüllte ihre Ohren, schwoll immer stärker an, lullte sie ein, bis ihr Denkvermögen aussetzte, bis sie unter der Wolke von Insekten ganz still dalag.

Sie starrte in den Nachthimmel empor, war sich aber des aufgehenden Mondes, der auf sie herabschien, kaum bewußt, auch nicht der Sterne, die über ihr funkelten wie eine Billion winziger Leuchtkäfer.

Körperlich wie betäubt und geistig überwältigt von den riesigen Insektenschwärmen, die über jeden Millimeter ihrer Haut krochen, fiel Julie endlich in Schlaf.

In einen tiefen, dunklen, traumlosen Schlaf.

Drei Stunden später brach am östlichen Himmel langsam die Morgendämmerung an, und Julie erwachte. Als der Nebel des Schlafes sich langsam lichtete und ihr Bewußtsein zurückkehrte, kam ihr etwas an ihrer Haut merkwürdig vor.

Sie hatte das Gefühl, als würden Millionen Ameisen auf ihr herumkrabbeln.

Nun vollends wach, stellte sie fest, daß sie nicht in ihrem Bett war, ja nicht einmal im Haus.

Sie riß die Augen auf.

Über ihr wölbte sich im ersten grauen Morgenlicht ein wolkenloser Himmel.

Um sie herum wuchs hohes Gras.

Und irgend etwas – etwas Ekelhaftes – ging auf ihrem Körper vor.

Sie spürte es jetzt ganz deutlich.

Ihre Haut kribbelte. Einen Moment lang wagte sie nicht, sich zu betrachten, doch schließlich hob sie langsam einen Arm.

Ameisen!

Rote Ameisen!

Ihr fiel ein, daß sie vor einem Jahr im Park, fünf Häuserblocks von ihrer Wohnung in North Hollywood entfernt, über einen Bau roter Ameisen gestolpert war.

Die Insekten waren aus dem Boden geschwärmt, hatten ihre Sandale überschwemmt und ihr Bein erklommen, und Sekunden später hatte ihre ganze Wade höllisch gebrannt.

Jetzt bedeckten rote Ameisen ihren ganzen Körper!

Eine grauenhafte Verwirrung überkam sie.

Was machte sie hier draußen, nur mit einem Nachthemd bekleidet?

Sie konnte sich überhaupt nicht daran erinnern, ins Freie gegangen zu sein.

Ihre letzte Erinnerung war, daß sie in ihrem Zimmer zu Bett gegangen war.

Ja, sie hatte sich hingelegt und Mollys großen Junikäfer betrachtet, der in seinem gläsernen Gefängnis umherkroch, und seinem gedämpften Summen gelauscht.

Aber wie war sie auf die Weide gekommen?

Wandelte sie im Schlaf?

Entsetzt vor sich hin wimmernd, begann sie die Ameisen abzufegen. Ihr Herz klopfte rasend, während sie sich auf das zu erwartende Brennen der Ameisenstiche einstellte.

Ein schrecklicher Gedanke stieg in ihr auf: Wenn nun *alle* sie gebissen hatten?

Es waren Millionen! Wenn alle gleichzeitig Gift in ihren Organismus spritzten …

Schaudernd versuchte sie diesen Gedanken zu verdrängen, doch er wurde immer mächtiger.

Eine Flutwelle von Panik schwappte über sie hinweg und drohte ihren Willen zu zerschmettern.

Der Bach!

Wenn sie zum Bach und ins Wasser gelangen konnte, konnte sie die Ameisen abspülen.

Von ihrer Haut und aus ihren Haaren spülen, von ihrem Gesicht.

Sie spürte die Insekten jetzt auch in den Ohren, in der Nase.

Ein Schrei stieg in ihrer Kehle auf, aber sie unterdrückte ihn, weil sie befürchtete, daß die wimmelnde Masse auch noch in ihren Mund eindringen würde, wenn sie ihn öffnete.

Sie sprang auf und rannte über die Koppel, mit wehendem Nachthemd und flatternden Haaren.

In weniger als einer Minute war sie am Bach. Hastig streifte sie ihr Nachthemd ab und watete ins Wasser, das in der Mitte stellenweise fast einen Meter tief war.

Sie registrierte kaum, wie kalt das Wasser war, tauchte völlig unter und versuchte verzweifelt, die Insekten aus ihrem Haar zu klauben und von ihrer Haut abzuwaschen.

Als sie die Luft nicht länger anhalten konnte, tauchte sie auf, öffnete den Mund und füllte ihre Lungen mit der frischen Morgenluft.

Sie blieb so lange im Wasser, daß ihr kalt bis auf die Knochen war, als sie endlich ans Ufer watete, nackt und tropfnaß. Sie brachte es nicht über sich, einen Blick auf ihre Haut zu werfen.

Vor ihrem geistigen Auge tauchten die häßlichen roten Schwellungen vom letzten Sommer auf, die jener Ameisenangriff an ihrer Wade hinterlassen hatte.

Während die Sonne über den Bergen im Osten aufging, wartete Julie darauf, daß der brennende Schmerz einsetzte, sobald die vom eisigen Wasser hervorgerufene Erstarrung nachließ.

Doch der Schmerz blieb aus, und endlich nahm sie ihren ganzen Mut zusammen und betrachtete ihre Beine und ihren Oberkörper.

Sie runzelte die Stirn, untersuchte die Haut an Händen und Armen.

Nichts!

Nirgends war auch nur die kleinste Schwellung zu sehen, die auf einen Insektenstich hingedeutet hätte.

Mit zitternden Händen hob sie ihr Nachthemd auf und schüttelte es heftig. Sie rechnete damit, daß Hunderte Ameisen aus den Falten fallen würden.

Wieder nichts.

Die Ameisen waren verschwunden – so spurlos verschwunden, daß sie sich unwillkürlich fragte, ob sie überhaupt je dagewesen waren.

Sie schlüpfte in das Nachthemd und zog den weichen Stoff über ihren feuchten Körper.

Konnte sie sich das alles nur eingebildet haben?

Aber so etwas war doch nicht möglich, oder?

Wie hätte sie sich einbilden können, daß ihre Haut mit roten Ameisen bedeckt war?

Wie hätte sie die Insekten spüren können?

Und nicht nur auf ihrer Haut.

Sie waren in ihrem Haar, in ihren Ohren gewesen – sogar in ihrer Nase!

Erneut stieg Panik in ihr auf, und allein schon die Erinnerung ließ sie schaudern.

Verzweifelt bemüht, die Panik zu bezwingen, rannte sie stolpernd auf das Haus zu.

Wenn jemand sie nun entdeckte? Wenn Otto schon auf war und seinen Morgenkaffee machte? Wenn Kevin sie im Nachthemd durch die Gegend laufen sah?

Wie sollte sie ihr Verhalten nur erklären? Was konnte sie als Grund dafür anführen, daß sie mitten in der Nacht und fast nackt auf die Weide gegangen war?

Es gab keine einleuchtende Erklärung. Julie rannte schneller und duckte sich, als sie um die Hausecke bog, damit Otto, falls er schon auf war, sie nicht sehen konnte.

An der Hintertür blieb sie lauschend stehen, doch im Haus war kein Laut zu hören. Wenn alle noch schliefen, konnte sie die Treppe hinaufschleichen und …

Plötzlich nahm sie ein Summen wahr.

Sie drehte sich um und riß vor Schreck die Augen weit auf, als sie sah, daß eine Wolke von Bienen – Tausende – auf das Haus zuflog.

Schlagartig fiel ihr der Vortag ein, als sie gegen einen Bienenstock gestolpert war und die aufgeregten Bienen sie angegriffen hatten. Und jetzt schwirrten sie wieder geradewegs auf sie zu!

Und sie trug nur ein dünnes Nylonnachthemd!

Als die ersten Bienen den Hof überquerten, riß Julie die Hintertür auf, schlüpfte ins Haus und schloß rasch die Tür wieder. Genauso leise wie vor einigen Stunden schlich sie durch die leeren Räume und huschte die Treppe hinauf.

Sobald sie ihr Zimmer betrat, wußte sie, daß etwas nicht stimmte.

Das Licht.

Es hatte eine seltsame Farbe – trüb und gelblich.

Ihr Blick schweifte zum Fenster, das hochgeschoben war,

um die kühle Nachtluft einzulassen, und unwillkürlich hielt sie den Atem an.

Das Fliegengitter war mit Bienen übersät, so dicht bedeckt, daß sie nicht ins Freie sehen konnte. Sie krabbelten in mehreren Schichten übereinander, und ihr Summen erfüllte den Raum. Julie stand einen Augenblick lang wie angewurzelt da und starrte die Insekten an. Dann stürzte sie zum Fenster, schloß es hastig und zog die Vorhänge zu. Im Zimmer wurde es fast so dunkel wie bei Nacht.

Aber das Summen war nach wie vor zu hören, zwar gedämpft durch Stoff und Glas, aber deutlich vernehmbar.

Was ging da vor? Was widerfuhr ihr?

Zitternd kroch sie ins Bett und zog sich die Decke über den Kopf, obwohl es schon jetzt, am frühen Morgen, sehr warm war. Sie vergrub ein Ohr im Kissen und hielt sich das andere mit der Hand zu, um das furchterregende Geräusch nicht mehr hören zu müssen.

Draußen fanden die Bienen einen winzigen Spalt in der Hausmauer und machten sich an die Arbeit.

Innerhalb kürzester Zeit erweiterten sie den Spalt.

Dann krochen sie hinein, füllten den leeren Raum in der Trennwand zwischen Julies und dem angrenzenden Zimmer.

Karen trug einen Picknickkorb.

Er war mit Champagner, Kaviar und kleinen Sandwiches gefüllt, und sie ging über eine der Weiden, spürte die Sonne auf ihrem Rücken, lauschte dem Gesang der Vögel und beobachtete die Schmetterlinge, die von einer Blüte zur anderen flatterten. Es war ein vollkommener Nachmittag, und bald würde Russell sich ihr zugesellen.

Sie würden zum Bach hinabschlendern, die Champagnerflasche öffnen, sich in den Armen liegen, an dem schäumenden Getränk nippen und einander kleine Happen in den Mund schieben. Und später, wenn die Abenddämmerung hereinbrach, würde Russell ihre Bluse aufknöpfen und …

Ihre Träumerei wurde von einem neuen Geräusch unterbrochen, von einem surrenden Geräusch, das die Vögel verstummen ließ. Karen drehte sich um und rechnete eigentlich damit, Russell auf sich zukommen zu sehen.

Aber es war nicht Russell.

Es war der riesige Mähdrescher, der sich ihr näherte: Die großen Messer blitzten, das Gras flog in hohem, grünem Bogen davon, und das ganze Gerät war von hellgrünem Staub umgeben.

Sie starrte die Maschine verwundert an. Woher war das Ding so plötzlich gekommen?

Vorhin war es noch nicht auf der Wiese gewesen, dessen war sie sich fast sicher.

Die Zeit schien stillzustehen, während sie beobachtete, wie der Mähdrescher immer näher kam, und erst als er nur noch wenige Meter von ihr entfernt war, bemerkte sie, daß der Fahrersitz leer war.

Aber das war doch unmöglich – wie konnte der Mähdrescher sich ohne Fahrer fortbewegen?

Und doch begriff sie schlagartig, daß die Maschine es auf sie abgesehen hatte.

Sie sollte überrollt werden!

Karen wandte sich zur Flucht, doch je schneller sie zu rennen versuchte, desto langsamer kam sie von der Stelle.

Das Dröhnen des Mähdreschers wurde immer lauter, und sie warf einen Blick über die Schulter.

Er holte auf!

Nur noch wenige Sekunden, dann würde er sie erfassen, und sie würde von den Messern zerfetzt werden!

Sie verdoppelte ihre Anstrengungen, wollte ihre Beine zwingen, ihrem Befehl zu gehorchen und sich schneller zu bewegen, doch dann stolperte sie und fiel ins Gras.

Wo war Russell? Warum kam er ihr nicht zu Hilfe, warum rettete er sie nicht?

Ein Schrei entrang sich ihrer Kehle, aber es war ein jämmerlicher Laut, den niemand hören konnte.

Der Mähdrescher war nur noch Zentimeter entfernt, und schon spürte sie, wie die riesigen Messer ihr tief ins Fleisch schnitten.

Wieder schrie sie.

Und diesmal riß ihr eigener Schrei sie aus dem Schlaf, und sie richtete sich mit einem Ruck im Bett auf, immer noch im Bann des Alptraums.

»Liebling?« Das war Russells schläfrige Stimme. »Liebling, was ist los? Was ist passiert?«

Karen saß regungslos da, mit rasendem Herzklopfen, die Haut mit kaltem Angstschweiß bedeckt. Langsam gab der Traum sie frei, und sie ließ sich wieder in die Kissen sinken. »Der Mähdrescher ...«, begann sie, verstummte aber sofort wieder.

Das Surren!

Sie konnte das Surren des Mähdreschers immer noch hören, obwohl sie jetzt wach war!

Die Panik des Alptraums erfaßte sie wieder, und sie klammerte sich an Russell. »Was ist das?« fragte sie flehentlich. »Russell, was höre ich da nur?«

Russell wurde vollends wach, lauschte einen Augenblick, stieg aus dem Bett und trat ans Fenster.

Draußen ging die Sonne auf, und Bienen summten in der Morgenwärme.

Er schloß das Fenster und kehrte ins Bett zurück. »Es sind nur ein paar Bienen, Liebling«, beruhigte er Karen und knabberte zärtlich an ihrem Ohrläppchen. »Um diese Jahreszeit fliegen sie immer überall herum. Schlaf weiter.« Er schmiegte sich an ihren Körper, seufzte zufrieden und fiel wieder in einen ruhigen Schlaf.

Doch Karen lag wach neben ihm, seine unbekümmerten Worte in den Ohren: *... nur ein paar Bienen ... um diese Jahreszeit fliegen sie immer überall herum ...*

Und was war mit Molly und Julie?

Wenn sie nun wieder gestochen wurden?

Hör auf damit, befahl sie sich. Du hörst dich ja schon wie eine hysterische Glucke an, wie jene Art von Mutter, die du immer so gehaßt hast! Deine Töchter sind nicht gestorben, sie sind nicht einmal krank! Es war nichts weiter als eine allergische Reaktion, und das alles ist jetzt vorbei!

Trotzdem würde sie gleich heute morgen mit Carl Henderson oder Ellen Filmore sprechen. Sie brauchten einen Vorrat des Wirkstoffs für die Farm. Wenn sie das Mittel zur Hand hätte, wurde sie mit den Bienen leben können.

Zumindest für den Rest des Sommers.

In Russells Armen geborgen, schlief auch sie schließlich wieder ein, und als sie eine Stunde später erwachte, kam das Summen ihr bei weitem nicht mehr so bedrohlich vor.

An den Alptraum, der durch das Summen ausgelöst worden war, konnte sie sich überhaupt nicht mehr erinnern.

Doch der Bienenschwarm in der Wand wurde immer größer.

Kapitel 11

»Julie, steht auf, wir müssen uns um die Pferde kümmern!«

Julie stöhnte, rollte auf die Seite und zog sich die Decke über den Kopf, doch da Molly keine Ruhe gab und immer weiter an der Decke zerrte, öffnete sie die Augen und warf ihrer kleinen Schwester einen erbosten Blick zu. »Laß mich in Ruhe, okay?« knurrte sie. »Ich stehe in ein paar Minuten auf.«

»Aber wir müssen uns doch ...«, fing Molly wieder an, doch Julie fiel ihr ins Wort.

»Ich habe doch gesagt, daß ich in ein paar Minuten aufstehe.« Sie entriß Molly die Decke und kuschelte sich hinein. »Und jetzt verschwinde, verstanden?«

Molly betrachtete ihre Schwester aufmerksam und überlegte, wie weit sie wohl gehen konnte, bis Julie nach ihr schlagen würde. Wenn das passierte, konnte sie sich bei ihrer Mutter beklagen, und dann würde Julie Probleme bekommen. Andererseits würde Julie dann zwei oder drei Tage wütend auf sie sein, und das war keine schöne Aussicht ...

Wenn sie Julie noch einmal die Decke wegzog, konnte das zu unvorhersehbaren Folgen führen. Deshalb verließ Molly das Zimmer ihrer Schwester und rannte die Treppe hinab. Der Rest der Familie saß schon am Küchentisch und trank Kaffee. Molly berichtete, noch bevor sie Platz nahm, empört von der Faulheit ihrer Schwester. Zur großen Enttäuschung der Neunjährigen schien ihre Mutter jedoch eher besorgt als verärgert zu sein.

»Wie geht es ihr denn?« fragte Karen. »Ist sie vielleicht krank?«

»Sie ist nur faul, weiter nichts«, protestierte Molly. »Und dabei soll sie mir bei den Pferden helfen! Sie müßte ...«

»Ich weiß, was sie tun müßte«, fiel Karen ihr ins Wort, nicht bereit, ihre ältere Tochter zu verteidigen oder zu verurteilen.

»Aber sie …«, fing Molly wieder an, doch ihre Mutter ließ sie auch diesmal nicht ausreden.

»Schluß jetzt!« Karen gebot ihr mit einer Handbewegung Schweigen. »Wenn sie nicht bald runterkommt, schaue ich nach ihr.«

»Möchtest du uns nicht begleiten?« fragte Kevin die Kleine, als sein Vater und er aufstanden und zur Haustür gingen. »Dad, Opa und ich treffen uns immer in der Geschirrkammer im Stall, um zu besprechen, was alles gemacht werden muß.«

»Darf ich?« rief Molly, die bei der Aussicht, Kevin helfen zu dürfen, die Faulheit ihrer Schwester sofort vergaß. »Darf ich wirklich?«

Kevin zwinkerte seiner Stiefmutter zu. »Ich wüßte nicht, was dagegen sprechen sollte. Natürlich mußt du damit rechnen, zum Pflügen eingespannt zu werden.«

»Wirklich?« Molly folgte Kevin dicht auf den Fersen, während ihre Mutter ihm einen dankbaren Blick zuwarf, weil er die Energie des kleinen Mädchens in neue Kanäle gelenkt hatte. »Könnte ich vielleicht sogar mit dem Traktor fahren?« Auf dem Weg zum Stall löcherte Molly ihn weiter, doch bevor Kevin ihre Fragen beantworten konnte, rannte sie voraus, um sich zu vergewissern, daß ihr Fohlen die Nacht wohlbehalten überstanden hatte.

Als Russell und Kevin den Stall betraten, öffnete Molly schon die Außentür der Box, um Flicka und Greta auf die Koppel zu lassen. Kevin half ihr dabei, während Russell sich in die Geschirrkammer begab, wo sein Vater bestimmt schon die Kaffeekanne auf die Heizplatte gestellt und die Arbeitseinteilung geplant haben würde.

Doch an diesem Morgen war die Kammer leer, die Heizplatte war kalt, und der Kaffeesatz vom Vortag, eine unappetitliche braune Brühe, bedeckte den Boden der ungespülten Kanne.

Stirnrunzelnd ging Russell zu dem kleinen Fenster und blickte über den Hof zum Haus seines Vaters hinüber.

Ottos Wagen stand an der üblichen Stelle.

Aber wo steckte er?

Wenn er noch in seiner Küche wäre, hätte er ihnen vorhin, als sie an seinem Haus vorbeigingen, etwas zugerufen.

Konnte er noch im Bett sein?

Sein Vater verschlief doch nie – Russell konnte sich nicht erinnern, wann Otto zuletzt bei Sonnenaufgang noch nicht auf den Beinen gewesen war.

War er vielleicht erkrankt?

Aber er war doch nie krank.

Russell hatte plötzlich ein ungutes Gefühl. Schließlich war sein Vater fast achtzig.

Er verdrängte den Gedanken sofort wieder. Otto war kerngesund – Ellen Filmore hatte ihn vor einem Jahr gründlich untersucht und festgestellt, daß er so kräftig wie ein Vierzigjähriger war.

Verdammt, wo steckte er nur?

Weil es ihm nicht gelingen wollte, seine Ängste abzuschütteln, verließ Russell den Stall, und kaum eine Minute später betrat er das Haus seines Vaters durch die Küchentür, die nie verschlossen war. »Dad?« rief er. »Hallo, Dad, weißt du, wie spät es ist?«

Es kam keine Antwort. Im Haus war es sehr still, und Russell befürchtete jetzt fast schon das Schlimmste.

Innerlich wappnete er sich gegen das, was er möglicherweise vorfinden würde, durchquerte die Küche und das kleine Wohnzimmer und öffnete die Schlafzimmertür.

Das Bett war leer, ordentlich gemacht.

Nachdem die Befürchtung, daß sein Vater tot im Bett liegen könnte, sich als unbegründet erwiesen hatte, ging Russell zum Stall zurück. Nicht im Haus. Nicht im Stall. Wo zum Teufel war Otto?

Während er seinen Blick über den Horizont schweifen ließ, kam ihm plötzlich eine Idee.

Die Bienenstöcke!

Natürlich – nach den Ereignissen des Vortages, die Ottos tiefes Mißtrauen gegen Carl Henderson noch erheblich verstärkt hatten, war der alte Mann bestimmt zu den Bienenstöcken gegangen, um sich zu vergewissern, daß dort alles in Ordnung war. Zutiefst erleichtert, blieb er kurz bei der

Koppel stehen, um Kevin und Molly Bescheid zu sagen, daß er zu den Bienenstöcken gehen würde. Glücklicherweise war Hendersons Jeep nirgends zu sehen – ein Tagesbeginn wie gestern würde ihnen also erspart bleiben.

Kevin begann währenddessen den Stall auszumisten, und Molly drehte den Wasserhahn auf, um die Tränke auf der Koppel vollaufen zu lassen. Lautes Bellen irgendwo hinter ihr lenkte sie ab, und als sie sich umdrehte, sah sie Bailey drüben bei einem der Geräteschuppen, in geduckter Haltung, den Schwanz auf dem Boden. Der große Hund bellte wieder, kroch ein Stück vorwärts, wich aber hastig an seinen Ausgangspunkt zurück.

»Bailey!« rief Molly. »Komm her, Junge!«

Der Hund blickte zu ihr herüber, doch anstatt wie sonst angesprungen zu kommen, bellte er nur wieder und lief hinter den Schuppen.

In ihrer Neugier vergaß Molly die Tränke, kletterte zwischen den zwei untersten Brettern des Koppelzauns hindurch und rannte auf den Hund zu. »Was ist los, Bailey? Hast du etwas gefunden, alter Junge?«

Der große Hund wedelte heftig mit dem Schwanz, als Molly näherkam, und winselte, als wollte er ihr etwas sagen. Sie kauerte sich neben ihn und begann ihn zu streicheln, stellte aber fest, daß er vor Aufregung am ganzen Körper zitterte. Dann bellte er erneut, sprang davon und verschwand hinter der Ecke des Geräteschuppens.

Molly erhob sich und wollte ihm folgen, hörte aber Kevin von der Koppel her nach ihr rufen:

»He, Molly, du hast das Wasser laufen lassen!«

Molly war hin und her gerissen. Sollte sie zurücklaufen und den Hahn zudrehen, oder sollte sie nachsehen, was Bailey hinter dem Schuppen gefunden hatte?

Den Bruchteil einer Sekunde später trug ihre Neugier den Sieg davon, und während sie um die Ecke bog, rief sie Kevin zu: »Einen Moment noch, ich kom …«

Die Worte erstarben auf ihren Lippen, als sie sah, worüber Bailey so aufgeregt war.

Lange Zeit – jedenfalls kam es ihr selbst wie eine Ewigkeit

vor – stand sie einfach da und starrte die Gestalt an, die mit dem Gesicht nach unten auf dem Boden lag.

Sie wußte, wer das war.

Sie konnte es an den fast weißen Haaren und an der Kleidung erkennen.

Sie wollte kehrtmachen und wegrennen, konnte sich aber nicht von der Stelle rühren. »K-K-Kevin«, stammelte sie kaum hörbar. Dann endlich, während Bailey den Körper des alten Mannes beschnupperte und liebevoll anstupste, als versuche er ihn aufzuwecken, fand Molly ihre Stimme wieder. Als sie zum zweitenmal den Namen ihres Stiefbruders rief, konnte man sie sogar oben im Haus hören.

Sie stand weiterhin wie gelähmt da, während Kevin neben seinem Großvater auf die Knie sank und dessen Nacken berührte. »Opa?« murmelte er.

Unwillkürlich zuckten seine Finger vor dem kalten Fleisch zurück.

»O Gott!« flüsterte er. Dann stand er auf, wischte sich die Tränen aus den Augen und griff nach Mollys Hand. »Komm, wir müssen Hilfe holen.«

Halb zog er das kleine Mädchen hinter sich her, halb trug er es, während er den Hügel zum Haus hinaufrannte.

Mark Shannon lümmelte sich am Steuer seines grünen Taurus-Streifenwagens, als der Funkspruch durchkam. Wie immer um sieben Uhr morgens hatte er vor dem A & W geparkt, und wie immer versuchte er Charlene Hopkins zu überreden, ihn zu heiraten.

Natürlich lehnte Charlene auch diesmal ab, und das war Mark gar nicht so unrecht, denn er hatte keine Ahnung, was er tun sollte, wenn Charlene seinen Antrag jemals annehmen würde – was allerdings sehr unwahrscheinlich war, denn sie war mit dem Besitzer des A & W verheiratet, der normalerweise herauskam und sich erbot, die Flitterwochen zu finanzieren, wenn Charlene Mark das Jawort geben würde.

Als das Funkgerät ihre Unterhaltung unterbrach, wich Charlenes fröhliches Lächeln einer besorgten Miene. »Habe ich richtig verstanden – Russell Owens Farm?« fragte sie in der Hoffnung, sich aufgrund der störenden Nebengeräusche verhört zu haben.

»Stimmt.« Seufzend ließ Mark den Motor an. »Und es hört sich ganz so an, als wäre es etwas viel Ernsteres als gestern.«

Charlene schüttelte mitfühlend ihre gebleichten Locken. »Hoffentlich ist nicht wieder einem der Mädchen etwas passiert. Seit Karen hierher zurückgekommen ist, hat sie offenbar nichts als Probleme.«

Mark hatte schon vor langer Zeit gelernt, Funkmeldungen nicht zu kommentieren. »Wir sehen uns später.«

Mit Blaulicht und Sirene raste der Streifenwagen stadtauswärts. Wenige Minuten später schaltete Mark beides wieder aus, als er in die Auffahrt der Owens einbog und hinter dem Schuppen südlich des Stalls eine kleine Menschengruppe sah. Russell und Kevin kauerten neben jemandem, der auf dem Boden lag, und Karen stand daneben, einen Arm um Julie gelegt, während Molly die Taille ihrer Mutter umklammerte.

Mark hielt wenige Meter vom Schuppen entfernt an, sprang aus dem Wagen und ging neben Russell und Kevin in die Hocke.

Ein flüchtiger Blick auf Ottos Gesicht genügte ihm, um zu erkennen, daß der alte Mann tot war: Ottos weit aufgerissene Augen starrten ins Leere, sein Mund war geöffnet. Trotzdem drückte Mark seine Finger auf den sehnigen Hals und suchte nach einem Pulsschlag. »Was ist passiert?« fragte er Russell.

Ohne den Blick vom verzerrten Gesicht seines Vaters zu wenden, schüttelte Russell langsam den Kopf. »Ich habe nicht die leiseste Ahnung«, murmelte er mit tonloser Stimme. »Er war heute morgen nicht im Stall, und ich habe nach ihm gesucht. Ich dachte, er wäre zu den Bienenstöcken gegangen, aber ...« Er schüttelte wieder den Kopf. »Molly hat ihn gefunden. Besser gesagt, Bailey.«

»Bailey?« wiederholte Mark Shannon verständnislos.

»Mein Hund«, erklärte Kevin. Seine Stimme war genauso tonlos wie die seines Vaters, als er berichtete, wie Molly die

Leiche gefunden hatte. »Was ist ihm zugestoßen?« fragte er danach. »Woran ist er gestorben?«

Shannon zuckte mit den Schultern. »Schwer zu sagen. Vielleicht ein Herzanfall oder ein ...«

Er hatte ›Schlag‹ sagen wollen, verstummte aber, weil sein Blick auf Ottos rechte Hand gefallen war.

Die Handfläche wies zwischen Daumen und Zeigefinger eine winzige punktförmige Wunde auf. Stirnrunzelnd begann der Polizist die Leiche genauer zu untersuchen.

Er entdeckte zwei weitere Einstiche in Ottos Gesicht und mehrere an der linken Hand und am linken Arm. Daraufhin ging er zum Streifenwagen, gab einen Funkspruch durch und kehrte zu Russell zurück, der jetzt neben dem Leichnam stand.

»Ich lasse Manny Gomez rauskommen, damit er mir bei dieser Sache hilft, Russell«, sagte Mark. »Und wir werden Ellen Filmore einschalten müssen. In solchen Fällen ist eine Autopsie erforderlich.«

Russell nickte. »Aber du mußt doch irgendeine Idee haben, woran Dad gestorben ist«, meinte er.

Marks Blicke schweiften unbehaglich zu Karen und ihren Töchtern hinüber, und er beschloß, nichts von seinem Verdacht zu äußern, bis er ganz sicher war.

Und ganz sicher würde er erst sein können, nachdem Ellen Filmore die Leichenschau vorgenommen hatte.

Zehn Minuten später traf Manny Gomez mit seinem Transporter ein, und die beiden Polizisten machten sich daran, den Toten in einem Leichensack zu verstauen.

Karen ertrug diese gräßlich unpersönliche Prozedur nur kurze Zeit, dann wandte sie sich ab und führte ihre Töchter zum Haus hinauf.

Russell und Kevin blieben bei den Polizisten, bis das Familienoberhaupt in Gomez' Transporter untergebracht war, und begleiteten Mark anschließend zum Streifenwagen. »Du *hast* eine Ahnung, was passiert sein könnte, stimmt's?« fragte Russell wieder.

Shannon zögerte mit seiner Antwort, doch da Karen und ihre Töchter jetzt außer Hörweite waren, hielt er es für sinnlos, Russell seinen Verdacht zu verheimlichen. »Ich bin mir nicht sicher, aber es sieht so aus, als sei Otto von etwas gestochen worden.«

Russells Miene verhärtete sich. »Du meinst – von Bienen?«

»Ich meine nichts dergleichen«, knurrte Shannon mürrischer, als er beabsichtigt hatte. »Ich kann dir nichts Näheres sagen, weil ich selbst nichts weiß.« Er legte Russell eine Hand auf die Schulter. »Mir tut diese Sache aufrichtig leid. Sobald ich etwas herausgefunden habe, rufe ich dich an. Versuche, in der Zwischenzeit Ruhe zu bewahren. Steigere dich nicht in etwas hinein, bevor wir genau wissen, was passiert ist. Möglicherweise irre ich mich total und es sind gar keine Stiche. Vielleicht ist er auch erst nach seinem Tod von irgendeinem Insekt gestochen worden. Die Todesursache könnte eine ganz andere sein.«

»Wenn es aber Bienen waren«, beharrte Russell, »stelle ich Carl Henderson zur Rede, das schwöre ich dir! Dad hat geglaubt, daß mit den Bienenstöcken etwas nicht stimmt ... daß mit den Bienen etwas nicht stimmt ...«

»Verdammt noch mal, Russell!« unterbrach Mark ihn. »Wenn ich gewußt hätte, daß du voreilige Schlüsse dieser Art ziehst, hätte ich meinen Mund gehalten. Reg dich nicht unnötig auf, solange wir noch im dunkeln tappen, okay? Falls es tatsächlich Bienen waren, die Otto umgebracht haben, kannst du jede Wette darauf eingehen, daß auf meinen Befehl hin sämtliche Bienenstöcke, mit denen *UniGrow* dieses Tal beliefert hat, von dieser Firma abtransportiert werden, noch ehe der Tag vorüber ist. Aber wir brauchen Beweise. Wenn du ein falsches Wort zu den falschen Leuten sagst, könnte eine Panik in der ganzen Gegend ausbrechen. Nach den Zwischenfällen mit den Töchtern deiner Frau gab es sowieso schon Gerede über afrikanische Killerbienen. Warten wir also ab, okay?«

Russell schien widersprechen zu wollen, änderte dann aber seine Meinung und nickte zustimmend. »Ruf mich an, sobald du etwas weißt.« Shannon stieg in den Streifenwagen. »Mark?« Der Polizist schaute auf. »Muß ich nach der Autopsie ... ich meine ... muß ich ...« Er beendete den Satz nicht, aber Shannon verstand genau, worum es Russell ging.

»Du brauchst mir nur zu sagen, welche besonderen Wünsche du hast, dann kann ich alles für dich erledigen.«

»Er wollte auf dem Grundstück beerdigt werden«, murmelte Russell, und nun schwankte seine Stimme zum erstenmal, so als wäre ihm erst jetzt richtig zu Bewußtsein gekommen, was geschehen war. »Ein Begräbnis wird es nicht geben – du weißt ja, was Dad davon hielt. Aber irgendeinen Sarg werde ich wohl brauchen.«

»Er wollte einen Fichtensarg«, fiel Kevin ein, als seinem Vater die Stimme versagte. Mit Tränen in den Augen gab er wieder, was er so oft von seinem Großvater gehört hatte. »Den billigsten, den wir auftreiben können – das hat er immer gesagt. Keine Bestattung, keinen Gottesdienst. Wir sollen ihn einfach neben Oma beerdigen und einen Baum auf seinem Grab pflanzen. Er ... er hat gesagt, alles andere sei nur eine Show, und damit wolle er nichts zu tun haben.«

Kevin konnte nur mit größter Mühe ein Schluchzen unterdrücken. Shannon nickte. »Ich kümmere mich darum. Es wird nicht lange dauern. Wenn ihr wollt, können wir ihn vermutlich schon morgen früh begraben.«

»Das machen wir dann schon«, sagte Russell. »Sag uns Bescheid, wenn wir ihn abholen können, dann beerdigen Kevin und ich ihn.«

Während der Streifenwagen davonfuhr, gingen Vater und Sohn langsam den Hügel hinauf, doch als sie zu dem Haus kamen, in dem Otto sein ganzes Leben verbracht hatte und in dem auch Russell aufgewachsen war, blieben sie unwillkürlich stehen. Russell legte Kevin einen Arm um die Schultern. »Es ist gut so«, sagte er leise. »Was auch immer ihm zugestoßen sein mag – ein schneller Tod ist bei weitem besser als allmählicher Kräfteverfall und Siechtum. Davor hatte er immer Angst, und es ist ihm erspart geblieben.« Er zog seinen Sohn näher zu sich heran – unbeholfen, fast grob. »Du und ich, wir müßten uns eigentlich für ihn freuen, habe ich recht, Kevin?«

Kevin nickte zögernd, fragte sich aber insgeheim: Welchen Grund zur Freude kann es denn noch geben, wenn man tot ist? Und dem Gesichtsausdruck seines Großvaters nach zu schließen mußte der Tod sehr schmerzhaft gewesen sein.

Kevin war sich sogar fast sicher, daß sein Großvater in der Todessekunde geschrien hatte.

Aber warum hatte niemand ihn gehört?

»Nun, was meinst du?« fragte Ellen Filmore eine Stunde später, nachdem sie Otto Owens Leichnam gründlich untersucht und weitere Einstiche gefunden hatte: drei an seinem linken Bein, einen am rechten, drei am Brustkorb.

Trotzdem hatten nicht die Stiche ihn getötet, denn obwohl die punktförmigen Wunden sich auf der Haut deutlich abzeichneten, wiesen sie kaum Spuren von Schwellungen auf, die normalerweise zu den charakteristischen Begleiterscheinungen gehörten.

Otto war nicht an den Stichen als solchen gestorben, dessen war Ellen sich fast sicher. Vielmehr hatten die Stiche einen schweren Herzanfall ausgelöst, der in kürzester Zeit zum Tod geführt hatte.

Obwohl sie zu wissen glaubte, was für Stiche es waren, hatte sie sicherheitshalber den lokalen Experten um seine Meinung gebeten.

Dieser Experte blickte jetzt von Ottos Leiche auf und nickte zustimmend.

»Skorpione«, sagte Carl Henderson. »Gar kein Zweifel. Und das ist nicht verwunderlich, wenn man bedenkt, wo er gefunden wurde. Unter dem Schuppen hausen bestimmt Dutzende von Skorpionen. Die Frage ist nur – was hat er dort draußen gemacht?«

Ellen Filmore stieß einen tiefen Seufzer aus. »Das werden wir wohl nie erfahren. Was für ein schrecklicher Tod!« Sie sah Henderson an und schüttelte traurig den Kopf. »Wenigstens hat die Herzattacke seinem Leiden schnell ein Ende bereitet.«

Carl Henderson nickte schweigend. Dem gab es nichts hinzuzufügen.

Sein Geheimnis blieb nun weiter unentdeckt.

Kapitel 12

Karen hielt beim Ausräumen des Geschirrspülers inne und warf einen Blick auf die Küchenuhr.

Viertel nach elf, und seit dem Frühstück hatte sich Julie nicht blicken lassen.

Aber war das so verwunderlich? Schließlich war auf der Farm in den letzten zwei Tagen nichts den gewohnten Gang gegangen.

Karen schauderte immer noch jedesmal, wenn sie an Ottos Tod dachte.

Skorpione.

Allein schon das Wort ließ sie frösteln. Seit sie den Autopsiebefund kannte, wurde sie das Gefühl nicht los, daß überall auf der Farm Skorpione lauerten, in jedem dunklen Winkel des Hauses, unter jedem Stein auf dem Grundstück.

»Das ist absurd«, hatte Russell ihr erklärt, als sie gestern darüber gesprochen hatten. »Natürlich sind sie hier – sie sind fast überall, wo trockenes Klima herrscht, aber sie fürchten sich vor Menschen viel mehr, als du dich vor ihnen fürchtest, und halten sich deshalb immer versteckt.«

»Nun, vor Otto haben sie sich jedenfalls nicht versteckt!« hatte Karen widersprochen. »Mein Gott, allein schon der Gedanke macht mich nervös! Wenn so etwas Otto zustoßen konnte, könnte es jederzeit auch einem von uns zustoßen! Das ist dir doch klar, oder?«

»Vermutlich könnte uns so etwas wirklich zustoßen, wenn wir irgendwo herumstöbern, wo sie sich mit Vorliebe aufhalten, und das zu einer Zeit, wo sie am liebsten unterwegs sind. Aber warum sollte jemand von uns mitten in der Nacht unter den Schuppen stochern?«

»Und warum hat Otto das getan?« hatte Karen herausfordernd zurückgefragt, obwohl es darauf natürlich keine Antwort gab und nie eine geben würde, weil niemand Otto beobachtet hatte.

Bei dem Gedanken, wie nahe auch Molly und Julie dem Tod gewesen waren, bevor er Otto dann tatsächlich ereilt hatte, war es Karens erster Impuls gewesen, mit ihren Töchtern die Farm zu verlassen und nie zurückzukommen.

Um die Wahrheit zu sagen – es war viel mehr als nur ein Impuls gewesen, eher ein schier unwiderstehliches Verlangen. Doch bei nüchterner Überlegung wurde ihr klar, daß sie einfach nicht wüßte, wohin, sogar wenn sie es über sich bringen würde, ihren neuen Ehemann und ihr neues Leben aufzugeben – und sie liebte sowohl Russell als auch das Landleben.

Russell hatte natürlich recht. Skorpione hatte es überall gegeben, wo Sie bisher gewohnt hatte. Aber sie hatte nie jemanden gekannt, der an Skorpionstichen gestorben war; mehr noch, sie hatte nie auch nur *gehört*, daß jemandem dieses Schicksal widerfahren wäre.

Bienen waren natürlich noch allgegenwärtiger als Skorpione, und falls sich die afrikanische Art schon bis Pleasant Valley ausgebreitet hatte, würde sie früher oder später auch das übrige Kalifornien heimsuchen.

Die Bienenstöcke waren übrigens schon ausgetauscht worden – in der Nacht nach Ottos Tod hatte ein LKW von *Uni-Grow* die alten Stöcke abtransportiert, und vergangene Nacht waren die neuen geliefert worden. Diese Arbeit mußte während der kühlen, dunklen Nachtstunden erledigt werden, weil sich dann alle Bienen im Stock aufhielten.

Gestern hatte Russell außerdem Insektengift unter alle Schuppen auf dem Grundstück gesprüht.

Und gestern hatten sie auch Otto zur letzten Ruhe gebettet, ohne Begräbnis und Gottesdienst, wie er es gewollt hatte. Sie waren zu fünft zu jenem Fleckchen Erde hinaufgegangen, wo schon Russells Großeltern, seine Mutter und seine erste Frau bestattet waren, und Russell und Kevin hatten den Fichtensarg in die Grube gesenkt, die sie am Vortag ausgehoben hatten.

Kein Wort war gesprochen worden, aber Karen hatte im stillen für Ottos Seele gebetet.

Das war alles gewesen: keine Totenwache, kein Abschiednehmen der Freunde, nicht einmal ein Leichenschmaus.

So hatte Otto es sich gewünscht.

Und heute versuchten alle so zu tun, als wäre der normale Alltag wieder eingekehrt, obwohl Karen wußte, daß es Wochen dauern würde, bis Russell und Kevin sich daran gewöhnt hätten, daß Otto nicht mehr bei ihnen war. Karen selbst war, wenn sie ganz ehrlich sein wollte, erleichtert über Ottos Tod, auch wenn sie sich dieser Gefühle schämte und sie niemandem anvertraut hätte. Aber sie konnte es nun einmal nicht ändern: Seit Otto gestorben war, fühlte sie sich viel entspannter, und endlich war dies nun wirklich *ihr* Haus, weil Otto sie nicht mehr daran erinnern konnte, wie Paula etwas gemacht hatte – ob nun durch Laute Mißbilligung oder durch tadelnde Blicke.

Trotzdem ging ihr eine Frage nicht aus dem Kopf: Warum war Otto mitten in der Nacht zu jenem Schuppen gegangen?

Und warum hatte er nicht geschrien, als der erste Skorpion ihn stach?

Oder war es möglich, daß niemand seine Schreie gehört hatte?

Ihre Gedanken kreisten ständig um diese Fragen, obwohl sie sie zu verdrängen versuchte. Am schlimmsten war die Vorstellung, daß Otto vielleicht stundenlang dort draußen im Dunkeln gelegen hatte, daß er von den Skorpionstichen rasende Schmerzen gehabt und verzweifelt um Hilfe gerufen hatte, während sie alle fest schliefen.

Auch die Kinder waren ungewöhnlich still, und weder Kevin noch Julie mußten an ihren Hausarrest erinnert werden. Karen wußte, daß Kevin um seinen Großvater trauerte, obwohl der Junge viel zu schüchtern war, um über seine Gefühle sprechen zu können.

Und dann war da noch Julie.

Sie schien sich Ottos Tod mehr zu Herzen zu nehmen als alle anderen, doch obwohl Karen mehrmals versucht hatte, mit ihr darüber zu reden, wiederholte sie nur beharrlich, es gehe ihr »gut« oder sogar »großartig«.

Karen war jedoch überzeugt davon, daß das nicht stimmte, denn nach jener Demutsparodie am Morgen von Ottos Todestag hatte Julie keine Gelegenheit mehr gehabt, mehr als ein paar Worte mit dem alten Mann zu wechseln. Sie hatte sich nicht mehr bei ihm entschuldigen können und wurde deshalb von Gewissensbissen gequält.

Karen wußte, daß Schuldgefühle zu seltsamem Verhalten führen konnten, und Julie benahm sich zweifellos sehr seltsam.

Der erste Tag nach Ottos Tod war noch nicht einmal so schlimm gewesen. Julie war ziemlich spät aufgestanden und hatte nicht viel gesprochen, aber damit hatte Karen gerechnet.

Gestern hatte Julie jedoch kaum noch ein Wort gesagt, und obwohl sie Molly geholfen hatte, die Pferde zu versorgen, hatte sie sich strikt geweigert, im Erdgeschoß des Hauses staubzusaugen. »Ich hasse diesen Staubsauger, und du kannst mich nicht zwingen, ihn zu benutzen«, hatte sie erklärt.

Auf lange Diskussionen mit ihrer aufsässigen Tochter eingestellt, hatte Karen die Arme vor der Brust verschränkt. »Wie du willst«, hatte sie gesagt. »Dann nimm eben den Besen. Mir ist das egal.«

Zu ihrer großen Überraschung hatte Julie das auch getan, ohne sich zu beklagen, obwohl das Saubermachen mit dem Besen dreimal so lange dauerte wie mit dem Staubsauger.

Sie hatte nicht nur auf Klagen verzichtet – sie hatte überhaupt nichts mehr gesagt.

Und auch heute morgen beim Frühstück hatte sie nichts gesagt. Sie hatte das Essen schweigend hinuntergeschlungen.

Hinuntergeschlungen, das war das einzig richtige Wort, dachte Karen, denn Julie hatte nicht wie sonst immer nur eine Schale Cornflakes und einen Toast gegessen, und dazu ein Glas Orangensaft getrunken – nein, sie hatte sich zusätzlich mehrere Pfannkuchen und drei Scheiben Speck einverleibt, ohne auch nur einmal von ihrem Teller aufzuschauen.

Gewiß, sie hatte Molly auch heute bei den Pferden geholfen, doch danach war sie einfach verschwunden.

»Sieh mal nach, wo deine Schwester steckt, Molly«, bat Karen ihre kleine Tochter, die am Tisch saß und anhand eines

Katalogs mit Reitzubehör eine Liste der Artikel erstellte, die sie unbedingt haben mußte (»sonst sterbe ich!«), eine schier endlose Wunschliste, die zum Bankrott der Familie führen würde. Immerhin war das aber ein verheißungsvolles Zeichen, daß das Kind zur Normalität zurückkehrte und den Schock, Ottos Leichnam gefunden zu haben, allmählich überwand.

Jetzt rannte das kleine Mädchen aus der Küche, und gleich darauf hörte Karen es die teppichlose Treppe hinauftrampeln, so laut, daß es bestimmt im ganzen Haus zu hören war. »Leise!« rief Karen kopfschüttelnd. Eine Minute später polterte Molly die Treppe wieder herunter, übersprang die letzten fünf Stufen und landete mit einem Plumps auf beiden Füßen.

»Sie liegt auf ihrem Bett!« berichtete Molly, während sie in die Küche stürzte. »Sie liegt einfach da und starrt aus dem Fenster.«

Karen unterbrach das Aufschneiden des Schinkens, den es zum Mittagessen geben sollte, trug Molly auf, den Tisch zu decken, und ging selbst in den ersten Stock hinauf.

Julies Zimmertür war halb geöffnet, und Julie lag tatsächlich auf ihrem Bett und starrte das Fenster an.

Karen klopfte leise an. »Julie? Ist alles in Ordnung?«

Zunächst erfolgte keine Reaktion, doch dann drehte Julie ihren Kopf zur Tür und sah ihre Mutter an. »Mir geht's gut«, murmelte sie, aber ihre tonlose Stimme strafte ihre Worte Lügen.

»Dann solltest du runterkommen und Molly und mir mit dem Mittagessen helfen.«

Julie zuckte mit den Schultern, machte aber keine Anstalten aufzustehen.

»Liebling, bist du sicher, daß dir nichts fehlt?« fragte Karen wieder.

»Mir geht's großartig«, beharrte Julie. »Ich komme in ein paar Minuten runter, okay?«

Karen entfernte sich, ohne die Tür zu schließen, und Julie ließ ihren Kopf wieder aufs Kissen sinken.

Schon wieder hatte sie ihre Mutter belogen.

Sie hatte ihr sagen wollen, daß sie sich unerträglich krank fühlte, sie hatte ihr anvertrauen wollen, was sie am frühen Morgen des Tages, an dem Ottos Leichnam gefunden worden war, erlebt hatte.

Seit sie gehört hatte, was dem alten Mann widerfahren war, mußte sie fortwährend daran denken, wie sie selbst auf der Koppel aufgewacht war und geglaubt hatte, mit roten Ameisen bedeckt zu sein.

Damals war sie fast sicher gewesen, daß es sich um einen schrecklichen Alptraum gehandelt haben mußte, daß diese Ameisen in Wirklichkeit nie existiert hatten.

Was aber, wenn sie doch real gewesen, wenn sie wirklich auf ihrem ganzen Körper herumgekrabbelt waren – so wie die Skorpione auf Otto?

Warum hatten die Ameisen sie dann nicht gestochen, so wie die Skorpione Otto gestochen – zu Tode gestochen – hatten?

Seit fast zwei Tagen zerbrach sie sich nun schon den Kopf darüber, fand aber keine Antwort auf diese Frage.

Das war schlimm genug, aber noch viel schlimmer war das, was passiert war, als sie endlich beschlossen hatte, ihrer Mutter alles zu erzählen, gestern am späten Nachmittag: Sie lag, so wie auch jetzt, auf ihrem Bett, die Tür war geöffnet, und sie konnte ihre Mutter in der Küche bei den Abendessensvorbereitungen hören.

Sie waren allein zu Hause, und Julie brauchte nur aufzustehen und nach unten zu gehen, damit sie miteinander reden konnten wie früher, als sie noch ein kleines Mädchen gewesen war.

Sie wollte sich aufsetzen und die Beine schwungvoll vom Bett heben.

Nichts passierte! Nicht das geringste!

Sie versuchte zu schreien, ihrer Mutter zu sagen, daß sie plötzlich gelähmt war.

Der Versuch mißlang.

Lange Zeit – sie wußte nicht, wie lange – lag sie auf dem Bett, und allmählich dämmerte ihr eine Erkenntnis, irgendwo tief in ihrem Innern.

Sie konnte diese Erkenntnis nicht in Worte fassen nicht einmal im Geiste.

Doch als eine Minute nach der anderen verging und sie sich immer noch nicht bewegen konnte, begriff sie die schreckliche Wahrheit.

Etwas – eine Kraft, die sie nicht einmal ansatzweise verstehen konnte – lebte jetzt in ihr.

Eine Kraft, deren Wille stärker war als ihr eigener.

Ihr Bewußtsein konnte sich der Tatsache nicht länger verschließen: *Seit sie an den Bienenstichen fast gestorben war, gab es Dinge, über die sie nicht sprechen konnte, und Dinge, die sie nicht tun konnte.*

Sie war zur Sklavin dieser neuen Kraft in ihrem Innern geworden, die sie weder begreifen noch bekämpfen konnte.

Und sobald sie das akzeptiert, sobald sie sich dieser Kraft ausgeliefert hatte, konnte sie sich wieder bewegen.

Und sprechen.

Sprechen und so tun, als wäre alles in Ordnung.

So tun, als würde sie nicht den Verstand verlieren.

Als sie an diesem Morgen aufgewacht war, hatte die Erinnerung an jene schreckliche Nacht auf der Koppel – die Nacht, in der Otto gestorben war – sie wieder verfolgt.

Einen Moment lang – einen gräßlichen Moment lang, in dem kalte Finger des Grauens ihr das Herz zusammenschnürten – fühlte sie wieder, wie jene Millionen roter Ameisen auf ihrer Haut herumkrochen.

Der Moment ging vorüber, und mit ihm auch die Panik, die in ihr aufgestiegen war. Sie stand auf, zog ihren Morgenrock an und ging ins Bad.

Sie duschte, putzte die Zähne und kämmte sich.

Normalität.

Doch als sie sich in ihrem Zimmer ankleiden wollte, wurde sie plötzlich so müde, daß sie sich für eine Minute aufs Bett setzte.

Und dann stiegen ihr die Düfte des Frühstücks, das ihre Mutter zubereitete, in die Nase, und sie stellte fest, daß sie hungrig war.

Nicht nur hungrig – regelrecht ausgehungert.

Sie zog sich rasch an und ging in die Küche hinab, wo die übrige Familie schon am Tisch saß.

Ohne auch nur ›guten Morgen‹ zu sagen, ließ sie sich auf ihren Stuhl fallen und begann zu essen.

Zu essen wie noch nie im Leben.

Cornflakes mit Butter, Zucker und Sahne.

Danach Speck und Pfannkuchen.

Pfannkuchen! Sie *haßte* Pfannkuchen! Diese ekelhaften Dinger machten doch nur dick und hinterließen nicht einmal einen angenehmen Nachgeschmack.

»Geht's dir gut, Julie?« fragte Kevin, als sie mehrere Pfannkuchen auf ihren Teller häufte.

Sie nickte, verschlang die Pfannkuchen und wollte sich eine zweite Portion nehmen, als sie bemerkte, daß alle sie verwundert anstarrten.

Obwohl sie nicht satt war, hörte sie auf zu essen.

Aber wie konnte sie nach all dem Zeug, das sie in sich hineingestopft hatte, immer noch Hunger haben?

Nach dem Frühstück verspürte sie wieder jene seltsame Müdigkeit wie beim Anziehen, und es dauerte nicht lange, bis sie sich genauso ausgehungert fühlte wie vor dem üppigen Mahl.

Doch diesmal widerstand sie dem Verlangen, ihren Hunger zu stillen, zog sich in ihr Zimmer zurück und legte sich aufs Bett.

Was ging nur mit ihr vor? Im Fernsehen hatte sie Mädchen gesehen, die ständig alles mögliche in sich hineinschlangen, sich gleich darauf übergaben und letzten Endes verhungerten. Würde auch sie dieses Schicksal erleiden?

Als dann ihre Mutter heraufgekommen war und gefragt hatte, ob ihr etwas fehle, hatte sie ihr alles erzählen wollen.

Aber wieder einmal hatte sie nur jene schrecklichen Worte über die Lippen gebracht, jene Worte, die absolut nicht stimmten.

Mir geht's gut … mir geht's großartig …

Aber es ging ihr nicht gut und schon gar nicht großartig!

Sie hatte Angst!

Sie hatte gräßliche Angst, und sie glaubte jede Kontrolle

über sich zu verlieren, und der Juckreiz in ihrem Innern war die meiste Zeit so schlimm, daß sie am liebsten aus ihrer Haut gefahren wäre.

Sie wollte sich auf den Bauch rollen und ihr Gesicht im Kissen vergraben, wollte vor Verzweiflung schluchzen.

Statt dessen stand sie, von jener seltsamen fremden Kraft getrieben, vom Bett auf, ging zum Toilettentisch und griff nach der Bürste.

Ihr Spiegelbild anstarrend, bürstete sie ihre langen Haare, bis sie glänzten.

Und als sie nach unten ging, um ihrer Mutter beim Abendessen zu helfen, sah sie tatsächlich so aus, wie sie sich angeblich fühlte. Als sie die Küche betrat, lächelte ihre Mutter zufrieden. »Na, jetzt gibst du schon ein ganz anderes Bild ab als vorhin«, stellte Karen fest. »Hast du Appetit?«

Julie nickte.

Sie traute sich nicht zu sprechen, weil sie nicht mehr sicher war, welche Worte aus ihrem Mund kommen würden.

»Karen?« sagte die Stimme am anderen Ende der Leitung. »Hier ist Marge Larkin – Jeffs Mutter.«

Karen klemmte den Hörer zwischen Ohr und Schulter, während sie den Kartoffelsalat garnierte und neben die Schinkenplatte auf den Tisch stellte. »Hallo! Ich hatte schon die ganze Zeit vor, dich anzurufen und dich mit den Kindern zum Abendessen einzuladen, aber – na ja, seit der Hochzeit geht es dauernd so hektisch zu, und nachdem jetzt auch noch Otto gestorben ist ...«

Marge Larkin gluckste mitfühlend, obwohl sie Otto Owen nie gemocht und für einen zänkischen Griesgram gehalten hatte, was sie so kurz nach seinem Tod natürlich nicht laut äußern konnte. »Nun, ich habe nichts dagegen, wenn du die Einladung noch etwas aufschiebst«, sagte sie statt dessen. »Ich habe nämlich scheußliches Zahnweh und muß nach San Luis Obispo zum Zahnarzt. Jeff hat Vic Costas versprochen, heute nachmittag bei der Feldarbeit zu helfen, und da dachte ich mir, daß Julie vielleicht Lust haben könnte, bei Ben den Babysitter zu spielen und sich ein paar Dollar zu verdienen.«

Karen wollte vorschlagen, daß Marge Larkin ihren kleinen Jungen – Karen hatte ihn einige Male allein auf dem staubigen Hof vor Vic Costas' Pächterhaus spielen gesehen – zu ihnen bringen sollte, wo er den Nachmittag mit Molly verbringen könnte, doch dann besann sie sich plötzlich eines Besseren. Es würde Julie bestimmt guttun, für eine Weile aus dem Haus zu kommen, etwas Geld zu verdienen und Verantwortung zu übernehmen. »Bleib dran – ich gebe dir Julie.«

Während Marge dem Mädchen die Situation erklärte, ging Karen hinaus, um auf den altmodischen Triangel vor der Hintertür zu schlagen, doch Russell und Kevin kamen schon über den Hof, und nachdem der Junge in der Waschküche verschwunden war, um sich zu waschen, schlug Karen ihrem Mann vor, den beiden Teenagern den Hausarrest zu erlassen.

Bevor Russell sich dazu äußern konnte, tauchte Julie auf. »Darf ich, Mom?« rief sie.

»Von mir aus, ja«, erwiderte Karen nach kurzem Zögern, »aber du mußt auch Russell fragen.«

Sie befürchtete, daß Julie auf dem Absatz kehrtmachen und lieber auf den Job verzichten als ihren Stiefvater um Erlaubnis fragen würde, doch Julie wandte sich an Russell, wenn auch mit wütend funkelnden Augen.

»Ich könnte bei Ben Larkin babysittern«, erklärte sie. »Kann ich den Job annehmen, oder hab' ich noch Hausarrest?«

Karen hielt den Atem an, unsicher, wie Russell auf den herausfordernden Ton ihrer Tochter reagieren würde, der indirekt besagte: ›Na, traust du dich, mir etwas zu verbieten?‹ Doch Russell ignorierte die Provokation.

»Kein Bier mehr?« fragte er ruhig.

Julie schob das Kinn vor, und ihre Augen verengten sich, aber sie schüttelte den Kopf.

»Dann spricht wohl nichts dagegen«, entschied Russell und lächelte Karen ein wenig gezwungen zu, nachdem Julie wieder in der Küche verschwunden war. »Ich sollte wohl froh sein, daß sie überhaupt gefragt hat, und nicht auch noch verlangen, daß sie es mit Begeisterung tut, stimmt's?«

Karen nickte. »Wir müssen mit dem vorlieb nehmen, was wir bekommen können.« Sie seufzte. »Ich weiß nicht, wie es dir geht, aber ich für meine Person hoffe, daß sie, wenn sie eine Weile hier rauskommt, die depressive Stimmung überwindet, in der sie sich seit Ottos Tod befindet. Es ist fast so, als ... als hätte sie Schuldgefühle.«

Russell runzelte die Stirn. »Aber sie hatte doch nicht das geringste damit zu tun.«

»Du und ich wissen das, aber ich bin mir nicht sicher, ob Julie es weiß. Ich glaube, sie macht sich noch immer Vorwürfe wegen der Komödie, die sie an jenem Morgen beim Frühstück aufgeführt hat.«

»Vielleicht sollte ich einmal mit ihr reden.«

Karen stellte sich auf die Zehenspitzen und küßte ihn auf die Wange. »Danke, aber ich glaube nicht, daß das viel Sinn hätte. Wenn sie nicht einmal mit mir darüber redet, wird sie bei dir mit Sicherheit stumm wie ein Fisch sein. Das beste ist vermutlich, wenn wir versuchen, irgendwie zur Normalität zurückzukehren.«

»Was hast du?« Ben Larkin wandte seinen Blick vom TV-Bildschirm ab und starrte Julie verächtlich an. »Du hast doch gesagt, daß du das Spiel kennst!«

»Stimmt ja auch«, erwiderte Julie. »Jedenfalls hab' ich's zu Hause in L.A. oft gespielt.«

Sie ließ den Video-Joystick in Bens Hände fallen, sprang vom Sofa auf und lief unruhig zum Fenster des kleinen Hauses, das die Larkins bewohnten.

Was sie hatte? Jener schreckliche Juckreiz tief in ihrem Innern trieb sie wieder fast zur Raserei. Sie hatte das Gefühl, als würde sie von etwas ausgefüllt, als würde sie bald explodieren.

Sie schüttelte sich heftig, als könnte sie dadurch die gräßliche Nervosität loswerden, die ihr den Verstand zu rauben drohte.

»Du bist an der Reihe«, sagte Ben.

»Halt die Klappe!« hörte Julie sich rufen. Als Ben in Tränen ausbrach, sperrte sie vor Schreck den Mund weit auf.

Warum hatte sie das gesagt? Ben war doch nicht an ihrem Zustand schuld. Für ein Kind in Mollys Alter war er sogar sehr vernünftig. Natürlich liebte er die gleichen Beschäftigungen wie die meisten anderen Jungen in seinem Alter, und sie hatte ihr Bestes getan, um ihn bei Laune zu halten.

Zuerst hatte es ihr sogar Spaß gemacht.

Sie waren zusammen zum Bach gegangen, hatten Schuhe und Socken ausgezogen und im kühlen Wasser Kaulquappen gefangen. Obwohl sich die kleinen Geschöpfe schleimig anfühlten, hatte Julie ihren Spaß daran gehabt, und während der nächsten Stunde waren sie damit beschäftigt gewesen, für die in einem Glas gefangenen Kaulquappen eine Umgebung zu schaffen, in der diese in aller Ruhe zu Fröschen heranwachsen konnten.

Wenn sie nicht vorher von den Vögeln gefressen wurden, die den alten Waschtrog schon entdeckt hatten, den Julie und Ben in einen behelfsmäßigen Teich verwandelt und an einer schattigen Stelle neben der Hintertür aufgestellt hatten. Ben war davon überzeugt, daß die Kaulquappen in der Schicht Sand und Lehm auf dem Boden des Troges und den fünfzehn Zentimeter Wasser durchaus glücklich sein würden. Julie hatte vorgeschlagen, noch einige Steine und etwas von dem im Bach wachsenden Schilfrohr hinzuzufügen, damit die Kaulquappen sich irgendwo verstecken konnten, und sie waren noch einmal losgezogen und hatten das Zeug geholt. Bisher schienen die Kaulquappen ihre normale Umgebung nicht zu vermissen.

Doch vor einer Stunde war Ben die Kaulquappen leid geworden und hatte statt dessen Videospiele angeregt.

Wie sich herausstellte, war er ein Experte in *Nintendo*. Julie selbst hatte dieses Spiel immer gut beherrscht, doch heute schien ihr jedes Gespür dafür zu fehlen.

Vielleicht lag es an der Hitze.

Es kam ihr so vor, als wäre es im Laufe des Nachmittags immer heißer geworden, und obwohl sie alle Fenster geöffnet hatte, war das mit Möbeln vollgestopfte Wohnzimmer der reinste Backofen. Der Kunststoffbezug des durchgesessenen Sofas hatte an ihrer verschwitzten Haut geklebt, und auf den Bildschirm starren zu müssen hatte bei ihr fast einen Schreikrampf ausgelöst.

»Tut mir leid«, entschuldigte sie sich bei Ben und ging wieder zum Sofa, fest entschlossen, trotz ihres Widerwillens weiterzuspielen. »Es ist nur … ich weiß auch nicht … es ist so schrecklich heiß, und die Kleider kleben mir am Leib. Ich habe einfach einen schlechten Tag.«

Bens jämmerliches Schluchzen verebbte. Er schniefte und blickte versöhnt zu ihr auf. »Es ist gar nicht heiß.«

»Doch«, widersprach Julie. »Es sind bestimmt fast vierzig Grad.«

»Stimmt nicht.« Ben deutete auf das Thermometer an der Wand. »Schau mal, es sind nur fünfundzwanzig.«

»Nun, mir kommt es viel heißer vor«, sagte Julie. »Wie wär's, wenn wir uns Limonade machen?« Das würde sie vielleicht nicht nur etwas erfrischen, sondern auch den nagenden Hunger lindern, der sie seit dem frühen Morgen quälte.

»Okay«, stimmte Ben zu, der seine verletzten Gefühle schon wieder vergessen hatte.

Sie gingen zusammen in die Küche, und während Ben in einem Unterschrank nach der Saftpresse suchte, schnitt Julie Zitronen auf. Sie hatte ein halbes Dutzend halbiert, bis Ben die Presse fand, und begann nun, die Früchte zu entsaften.

Der Zitrusduft stieg ihr in die Nase, und schlagartig meldete sich der Hunger wieder.

Ein so übermächtiger Hunger, daß sie ihn nicht mehr ignorieren konnte.

Ohne zu überlegen, biß sie in eine Zitronenhälfte.

Ben starrte sie mit weit aufgerissenen Augen an. »Was machst du denn?« rief er. »Das darfst du nicht! Zitronen sind zum Essen viel zu sauer!«

Julie schüttelte den Kopf und griff nach der zweiten Hälfte. Obwohl sie wußte, daß der kleine Junge recht hatte, schmeckte die Zitrone überhaupt nicht sauer.

Im Gegenteil, sie schmeckte fast süß.

Gierig saugte sie den Saft aus und streckte die Hand nach einer weiteren Zitronenhälfte aus.

Doch während der Saft durch ihre Kehle rann, wurde ihr Hunger immer größer.

Sie ging zum Kühlschrank, öffnete ihn und begutachtete den Inhalt.

Da stand eine große Schüssel, mit Frischhaltefolie abgedeckt: ein Rest Schmorbraten, gräuliches Fleisch inmitten von geronnenem Fett und Bratensaft.

Julie holte die Schüssel heraus, stellte sie auf die Anrichte und nahm die Folie ab. Dann fischte sie mit dem Finger ein großes braunes Stück des eiskalten Bratenfetts aus der Schüssel und schob es in den Mund.

Ben drehte sich bei dem bloßen Anblick fast der Magen um. »Fett!« stöhnte er.

Aber Julie schlang das unappetitliche Zeug gierig hinunter, riß Stücke von dem knorpeligen Fleisch ab, stopfte sie sich in den Mund und schluckte sie, fast ohne zu kauen.

»Was machst du da?« schrie Ben, als der Braten immer weniger wurde. »Mom hat gesagt, wir sollten das nicht aufessen! Sie hat gesagt ...«

Doch Julie war taub für seine Proteste. Ihr ganzes Trachten war darauf gerichtet, ihren Hunger zu stillen.

Sie riß weitere Fleischbrocken ab und tauchte ihre Finger tief in die gelierte Fett- und Saftschicht.

Ihr merkwürdiges Verhalten machte Ben jetzt Angst, und er lief zur Hintertür. »Ich hole Jeff«, sagte er, mehr zu sich selbst als zu Julie, und als sie weiterfraß, ohne ihn zu beachten, schlüpfte er zur Tür hinaus und rannte auf das weit entfernte Feld zu, wo er Vic Costas' Traktor sehen konnte.

»Schau dir das an!« flüsterte Ben zwanzig Minuten später seinem älteren Bruder zu. »Schau doch nur, was sie macht!« Er deutete durch das Fenster in die Küche, Jeff dicht neben sich.

Julie stand vor der Anrichte. So gut wie der gesamte Kühlschrankinhalt lag um sie herum, und sie brach gerade ein großes Stück Cheddar-Käse ab, stopfte es sich in den Mund und schob ein Stück Brot hinterher.

Noch während sie kaute, zerrte sie mit beiden Händen an

der Verpackung einer Scheibensalami und riß sie schließlich mit den Zähnen auf, weil sie es kaum erwarten konnte, an die Wurst heranzukommen.

Die Schüssel mit dem Schmorbraten war leer, bis auf letzte Reste gelierten Saftes, die sie jetzt auch noch grapschte.

Jeff beobachtete sie angeekelt und zugleich fasziniert. In diesem Moment blickte sie auf und sah ihn am Fenster, und er hatte das unheimliche Gefühl, ein Raubtier überrascht zu haben, das gerade seine Beute verschlang.

Dann lächelte sie ihm zu.

Lächelte ihn auf eine Weise an, die ihn erregte.

Ihm fiel ein, wie sie sich an jenem Abend in Pleasant Valley mit Kevin abgesetzt hatte.

Obwohl Kevin ihm nicht erzählt hatte, was passiert war, konnte Jeff es sich lebhaft vorstellen.

Schließlich kam Julie aus L.A., und jedermann wußte, wie die Mädchen dort unten waren.

Und jetzt lächelte sie ihm zu.

»Geh rüber zu Mr. Costas' Haus«, befahl er Ben.

»Warum?« fragte der kleine Junge. »Was hast du vor? Ich möchte zuschauen.«

»Das wirst du aber nicht«, erklärte Jeff energisch. »Du gehst sofort rüber und wartest vor Vic Costas' Haus auf mich.«

Ben wollte protestieren, doch Jeffs Miene sagte ihm, daß es vernünftiger war zu gehorchen. »Das ist unfair«, beschwerte er sich trotzdem. »Ich war es doch, der ...«

»Los!« kommandierte Jeff, und Ben gab auf und trabte die Straße entlang, die zu Vic Costas' Haus, das zwei- oder dreihundert Meter entfernt war, führte. Erst als Jeff ganz sicher war, daß sein Bruder ihm gehorchte, betrat er die Küche.

»Julie?« rief er. »Was machst du da?«

Julie, die immer noch hungrig war, sah ihn an, sagte aber kein Wort.

Er ging auf sie zu und streckte eine Hand aus. Seine Finger berührten ihre Haut.

Sie wich etwas zurück, ließ ihn aber nicht aus den Augen und leckte sich die Lippen.

Jeff wußte, was das bedeutete.

Er trat noch näher an sie heran. »Na, komm schon, Julie«, murmelte er, während er sie umschlang. »Ich weiß doch, was du willst. Und wir sind hier ganz allein.« Seine Lippen glitten über ihren Hals, knabberten sanft an ihrer Haut. Sie wand sich in seinen Armen, doch das steigerte seine Erregung nur noch. »Möchtest du lieber ins Schlafzimmer gehen?«

Julie versuchte ihn abzuwehren, aber er riß sie an sich, und sie verlor das Gleichgewicht und fiel zu Boden. Er wußte nicht, ob er das bezweckt hatte oder nicht, jedenfalls lag er gleich danach auf ihr, hielt sie fest und senkte den Kopf, um sie zu küssen.

Julie öffnete den Mund.

Öffnete den Mund und atmete schwer aus.

Und aus ihrem Mund drang eine schwarze Wolke, ein dunkler schwirrender Nebel, der sich sofort in Dutzende schlangenförmiger Zungen aufspaltete, Jeffs Kopf einhüllte und ihn mit einem bisher ungekannten lähmenden Entsetzen erfüllte.

Es war kein Nebel – das wußte Jeff, noch bevor die tentakelartigen Gebilde ihm die Sicht raubten.

Obwohl die Tüpfel so winzig waren, daß er sie nicht als Einzelwesen erkennen konnte, wußte er, daß sie lebten, daß sie einen Schwarm bildeten wie Termiten und Ameisen, die manchmal zu Zehntausenden aus dem Boden emporflogen, mit Hilfe der Flügel, die sie einen Tag nach ihrer Geburt verlieren würden.

Der Nebel umhüllte Jeffs Kopf wie ein dunkles Leichentuch, und er schnappte unwillkürlich nach Luft, um seine Angst herausschreien zu können.

Sofort spürte er sie im Mund – Millionen der winzigen Lebewesen. Er glaubte zu ersticken, als sie seine Kehle füllten und in seine Lungen vorstießen.

Anstatt eines Schreis brachte er nur einen gurgelnden Laut hervor, während er zuckend zur Seite rollte, in einem vergeblichen Versuch, dem unheimlichen Schwarm zu entfliehen, der aus Julies Mund gekommen war und ihn überfallen hatte.

Für den Bruchteil einer Sekunde konnte er Julie sehen, und ihm wurde fast übel, als ihrem offenen Mund eine zweite Wolke entflog und sich mit der ersten vereinigte, die ihn zu verschlingen drohte.

Die winzigen Lebewesen ließen sich auf seiner Haut nieder, und plötzlich schien sein ganzer Körper in Flammen zu stehen.

Sie drangen in seine Augen und in seine Nase ein.

Seine Ohren waren mit ihnen angefüllt, und sein Kopf dröhnte von dem Summen, das – davon war er überzeugt – von Millionen Flügeln verursacht wurde.

Die Tortur nahm kein Ende: Die fast unsichtbaren Kreaturen umschwärmten ihn, bohrten sich durch seine Haut, in die Membrane seines Mundes, seiner Nase, seiner Augen und Ohren.

Es gab keine Möglichkeit, ihnen zu entkommen, keine Möglichkeit, sich zu verteidigen.

Er krümmte sich auf dem Boden, und während er dem unerträglichen Grauen wehrlos ausgeliefert war, dämmerte ihm eine schreckliche Erkenntnis.

Er würde bald sterben.

Auf irgendeine Weise – auf eine schaurige Weise, die er nicht begreifen konnte – brachte Julie Spellman ihn um.

Und er konnte nichts dagegen tun.

Kapitel 13

Marge Larkins ganzer Kiefer pochte vor Schmerz, als sie am nächsten Morgen erwachte, und sie schluckte noch im Bett eine der Tabletten, die sie abends vorsorglich auf den Nachttisch gelegt hatte. Das Glas Wasser, mit dem sie die Pille hinunterspülte, schmeckte schal. Sie ließ den Kopf wieder in die Kissen sinken und hoffte sehnsüchtig, daß das vom Zahnarzt verschriebene Kodein bald wirken würde.

An ihre Heimkehr konnte sich Marge nur dunkel erinnern. Die Rückfahrt war eine Tortur gewesen, weil sie es abgelehnt hatte, irgendwelche Schmerzmittel einzunehmen, und sich erst ans Steuer gesetzt hatte, als die narkotisierende Wirkung von Novocain und Lachgas völlig verflogen war. Immerhin hatte sie es irgendwie geschafft, nach Hause zu kommen, wenn auch viel später als geplant, und als allererstes hatte sie ihre rasenden Schmerzen mit Kodein betäubt. Julie Spellman war nicht mehr da gewesen, aber Marge erinnerte sich vage daran, daß Jeff ihr erzählt hatte, er habe Julie nach Hause geschickt und Ben zu Bett gebracht. Sie hatte dazu nur stumm genickt und war kurz in Bens Zimmer gegangen, um ihm einen Gutenachtkuß zu geben.

Jetzt fiel ihr plötzlich ein, daß der kleine Junge versucht hatte, ihr etwas zu erzählen, daß sie aber viel zu erledigt gewesen war, um ihm zuzuhören.

Nicht, daß sie sich an diesem Morgen viel besser gefühlt hätte.

Doch so sehr ihr Kiefer auch schmerzen mochte – sie mußte jetzt aufstehen.

Aufstehen, ihre Söhne versorgen und zur Arbeit fahren.

Bei der Vorstellung, arbeiten zu müssen, stöhnte sie leise. Obwohl sie offiziell nur als Sekretärin bei der lokalen Wochenzeitung beschäftigt war, bestand die gesamte Belegschaft in Wirklichkeit nur aus ihr und Jim Chapman, dem Besitzer, Herausgeber, Chefredakteur und Hansdampf in allen Gassen, wie er sich selbst gern bezeichnete. Es gab einige Leute in der Stadt, die gelegentlich Beiträge schrieben, aber Jim Chapman und Marge Larkin stellten die Zeitung auf die Beine. Es war keine großartige Zeitung, wie Marge zugeben mußte. In den zehn Jahren, seit sie für den *Pleasant Valley Chronicle* arbeitete, hatte das Blatt noch nie einen Gewinn abgeworfen.

Das störte ihren Boß jedoch nicht im geringsten. Jim war ein reicher Mann, denn er hatte einmal irgendein kompliziertes Computerzubehör erfunden – Marge hatte freilich keine Ahnung, wie dieses Ding funktionierte – und erhielt dafür allmonatlich Schecks in solcher Höhe, daß die Verluste des *Chronicle* ihm nicht weh taten. »Es macht mir Spaß, und ich kann es mir leisten«, erklärte er, wenn Marge gelegentlich anregte, daß er sein gutes Geld doch nicht zum Fenster hinauswerfen solle. Sie selbst hatte nicht den geringsten Grund zur Klage. Sie mochte Jim Chapman, sie liebte ihre Arbeit, und sie haßte es, auch nur einen Tag krank zu sein, denn das bedeutete meistens, daß die Zeitung mit einem Tag Verspätung erschien.

Marge vermutete zwar, daß diese Verspätung außer ihr selbst und Jim keinem Menschen etwas ausmachte, aber es ging ihr ums Prinzip.

Und deshalb würde sie – schmerzender Kiefer hin, schmerzender Kiefer her – heute arbeiten.

Sie stieg aus dem Bett, zog sich an und ging in die Küche, um Kaffee zu machen. Während sie mit der Zunge vorsichtig das Loch im Unterkiefer betastete, wo bis gestern ein Backenzahn seinen Platz gehabt hatte, öffnete sie den Kühlschrank und griff nach der Milchpackung. Dabei nahm sie automatisch den übrigen Inhalt in Augenschein, um zu sehen, was sie auf dem Rückweg von der Arbeit einkaufen mußte.

Sie runzelte die Stirn. Nicht nur der Rest Schmorbraten, den sie zum Abendessen hatte aufwärmen wollen, war verschwunden, auch andere Lebensmittel fehlten.

Von dem großen Stück Cheddar-Käse war nur noch ein winziger Rest übrig.

Und die Salami, die sie als Brotbelag für die ganze Woche vorgesehen hatte!

Die Packung, gestern noch ungeöffnet, war bis auf zwei oder drei Scheiben leer!

Und hatte sie gestern nicht einen ganzen Brotlaib gehabt?

Jetzt war es nur noch ein Kanten.

Wieviel konnten drei Kinder an einem einzigen Abend essen?

Dann fiel ihr ein, daß die drei überhaupt nicht zu Hause essen sollten – sie hatte in letzter Minute beschlossen, ihnen Geld zu geben, damit sie im A & W Hamburger kaufen konnten. Hatten sie das nicht getan? Eigentlich unvorstellbar, daß sie zu Hause geblieben und Reste gegessen hatten, anstatt die Gelegenheit beim Schopfe zu fassen, das Drive-in zu besuchen.

Als Ben im Pyjama die Küche betrat und sich schlaftrunken die Augen rieb, deutete sie auf den Kühlschrank. »Ihr habt uns ja gestern ganz schön kahlgefressen!«

Ben schüttelte den Kopf. »*Ich* nicht«, sagte er in so übertriebenem Unschuldston, daß Marge sofort Verdacht schöpfte. An dieser Geschichte mußte mehr daran sein als vermutet, aber Marge wußte, daß sie ihm die Würmer aus der Nase ziehen mußte, weil er nicht als Petze dastehen wollte.

»Wirklich?« sagte sie. »Na, wenn du es nicht gewesen bist – wer dann?«

Ben kletterte auf einen Stuhl und holte die Packung *Cheerios* herunter. »Jeff und Julie«, antwortete er.

»Jeff und Julie?« wiederholte Marge.

»Na ja, hauptsächlich Julie.«

Seine Mutter bohrte weiter, bis er ihr alles erzählt hatte, immer noch erbittert darüber, daß Jeff ihn weggeschickt hatte. »Und dann hat es eine *Ewigkeit* gedauert, bis sie mich abgeholt haben«, schloß er seinen Bericht, wobei er ›Ewigkeit‹ so melodramatisch betonte, daß Marge fast laut gelacht hätte. »Und wir sind ins A & W gegangen und haben Hamburger gegessen. Können wir das heute abend wieder tun?«

»Nein«, antwortete Marge automatisch, während sie seiner Geschichte einen Sinn abzugewinnen versuchte.

Ihr fielen Berichte in Presse und TV ein.

Gehörte Julie zu den Mädchen, die an dieser seltsamen Krankheit litten – wie hieß sie doch gleich, Bulimie? –, an dieser Krankheit, bei der man sich mit Essen vollstopft, nur um sich gleich darauf zu übergeben?

Aber was war mit Jeff? Wenn er dabeigewesen war …

Und wo steckte Jeff überhaupt? Normalerweise stand er vor Ben auf.

Im Zimmer der beiden Jungen fand sie Jeff auf seinem Bett. Er lag mit dem Gesicht im Kissen da, nur mit einem Laken zugedeckt.

Sonnenlicht flutete durchs Fenster, und als Marge ihn wachrüttelte, rollte er auf die Seite und schirmte seine Augen mit dem Arm vor der Helligkeit ab.

»Ma? Himmel, Ma, was ist denn los? Ist was passiert?«

»Das möchte ich von dir wissen«, sagte Marge. »Was in aller Welt war gestern hier los? Ben sagt …« Sie verstummte mitten im Satz, als Jeff den Arm senkte und sie sein Gesicht sah.

Jeff sah… ja, wie sah er aus?

Nicht richtig krank, aber auch nicht gesund.

Sein Gesicht kam ihr viel zu blaß vor, und trotz des kühlen Morgens war seine Stirn mit einem Schweißfilm bedeckt.

»Geht's dir gut?« fragte sie besorgt.

Jeff setzte sich stöhnend auf. »Natürlich geht's mir gut. Warum, sehe ich etwa krank aus?«

Mit gerunzelter Stirn legte Marge zuerst ihr Handgelenk und dann ihre Handfläche auf seine Stirn.

Trotz seiner Blässe schien er kein Fieber zu haben.

Und doch…

Eine neue Idee schoß ihr durch den Kopf, eine viel beunruhigendere Idee als jene, daß Julie Spellman unter einer exotischen Eßstörung leiden könnte.

Aßen drogensüchtige Kids nicht besonders viel? Nannte man sie nicht deshalb »munchies« – »Schmatzer«?

Hatte Jeff deshalb Ben weggeschickt? Besaß Julie Drogen, die sie mit Jeff geteilt hatte?

»Du solltest mir jetzt lieber genau erzählen, was gestern

nachmittag hier los war«, sagte sie, doch noch bevor Jeff antworten konnte, fiel ihr Blick auf die Uhr.

Noch zehn Minuten, und sie würde zu spät zur Arbeit kommen, und ausgerechnet heute morgen, spätestens bis zehn, mußte der Umbruch fertig sein und in die Druckerei geschickt werden.

Wenn sie das Gespräch jetzt fortsetzte – natürlich vorausgesetzt, daß sie Jeff überhaupt dazu bewegen konnte, über die Ereignisse des gestrigen Nachmittags zu berichten –, würde es sich vielleicht stundenlang hinziehen.

Sie betrachtete ihn noch einmal aufmerksam.

Die Augen – hatte sie nicht gehört, daß bei Kids, die Drogen nahmen, die Pupillen geweitet waren?

Aber wann? Nur während sie high waren? Oder ständig?

Sie versuchte ihm in die Augen zu schauen. Seine Pupillen kamen ihr ganz normal vor, aber irgend etwas stimmte nicht mit ihm.

Was sollte sie nur tun? Ihn einfach fragen, ob er Drogen nahm? Ihr wurde plötzlich klar, wie naiv sie in solchen Dingen war.

Vielleicht hatte seine Blässe überhaupt nichts zu bedeuten – vielleicht rührte sie nur daher, daß er vor wenigen Minuten noch fest geschlafen hatte. »Bist du sicher, daß dir nichts fehlt?« fragte sie.

»Ich hab' dir doch schon gesagt, Ma, mir geht's großartig«, erwiderte Jeff.

Als Marge fünf Minuten später das Haus verließ, wußte sie, daß sie den Weg des geringsten Widerstands gewählt hatte. Es konnte keinen Zweifel daran geben, daß gestern nachmittag irgend etwas vorgefallen war, aber im Moment war sie viel zu beschäftigt und fühlte sich zu miserabel, um nähere Erkundigungen einzuziehen.

Heute abend, beruhigte sie sich, während sie in die Stadt fuhr, heute abend werde ich mit ihm reden, und wenn es sein muß, werde ich auch mit Russell und Karen reden. Doch warum auch immer es sich handeln mochte – bis heute abend mußte diese Sache warten.

Jeff starrte im Bad in den gesprungenen Spiegel.

Warum hatte er seiner Mutter gesagt, daß es ihm gutgehe, obwohl das überhaupt nicht stimmte?

Noch nie im Leben hatte er sich so miserabel gefühlt.

Die ganze Nacht über hatte er abwechselnd Schüttelfrost und Fieber gehabt.

Ihm war übel gewesen, aber er hatte sich nicht übergeben können.

Und er hatte einen quälenden Juckreiz verspürt, ein Brennen und Prickeln so tief unter der Haut, als hätte es seinen Ursprung in den Knochen.

Als seine Mutter ihn vorhin wachgerüttelt hatte, hatte er sich ein wenig besser gefühlt, aber nicht viel.

Doch als er ihr erzählen wollte, wie krank er sich fühlte, war er dazu einfach nicht fähig gewesen, fast so, als wäre er plötzlich gelähmt: Er legte sich die Worte im Kopf zurecht, brachte sie aber nicht über die Lippen, sondern erklärte statt dessen, es gehe ihm großartig.

Großartig!

Aber er fühlte sich doch grauenvoll! Warum hatte er das seiner Mutter nicht gesagt?

Wurde er vielleicht verrückt?

Während er sein Spiegelbild anstarrte, stieg aus den Tiefen seiner Erinnerung ein anderes Bild auf und überlagerte sein eigenes.

Ein Bild von Julie Spellman, die ihn anlächelte.

Ihm winkte.

Ihn lockte.

Ihn versklavte.

Sein Puls ging schneller, während er die Vision jenseits des Spiegels betrachtete, und er wußte, daß er sie sehen mußte.

In ihrer Nähe sein mußte.

Bei Julie Spellman zu sein, war für ihn plötzlich das Allerwichtigste im Leben.

»Warum darf ich nicht auf ihr reiten?« fragte Molly. Sie saß auf dem Koppelzaun und ließ Kevin nicht aus den Augen, der Greta ohne Sattel in leichtem Galopp auf der großen

Weide bewegte. Flicka folgte ihrer Mutter, konnte aber nicht mit ihr Schritt halten. »Und wenn ich sie nur herumführe?« bettelte Molly. »Wie soll ich denn Flicka trainieren, sobald sie etwas größer ist, wenn ich selbst überhaupt nicht reiten kann?«

Kevin grinste ihr im Vorbeireiten zu. »Schau dich doch mal an, wie klein du bist! Greta ist für dich viel zu groß!«

»Wetten, daß ich's könnte?« beharrte Molly. Als Kevin sie ignorierte, beschloß sie, eine andere Taktik zu versuchen. »Wie alt warst du, als du reiten gelernt hast?«

»Fünf oder sechs, glaube ich«, antwortete Kevin unbedacht.

»Na also, und ich bin fast zehn!« rief Molly.

Kevin zog die Zügel an, schwang sein linkes Bein über den Hals der Stute und sprang ab. Molly kam sofort angerannt und übernahm eifrig die Zügel. »Ich mache dir einen Vorschlag«, sagte Kevin, während sie Greta herumführte, wie er es ihr beigebracht hatte. »Wir fragen deine Mutter, und wenn sie einverstanden ist, sattle ich Greta nach dem Frühstück, und du darfst es versuchen. Aber ich werde sie an der Longe halten, und du mußt versprechen, meine Anweisungen genau zu befolgen. Okay?«

»Wirklich?« fragte Molly ungläubig. Sie hatte schon die ganze Woche gebettelt, daß Kevin ihr auf Greta Reitunterricht geben solle, aber im Grunde hatte sie nicht damit gerechnet, daß er nachgeben würde. »Ich versprech's! Ich versprech's!« Sie zitterte vor Aufregung und mußte sich sehr zusammennehmen, um nicht in ihrer Freude das Pferd zu hetzen. Auf gar keinen Fall wollte sie Kevin einen Vorwand liefern, seine Meinung zu ändern. Nachdem sie Greta dreimal um die Koppel herumgeführt hatte, bestätigte Kevin ihr, daß die Stute jetzt ordnungsgemäß abgekühlt war, und sie ließ sie laufen. Flicka konnte ihre Mutter nun einholen und begann am Euter zu saugen, endlich am Ziel ihrer Wünsche.

Molly gab Greta einige Zuckerwürfel, kletterte zwischen den unteren Zaunbalken hindurch und rannte den Hügel hinauf, um ihrer Mutter die Erlaubnis zum Reitunterricht abzuringen.

Während sie in der Küche das Frühstück zubereitete, fühlte sich Karen wohler als seit Tagen, und sie wußte auch, warum.

Julie.

Heute morgen – nein, im Grunde schon gestern abend, als sie von den Larkins zurückgekommen war – schien Julie endlich ihren Groll über den Hausarrest und jene seltsame Lethargie, die sie seit Ottos Tod an den Tag gelegt hatte, überwunden zu haben.

Sie hatte eine gesündere Farbe im Gesicht, und gestern beim Abendessen hatte sie sich zum erstenmal wieder an der Unterhaltung beteiligt und war ihrem früheren Selbst so nahegekommen wie noch nie seit ihrer Ankunft in Pleasant Valley. Und heute war sie früh aufgestanden, um Molly mit den Pferden zu helfen, und anschließend hatte sie sogar angeboten, bei den Frühstücksvorbereitungen zu helfen.

Vielleicht würde allmählich doch noch Normalität einkehren.

Sie wollte gerade hinausgehen und den Triangel schlagen, als Molly in die Küche stürzte und hervorsprudelte, daß Kevin endlich eingewilligt habe, ihr auf Greta Reitunterricht zu geben. »Aber er sagt, daß ich dich vorher fragen muß«, schloß sie. »Aber ich weiß, daß ich es schaffe, Mom. Kevin war erst fünf, als er reiten gelernt hat! Und wenn ich ...«

Karen hob in gespieltem Protest die Hände, um dem Sturzbach von Worten Einhalt zu gebieten. »Jetzt beruhige dich erst mal, wasch dir die Hände, und setz dich hin! Wir reden darüber, wenn Russell und Kevin hier sind, okay?«

Obwohl Molly einen weiteren aufgeregten Wortschwall schon auf der Zunge hatte, beherrschte sie sich mühsam, bis alle um den Tisch versammelt waren. Doch als Karen Russell die Platte mit Pfannkuchen reichte, hielt das kleine Mädchen es einfach nicht länger aus. »Du hast gesagt, wir würden bei Tisch darüber reden. Jetzt sind wir alle da und können darüber reden.«

Die Diskussion dauerte nur wenige Minuten, und es war Russell, der ihr ein Ende setzte.

»Sie lebt auf einer Farm. Sie besitzt ein Pferd. Folglich muß sie reiten lernen, das ist doch einleuchtend.«

»Aber sie ist noch so jung«, protestierte Karen, obwohl sie wußte, daß die Entscheidung schon gefallen war.

»Kevin und ich waren viel jünger, als wir zum erstenmal auf einem Pferd saßen«, sagte Russell. Dann sah er das kleine Mädchen an, und seine Augen funkelten humorvoll, zum erstenmal seit dem Tod seines Vaters. »Natürlich kann 'ne Frau vieles nich' so gut wie 'n Mann«, erklärte er in Ottos Tonfall. Es war eine perfekte Imitation.

Karen versuchte gleichwohl noch einen letzten Trumpf auszuspielen. »Molly wird wohl auch noch Julie überzeugen müssen. Ich meine, Greta ist schließlich Julies Pferd, oder?« Doch zu ihrer Überraschung und Enttäuschung zuckte ihre ältere Tochter nur mit den Schultern.

»Ich hab' nichts dagegen«, sagte Julie. »Molly ist doch die Pferdenärrin von uns beiden. Sie sollte wirklich reiten lernen.«

»Wann?« fragte Molly siegessicher. »Heute morgen? Bitte! Ich spüle auch das Geschirr und räume mein Zimmer auf und ...«

Karen gab den Kampf auf. »Also gut, wenn ihr alle dafür seid, bin auch ich einverstanden. Aber komm ja nicht heulend angelaufen, wenn du runterfällst«, fügte sie hinzu, doch es wollte ihr einfach nicht gelingen, eine strenge Miene aufzusetzen. »Um das Geschirr und um dein Zimmer brauchst du dich nicht zu kümmern. Das mach' ich schon selbst.«

Während die übrige Familie den Tagesablauf plante – am Küchentisch, nicht in der Geschirrkammer im Stall –, lehnte Karen sich bequem zurück und genoß fast schuldbewußt diesen Augenblick.

Zum erstenmal seit der Hochzeit saßen sie beisammen und schienen alle – Julie eingeschlossen – glücklich zu sein.

Wenn man davon absieht, daß Otto tot ist, rief sie sich in Erinnerung. Doch obwohl sie Gewissensbisse hatte, wurde sie den Gedanken nicht los, daß Ottos Tod auf lange Sicht das Beste war, was ihnen allen passieren konnte.

Er war über die Ereignisse auf seiner Farm und in seiner Familie nicht glücklich gewesen, und er hatte sich vor Altersschwäche und Siechtum gefürchtet.

Und nun hatte er einen schnellen Tod gehabt. Ellen Filmore vermutete sogar, daß er nach dem ersten Stich nur noch wenige Sekunden bei Bewußtsein gewesen war.

Und sie selbst und die anderen schienen nun wirklich eine Familie zu bilden.

Eine richtige Familie

»Warum sollen wir denn zu den Owens rübergehen?« fragte Ben, der Jeff wegen seiner gestrigen Verbannung noch immer grollte. Mit weit gespreizten Beinen, die Fäuste eigensinnig in die Hüften gestemmt, blickte er zu seinem ellenlangen Bruder empor. »Ich will nicht zu ihnen, und du kannst mich nicht dazu zwingen!« trotzte er.

Jeff bückte sich, hob den viel kleineren Jungen mühelos hoch und hielt ihn auf Armeslänge von sich ab, so daß Bens Versuche, ihn zu treten, erfolglos blieben. »Wir gehen zu den Owens, weil ich es will, und ich bin viel größer und stärker als du.«

»Das sag' ich Mom, wenn sie nach Hause kommt!« kreischte Ben. »Sie hat gesagt ...«

»Sie hat gesagt, daß ich auf dich aufpassen soll, und das tu' ich«, erklärte ihm Jeff. »Wir gehen jetzt zu den Owens rüber, und dort kannst du mit Molly spielen.«

»Sie ist ein Mädchen!« protestierte Ben. »Ich hasse Mädchen!«

»Und was ist mit Pferden?« fragte Jeff. »Du magst doch Pferde, oder nicht?«

Ben war plötzlich verunsichert. »Pferde?« Er witterte eine Falle.

»Na klar. Molly hat ein Fohlen, und wetten, daß du es streicheln darfst?«

»Wirklich?« Ben ging seinem Bruder sofort in die Falle. »Woher soll sie denn ein Fohlen haben?«

Als sie das Feld überquerten, hatte Ben seine Drohung, ihre Mutter über Jeffs Verfehlung aufzuklären, schon völlig vergessen, und als sie sich Minuten später der Koppel der Owens näherten, rannte er voraus und kletterte auf den Zaun.

Molly, die Ben schon einige Male gesehen, mit der er aber

noch kein Wort gewechselt hatte, stand auf der Koppel und hielt ein großes Pferd an den Zügeln.

»Ist das dein Pferd?« fragte er.

Molly schüttelte den Kopf. »Nein, meines ist ein Fohlen. Das hier gehört meiner Schwester, und Kevin bringt mir darauf das Reiten bei.«

»Wird er es auch mir beibringen?« fragte Ben.

Molly zuckte nach kurzem Zögern mit den Schultern. »Weiß ich nicht. Wer bist du denn überhaupt?«

»Ben Larkin. Ich wohne dort drüben.« Er deutete in Richtung von Vic Costas' Farm. »Darf ich zuschauen, während Kevin dir Reitunterricht gibt?«

Molly zuckte wieder die Achseln. »Ich glaub' schon.«

Einige Sekunden später, als Kevin aus dem Stall kam, schwang sich Jeff neben seinen Bruder auf den Zaun. »Hallo, Kev«, rief er. »Wo ist Julie?«

Kevin warf ihm einen forschenden Blick zu. Warum fragte er nach Julie? Was hatte… Dann fiel ihm ein, daß Julie gestern nachmittag auf Ben aufgepaßt hatte.

War Jeff auch im Haus gewesen?

Kevin empfand plötzlich heftige Eifersucht. »Weiß ich nicht«, antwortete er mürrisch. »Wahrscheinlich ist sie irgendwo im Haus.«

»Sie kommt her, um mir beim Reiten zuzuschauen«, informierte Molly Jeff. »Du kannst auch zuschauen, wenn du willst.«

Kevin errötete, da Molly ihn bloßgestellt hatte, und drehte Jeff rasch den Rücken zu. »Los jetzt«, sagte er zu Molly. »Ich zeige dir, wie man in den Sattel kommt.«

Er demonstrierte ihr, wie man aufstieg, und sie verfolgte jede seiner Bewegungen mit größter Aufmerksamkeit. Dann stieg er wieder ab, hielt die Zügel mit der linken Hand fest und hob Molly hoch, bis sie ihren Fuß in den Steigbügel schieben, den Knauf packen und ihr rechtes Bein über den Sattel schwingen konnte. »Ich hab's geschafft!« rief sie, als sie aufrecht saß, »ich bin…«

Greta machte einen Schritt vorwärts, und Molly war so überrascht, daß sie fast das Gleichgewicht verloren hätte.

»Festhalten!« kommandierte Kevin. Er beruhigte die Stute und verkürzte sodann die Steigbügel. »So, jetzt ist's besser.«

Er zeigte Molly, wie sie die Zügel halten mußte, und gab ihr Anweisungen, wie sie im Sattel sitzen sollte. Dann führte er Greta langsam an der Longe in der Koppel herum, damit Molly sich an die Bewegungen des Pferdes gewöhnen konnte.

Während der dritten Runde bemerkte er, daß Julie auf dem Zaun Platz genommen hatte.

Dicht neben ihr saß Jeff Larkin.

Als sie sich Jeff und Julie näherten, spürte Kevin, daß die Stute nervös wurde. Sie schnaubte und warf den Kopf zur Seite, so als wollte sie sich losreißen.

»Was ist los?« fragte Molly. »Hat sie vor irgendwas Angst?«

Überzeugt davon, daß das Pferd nur auf seine eigene Eifersucht reagiert hatte, weil Julie und Jeff dicht beieinander saßen, nahm Kevin es fester an die Leine.

»Schon gut«, versuchte er Greta zu beruhigen. »Alles in Ordnung.« Die Stute beruhigte sich wirklich, sobald sie sich auf ihrer Runde von Jeff und Julie entfernten. »Braves Mädchen«, flüsterte Kevin ihr ins Ohr. »Mir gefällt das auch nicht, aber wir tun einfach so, als ob wir nichts bemerkten.«

Sie bogen um die letzte Ecke der Umzäunung, und als sie sich Jeff und Julie wieder näherten, scheute das Pferd. Seine Nüstern blähten sich, und es legte die Ohren an. »Ruhig Blut«, redete Kevin der Stute gut zu. »Nimm's leicht.«

Doch Greta schien eine unsichtbare Gefahr zu spüren, die von Julie und Jeff ausging. Sie bäumte sich plötzlich auf und riß sich von der Longe los.

Molly kreischte erschrocken und ließ die Zügel fallen. Wieder bäumte sich die Stute auf, und ihr Huf hätte Kevin mit aller Wucht am Kopf getroffen, wenn er sich nicht in letzter Sekunde geduckt und zu Boden geworfen hätte. Während er zur Seite rollte, machte Greta einen Satz in die andere Richtung. Molly klammerte sich schreiend an den Sattelknauf, doch als das Pferd sich erneut aufbäumte, rutschte sie vom Sattel und stürzte ins Gras. Ihre Schreie wurden immer lauter und verzweifelter, während sie vergeblich versuchte, sich vor dem in Panik geratenen Tier in Sicherheit zu bringen.

Vom Zaun aus beobachtete Julie entsetzt, wie Greta in der Koppel herumgaloppierte, wie ihre Hufe immer wieder dicht neben Molly die Erde aufwühlten. Das kleine Mädchen kroch zuerst in die eine, dann in die andere Richtung, doch wohin es sich auch wandte, überall versperrte Greta ihr den Fluchtweg.

Julie wußte, daß die Pferdehufe ihre kleine Schwester jede Sekunde treffen konnten, und dann ...

Sie bekam einen Adrenalinstoß, und ihr Geist schien sich plötzlich mit ungeheurer Energie aufzuladen.

Ihren Blick unverwandt auf das Pferd gerichtet, stellte Julie sich vor, daß es angegriffen würde.

Und plötzlich geschah etwas.

Greta hörte abrupt mit dem Aufbäumen auf. Ein verängstigtes Wiehern entrang sich ihrer Kehle, und sie wich vor Molly zurück, so als wollte sie irgendeiner Gefahr entkommen.

Julie ließ die Stute nicht aus den Augen, konzentrierte ihre Aufmerksamkeit ausschließlich auf das aufgeregte Tier.

Jeff, der dicht neben ihr saß, spürte ihre Anspannung und warf ihr einen forschenden Blick zu. Julies Gesicht war eine starre Maske der Konzentration.

Dann hörte Jeff hinter sich ein lautes Summen, und als er sich umdrehte, sah er sie.

Bienen.

Tausende Bienen, die sich vom Haus her näherten und gleich darauf das Pferd auf der Koppel umschwirrten.

Von der Wolke stechender Insekten umringt, machte Greta verzweifelte Ausfälle in alle Richtungen.

Sie versuchte davonzugaloppieren, aber schon hatten sich Dutzende Bienen ihrem Kopf niedergelassen, die Stellen um Nüstern und Augen herum entdeckt, wo die Behaarung am dünnsten war, und ihre Stacheln in die Haut gebohrt.

Hunderte der kleinen Insekten krochen auf ihrem Bauch herum und erkundeten die Innenflächen ihrer Flanken, wo das Fell abgewetzt war, so daß die nackte Haut zum Vorschein kam.

Und Tausende der Angreifer krabbelten durch ihr kurzes Fell und suchten darunter die Haut.

Kevin stürzte zu Molly hin und hob sie vom Boden auf, während er den gnadenlosen Angriff der Bienen auf die Stute mit entgeisterten Staunen beobachtete.

Und Jeff, der noch immer dicht neben Julie auf dem Zaun saß, war wie hypnotisiert von ihren seltsam ausdruckslosen Augen, die unverwandt auf die gequälte Kreatur gerichtet blieben, auch als die Stute taumelte, zu Boden fiel und hin und her rollte in dem vergeblichen Versuch, dem Insektenschwarm zu entrinnen.

Molly und Kevin wichen schweigend zum Zaun zurück, entsetzt angesichts des grausigen Geschehens.

Das Pferd wieherte ein letztes Mal.

Dann erbebte es und blieb regungslos liegen.

Eine gespenstische Stille breitete sich auf der Koppel aus.

Nur die Bienen summten.

Kapitel 14

Karen schaltete seufzend den Staubsauger aus. Allein für die weitläufigen Korridore im ersten Stock hatte sie doppelt soviel Zeit benötigt wie früher in L.A. für ihre ganze Wohnung. Die Schlafzimmer hatte sie noch vor sich, und die Bäder mußten auch noch geputzt werden.

Der Lärm des Gerätes verebbte, und Karen zog den Stekker aus der Steckdose in der Mitte der Korridorwand und rollte das Kabel auf, indem sie kräftig auf die Automatiktaste drückte. Eine Sekunde lang malte sie sich aus, daß der Stekker beim heftigen Aufprall gegen das Gehäuse abspringen könnte. Dann könnte sie die Arbeit guten Gewissens ruhen lassen. Diesen Gefallen tat der Stecker ihr jedoch nicht – sie hatte auch gar nicht damit gerechnet –, und so warf sie noch einen letzten prüfenden Blick auf den Korridor, ob nicht irgendwo Staub zurückgeblieben war.

Ihr fiel plötzlich auf, daß sie immer noch ein leises Summen in den Ohren hatte, obwohl das Gerät ausgeschaltet war.

Sie stutzte, sagte sich dann aber, daß es sich nur um einen Nachhall handelte, weil der *Electrolux*-Staubsauger während der letzten halben Stunde unablässig gedröhnt hatte. Sogar Bailey, der auf Kevins Bett geschlafen hatte, als der Lärm begann, hatte schleunigst das Haus verlassen, und vor kurzem hatte sie gesehen, daß er auf einer sonnigen Stelle neben dem Stall döste.

Sie zog den Staubsauger in ihr und Russells Schlafzimmer und wollte das Gerät gerade wieder anschließen, als sie bemerkte, daß das Summen in ihren Ohren nicht aufgehört hatte, sondern im Gegenteil lauter geworden war.

Lauter und irgendwie bedrohlicher.

Mit einem unguten Gefühl ging sie zögernd im ganzen Raum umher.

Das Geräusch war am lautesten, als sie neben der Wand

stand, hinter der Julies Zimmer lag. Sie eilte auf den Korridor hinaus und betrat das Zimmer ihrer Tochter.

Das Summen war hier genauso laut wie nebenan, am lautesten an der Verbindungswand.

Es schien direkt aus der Wand zu kommen, und es wurde immer lauter.

Und plötzlich begriff sie mit Schrecken, wodurch es verursacht wurde.

Bienen!

Aber wie konnten sie in die Wand gelangen?

Sie ging zum Fenster, öffnete es und wollte gerade das Fliegengitter aufhaken, als sie die Bienen sah.

Hunderte Bienen, die dicht vor dem Fenster umherflogen.

Mit einer Gänsehaut beobachtete Karen, wie sie auf der Mauer landeten und durch einen Spalt im Verputz krochen. Doch während die einen in der Wand verschwanden, tauchten immer neue Bienen auf.

Karen stand wie angewurzelt am Fenster – eine Ewigkeit, so kam es ihr jedenfalls vor – und starrte die Wolke von Insekten dicht hinter dem Fliegengitter an.

Wenn sie nun plötzlich dieses Fliegengitter angriffen?

Konnten sie hindurchgelangen?

Die Vorstellung, daß die Bienen in das Zimmer eindringen könnten, riß Karen aus ihrer Erstarrung. Energisch schmetterte sie das Fenster zu.

Das Geräusch des am Fensterbretts aufschlagenden Rahmens löste in ihr eine Erinnerung aus – an jenem Tag, als Ottos Leiche gefunden wurde, war sie von dem gleichen Summen aufgewacht.

Und Russell hatte behauptet, es sie nichts, und dann hatte er das Fenster geschlossen, damit sie nichts mehr hörte.

Mit klopfendem Herzen kehrte sie in ihr Schlafzimmer zurück.

Das Summen war jetzt noch lauter, und ihr Gesicht rötete sich vor Zorn, als sie ans Fenster trat und hinausspähte.

Noch immer kamen Bienen angeflogen, schwirrten durch die Luft, krochen über das Fliegengitter.

Mindestens ein Dutzend von ihnen hatte ein winziges

Loch im Netzwerk entdeckt und arbeitete sich zur Fensterscheibe vor. Schaudernd erinnerte sich Karen an Mollys und Julies Reaktionen auf die Bienenstiche. Wenn sie nun, wie Julie, ihr Fenster offengelassen hätte, anstatt es wegen der Hitze zu schließen? Sie starrte die wimmelnde Masse an, und vor Schreck erstarrte ihr das Blut in den Adern.

Molly!

Als sie zuletzt aus dem Küchenfenster geschaut hatte, war Molly auf dem Weg zur Koppel gewesen! Und wenn die Bienen über dem ganzen Hof schwärmten ...

Sie hörte einen Schrei, irgendwo draußen.

Sie wußte sofort, daß es ihre jüngere Tochter war, die da geschrien hatte.

»Molly!« Der Name brach aus ihr hervor, während sie die Treppe hinabrannte und durch die Hintertür ins Freie stürzte.

Eine Bewegung über ihrem Kopf veranlaßte sie, nur wenige Schritte von der Veranda entfernt stehenzubleiben. Mit der Hand schirmte sie ihre Augen gegen die grelle Sonne, konnte im ersten Moment aber nichts erkennen.

Dann gewöhnten sich ihre Augen an die Helligkeit, und sie fröstelte trotz der Wärme.

Ein stetiger Strom von Bienen kam von der Koppel her angeflogen, von der wegen des Stalls nur eine Ecke zu sehen war.

Karen wurde von Entsetzen gepackt, als ihr einfiel, daß nicht nur Molly auf der Koppel war.

Kevin war bei ihr, und auch Julie hatte der ersten Reitstunde ihrer Schwester zusehen wollen.

»O Gott!« stöhnte Karen und rannte den Hügel hinab, auf die Koppel zu, von einem einzigen Gedanken verfolgt: Wenn sie nun wieder gestochen worden waren? Wenn diesmal alle drei Kinder gestochen worden waren?

»Streck die Zunge heraus, und sag ›Ah‹«, bat Ellen Filmore. Der vierjährige Gareth Parker sah sie ernst an, machte aber keine Anstalten, ihre Anweisung zu befolgen.

»Nicht weh tun«, murmelte er.

»Ich tu' dir bestimmt nicht weh«, versprach Ellen und zeigte ihm das Holzstäbchen. »Schau mal, es sieht wie ein Eisstiel aus, findest du nicht?«

Gareth schüttelte heftig den Kopf.

»Na ja, vielleicht hast du recht«, gab Ellen zu. »Aber ich schieb's dir ja nicht in den Hals, ich drücke damit nur deine Zunge ein bißchen runter, damit ich mir deine Mandeln ansehen kann. Siehst du, so!« Sie öffnete ihren Mund, drückte mit dem Stäbchen ihre eigene Zunge hinunter und beugte sich vor, damit der kleine Junge ihr in den Hals schauen konnte. Als er näher heranrückte, um besser sehen zu können, sagte sie so laut »Ah«, daß er zusammenzuckte, und dann kitzelte sie ihn. Er begann zu kichern, und sie warf das benutzte Stäbchen weg und schälte ein neues aus dem Papier. »Na, was meinst du?« fragte sie. »Bist jetzt du dran?«

Gareth nickte. »Okay.« Er öffnete den Mund und beugte sich etwas vor. Ellen drückte seine Zunge hinunter und wollte sich die entzündeten Mandeln gerade gründlich ansehen, als die Finger des Kleinen sich in ihre Rippen gruben.

Instinktiv zuckte sie zurück und ließ das Stäbchen fallen. Gareth lachte fröhlich, und Ellen wollte ihn mit einem strengen Blick zur Ordnung rufen, mußte aber unwillkürlich lächeln. »Das hast du dir doch vorher ausgedacht«, sagte sie.

Gareth nickte glücklich.

»Also gut«, seufzte Ellen. »Fangen wir nochmal von vorne an, okay?«

Doch während sie nach einem dritten Stäbchen griff, wurde die Tür geöffnet, und Roberto Muñoz steckte seinen Kopf herein. »Kommen Sie bitte mal, Doc«, rief er. »Wir haben ein Problem.«

Ellen hörte aus dem Wartezimmer ein leises Stöhnen, gefolgt von einer besorgten Frauenstimme: »Alles wird wieder gut, Andy. Du mußt nur durchhalten!«

Die Eindringlichkeit der Frauenstimme alarmierte Ellen mehr als das Stöhnen. Ein Stöhnen konnte alles mögliche bedeuten, von Bauchweh bis zu einem Kater, aber die Begleiterin des Patienten dort draußen hielt sein Problem offenbar für viel ernster als Bauchweh oder Übernächtigung. Die Ärztin überließ den kleinen Gareth Robertos Obhut und eilte ins Wartezimmer hinaus.

Sie erkannte auf den ersten Blick, was passiert war.

Andy Bennetts Gesicht wies jene unnatürliche Röte auf, die Ellen vor wenigen Tagen bei Julie Spellman und eine Woche davor bei Julies kleiner Schwester Molly gesehen hatte.

Andys rechte Hand und sein Unterarm waren grotesk geschwollen, und er schien fast bewußtlos zu sein.

»Ein Bienenstich?« fragte Ellen, obwohl sie nahezu sicher war, daß es nichts anderes sein konnte.

Marian Bennett blickte auf und nickte mit zusammengebissenen Zähnen, verzweifelt bemüht, sich nicht von der Angst überwältigen zu lassen, die in ihr aufgestiegen war, als Andys Arm anschwoll und sein Gesicht sich rot verfärbte.

Während der kurzen Fahrt in die Klinik hatte er immer mühsamer geatmet, und jetzt bekam er kaum noch Luft.

»Machen Sie sich keine Sorgen«, beruhigte Ellen sie, schon auf dem Sprung in den Untersuchungsraum. »Ich habe etwas, das ihm helfen wird.«

Marian Bennett fand ihre Stimme wieder. »Ich weiß nicht, was los ist. Er war nie allergisch. Er ...«

Aber Ellen war schon verschwunden. Sie packte rasch eine Einmalspritze aus und füllte sie mit der Hälfte des verbliebenen Inhalts jener Ampulle, die Carl Henderson ihr gegeben hatte, als Julie in Lebensgefahr gewesen war. Dann eilte die Ärztin ins Wartezimmer zurück, einen alkoholgetränkten Wattebausch in der einen Hand, die Spritze in der anderen. »Öffnen Sie sein Hemd und machen Sie seinen rechten Oberarm frei«, wies sie Andys Mutter an.

Marian knöpfte das Hemd hastig auf und streife es von Andys Schultern. Ellen desinfizierte sofort eine Stelle am Arm mit dem Alkohol und führte die Nadel ein.

Sobald die Injektionsflüssigkeit in sein Blut gelangte, begann sich Andys Gesichtsfarbe zu verändern. Die unnatürliche Röte verschwand sehr schnell.

Marian beobachtete mit ungläubigem Staunen, wie auch

die Schwellung am Arm zurückging und wie sein Atem – noch vor wenigen Minuten ein mühsames Keuchen – sich normalisierte.

Doch wie einige Tage zuvor bei Julie Spellman, so war auch bei Andy Bennett die schlagartige Besserung der sichtbaren Symptome nur *ein* Teil der Vorgänge in seinem Körper.

Seine Mutter und Ellen Filmore konnten nicht wissen, daß Andy zwar von Minute zu Minute besser aussah, sich aber immer schlimmer fühlte.

Während die Symptome des Bienenstichs nachließen, machten sich die ersten Symptome der Injektion bemerkbar.

Andy öffnete den Mund, um der Ärztin zu sagen, daß ihm schrecklich übel sei, daß er unter Fieber und zugleich unter Schüttelfrost leide, doch als er seine eigenen Worte hörte, überkam ihn eine neue Angst – eine Angst, die seinen Geist genauso quälte wie die plötzliche Krankheit, die über seinen Körper hereingebrochen war.

Denn die Worte, die aus seinem Mund kamen, waren nicht jene Worte, die er auf der Zunge gehabt hatte.

Sie standen in keinem Zusammenhang mit der Krankheit, die sich schlagartig seiner bemächtigt hatte. »Gut«, seufzte er. »Das tut so gut ...«

»Bist du ganz sicher?« fragte seine Mutter, in deren Augen noch die Angst geschrieben stand. »Fühlst du dich wirklich wohl?«

Andy wollte schreien, wollte sich auf den Boden werfen und vor Schmerzen krümmen, wollte sich erbrechen, um die qualvolle Übelkeit in seinem Magen loszuwerden.

Statt dessen stand er auf und lächelte strahlend.

»Mit geht's großartig«, hörte er sich sagen. »Fahren wir nach Hause.«

Carl Henderson parkte seinen Cherokee gerade an einer schattigen Stelle neben dem Stall der Owens, als Karen aus dem Haus stürzte und hügelabwärts rannte, in Richtung der Koppel. Erst nachdem er ausgestiegen war, sah er die Bienen, die von der Koppel hinter dem Stall zum Haus flogen, wo sie über dem Verandadach zu schwärmen schienen.

Aber das ergab überhaupt keinen Sinn – die neuen Bienenstöcke befanden sich noch nicht einmal vierundzwanzig Stunden auf dem Farmgelände, und Carls Erfahrung nach schwärmten Bienen selten aus, solange der Stock nicht übervölkert war. Innerhalb eines Tages konnte kein Bienenstock übervölkert werden, folglich mußte sich eines der alten Bienenvölker geteilt haben, bevor es abtransportiert worden war.

Und das bedeutete, daß die Bienen, die jetzt zum Haus flogen, zu jener sehr giftigen Züchtung gehörten, die sowohl Molly als auch Julie Spellman um ein Haar das Leben gekostet hätte.

Bei dem Gedanken, daß Julie vielleicht wieder gestochen worden – und womöglich schon tot – war, überkam ihn freudige Erregung. Rasch bog er um die Stallecke, blieb aber stehen, als er Julie auf dem Koppelzaun sitzen sah.

Seine Hoffnung, daß sie tot sein könnte, schwand abrupt dahin, und unvermittelt stieg die abgrundtiefe kalte Wut wieder in ihm auf, die gleiche Wut, die er an jenem Tag verspürt hatte, als sie von den Bienen gestochen worden war.

An jenem Tag hatte sie sich später nicht mehr erinnern können, was bei den Bienenstöcken passiert war, aber das bedeutete nicht, daß sie sich nie daran erinnern würde. Carl war ihr seitdem aus dem Weg gegangen, nicht nur, weil er befürchtete, daß die Ereignisse ihr wieder einfallen könnten, sondern auch wegen des Zorns, den allein schon ihr Anblick in ihm hervorrief.

In seinem Zorn hätte er sie am liebsten gepackt, eingesperrt und seiner Sammlung einverleibt.

Aber das konnte er nicht tun, zumindest vorläufig nicht.

Vielleicht würde er es nie tun können.

Er war fast sicher, daß Mark Shannon ihn im Auge behielt. Der Polizist hatte ihm am Tag nach Ottos Tod einen Besuch abgestattet, und obwohl Shannon sich angeblich nur über Skorpione hatte unterhalten wollen, wußte Carl es besser.

Shannon spionierte ihm nach.

Das hatte er sofort gewußt, als der Polizist ihn forschend gemustert, sodann sein Haus gründlich in Augenschein genommen und mißtrauisch in jede Ecke gespäht hatte, auf der Suche nach ...

Ja, wonach?

Wonach Shannon auch immer Ausschau halten mochte – Carl wußte, daß der Bulle nichts finden würde. Im ganzen Haus war nichts mehr zu finden, weder im Erdgeschoß noch im Keller.

Dawn »Morningstar« war nicht mehr dort – Carl hatte sie von dem Mauerbalken abgenommen und in seine Spezialkiste gepackt, noch bevor er Otto in dessen Wagen zur Farm der Owens transportiert und hinter dem Geräteschuppen abgelegt hatte.

Es war eine wundervolle, perfekt konstruierte Kiste, 2,5 Meter lang, 1,2 Meter breit und 1,2 Meter tief, eine Art großer Sarg, zur Hälfte mit Erde gefüllt, deren ideale Zusammensetzung er experimentell erprobt hatte.

Diese Kiste stand in der hinteren Ecke der Dunkelkammer.

In der Erde lebte eine Ameisenkolonie.

Eine ganz besondere Kolonie, die sich seit Jahren vermehrt hatte und inzwischen aus Millionen Insekten bestand.

Insekten, die Nahrung benötigten.

Als er das Mädchen von der Wand genommen und in die Kiste gelegt hatte, waren die Ameisen sofort aus ihren unterirdischen Bauten geschwärmt und hatten sich an die Arbeit gemacht.

Bis er zu Fuß von der Farm der Owens zurückgekommen war, hatten sie Dawns Kiefer- und Backenknochen schon total abgenagt. Von ihrem Gesicht war nichts mehr übrig, und danach hatte Carl fast drei Stunden fasziniert beobachtet, wie die Insekten Dawns Körper verspeisten.

Gegen Morgen war an der Erdoberfläche in der Kiste kaum noch etwas von dem Mädchen zu sehen gewesen, außer dem Skelett, das stellenweise mühsam von Knorpel zusammengehalten wurde.

Und den Haaren.

Jenen langen, dichten dunklen Haaren, die Carls Wut ausgelöst hatten, als Dawn ihm an der Autobahn unter die Augen gekommen war.

Noch vor Tagesanbruch hatte Carl das Skelett in die öde Hügellandschaft westlich der Stadt gefahren und im dichten Unterholz versteckt, hoch oben in der Wildnis.

Trotzdem – Mark Shannon beobachtete ihn, und zweifellos wartete der Polizist nur darauf, daß Carl sich irgendwie verraten würde.

Folglich mußte Carl seinen brodelnden Zorn unter Kontrolle halten.

Und das bedeutete, daß er sich von Julie Spellman fernhalten mußte, die ihn mehr in Rage brachte als jedes andere Mädchen, das er je gesehen hatte.

Aber das würde er schaffen. Wenn er seine Wut kontrollieren mußte, würde ihm das auch gelingen.

Zumindest eine Zeitlang.

Carl holte tief Luft, nahm sich vor, Julie Spellman zu ignorieren, so als wäre sie überhaupt nicht vorhanden, und schlenderte auf die Koppel zu, um zu sehen, was dort passiert war.

Karen Owen kniete am Zaun und hielt ihre jüngere Tochter fest umschlungen. »Ist alles in Ordnung, Liebling?« fragte sie. »Die Bienen haben dich nicht wieder gestochen, oder?«

Molly schüttelte den Kopf. »Aber sie haben Greta umgebracht, Mommy«, weinte sie. »Sie haben sie umgebracht!«

»Greta? Liebling, wovon redest du?«

Das kleine Mädchen deutete zwischen den Zaunbrettern hindurch, und nicht nur Karen, sondern auch Henderson blickte in die Richtung, in die Molly zeigte.

Die Stute lag auf der anderen Seite der Koppel, umringt von Kevin und Russell Owen. Jeff und Ben Larkin.

Während Karen ihre schluchzende Tochter in den Armen hielt und zu trösten versuchte, stieg Carl Henderson durch den Zaun und überquerte die Koppel. »Russell?« rief er, bemüht, die richtige Mischung aus Neugier und Sorge in seine Stimme zu legen. »Was zum Teufel ist hier passiert? Was ist dem Pferd zugestoßen?«

Aber nicht Russell antwortete ihm, sondern Kevin, der neben seinem Vater stand. »Die Bienen, Mr. Henderson«, sagte er, ohne seine Augen von dem toten Pferd abzuwenden. »So etwas haben Sie noch nie gesehen – jedenfalls habe *ich* so etwas noch nicht gesehen.« Henderson trat in den Kreis, der die Stute umringte, und Kevin versuchte ihm zu erklären, was geschehen war. »Sie hat plötzlich gescheut. Ich weiß nicht, was sie so erschreckt hat, aber sie hat sich von mir losgerissen und aufgebäumt. Molly ist runtergefallen, und dann ...« Ihm versagte die Stimme, als er daran dachte, daß Molly um ein Haar von dem Pferd zu Tode getrampelt worden wäre, während er hilflos zusehen mußte. »Ich konnte nichts machen«, fuhr er schließlich fort. »Ich kam nicht einmal in Mollys Nähe.« Er zuckte ratlos die Achseln. »Und dann sind plötzlich die Bienen gekommen.« Kopfschüttelnd erinnerte er sich an den Insektenschwarm, der vom Haus her aufgetaucht war. »Es war wirklich unheimlich – wenn ich's nicht mit eigenen Augen gesehen hätte, würde ich es nicht glauben.«

»Sie sind direkt über mich hinweggeflogen!« rief Ben Larkin, und seine hohe Stimme überschlug sich vor Aufregung. »Das Pferd hätte Molly getötet, aber dann sind die Bienen gekommen und haben das Pferd getötet.«

»Das ergibt doch keinen Sinn.« Russell trat näher an die Stute heran. Dann drehte er sich stirnrunzelnd zu Henderson um. »Hast du jemals gehört, daß Bienen so etwas tun können?«

Carl setzte eine Miene totaler Verwirrung auf. »Na ja, im Prinzip kann jede Bienenart ein Tier töten, wenn sie in großer Zahl zustechen«, erklärte er. »Aber unsere einheimischen Bienen sind viel zu zahm, um einen Großangriff auf ein Pferd zu unternehmen. Verdammt, sie greifen doch praktisch nie an – deshalb eignen sie sich ja so gut zur Domestizierung.«

»Und die afrikanische Art?« insistierte Russell. »Könnte sie irgendwie in eure Bienenstöcke geraten sein?«

Hendersons Gehirn arbeitete fieberhaft. »Das kann ich mir nicht vorstellen«, sagte er. »Die afrikanischen Bienen sind bisher noch nicht so weit in den Norden gelangt. Aber natürlich«, streute er taktisch klug den Samen aus, der jeden Verdacht von ihm selbst ablenken würde, »gibt es immer einen ersten Zwischenfall, wenn sie in eine neue Gegend vordringen. Weiter im Süden war es ein Hund, den sie zuerst angegriffen haben.«

Russell kauerte sich hin und begann die tote Stute zu untersuchen. Dann schaute er zu Jeff Larkin auf. »Hast du das gleiche beobachtet wie Kevin, Jeff? Die Bienen sind scheinbar aus dem Nichts aufgetaucht und haben Greta angegriffen?«

Jeff wollte erzählen, daß er Julie beobachtet hatte, während die Bienen angriffen, und daß er das merkwürdige Gefühl gehabt hatte, als hätte sie die Insekten *gerufen* und ihnen den Angriff befohlen.

Aber er konnte nicht sprechen.

Etwas in ihm hatte die Kontrolle über seinen Willen übernommen und ließ nicht zu, daß er die Worte, die er im Geiste formuliert hatte, aussprach.

Er stand mit halb offenem Mund da und versuchte entsetzt zu begreifen, was mit ihm geschah.

Dann zwang ihn jene unheimliche Kraft, die ihn am Sprechen hinderte, plötzlich dazu, sich nach Julie umzudrehen.

Sie saß nicht mehr auf dem Zaun, sondern stand neben ihrer Mutter und ihrer Schwester.

Aber sie sah ihn an.

Ihre Blicke trafen sich.

Und Jeff unterwarf sich der Kraft in seinem Innern. Achselzuckend wandte er sich wieder Russell Owen zu. »Es war so, wie Kevin gesagt hat. Echt unheimlich.«

Ben zupfte seinen Bruder am Ärmel. »Aber die Sache mit Julie?« piepste er. »Warum erzählst du ihnen das nicht?«

»Julie?« Russell runzelte die Stirn. »Wovon redet er? Was hatte Julie damit zu tun?«

Wieder wurde Jeff von jener seltsamen Kraft gezwungen zu schweigen, doch während er achselzuckend so tat, als hätte er keine Ahnung, was Ben meinte, ergriff der kleine Junge selbst das Wort.

»Es war echt unheimlich, Mr. Owen. Fast so, als hätte Julie die Bienen auf das Pferd gehetzt!« Seine Stimme überschlug sich wieder. »Das hätten Sie sehen müssen, Mr. Owen! Das Pferd ist rumgerast, und Molly hat versucht zu fliehen, und plötzlich hab' ich aufgeschaut, und Julie saß einfach da und hat das Pferd angestarrt, und sie hatte so 'n komischen Gesichtsausdruck! Und eine Sekunde später waren überall die Bienen! Und es hat ganz so ausgesehen, als hätt' sie die Bienen auf das Pferd angesetzt!«

Russell drehte sich verwirrt zu Julie um, die auf die Koppel gekommen und etwa einen Meter von den anderen entfernt stehengeblieben war. »Hast du das gehört, Julie? Weißt du, wovon Ben redet?«

Julie erinnerte sich genau an den seltsamen Energiestoß, der explosionsartig aus der Tiefe ihres Gehirns gekommen war. Sie sah ihren Stiefvater an und öffnete den Mund, um ihm zu erklären, was geschehen war, doch statt dessen zuckte sie – wie Jeff kurz zuvor – mit den Schulter, so als wäre sie über Bens Geschichte völlig verblüfft. »Ich habe keine Ahnung«, hörte sie sich sagen, weil die schreckliche unsichtbare Macht in ihrem Innern sie daran hinderte, ihre eigenen Gedanken auszusprechen. Julie versuchte verzweifelt, ihren Willen durchzusetzen und ihrem Stiefvater die Wahrheit zu gestehen, doch noch während sie gegen jene unheimliche Kraft ankämpfte, kamen ihr Worte über die Lippen, die ihre Niederlage besiegelten: »Ich erinnere mich nur daran, daß Greta sich immer wieder aufbäumte, und ich hatte Angst, daß sie Molly töten würde. Und plötzlich war Greta dann von Bienen umringt.«

»Aber es war so, als hättest du das gemacht!« schrie Ben. »Ich hab's doch gesehen, und es war so, als hättest du sie auf das Pferd gehetzt! Du hast so komisch ausgesehen, genau wie gestern!«

Über Bens Kopf hinweg tauschten Russell und Carl Henderson einen resignierten Blick und zuckten die Achseln, während der kleine Junge sie mit einem weiteren Wortschwall zu überzeugen versuchte, daß Julie die Bienen irgendwie veranlaßt hatte, das Pferd anzugreifen. Erst als sein

Redestrom versiegte, klopfte Russell ihm freundlich auf den Rücken und schob ihn in Richtung Zaun.

»Okay, Ben, am besten gehst du jetzt mit Molly ins Haus hinüber, während wir herausfinden, was hier passiert ist.«

»Aber das habe ich Ihnen doch gerade erklärt!« rief Ben beleidigt. »Wenn Sie mir nicht glauben ...«

»Es ist nicht so, als würden wir dir nicht glauben«, unterbrach Russell den Jungen. Es wäre sinnlos, Ben davon überzeugen zu wollen, daß Julie mit dem Angriff der Bienen nichts zu tun haben konnte, auch wenn es für ihn vielleicht so ausgesehen hatte. »Wir haben im Augenblick nur sehr viel zu tun.«

Mit wütendem Gesicht stapfte Ben davon, und Russell konnte seine Aufmerksamkeit endlich wieder dem Pferd zuwenden. »Nun?« fragte er Carl Henderson. »Was hältst du davon?«

Henderson zuckte mit den Schultern. »Schwer zu sagen ohne Autopsie. Weißt du was – ich lasse den Kadaver von einem unserer LKWs abholen, und dann kann unser Labor genaue Untersuchungen anstellen. Und wir werden auch einige dieser Bienen untersuchen.« Er blickte Ben nach, bevor er Russell intensiv in die Augen schaute. So leise, daß nur sein Freund ihn hören konnte, fuhr er fort: »Wir sollten das geheimhalten, wenn es irgend möglich ist, zumindest bis wir genau wissen, was los ist.« Als Russell schwieg, fügte er beschwörend hinzu: »Am allerwenigsten können wir hier jetzt eine Panik brauchen, Russell! Und *falls* diese Bienen jetzt zu einer tödlichen Art werden, steht uns unweigerlich eine Panik bevor. Ich meine nur, daß sie nicht ausbrechen sollte, bevor wir uns ganz sicher sind.«

Russell blickte zu seiner Frau hinüber, die immer noch neben Molly kauerte und das kleine Mädchen umschlungen hielt.

Er vermutete, daß die Panik bereits ausgebrochen war.

Mit einem tiefen Seufzer erklärte er sich bereit, niemandem etwas zu sagen, bis die Autopsiebefunde vorlagen.

Als Carl Henderson wenige Minuten später zu seinem Jeep ging, um per Autotelefon das *UniGrow*-Büro in San

Luis Obispo anzurufen, überlief ihn plötzlich ein kalter Schauder.

Er fühlte, daß er beobachtet wurde.

Dreh dich nicht um, sagte er sich.

Er wußte auch so, wessen Blicke ihm folgten.

Geh einfach weiter, dreh dich nicht um.

Doch noch während er sich das vorsagte, konnte er der Versuchung, einen Blick über die Schulter zu werfen, einfach nicht widerstehen.

Julie Spellmans Augen waren auf ihn gerichtet, und obwohl sie fast fünfzehn Meter entfernt war, konnte er gut darin lesen.

Sie weiß Bescheid, dachte er. Es ist ihr wieder eingefallen, und jetzt weiß sie, was ich getan habe.

Ihm brach der kalte Angstschweiß aus. Mit rasendem Herzklopfen riß er seinen Blick von ihr los und hastete zu seinem Cherokee.

Kapitel 15

Die Sonne stand schon tief, aber die Temperatur stieg weiter, denn der Wind hatte gedreht und blies von Südosten Wüstenhitze ins Tal. In der Ferne schimmerte der saftig grüne Teppich des Talgrundes, und näher am Horizont löste sich die Fata Morgana eines Sees, der am Nachmittag eine weite ebene Fläche mit Phantomwasser überflutet hatte, jetzt sehr schnell auf, weil der Winkel des Lichteinfalls immer spitzer wurde. Karen Owen hatte das Phänomen jedoch überhaupt nicht wahrgenommen. Während sie an der Spüle stand und mit der Zubereitung des Abendessens beschäftigt war, konnte sie zwar das ganze Tal überblicken, aber sie konzentrierte sich weder auf ihre Arbeit noch auf das Panorama.

Vielmehr kreisten ihre Gedanken um die Ereignisse des Morgens.

Nun warf sie doch einen Blick aus dem Fenster, aber nicht, um die prächtige Aussicht zu genießen. Die gleichmäßigen Bewegungen des Kartoffelschälers stockten, während sie die über dem Rasen kreisenden Bienen ängstlich beobachtete.

Russell, der dem Blick seiner Frau gefolgt war, schüttelte hilflos den Kopf. »Ich weiß nicht, wie ich es dir besser klarmachen soll«, sagte er. Trotz seiner bisherigen Erklärungsversuche war Karen überzeugt, daß die Bienen nur darauf warteten, jeden zu stechen, der sich draußen zeigte.

Molly hatte nur für wenige Minuten das Haus verlassen dürfen, obwohl Russell darauf beharrte, daß niemand von ihnen in Gefahr und der Angriff auf das Pferd eine groteske Ausnahme gewesen sei.

»Aber sie sind immer noch dort draußen«, klagte Karen und deutete auf den Hof, wo tatsächlich mehrere Dutzend Bienen über dem Klee umherflogen.

»Natürlich sind sie da«, erwiderte Russell, und Karen konnte seiner Stimme eine leichte Gereiztheit anhören. Doch als er sah, wie groß ihre Angst war, fuhr er sanfter fort: »Sieh mal, ich weiß, welche Sorgen du dir machst, und ich kann dir deswegen keinen Vorwurf machen. Aber du mußt verstehen, daß dies eine Farm ist und daß es hier immer Bienen geben wird. Die Stöcke sind ja ohnehin schon ausgetauscht worden, und jetzt sollten wir wenigstens abwarten, bis Carl einen Laborbericht bekommt, bevor wir voreilige Schlüsse ziehen.«

»Aber die Kinder haben übereinstimmend gesagt ...«

Russell nahm sie in die Arme und strich ihr sanft übers Haar. »Wer weiß, was die Kinder wirklich gesehen haben? Wenn Greta in ihrer Panik aus Versehen einige Bienen zertrampelt hat, ist es durchaus verständlich, daß andere angeflogen kamen. Verletzte Bienen verströmen einen besonderen Geruch, der ihre Artgenossen anzieht. Das ist ein innerhalb des Schwarmes sehr ausgeprägter Verteidigungsmechanismus, weiter nichts.«

Karen blickte zu ihrem Mann empor. »Und nachdem sie das arme Pferd getötet haben, sind sie hierher zurückgekehrt, Russell! Nicht in einen der neu aufgestellten Bienenstöcke, die immerhin einen Dreiviertel-Kilometer von hier entfernt sind, sondern hierher. Stört es dich überhaupt nicht, daß sie sich hier im Haus befinden?«

Russell runzelte die Stirn. »Soll das heißen, daß sie nicht nur in der Wand sind? Hast du welche im Haus gesehen? In unserem Schlafzimmer oder in Julies Zimmer?«

Karen schüttelte nach kurzem Zögern widerwillig den Kopf. »Aber ich kann sie hören«, sagte sie. »Dieses schreckliche Summen!«

»Das wird aufhören«, versicherte Russell. »Sobald es kühler wird...«

»Ich weiß«, fiel Karen ihm ins Wort. Sie löste sich aus seiner Umarmung und ging zum Kühlschrank. »Bienen bewegen sich nicht, wenn die Temperatur unter zwölf Grad Celsius sinkt«, wiederholte sie sarkastisch, was er ihr berichtet hatte. »Aber jetzt beträgt die Außentemperatur über vierzig Grad und im Laufe des Abends wird sie bestimmt nicht um fast dreißig Grad fallen! Wenn nun ...« Sie verstummte, weil ihr kein Argument einfallen wollte, das sie nicht schon angeführt hatte. Daß man den Schwarm nicht so einfach umsiedeln konnte wie jenen, den Otto und Kevin an ihrem Hochzeitstag vom Baum gefegt hatten, begriff sie. Um an die Königin heranzukommen, hätte man die Wand aufstemmen müssen, und man konnte keinen Bienenschwarm zum Umzug bewegen, wenn die Königin nicht dabei war, das wußte sogar Karen. Und wenn sie ein Loch in die Wand schlugen, würde das mit absoluter Sicherheit dazu führen, daß die Bienen im ganzen Haus ausschwärmten.

»Also gut«, sagte sie seufzend, während sie einen Salatkopf aus dem Gemüsefach des Kühlschranks holte. Sie richtete sich auf und sah Russell wieder an. »Wollen wir eine Abmachung treffen? Ich werde dich nicht verlassen, wenn du mir versprichst, morgen früh einen Fachmann anzurufen, der herkommt und den Schwarm ausräuchert.«

»Ich versprech's dir«, sagte Russell.

»Und ich werde nicht in unserem Schlafzimmer übernachten«, fuhr sie fort. »Ich ertrage dieses grauenhafte Summen einfach nicht. Ich würde ständig befürchten, daß sie sich einen Weg durch die Wand bahnen und ins Zimmer eindringen.«

»Bienen sind keine Ameisen«, kommentierte Russell trokken. »Sie machen keine Löcher, sondern dringen nur in bereits vorhandene ein und füllen sie.« Er grinste, als Karen sich entsetzt schüttelte. »He, überleg doch mal, wieviel Geld wir sparen könnten, wenn die Bienen mit ihren Honigwaben für die Wärmeisolierung der Wände sorgen!«

Karens Augen schleuderten Blitze. »Mach keine Witze!« sagte sie kalt. »Vielleicht findest du das ja alles sehr komisch, aber falls du es schon vergessen haben solltest – meine beiden Töchter sind um ein Haar an Bienenstichen gestorben! Wie wäre dir zumute, wenn wir nicht Molly, sondern Kevin mit dem Flugzeug nach San Luis Obispo gebracht hätten?«

Russells Lachen erstarb. »Du weißt genau, daß diese Vorfälle auch mir sehr nahegegangen sind. Ich wollte dich doch nur ein wenig aufheitern.«

»Mit Späßen gelingt dir das bestimmt nicht«, erwiderte sie. »Und es ist mir ernst damit, morgen einen Kammerjäger zu rufen und heute nacht hier im Erdgeschoß zu schlafen. Auch die Kinder können unten schlafen, wenn sie wollen.«

»Das hört sich fast so an, als würde hier eine Schlummerparty stattfinden«, bemerkte Russell. Er wollte die Küche gerade verlassen, als sein Blick auf die große Uhr fiel, die an der Wand über der Tür zum Eßzimmer hing.

Es war fast halb sieben, und er wußte genau, daß Karen ihrer Tochter eingeschärft hatte, spätestens um sechs zu Hause zu sein, als Julie unbedingt mit Jeff Larkin in die Stadt fahren wollte.

Er dachte an jenen Abend, als Julie und Kevin zu Fuß nach Hause gekommen waren und eine Bierfahne gehabt hatten.

Jetzt war sie mit Jeff weggefahren und seit einer halben Stunde überfällig.

Vielleicht war es doch keine gute Idee gewesen, den Hausarrest aufzuheben. Einen Tag später brach sie schon wieder ein Versprechen.

Nun, sobald sie nach Hause kam, würde er ein Wörtchen mit ihr reden!

Und je später Julie nach Hause kam, desto länger – und unangenehmer – würde diese Unterhaltung werden.

Jeff Larkin schlug wütend die Motorhaube von Vic Costas' altem Kombi zu. Daß der Wagen nicht ansprang, erbitterte ihn immer mehr, je länger er vergeblich daran herumarbeitete, und das war nun schon seit fast einer Stunde der Fall.

Und Julie, die den Zündschlüssel drehte, wann immer er ihr ein Zeichen gab, machte sich Sorgen, weil es schon so spät war.

»Ich hätte um sechs daheim sein sollen«, hatte sie vor einigen Minuten geklagt. »Und jetzt ist es schon halb sieben.«

Er hatte die Batterie überprüft, aber die Zellen waren gefüllt, das hatte ihm ein Funke bestätigt, als er mit einem Schraubenzieher den positiven Pol berührte. Außerdem funktionierte das Radio, und die Scheinwerfer strahlten mit dem Tageslicht um die Wette.

Danach hatte er mit der Überprüfung der Sicherungen begonnen, aber rasch festgestellt, daß er damit überfordert war

– es gab keine Betriebsanleitung für den Wagen, und er kannte weder die Positionen sämtlicher Sicherungen noch wußte er, wozu sie im einzelnen dienten. Doch all jene, die er fand, waren in Ordnung, und so schloß er das als mögliche Pannenursache nahezu aus.

Woran zum Teufel konnte es nur liegen, daß die Karre nicht ansprang?

Er zermarterte sich das Gehirn, aber er fühlte sich schon den ganzen Tag über sonderbar, und während der letzten Stunden, seit er Ben bei Vic Costas abgesetzt hatte und mit Julie in die Stadt gefahren war, hatte sein Zustand sich weiter verschlimmert.

Hunger hatte er trotzdem gehabt, und sie hatten im A & W Hamburger gekauft, aber als er in den Park fahren wollte, erhob Julie Einwände.

»Müssen wir denn unbedingt dorthin? Die Stromleitungen machen mich ganz verrückt.«

Jeff hatte ihr einen forschenden Blick zugeworfen. »Wolltest du deshalb vorhin nicht über die Landstraße fahren – wegen der Stromleitungen?«

Julie hatte genickt. »Ich hasse die Dinger.« Aber sie hatte ihm nicht erklärt, warum.

Er war ins hügelige Gelände gefahren, und dort hatten sie ihre Hamburger gegessen und geredet.

Er hatte sie über den Angriff der Bienen auszufragen versucht, aber sie hatte nur achselzuckend erwidert: »Wie hätte ich das bewirken können?« Daß sie nichts mit der Sache zu tun hatte, ging hieraus freilich nicht hervor.

Sie hatten sich dann eine Weile über alles mögliche unterhalten und um Viertel vor sechs beschlossen, nach Hause zu fahren.

Und dann war der Motor nicht angesprungen, und Jeffs Nervosität nahm von Minute zu Minute zu.

Er ging jetzt zur Fahrertür.

»Ich werd' versuchen, ihn anzuschieben«, sagte er. »Schalt in den Leerlauf, und löse die Handbremse.« Julie befolgte seine Anweisungen, und er stemmte sich mit aller Kraft gegen die hintere Tür und schob den Kombi drei oder vier Meter vorwärts, bis der Wagen den Hügel hinabrollte. »Okay, zieh die Bremse an!« rief er Julie zu. Der Wagen blieb mit einem Ruck stehen, Julie rutschte auf den Beifahrersitz, und Jeff nahm hinter dem Lenkrad Platz. Er legte den zweiten Gang ein, kuppelte mit dem linken Fuß aus und löste die Handbremse wieder. Der Wagen rollte hügelabwärts und wurde immer schneller. Als sie eine Geschwindigkeit von fünfzehn Stundenkilometern erreicht hatten, nahm Jeff seinen Fuß von der Kupplung.

Der Motor schnaubte zweimal und sprang an. Jeff schüttelte fassungslos den Kopf.

»Fast eine Stunde!« knurrte er. »Ich hab' fast eine Stunde rumgewerkelt, und dabei brauchte die Karre nur angeschoben zu werden! Hält man so was für möglich!«

Von einer Sekunde auf die andere bekam er Schüttelfrost.

Er sah, daß Julie ihn beobachtete, und er hörte ihre Stimme: »Ist mit dir alles in Ordnung?«

Er warf ihr einen Blick zu und versuchte zu sprechen, doch wie schon am Morgen, als er ihrem Stiefvater die Wahrheit über den Tod des Pferdes erzählen wollte, erstarben die Worte auf seinen Lippen.

Sein Magen krampfte sich vor Angst zusammen, als er spürte, daß jene seltsame Kraft – eine Kraft, die er weder bekämpfen noch identifizieren konnte – ihn wieder am Reden hinderte.

Julie kicherte. »Dir geht's gut, nicht wahr? Einfach großartig?« Ihre Stimme klang gepreßt und zitterte leicht. An die Beifahrertür gelehnt, mit bleichem Gesicht, lächelte sie ihm zu. »Sag mir, wie du dich fühlst«, flüsterte sie flehend. »Versuch's einfach.«

Jeff zögerte, öffnete den Mund und wollte ihr erklären, was mit ihm geschah.

Doch wieder übernahm jene andere Macht die Kontrolle, und er hörte sich sagen: »Mit geht's großartig.«

Und dann, als er ihre wissenden Augen sah, begriff er.

Was auch immer ihm angetan wurde – es wurde auch Julie angetan.

»Was ist das?« flüsterte er, weil er sich kaum noch zutraute, die Worte tatsächlich über die Lippen zu bringen. »Was geschieht mit uns?«

Julie zitterte am ganzen Leib, so als hätte sie hohes Fieber. »Ich weiß es nicht.« Nach kurzem Zögern fuhr sie fort: »Manchmal scheint es besser zu werden. Manchmal vergißt man es beinahe. Aber dann wird es wieder schlimmer. Und dann ...« Sie verstummte, so als müßte sie nach den richtigen Worten suchen. »Es füllt dich aus«, murmelte sie schließlich kaum hörbar, »es füllt dich aus, bis du zu platzen glaubst, wie es gestern bei mir der Fall war. Und dann mußt du etwas tun.« Sie blickte Jeff in die Augen. »Du mußt etwas tun, so wie ich gestern etwas tun mußte.«

Jeff starrte sie schweigend an und wartete darauf, daß sie weitere Erklärungen abgeben würde, aber sie sagte nichts mehr. Doch während der ganzen Heimfahrt hallten ihre Worte in seinem Geist wider, und ihm fiel der grauenvolle schwarze Schwarm ein, der am Vortag aus ihrem Mund gekommen war.

Jener Schwarm hatte ihn angegriffen, war durch seinen Mund, durch seine Nase, durch seine Ohren, ja sogar durch seine Haut in ihn eingedrungen.

War das die Ursache jener schrecklichen Kraft in seinem Innern, die sich heute nun schon zweimal seines Geistes bemächtigt hatte?

Aber was war das für eine Kraft?

Was wollte sie von ihm?

Füllte sie jetzt auch ihn aus?

Und was würde er tun, wenn er zu platzen glaubte?

Dann kam ihm ein anderer Gedanke.

Was würde jene Kraft tun?

Was würde sie tun, sobald sie die totale Kontrolle über ihn ausübte?

Doch noch während er sich die Frage stellte, glaubte er die Antwort darauf zu wissen.

Wenn jene seltsame unerklärliche Kraft ihr Ziel erreicht hatte, wenn er ihr nichts mehr nutzen konnte, würde sie ihn umbringen.

Kapitel 16

Marge Larkins Ärger wuchs von Minute zu Minute.

Als sie nach Hause gekommen war, hatte sie einen Zettel von Jeff vorgefunden, er sei mit Julie Spellman in die Stadt gefahren und komme gegen sechs zurück.

Julie Spellman!

Marge wußte immer noch nicht, was gestern zwischen ihrem Sohn und Julie vorgefallen war, und nun waren sie wieder zusammen und schon um eine halbe Stunde verspätet.

Am schlimmsten war aber, daß Jeff seinen kleinen Bruder einfach der Obhut von Vic Costas überlassen hatte.

»Solange die Kinder mich nicht belästigen«, hatte der alte Farmer geknurrt und sich vor zwei Jahren widerwillig bereit erklärt, ihr das kleine Haus hinter seinem Stall zu vermieten. Das Haus hatte leer gestanden, seit er den größten Teil seines Landes an *UniGrow* verkauft und nur soviel behalten hatte, wie er allein mühelos bewirtschaften konnte. »Ich möchte hier keinen Kindergarten haben. Wenn ich Kinder gewollt hätte, hätte ich geheiratet und welche in die Welt gesetzt, und wie Sie wissen, hab' ich das nie getan.« Marge hatte versprochen, daß Jeff und Ben ihn nicht stören, sondern ihm im Bedarfsfall sogar helfen würden.

Bis Jeff vor drei Monaten sechzehn geworden war, hatte alles gut geklappt. Doch dann war es Jeff gelungen, den alten Mercury-Kombi, den er in einem Schuppen entdeckt hatte, fahrtüchtig zu machen, und Vic Costas hatte Marge erneut gewarnt. »Sobald es irgendwelchen Ärger gibt«, sagte er mit streng erhobenem Zeigefinger, setzte ich Sie vor die Tür. Ich hatte ganz vergessen, daß dieser alte Wagen noch herumsteht, und wenn Jeff ihn benutzen will, habe ich nichts dagegen. Aber er muß alle Kosten tragen! Er mußt die Versicherung und die Zulassung und alles andere selbst bezahlen.« Seine wachen Augen hatten sich zu Schlitzen verengt, so daß sie in dem wettergegerbten Gesicht kaum noch zu sehen waren. »Und vergessen Sie nicht, wer die Verantwortung trägt – Sie, nicht ich! Er ist Ihr Sohn, nicht meiner!«

Obwohl Marge vermutete, daß seine Bärbeißigkeit nur gespielt war, wollte sie lieber nicht die Probe aufs Exempel machen, denn dieses Häuschen war bei weitem das Beste, was sie sich leisten konnte, seit Ted Larkin sie und die Kinder vor Jahren verlassen hatte. Er war eines Tages einfach verschwunden, und sie hatten nie wieder etwas von ihm gesehen oder gehört.

Wenn Vic Costas ihnen wegen Jeff kündigen würde, wüßte sie nicht, was sie tun sollte.

Sie warf wieder einen Blick aus dem Fenster. Von Jeff war immer noch nichts zu sehen.

Marge wollte gerade bei den Owens anrufen und fragen, ob Julie schon zu Hause sei, als sie auf dem Feldweg am Rand der Hügelkette einen Wagen erspähte. Den Hörer noch in der Hand, erkannte sie gleich darauf den alten Kombi, aber er fuhr an ihrer Auffahrt vorbei zur Farm der Owens.

Fünf Minuten später brachte Jeff den Klapperkasten endlich vor dem Haus zum Stehen. Marge wartete an der Tür. Die ersten Worte ihrer Strafpredigt hatte sie sich schon zurechtgelegt.

»Weißt du, wie spät ...«, begann sie, aber die Worte erstarben auf ihren Lippen, als sie sah, in welchem Zustand Jeff war.

Sein Gesicht war bleich – nein, aschfahl – und glänzte vor Schweiß.

Seine Kleidung war schmutzig, seine Hände waren schwarz von Schmieröl.

»Jeff!« rief sie. »Was ist passiert? Was hast du?«

Jeff, der aus der Höhe seiner 1,89 Meter auf ihre 1,68 Meter hinabsehen konnte, reagierte gereizt. »Was sollte ich denn haben?« Es waren Worte, die nicht er selbst wählte, sondern die ihm jene fremde Macht eingab. »Mir fehlt überhaupt nichts.«

Ben, der den Zorn seiner Mutter gespürt und sich deshalb während der letzten Stunde wohlweislich ganz still verhalten hatte, erwachte zu neuem Leben.

»Doch!« krähte er und deutete auf Jeffs Gesicht. »Du siehst ganz komisch aus, so wie Julie gestern! Du siehst krank aus!«

Jeff beachtete den Kleinen kaum. »Ich bin nicht krank«, versicherte er seiner Mutter, der dunklen Wesenheit in seinem Innern gehorchend. »Ich mußte nur an der Karre rumbasteln, weil sie nicht anspringen wollte.«

Marge musterte ihn noch genauer. Mißtrauisch trat sie dicht an ihn heran. »Laß mich deine Augen sehen.«

Jeff begriff sofort, was sie vermutete. »Natürlich!« stöhnte er. »Julie und ich nehmen Drogen, und dann fahre ich völlig high nach Hause! Was ist los mit dir, Mom? Es hat nur eine Weile gedauert, bis der Wagen angesprungen ist. Warum machst du daraus so ein Drama?«

»Ich mache daraus ein Drama, wie du dich auszudrücken beliebst, weil du deinem eigenen Zettel zufolge um sechs zu Hause sein wolltest!« erwiderte Marge in kaltem Ton, empört über Jeffs offenkundigen Mangel an Reue.

Jeff sperrte den Mund weit auf. »Das war doch nicht meine Schuld! Woher sollte ich wissen, daß das Auto nicht anspringen würde? Und ich konnte es einfach nicht reparieren!« Er wühlte in seiner Hosentasche herum und reichte ihr den Zündschlüssel. »Probier's doch selber aus, wenn du mir nicht glaubst!«

Marge nahm ihm mit einem eisigen Blick den Schlüssel ab, riß die Tür des alten Wagens auf, setzte sich ans Steuer und drehte den Zündschlüssel.

Der Motor sprang sofort an.

Sie wiederholte den Vorgang mehrere Male, bevor sie ins Haus zurückging. »Hast du nicht behauptet, das Auto wäre nicht angesprungen?« sagte sie kalt.

»Frag mich bitte nicht, was los ist! Wenn du mir nicht glaubst, ruf Julie an!« Mit übertriebener Höflichkeit, die einer Unverschämtheit gleichkam, fragte er: »Darf ich jetzt vielleicht duschen, Majestät?«

Marge starrte ihren Sohn fassungslos an. Sein Ton schokkierte sie noch mehr als seine Worte. Jeff war zwar nie ein Musterknabe gewesen – weit davon entfernt –, aber er hatte sie nie absichtlich gekränkt.

Wieder dachte sie an Drogen.
Jeffs Leugnen hatte ihre Zweifel nicht zerstreut.
War es möglich, daß Julie ihn zu irgendwelchen Drogen verführt hatte?
Sie wäre fast mit dieser Frage herausgeplatzt, besann sich aber in letzter Sekunde eines Besseren. Was sollte Jeff darauf antworten? Er hatte es ja schon abgestritten und würde bestimmt nicht plötzlich ein Geständnis ablegen. »Dusch dich«, sagte sie barsch. »Wir können später weiterreden.«
Als er verschwunden war, wandte sie sich Ben zu. »Ich glaube, wir zwei sollten uns ein wenig unterhalten.« Sie nahm ihn an der Hand und führte ihn in die Küche, wo beide am Tisch Platz nahmen.
Ben sah seine Mutter ängstlich an. »Bist du böse auf mich?« fragte er mit zitternder Stimme.
Marge begriff, daß ihre Worte sich für den kleinen Jungen bedrohlich angehört haben mußten. »Natürlich nicht«, versicherte sie hastig und tätschelte ihm reuig die Hand. »Ich möchte nur mit dir reden, weiter nichts.«
»Worüber?« fragte Ben mißtrauisch.
Marge überlegte rasch, wie sie ihn ausfragen konnte, ohne daß er bemerkte, welchen Verdacht sie hegte. »Über Julie«, sagte sie. »Du hast doch vorhin gesagt, Jeff würde so aussehen, wie Julie gestern ausgesehen hat. Was hast du damit gemeint?«
Ben zuckte die Achseln. »Ich weiß nicht«, murmelte er. »Nur was ich gesagt habe. Als sie gestern anfing, sich so komisch aufzuführen, sah sie genauso aus wie Jeff jetzt.«
»War sie krank?«
Der kleine Junge schüttelte den Kopf. »Sie hat einfach so komisch ausgesehen, und sie hat sich komisch benommen … auch heute morgen, als das Pferd …« Er schlug sich erschrocken die Hände vor den Mund. Er hatte doch versprochen, nichts über Greta zu verraten. Er hatte es Jeff und Kevin und Mr. Owen versprochen, und jetzt hatte er sein Versprechen gebrochen.
»Das Pferd?« fragte Marge verwirrt. Wovon redete er?
Ben warf ihr einen verzweifelten Blick zu. »Ich hätte nie-

mandem etwas sagen dürfen. Nicht, bis sie genau wissen, was ihm zugestoßen ist.«

»Wem?« drängte ihn Marge mit wachsender Erbitterung. Was in aller Welt war heute vorgefallen? »Mach dir keine Sorgen, Ben. Sie haben bestimmt nicht gemeint, daß du es auch mir nicht erzählen darfst, Liebling. Ich bin schließlich deine Mutter.«

»Aber ich hab's versprochen!« beharrte Ben. »Und ein Versprechen darf man nie brechen, oder?«

»Nein«, seufzte Marge, hilflos in der Falle ihrer eigenen Lehren zappelnd. »Weißt du was – du gehst jetzt ins Wohnzimmer und schaltest den Fernseher ein, und ich mache unser Abendessen fertig, damit wir essen können, sobald Jeff geduscht hat. Okay?«

Erleichtert rutschte Ben vom Stuhl und stürzte aus der Küche, besorgt, daß seine Mutter es sich anders überlegen könnte. Marge wartete, bis der Fernseher lief, dann wählte sie die Nummer der Owens.

»Russell? Hier ist Marge Larkin. Hör mal, ich weiß, daß es sich verrückt anhört, aber ...« Sie zögerte. Was konnte Russell schon über Julie wissen? »Ich glaube, ich sollte lieber mit Karen reden«, fuhr sie fort. »Ist sie da?«

Russell stand in seiner Küche und wußte nicht so recht, was er darauf antworten sollte.

Karen war im Haus.

Sie war mit Julie im Wohnzimmer.

Und sie führte das Gespräch in einer Lautstärke, daß Russell sich unwillkürlich fragte, ob Marge anrief, weil sie Karens Stimme sogar in ihrem Haus hören konnte, das über einen halben Kilometer entfernt war.

»Einen Augenblick«, sagte er, seine Gedanken für sich behaltend. »Ich schau' mal, ob ich sie finden kann.«

»Alles wäre viel einfacher, wenn du mir ehrlich erzählen würdest, was ihr zwei getrieben habt«, sagte Karen.

Eine halbe Stunde war vergangen, seit sie nach dem Telefonat mit Marge Larkin den Hörer aufgelegt hatte, und jetzt saß sie am Steuer des Chryslers, mit Julie auf dem Beifahrersitz, unterwegs zur Stadt. Russell hatte sie begleiten wollen, aber Karen bestand darauf, dieses Problem allein zu lösen.

Drogen!

War es wirklich möglich, daß Julie wieder mit Drogen experimentierte? Karen war so sicher gewesen, daß dieses Problem in Los Angeles zurückgeblieben war, und als Marge die Möglichkeit erwähnt hatte, Jeff und Julie könnten vielleicht Rauschgift nehmen, wollte Karen das im ersten Moment energisch von der Hand weisen. Dies war Pleasant Valley, nicht L.A.! Wie hätte Julie hier überhaupt an Drogen herankommen sollen? Doch Karen war sich darüber im klaren, daß man ein Drogenproblem nicht einfach überwand und dann nie wieder einen Gedanken darauf verschwendete.

Sich von Drogen fernzuhalten war nicht leicht, und wenn sie – Karen – ganz ehrlich sein wollte, mußte sie zugeben, daß Julie etwas von dem Zeug mitgebracht haben konnte.

Oder vielleicht hatte Jeff es ihr gegeben. Von dieser Möglichkeit hatte sie allerdings gegenüber Marge nichts verlauten lassen, denn für Jeffs Mutter stand offenbar fest, daß Julie die Anstifterin sein mußte, falls es sich tatsächlich um Drogen handelte.

Kein Zweifel, Julie hatte sich in den letzten Tagen merkwürdig verhalten, und sie sah seit jener heftigen Reaktion auf die Bienenstiche nicht ganz gesund aus.

Aber wenn Jeff genauso wie Julie aussah und sich ebenfalls merkwürdig benahm …

Jeff war ja nicht von Bienen gestochen worden.

Was ging also vor?

Es war Karens Idee gewesen, mit den beiden Teenagern in die Klinik zu fahren, um sie sofort einem Drogentest unterziehen zu lassen. Schließlich handelte es sich um eine einfache Urinanalyse, nicht komplizierter als ein Schwangerschaftstest. Plötzlich mit der Möglichkeit konfrontiert, daß ein bloßer Verdacht sich bestätigen könnte, hatte Marge zunächst gezögert, dann aber doch zugestimmt. Gleich darauf hatte Karen Ellen Filmore angerufen, deren Privatnummer Russell an die Wand neben dem Telefon geheftet hatte.

Nachdem sie erklärt hatte, warum sie anrief, fragte die Ärztin sofort professionell:

»Hat Julie schon früher Drogen genommen?«

»Hängt davon ab, was man unter Drogen versteht«, erwiderte Karen ausweichend. »Sie hat ein paar Joints geraucht, wie die meisten Kids heutzutage, aber ...«

»Hier bei uns tun das keineswegs die meisten Kids!« fiel die Ärztin ihr energisch ins Wort. »Bringen Sie sie her, dann werden wir der Sache auf den Grund gehen.«

Natürlich hatte Julie bestritten, daß mit ihr etwas nicht in Ordnung sei.

Und auch jetzt, als Karen ihr ein letztes Mal vorschlug, einfach die Wahrheit zu sagen, saß Julie teilnahmslos da und starrte vor sich hin. »Ich weiß nicht, warum du mir nicht glaubst«, murmelte sie schließlich. »Mir fehlt nichts.«

»Du brauchst nur einen Blick in den Spiegel zu werfen, um festzustellen, daß das nicht stimmt.« Karen hatte Mühe, ihren Ärger zu beherrschen. Hielt Julie sie für so dumm? Oder glaubte sie immer noch, mit Lügen durchzukommen?

Minuten später fuhr Karen auf den Klinikparkplatz und stellte den Chrysler neben Marge Larkins Chevrolet ab. Vorsichtshalber hielt sie Julie am Ellbogen fest, bis sie im Wartezimmer waren.

Marge und Jeff saßen hinten in einer Ecke, Jeff auf dem orangefarbenen Kunstledersofa, seine Mutter auf einem der dazu passenden Stühle, getrennt durch einen niedrigen Tisch mit Kunststoffplatte.

Sie redeten nicht miteinander und sahen einander nicht einmal an. Ben saß am anderen Ende des Sofas und blätterte nervös in einem Comicheft.

»Tut mir leid.« Marge, die fast genauso blaß wie Jeff war, stand auf und ging Karen entgegen. »Ich habe wahrscheinlich schrecklich überreagiert.«

»Es ist nicht deine Schuld«, versicherte Karen. »Wenn du dich geirrt hast, wird uns beiden viel wohler zumute sein, und wenn du recht hast, wissen wir wenigstens Bescheid. Hast du Dr. Filmore schon gesehen?«

Marge nickte. »Aber nur ganz kurz. Sie hat uns zugewinkt, aber ich habe noch nicht mit ihr gesprochen. Ich glaube ...«

Sie verstummte, als die Tür zum Sprechzimmer aufging und Ellen Filmore herauskam.

Falls der Ärztin die aschfahlen Gesichter der beiden Teenager auffielen, ließ sie sich jedenfalls nichts anmerken. »Also, wer von euch beiden möchte zuerst drankommen? Oder wollt ihr lieber gemeinsam mit mir reden?«

Julie und Jeff tauschten einen Blick, und Jeff stand auf. Marge und Karen hielten Ausschau nach irgendwelchen Anzeichen von Nervosität bei ihren Kindern, konnten aber keine erkennen. Jeff und Julie betraten zusammen das Sprechzimmer. Als die beiden Mütter ihnen folgen wollten, schüttelte Ellen Filmore den Kopf. »Ich glaube nicht, daß hier ein Notfall vorliegt«, erklärte sie resolut, »und wenn Sie nichts dagegen haben, möchte ich lieber allein mit den Kids reden.« Die Tür zum Sprechzimmer schloß sich hinter ihr.

»Ich nehme an, ihr wißt, daß ihr wegen eines Drogentests hier seid«, sagte sie ohne Einleitung, in der Hoffnung, die Teenager überrumpeln zu können.

Julie nickte. »Meine Mutter glaubt, daß ich Drogen nehme.«

»Und das tust du nicht?« fragte Ellen.

Julie zuckte die Achseln. »Ich wüßte nicht mal, wie ich mir hier welche beschaffen könnte.«

»Und was ist mit dir?« wandte sich Ellen an Jeff.

»Ich hab' keinen Kontakt zu Kids, die auf Drogen scharf sind«, sagte er. »Manchmal trinke ich ein paar Bier, aber das ist auch schon alles.«

Ellen Filmore beobachtete aufmerksam die Teenager, während sie ihnen weitere Fragen stellte. Gewiß, beide waren auffällig blaß, aber ihre Pupillen waren nicht erweitert, was in der Regel der erste Hinweis auf Drogen war, und es deutete auch nichts an ihrem Verhalten darauf hin, daß sie logen.

»Macht es euch was aus, mir eine Urinprobe zu geben?« fragte sie. »Bevor ihr antwortet«, fuhr sie fort, »sollte ich euch vielleicht noch sagen, daß die Ergebnisse in einer halben Stunde vorliegen werden und daß bei den Befunden jeder Irrtum ausgeschlossen ist.«

Julie schaute auf und lächelte zum erstenmal. »Wo ist das Glas?« fragte sie unbekümmert.

»Im Waschraum.«

Julie stand auf und ging zur Tür. »Roberto wartet dort«, rief die Ärztin ihr nach. »Er wird vor der Tür stehenbleiben, bis du ihm die Probe gibst.«

Julie zuckte nur mit den Schultern.

»Und was ist mit dir?« fragte die Ärztin Jeff. »Hast du gegen den Test etwas einzuwenden?«

»Überhaupt nicht.«

Ellen ließ sich ihre Erleichterung nicht anmerken. Bestimmt würden die Kids dem Urintest nicht so sorglos entgegensehen, wenn sie wirklich Drogen genommen hätten. »Okay«, sagte sie. »Dann kremple erst mal deinen Ärmel auf, damit ich deinen Blutdruck messen und herausfinden kann, was dir fehlt.«

Langsam und methodisch untersuchte Ellen den Jungen.

Blutdruck und Temperatur.

Lungenfunktion und Reflexe.

Sie schaute ihm in Augen und Ohren, in den Hals.

Sie nahm Blutproben, die sie ins Labor nach San Luis Obispo senden wollte, und stellte ihm jede Frage, die ihr nur einfiel. Schließlich schickte sie ihn zwecks Urinprobe in den Waschraum.

Dann unterzog sie Julie der gleichen gründlichen Untersuchung.

Eine Dreiviertelstunde später war sie fertig.

Nichts Abnormes.

Keine Spur von irgendwelchen Drogen.

Trotzdem war Ellen nicht zufrieden.

Beide Kids sahen entschieden krank aus.

Verwirrt darüber, daß die Ergebnisse in derart krassem Gegensatz zum äußeren Erscheinungsbild stehen konnten, ging sie zu den beiden Müttern, die ängstlich in der Vorhalle warteten.

»Ich freue mich, Ihnen mitteilen zu können, daß weder Julie noch Jeff unter Drogeneinfluß stehen«, begann sie und ließ Karen und Marge etwas Zeit, die Erleichterung zu genießen.

»Das Problem«, fuhr sie dann jedoch fort, »besteht darin, daß ich Ihnen zustimme – irgend etwas ist nicht in Ordnung.« Sie sah aus dem Augenwinkel, daß die beiden Teenager einen Blick tauschten. »Ich kann keinerlei Krankheitssymptome entdecken. Alles scheint normal zu sein, nur sehen sie nicht ganz gesund aus. Beide sind viel zu blaß.« Sie schüttelte den Kopf. »Wenn es nur um Julie ginge, würde ich eine lang anhaltende Reaktion auf den Bienenstich oder auf die Injektion annehmen. Aber das trifft auf Jeff ja nicht zu. Deshalb möchte ich sie morgen nach San Luis Obispo schicken.«

Während beide Kids stöhnten, das sei reine Zeitverschwendung, weil ihnen überhaupt nichts fehle, versteiften sich ihre Mütter vor neuer Besorgnis.

Ellen beeilte sich, sie zu beruhigen. »Glauben Sie mir, ich sehe das nicht als Notfall an, und wenn sie morgen besser aussehen, ändere ich vielleicht meine Meinung. Aber im Moment wäre mir einfach wohler, wenn sie im dortigen Krankenhaus gründlich durchgecheckt würden. Michael Callahan ist ein ausgezeichneter Arzt.« Sie schrieb den Namen auf ein Rezeptformular und gab es Karen. »Vielleicht kann er etwas finden, das mir entgangen ist. Aber jetzt fahren Sie erst einmal nach Hause und versuchen, sich keine allzugroßen Sorgen zu machen. In Ordnung?«

Nachdem die Mütter mit ihren Kindern gegangen waren, kehrte Ellen Filmore ins Sprechzimmer zurück und begann über den Untersuchungsergebnissen zu brüten.

Irgend etwas mußte sie übersehen haben.

Irgend etwas mußte ihr entgangen sein.

Aber was?

Sie wußte es nicht.

Noch schlimmer: Sie wußte nicht, wie sie es herausfinden könnte.

Und das bedeutete, daß sie völlig hilflos wäre, falls es sich um irgendeine neue Mutation, um irgendein neues Virus handelte, mit dem Julie und Jeff sich hier in Pleasant Valley infiziert hatten.

Ihre eigene Ohnmacht bereitete ihr große Sorgen.

Kapitel 17

»Ist es möglich, daß Otto doch recht hatte?« fragte Karen.

Es war nach zehn Uhr abends, und Russell warf – schon halb ausgezogen – sein Hemd über eine Stuhllehne im Studio, wo Karen die Nacht verbringen wollte, obwohl er versucht hatte, es ihr auszureden.

Kevin hatte darauf bestanden, in seinem Zimmer im ersten Stock zu schlafen, aber Molly und Julie lagen in Schlafsäcken auf dem Boden im Wohnzimmer. Für Molly war es ein Abenteuer, doch Julie hatte die Märtyrerin gespielt und geklagt, sie wisse beim besten Willen nicht, wie sie morgens nach San Luis Obispo fahren solle, wenn sie nachts kein Auge zumachen könne.

»Ich streite mich nicht mit dir herum«, hatte Karen ihr klargemacht. »Und ich diskutiere auch nicht darüber. Keine von euch beiden wird oben schlafen, solange die Bienen dort sind, und damit hat sich's.« Julie, die wohl einen neuen Hausarrest befürchtete, hatte das Thema fallengelassen, aber Karen vermutete, daß sie sich rächen würde, indem sie Molly erlauben würde, so lange fernzusehen, wie die Kleine wollte.

Vor zehn Minuten, als sie sich endlich ins Studio zurückgezogen hatten, hatte Russell gehofft, die Diskussion über Bienen wäre beendet, wenigstens für diesen Tag. Offenbar war das aber nicht der Fall. »Inwiefern recht hatte?« fragte er, während er die nicht allzu bequem aussehende Bettcouch auszog.

»Damit, daß Carl Henderson mit den Bienen etwas angestellt hat, wovon wir nichts wissen.«

Russell ließ sich auf die dünne Matratze fallen, stützte sich auf einen Ellbogen und klopfte einladend auf den freien Platz, damit Karen sich neben ihn setzte. »Ich halte es nicht für ausgeschlossen, daß er recht hatte«, sagte er, »aber ich glaube es nicht. Jedenfalls glaube ich nicht, wie Dad es getan hat, daß es sich um eine große Verschwörung handelt. Und jetzt laß uns für heute abend all das vergessen. Tun wir so, als wären wir nicht einmal bei uns zu Hause.« Er sah sich im Studio um. »Das macht richtig Spaß!« Er zog Karen in seine Arme. »Wir tun so, als wären wir in einem fremden Haus, ganz allein, und …«

Und dann ging die Tür auf, und Molly stand auf der Schwelle, ihren Teddybären fest an sich gepreßt.

»Ich höre sie wieder«, sagte sie. »Ich habe Angst.«

Seufzend löste sich Russell von seiner Frau und stand auf. An ein romantisches Intermezzo war in dieser Nacht nicht mehr zu denken. »Bring ihren Schlafsack hierher«, sagte er zu Karen. »Ich sehe oben mal nach dem Rechten, nur damit du beruhigt bist.« Schon während er die Treppe hinaufging, war er davon überzeugt, daß Molly überhaupt nichts gehört hatte, sondern einfach lieber bei ihrer Mutter als bei ihrer Schwester schlafen wollte. Und er konnte ihr deshalb nicht einmal einen Vorwurf machen, in Anbetracht von Julies seltsamen Benehmen in den letzten Tagen.

Oben hatte sich erwartungsgemäß nichts verändert.

Kevin schlief in seinem Zimmer, und als Russell ein Ohr an die Wand hielt, wo der Bienenschwarm sich häuslich niedergelassen hatte, konnte er kaum etwas hören.

Er war nicht einmal fünf Minuten weg gewesen, doch als er sich wieder neben Karen auf die durchgelegene Couch legte, schlief Molly schon tief in ihrem Schlafsack auf dem Boden. »Oben ist alles in Ordnung«, berichtete er. »Was Molly auch immer gehört haben mag – Geräusche von oben können es nicht gewesen sein. Vielleicht hat sie sich aber auch nur etwas eingebildet.«

Karen kuschelte sich an seinen muskulösen Körper. »Tut mir leid«, flüsterte sie. »Es hätte wirklich Spaß gemacht, so zu tun, als wären wir ganz allein …«

»Mmm-hmm«, murmelte Russell, schon im Halbschlaf. Eine Minute später begann er leise zu schnarchen, und auch Karen drehte sich auf die Seite und vergrub ihren Kopf im Kissen.

Sie war viel zu müde, um sich noch Sorgen über irgend etwas zu machen, und sank bald in tiefen und glücklicherweise traumlosen Schlaf.

Es war fast zwei Uhr morgens, als Julie zum erstenmal aufwachte.

Sie verspürte wieder einen jener seltsamen Kälteschauder, doch während sie den Schlafsack enger um sich wickelte, stellte sie fest, daß sie außerdem hungrig war.

Völlig ausgehungert, wie vorgestern morgen.

Dabei hatte sie ein mehr als üppiges Abendessen verzehrt – drei Portionen von der Lasagne, die ihre Mutter nach der Rückkehr aus der Klinik aufgetischt hatte, dazu jede Menge Salat und hinterher ein Stück Kuchen.

Aber sie hatte immer noch Hunger.

Sie schlüpfte aus dem Schlafsack, zog ihren Morgenrock an, den sie auf die Couch gelegt hatte, und ging in die Küche. Im Kühlschrank entdeckte sie das letzte Stück Kuchen, verschlang es gierig und spülte es mit einem Glas Milch hinunter. Doch ihr Appetit war nicht gestillt, und deshalb machte sie sich noch ein großes Sandwich, bevor sie das Licht in der Küche ausschaltete und sich auf den Rückweg ins Wohnzimmer machte. Aber am Fuß der Treppe blieb sie stehen und spähte in die Dunkelheit empor.

Etwas schien von dort oben nach ihr zu rufen, schien sie in die finstere obere Etage locken zu wollen.

Nichts war zu sehen oder zu hören.

Aber sie konnte es fühlen.

Eine Vibration, die tief in ihrem Innern Resonanz fand.

Julie stand da, starrte in die Dunkelheit und registrierte, daß ihr eigenes Bewußtsein wieder zu schwinden begann, daß ihr die Kontrolle über ihren Geist regelrecht entglitt.

Sie wollte nicht hinaufgehen, wollte nicht auf das Prickeln achten, das sich in ihrem ganzen Körper ausbreitete, wollte nicht jenem seltsamen Zwang erliegen, der sie zur Treppe zog.

Sie wollte im Wohnzimmer in ihren Schlafsack schlüpfen und möglichst schnell ins Unterbewußtsein abtauchen, wo sie von den Kräften in ihrem Innern befreit wäre.

Doch gleich darauf stieg sie – entgegen ihren eigenen Wünschen – die Treppe hinauf, fast wie in Trance, ging den Korridor entlang in ihr Zimmer.

Sie legte sich aufs Bett und begann ihr Sandwich zu essen.

Und während sie aß, wurde die Vibration in ihrem Körper stärker. Jetzt konnte sie auch das Summen in der Wand hören, und nachdem sie den letzten Bissen geschluckt hatte, stand sie auf und preßte ihr Ohr an die Wand.

Das Summen stimmte perfekt mit der eigenartigen Vibration in ihrem Körper überein, und sie machte eine schier unglaubliche neue Erfahrung.

Es war so, als *fühlte* sie das Summen der Bienen.

Aber war so etwas überhaupt möglich?

Die Vibration nahm stetig zu, und Julies Bewußtsein schwand stetig dahin, sank in bodenlose Dunkelheit hinab.

Ein kaum hörbares ängstliches Wimmern entrang sich ihrer Kehle, und mit dem letzten Rest ihrer Willenskraft stieß sie sich von der Wand ab und taumelte zum Bett.

Dann verlor sie endgültig die Kontrolle über ihren Geist, eine fiebrige Hitzewelle schwappte über sie hinweg, und sie zog Morgenrock und Nachthemd aus.

Für eine Weile wurde ihr Vergessen zuteil …

Julie erwachte wieder kurz vor Tagesanbruch, als die Schwärze der Nacht dem ersten grauen Morgenlicht zu weichen begann.

In der ersten Sekunde fühlte sie nichts, doch allmählich bemerkte sie, daß jene merkwürdige Vibration immer noch da war.

Aber in veränderter Form. Sie kam jetzt weder aus dem Innern ihres Körpers noch aus der Wand.

Jetzt fand sie auf ihrer Haut statt.

Als die Schlaftrunkenheit von ihr wich, hatte sie das Gefühl, als wäre ihre gesamte Körperoberfläche elektrisch aufgeladen.

Sie lag ganz still da und wartete darauf, daß dieses Gefühl verschwinden würde.

Dann fiel ihr auf, daß das Summen der Bienen lauter denn je war.

Eine kühle Brise wehte.

Julie drehte den Kopf zum Fenster.

Die leichten Vorhänge, die in der Brise hätten flattern müssen, hingen schlaff an beiden Seiten des offenen Fensters herab.

Dann spürte Julie etwas anderes auf ihrem Gesicht, und sie bekam rasendes Herzklopfen, als plötzlich eine Erinnerung aus ihrem Unterbewußtsein aufstieg.

Eine Erinnerung an jene Nacht, als sie geträumt hatte, sie würde nackt auf der Koppel liegen, mit Millionen winziger roter Ameisen bedeckt.

Aber das war ein Traum gewesen – dessen war sie sich ganz sicher.

Jetzt hingegen graute der Morgen, und sie war hellwach.

Und trotzdem hatte sie jenes Gefühl, als würden Millionen kleiner Lebewesen auf ihrer Haut herumkriechen.

Plötzlich tauchte vor ihrem geistigen Auge ein Bild auf.

Bienenstöcke!

Bienenstöcke an jenem heißen Nachmittag, als sie Otto und Kevin begleitet hatte.

Es war so heiß gewesen, daß Hunderte Bienen auf der Leiste am Eingang zum Stock gesessen und mit den Flügeln geschlagen hatten, um frische Luft ins Innere zu fächeln.

Sie hatten eine Brise erzeugt.

Minutenlang blieb Julie liegen. Natürlich war die Idee, die ihr da in den Sinn gekommen war, völlig absurd, aber sie konnte sie nicht loswerden, so sehr sie es auch versuchte.

Schließlich streckte sie ganz langsam den Arm aus und knipste die Nachttischlampe an.

Überall waren Bienen.

In der Luft, nur wenige Zentimeter von ihrem Gesicht entfernt.

An den Wänden und an der Decke.

Auf ihrer Haut.

Ein heftiger Schauder überlief sie, als sie die Insekten nicht mehr nur fühlen, sondern auch sehen konnte.

Sie krabbelten auf ihr herum und schlugen so schnell mit den Flügeln, daß die einzelnen Bewegungen mit bloßem Auge nicht zu erkennen waren.

Julies Entsetzen steigerte sich ins Unermeßliche, doch zugleich reagierte etwas in ihr auf diese Brise, die ihre Haut liebkoste.

Und während das bleiche Morgenlicht in ihr Zimmer flutete, gewann die Wesenheit in ihrem Innern immer mehr Macht über sie, saugte die letzten Reste ihrer Willenskraft aus.

Es war plötzlich wie am Vortag, als die Bienen Greta angegriffen hatten: Sie hatte gewußt, daß die Insekten auf ihr Geheiß gekommen waren, ausgelöst durch jenen Ausbruch seltsamer geistiger Energie.

Sie stand auf und betrachtete sich im Spiegel über dem Toilettentisch.

Ihr Gesicht war eine bewegliche Maske aus Insekten. Nur ihre Augen lagen frei, die übrige Haut war mit einer Schicht Bienen bedeckt, deren Bewegungen nach einem bestimmten Schema abzulaufen schienen, so als führten sie einen rituellen Tanz auf.

Fasziniert von diesem Anblick, starrte Julie lange Zeit in den Spiegel, und allmählich begriff sie, daß die Bienen keine Individuen waren, sondern winzige Teilchen des Schwarms, der eine verschworene Gemeinschaft, einen Gesamtorganismus bildete.

Und dieser Organismus stand in geheimnisvoller Verbindung zu ihr.

Das Bewegungsmuster auf Julies Gesicht veränderte sich ständig, und langsam ging auch in ihrem Geist eine Veränderung vor.

Sie begann zu verstehen, was der Tanz bedeutete.

Dem Willen des Schwarms nunmehr total ausgeliefert, wandte sie sich vom Spiegel ab und verließ ihr Zimmer.

Die Bienen hafteten an ihrer Haut, während sie leise die Treppe hinabging.

Weitere schlossen sich an, als sie das Haus durch die Hintertür verließ und den Hof überquerte.

Sie strömten aus dem Haus hervor, nicht nur aus dem Spalt, durch den sie sich Einlaß in die Wand verschafft hatten, sondern auch aus dem Fenster von Julies Zimmer. Wie ein langes Band, das in der Morgenbrise flatterte, zog der Schwarm hinter Julie her.

Der Morgenhimmel wurde langsam hell, und die ersten Hähne krähten, als Julie Spellman sich in die sanfte Hügellandschaft östlich der Farm aufmachte, einer Naturkraft gehorchend, die weder sie selbst noch irgendein anderer Mensch verstehen konnte.

Die Bienen bewegten sich unablässig auf ihrem Gesicht, und jetzt konnte Julie das Muster auf ihrer Haut fühlen, und ihre Nerven wurden durch die Insektenbeine stimuliert.

Die Nerven gaben diese Signale an ihrer Gehirn weiter, und etwas in ihr verstand die Botschaften.

Und Julie ging immer weiter.

Bald verstummte das leise Summen in den Wänden der Farm. Der Schwarm gehorchte dem Befehl seiner Königin und folgte ihr in die Hügel.

Kapitel 18

»Mommy? Mommy!«

Stöhnend wollte sich Karen das Kissen über den Kopf ziehen, doch dann öffnete sie langsam die Augen. Mollys Gesicht tauchte vor ihr auf. »Was ist, Liebling?« fragte sie. »Was gibt's? Wie spät ist es denn?«

»Ich kann Julie nicht finden!« berichtete Molly. »Es ist fast halb sieben, und wir hätten Flicka und die anderen Pferde schon füttern müssen, aber ich kann sie einfach nicht finden!«

Die Schlaftrunkenheit fiel von Karen ab. Sie setzte sich auf und zuckte zusammen, weil ein scharfer Schmerz durch ihren Rücken schoß. Ich bin für Bettcouches eben doch schon zu alt, dachte sie, während sie ihre Beine von der dünnen Matratze schwang. »Was soll das heißen – du kannst sie nicht finden? Wo hast du sie denn gesucht?«

»Im Wohnzimmer«, erwiderte Molly. »Und dann bin ich in den Stall gegangen, aber da ist sie auch nicht.«

»Hast du Russell gefragt?« erkundigte sich Karen. Sie war kurz aufgewacht, als er vor einer Stunde aufgestanden war, aber sofort wieder eingeschlafen, obwohl sie eigentlich vorgehabt hatte, nur noch einige Minuten mit geschlossenen Augen zu dösen.

»Er ist schon weg«, sagte Molly. »Er und Kevin sind mit dem Traktor weggefahren.«

»Na gut«, seufzte Karen. Sie zog ihren Morgenrock an, griff nach ihren Kleidungsstücken, die über Russells großem Ledersessel hingen, und machte sich auf den Weg ins untere Bad. »Ich bin gleich fertig«, sagte sie zu Molly. »Wart in der Küche auf mich.« Als sie sah, wie ihre Tochter zur Decke blickte, fügte sie warnend hinzu: »Laß dir ja nicht einfallen raufzugehen, hast du gehört?«

»Ooch, Mom!« stöhnte Molly, doch Karen brachte sie mit einem Blick zum Schweigen.

Karen zog sich schnell an und rief sodann vom Fuß der Treppe aus nach Julie. Würde ihre Tochter sie aber oben in ihrem Zimmer am Ende des Korridors überhaupt hören können?

Vielleicht sollte sie hinaufgehen und nachsehen.

Wenn die Bienen aber immer noch dort oben waren …

Bei dem Gedanken daran, was Greta widerfahren war, erschauderte Karen. Sie wußte, daß sie es im Moment einfach nicht über sich bringen würde, in den ersten Stock zu gehen. Außerdem, so versuchte sie sich zu rechtfertigen, war Julie bestimmt nur besonders früh aufgestanden und bummelte draußen herum. Sie trat auf die hintere Veranda hinaus und schlug den Triangel, um die Familie zum Frühstück zu rufen.

Doch zehn Minuten später, als alle anderen sich in der Küche versammelt hatten, fehlte Julie noch immer.

Niemand hatte sie an diesem Morgen gesehen.

Es war Kevin, der schließlich nach oben ging, um sie zu suchen, und er kam sichtlich verwirrt zurück. »Sie ist nicht in ihrem Zimmer«, berichtete er. »Und die Beinen sind auch nicht mehr da.«

Karen blinzelte. »Die Bienen sind fort?«

»Fast alle. In der Wand ist überhaupt nichts mehr zu hören, und nur einige wenige schwirren um das Fenster herum.«

Molly schaute von ihren Cornflakes auf und sah ihren Stiefvater fragend an. »Warum sollten sie ganz von allein verschwinden, ohne daß sie vertrieben wurden?«

Russell dachte über Mollys Frage nach, schüttelte dann aber hilflos den Kopf. »Ich habe keine Ahnung«, gab er zu. »Soviel ich weiß, ziehen sie nicht um, wenn keine Königin bei ihnen ist, und Königinnen fliegen nicht aufs Geratewohl los. Sie sind im allgemeinen sehr seßhaft.«

»Und wohin sind sie dann verschwunden?« beharrte Molly.

»Können wir uns nicht einfach darüber freuen, *daß* sie verschwunden sind?« warf Karen ein. »Mich interessiert viel mehr, wohin *Julie* verschwunden ist.«

»Bist du ganz sicher, daß sie nicht oben ist?« fragte Russell seinen Sohn, der entschieden bejahte. »Dann muß sie eben irgendwo draußen sein«, erklärte er.

Doch Karen war eine andere Idee gekommen.

Jeff Larkin.

Jeff hatte ein Auto, und die Aussicht, heute morgen zu weiteren Untersuchungen nach San Luis Obispo fahren zu müssen, hatte ihm genausowenig behagt wie Julie. Und wenn die beiden nun beschlossen hatten, irgend etwas anderes zu unternehmen?

Sie ging zum Telefon und wählte die Nummer, die jemand – wahrscheinlich Kevin – neben Jeffs Namen an der Pinnwand notiert hatte. Ungeduldig trommelte sie auf der Kunststoffanrichte herum, während das Freizeichen ertönte. Marge Larkin nahm erst nach sechsmaligem Klingeln den Hörer ab.

»Hallo?«

»Hier ist Karen Owen, Marge.«

»Karen! Hi!« begann Marge fröhlich, doch als ihr den Bruchteil einer Sekunde später Karens bedrückte Stimme voll zu Bewußtsein kam, machte sie sich sofort ebenfalls Sorgen. »Ist ... ist etwas passiert?«

»Ich bin mir nicht sicher.« Karen versuchte ihre wachsende Angst zu beherrschen. »Ich ... na ja, ich wollte wissen, ob du Julie heute morgen gesehen hast.«

»Julie?« wiederholte Marge. »Ich habe noch nicht einmal mich selbst richtig gesehen! Wie spät ist es eigentlich?«

»Viertel vor sieben«, sagte Karen. »Julie ist nicht hier, und da dachte ich mir, daß sie vielleicht zu euch rübergegangen sein könnte.«

»Wenn sie hier ist, muß sie unsichtbar sein«, erwiderte Marge.

Nach kurzem Zögern fragte Karen: »Marge, ist *Jeff* da?«

Am anderen Ende der Leitung trat beklommenes Schweigen ein, und dann murmelte Marge: »Na, du weißt wirklich, wie man einer Mutter den Tagesbeginn versüßt, Karen! Bleib am Apparat.« Nach einer längeren Pause meldete sie sich wieder. »Er ist hier. Liegt noch im Bett, schläft aber nicht mehr.« Als könnte sie Karens Gedanken lesen, fuhr sie fort: »Vielleicht versteckt sich Julie einfach irgendwo. Jeff sieht heute morgen nicht viel anders als gestern aus, und wenn das auch bei Julie der Fall war, hatte sie vielleicht Angst vor den Untersuchungen.«

»Vielleicht«, murmelte Karen zweifelnd, aber bereit, nach jedem Strohhalm zu greifen.

»Mach dir keine großen Sorgen«, sagte Marge mitfühlend. »Vielleicht macht sie ja auch nur einen Spaziergang. Und die beiden haben ja noch viel Zeit, bevor sie nach Obispo aufbrechen müssen.«

Während Karen den Hörer auflegte, fragte sie sich, was sie von alledem halten sollte. Wenn Julie immer noch krank war, irrte sie vielleicht irgendwo herum. Womöglich hatte sie die Orientierung verloren oder ... oder was sonst?

Sie wußte es nicht.

Julie mußte entweder krank sein, oder aber sie war durchgebrannt. Karen ließ ihren Blick über den Rest der Familie schweifen. »Ich glaube, wir sollten nach ihr suchen«, sagte sie. »Jeff sieht heute morgen offenbar nicht besser als gestern abend aus, und das bedeutet, daß Julie vielleicht irgendwo ganz in der Nähe ist, aber nicht um Hilfe rufen kann, weil es ihr dazu viel zu schlechtgeht.«

Das Frühstück war vergessen. Die Familie machte sich auf die Suche nach Julie. Russell wollte zuerst in nördliche Richtung gehen und sodann einen Kreis um die Felder im Osten und um die Bienenstöcke beschreiben.

Karen und Molly würden noch einmal im Stall nachsehen, dann zum Eichenwäldchen am Bach gehen und jedes Dikkicht bachaufwärts durchsuchen.

»Und was soll ich machen?« fragte Kevin.

»Du bleibst im Haus«, erwiderte Russell. »Jemand sollte hier sein, für den Fall, daß sie zurückkommt.« Er deutete auf den Triangel. »Wenn sie aufkreuzt, gib uns damit Bescheid. Dieses Ding ist nicht zu überhören.«

Dann blieb Kevin allein zurück.

Jeff Larkin fühlte sich miserabel. Sein ganzer Körper juckte, aber dieser Juckreiz ließ sich mit keinem anderen vergleichen, den er je erlebt hatte. Kein Kratzen half dagegen, denn er schien seinen Ursprung tief *unter* der Haut zu haben, so als würden Millionen winziger Ameisen in seinem Innern herumkriechen und jede einzelne Körperzelle reizen.

Er hatte nicht mehr geschlafen, als seine Mutter nach ihm geschaut hatte, aber er hatte sich schlafend gestellt, damit sie ihm nicht wieder Fragen stellte, die er nicht beantworten konnte. Als er sie dann wieder in der Küche rede hörte, war er aufgestanden und ins Bad gegangen, wo er sich im Spiegel betrachtet hatte.

Sein Gesicht war noch genauso bleich wie gestern, und seine Augen sahen irgendwie komisch aus, obwohl er das nicht näher definieren konnte.

Und er hatte schrecklichen Hunger, was wirklich sonderbar war, denn er hatte vor dem Mittagessen normalerweise nur Appetit auf Kaffee, es sei denn, daß zufällig ein Doughnut im Hause war.

Er duschte kalt, und das linderte den Juckreiz ein wenig. Dann frottierte er sich ab, ging in das Zimmer zurück, das er mit Ben teilen mußte – der nirgends zu sehen war –, zog eine alte Turnhose und ein T-Shirt an, fuhr sich mit der Bürste durch die feuchten blonden Haare und ging in die Küche, wo seine Mutter gerade einen Teller mit einem Stapel Pfannkuchen vor Ben gestellt hatte.

»Kann ich auch welche haben?« fragte Jeff.

Marge hob verwundert die Brauen. »Du? Seit wann frühstückst du denn?«

»Seit heute morgen, nehme ich an.« Jeff goß sich aus der angeschlagenen Kaffeekanne, die auf dem Herd stand, eine Tasse Kaffee ein und ließ sich auf den Stuhl gegenüber Ben fallen. Dem forschenden Blick seiner Mutter wich er bewußt aus.

»Du siehst heute auch nicht besser als gestern abend aus«, stellte Marge fest. »Ich werde Ben heute also wohl ins Ferienlager schicken müssen.«

»Mir geht's gut«, widersprach Jeff. »Ich werde mich um ihn kümmern.«

»Du fährst nach San Luis Obispo«, erinnerte ihn Marge. »Jedenfalls, wenn Julie rechtzeitig wieder auftaucht.«

Jeff schaute überrascht auf. »Was meinst du damit – wenn sie rechtzeitig wieder auftaucht?«

Achselzuckend schöpfte Marge Teig in die heiße Pfanne. Während die Pfannkuchen brieten, erzählte sie Jeff von Karens Anruf. »Julie war doch nicht hier, oder?« fragte sie, plötzlich mißtrauisch. Hatte Jeff das Mädchen vielleicht gestern abend in sein Zimmer geschmuggelt?

»Nein, sie war nicht hier«, stöhnte Jeff. »Warum sollte sie in aller Herrgottsfrühe hier sein?«

Marge würdigte ihn keiner Antwort. Sie stellte den Teller mit fertigen Pfannkuchen vor ihren älteren Sohn und warf einen nervösen Blick auf die Uhr. »Ich muß los«, erklärte sie. »Und denk daran, wenn Julie im Laufe der nächsten Stunde auftaucht, fahrt ihr zu Dr. Filmore, und wenn sie sagt, daß ihr nach Obispo fahren sollt, tut ihr das, verstanden? Ansonsten rührst du dich nicht aus dem Haus.«

»Ach, laß mich doch in Ruhe!« knurrte Jeff. »Was soll dieses ganze Getue? Ich frühstücke gemütlich und fühle mich großartig. Du kannst beruhigt zur Arbeit fahren, okay?«

»Red nicht in diesem Ton mit mir!« schrie Marge.

»Dann tu du nicht so, als ob ich im Sterben liegen würde!« schoß Jeff zurück.

»Ich mache mir doch nur Sorgen um dich …«, begann Marge, aber Jeff ließ sie nicht ausreden.

»Wer hat dich denn gebeten, dir Sorgen um mich zu machen?« schrie er. »Mach endlich, daß du wegkommst, und laß mich in Ruhe!«

Ben brach in Tränen aus und floh durch die Hintertür. Marge funkelte ihren älteren Sohn wütend an. »Jetzt siehst du, was du angerichtet hast! Was ist nur los mit dir? Manchmal führst du dich genauso wie dein Vater auf!«

»Vielleicht war er einfach vernünftig!« brüllte Jeff. »Vielleicht hatte er deine ständigen Nörgeleien satt!«

Seine Worte schmerzten Marge mehr als eine schallende Ohrfeige. Mit Tränen in den Augen schnappte sie sich ihre Handtasche und rannte zur Hintertür hinaus.

Gleich darauf hörte Jeff das Aufheulen des Motors und das Knirschen der Reifen. Plötzlich wünschte er, seine letzten Worte zurücknehmen zu können, und er sprang so hastig auf, daß der Stuhl umfiel, und stürzte zur Tür.

Zu spät.

Das Auto seiner Mutter brauste schon die Auffahrt hinab, in eine Staubwolke gehüllt.

»Scheiße!« murmelte Jeff vor sich hin. Er kehrte zum Tisch zurück, stellte den Stuhl wieder auf, setzte sich und machte sich gierig über die Pfannkuchen her. Als kurz darauf die Hintertür geöffnet wurde, achtete er kaum darauf, aber Vic Costas' Stimme war nicht zu überhören.

»Ich möchte die Schlüssel für den Kombi an mich nehmen«, sagte der Farmer mit ruhiger Stimme, die seine Autorität unterstrich.

Jeff sah überrascht zu ihm auf.

»Ich habe gehört, wie du mit deiner Mutter geredet hast«, erklärte Costas. »Deine Mutter ist eine brave Frau, und sie arbeitet hart, um für euch sorgen zu können. Und zum Dank redest du so mit ihr?« Er schüttelte den Kopf. »Nicht auf meiner Farm. Und Jungen wie du fahren auch nicht mit meinem Wagen herum.« Er streckte seine Hand aus.

Jeff zögerte kurz und überlegte, was passieren würde, wenn er sich weigerte. Doch Vic Costas war fünf Zentimeter größer als er, und er hatte die breiten Schultern und kräftigen Muskeln eines Mannes, der sein Leben lang harte körperliche Arbeit verrichtet hatte. Die dunklen – fast schwarzen – Augen des Farmers fixierten ihn, und schließlich holte Jeff die Schlüssel des rostigen Mercurys aus seiner Tasche und übergab sie dem Alten.

»Du wirst dich bei deiner Mutter entschuldigen«, sagte Costas. »Und du solltest darüber nachdenken, wie du sie behandelst.« Ohne weitere Worte zu verlieren, machte er auf dem Absatz kehrt und verließ das Haus.

Wieder allein, aß Jeff die restlichen Pfannkuchen auf und bereitete sich sodann eine zweite Portion zu, die er mit Schokoladensirup übergoß und gierig in sich hineinstopfte, um sich gleich darauf über eine große Schüssel Cornflakes herzumachen.

Immer noch hungrig, verquirlte er ein halbes Dutzend Eier

und briet sie in der Pfanne. Dazu trank er eine halbe Dose Ananassaft, die seine Mutter heute morgen für Ben geöffnet hatte.

Als er endlich gesättigt war, überkam ihn eine schreckliche Unrast.

Er streifte ziellos durchs Haus, ging dann auf den Hof hinaus.

Es war viel zu heiß – eine unerträgliche Hitze, sogar für Ende Juni.

Im Schatten der Ölbäume, die Vic Costas vor vielen Jahren gepflanzt hatte, um Olivenöl für den eigenen Bedarf herstellen zu können, ließ sich Jeff auf den Boden fallen und lehnte sich mit dem Rücken an einen Baumstamm.

Eine Hornisse setzte sich auf sein Bein.

Er starrte sie an und dachte an das Pferd, dessen Tod er gestern auf der Koppel der Owens mitangesehen hatte.

Ein kalter Angstschauder lief ihm über den Rücken, und er bewegte seine rechte Hand langsam auf die Hornisse zu, in der Absicht, sie so schnell von seinem Bein zu fegen, daß sie keine Zeit haben würde, ihren Stachel in seine Haut zu bohren.

Sein Arm weigerte sich jedoch, den Befehl seines Gehirns auszuführen.

Seine Hand verharrte regungslos in der Luft.

Eine zweite Hornisse ließ sich auf seinem Bein nieder, dann eine dritte.

Jeffs Kehle schnürte sich vor Angst zusammen, und wieder wollte er die Insekten wegfegen, aber wieder konnte er seine Hand nicht rühren.

Die Hornissen begannen sich auf seiner Haut zu bewegen.

Sie führten bestimmte Figuren aus, die Jeffs Aufmerksamkeit erregten.

Sein Blickfeld verengte sich auf die Hornissen, so als blickte er durch ein langes Rohr.

Er sah nur noch die Insekten.

Sie bewegten sich unablässig auf seiner Haut, führten einen Tanz auf, der sich ständig wiederholte.

Plötzlich tauchte vor seinem geistigen Auge ein Bild auf.

Julie!
Er hatte eine ganz klar Vision von Julie.
Sie lächelte ihm zu, winkte.
Es war fast wie im Traum, aber Jeff wußte, daß er hellwach war.
Als die Hornissen von seinem Bein aufflogen und rasch in der Ferne verschwanden, erhob sich Jeff Larkin.
Mit langen, gleichmäßigen Schritten ging er querfeldein, in nordöstliche Richtung, auf die Farm der Owens zu.
Auf die Hügel jenseits der Farm zu.
Zu Julie.

Kevin trat auf die Veranda hinaus, winkte Jeff zu und rief seinen Namen, aber sein Freund schien ihn weder zu sehen noch zu hören. Das gab's doch nicht! Jeff war höchstens fünfzig Meter vom Haus entfernt, auf dem Feldweg, über den er selbst neulich abends mit Julie gegangen war. »Jeff!« schrie er wieder. »He, Jeff!«
Als Jeff immer noch nicht reagierte, sprintete Kevin über den Hof, doch erst als er aus nächster Nähe erneut rief, drehte sich Jeff nach ihm um.
Jeff war genauso aschfahl im Gesicht wie Julie in den letzten Tagen, und obwohl er Kevin ansah, hatte dieser das unheimliche Gefühl, daß Jeff ihn nicht richtig wahrnahm.
»Verdammt, was ist los mit dir?« fragte er. »Ich hab' mir nach dir die Kehle heiser geschrien, Mann!«
Jeff runzelte verwirrt die Stirn und schüttelte den Kopf. »Ich war wohl in Gedanken.« Plötzlich schien sein Blick sich auf Kevin zu konzentrieren, und er grinste. »Oder vielleicht werde ich taub.«
»Wohin gehst du?« wollte Kevin wissen.
»Zu Julie«, erwiderte Jeff.
Kevin blinzelte. Zu Julie? Wovon redete der Bursche? »Soll das heißen, daß du weißt, wo sie ist?«
Jeff nickte.
Kevin warf einen Blick in die Runde, aber weit und breit war kein Mensch zu sehen. »Nun, wo ist sie?« fragte er.
Nach kurzem Zögern deutete Jeff mit dem Kopf zu den

Hügeln. »Dort oben.« Dann fügte er hinzu: »Willst du mitkommen?«

Kevin schwankte. Sein Vater hatte ihm befohlen, zu Hause zu bleiben, für den Fall, daß Julie zurückkam. Doch wenn sie oben in den Hügeln war …

Aber woher konnte Jeff wissen, wo sie sich aufhielt?

Hatten sie sich verabredet? »Wollt ihr euch dort oben treffen?« fragte er. »Ich meine … hat sie dich angerufen?«

Jeff schüttelte den Kopf. »Ich weiß einfach, daß sie dort ist. Ich werd's dir zeigen.«

Kevin zögerte immer noch. Jeff sah sonderbar aus, aber eher krank als geistig weggetreten.

»Willst du nicht mit ins Haus kommen? Dann suche ich meinen Vater«, schlug Kevin vor. Aber er hatte noch nicht ganz ausgeredet, als Jeff schon den Kopf schüttelte.

»Ich kann nicht. Julie braucht mich.«

Zum Kuckuck, was sollte das nun wieder heißen? Julie *brauchte* Jeff? Kevin hielt erneut Ausschau nach seinem Vater oder Karen.

Doch es hatte fast den Anschein, als wären Jeff und er ganz allein auf der Farm, und jetzt setzte sich Jeff wieder in Bewegung, ging einen Pfad entlang, der in die Hügel hinter der Farm führte.

Was, wenn Jeff tatsächlich wußte, wo Julie war? Was, wenn Julie krank war und Hilfe brauchte?

So miserabel, wie Jeff aussah, würde er vielleicht nicht einmal selbst die Hügel erklimmen, geschweige denn Julie helfen können.

Kevin faßte einen Entschluß, warf einen letzten Blick zur Farm zurück und trabte hinter Jeff her, um seinen Freund einzuholen.

Das Land stieg allmählich an, und der Pfad gabelte sich mehrfach, doch Jeff schien jedesmal genau zu wissen, welche Abzweigung er wählen mußte. Auch als es immer steiler bergaufwärts ging, behielt er ein so schnelles Tempo bei, daß Kevin, der im Grunde in besserer körperlicher Verfassung war, zweimal kurz verschnaufen und anschließend rennen mußte, um wieder aufzuholen.

Nach fast einer halben Stunde blieb Jeff abrupt stehen.

Kevin wäre fast in ihn hineingelaufen, doch als er sich umsah, konnte er Julie nirgends entdecken.

Sie standen an einem mit Steinen übersäten Abhang, der sich in nichts von den anderen Hügeln unterschied, die sie überquert hatten. Unter ihnen lag ein kleines Tal von höchstens zehntausend Quadratmetern, durch das ein Bach floß.

War es derselbe Bach, der weiter unten an der Farm entlangführte? Kevin war sich nicht sicher, denn er hatte kaum auf den Weg geachtet, war Jeff einfach blindlings gefolgt.

Nun ließ er seinen Blick aufmerksam über das Tal schweifen, aber seine Stiefschwester war nicht zu sehen. »Na, wo ist Julie?« fragte er.

Jeff deutete nach unten, über das Tal hinweg. »Da drüben.«

Kevin suchte den gegenüberliegenden Hügel ab, und dann erspähte er etwas.

Tief unten, dicht über dem Talgrund, schien eine Höhle zu sein. »Du meinst, sie ist da drin?«

Jeff nickte und begann den Abstieg. Kevin folgte ihm, rutschte immer wieder auf den Steinen aus und wäre mehrmals fast gestürzt. Endlich erreichten sie die Talsohle, sprangen mühelos über den schmalen Bach und steuerten auf die Höhle zu.

In einiger Entfernung blieb Kevin stehen.

Die Höhle schien nicht allzu groß zu sein – der Eingang war drei oder vier Meter hoch und dreieinhalb Meter breit.

Aber wie tief mochte sie sein?

Von der Sonne geblendet, konnte er nur ein schwarzes Loch erkennen.

»Ist Julie wirklich da drin?« fragte er zweifelnd. Wie zum Teufel hätte sie diesen Ort finden sollen, und das auch noch mitten in der Nacht?

Jeff nickte.

»Beweis es mir«, verlangte Kevin.

»Sie ist dort«, beharrte Jeff. »Komm mit.«

Er ging auf die Höhle zu, und Kevin folgte ihm, doch als Jeff im dunklen Eingang verschwand, zögerte Kevin erneut.

Was in aller Welt wurde hier gespielt? Was führten Jeff und Julie im Schilde? Wollten sie sich einen bösen Scherz mit ihm erlauben?

Er stand am Eingang und starrte in die Dunkelheit.

Allmählich gewöhnten sich seine Augen an das schwache Licht.

Dann sah er Julie.

Und erstarrte zur Salzsäule.

Seine Stiefschwester kauerte an einer Stelle der Höhle, nur wenige Meter vom Eingang entfernt.

Sie war nackt.

Und sie sah ihn an.

Was Kevin jedoch den Magen umdrehte und die Haare zu Berge stehen ließ, war das, wovon Julie umgeben war.

Insekten.

Tausende Insekten.

Sie krochen über die Wände.

Sie schwirrten in der Luft umher.

Nicht nur Bienen.

Mücken, Hornissen, sogar Wespen.

Sie krabbelten auf Julies nackter Haut herum.

Kevins Herz klopfte zum Zerspringen, während er sie wie hypnotisiert anstarrte.

Dann hob Julie einen Arm und winkte ihm zu.

»Komm«, hörte er sie sagen. »Komm herein.«

Ein ersticktes Wimmern entrang sich Kevins Kehle. Er taumelte einen Schritt zurück, wirbelte auf dem Absatz herum und wollte davonrennen, um dem grausigen Anblick zu entfliehen.

Plötzlich stand jedoch Jeff Larkin vor ihm, versperrte ihm den Weg.

Die beiden Jungen blickten einander an, und Kevins mühsam kontrolliertes Entsetzen steigerte sich zu regelrechter Panik, als er den Ausdruck in den Augen seines Freundes sah. Er wollte Jeff seitlich ausweichen, doch dessen Hände schnellten plötzlich vor und hielten ihn mit eisernem Griff an den Armen fest. Er hätte nie gedacht, daß Jeff über solche Kräfte verfügte.

»He, Mann, was soll das?« stammelte Kevin mit zittriger Stimme.

Aber Jeff gab keine Antwort. Statt dessen beugte er sich vor, und seine Lippen verzogen sich zu einem verzerrten Lächeln.

Zu einem Lächeln, das Kevins Seele mit lähmendem Schrecken erfüllte.

Ein Schrei stieg in seiner Kehle auf, doch als er den Mund öffnete, um diesen Schrei auszustoßen, wurde Jeffs Grinsen noch breiter, und seine verzerrten Lippen teilten sich.

Kevins Schrei wurde von der dunklen Wolke erstickt, die aus Jeffs Mund hervorkam und sich auf ihn stürzte.

Kevins Haut glühte.

Sein Mund brannte wie Feuer.

Seine Kehle und seine Lungen schienen in Flammen zu stehen.

Und dann überfiel ihn Übelkeit.

Er sank auf den Boden der Höhle und preßte die Hände auf seinen Bauch.

Kapitel 19

»Etwas ganz Schlimmes ist Julie zugestoßen, nicht wahr, Mommy?«

Mollys Stimme bebte, und Karen wünschte, sie könnte dem kleinen Mädchen eine beruhigende Antwort geben.

Wie lange suchten sie nun schon nach Julie? Dreißig Minuten? Eine Stunde? Sie wußte es nicht, denn in ihrer Eile, Julie zu finden, hatte sie vergessen, ihre Armbanduhr anzulegen.

Immer wieder versuchte sie sich einzureden, daß es nicht den geringsten Grund zur Sorge gab, daß Julie einfach früh aufgestanden war und eine Wanderung machte.

Doch obwohl sie sich an den Gedanken klammerte, daß Julie schon in der nächsten Sekunde auf ihre Rufe antworten würde, daß sie bald – vielleicht schon hinter der nächsten Biegung – zu sehen sein würde, stand Karen ein Bild deutlich vor Augen.

Ein Bild ihrer Tochter, das fast jede Hoffnung zunichte machte.

Sie sah Julies Gesicht von gestern abend vor sich – die aschfahle Haut, die seltsam matten und ausdruckslosen Augen.

Was Julie selbst und Ellen Filmore auch behaupten mochten, Karen hatte ihrer Tochter angesehen, daß etwas nicht stimmte.

Jetzt, in der strahlenden Morgensonne, machte sie sich schwere Vorwürfe, nachts nicht besser auf Julie aufgepaßt zu haben.

War das Mädchen vielleicht in der Nacht aufgewacht und hatte im Delirium das Haus verlassen?

Was, wenn Julie sich zu weit von der Farm entfernt und im Dunkeln verirrt hatte?

Nein, das war lächerlich – wenn sie so hohes Fieber gehabt hätte, wäre sie viel zu schwach gewesen, um weit laufen zu können, und dann hätten sie sie inzwischen schon finden müssen.

Aber wo war sie?

Durchgebrannt? Dieses Wort ging ihr nicht aus dem Sinn, und sie dachte an all die Mädchen, die sie in Los Angeles gesehen hatte – Mädchen mit verhärmten Gesichtern und alten Augen, Mädchen, die ihre Körper verkauften, um den Lebensunterhalt und ihren Drogenkonsum bezahlen zu können.

Nein, nicht Julie! Sie ist irgendwo hier draußen, und wir werden sie finden! Doch während sich Karen das zum x-ten Male vorsagte, überkam sie plötzlich eine so tiefe Hoffnungslosigkeit, daß sie sich auf einen großen, flachen Stein am Rand des kleinen Teiches fallen ließ, der unterhalb eines spärlichen Wasserfalls entstanden war.

An jedem anderen Morgen hätte sie dieses schöne Fleckchen Erde genossen, doch jetzt nahm sie ihre Umgebung kaum wahr.

Molly spähte jedoch zu der schmalen Schlucht empor, aus welcher der Bach hervorkam.

»Und wenn sie da oben ist?« fragte das kleine Mädchen.

»Ich glaube nicht, daß es ihr gelungen wäre hochzuklettern«, sagte Karen, »und der Felsspalt dort oben sieht so eng aus, daß sie sich bestimmt nicht hindurchzwängen könnte.«

Molly deutete auf die andere Seite des Teichs. »Sieh mal, da drüben scheinen Stufen in den Felsen geschlagen zu sein!« Sie zog rasch Schuhe und Söckchen aus und watete ins Wasser. »Schau mal, es ist gar nicht tief!« rief sie. »Ich kann ganz leicht rüberkommen!«

Karen sprang erschrocken auf. »Sei vorsichtig, Liebling!« Sie hatte kaum ausgeredet, da glitt Molly auch schon aus und fiel ins eisige Wasser.

»Molly!« schrie Karen, watete ihrer Tochter hinterher und hob sie auf.

»Ich bin doch nur ausgerutscht!« Molly wollte sich aus den Armen ihrer Mutter befreien. »Die Steine sind ganz schön glitschig!«

»Deshalb gehst du auch keinen Schritt weiter«, stellte Karen klar. »Das hätte mir jetzt gerade noch gefehlt, daß du dich verletzt!«

»Aber, Mom«, protestierte Molly, während sie ans Ufer getragen wurde, »und wenn Julie dort oben ist?«

Karen blickte noch einmal zu dem Felsspalt gut viereinhalb Meter über dem Teich empor und schüttelte den Kopf. »Das ist unmöglich.« Sie schlüpfte aus ihren durchweichten Schuhen, streifte die Socken ab und wrang sie aus. »Am besten gehen wir geradewegs nach Hause und ziehen trockene Kleider an. Vielleicht ist Julie ja auch schon zurückgekommen. Okay?«

Sie entfernten sich vom Bach, durchquerten das Eichenwäldchen und sahen fünf Minuten später das Haus vor sich, etwa einen halben Kilometer entfernt. Querfeldein rannte Molly darauf zu und vergaß Julie vorübergehend, während sie einen Schmetterling zu fangen versuchte, der von Blüte zu Blüte flog.

Karen beobachtete ihre kleine Tochter, und auch sie vergaß einen Augenblick lang die quälende Sorge um Julie. Doch als sie sich dem Haus näherten, stiegen neue Befürchtungen in ihr auf.

Wo war Kevin?

Das Haus war nur noch etwa hundert Meter entfernt, und er hätte sie längst sehen müssen. Warum trat er nicht wenigstens auf die Veranda, warum lief er ihnen nicht entgegen?

Ihr fiel nur eine mögliche Erklärung ein: *Jemand anders war schon nach Hause gekommen.*

Jähe Hoffnung ließ ihr Herz schneller schlagen. Das mußte es sein! Julie war nach Hause gekommen!

»Molly!« rief sie. »Los jetzt!«

Molly rannte auf das Haus zu, und Karen rannte hinterher, obwohl ihre Lunge sehr schnell gegen die ungewohnte Anstrengung protestierte. Auf der Veranda mußte sie, ohne Molly eingeholt zu haben, kurz stehenbleiben, um zu verschnaufen.

Dann stieß sie die Vordertür auf und wollte nach Julie rufen. Doch der Name ihrer Tochter erstarb auf ihren Lippen, sobald sie ins Haus trat und die Leere spürte.

Ohne nachsehen zu müssen, wußte sie, daß nicht nur Julie

nicht zurückgekommen, sondern auch Kevin nicht mehr da war.

Trotzdem rief sie, um etwas – irgend etwas – zu tun, Kevins Namen.

Keine Antwort.

»Mom«, fragte Molly, »wo ist Kevin?«

»Ich w-w-weiß es nicht«, stammelte Karen. »Vielleicht sucht er draußen nach Julie.«

Molly runzelte die Stirn. »Aber er sollte doch hier auf sie warten«, begann sie. »Er sollte ...«

»Ich weiß, was er tun sollte«, fiel Karen ihr ins Wort, während sie krampfhaft nachdachte. Wohin konnte Kevin gegangen sein?

Eine Nachricht!

Bestimmt hatte er unter dem Magneten an der Kühlschranktür eine Nachricht hinterlassen.

Erleichtert rannte sie in die Küche.

Keine Nachricht!

Sie ging zur Hintertür hinaus und hielt Ausschau nach Kevin, aber der Hof war menschenleer. Als sie wieder ins Haus gehen wollte, fiel ihr Blick auf den Triangel. Sie griff nach dem Stahlstäbchen und schlug, so fest sie nur konnte, auf das stählerne Dreieck. Ein dissonanter Ton durchbrach die Morgenstille. Sie wartete einen Moment und schlug noch einmal zu. Endlich tauchte in der Ferne, jenseits der Straße, eine Gestalt auf.

Fünf Minuten später stand Russell, völlig außer Atem, auf der Veranda. »Wo ist sie?« keuchte er. »Geht es ihr gut?«

Karen sah ihn verzweifelt an. »Sie ist nicht zurückgekommen.«

»Aber der Triangel ...«

Karen unterbrach ihren Mann. »Es geht um Kevin. Jetzt ist auch er verschwunden.«

»Wir müssen die Polizei verständigen.« Karen saß am Küchentisch und versuchte, halbwegs Haltung zu bewahren.

Russell, der die Neuigkeit vom Verschwinden seines Sohnes noch nicht verdaut hatte, schüttelte nur wie betäubt den Kopf.

»Warum nicht?« wollte Karen wissen. »Die Polizei könnte doch einen Suchtrupp zusammenstellen oder ... oder sonst was machen!« War es Russell denn egal, daß ihre Kinder verschwunden waren? »Wir können doch nicht einfach ...«

»Ein Suchtrupp wird erst losgeschickt, wenn die Kids mindestens eine Nacht nicht nach Hause gekommen sind«, fiel Russell ihr mit tonloser Stimme ins Wort. Er konnte sich lebhaft vorstellen, was Mark Shannon ihm sagen würde, wenn er ihn jetzt anriefe: ›Kinder brennen ständig durch, Russell. Wenn ihr Glück habt, kommen sie zurück, bevor der Tag vorüber ist, aber selbst wenn nicht, sind mir bis morgen die Hände gebunden. Strenge Dienstanweisung von oben. Andernfalls wären wir alle rund um die Uhr damit beschäftigt, Kids zu suchen.‹ Aber Karen hatte recht – irgend etwas mußten sie unternehmen, wenn sie nicht verrückt werden wollten. »Vielleicht sollte ich mit Bailey nach Kevin suchen ...«

»Bailey!« Karen sprang nervös auf und trat ans Fenster. »Der Hund findet doch nicht mal seinen eigenen Schatten! Er ...« Sie verstummte abrupt, weil sich in der Ferne, oben in den Hügeln, etwas bewegte.

»Karen?« fragte Russell. »Was ist los?«

Aber Karen rannte schon durch die Hintertür auf den Hof hinaus. Russell folgte ihr, und gleich darauf sah auch er die Gestalt.

»Wer ist es? Kannst du das erkennen?«

Karen schüttelte den Kopf, und dann rief sie laut: »Julie? Kevin?«

Russell stürzte ins Haus und kehrte gleich darauf mit einem alten Feldstecher zurück. Er schaute hindurch, drehte an der Schraube zwischen den beiden Rohren und reichte Karen das Gerät. »Es ist Kevin, glaube ich«, sagte er. »Aber ich bin mir nicht ganz ...«

Karen wollte sich ihre Enttäuschung nicht anmerken lassen. Immerhin war eines der beiden Kinder wieder da, und vielleicht hatte Kevin ja eine Spur von Julie gefunden. Vielleicht war sie verletzt, und Kevin wollte Hilfe holen! Wieder keimte Hoffnung in ihr auf, und sie rannte ihrem Stiefsohn entgegen, dicht gefolgt von Molly.

»Kevin?« rief sie. »Kevin!«

Sie blieb abrupt stehen.

Warum antwortete er ihr nicht?

Hören konnte er sie bestimmt – er war höchstens noch hundert Meter entfernt.

Dann wußte sie Bescheid: Julie!

Kevin hatte Julie gefunden, aber sie war …

Karen verdrängte diesen schrecklichen Gedanken sofort wieder.

Wenn Kevin Julie gefunden hätte – selbst wenn sie nur verletzt wäre –, würde er doch bestimmt nicht so sorglos daherkommen.

In diesem Fall würde er rennen, um Hilfe schreien.

Sie lief ihm entgegen, doch Molly erreichte ihn lange vor ihr und umschlang ihn mit beiden Armen.

Karen blieb wieder stehen und bemerkte kaum, daß Russell sie eingeholt hatte und seinen Arm um ihre Taille legte, während er seinen Sohn mit dem gleichen Unbehagen betrachtete, das auch Karen verspürte.

Kevin kniete nieder, zog Molly an sich und sagte etwas zu ihr.

Dann nahm er sie bei der Hand und ging weiter.

Russell ließ seine Frau los und eilte ihm entgegen. Seine Ängste machten einer heftigen Verärgerung Platz, weil Kevin sich über seine Anweisungen hinweggesetzt und nicht einmal eine Nachricht hinterlassen hatte.

»Ich hoffe, daß du eine gute Erklärung parat hast, junger Mann«, rief er ihm zu, »denn andernfalls …« Seine wütenden Worte blieben ihm im Halse stecken, als Kevin endlich aufschaute.

Das Gesicht seines Sohnes war aschfahl, und seine Augen hatten einen merkwürdigen Ausdruck, so als stünde er unter Schock. Dann hörte Russell neben sich Karens Stimme.

»Kevin?« fragte sie. »Kevin, was ist passiert? Ist mit dir alles in Ordnung?«

Es hatte zunächst fast den Anschein, als hätte er die Frage überhaupt nicht gehört, doch dann nickte er. »Ich …«

Aber die Worte, die er sagen wollte, kamen ihm nicht über die Lippen.

Was ging nur mit ihm vor?

Er wußte nicht genau, wieviel Zeit er für den Rückweg benötigt hatte. Er hatte einfach einen Fuß vor den anderen gesetzt, auf dem Pfad, den er vor kurzem mit Jeff hinaufgegangen war. Seltsamerweise hatte er bei jeder Gabelung genau gewußt, welchen Weg er einschlagen mußte, und als er jetzt darüber nachdachte, erkannte er, daß er sich an viele Abzweigungen kaum noch erinnern konnte.

Denn seine Gedanken hatten ausschließlich um das Geschehen in der Höhle gekreist. Verzweifelt hatte er nach einer Erklärung gesucht und sich gefragt, wie er seiner Stiefmutter erzählten sollte, was er gesehen hatte.

Doch nun, da er zu Hause war und Karen ihn ängstlich ansah und darauf wartete, daß er ihr irgend etwas über Julie berichtete – nun fehlten ihm die Worte.

»Ich ... ich hab' Julie gesucht«, stammelte er und deutete vage in Richtung der Hügel. »Jeff kam rüber, und wir sind zusammen raufgestiegen.«

Karen hielt den Atem an.

Sie hatten Julie gefunden.

Sie hatten Julie gefunden, aber ihr war etwas Schreckliches zugestoßen.

Das konnte Karen dem Klang der Stimme ihres Stiefsohnes deutlich entnehmen.

Jeff war dort oben mit Julie zurückgeblieben, und Kevin sollte Hilfe holen. »Wo?« brachte sie mühsam hervor. »Wo ist sie?«

Kevin sah sie wortlos an, während er gegen den unwiderstehlichen Drang ankämpfte, die Lügen auszusprechen, die ihm plötzlich so leicht über die Lippen kamen. Was geschah nur mit ihm? Wurde er verrückt? Was hatte Jeff ihm dort oben angetan?

»Du hast sie gefunden, nicht wahr?« drängte ihn Karen, einer Panik nahe, und ihre Stimme wurde immer schriller. »Hast du Julie nicht gefunden?«

Das Bild seiner Stiefschwester lebhaft vor Augen, öffnete

Kevin den Mund, fest entschlossen, Karen die Wahrheit zu erzählen.

Doch die Macht in ihm war stärker als sein eigener Wille. »Nein«, hörte er sich sagen. »Wir haben überall gesucht, aber wir haben sie nicht gefunden.«

Kevin wollte schreien, wollte sein grauenhaftes Erlebnis laut hinausschreien, wollte gegen die Vergewaltigung seines eigenen Willens durch den unbegreiflichen Eindringling ankämpfen.

Er versuchte verzweifelt zu schreien, zu sprechen – irgend etwas zu tun.

Er mühte sich ab, aber alle Anstrengungen blieben erfolglos.

Kapitel 20

Ich sage es jetzt zum letzten Mal«, rief Marian Bennett verärgert, »ich komme ohnehin schon zu spät zu meinem Friseurtermin, und wenn Jolene deshalb jemand anderen drannimmt, wirst du es bedauern, junger Mann!«

»Dann fahr doch zum Friseur«, knurrte Andy, ohne von der Zeitschrift *Field & Stream* aufzublicken, die sein Vater heute morgen auf dem Küchentisch liegengelassen hatte. »Es ist völlig überflüssig, mich zu der Ärztin zu schleppen.«

Marians Verärgerung nahm weiter zu, und sie wußte, daß sie nahe daran war, wirklich wütend zu werden, was sie haßte, seit sie letztes – oder vielleicht auch vorletztes – Jahr in einer Illustrierten gelesen hatte, daß Ärger sehr schädlich für die Haut sei. Damals hatte sie sich geschworen, ihr Temperament zu zügeln, um nicht vorzeitig zu altern. Und meistens gelang ihr das. Aber manchmal reizte Andy sie bis zur Weißglut, so auch jetzt! Es war einfach nicht zu übersehen, daß etwas mit ihm nicht stimmte. Trotzdem behauptete er immer noch, es gehe ihm großartig.

Einfach großartig.

Nun, Marian wußte es besser, und ob es ihm nun gefiel oder nicht, er würde die Ärztin aufsuchen! Sie preßte die Lippen zusammen, bis ihr einfiel, daß sie ohnehin um den Mund herum schon erste Fältchen hatte. »Soll ich deinen Vater anrufen? Ist es das, was du willst?«

Den Blick unverwandt auf die Zeitschrift gerichtet, überlegte Andy, was er tun sollte. Ehrlich gesagt, fühlte er sich gar nicht gut, obwohl er das seiner Mutter einzureden versuchte. Und er hatte nichts gegen Dr. Filmore – für eine Person, die einem dauernd sagte, wie ungesund alle Lieblingsgerichte seien, war sie sogar sehr nett. Immerhin erwartete sie nicht, daß man ihre Ermahnungen befolgte und aufhörte, jeden Nachmittag im A & W Hamburger und Pommes frites zu essen. Warum weigerte er sich dann so beharrlich, sie aufzusuchen?

Alles hatte gestern begonnen, nachdem sie ihm die Spritze gegen den Bienenstich gegeben hatte. In den ersten Minuten hatte er geglaubt, sterben zu müssen, auch wenn er behauptet hatte, es gehe ihm gut. Doch allmählich hatte er sich wohler gefühlt und deshalb geglaubt, daß es ihm heute morgen tatsächlich gut gehen würde.

Doch heute morgen quälte ihn immer noch der merkwürdige Juckreiz – er hatte das Gefühl, als wären Flöhe oder so was Ähnliches *unter* seine Haut geraten, und außerdem hatte er einen erstaunlichen Hunger.

Er hatte schon drei Teller *Fruit Loops* gegessen, und die vierte Portion stand jetzt vor ihm. Das war wirklich seltsam, denn normalerweise aß er zum Frühstück nur eine Scheibe Toast, und Cornflakes aller Art haßte er.

Warum aß er sie dann?

Und warum beteuerte er ständig, daß es ihm großartig gehe, obwohl das eine Lüge war? Aber jedesmal, wenn er seiner Mutter erzählen wollte, wie miserabel er sich fühlte, brachte er nur seine törichten Worte hervor: »Mir geht's gut!«

Doch das stimmte nicht, und obwohl er es anderen gegenüber nicht zugeben würde, machte er sich Sorgen. Wenn er nun schwerkrank war? Oder, noch schlimmer, wenn er dabei war, den Verstand zu verlieren?

Bei diesem Gedanken überlief ihn ein kalter Angstschauder, ein Schauder, der zu seiner großen Erleichterung seiner Mutter nicht entging.

»Jetzt reicht's aber!« sagte Marian mit schmalen Augen und stark hochgezogenen Brauen, obwohl sie normalerweise jedes Stirnrunzeln vermied, seit sie im Vorjahr eines Morgens zwei senkrechte Fältchen über ihrer Nase entdeckt hatte. Sicherheitshalber umwickelte sie seitdem nachts ihre Stirn mit Mullbinden, um im Schlaf nicht unwillkürlich die Stirn zu runzeln. Mochte Chuck sie jetzt auch auslachen – und das tat er oft –, in einigen Jahren würde er ihre Bemühungen, sich im Gegensatz zu ihren Altersgenossinnen ein jugendliches Aussehen zu bewahren, mit Sicherheit würdigen. Im Augenblick vergaß sie jedoch ihre Schönheitsprobleme, denn Andys plötzliches Frösteln und sein fiebriger Blick bereiteten ihr große Sorgen. Sie griff nach ihrer Handtasche, packte Andy am Arm und zog ihn hoch. »Komm!« befahl sie. »Schluß jetzt mit den Diskussionen!« Ihre perfekt manikürten Nägel gruben sich in Andys Haut wie Adlerklauen, während sie ihn zur Garage führte, wo das Kabriolett stand, das Chuck ihr letztes Jahr zum vierzigsten Geburtstag geschenkt hatte. Die Garagentür öffnete sich auf Knopfdruck. »Steig ein!«

Andy gehorchte widerspruchslos, obwohl er dreißig Zentimeter größer und hundert Pfund schwerer als Marian war, doch als der Wagen rückwärts in die strahlende Morgensonne rollte, bat er: »Öffne das Verdeck.«

Marian warf ihm einen erbosten Blick zu – eigentlich müßte sogar Andy, auch wenn er krank sein sollte, wissen, wie schädlich die Sonne für ihre Haut war! – und bog auf die Straße ein.

Sie fuhren schweigend stadtauswärts, bis sie den Park erreichten, wo die ersten riesigen Strommasten emporragten, die von hier an fünfzehn Kilometer direkt an der Straße entlangführten. Bei diesem Anblick lächelte Marian gewohnheitsmäßig. »Ich weiß, daß sie allen Leuten ein Dorn im Auge sind«, gab sie zum besten, wie jedesmal, wenn sie hier vorbeikam. »Aber ich liebe sie. Sie erinnern mich an ...« Sie verstummte und wartete darauf, daß Andy den Satz beenden würde, den sie so oft gesagt hatte, daß er in der Familie geradezu zum geflügelten Wort geworden war. Doch anstatt »marschierende Riesen« zu stöhnen, blieb Andy stumm. Sie warf ihm einen Seitenblick zu, und sein seltsamer Gesichtsausdruck veranlaßte sie, den Fuß vom Gas zu nehmen. »Andy? Andy! Was ist los?«

Andy konnte die Stimme seiner Mutter kaum hören, denn seit sie an den Hochspannungsleitungen entlangfuhren, dröhnte ihm ein summendes Geräusch in den Ohren.

Ein Summen, das genauso enervierend war wie das Kratzen von Fingernägeln über eine Schiefertafel, das ihm Schauder über den Rücken jagte und ihn mit den Zähnen knirschen ließ. Doch dies hier war noch viel schlimmer.

Er hatte keine Ahnung, woher das schreckliche Geräusch kam, aber es war fast so, als surrte ein Zahnarztbohrer direkt in seinem Schädel. Er hielt sich die Ohren zu, preßte seine Hände an die Schläfen, aber auch das half nichts.

Übelkeit stieg ihn ihm auf.

»Andy? Andy!«

Die Stimme seiner Mutter schien aus weiter Ferne zu kommen, und langsam wandte Andy ihr sein Gesicht zu.

Doch das Summen wurde nur noch schlimmer. Sein ganzer Körper schien elektrisch aufgeladen zu sein, und er konnte seine Mutter kaum sehen, weil schwarze Flocken ihm wie Nebelschwaden die Sicht nahmen.

Marian riß vor Schreck die Augen weit auf.

Das Gesicht ihres Sohnes war leichenblaß, und er hatte Schweiß auf der Stirn.

Er hielt sich die Ohren so fest zu, daß seine Fingerknöchel weiß hervortraten, und er zitterte wie Espenlaub.

Und obwohl seine Augen direkt auf sie gerichtet waren, hatte sie den Eindruck, als würde er sie überhaupt nicht wahrnehmen. Sie trat hart auf die Bremse, die Reifen quietschten, und der Wagen geriet fast ins Schleudern, bevor er so dicht am Straßenrand zum Stehen kam, daß die Räder auf der rechten Seite Erde aufwirbelten. »Andy, was ist los?« fragte Marian wieder. »Ich schwöre bei Gott, wenn du dich in meinem Auto übergibst ...«

Aber Andy hatte den Sicherheitsgurt gelöst und die Tür aufgedrückt, noch bevor das Kabrio hielt. Er sprang aus dem Wagen und blieb daneben stehen, seine Hände noch immer auf die Ohren gepreßt.

Doch das Geräusch, das sein Gehirn marterte, war hier draußen noch schlimmer, schwoll zu einer gräßlichen Kakophonie an, die ihn befürchten ließ, sein Schädel könnte jede Sekunde explodieren.

»Andy?« rief Marian wieder, während sie die Fahrertür aufriß und um die Motorhaube herum zu ihrem Sohn eilte. »Andy, was hast du nur?« Sie legte ihm eine Hand auf die Schulter. »Um Gottes willen, so sag doch, was dir fehlt!«

Andy riß sich von seiner Mutter los, machte einige taumelnde Schritte, drehte sich auf dem Absatz herum und rannte über die Straße, wie von Hunden gehetzt. Marian wollte ihm folgen, blieb aber stehen, als sie ein lautes Hupen hörte. Sie drehte den Kopf und sah einen Sattelschlepper auf sich zurollen. Instinktiv sprang sie zurück, aber der Fahrer hupte wieder und gestikulierte wild.

Viel zu spät bemerkte sie, daß die Fahrertür ihres Kabrios weit offenstand. Sie schlug sich entsetzt die Hände vor den Mund, machte einen weiteren Schritt zurück, ließ sich auf die Knie fallen und hielt schützend ihre Arme über den Kopf.

Die Zeit schien stillzustehen, während sie dem Quietschen der Bremsen lauschte und auf den Aufprall wartete.

Der tatsächliche Krach war dann weniger schlimm als befürchtet.

Mit rasendem Herzklopfen blickte sie auf, und im ersten Moment dachte sie, daß gar nichts passiert ist. Als sie jedoch aufstand und sah, daß der Sattelschlepper etwa fünfzig Meter entfernt anhielt, erkannte sie, wogegen er geprallt war.

Die Fahrertür ihres wunderschönen Kabrios hing an der Leitplanke auf der anderen Straßenseite, so verbeult, daß sie nur noch an der Farbe zu erkennen war.

Und Andy rannte jenseits der Leitplanke querfeldein, ohne etwas von dem Unfall bemerkt zu haben.

Karen lief rastlos zwischen Küche und Wohnzimmer hin und her und schaute alle zwei oder drei Minuten auf die Uhr. Schließlich trat sie durch die Hintertür ins Freie, ging ums Haus herum und kehrte in die Küche zurück. Innerhalb der letzten Stunde hatte sie das schon ein halbes Dutzend Mal getan.

Auch diesmal hatte sie nur Russell und Kevin gesehen, die in Stallnähe ihrer Arbeit nachgingen, so als wäre nichts geschehen.

Wie konnten sie nur?

War es ihnen egal, daß Julie vermißt wurde?

Als Russell ihr vor einer Stunde gesagt hatte, er müsse wenigstens die Tiere füttern, bevor er weitersuchen könne, war sie völlig fassungslos gewesen. Sie mußte mühsam an sich halten, um ihn in ihrer Angst und Frustration nicht anzuschreien, aber sein Argument, daß die Tiere Futter und Wasser brauchten, ganz egal, was passierte, leuchtete ihr gegen ihren Willen ein.

Jetzt sah es aber allmählich so aus, als hätte er überhaupt nicht die Absicht, die Suche fortzusetzen.

Zur Hölle mit ihm!

Vielleicht hatte Julie doch recht gehabt! Vielleicht war es wirklich die dümmste Entscheidung ihres Lebens gewesen, Russell zu heiraten und nach Pleasant Valley zurückzukehren.

Sie glaubte genau zu wissen, was sie tun würde, sobald Julie nach Hause kam. Sie würde ihre beiden Töchter in ihr altes Auto setzen und mit ihnen nach Los Angeles fahren. Wenn sie richtig bettelte, würde man sie in der Anwaltskanzlei wieder einstellen, und vielleicht würde diese Kanzlei sie auch bei der Scheidung vertreten, zu einem Honorar, das sie sich leisten konnte.

Aber in der Zwischenzeit mußte sie irgend etwas – etwas Konstruktives – tun, wenn sie nicht verrückt werden wollte. Die Polizei!

Natürlich! Warum war ihr das nicht schon früher eingefallen? Es war *eine* Sache, Russell am Telefon mit dem Argument abzuwimmeln, die Polizei könne erst nach vierundzwanzigstündiger Abwesenheit eines Kindes die Suchaktion einleiten, aber wenn sie – Karen – persönlich vorsprach und die Sachlage darlegte …

»Molly!« rief sie, von dem Gedanken beflügelt, daß sie aktiv ins Geschehen eingreifen konnte. »Komm, Molly!« Sie kramte in ihrer Handtasche nach den Autoschlüsseln, als Molly angelaufen kam und sie fragend ansah. »Wir fahren in die Stadt, Liebling«, sagte Karen. »Wir werden die Polizei bitten, nach deiner Schwester zu suchen.«

»Aber Russell hat doch gesagt …«, begann Molly.

»Was Russell gesagt hat, ist mir ganz egal!« schrie Karen, bedauerte ihren Ausbruch aber sofort wieder, als sie das verstörte Gesicht der Kleinen sah. Sie kniete rasch nieder und zog Molly an sich. »Tut mir leid, mein Schatz«, flüsterte sie. »Ich bin ziemlich durcheinander, und ich möchte etwas unternehmen, damit Julie gefunden wird. Deshalb fahren wir zwei jetzt in die Stadt und erklären der Polizei, daß Julie niemals durchbrennen würde. Okay?«

Molly nickte schniefend und fuhr sich mit dem Ärmel über die feuchten Augen. Gleich darauf nahmen Mutter und Tochter auf den Vordersitzen des alten Chevrolets Platz, mit dem sie nach Pleasant Valley gekommen waren.

»Warum nehmen wir Kevins Wagen?« fragte Molly.

Karen hatte im ersten Moment keine Ahnung, wovon Molly redete, aber plötzlich fiel es ihr wieder ein.

Mein Gott, dachte sie, ich besitze ja nicht einmal mehr ein eigenes Auto! Doch noch während ihr dieser Gedanke durch den Kopf schoß, entschied sie, daß es ihr ganz egal war, wem der Wagen jetzt offiziell gehörte. Julie war *ihre* Tochter, und dies war immer *ihr* Wagen gewesen, und wenn sie wieder ohne Russells Hilfe für sich selbst und ihre Töchter sorgen mußte, würde sie ihr Auto mitnehmen!

Sie ließ den Motor an und brauste die Auffahrt hinab, und ohne Mollys Frage zu beantworten, ohne Russell zu beachten, der verständnislos ihren Namen rief, als sie am Stall vorbeifuhr.

Sie achtete auch nicht auf den Sattelschlepper, der zwischen Klinik und Stadtmitte am Straßenrand stand, und auf das Kabrio mit der fehlenden Tür, neben dem eine wütende Frau dem LKW-Fahrer heftige Vorwürfe machte.

Drei Minuten später parkte sie vor dem Rathaus gegenüber der alten Carnegie-Bibliothek. Ohne das Auto abzuschließen, eilte sie mit Molly an der Hand um die Ecke zum Seiteneingang, wo die kleine Polizeiwache untergebracht war.

Mark Shannon saß hinter seinem Schreibtisch und hatte die Füße hochgelegt, während er in einem Waffenkatalog blätterte, der außer Pistolen auch Halfter, Gurte, Schlagstökke und andere Gegenstände enthielt, die mit seinem Beruf in Zusammenhang standen. Als Karen eintrat, schwang er schuldbewußt die Beine auf den Boden und warf den Katalog in die unterste Schreibtischschublade.

»Mrs. Owen«, begann er und setzte automatisch ein Lächeln auf, das angesichts ihrer grimmigen Miene aber sofort wieder erstarb. Weil er zu wissen glaubte, warum sie hier war, wühlte er in den Formularen auf seinem Schreibtisch herum, bis er das richtige fand. »Ich nehme an, daß Sie eine Vermißtenanzeige aufgeben möchten. Füllen Sie das bitte aus, und wenn Sie irgendwelche Fragen haben ...«

Karen reckte das Kinn. »Ich bin sicher, daß ich keine Fragen zu diesem Formular habe«, sagte sie. »Sie wissen ja schon, wie Julie aussieht – Sie haben sie ja kennengelernt.« Sie kramte in ihrer Handtasche, fand das Portemonnaie, zog ein Foto von Julie hervor, das vor weniger als einem Jahr aufgenommen worden war, und schob es Shannon hin. »Meine Tochter ist keine Ausreißerin«, betonte sie. »Und sie hat auch keine Drogenprobleme. Wenn Sie mir nicht glauben, können Sie Dr. Filmore anrufen, die Julie erst gestern abend einem Drogentest unterzogen hat.« Shannon wollte etwas einwenden, aber Karen ließ ihn nicht zu Wort kommen. »Die Ärztin hat nicht nur Julie untersucht, sondern auch Jeff Larkin. Beide sahen krank aus, deshalb sind Marge und ich mit ihnen in die Klinik gefahren.« Sie berichtete kurz, daß Ellen Filmore eine gründliche Untersuchung in San Luis Obispo empfohlen hatte, nachdem ihre eigene Untersuchung ergebnislos geblieben war. »Aber heute morgen war Julie verschwunden«, sagte sie.

Bevor sie erzählen konnte, daß Kevin mit Jeff Larkin in den Hügeln nach Julie gesucht hatte, wurde die Tür aufgerissen, und Marge Larkin stürzte leichenblaß herein. »Mark, es ist was passiert! Jeff sollte zum Arzt nach San ...« Sie verstummte mitten im Satz, als Karen sich nach ihr umdrehte. »Was ist los? Habt ihr Julie gefunden? Geht es ihr ...«

Karen schüttelte den Kopf. »Sie ist wie vom Erdboden verschluckt.« Dann unterrichtete sie Marge Larkin und Mark Shannon über Kevins Wortkargheit nach seiner Rückkehr aus den Hügeln. »Ich werde das schreckliche Gefühl nicht los, daß Jeff Julie gefunden hat, daß aber irgend etwas passiert ist. Entweder ist nur Julie etwas zugestoßen oder beiden oder ...« Ihre seit dem Morgen zum Zerreißen gespannten Nerven gaben plötzlich nach. Sie brach in Tränen aus, ließ sich auf den Stuhl vor Shannons Schreibtisch fallen und vergrub das Gesicht in den Händen. Auch Molly konnte sich ein Schluchzen kaum verbeißen. Marge legte tröstend einen Arm um Karens bebende Schultern, aber ihre auf Shannon gerichtete Augen bekamen einen stahlharten Ausdruck.

»Zwei Kinder!« sagte sie. »Zwei Kinder werden vermißt! Und wenn du nicht sofort etwas unternimmst, wird in der nächsten Ausgabe des *Chronicle* auf der ersten Seite ein großer Artikel erscheinen, das schwöre ich dir. Willst du das wirklich, Mark?«

Als das Telefon klingelte, war der Polizist zutiefst erleichtert. Jede Unterbrechung war ihm recht, weil er nicht wußte, was er den beiden Frauen antworten sollte.

»Mark?« Es war Marian Bennett, und sie hörte sich sehr aufgeregt an. »Etwas Schreckliches ist passiert. Ich hatte einen Autounfall und ...«

»Wurde jemand verletzt?« unterbrach Mark.

»Nein! Das heißt ... Mark, Andy ist verschwunden!«

Mark Shannon hatte plötzlich ein sehr mulmiges Gefühl im Magen. »Andy ist verschwunden?« wiederholte er. »Marian, was soll das heißen?«

Trotz ihres Frusts über die Beschädigung des Kabrios berichtete Marian relativ sachlich über die Ereignisse dieses Morgens.

Wie seltsam Andy ausgesehen hatte.

Wie eigenartig er sich während der Fahrt in die Klinik benommen hatte.

Wie er querfeldein gerannt und schließlich in den Hügeln verschwunden war.

Genau wie Jeff Larkin.

Und wie möglicherweise auch Julie Spellman.

Auf die Heugabel gestützt, starrte Russell vom Heuboden in den Stall hinab, wo Kevin die Pferdeboxen ausmistete.

Etwas stimmte nicht.

Obwohl Kevin fleißig arbeitete, in jenem gleichmäßigen

Rhythmus, den Russell ihm beigebracht hatte, war mit dem Jungen offensichtlich etwas nicht in Ordnung.

Russell stieß seine Heugabel in einen der großen Heuballen und stieg die Leiter hinab. Die letzten vier Sprossen brachte er mit einem Sprung hinter sich.

Doch obwohl er mit einem lauten Plumps auf dem Holzboden landete, schaute sein Sohn nicht einmal auf.

Aber gleich darauf hielt Kevin für eine Sekunde in seiner Arbeit inne, wie er es während der letzten Stunde schon mehrmals getan hatte, und spähte durch die offene Stalltür auf die Koppel hinaus.

So als hielte er nach etwas Ausschau.

Russell folgte seinem Blick, aber die Koppel war leer. Sie hatten die Pferde zum Weiden auf die angrenzende Wiese gebracht.

Er wollte Kevin gerade ansprechen, als Bailey in den Stall trottete.

Der Hund steuerte auf Kevin zu, blieb aber plötzlich stehen und winselte.

»Was ist denn, Bailey?« fragte Russell und legte eine Hand auf den Kopf des Hundes.

Der Hund winselte wieder, machte einen zögernden Schritt auf Kevin zu, begann zu bellen, machte kehrt und hetzte aus dem Stall. Im ersten Moment wußte Russell nicht, was Bailey erschreckt hatte, doch als das Gebell vorübergehend verstummte, hörte er die lauten Motorgeräusche des alten Chevrolets.

Karen war also doch zurückgekommen. Als sie vor einer Weile einfach an ihm vorbeigebraust war, hatte er die schreckliche Befürchtung gehabt, daß sie mit Molly für immer die Farm verlassen haben könnte.

Warum hätte sie sonst den Chevy nehmen sollen?

Doch dann hatte er sich mit dem Gedanken getröstet, daß sie niemals fortfahren würde, solange Julie nicht gefunden war.

Trotzdem wäre er ihr am liebsten gefolgt und hatte nur deshalb darauf verzichtet, weil ihm die Vorstellung nicht behagte, daß Julie – falls sie zurückkam – nur Kevin zu Hause antreffen würde.

Denn obwohl Kevin behauptete, ihm fehle nichts, hatte es ganz den Anschein, als würde jetzt auch er irgendeine Krankheit ausbrüten.

Deshalb war Russell in den Stall zurückgekehrt und hatte versucht, sich auf seine Arbeit zu konzentrieren, aber allzuviel hatte er nicht zustande gebracht, weil er sich große Sorgen um Julie machte und zudem Kevin im Auge behalten wollte.

Er folgte Bailey nach draußen und pflanzte sich mitten auf der Auffahrt auf. Karen würde entweder anhalten oder den Rasen ruinieren müssen, um ihm auszuweichen.

Oder aber sie würde ihn überfahren müssen.

Eine Sekunde lang sah es fast so aus, als wollte sie letzteres tun. Doch wenige Zentimeter von ihm entfernt blieb der Chevy stehen. Karen schien mit sich zu kämpfen, ob sie aussteigen oder einfach sitzen bleiben sollte, aber schließlich öffnete sie die Tür. Als sie in der Sonne stand, konnte Russell erkennen, daß ihre Augen gerötet waren, und er ging rasch auf sie zu und nahm sie in die Arme.

Sie reagierte kaum.

»Es gibt einen weiteren Vermißten«, berichtete sie tonlos. »Vielleicht wird die Polizei jetzt endlich etwas unternehmen.«

Russell starrte sie an. »Noch ein Teenager?«

Sie nickte. »Andy Bennett, auch eines der Kids, die damals mit Julie und Kevin im Kino waren.«

»O Gott«, murmelte Russell. »Arme Marian! Sie muß …«

Karen riß sich mit funkelnden Augen von ihm los. »Arme *Marian*?« wiederholte sie. »Warum bedauerst du sie so? Was ist mit mir? Meine Tochter wird auch vermißt, oder hast du das schon vergessen?« Ihre angestaute Angst, Frustration und Hilflosigkeit entluden sich in einem Wutanfall. »Ich weiß nicht, warum ich hierher zurückgekommen bin!« schrie sie. »Meine Mutter hatte recht! Dies ist ein gräßlicher Ort! Es ist viel zu heiß, und die Menschen sind scheußlich, und wenn man nicht von Bienen umgebracht wird, dann eben von Skorpionen! O Gott, warum habe ich dich nur geheiratet? Wie konnte ich jemals glauben, das alles wäre eine gute Idee?«

Sie rannte mit gesenktem Kopf auf das Haus zu. Molly sprang aus dem Wagen und lief hinter ihr her. Russell holte die beiden an der Veranda ein.

Kevin trat aus dem Stall und beobachtete den Streit, den sein Vater und Karen auf der Veranda ausfochten. Er hatte im Stall jedes Wort seiner Stiefmutter gehört, und nun machte er sich noch größere Sorgen.

Und hatte noch mehr Angst.

Jetzt war also auch Andy Bennett verschwunden.

War er in der Höhle, bei Jeff und Julie?

Was war mit den anderen? Wo waren Sara McLaughlin und Shelley Munson?

Ging es den beiden Mädchen so wie ihm?

Fühlten auch sie sich krank?

Das mußte er unbedingt in Erfahrung bringen.

Obwohl es auf der Farm noch sehr viel zu tun gab, setzte er sich ans Steuer des Chevys und wollte gerade den Motor anlassen, als er seinen Vater nach ihm rufen hörte. Er drehte den Zündschlüssel und trat aufs Gaspedal. Der Motor stotterte, sprang dann aber an, und Kevin fuhr zum Haus hinauf. Sein Vater und seine Stiefmutter standen immer noch auf der Veranda.

»Ich schau' mal, ob ich Sara und Shelley finden kann«, sagte er. »Wenn jetzt auch Andy verschwunden ist, wissen sie vielleicht, wo er sein könnte.«

»Du fährst nirgendwohin …«, begann Russell, aber Karen unterbrach ihn.

»Warum nicht?« fragte sie. »Er macht sich immerhin Sorgen um seine verschwundenen Freunde! Warum sollte er nicht nach ihnen suchen?«

Russell gab nach. »Also gut. Aber sei vorsichtig, Kevin, okay?«

Kevin lächelte. »Mach dir keine Sorgen. Mir geht's gut.«

Dann fuhr er weiter.

Andy Bennett machte auf seinem Weg in die Hügel nirgends halt.

Das qualvolle Summen in seinem Kopf war verstummt –

gleich nachdem er aus dem Auto seiner Mutter gesprungen und ins offene Gelände geflohen war. Er hatte das Krachen gehört, als der Sattelschlepper gegen die Kabriotür prallte – er hatte sich sogar umgedreht, um zu sehen, was passiert war. Aber nachdem er festgestellt hatte, daß nur die Tür abgerissen worden war, hatte er seinen Weg fortgesetzt.

Er war noch nicht einmal sicher, ob er umgekehrt wäre, wenn er gesehen hätte, daß seine Mutter verletzt worden wäre.

Denn inzwischen hatte er etwas Neues im Kopf.

Etwas Undefinierbares – weder Geräusche noch Bilder.

Es war eine seltsame, völlig neuartige Erfahrung.

Er hatte das Gefühl, die Kontrolle über Körper und Geist verloren zu haben, und er wußte nicht, wohin er ging.

Aber er wußte, daß er irgendwohin gehen *mußte,* und während er sich auf schmalen Pfaden in die Hügellandschaft begab, wo er sich schon bald nicht mehr auskannte, schien jenes fremde Wesen, das sich seines Geistes bemächtigt hatte, ihn sicher zu leiten.

Endlich blickte er von einem Hügel in ein Tal hinab. Auf der anderen Seite des Tals konnte er eine Höhle erkennen.

Plötzlich wußte er, daß diese Höhle sein Ziel war.

Er hastete den steinigen Abhang hinab, durchquerte den Bach im Talgrund und eilte auf die Höhle zu.

Als er noch etwa fünfzehn Meter davon entfernt war, trat Jeff Larkin aus der Dunkelheit hervor, die im Höhleninnern herrschte. Ohne zu winken oder zu rufen, zog sich Jeff sofort wieder zurück, so daß Andy nicht genau wußte, ob sein Freund ihn überhaupt gesehen hatte. Doch als er gleich darauf in die Höhle trat, stand Jeff plötzlich neben ihm.

Und dann sah er Julie.

Sie lag im hinteren Teil der Höhle auf dem Boden.

Ihr Körper war aufgedunsen, und jeder Zentimeter ihrer Haut war mit Bienen bedeckt, deren Flügel vibrierten, so daß es in der Höhle summte wie in einem Bienenstock.

Andy blieb wie angewurzelt stehen, und ihm drehte sich fast der Magen um. Er wollte kehrtmachen, nach draußen ins Sonnenlicht fliehen.

Aber er konnte es nicht.

Etwas in ihm – etwas Unbegreifliches, dem er keinen Widerstand leisten konnte – beherrschte seinen Willen.

Langsam ging er auf Julie zu, die ihm ihre Arme entgegenstreckte.

Ihre Fingernägel waren lang.

Lang und spitz.

Spitz ... wie Stacheln.

Kapitel 21

Carl Henderson lenkte seinen Cherokee ins A & W und parkte im Schatten unter der orangefarbenen Markise des Drive-in-Restaurants. Er war den ganzen Morgen unterwegs gewesen und hatte Farmer besucht, sogar in Coalings weit im Norden, und jetzt hatte er großen Appetit aufs Mittagessen. Charlene Hopkins eilte auch gleich herbei und stützte sich mit den Ellbogen auf den Fensterrahmen seines Jeeps. Doch noch bevor er bestellen konnte, seufzte sie tief, schüttelte den Kopf und schnalzte mit der Zunge, was – wie Carl genau wußte – ihre übliche Einleitung zur Verbreitung schlechter Nachrichten war. Und tatsächlich strich sie sich eine platinblonde Haarsträhne aus der Stirn und sagte: »Ist das nicht seltsam – die Sache mit diesen Kids?«

Carl runzelte die Stirn, und sein Herzschlag stockte. Wovon redete sie? Was für Kids? Hatte etwa jemand einen grausigen Fund ... Doch noch bevor er diesen Gedanken zu Ende führen konnte, bemerkte Charlene seine verwirrte Miene.

»Haben Sie denn noch nichts davon gehört? Offenbar verschwinden heute Kids am laufenden Band. Zuerst diese Julie Spellman – na, Sie wissen schon, Russell Owens neue Stieftochter. Sie soll schon seit heute früh spurlos verschwunden sein, und jetzt sind auch Jeff Larkin und Andy Bennett wie vom Erdboden verschluckt.« Charlene senkte verschwörerisch die Stimme, während sie die verschiedenen Informationsfetzen und Gerüchte weitergab, die sie im Laufe des Vormittags aufgeschnappt hatte, angefangen mit Marian Bennetts Kabrio – Charlene war sicher, daß Chuck sich daraufhin von Marian scheiden lassen würde – und bis hin zu der Tatsache, daß Julie Spellman und Jeff Larkin am Abend zuvor in der Klinik gewesen waren. »Und Dr. F. hat Roberto Muñoz mit Blutproben der beiden Teenager irgendwohin nach San Luis Obispo geschickt«, schloß sie mit glühenden

Wangen. »Ich würde sagen, daß sie etwas ganz Schlimmes haben müssen, glauben Sie nicht auch?«

Carl Henderson, dessen Puls raste, versuchte seine Angst zu verbergen. Er nickte zustimmend und legte nur mäßiges Interesse an den Tag. »Hat Roberto überhaupt eine Ahnung, wonach im Labor gesucht werden soll?«

»Gesagt hat er nichts«, mußte Charlene zugeben. »Es geht um Drogen, nehme ich an. Oder vielleicht um eine neue Krankheit. Ich meine – diese Julie hat schließlich in L.A. gewohnt, und von da könnte sie alle möglichen Krankheiten eingeschleppt haben.«

»Vermutlich«, murmelte Carl Henderson, mit seinen Gedanken ausschließlich bei der Frage, ob das Labor in San Luis Obispo Julies Blut wohl schon untersucht hatte. Wenn nun Spuren des angeblichen Mittels gegen Bienenstiche gefunden wurden, das er Ellen Filmore gegeben hatte …

Ihn überkam ein schier unwiderstehlicher Drang, auf der Stelle in die Klinik zu fahren und die Ampulle irgendwie an sich zu bringen.

Aber er wußte, daß er diesem Drang nicht nachgeben durfte, denn er konnte sich lebhaft vorstellen, was Charlene Hopkins in diesem Fall dem nächsten Gast erzählen würde: *Wissen Sie, dieser Carl Henderson geriet total aus dem Häuschen, als er hörte, daß Julies Blut untersucht werden soll! Davongebraust ist er, so als wäre der Teufel hinter ihm her!* Und dann würde sie ihr leises, hämisches Lachen ertönen lassen und den platinblonden Kopf schütteln. *Ich habe diesem Mann noch nie getraut,* würde sie verschwörerisch flüstern. *Er war mir immer ein bißchen unheimlich.*

Und das wäre das Ende! Mark Shannon würde ihm wieder einen Besuch abstatten und sich diesmal nicht damit begnügen, ihm Fragen zu stellen.

In einer flüchtigen Vision sah er Charlene Hopkins an der Wand seiner Dunkelkammer hängen, das flinke Mundwerk für immer zum Schweigen gebracht, während Millionen seiner winzigen Fleischfresser sich an der lästigen Person labten, bis nur noch die Knochen übrig waren, wie bei …

Er verdrängte diese herrliche Vorstellung schnell wieder.

Ruhe bewahren!

Das war jetzt die Hauptsache: Ruhe bewahren und sich logisch verhalten.

Er tat so, als langweilte ihn Charlenes anhaltendes Gerede – sie wiederholte sich inzwischen, schmückte die Gerüchte dabei aber weiter aus –, und unterbrach ihren Wortschwall, indem er Hamburger, Pommes frites und ein Malzbier bestellte.

Während sie seine Bestellung weitergab, überlegte er krampfhaft, was er tun sollte, und als das Essen serviert wurde, stand sein Entschluß fest.

Er zwang sich, ohne jede Hast zu essen, um weder Charlene noch ihrem Mann, der hinter der Theke als Koch arbeitete, Anlaß zu irgendwelchen Kommentaren zu geben.

Sie sollten allenfalls sagen können, daß er sich völlig normal verhalten hatte.

Beim Bezahlen zuckte er plötzlich zusammen und schnappte nach Luft.

Charlene schaute von ihrem Block auf. »Haben Sie etwas gesagt?«

Carl schüttelte den Kopf und lächelte schwach. »Nein, nein, war wohl nur 'n bißchen Gas.«

Er zuckte wieder zusammen und fügte ein leises Stöhnen hinzu, so als müßte er Schmerzen unterdrücken.

Charlenes Lächeln verschwand, und sie hob besorgt ihre nachgezogenen Brauen. »Sind Sie sicher, daß Ihnen nichts fehlt?« fragte sie und trat nach einem schuldbewußten Blick in Richtung Küche etwas näher ans Fenster heran. »Vielleicht sollten Sie lieber in die Klinik fahren und Dr. F. aufsuchen«, sagte sie leise. »Ich sage George dauernd, daß er darauf achten soll, das Fleisch wirklich gut durchzubraten, aber erst letzte Woche habe ich wieder von so 'nem Kolikfall gehört.« Sie schnalzte mißbilligend mit der Zunge. »Wenn man sich nicht mal mehr auf das Fleisch verlassen kann, weiß ich nicht, was man überhaupt noch glauben soll.«

Carl Henderson nickte schweigend, so als hätte er Mühe zu sprechen, gab Charlene einen Zehndollarschein, wartete auf sein Wechselgeld und ließ den Motor an. Das war ja noch besser gegangen, als er gehofft hatte – Charlene selbst hatte ihm empfohlen, Ellen Filmore aufzusuchen!

Als er fünf Minuten später auf den Klinikparkplatz fuhr, ließ seine Angst etwas nach, denn keiner der beiden Streifenwagen von Pleasant Valley war hier zu sehen.

Und als Ellen Filmore ihm zulächelte, sobald sie seiner ansichtig wurde, entspannte er sich noch mehr. Was auch immer sie über Julies Blut erfahren haben mochte – mit der Substanz in der Ampulle hatte sie es jedenfalls noch nicht in Verbindung gebracht.

Noch bevor er etwas sagen konnte, kam Ellen Filmore hinter dem Schreibtisch von Roberto hervor, für den sie einsprang, bis er aus San Luis Obispo zurückkommen würde. »Ich habe schon gehört, daß du möglicherweise verdorbenes Fleisch erwischt hast«, sagte sie.

Carl tat so, als wäre er leicht verärgert. »Kaum zu glauben – hat Charlene wirklich hier angerufen?«

»Eine Kolik sollte man nicht auf die leichte Schulter nehmen«, erklärte Ellen, während sie ihn in denselben Untersuchungsraum führte, wo vor einigen Tagen Julie Spellman behandelt worden war. »Es ist durchaus verständlich, daß Charlene sich Sorgen macht. Wenn sie dir verdorbenes Fleisch serviert haben, könntest du sie belangen.«

»Stimmt.« Carl rollte mit den Augen. »Und wenn ich das täte, würde in der ganzen Stadt kein Mensch mehr mit mir reden, und ich würde nirgends mehr etwas zu essen bekommen. Ich glaube, lieber gehe ich auch in Zukunft das Risiko einer Lebensmittelvergiftung ein.«

»Na ja, ich stimme Charlene zu.« Ellen reichte ihm ein Untersuchungshemd. »Zieh das an und ruf mich, wenn du fertig bist.« Sie verließ den Raum, und Carl Henderson ging sofort auf leisen Sohlen zu der langen Arbeitsplatte an der hinteren Wand, wo die braune Ampulle, die er der Ärztin vor weniger als einer Woche gegeben hatte, damals gelegen hatte.

Sie war nicht mehr da.

Rasch zog er Hemd und Hose aus und streifte das weite Untersuchungshemd über seine Unterwäsche. Dann suchte er in zwei Schubladen nach der Ampulle und wollte gerade eine dritte öffnen, als ein lautes Klopfen ihn zusammenfahren ließ.

»Ist alles in Ordnung?« hörte er Ellen rufen.

»Alles bestens.« Als die Ärztin gleich darauf eintrat, saß Carl auf der Kante des Untersuchungstisches, die Finger auf den Magen gepreßt. »Wahrscheinlich nur ein bißchen Gas«, murmelte er, während Ellen seinen Blutdruck maß und seinen Unterleib abtastete.

Zehn Minuten später schloß sie die Untersuchung ab und kritzelte einige Notizen auf Carls Karte. »Ich glaube, du kannst dich entspannen. Falls es sich um eine Kolik handelt, wäre es der leichteste Fall in der Geschichte der Medizin.« Sie öffnete eine Schublade, holte Antazidumtabletten heraus und gab Carl augenzwinkernd eine davon. »Die nehme ich selbst auch immer nach George Hopkins' Hamburgern. Ruf mich an, wenn dieses Mittel nicht wirkt. Aber ich glaube, deine Diagnose ist richtiger als die von Charlene. Komm ins Wartezimmer, wenn du fertig bist.«

Ellen Filmore ging hinaus und ließ Henderson wieder allein. Er machte sich sofort an die Arbeit, durchsuchte eine Schublade nach der anderen.

War es möglich, daß sie die Substanz aufgebraucht hatte?

Aber warum hatte sie ihn dann nicht angerufen und um eine zweite Ampulle gebeten? Schließlich hatte sich das Mittel als genauso effektiv erwiesen wie das echte Gegengift, auch wenn es für einen ganz anderen Zweck bestimmt gewesen war. Carl hatte immer noch keine Ahnung, warum das Serum Julie nicht getötet hatte, aber er wußte, daß die Flüssigkeit *irgend etwas* bewirkt hatte. Und wen nun Spuren davon in ihrem Blut gefunden wurden …

Rasch öffnete er die letzte Schublade und wollte sie schon wieder schließen, als er ganz hinten die kleine braune Ampulle entdeckte.

Erleichtert ersetzte er sie durch die Ampulle mit dem richtigen Gegengift, die er auf dem Weg vom A & W zur Klinik aus dem Aktenkoffer geholt und in seine Hosentasche geschoben hatte.

Keine fünf Minuten, nachdem Ellen Filmore ihn alleingelassen hatte, damit er sich wieder anziehen konnte, trat Henderson ins Wartezimmer hinaus.

»Geht's dir etwas besser?« erkundigte sie sich, von einer medizinischen Zeitschrift aufblickend.

Carl schenkte ihr ein breites Lächeln. »Mir geht's gut.« Unwissentlich verwendete er die gleichen Worte, die Julie, Jeff und Andy in den letzten Tagen so oft wiederholt hatten. »Mir geht's großartig.«

Aber im Gegensatz zu den drei Teenagern sagte Carl Henderson die Wahrheit.

Kevin Owen hielt am unteren Ende der Straße an, die zum Park führte. Ihm dröhnte der Kopf, und der schreckliche Juckreiz, der sich in seinem ganzen Körper ausgebreitet hatte, wurde von Minute zu Minute schlimmer.

Er war fast sicher, daß er verrückt wurde, denn je länger er darüber nachdachte, desto überzeugter war er, daß die Bilder, die er am Morgen in der Höhle gesehen zu haben glaubte, nicht real gewesen sein konnten.

Aber woher stammten sie, wenn sie nicht real waren?

Wie schon den ganzen Tag über, versuchte er auch jetzt, sich genau zu erinnern, was dort oben geschehen war.

Jeff hatte sich irgendwie seltsam benommen – dessen war er sich sicher.

Daß er kaum ein Wort gesagt hatte, während sie in die Hügel emporgestiegen waren, war merkwürdig genug, denn normalerweise hatte Jeff viel zu erzählen. Daß er aber mit geradezu schlafwandlerischer Sicherheit den Weg zur Höhle gefunden hatte, war unheimlich.

War er vielleicht schon einmal dort oben gewesen? Hatte er Julie begleitet und war noch einmal zurückgekommen?

Aber warum, so fragte sich Kevin, warum nur hatte er seinem Vater und Karen nicht erzählen können, was dort oben passiert war?

Seit jenem schrecklichen Ereignis – seit jene schwarze Wolke von Mücken oder was auch immer aus Jeffs Mund herausgeströmt war – hatte Kevin das Gefühl, als befände sich etwas Fremdartiges in seinem Innern.

Fast so wie in jenen Filmen, wo außerirdische Wesen sich menschlicher Körper bemächtigten, um sich als Menschen ausgeben zu können.

Aber es war doch auch wieder anders als in diesen Filmen, denn die Aliens töteten die Personen unweigerlich und benutzten nur deren Körper.

Während er noch am Leben war – er *wußte*, daß er noch am Leben war!

Trotzdem hatte er das gespenstische Gefühl, daß sich etwas in seinem Körper eingenistet hatte, daß ihm etwas Schreckliches widerfahren war, denn er konnte nicht mehr aussprechen, was er wollte.

Er konnte auch nicht mehr *tun*, was er wollte.

Er hatte mit seinem Vater im Stall gearbeitet, obwohl er sich so miserabel fühlte, daß er glaubte, jede Sekunde ohnmächtig zu werden. Doch als sein Vater ihn gefragt hatte, wie es ihm gehe, hatte er versichert, es gehe ihm ausgezeichnet, während ihm in Wirklichkeit speiübel war.

Einmal hatte er sogar versucht, sich zu übergeben, weil sein Vater dann wenigstens gewußt hätte, daß etwas nicht stimmte.

Aber er konnte nicht einmal erbrechen!

Vor etwa einer Stunde hatte er das Bedürfnis verspürt, in die Hügel zurückzukehren. Während er auf der Suche nach Sara und Shelley kreuz und quer durch die Stadt gefahren war, hatte er sich zweimal dabei ertappt, daß er auf eine jener Straßen einbog, die in die Hügel führten, aber beide Male hatte er sich zur Umkehr gezwungen, fest entschlossen, auf gar keinen Fall in jene Höhle zurückzukehren, ganz egal, was auch geschehen mochte.

Dann hatte er plötzlich Hunger bekommen.

Nicht jenen gewöhnlichen Hunger, bei dem man allmählich das Gefühl bekam, daß es angenehm wäre, etwas zu essen.

Nein, dies war etwas ganz anderes – eine wilde Gier, so als müßte er sterben, wenn er nicht sofort etwas aß.

Er war ins A & W gefahren und hatte sich vollgestopft wie nie zuvor in seinem Leben.

Und während er aß, hatte er Charlenes Mitteilungen über die seltsamen Ereignisse des Vormittags gelauscht.

Als sie berichtet hatte, daß Andy Bennett in die Hügel geflüchtet war, hatte Kevin sofort gewußt, wohin Andy wollte – in jene Höhle!

Seitdem fragte er sich, ob er den Verstand verlor oder ob vielleicht wirklich ein Raumschiff gelandet war und er und die anderen Kids von Aliens beherrscht wurden, wie in den Filmen.

Aber das war natürlich albern! Es gab keine UFOs und keine Aliens!

Was aber ging dann mit ihm vor?

Nachdem er im A & W drei Hamburger gegessen hatte, war er in den Supermarkt gegangen, wo Saras Mutter als Kassiererin arbeitete. Mrs. McLaughlin hatte ihm sofort angesehen, daß er nicht gesund war, aber er hatte behauptet, daß es ihm großartig gehe und er nur mit Sara und Shelley reden wolle.

»Sie sind oben im Park, glaube ich«, sagte Mrs. McLaughlin. »Sara hat erzählt, daß sie mit Shelleys Schwester und deren Freundinnen ein Picknick machen wollten.« Nach einem Blick auf Kevins schweißbedeckte Stirn fügte sie streng hinzu: »Ich glaube, du solltest lieber Dr. Filmore aufsuchen. Du siehst krank aus, und ich möchte nicht, daß du im Park alle ansteckst. Okay?«

Kevin hatte genickt, aber als er wieder ins Auto stieg, wußte er, daß er nicht in die Klinik fahren würde.

Er wollte in den Park.

Doch nun, da er sein Ziel erreicht hatte, fühlte er sich schlimmer denn je.

Ein schreckliches Summen ertönte in seinem Schädel, und plötzlich fiel ihm jener Abend ein, als die Clique im Kino gewesen und anschließend in den Park gefahren war.

An jenem Abend hatte sich Julie zum erstenmal seltsam benommen.

Sie hatte die Hochspannungsleitungen gemieden.

Jetzt verstand Kevin sie, denn das Dröhnen in seinem Kopf wurde immer schlimmer.

Er saß im Wagen und überlegte, was er tun sollte.

Das Bedürfnis, den Hochspannungsleitungen zu entfliehen, wurde schier übermächtig, aber er war fast entschlossen, ihm nicht nachzugeben.

Nicht, ehe er mit Sara und Shelley gesprochen und herausgefunden hatte, ob sie sich noch gesund fühlten.

Und sie gewarnt hatte, daß allen anderen, die an jenem Abend im Kino gewesen waren, etwas Seltsames widerfahren war.

Falls er diese Warnung über die Lippen bringen würde.

Er stählte sich gegen das grauenvolle Summen in seinem Kopf, widerstand dem Verlangen, einfach umzukehren, und fuhr die Straße hinauf.

Die Stromleitungen waren jetzt fast über seinem Kopf – viel näher als auf der Landstraße –, und nun schien eine Kreissäge direkt in seinem Schädel zu kreischen.

Kevin biß die Zähne zusammen, trat aufs Gaspedal und lenkte den alten Chevrolet hügelaufwärts zum Parkplatz. Oben angelangt, konnte er endlich die Strommasten seitlich liegenlassen.

Sofort wurde das Summen in seinem Kopf erträglicher. Der Parkplatz war fast leer, und er hielt am hinteren Rand an, in der Nähe der Schaukeln.

Shelley Munsons Schwester saß auf einer der Schaukeln, und Sara McLaughlin stand hinter ihr und stieß sie an. Das kleine Mädchen krähte vergnügt, während es immer höher flog, und Kevin beobachtete das fröhliche Treiben, während er darauf wartete, daß sein rasendes Kopfweh aufhörte.

Einige Minuten später entdeckte Sara ihn, winkte und kam auf das Auto zu. Doch ihr verging das Lächeln, als sie sein Gesicht aus der Nähe sah.

»Kevin? Ist alles in Ordnung?«

Er wollte den Kopf schütteln, nickte aber statt dessen. »Mir geht's prima«, hörte er sich sagen.

Aber das hatte er doch überhaupt nicht sagen wollen! Wenn er ihr nicht einmal sagen konnte, wie er sich fühlte ...

»Ich fühle mich ...«, begann er wieder, aber er vermochte ihr nichts von dem Fieber, dem Juckreiz und der Übelkeit zu erzählen, die ihn quälten – jene Kraft, die sich nicht nur seines Körpers, sondern auch seines Geistes bemächtigt hatte, erstickte seine Worte. Das einzige, was er mühsam hervorbrachte, war: »Jeff ist weg!«

Sara runzelte verständnislos die Stirn. »Weg? Was soll das heißen?«

Kevin legte sich die Worte im Geiste sorgfältig zurecht. Vielleicht würde es klappen, wenn er nicht versuchte, seinen eigenen Zustand zu schildern. Vielleicht würde er ihr erzählen können, daß Jeff in eine Höhle oben in den Hügeln gegangen war, wo Julie ...

Wenn er sich darauf beschränkte, ihr zu erzählen, daß *Jeff* krank war, daß Julie krank war ...

Wenn er gar nicht erst versuchte, von sich selbst zu sprechen ...

»Möchtest du irgendwohin gehen?« hörte er sich fragen. »Irgendwohin, wo wir allein sind?«

Sara riß die Augen weit auf. Hatte sie sich vielleicht nur verhört? Kevin hatte nie Interesse an ihr bekundet! Aber so, wie er sie jetzt ansah ...

Sie warf einen Blick über die Schulter zurück. Shelleys kleine Schwester spielte jetzt mit ihren Freundinnen auf dem verrosteten Karussell.

Und Shelley saß an einem der Picknicktische und behielt die Kinder im Auge. Wenn sie sich nun einfach mit Kevin für eine Weile zurückzog ...

»Na klar«, sagte sie und öffnete Kevins Wagentür. »Wohin?«

Steig nicht aus, dachte Kevin. Zieh die Tür zu, laß den Motor an und fahr weg! Doch noch während ihm diese Gedanken durch den Kopf schossen, stieg er gegen seinen Willen aus und nahm Saras Hand. »Wie wär's mit dort drüben?« Er deutete auf ein dichtes Gebüsch, in dessen Mitte es eine kleine Lichtung gab. »Hast du eine Decke dabei?«

Saras Herz klopfte zum Zerspringen, während sie eifrig nickte. Würde es tatsächlich geschehen? Sie und Kevin Owen? Sie konnte es kaum glauben.

Sie klammerte sich an seine Hand, so als hinge ihr Leben

davon ab, und führte ihn zu der Stelle, wo Shelley und sie vor zwei Stunden die Decken ausgebreitet hatten. Rasch faltete sie eine davon zusammen und ging dicht neben Kevin auf das Dickicht zu.

Sie bahnten sich einen Weg durch die Sträucher und betraten eine halbe Minute später die Lichtung, die gerade groß genug war, um eine Decke auszubreiten. Überall lagen leere Bierdosen und benutzte Kondome herum, doch das versuchte Sara zu ignorieren, während sie sich auf die Decke setzte und Kevin neben sich zog.

»Ich ... ich wußte nicht mal, daß du mich magst«, stammelte sie. »Ich dachte ... na ja, ich dachte, du wärst in Julie verknallt.«

Lauf weg, schrie er ihr im Geiste zu und versuchte, die Worte auch über die Lippen zu bringen, bevor es zu spät sein würde. Lauf weg, ehe etwas Schreckliches passiert!

Sara knöpfte jetzt sein Hemd auf, und ihre Finger streichelten zärtlich seine Brust.

»Du schwitzt«, hörte er sie sagen. »Zieh das Hemd doch aus!«

Mit dumpfem Kopf und einem Körper, der wichtigen Befehlen nicht mehr gehorchte, streifte Kevin das Hemd ab, legte sich auf den Rücken und zog Sara mit sich.

Es wird gleich wahr werden, dachte Sara. Meine Träume gehen wirklich in Erfüllung!

Sie beugte sich über Kevin und wollte ihn küssen, erstarrte aber in letzter Sekunde.

Seine Augen!

Etwas stimmte nicht mit seinen Augen!

In den Winkeln wimmelte es von winzigen Mücken oder so was Ähnlichem – Hunderte davon, und immer neue krochen unter seinen Lidern hervor!

Sara schnappte erschrocken nach Luft und wollte aufspringen, doch Kevin packte sie plötzlich bei den Armen, und seine Nägel gruben sich schmerzhaft in ihre Haut.

Nun strömten die schwarzen Dinger aus seiner Nase hervor, und während in Saras Kehle ein Schrei des Entsetzens aufstieg, öffnete Kevin den Mund.

Sofort war Saras Gesicht von einer stechenden, sengenden schwarzen Wolke umhüllt.

Ihr Schrei erstarb unter dem Angriff. Und nun begann auch für Sara McLaughlin der Alptraum, wie zuvor schon für Julie, Jeff, Andy und Kevin.

Kapitel 22

Ellen Filmore war mit ihrer Geduld am Ende. In allernächster Zeit würde sie ihre »Temperamentsschwelle« überschreiten – so nannte sie selbst jenen Punkt, wo es für jedermann gefährlich wurde, ihren Weg zu kreuzen. Normalerweise hatte sie ein sonniges Gemüt, aber sie konnte sich sehr schnell in eine schreckenerregende Person verwandeln, wenn man sie über jene Schwelle stieß, und genau das tat das Labor in San Luis Obispo.

Halb sieben.

Sie wußte, daß es sinnlos war, dort anzurufen – um halb sechs hatte die Telefonzentrale Feierabend gemacht, und davor war ihr versichert worden (in einem Ton, den Ellen nicht als allzu höflich empfunden hatte), daß der Laborant nicht nach Hause gehen würde, bevor die Untersuchung abgeschlossen war, und daß er – »ich sag's Ihnen zum zehntenmal, Dr. Filmore« – sie bestimmt anrufen würde, sobald die Resultate vorlagen.

Aber was machte der Bursche denn so lange – zählte er jedes einzelne rote und weiße Blutkörperchen in den Proben?

Vor zehn Minuten, als ihre Geduld immer stärker ausfranste, hatte sie Roberto Muñoz nach Hause geschickt, um ihn nicht ungewollt zum Blitzableiter zu machen. Schließlich hatte er die Blutproben in Rekordzeit ins Labor gebracht – sie würde den Strafzettel wegen Geschwindigkeitsüberschreitung bezahlen müssen –, und er hatte sogar angeboten, ihr Gesellschaft zu leisten, bis das Labor anrufen würde. Das rechnete sie ihm hoch an, zumal er genau wußte, was ihn in diesem Fall möglicherweise erwartete. »Danke«, hatte sie gesagt und trotz ihres anwachsenden Zorns ein Lächeln zustande gebracht, »aber Sie sind ein viel zu guter Mitarbeiter, als daß ich riskieren möchte, Sie zu verlieren. Außerdem haben Sie ein Recht auf ungestörte Nachtruhe, und wenn ich explodiere, könnte es damit vorbei sein.«

Jetzt starrte sie unverwandt die Uhr an, und ihr Blutdruck stieg von Minute zu Minute.

Um 18:58 Uhr – der Countdown für ihren Wutanfall war bis auf zwei Minuten abgelaufen – erwachte das Telefon endlich zum Leben, und sie riß den Hörer von der Gabel.

»Dr. Filmore?«

»Ja.«

»Hier ist Barry Sadler, vom Labor. Ich habe doch für Sie diese Blutproben untersucht.«

O Gott, stöhnte Ellen insgeheim, spar dir deine langen Einleitungen! »Ja, ja, und was haben Sie gefunden?« fragte sie ungeduldig.

»Das ist es ja«, antwortete Sadler zögernd. »Ich befürchte ... na ja, das Blut enthält etwas, das ich nicht identifizieren kann. Ich meine, ich weiß in etwa, was es ist, aber ich habe so etwas noch nie in Blut gefunden, und ich möchte ...«

»Stop!« befahl Ellen Filmore, und das kurze Wort hatte die Wucht eines Eispickels. »Was soll das heißen – Sie wissen in etwa, was es ist?«

»Na ja, es sieht wie eine Art Organismus aus ...«, murmelte Sadler mit seltsam bedrückter Stimme, die Ellen einen kalten Schauder über den Rücken jagte.

»Ein Organismus?« drängte sie. »Welche Art von Organismus?«

»Genau darin besteht das Problem«, erwiderte Sadler. »Ich habe etwas Derartiges noch nie zuvor gesehen.«

Die eisigen Finger der Angst, die über Ellens Rücken geglitten waren, griffen jetzt nach ihrem Herzen. »Sie meinen wohl, daß Sie etwas Derartiges noch nie in *menschlichem* Blut gesehen haben?« korrigierte sie in leicht belehrendem Ton.

»Nein, ich habe so etwas noch nie und *nirgends* gesehen.« Sadlers Stimme zitterte so stark, daß Ellen sich lebhaft die Schweißperlen vorstellen konnte, die ihm vor Nervosität auf die Stirn traten.

»Also gut.« Ellen bemühte sich, ihre eigene Angst zu verbergen. »Womit hat dieser Organismus denn am meisten Ähnlichkeit?«

Sadler schwieg lange, bevor er – immer noch mit bebender Stimme – hervorbrachte: »Larven.«

»Larven?« wiederholte Ellen. »Tut mir leid, aber …«

»Sehen Sie«, unterbrach Sadler sie, schon etwas sicherer, nachdem er die Worte ausgesprochen hatte, die für die Ärztin inakzeptabel sein mußten. »Ich bin Labortechniker, und ich habe schon alles mögliche durch ein Mikroskop betrachtet. Diese Blutproben, die Sie mir geschickt haben, sind wirklich das Merkwürdigste, was ich je gesehen habe. Wenn man sie den üblichen Tests unterzieht, scheinen sie ganz normal zu sein. Doch als ich mir das Blut dann auf einem Glasplättchen unter dem Mikroskop angeschaut habe, waren da diese … diese Dinger!

Die meisten – die größeren – sahen wie irgendwelche Insektenlarven aus. Aber da ist auch noch anderes Zeug. Viel kleiner. Ich brauche ein Elektronenmikroskop, um ganz sicher sein zu können, aber ich vermute mal – und im allgemeinen liege ich mit meinen Vermutungen richtig –, daß das, was ich sehe, die Reste der Eier sind, aus denen die Larven geschlüpft sind.«

Ellen Filmore war wie betäubt und zunächst völlig sprachlos. Schließlich brachte sie mühsam hervor: »Wollen Sie damit sagen, daß ich zwei Patienten habe, die mit irgendwelchen Parasiten infiziert sind, die in ihrem Blutkreislauf leben?«

Nun war es wieder Barry Sadler, der eine Weile schwieg und dann einen tiefen Seufzer ausstieß. »Wahrscheinlich«, sagte er. »Wenn ich Sie wäre, würde ich sie so schnell wie möglich in ein Krankenhaus bringen.« Dann erklärte er, daß er die Proben gleich am nächsten Morgen einigen Leuten von der biologischen Fakultät des Colleges zeigen würde, aber Ellen Filmore hörte nicht mehr richtig zu.

›*Etwas, das ich noch nie und nirgends gesehen habe …*‹

Larven … Eier …

Ihr schwirrte der Kopf, während sie sich die möglichen Auswirkungen eines im menschlichen Blutkreislauf lebenden Parasiten auszumalen versuchte.

Eines lebenden Parasiten, der sich vermehrte.

Wovon ernährte er sich?

Larven … Wenn der Laborant recht hatte – was entwickelte sich aus diesen Larven? Und wo waren die erwachsenen Lebewesen?

Mit dumpfer Stimme dankte Ellen dem Laboranten für seine Arbeit und nahm ihm das Versprechen ab, sie am nächsten Tag wieder anzurufen. »Und ich will dann auch mit Ihrem Mann vom College reden«, fügte sie hinzu.

»Keine Sorge«, erwiderte Sadler. »Ich habe das Gefühl, daß auch ihm daran gelegen sein wird, mit Ihnen zu sprechen.«

Nachdem sie den Hörer aufgelegt hatte, saß Ellen kurze Zeit regungslos da und überlegte, was sie jetzt tun sollte.

Am allerwichtigsten war es, die Kids zu finden.

Sie blätterte in ihrer Kartei und wählte die Nummer der Bennetts.

Belegt.

Sie wählte Russell Owens Nummer.

Belegt.

Immer frustrierter, versuchte sie Marge Larkin zu erreichen, und war einem Schreikrampf nahe, als auch diese Leitung besetzt war.

Die Polizei.

Sie suchte in ihrer Kartei nach Mark Shannons Privatnummer, wählte und trommelte mit den Fingern ungeduldig auf die Schreibtischplatte, während sie darauf wartete, daß er sich meldete. »Was hast du wegen der vermißten Teenager unternommen?« fragte sie ohne jede Einleitung, als er nach dem siebenten Klingeln endlich den Hörer abnahm. »Wegen Julie Spellman, Jeff Larkin und Andy Bennett.«

Der Polizist stöhnte. »Na hör mal, Doc, du kennst doch die Vorschriften – wir können nicht wegen jedem Kind, das für ein paar Stunden abhaut, eine Suchaktion starten. Es sei denn …«

»Es sei denn, daß besondere Umstände vorliegen«, beendete Ellen seinen Satz. »Wenn sie nun krank sind – ist das Grund genug, tätig zu werden?« Bevor er antworten konnte, fuhr sie fort: »Mindestens zwei von ihnen haben etwas viel

Ernsteres als nur eine Grippe oder dergleichen. Ich weiß, daß Julie und Jeff an einer bislang unbekannten Krankheit leiden, und Andy Bennett möglicherweise auch, nach allem, was Marian mir heute morgen erzählt hat.« So rasch sie konnte, erklärte sie ihm, was das Labor in den beiden Blutproben entdeckt hatte.

Mark Shannon hörte sie an und erklärte sich seufzend bereit, etwas zu unternehmen. Ellen Filmore war schließlich keine übernervöse Mutter, und er kannte sie gut genug, um zu wissen, daß sie ihm die ganze Nacht keine Ruhe lassen würde, wenn er ihr nicht wenigstens etwas entgegenkam. »Hör mal«, sagte er, »ich schaue mich heute nacht mal ein bißchen um, stelle ein paar Fragen und versuche was herauszufinden. Und wenn sie morgen früh immer noch nicht da sind, trommele ich ein paar Leute zusammen und wir kämmen die Hügel durch. Aber du weißt genauso gut wie ich, daß Kids selten gefunden werden, wenn sie nicht gefunden werden *wollen.* Sie brauchen doch nur die Interstate zu erreichen und in die eine oder andere Richtung zu trampen, dann sind sie in wenigen Stunden in Los Angeles oder San Francisco, und das war's dann.«

»Aber du wirst dein Möglichstes tun?« versuchte Ellen ihn festzunageln. »Du wirst alles dransetzen, um sie zu finden?«

Nach kurzem Zögern gab Mark nach. Lieber ein paar Stunden herumfahren, in den Motels an der Interstate nachfragen und mit Leuten in Cafés reden als Ellen die ganze Nacht am Hals haben!

Nützen würde es allerdings nichts, davon war er überzeugt, und er vermutete, daß auch Ellen das tief im Innern wußte.

Wenn die Teenager nach Hause kommen wollten, würden sie es tun.

Wenn nicht, würde man aller Wahrscheinlichkeit nach nichts von ihnen hören, bis sie sich eines Besseren besannen.

Es sei denn, daß der Bursche vom Labor in San Luis Obispo recht hatte und etwas wirklich Merkwürdiges vorging.

Aber an diese Möglichkeit wollte Mark Shannon nicht einmal denken.

Carl Henderson schaltete das Licht in der Küche aus und durchquerte rasch den dunklen Raum, um aus dem Fenster in die Nacht hinauszuspähen.

Den ganzen Abend über, seit die Sonne untergegangen war, hatte er Augen auf sich gerichtet gefühlt, aber bisher hatte er nicht feststellen können, wer dort draußen im Dunkeln lauerte und ihn ausspionieren wollte.

Nicht, daß dieser Jemand irgend etwas hätte sehen können, denn Carl hatte sich clever verhalten.

Sehr clever.

Er hatte den ganzen Abend seinem Verlangen widerstanden, in den Keller zu gehen, wo sein Labor auf ihn wartete.

Statt dessen hatte er sich im Erdgeschoß aufgehalten, war von einem Zimmer ins andere gegangen, so daß jeder Beobachter den Eindruck routinemäßiger Handlungen gewinnen mußte.

Solange der Spion glaubte, daß Carl nichts von ihm wußte, war Carl in Sicherheit. Er mußte nur Geduld haben und durfte keine Fehler machen, dann würde bald alles wieder in Ordnung sein.

Carl hatte sich strikt an das Gebot der Stunde gehalten, daß alles ganz normal aussehen mußte, und deshalb war er nach dem Klinikbesuch auch nicht auf direktem Wege nach Hause gefahren, hatte darauf verzichtet, sich unverzüglich an die Arbeit zu machen und anhand des restlichen Inhalts der Ampulle festzustellen, wie ein Mittel, das eigentlich nur auf Bieneneier einwirken sollte, bei Menschen eine so dramatische Wirkung hervorrufen konnte.

Hatte er etwas geschaffen, das nicht einmal er selbst verstand? Und wenn ja – welche Auswirkungen hatte es?

Aber er hatte seine wissenschaftliche Neugier bezwungen und darauf verzichtet, sofort in sein Labor zu stürzen. Clever, wie er nun einmal war, hatte er verschiedene Farmen besucht und sogar kurz bei den Owens vorbeigeschaut, um seine Hilfe bei der Suche nach Julie anzubieten.

Julie, die jetzt vielleicht irgendwo dort draußen in den Hügeln endlich starb, was eigentlich ein Jammer war, denn wenn sie ohnehin sterben mußte, hätte er sie vorher gern eine Weile in seiner Dunkelkammer gehabt.

Er hätte gern ihren Schreien gelauscht, wenn seine Kolonien ausgeschwärmt wären, um im Dunkeln ihren Körper zu erkunden.

Otto Owens Schreie, die nur wenige kurze Minuten gedauert hatten, waren bei weitem nicht so befriedigend gewesen wie die jenes Mädchens. Wie hatte es geheißen? Dawn Soundso.

Doch Julies Schreie wären noch wundervoller gewesen.

Höchstwahrscheinlich war es jedoch zu spät, obwohl er die Hoffnung erst dann endgültig aufgeben würde, wenn er genau wußte, was der Inhalt der braunen Ampulle bewirkte, wenn man ihn nicht der Brutzelle einer Biene, sondern einem Warmblütler injizierte.

Sogar nachdem er sich gestattet hatte, nach Hause zu fahren, hatte er eine ganze Weile am Küchentisch gesessen und allerlei Papierkram erledigt, so als gäbe es für ihn nichts Wichtigeres auf der Welt.

Er hatte, um den Spion in Sicherheit zu wiegen, keinen einzigen Blick aus dem Fenster geworfen.

Nun überlief ihn ein kalter Schauder – war er übervorsichtig gewesen?

Hatte er sich in unnormalem Ausmaß normal verhalten?

Nein! Auf keinen Fall! Er schaute auch sonst kaum jemals aus dem Fenster.

Oder doch?

Plötzlich hatte er das schreckliche Gefühl, daß er an einem normalen Abend völlig unbewußt Dutzende Male aus dem Fenster schaute.

Seine Muskeln verspannten sich, als er überlegte, ob er gegenüber dem unsichtbaren Beobachter einen Fehler begangen hatte.

Dann kam ihm ein neuer Gedanke.

Hielt er sich schon viel zu lange in der dunklen Küche auf?

Natürlich! Er hätte durchs Haus gehen und alle Lampen im Erdgeschoß ausschalten sollen, so als würde er zu Bett gehen. Und erst wenn alle Fenster dunkel waren, hätte er einen zweiten Rundgang machen sollen, um den versteckten Spion zu erspähen.

Aber es war noch nicht zu spät! Es durfte einfach nicht zu spät sein!

Carl ging schnell von Zimmer zu Zimmer, schaltete die Tischlampen im Wohn- und Arbeitszimmer und den Kronleuchter im Eßzimmer aus. Als nirgends mehr Licht brannte, begann er seinen zweiten Rundgang und blickte aus den dunklen Räumen auf den finsteren Hof hinaus.

Immer noch war kein Mensch zu sehen.

Aber er konnte einfach nicht länger warten, und so nahm er seinen Aktenkoffer vom Tisch in der Diele und stieg in den Keller hinab. Er traute sich nicht einmal, auf der steilen Treppe Licht zu machen. Lieber tappte er eine Stufe nach der anderen in furchterregender Dunkelheit hinab.

Sogar in den sicheren Kellerräumen schaltete er nur eine einzige Lampe über seiner Arbeitsplatte ein.

Er holte die aus Ellen Filmores Untersuchungsraum entwendete Ampulle hervor, stach mit einer Injektionsnadel durch den Gummipfropfen, mit dem er selbst das Gefäß verschlossen hatte, und zog einige Tropfen der Flüssigkeit auf.

Dann ging er zum hinteren Ende der langen Marmorplatte, wo eine der Ratten, die er für Experimente und als Futter für seine fleischfressenden Züchtungen hielt, ihn durch ihre Käfigstangen mißtrauisch beäugte. Er öffnete den Käfig, holte sie sanft heraus und hielt sie fest, während er die Nadel in ihre Haut stach. Sowie er auf den Kolben der Spritze drückte, begann das Tier in seiner Hand zu zucken. Er setzte es wieder in den Käfig, schloß den Deckel und trat etwas zurück, um die Vorgänge besser beobachten zu können.

Die Ratte huschte in eine Käfigecke, duckte sich zitternd, zog mit zuckender Nase hastig Luft ein und ließ ihre kleinen Augen unruhig umherschweifen, so als suchte sie einen unsichtbaren Feind.

Carl Hendersons Augen verengten sich zu schmalen Schlitzen. Hatte er der Ratte zuviel Serum injiziert? Würde sie gleich krepieren?

Plötzlich begann sie sich wütend zu kratzen, und Carl runzelte verwirrt die Stirn.

Eine allergische Reaktion?

Er versuchte sich zu erinnern, wie Julie nach der Injektion ausgesehen und wie sie sich verhalten hatte.

Sie war in den Waschraum gegangen, das wußte er noch.

Und als sie in die Halle gekommen war, hatte sie seltsam ausgesehen.

Hatte sie einen heftigen Juckreiz verspürt? Oder hatte die Spritze bei ihr anders gewirkt als bei der Ratte?

Er wußte es nicht.

Die Ratte schien sich jetzt zu beruhigen, und Carls Sorge, daß sie auf der Stelle eingehen würde, ließ nach.

Aber was würde bis zum Morgen mit ihr passiert sein?

Am liebsten wäre er die ganze Nacht aufgeblieben, um sie zu beobachten und sich genaue Aufzeichnungen zu machen. Aber wenn er überhaupt nicht schliefe, würde er morgen bestimmt müde aussehen.

Nein, es war vernünftiger, zu Bett zu gehen und die übliche Routine einzuhalten.

Er wandte sich von der Ratte ab, doch plötzlich fiel ihm etwas ein, das er an diesem Tag gehört hatte.

Über Jeff Larkin.

Vic Costas hatte es ihm erzählt.

»Er hat heute morgen nicht wie sonst ausgesehen«, hatte der alte griechische Farmer berichtet. »Genau wie das Mädchen, diese Julie. Er hat heute morgen so ausgesehen wie sie gestern. Irgendwie nicht ganz gesund, verstehen Sie? Nicht wie sonst. Wahrscheinlich hat er sich bei ihr angesteckt.« Seine Stirn hatte sich in tiefe Falten gelegt. »Heutzutage kann man die Kids ja nicht mehr voneinander fernhalten.«

Carl drehte sich um und betrachtete die Ratte noch einmal. Wenn das injizierte Serum nun irgendeine ansteckende Krankheit auslöste ...

Sein Blick schweifte durch den Raum, und auf einem Regal über der Arbeitsplatte entdeckte er, wonach er gesucht hatte: einen Plexiglasbehälter, den er selbst konstruiert hatte, als er vor einem Jahr mit einer Spinnenzucht experimentiert hatte. Aufgrund eines perfekten Filtersystems, das Krankenhausstandard entsprach, konnte nur Luft hinein und heraus gelangen. Carl hatte diesen Luftfilter je auch in einem Geschäft für Krankenhausbedarf gekauft.

Er stellte die Ratte mitsamt ihrem Käfig in den Plexiglasbehälter, verschloß diesen sorgfältig und schaltete den Ventilator ein.

Das Summen des Ventilators schien die Ratte noch nervöser zu machen, und Carl beobachtete sie minutenlang, vermutete aber, daß sie sich beruhigen würde, sobald sie sich an das neue Geräusch gewöhnt hatte. Er schaltete das Licht aus und ging ins Erdgeschoß hinauf.

Der Organismus, den Carl der Ratte injiziert hatte, reagierte auf die Vibrationen, die vom Ventilator ausgingen, und begann sich in ihrem Blutkreislauf zu vermehren. Und die Ratte begann sehr schnell rasend zu werden.

Lange vor Tagesanbruch würde sie sich bei dem Versuch, der in ihrem Körper wachsenden Kolonie zu entfliehen, an den Käfigstäben zerschmettern.

Kevin holperte langsam den ausgefahrenen Feldweg entlang, der die Farm im Westen begrenzte, mit ausgeschalteten Scheinwerfern und höchstens fünfzehn Stundenkilometern. Trotzdem konnten die uralten Stoßdämpfer die Bodenunebenheiten nicht abfedern, doch Kevin hatte es auf der Landstraße einfach nicht mehr ausgehalten. Das Summen der Hochspannungsleitungen war unerträglich geworden und hatte ihn gezwungen, noch vor Vic Costas' Farm auf den Feldweg abzubiegen.

Kurz nach halb elf war er endlich nur noch wenige Meter von der Hintertür seines Elternhauses entfernt, stellte den Motor ab und legte den Rest des Weges zu Fuß zurück, in der Hoffnung, daß niemand ihn hören würde. Jetzt mit jemandem reden zu müssen war das Allerletzte, was er wollte.

Nachdem er mit Sara im Park gewesen war, hatte er sich eine Zeitlang besser gefühlt. Die Kälteschauder, die ihn den ganzen Morgen über gequält hatten, waren fast verschwunden, und auf der Straße vom Park hinab war ihm sogar das schreckliche Dröhnen, das die Hochspannungsleitungen in seinem Kopf erzeugten, einigermaßen erträglich vorgekommen.

Das Dumme war nur, daß er nicht wußte, was bei der Begegnung mit Sara eigentlich passiert war. Er konnte sich nur daran erinnern, daß er sich während der Fahrt zum Park immer schlimmer gefühlt hatte, fast so, als müßte er gleich sterben. Doch dann waren Sara und er zu der Lichtung gegangen, die als Ort zum Knutschen so beliebt war, und Sara hatte eine Decke ausgebreitet.

Er hatte sich hingelegt, und sie hatte sich über ihn gebeugt, um ihn zu küssen.

Und dann war irgend etwas passiert: Seine Lungen schienen plötzlich mit Baumwolle gefüllt zu sein, er konnte nicht mehr atmen und geriet in Panik. Dann erfolgte in seiner Brust eine Art Explosion, und einen grauenhaften Moment lang glaubte er, einen Herzschlag zu erleiden. Aber es war kein Herzschlag gewesen, denn eine Sekunde später entrang sich seiner Kehle ein japsender Atemzug, so als hätte er viel zu lange die Luft angehalten, und dann …

Und dann hatte er eine enorme Erleichterung verspürt.

Die Übelkeit, die ihm den ganzen Tag so zu schaffen gemacht hatte, verschwand schlagartig, und er lag einfach auf dem Rücken und starrte in den Himmel empor.

Er erinnerte sich vage daran, daß Sara weggegangen war, aber dann war er eingeschlafen und erst wieder aufgewacht, als die Sonne am westlichen Himmel schon sehr tief stand. Und als es Abend wurde, war die Übelkeit zurückgekehrt und mit ihr die schreckliche Angst, daß er dabei war, den Verstand zu verlieren.

Jetzt ging Kevin leise ums Haus herum und warf einen Blick zu den Fenstern im ersten Stock empor. Die Vorhänge waren zugezogen, und nichts deutete darauf hin, daß jemand seinetwegen aufgeblieben war. Nur im Erdgeschoß spendeten einige Lampen warmes Licht.

Kevin schlich durch die Küchentür ins Haus. Auf dem Kühlschrank lag ein Zettel mit der Nachricht, daß für ihn noch Apfelpastete vom Abendessen übrig sei, und er verschlang ein Stück davon, dann ein zweites und ein drittes.

Der gräßliche Hunger, der nach dem Beisammensein mit Sara für einige Stunden verschwunden war, hatte sich wieder eingestellt und wurde jetzt von Minute zu Minute stärker. Nachdem von der Pastete nichts mehr übrig war, suchte Kevin im Kühlschrank nach etwas anderem Eßbaren, und während er einen Bratenrest auspackte, fühlte er sich plötzlich beobachtet.

Er dreht sich um und sah Molly auf der Schwelle zum Eßzimmer stehen, die Decke vom Wohnzimmersofa um ihre Schultern gewickelt. Ihre Augen, groß und ernst, waren besorgt auf ihn gerichtet.

»Hast du Julie gefunden?« fragte sie mit unsicherer Stimme.

Kevin schüttelte nach kurzem Zögern den Kopf und wich einen Schritt zurück, weil plötzlich ein neues Bedürfnis in ihm aufstieg, ein Bedürfnis, das irgendwie mit Molly verknüpft war.

Molly, die nicht wissen konnte, was in ihrem Stiefbruder vorging, ließ die Decke fallen, rannte auf ihn zu und schlang ihre Arme um ihn, von lautem Schluchzen geschüttelt.

Kevin versteifte sich. Jener seltsame Drang wurde immer stärker, und er wollte Molly hochheben, ihr Gesicht dicht an sein eigenes halten …

Verzweifelt gegen die Gefahr ankämpfend, die in seinem Innern aufkam, brachte er mit belegter Stimme mühsam hervor: »Na, na, daß ich sie heute nicht gefunden habe, bedeutet noch lange nicht, daß es mir überhaupt nicht gelingen wird.«

»W-w-wenn ihr nun aber etwas p-p-passiert ist?« schluchzte Molly. »Wenn sie krank ist oder verletzt oder sonst was?«

Kevin stählte sich gegen die Kraft in seinem Innern, die schier übermächtig wurde. Er nahm Molly in die Arme, trug sie durch das Eßzimmer und wollte mit ihr die Treppe hinaufsteigen, als er im Wohnzimmer seinen Vater im großen braunen Ledersessel schlafen sah.

Von seiner Stiefmutter war nichts zu sehen.

»Wo ist deine Mom?« fragte er mit zittriger Stimme, erschöpft von der gewaltigen Anstrengung, die es ihn kostete, Mollys Gesicht nicht an seines zu pressen und …

Was?

Ihr weh zu tun? Sie zu verletzen? Aber er liebte Molly doch!

»Ich glaube, Mommy ist ins Bett gegangen«, sagte Molly, die immer noch nicht ahnte, welche Gefahr von ihrem Stiefbruder ausging. »Als ich aufgewacht bin, war sie nicht mehr im Wohnzimmer.«

Kevin sagte nichts mehr, trug sie die Treppe hinauf und legte sie in ihrem Zimmer aufs Bett. Jene unheimliche Kraft schien ihm zu befehlen, sich über das kleine Mädchen zu beugen, es zu küssen, so wie er Sara McLaughlin geküßt hatte.

Molly blickte vertrauensvoll zu ihm auf und streckte ihm die Ärmchen entgegen. »Halt mich fest«, bat sie.

Kevin zögerte den Bruchteil einer Sekunde, fast schon überwältigt von der Wesenheit in seinem Innern, doch dann riß er sich von Molly los und wandte ihr rasch den Rücken zu, überzeugt davon, daß er den Kampf verlieren würde, wenn er sie auch nur einmal noch ansah.

Jetzt spürte Molly endlich, daß mit ihrem Stiefbruder etwas nicht stimmte, und sie ließ ihre Arme sinken. »Ich … ich fürchte mich so.«

Kevin ging zur Tür. »Du brauchst dich nicht zu fürchten«, brachte er heiser hervor, obwohl seine Kehle wie zugeschnürt war. »Dir wird nichts passieren. Ich lasse nicht zu, daß jemand dir etwas zuleide tut.«

»Ehrenwort?« fragte Molly, den Tränen nahe.

Kevin hastete aus ihrem Zimmer und stammelte: »Ehrenwort!« Doch während er in sein eigenes Zimmer taumelte und die Tür abschloß, wußte er, daß er Molly belogen hatte.

Er würde das Versprechen, das er ihr soeben gegeben hatte, nicht halten können.

Kapitel 23

Kevin Owen erwachte bei Sonnenaufgang und wußte sofort, daß er schwer krank war – kränker als je zuvor in seinem Leben.

Sogar kränker als am Vortag, als er mit Jeff in den Hügeln gewesen war und plötzlich …

Was?

Was hatte Jeff plötzlich ausgespien? Er konnte sich nur noch sehr vage an eine Art dunklen Nebel – oder schwarzen Rauch – erinnern, der seinen Kopf sekundenlang umhüllt hatte.

Er hatte vorübergehend das Gefühl gehabt, als stünde seine Haut in Flammen, und dann hatte er sich furchtbar krank gefühlt, so wie auch jetzt wieder.

Er lag im Bett, hatte Schüttelfrost, und seine Haut war mit kaltem Schweiß bedeckt. Doch trotz des Fiebers, das in ihm wütete, war er hungrig.

Völlig ausgehungert.

Er war jedoch ziemlich sicher, daß er sich sofort übergeben würde, wenn er irgend etwas – egal, was – aß, denn ihm war schrecklich übel.

Er lag zitternd unter der Decke und betete, daß das Fieber nachlassen möge, doch während die Sekunden langsam verstrichen, fror er immer mehr, und auch der Hunger wurde immer schlimmer, bis er regelrecht mit den Zähnen knirschte.

Er mußte etwas essen – wenn er nichts aß, würde er sterben!

Er warf die Decke zurück, zog sich an, ging in die Küche hinunter und begann den Kühlschrank zu plündern, verschlang zuerst die Reste des Abendessens und dann alles mögliche, was ihm in die Hände fiel.

Eine Packung Speck riß er gierig auf, stopfte sich die rohen Fettscheiben in den Mund und verschlang sie, fast ohne sie zu kauen.

Ihm wurde von dem fetten, faserigen Zeug noch viel übler, aber sein Magen akzeptierte es letztlich doch, und er aß wahllos weiter, bis der nagende Hunger endlich nachließ.

Doch nun überfiel ihn ein anderer mächtiger Drang.

Ein Drang, gegen den er schon gestern angekämpft hatte.

Jetzt kehrte dieses Verlangen zurück, mächtiger denn je, und Kevin wußte, daß er diesmal keinen Widerstand mehr leisten konnte.

Er mußte in die Hügel zurückkehren, in die Höhle, die er bis gestern nie gesehen hatte.

Er mußte zu Julie zurückkehren.

Aber warum? Was war das für eine Kraft, die ihn magisch zu ihr hinzog?

Verstehen konnte er diese Kraft nicht – er wußte nur, daß er ihr hilflos ausgeliefert war.

Schon fast an der Hintertür, blieb er zögernd stehen.

Wenn die anderen aufwachten, wenn Molly herunterkam …

Er dachte an das Versprechen, das er dem kleinen Mädchen am vergangenen Abend gegeben hatte.

Obwohl der Drang, das Haus zu verlassen und in die Höhle zurückzukehren, immer mächtiger wurde, ging er rasch zur Anrichte und kritzelte eine Nachricht auf den Block, der immer neben dem Telefon lag:

»Dad –
hatte eine Idee –
mache mich auf die Suche nach Julie –
komme gegen Mittag zurück.«

Er riß den Zettel ab und klemmte ihn mit einem Magneten am Kühlschrank fest. Dann verließ er das Haus, drehte sich aber nach etwa fünfzig Metern noch einmal um.

Entgegen seiner Ankündigung auf dem Zettel hatte er das starke Gefühl, daß er nicht gegen Mittag zurücksein würde.

Im Grunde hatte er das Gefühl, daß er nie mehr zurückkommen würde, denn beim Anblick der goldbraunen Hügel war in ihm eine Art glühende Sehnsucht erwacht.

Etwas wie Heimweh.

Aber warum?

Woher kam diese Anziehungskraft?

Sein Zuhause war nicht dort oben in den Hügeln, auch nicht in der Höhle, in der er Julie gestern gesehen hatte, mit gräßlich aufgedunsenem Leib, von Insektenschwärmen umgeben.

Doch als dieses Bild von Julie jetzt vor seinem geistigen Auge auftauchte – ein Bild, das ihn gestern in der Realität entsetzt hatte –, fühlte er sich magisch zu ihr hingezogen.

Etwas in ihm wollte in ihrer Nähe sein, sich an ihrer Gegenwart wärmen und laben.

Er beschleunigte seine Schritte.

Mark Shannon rollte sich zur Seite, tastete nach dem Wecker neben seinem Bett und drückte auf den Knopf, um den schrillen Störenfried abzustellen.

Eine Sekunde später ertönte das durchdringende Klingeln wieder, und nun öffnete er widerwillig die Augen und starrte das Telefon vorwurfsvoll an, völlig übermüdet von den Überstunden der letzten Nacht, als er zuerst kreuz und quer durch die Stadt gefahren war, dann im Motel das Anmeldeverzeichnis und alle Zimmer kontrolliert hatte und schließlich im *Silo* bis zur Sperrstunde auf einem Barhocker herumgesessen und alle Gäste mit Drinks auf seine Kosten – vielmehr auf Kosten seiner Behörde – zum Reden gebracht hatte.

Natürlich hatte kein Mensch etwas über die vermißten Kids gewußt.

Da das Telefon beharrlich weiterklingelte, nahm Shannon endlich den Hörer ab. »Was Wichtiges, hoffe ich für Sie«, knurrte er.

»Ich glaube, du solltest gleich herkommen«, sagte Manny Gomez. »Ich hab' hier das ganze Büro voller Leute, die alle wissen wollen, warum wir noch keines der Kinder gefunden haben.«

Mark Shannon stöhnte. »Wie spät ist es denn?«

»Halb sieben«, erwiderte Manny und zählte sodann alle Personen auf, die sich in der kleinen Polizeiwache eingefunden hatten.

Was Mark dazu bewegte, sein gemütliches Bett zu verlassen, war der Name Jim Chapman. Wenn der Zeitungsverleger Marge Larkins Chef dort war, würden sich bald auch alle anderen, die in der Stadt etwas zu sagen hatten, im Revier einfinden. »Okay«, sagte er seufzend, »ich bin in einer Viertelstunde da.« Er taumelte ins Bad und nahm eine eiskalte Dusche. Daraufhin wurde sein Kopf klarer, und er fühlte sich auch nicht mehr so schlapp.

Beim Rasieren überlegte er, daß ihm wohl nichts anderes übrigblieb, als einen Suchtrupp zu organisieren. Er war zunächst sehr skeptisch gewesen, doch jetzt stand fest, daß drei Teenager vermißt wurden. Besonders seltsam war, daß Andy Bennett sich am selben Morgen wie Julie Spellman und Jeff Larkin abgesetzt hatte. *Zwei* Teenager – ein Junge und ein Mädchen – das war für jeden leicht verständlich, mit Ausnahme der betroffenen Eltern, die nie glauben mochten, daß ihre heranwachsenden Kinder einfach irgendwo eine Nacht miteinander verbringen wollten.

Doch Andy Bennett paßte einfach nicht in dieses Bild. Marian und Chuck zufolge hatte er seit jenem Abend, als sie zusammen im Kino gewesen waren, mit Jeff und Julie nicht einmal mehr gesprochen.

Shannon zog das sauberste seiner vier Uniformhemden und dieselbe Hose wie am Vortag an und versah sich mit Pistolenhalfter und Dienstmarke. Zehn Minuten, nachdem das Telefon ihn aus dem Schlaf gerissen hatte, saß er in seinem Streifenwagen.

Und eine halbe Stunde später führte er eine Kolonne von vierzehn Autos voller Freunde und Verwandter der Bennetts und Larkins an, die bei der Farm der Owens mit der Suche beginnen wollten.

Als der Polizist dort ankam, informierte ihn Karen Owen, daß Russell und Kevin die Hügel schon auf eigene Faust absuchten. »Kevin ist vor dem Frühstück aufgebrochen.« Sie übergab Shannon den Zettel, den sie an der Kühlschranktür gefunden hatte. »Und Russell hat sich auf den Weg gemacht, sobald wir das gelesen hatten.«

Mark Shannon runzelte die Stirn. »Ich wünschte, Sie hätten uns angerufen, damit ...«, begann er, doch Karen fiel ihm ins Wort:

»Ich habe Sie gestern angerufen«, brachte sie ihm mit bebender Stimme in Erinnerung, »ich habe Sie sogar aufgesucht, und es führte zu nichts!«

Verlegen wandte Shannon ihr den Rücken zu und betrachtete die Hügel hinter dem Haus. Sie waren mit kurzem Gras bewachsen, das sich in der sengenden Sonne schon braun verfärbte, und es gab unzählige Wege und Pfade, einige von Menschen geschaffen, die meisten jedoch von weidendem Vieh und Futter suchendem Hochwild. Dort oben irgendeine Spur aufzunehmen, war im Grunde ein Ding der Unmöglichkeit. Trotzdem entwickelte Mark Shannon einen Plan.

»Okay, wir gehen folgendermaßen vor«, erklärte er den Männern, die sich um ihn geschart hatten. »Ihr alle kennt euch in diesen Hügeln besser aus als ich, deshalb schlage ich vor, daß wir uns in Zweiergruppen aufteilen, die gerade noch Sichtkontakt zueinander halten und so eine lose Kette bilden. Sobald jemand irgend etwas Auffälliges sieht, schlägt er durch lautes Rufen Alarm. Ich selbst werde in der Kette etwa ein Drittel vom nördlichen Ende, Manny Gomez etwa ein Drittel vom südlichen Ende entfernt sein. Einer von uns beiden müßte so innerhalb weniger Minuten über etwaige Neuigkeiten informiert sein.« Plötzlich kam ihm eine neue Idee. »Wer von euch hat ein mobiles Telefon dabei?«

Ein halbes Dutzend Hände hoben sich, und bei der anschließenden Zusammenstellung der Zweiergruppen achtete Shannon darauf, daß die Männer mit den Mobiltelefonen in der Kette möglichst gleichmäßig verteilt waren. »Wer etwas sieht, wählt die Notrufnummer 911, dann verständigt das Revier Manny oder mich über Funk. Okay?«

Höchstens eine Viertelstunde, nachdem die Autokarawane in der Auffahrt aufgetaucht war, fuhr sie wieder weg, diesmal auf dem Feldweg, der an den Hügeln entlangführte. Karen stand hinter dem Haus, ihre Finger in Mollys Schultern gegraben, und blickte den Fahrzeugen nach, die eine dichte braune Staubwolke aufwirbelten.

Russell blieb auf einem Hügelkamm stehen und wischte sich mit einem großen Baumwolltaschentuch den Schweiß von der Stirn. Die Sonne stand jetzt hoch am Himmel, und vor kurzem hatte der Wind gedreht: Statt der kühlen Meeresbrise brachte er jetzt heiße und trockene Luft aus dem Landesinnern, so daß die Temperatur am Nachmittag wahrscheinlich auf fast vierzig Grad ansteigen würde.

Von Julie oder Kevin war immer noch nichts zu sehen.

Warum hatte sein Sohn nicht wenigstens einen Hinweis hinterlassen, welche Idee ihm gekommen war und wo er Julie suchen wollte? Russell wußte, daß es sinnlos war, Kevin in diesem Labyrinth von Pfaden »folgen« zu wollen, aber der Gedanke, aufzugeben und nach Hause zurückzukehren, war ihm unerträglich.

Wenn er weitermachte – wenn er nur noch einen einzigen Hügel erklomm –, würde er die Kinder vielleicht finden.

Viel wahrscheinlicher war es jedoch, daß sein Blick nur – so wie jetzt – über grasbewachsene Hügel schweifen würde, über eine endlose Hügelkette, deren Eintönigkeit gelegentlich von Eichengehölz oder Felsgestein durchbrochen wurde. Russell drehte sich langsam um sich selbst und suchte noch einmal den Horizont ab, wie er das auf jedem Hügel gemacht hatte.

Plötzlich entdeckte er auf einer niedrigen Hügelkuppe im Osten, wo er selbst vor etwa zwanzig Minuten gestanden hatte, eine Gestalt. Obwohl er sie aus dieser Entfernung nicht identifizieren konnte, war er fast sicher, daß es weder Kevin noch einer der drei vermißten Teenager war.

Er legte seine Hände trichterförmig an den Mund, füllte seine Lungen mit Luft und brüllte: »Hallo!«

Die Gestalt winkte, und gleich darauf hörte er Wortfetzen, vom Wind fast verweht: »Et … was …funden?«

Russell begriff, daß er jetzt nicht mehr der einzige war, der nach den vermißten Kindern suchte, und hastete den Hügel hinab, weil er wissen wollte, aus wieviel Personen der Suchtrupp bestand.

Fast am Fuße des Abhangs angelangt, blieb er abrupt stehen, weil ihn etwas, das er nur aus dem Augenwinkel heraus gesehen hatte, beunruhigte.

Er bekam eine Gänsehaut, als das fragmentarische Bild in seinem Geist Gestalt annahm.

Überzeugt davon, daß er sich getäuscht haben mußte, schickte er ein Stoßgebet zum Himmel, daß es sich um die Knochen eines Tieres handeln möge. Dann nahm er seinen ganzen Mut zusammen und zwang sich, genau hinzusehen.

Doch sein Gehirn weigerte sich immer noch, die Realität zu akzeptieren, auch wenn sie augenscheinlich war.

Nur zum Teil im Gebüsch verborgen, lag da ein menschliches Skelett.

Es war vollständig, bis auf den fehlenden unteren Teil des linken Beines. Obwohl an den Knochen kein Fleisch haftete, konnte Russell erkennen, daß sie frisch waren, noch nicht ausgetrocknet, so daß sie in der Sonne glänzten. Langsam, widerwillig ließ Russell seinen Blick über das Gerippe schweifen, und als er den Schädel betrachtete, zuckte er entsetzt zusammen.

Ameisen krochen scheinbar ziellos darauf herum, doch bald konnte er erkennen, daß sie winzige Partikel der Gehirnsubstanz zwischen ihren Mandibeln davonschleppten.

Abstoßend weiße Maden krümmten sich grotesk in den leeren Augenhöhlen.

Was Russell jedoch Übelkeit verursachte und seinen Herzschlag stocken ließ, war das Haar.

Die Kopfhaut war noch unversehrt, und dunkles, welliges Haar flutete in alle Richtungen.

Eine prächtige Haarmähne, obwohl sie jetzt mit Staub bedeckt war.

Julies Haar?

Ein Schrei entrang sich Russells Brust, teils ein gemartertes Stöhnen, teils ein verzweifelter Hilferuf.

Wenige Minuten später, die Russell jedoch wie eine Stunde vorkamen, tauchte Manny Gomez neben ihm auf. Der Polizist packte ihn fest am Arm und entriß ihn der Trance, in die der grausige Anblick des Skeletts ihn versetzt hatte, doch nun starrte Russell den lebendigen Mann fassungslos an.

»Wie soll ich ihr das beibringen?« murmelte er. »Wie soll ich das nur Karen beibringen?«

Manny Gomez schwieg sekundenlang, und seine dunklen Augen spiegelten sein Mitgefühl deutlich wider, doch dann zwang er sich zu professioneller Sachlichkeit. »Du darfst keine voreiligen Schlüsse ziehen, Russell«, sagte er. »Wir wissen nicht, ob das Julie ist.«

»Wirklich nicht?« fragte Russell dumpf.

Während Manny seinen Kollegen über Funk mitteilte, was sie gefunden hatten, starrte Russell wieder das Skelett an.

Das Bein.

Was war mit dem fehlenden Unterschenkel passiert?

Wahrscheinlich war ein Kojote in der vergangenen Nacht durch die Hügel gestreift.

Vielleicht hatte er sein Geheul sogar gehört, aber nicht darauf geachtet, weil es etwas ganz Alltägliches war. Und dieser Kojote hatte die Knochen durchgenagt und in seine Höhle geschleppt.

Russell erschauderte bei diesem Gedanken, und dann packte Manny Gomez ihn wieder am Arm.

»Komm, Russell«, sagte der Polizist, dessen barsche Stimme nicht über seine Erschütterung hinwegzutäuschen vermochte. »Du weißt nicht, wer das ist. Du kannst es nicht wissen.« Doch insgeheim glaubte auch Manny, daß diese schrecklichen Überreste noch vor zwei Tagen zu der hübschen, vor Lebendigkeit sprühenden Julie Spellman gehört hatten.

Kapitel 24

Ellen Filmore mußte den ganzen Vormittag Telefongespräche führen. Sie war besonders früh in die Klinik gefahren, für den Fall, daß Barry Sadler oder der Professor vom *Cal Poly* anrufen würde, und tatsächlich klingelte das Telefon, noch bevor sie ihre Handtasche weglegen konnte. Sie stürzte zu dem Apparat auf Robertos Schreibtisch und klemmte den Hörer zwischen Ohr und Schulter, während sie hektisch nach Papier und Bleistift suchte, um sich Notizen machen zu können. Aber es war nicht der Biologe vom College, sondern Lucy Meyers, der Gerüchte zu Ohren gekommen waren, daß unter den Teenagern von Pleasant Valley irgendeine Krankheit grassiere. »Ich habe gehört, daß Karen Owens Tochter etwas aus L.A. eingeschleppt hat, und jetzt stecken sich alle an.« Lucy senkte die Stimme. »Stimmt es, daß die drei Kids überhaupt nicht vermißt sind, sondern im Krankenhaus von San Luis Obispo unter Quarantäne stehen?«

Ich wünschte, es wäre so, dachte Ellen Filmore, versuchte aber, Lucy Meyers zu beruhigen. »Es hat bisher nicht den Anschein, als wäre es etwas Ernstes. Die Kinder sind nicht einmal richtig krank. Sie werden nur etwas blaß im Gesicht.«

»Da habe *ich* aber etwas ganz anderes gehört«, erwiderte Lucy in einem Ton, der klarstellte, daß die Informationen, die sie von ihren Freundinnen erhalten hatte, wesentlich zuverlässiger waren als alle Auskünfte, die eine kleine Ärztin ihr geben konnte. »Und ich versichere Ihnen, daß ich meine Kinder in den nächsten Tagen nicht aus dem Haus lassen werde.«

»Das ist wahrscheinlich eine gute Idee«, sagte Ellen unbedacht, bevor ihr einfiel, daß Lucy innerhalb der nächsten zwanzig Minuten mindestens zehn andere Frauen anrufen und die Kunde verbreiten würde, daß Dr. Filmore eine Quarantäne befürwortete. »Obwohl ich nicht glaube, daß Grund zu großer Sorge besteht«, fügte sie deshalb hastig hinzu. Das war zwar eine Lüge, aber sie wollte Lucys Panik keine zusätzliche Nahrung geben.

Sie hatte den Hörer kaum aufgelegt, als auch schon die nächste besorgte Mutter anrief, und so ging es ständig weiter. Auch nachdem Roberto Muñoz eingetroffen war, klingelten beide Telefone unablässig, und Ellen befürchtete, daß der Biologe vom *Cal Poly* überhaupt nicht durchkommen würde. Sie fertigte die Anrufer immer kürzer ab, aber mittlerweile brodelte in der Stadt die Gerüchteküche. Gegen zehn, als sie gerade zu entscheiden versuchte, ob Jan McLaughlins Sorge um Sara ernstzunehmen war oder nicht, gestikulierte Roberto wild durch die Glasscheibe, die ihr Büro vom Empfangsbereich trennte, und formte mit den Lippen die Silben »*Cal Poly*«.

»Jan?« unterbrach Ellen Saras aufgeregte Mutter. »Hören Sie, ich muß einen äußerst wichtigen Anruf entgegennehmen und verbinde Sie deshalb mit Roberto – glauben Sie mir, er weiß über diese Sache genausogut Bescheid wie ich.«

»Aber Sara ist ...«, begann Jan McLaughlin wieder, fest entschlossen, sich nicht abwimmeln zu lassen.

»Erzählen Sie's Roberto!« Ellen drückte auf den blinkenden Knopf, der sie mit dem Anrufer vom *Cal Poly* verbinden würde.

»Hallo? Ellen Filmore am Apparat.«

»Hier spricht Harry Matson«, meldete sich eine tiefe, klangvolle Männerstimme. »Ich habe mir ein paar Blutproben angesehen, die Sie ...«

»Gott sei dank!« fiel Ellen ihm ins Wort. »Sie können sich gar nicht vorstellen, was hier los ist. Die beiden Teenager, von denen die Blutproben stammen, sind verschwunden.« Ihr kam plötzlich zu Bewußtsein, daß sie sich selbst fast so aufgeregt anhörte wie die Mütter, die sie seit Stunden zu beruhigen versuchte, und nahm sich energisch zusammen. »Haben Sie eine Vorstellung, mit welcher Art von Bakterien wir es zu tun haben?« fragte sie in betont professionellem Ton.

»Soweit ich bisher erkennen kann, haben wir es überhaupt nicht mit Bakterien zu tun«, erwiderte Harry Matson. »Ein

Bakterium vermehrt sich im allgemeinen durch Teilung, obwohl einige Arten ...«

»Sie können davon ausgehen, daß ich Medizin studiert habe, Dr. Matson«, fiel Ellen ihm wieder ungeduldig ins Wort. »Aber wenn es keine Bakterien sind – was dann?«

Matson zögerte, und als er die Frage schließlich beantwortete, hatte seine Stimme an Klangfülle eingebüßt und hörte sich besorgt und etwas unsicher an. »Ich wünschte, ich wüßte das genauer. Bisher kann ich nur vermuten, daß es ein Parasit ist.«

»Vermuten?« wiederholte Ellen Filmore. »Um Gottes willen, Dr. Matson, Vermutungen habe ich schon gestern abend vom Labor gehört! Was ich jetzt brauche, ist eine klare Antwort.«

»Und ich würde sie Ihnen gern geben«, erwiderte Matson scharf, fuhr dann aber ruhiger fort: »Aber das ist eben nicht so einfach, denn was sich da im Blut befindet, habe ich zuvor noch nie gesehen. Ich kann Ihnen nur sagen, wie es aussieht – nämlich wie Insektenlarven, aber in mikroskopischer Größenordnung.«

»Insektenlarven«, murmelte Ellen. »Das hat Barry Sadler auch gesagt.«

»Die Frage ist«, fuhr Matson fort, ohne ihren Einwurf zu beachten, »was machen sie im Blut? Daher meine Vermutung, daß es sich um einen Parasiten handelt. Vom wissenschaftlichen Standpunkt ist diese Sache faszinierend. Die Larven beginnen zu sterben, aber solange ich keinen Ihrer Patienten untersucht habe, kann ich nicht mit Sicherheit sagen, warum sie sterben. Es sieht allerdings so aus, als würden sich die Larven von Blut ernähren. Sie scheinen aber irgendeine andere Umgebung zu benötigen, um sich in ausgewachsene Tiere zu verwandeln. In den Blutproben, die Sie mir geschickt haben, sind jedenfalls keine erwachsenen Tiere zu finden. Wenn Sie Blutproben aus anderen Körperteilen der Patienten entnehmen könnten ...«

»Das kann ich leider nicht.« Ellen wollte ihm gerade erklären, daß beide Patienten verschwunden waren, als sie Roberto wieder wild gestikulieren sah. »Tut mir leid, aber ich werde Sie zurückrufen müssen.« Rasch notierte sie Matsons

Telefonnummer und schaltete sich in die zweite Leitung ein, wo Mark Shannons Stimme zu hören war.

»... in fünf Minuten oder so da sein. Sag ihr, daß sie es sich ansehen muß.«

»Mark?« rief Ellen. »Mark, ich bin's, Ellen. Was gibt's?«

»Das soll Roberto dir erklären«, erwiderte Shannon. »Wir sehen uns in ein paar Minuten.« Er legte auf, und da das Blinkzeichen schon wieder einen Anruf auf der anderen Leitung signalisierte, wollte sie diese Verbindung herstellen, als Roberto rief: »Ich stelle beide mal ab.«

Roberto Muñoz unterbrach beide Leitungen, stand von seinem Schreibtisch auf, schenkte für Ellen eine Tasse Kaffee aus der Kanne auf dem Tisch im Wartezimmer ein, nahm auf dem Stuhl neben ihrem Schreibtisch Platz und zückte seinen Notizblock.

»Das Allermeiste ist totaler Quatsch«, berichtete er. »Hat alles Zeit bis später. Aber es gibt zwei wichtige Neuigkeiten. Ich habe Mrs. McLaughlin gebeten, Sara herzubringen. Sie scheint die gleichen Symptome wie die drei anderen Kids aufzuweisen. Ich habe ihrer Mutter gesagt, sie solle sich auf keine Diskussionen mit Sara einlassen, das Mädchen nicht aus den Augen lassen und unterwegs nicht anhalten. Ich habe mir größte Mühe gegeben, ihr Angst einzujagen. War das richtig?«

Ellen Filmore nickte. »Völlig richtig.« Sie riß das oberste Blatt ihres Notizblocks ab und gab es Roberto. »Rufen Sie Matson an und sagen Sie ihm, daß ich möglicherweise weitere Blutproben für ihn habe. Fragen Sie ihn, ob ich auf irgend etwas Besonderes achten soll. Und sorgen Sie dafür, daß ein Krankenwagen bereitsteht, für den Fall, daß wir Sara schnell nach San Luis Obispo bringen müssen.«

»Wird gemacht.« Roberto legte eine winzige Pause ein, bevor er fortfuhr: »Die zweite wichtige Sache ist Shannon. Er befindet sich auf dem Weg hierher, mit etwas, das Sie sich ansehen sollen.«

»Etwas?« wiederholte Ellen in einem Ton, der Roberto verriet, daß es vernünftiger war, ihr reinen Wein einzuschenken.

»Es handelt sich um ein Skelett«, erklärte er seufzend. »Ein menschliches Skelett, und Shannon ist ziemlich sicher, daß es noch ganz ...« – er stockte, aber das Wort ließ sich nicht vermeiden – »... frisch ist. Er möchte, daß Sie es untersuchen.« Roberto stand auf. »Ein herrlicher Tag heute, nicht wahr?« kommentierte er, während er zu seinem Schreibtisch zurückkehrte, um sich verschiedener Details anzunehmen. Ellen Filmore nippte an ihrem Kaffee und genoß diese kurze Ruhepause vor dem nächsten Ansturm.

Ihre Tasse war noch halb voll, als sie Shannons Streifenwagen auf den Parkplatz einbiegen sah, gefolgt von Russell Owens Transporter und einem kleinen Wagen mit Vierradantrieb, den sie noch nie gesehen hatte. Autotüren schlugen zu, und gleich darauf betraten Mark, Russell und zwei andere Männer ihr Büro

Mark Shannon legte einen großen Plastiksack auf ihren Schreibtisch. »Hat Roberto dir gesagt, was wir hier Schönes haben?«

Ellen nickte, zwang sich zu einem dünnen Lächeln und stand auf. »Bringen wir es in einen der Untersuchungsräume, okay? Nicht nötig, daß jeder, der hier reinkommt, es sieht.«

Sie führte den Polizisten in einen der Räume hinter ihrem Büro und schloß die Tür, so daß die anderen draußen bleiben mußten. Dann öffnete sie den Sack, holte die Knochen vorsichtig hervor und legte sie vor einer Wand auf die Arbeitsplatte. Währenddessen erklärte Shannon ihr, daß das Skelett bis auf einen Beinknochen vollständig sei und die Knochen durch vereinzelte Knorpelfragmente noch miteinander verbunden gewesen seien. »Aber sie sind auseinandergefallen, als ich das Skelett in den Sack stecken wollte«, schloß er.

Ellen nickte, untersuchte zunächst die Beckenknochen und wandte ihre Aufmerksamkeit sodann dem Schädel zu. Unwillkürlich drängte sich ihr derselbe Verdacht auf wie Russell, aber sie zwang sich, keine voreiligen Schlüsse zu ziehen. »Nun ja, es war zweifellos ein Mädchen, sehr jung.«

»Wie jung?« fragte Shannon, obwohl er die Antwort schon zu wissen glaubte.

Ellen Filmore runzelte die Stirn. »Ein Teenager, würde ich sagen. Zwischen dreizehn und fünfzehn.« Sie deutete auf die unversehrten Zähne. »Es dürfte nicht besonders schwierig sein, das Mädchen zu identifizieren«, sagte sie leise, gezwungen, dem Skelett nun doch einen Namen zu geben. »Ich glaube, du solltest dich mit Julie Spellmans Zahnarzt in Verbindung setzen .«

Shannon schaltete sein tragbares Funkgerät ein und sprach rasch einige Sätze hinein. Dann wandte er sich wieder der Ärztin zu. »Stimmt meine Vermutung, daß die Knochen nicht lange dort draußen gelegen haben?«

»Höchstens einen Tag oder so«, sagte Ellen seufzend. »Möglicherweise auch nur ein paar Stunden.«

»Und wieso sind sie dann so sauber?« wollte Mark wissen. »Abgenagt sehen sie nicht aus.«

Ellen biß die Zähne zusammen. »Ruf mich so in einer Stunde an, okay? Und vielleicht läßt du dir von Roberto eine Aufstellung der Zahnärzte unserer anderen Patienten geben«, fügte sie hinzu. »Ich bin vorerst noch nicht bereit, dieses Skelett als Julie Spellman zu identifizieren.«

»Wird gemacht«, versicherte Mark. »Und wenn ich in mein Büro komme, wird mir schon eine Liste aller in dieser Gegend vermißten Mädchen vorliegen.«

Sobald sie allein war, machte sich Ellen an die Arbeit, vermaß die Knochen, nahm Proben, die sie ans Labor schicken wollte, und versuchte herauszufinden, wie die Knochen ohne jede sichtbare Beschädigung so absolut sauber sein konnten.

Ein grausiger Leichenfund in einer Wohnung in Milwaukee vor einigen Jahren kam ihr in den Sinn, doch als sie die Knochen auf diesen Verdacht hin erneut untersuchte, konnte sie keine Anzeichen dafür erkennen, daß sie gekocht worden waren.

Die Materie, die normalerweise an den Knochen hätte haften müssen, war einfach bis zur letzten Faser verschwunden.

Plötzlich tauchte vor ihrem geistigen Auge ein Bild auf.

Vor etwa einem Jahr hatte sie eine Wanderung unternommen und war dabei auf die Überreste eines kleinen Tieres gestoßen. Die meisten größeren Knochen waren schon verschwunden, übrig waren nur noch einige Wirbel, von Aasfressern ziemlich sauber abgenagt. Doch die kläglichen Reste gaben offenbar immer noch ein Festmahl ab, denn auf den Wirbeln wimmelte es von Ameisen, die sich an den letzten Fleischfasern gütlich taten. Als Ellen einige Stunden später auf dem Rückweg jene Stelle passiert hatte, war sie stehengeblieben, um die Knochen erneut zu betrachten.

Die Ameisen waren verschwunden, die Knochen absolut sauber.

So sauber wie die Menschenknochen, die jetzt vor ihr lagen.

Sie starrte das Skelett an, und Harry Matsons Worte kamen ihr in den Sinn:

... die Larven ernähren sich vom Blut ...

Doch wovon ernährten sich die erwachsenen Tiere?

Ihr kam ein Gedanke – ein grauenvoller Gedanke.

War es möglich, daß Julie Spellman von etwas, das innerhalb ihres Körpers gelebt hatte, völlig aufgezehrt worden war?

Ihre Überlegungen wurden durch die Sprechanlage unterbrochen. Roberto meldete: »Mrs. McLaughlin und Sara sind hier, Doc.«

Dankbar für die Ablenkung, kehrte Ellen Filmore den Knochen auf ihrer Arbeitsplatte den Rücken zu.

»Es ist nicht Julie!« sagte Karen lauter als beabsichtigt.

Sie saß am Küchentisch, zwischen Russell und Mark Shannon, die gerade aus der Stadt zurückgekommen waren.

Karen hatte schweigend zugehört, das Kinn eigensinnig vorgeschoben, während ein Schrei durch ihr Gehirn hallte. *Nein!* Es war nicht Julie, konnte nicht Julie sein!

»Es kann einfach nicht Julie sein«, sagte sie wieder, schob ihren Stuhl zurück, sprang auf und lehnte sich an die Anrichte, die Arme über der Brust verschränkt, um nicht am ganzen Leibe zu zittern. »Wenn sie es wäre, wüßte ich es. »Ich ... ich würde es fühlen.« Sie ignorierte den flüchtigen Blick, den Russell und Shannon tauschten. »Ihr werdet schon sehen«, fuhr sie fort, doch die Verzweiflung, die sie ihrer eigenen Stimme anhören konnte, brachte sie auf die Frage, ob sie wirklich glaubte, was sie da sagte, oder ob sie nur versuchte, sich selbst zu überzeugen. »Sobald Julies zahnärztliche Befunde vorliegen, werdet ihr schon sehen.« Russell stand auf und nahm sie in die Arme. Einen Moment lang lehnte sich Karen an seine Brust, doch als ihr Tränen in die Augen traten, wußte sie, daß sie endgültig die Beherrschung verlieren würde, wenn sie dem Impuls nachgab, in seinen Armen schwach zu werden.

»Ihr werdet schon sehen«, sagte sie noch einmal, während sie sich von Russell löste. Die beiden Männer tauschten wieder einen Blick, und diesmal begriff Karen, daß sie ihr etwas verheimlichten. »Was ist?« fragte sie und sah zuerst ihren Mann, dann den Polizisten forschend an.

Nach kurzem Zögern reichte Shannon ihr ein Blatt Papier.

Sie starrte das Mädchengesicht an.

Das Mädchen mußte etwa in Julies Alter sein.

Es hatte lange dunkle Haare.

Wie Julie.

»W-w-wer ist das?« stammelte sie, obwohl sie tief im Herzen schon wußte, was Shannon antworten würde.

»Ihr Name ist Dawn Sanderson«, erwiderte Mark. »Sie ist vor einer Woche aus Los Banos verschwunden. Zuletzt wurde sie gesehen, als sie stadtauswärts ging, in Richtung der I-5. Wahrscheinlich eine Ausreißerin, und ihre Freunde glauben, daß sie nach L.A. wollte. Sie hatte die Absicht, Schauspielerin zu werden.«

»Und Sie glauben, dies könnte das Mädchen sein, dessen Skelett ...«

Sie war außerstande, den Satz zu beenden.

»Wir überprüfen auch ihre zahnärztlichen Befunde«, sagte Shannon. »Am Spätnachmittag müßten sie uns vorliegen. Doch selbst wenn es sich um Dawn Sandersons Skelett handeln sollte, könnten wir es mit einem großen Problem zu tun haben. Falls es ein Serienkiller sein sollte ...«

»Nein!« schrie Karen. »Das ist es nicht! Nein! Ich meine – was ist mit Jeff und Andy? Sie nehmen doch an, daß die drei zusammen sind, oder? Und wenn sie zusammen sind ...«

»Wir wissen einfach nicht mehr, was wir glauben sollen«, gab Shannon zu. »Im Augenblick gehen wir nur verschiedenen Möglichkeiten nach, und eine der Möglichkeiten, auf die wir uns einstellen müssen, ist ...« Er verstummte, als er sah, daß Karen erbleichte, und schloß statt dessen: »Na ja, wir müssen einfach auf alles mögliche gefaßt sein.«

»Ich glaube, daß sie beisammen sind«, beharrte Karen. »Ich glaube, daß Julie und Jeff und Andy beisammen sind! Und wir werden sie finden!« Sie quälte sich ein Lächeln ab. »Vielleicht hat Kevin sie ja sogar schon gefunden.«

Nicht nur Karen, auch Russell dachte an den Zettel, auf dem Kevin seine Rückkehr für die Mittagszeit angekündigt hatte.

Jetzt war es schon fast eins, von Kevin war nichts zu hören, und niemand von der Suchmannschaft hatte ihn gesehen.

Weder Karen noch Russell wollte aussprechen, was ihnen durch den Kopf ging, aber sie konnten es einander an den Augen ablesen:

Jetzt war noch eines ihrer Kinder verschwunden.

Auf der Hügelkuppe angelangt, blieb Vic Costas stehen, von der ungewohnten Anstrengung völlig außer Atem. Heuen war eben eine Sache, durch die Hügel streifen eine ganz andere. Aber Jeff Larkin war ihm, seit der Junge auf der Farm lebte, ans Herz gewachsen, und deshalb würde er sich weiter an der Suche beteiligen, ob er dabei ins Keuchen kam oder nicht. Eine kurze Verschnaufpause von wenigen Minuten, und dann würde er weitergehen.

Während er sich mit einem alten roten Taschentuch den Schweiß von der Stirn wischte, blickte der griechische Farmer ins Tal hinab. Er konnte sich nicht daran erinnern, je hier oben gewesen zu sein, und ein so hübsches Tal wie dieses hätte er bestimmt nicht vergessen: Ein Bach schlängelte sich dahin, an den Abhängen wuchsen Eichen, und am anderen Ufer schien sogar eine Höhle zu sein.

Eine Höhle ...

Als kleiner Junge in Griechenland hatte er zusammen mit einem Freund eine Höhle in den Hügeln hinter ihrem Dorf entdeckt, und diese Höhle war ihr Zufluchtsort geworden, ihr Versteck vor den Eltern.

Costas runzelte die Stirn. Könnte es sein, daß ...

Er stopfte das Taschentuch in seine Hosentasche und

machte sich auf den Weg nach unten, wobei er auf dem steinigen Boden immer wieder ausrutschte und mehrmals fast gestürzt wäre. Als er den steilen Abhang endlich hinter sich hatte, war er erneut völlig außer Atem. Er kniete am Bach nieder, schöpfte Wasser und goß es über seinen schweißbedeckten Kopf. Nachdem er sich den Staub vom Gesicht gewaschen hatte, trank er durstig das saubere, kühle Wasser aus seinen gewölbten Händen.

Sein Durst war fast gelöscht, als er sich plötzlich beobachtet fühlte. Er warf einen Blick über die Schulter und erwartete, auf dem Abhang einen Kojoten stehen zu sehen, eine Pfote leicht angehoben und in der Luft zitternd.

Doch da war niemand, weder Mensch noch Tier.

Er beugte sich vor, um einen letzten Schluck Wasser zu schöpfen, wurde aber durch eine Bewegung im dunklen Höhleneingang abgelenkt, stand auf, schirmte seine Augen gegen die Sonne ab und spähte hinüber. Nichts.

Dann trat jedoch eine Gestalt aus dem Schatten der Höhle hervor, und Vic Costas schnappte nach Luft.

Julie Spellman.

Es gab keinen Zweifel, daß sie es war, denn langes dunkles Haar fiel ihr offen über die Schultern, genau wie an jenem Nachmittag, als sie auf Ben Larkin aufgepaßt hatte. Doch abgesehen von den Haaren sah sie ganz anders aus, als er sie in Erinnerung hatte.

Julie Spellman war schlank gewesen.

Das Mädchen am Höhleneingang war total aufgedunsen, am ganzen Körper in so unnatürlicher Weise verquollen, daß Vic Costas unwillkürlich eine Gänsehaut bekam und erschauderte.

Noch mehr schauderte ihn aber, als Julie Spellman ihn mit starrem Blick fixierte, den Arm hob und mit einem Finger auf ihn deutete, genau wie es die alte Frau im heimatlichen Griechenland getan hatte, als er ein kleiner Junge gewesen war.

Jene Alte hatte ihn und seine Freunde verflucht, weil sie ihr »Hexe« nachgerufen hatten.

Ihn überkam plötzlich die gleiche irrationale Furcht wie

damals, als er sieben Jahre alt gewesen war, und er drehte sich auf dem Absatz um und wollte vor Julie Spellmans drohend auf ihn gerichteten Finger fliehen, so wie er vor mehr als einem halben Jahrhundert vor der gichtigen Hand der alten Griechin geflüchtet war.

Nach wenigen Schritten stolperte er, fing sich aber gerade noch und machte zwei weitere taumelnde Schritte, bevor er endgültig das Gleichgewicht verlor und hinfiel. Um wieder auf die Beine zu kommen, wollte er sich mit den Händen vom Boden abstemmen, aber seine rechte Handfläche brannte plötzlich höllisch, und er schrie vor Schmerz auf, setzte sich hin und betrachtete die verletzte Hand.

Sie war mit roten Ameisen bedeckt. Er wedelte mit dem Arm in der Luft herum, um sie abzuschütteln, während er sich fragte, wo sie so schnell hergekommen waren: ein ganzes Heer von Ameisen, die ihre winzigen Stachel in seine Haut bohrten und sein Blut mit ihrem Gift vermischten.

Jetzt begannen auch seine Knöchel zu brennen, und als er hinschaute, sah er, daß weitere Ameisen – Tausende! – über seine Schuhe krochen und unter seinen Jeans verschwanden.

Vor Schock und Schmerz keuchend, schlug Vic Costas gegen die Hose und versuchte wieder, auf die Beine zu kommen.

Dann hörte er das Summen.

Zuerst leise, dann immer lauter.

Als Vic Costas begriffen hatte, daß es aus der Richtung der Höhle kam, waren die Bienen schon da, umschwirrten ihn als dichte Wolke, landeten auf seinem Gesicht, seinen Händen, seinem Nacken – auf jedem Zentimeter nackter Haut.

Es war ein erbitterter Angriff – sobald eine Biene ihren Stachel in seine Haut gebohrt hatte und gleich darauf gestorben war, wurde sie durch eine andere ersetzt.

Vic brüllte jetzt vor Schmerz und fuchtelte wild mit den Armen, um die Insekten abzuwehren. Schließlich taumelte er zum Bach, wo das Wasser – wenn es tief genug war – ihn vor den Bienen schützen und das unerträgliche Brennen lindern würde.

Er war nur noch wenige Schritte vom Wasser entfernt, als er zusammenbrach und im Staub liegenblieb, krampfhaft zuckend wie eine verletzte Schlange, während aus seiner rasch zuschwellenden Kehle nur noch ein gurgelndes Stöhnen drang.

Er grub sich die Finger in den Hals, so als wollte er die Luftröhre aufreißen, er rang verzweifelt nach Luft, doch Sekunden später war die Sauerstoffzufuhr endgültig abgeschnitten, und er verlor das Bewußtsein.

Es war eine gnädige Bewußtlosigkeit, denn nun spürte er die Stiche der immer noch angreifenden Insekten nicht mehr.

Sobald sein Herz zu schlagen aufhörte und sein Zwerchfell sich entspannte, flogen die Bienen davon.

Doch nun strömten weitere Ameisen aus ihren unterirdischen Bauten hervor, schwärmten über den ganzen Leichnam und machten sich daran, das Fleisch von den Knochen zu lösen.

Fliegen stellten sich ein und legten ihre Eier ab, und aus diesen würden bald darauf Maden schlüpfen und sich an Vic Costas' Eingeweiden und Gehirn laben.

Innerhalb weniger Stunden würden von Vic Costas – genau wie von Dawn Sanderson – nur noch Knochen übrigbleiben, und die Bussarde, die schon über dem Leichnam kreisten, würden mit mageren Überresten vorlieb nehmen müssen.

Dann würden die Kojoten kommen, und bald würden auch die Knochen über die Hügel rings um das Tal verstreut sein.

Vom Höhleneingang beobachtete Julie Spellman, wie Vic Costas starb, dann drehte sie sich um und ging langsam ins kühle Innere zurück. Sie gehorchte nur noch den Befehlen der Kraft, die sich in ihr eingenistet hatte, ebenso wie die Bienen und Ameisen nur deren Befehl ausgeführt hatten, als sie den alten griechischen Farmer angegriffen und ihm einen jähen, qualvollen Tod bereitet hatten.

Kapitel 25

Sara McLaughin hatte Angst.

Sie lag im Krankenhaus von San Luis Obispo, in einem Einzelzimmer mit TV, und sie konnte soviel fernsehen, wie sie wollte.

Bis zu diesem Morgen wäre das für Sara das reinste Paradies gewesen.

Doch seit dem Moment, da sie aufgewacht war, fühlte sie sich schrecklich. Ihr ganzer Körper juckte, und kein noch so heftiges Kratzen half dagegen. Nichts vermochte das Prikkeln und Brennen zu lindern, weder die *Galmei*-Lotion noch das Spray gegen Sonnenbrand, die sie ausprobiert hatte.

Den größten Teil des Tages hatte sie außerdem Schüttelfrost gehabt, wie vor zehn Jahren, als sie an Scharlachfieber fast gestorben wäre.

Und vor kurzem hatte sie solche Magenschmerzen gehabt, daß sie geglaubt hatte, sich im Bett übergeben zu müssen oder aber ohnmächtig zu werden.

Doch sie konnte den Ärzten und Schwestern einfach nicht sagen, wie miserabel sie sich fühlte.

Sie legte sich die Worte im Geiste zurecht, wiederholte sie immer und immer wieder, bevor sie versuchte, sie auszusprechen. Doch jedesmal, wenn sie den Mund öffnete, war es so, als ob jemand anderer redete, als hätte jemand, den sie nicht einmal kannte, ihren Körper übernommen und spräche an ihrer Stelle.

Wenigstens glaubte aber niemand ihren Worten. Wenigstens sahen alle ihr an, daß sie krank war, auch wenn sie selbst es nicht sagen konnte.

Aber wie war es nur möglich, daß ihre Temperatur bei jeder Messung normal war, während sie zugleich fror und sich fiebrig fühlte?

Sie sah wirklich krank aus. Jedesmal, wenn sie sich im Spiegel betrachtete, schien ihr Gesicht noch mehr an Farbe verloren zu haben, und ihr Haar wurde glanzlos und strähnig, wie wenn sie stark erkältet war.

Doch das war nicht das Schlimmste.

Am schlimmsten war die Ratlosigkeit, die sie unablässig quälte. Ein Gefühl, daß sie dieses Zimmer verlassen, aus dem Krankenhaus flüchten und in die Hügel rennen müßte, die sie durch das Fenster sehen konnte. Seit sie morgens aufgestanden war, verspürte sie den Drang, sich in diese Hügel zu begeben, und er war immer stärker geworden. Wenn ihre Mutter sie nicht fast mit Gewalt ins Auto geschleppt und in die Klinik gebracht hätte, hätte sie diesem Drang nachgegeben, davon war sie fest überzeugt.

Dabei haßte sie die Hügel. Sie hatte sich nie weit von der Stadt entfernt, aus Angst, sich hoffnungslos zu verirren, von einer Klapperschlange gebissen oder von einem Kojoten angefallen zu werden.

Doch nun war das Verlangen, in die braune Wildnis hinaufzusteigen, so stark, daß sie ihm kaum noch widerstehen konnte.

In ihrer lähmenden Angst warf Sara ihrer Mutter einen flehenden Blick zu und versuchte noch einmal zu beschreiben, was mit ihr vorging, wieder vergeblich, denn zu ihrem großen Frust hörte sie sich statt dessen quengeln: »Warum muß ich hierbleiben?« Ihre Finger zupften und zerrten an einer Haarsträhne. »Mir fehlt überhaupt nichts! Wenn mein Dad hier wäre ...«

O Gott, warum hatte sie das gesagt? Ihre Mutter *haßte* es, wenn sie die Schuld an jedem negativen Ereignis der Tatsache zuschob, daß ihre Mutter letztes Jahr ihren Vater aus dem Haus geworfen hatte. Und vor drei Monaten hatte sie damit aufgehört. Warum nun plötzlich dieser Rückfall? Natürlich machte das Mitgefühl, das sie soeben noch in den Augen ihrer Mutter lesen konnte, plötzlicher Gereiztheit Platz.

»Wenn dein Dad hier wäre, würde sich an der Situation nicht das geringste ändern«, sagte Jan McLaughlin. »Ob du's nun glaubst oder nicht – dein Vater hat mit deiner Krankheit nichts, aber auch gar nichts zu tun. Und du mußt hierbleiben, weil niemand weiß, was dir eigentlich fehlt.«

Obwohl Sara schmollend den Mund verzog und ihren Kopf zur Seite drehte, um aus dem Fenster zu starren, war sie insgeheim grenzenlos erleichtert. Laß nicht zu, daß jemand mir glaubt, betete sie im stillen. Lieber Gott, ganz egal, was sich sage – mach, daß sie mir nicht glauben! »Aber ich sage euch doch dauernd«, rief sie, unfähig, den ungebetenen Worten Einhalt zu gebieten, »daß mir überhaupt nichts fehlt! Mir geht's gut!«

Jan McLaughlins gequälter Blick schweifte von ihrer Tochter zu Ellen Filmore, die vor einer Stunde aus Pleasant Valley gekommen war, um nach ihrer Patientin zu sehen. »Vielleicht sollte ich sie doch mit nach Hause nehmen«, grämte sich Jan. »Wenn sie hier so unglücklich ist ...«

Nein, wollte Sara schreien. Bring mich nicht nach Hause! Bring mich nirgendwohin! Schließt mich hier ein! Bitte ... bitte ... so helft mir doch!

Doch während sie im Geiste um Hilfe flehte, preßten sich ihre Lippen wider ihren eigenen Willen zu einer schmalen Linie der Verärgerung zusammen. Geben Sie nicht nach, bat sie im stillen Dr. Filmore, in der verzweifelten Hoffnung, daß die Ärztin ihren stummen Schrei wie durch ein Wunder hören würde.

Und tatsächlich hob Ellen Filmore eine Hand, um Jan McLaughlin zum Schweigen zu bringen. »Bevor wir genau wissen, was mit Sara los ist, kann ich einer Entlassung nicht zustimmen. Abgesehen davon, daß wir nicht wissen, um welche Art von Krankheit es sich handelt, wissen wir auch nicht, wie sie übertragen wird, wie ansteckend sie ist.«

Kevin Owen, wollte Sara schreien. Ich habe sie von Kevin bekommen!

Doch wie alles andere, was Sara McLaughlin sagen wollte, erstarben auch diese Worte, lange bevor sie aus ihrer Kehle dringen konnten.

Ellen Filmore kam erst am späten Nachmittag nach Pleasant Valley zurück. Die Fahrt von San Luis Obispo durch die Hügellandschaft war ihr sehr kurz vorgekommen, weil ihre Gedanken um das Thema kreisten, wie die einzelnen Teile des Puzzles zusammenpassen könnten.

Während sie nachmittags im Krankenhaus gewesen war, hatten drei Spezialisten Sara untersucht, aber keiner von ihnen hatte sich einen Reim auf den Zustand des Mädchens machen können, und obwohl sie in Gegenwart von Jan McLaughlin einige tröstliche Platitüden von sich gaben, waren sie viel weniger optimistisch, als sie abschließend mit Ellen konferierten.

Tatsache war, daß sie zwar zur Ursache von Saras Krankheit nichts sagen konnten, aber ganz sicher waren, worum es sich *nicht* handelte.

Es war kein Bakterium, aber das hatte Ellen ja schon gewußt.

Es war auch kein Virus.

Alle drei Ärzte kamen immer wieder auf irgendeine Art von Parasit zurück, aber sogar der Spezialist für Tropenkrankheiten, die an sich die logischste Erklärung für die Existenz von Larven im Blutkreislauf gewesen wären, hatte seine Ratlosigkeit eingestehen müssen.

Im Grunde stand nur eines wirklich fest: In Saras Blut waren die gleichen Larvenformen gefunden worden wie bei Julie Spellman und Jeff Larkin.

Jeder der Spezialisten hatte eine eigene Testreihe durchführen lassen, und aus verschiedenen Teilen von Saras Körper waren Blutproben entnommen worden.

Manche Tests waren nur unangenehm gewesen.

Andere hingegen ziemlich schmerzhaft.

Und die ganze Zeit über hatte Sara eigensinnig behauptet, ihr fehle überhaupt nichts, ihr gehe es großartig.

Ellen Filmore glaubte ihr kein Wort, und dieses Leugnen gehörte zu den Dingen, die ihr am meisten Sorgen bereiteten. Welche Art von Krankheit konnte jemanden dazu bringen, beharrlich zu wiederholen, er sei kerngesund?

Welche Art von Krankheit konnte sich so perfekt tarnen, daß weder erhöhte Temperatur noch abnormer Blutdruck, weder Atmung noch Herztätigkeit irgendeinen Hinweis auf sie gaben?

Und die erschreckendste Frage: Welche Art von Krankheit konnte das Opfer davon abhalten, über irgendwelche Beschwerden zu klagen?

Die Antwort lautete: Keine Krankheit entsprach den Parametern von Ellens Fragen. Jedenfalls keine Krankheit, von der Ellen und die drei Spezialisten jemals gehört hatten, auch keine Krankheit, die in den Datenbanken der drei medizinischen Fachbibliotheken gespeichert war, die Ellen im Krankenhaus mit Hilfe des Computers zu Rate gezogen hatte.

Allmählich konnte Ellen verstehen, was die Ärzte gefühlt haben mußten, die mit den allerersten AIDS-Fällen konfrontiert worden waren.

Verwirrung, dann Bestürzung, dann Schrecken.

Während ihr Wagen auf dem Highway 41 durch die Hügel kurvte, rekapitulierte Ellen immer wieder, was sie wußte.

Und immer wieder kam sie auf Julie Spellman zurück.

Mit ihr hatte alles angefangen. Hatte sie irgendeine Krankheit aus Los Angeles mitgebracht?

In diesem Falle müßte der Erreger jedoch lange latent geblieben sein, denn während der ersten Woche in Pleasant Valley war Julie ja völlig gesund gewesen.

Hingegen waren bei den anderen Teenagern die Symptome innerhalb kürzester Zeit aufgetreten.

Was konnte bei Julie als Auslöser der Krankheit gewirkt haben?

Ellen fröstelte plötzlich, als sie daran zurückdachte, daß sie Julie zum erstenmal gesehen hatte, nachdem das Mädchen auf der Farm von Bienen angegriffen worden war.

Sie hatte die Stiche damals mit dem neuen Serum behandelt, das einige Tage zuvor auch Molly das Leben gerettet hatte.

Konnte dieses Mittel den Krankheitserreger in Julies Blut irgendwie aktiviert haben, ihn von einem gutartigen, schlummernden Organismus in einen gefährlichen Parasiten verwandelt haben, den sie dann an Jeff, Andy und Sara weitergegeben hatte?

Aber warum waren die Symptome bei diesen drei Kids zu verschiedenen Zeiten aufgetreten?

Andy und Sara hatten Julie nicht gesehen, seit sie an jenem

Tag, als Julie gestochen worden war, zusammen im Kino gewesen waren. Wenn sie damals von ihr angesteckt worden waren – warum waren die ersten Symptome bei ihnen nicht gleichzeitig aufgetreten?

Möglicherweise verschiedene Inkubationsperioden. Aber konnte die Inkubationszeit so stark variieren, wenn es sich um parasitäre Lebensformen handelte, zumal bei fast gleichen Wirten, und menschliche Körper unterschieden sich nun einmal kaum voneinander?

Anstatt in Pleasant Valley zu ihrem Haus in der Third Street zu fahren, durchquerte sie die Stadt und parkte vor der Klinik. Der Parkplatz war leer – sogar Roberto Muñoz war schon nach Hause gefahren. Sie schloß die Tür auf, ging in ihr Büro und erledigte einige Anrufe.

Shelley Munson, die an jenem Tag mit den anderen Teenagern im Kino gewesen war, fühlte sich immer noch wohl, und – was wichtiger war – sie sah nach Aussagen beider Elternteile völlig gesund aus.

Kevin Owens hatte merkwürdig ausgesehen, nachdem er gestern vormittag mit Jeff Larkin in den Hügeln gewesen war, und jetzt wurde er vermißt.

Und Shelley hatte Kevin gestern nachmittag mit Sara gesehen.

Die Abfolge war also relativ klar: von Julie zu Jeff, von Jeff zu Kevin, von Kevin zu Sara.

Aber was war mit Andy Bennett?

Wenn er sich an jenem Abend im Kino bei Julie angesteckt hatte – warum war die Krankheit bei ihm später als bei Jeff ausgebrochen?

Und dann kam ihr plötzlich die Erkenntnis.

Unterbewußt hatte sie es schon lange gewußt, aber sie hatte sich geweigert, diese Wahrheit zur Kenntnis zu nehmen.

Das Serum hatte nichts aktiviert.

Das Serum war der *Verursacher.*

Sie selbst hatte es Julie und Andy injiziert, und am nächsten Tag waren beide krank gewesen.

Aber was war mit Molly? Molly hatte die gleiche Injektion erhalten, als sie gestochen worden war, oder?

Plötzlich hatte Ellen verschiedene Szenen vor Augen.

Die Ampulle in San Luis Obispo, mit einem so vielsilbigen Wort beschriftet, daß sie es nicht einmal aussprechen konnte.

Die Ampulle, die Carl Henderson ihr an jenem Morgen gegeben hatte, als er Julie in die Klinik brachte.

Und wenn er ihr nun eine falsche Ampulle gegeben hatte?

Allein in ihrem Büro, stöhnte Ellen laut auf.

Wie hatte sie nur einem Patienten eine Substanz injizieren können, deren Namen sie nicht einmal aussprechen konnte? Und nicht nur einem Patienten – zweien!

Mit rasendem Herzklopfen ging sie in den Untersuchungsraum, wo sie Julie behandelt hatte, zog eine Schublade auf und suchte hektisch nach der kleinen braunen Flasche.

Da war sie, genau an der Stelle, wohin sie sie gelegt hatte.

Sie nahm sie zur Hand und las die Beschriftung, verzweifelt bemüht, das Etikett auf der Ampulle in San Luis Obispo aus ihrem Gedächtnis hervorzukramen.

Doch noch während sie sich an den Namen jener Chemikalie zu erinnern versuchte, fiel ihr etwas anderes auf.

Die Flüssigkeitsmenge in der Ampulle.

Nachdem sie Andy Bennett die Spritze verabreicht hatte, war die Ampulle nur noch halbvoll gewesen, daran erinnerte sie sich genau, weil sie sich vorgenommen hatte, Carl Henderson um Nachschub zu bitten.

Das Fläschchen in ihrer Hand war jedoch voll.

Das war unmöglich, es sei denn, daß Roberto bei *UniGrow* angerufen und den Vorrat ergänzt hatte.

Mit der kleinen braunen Flasche in der geballten Faust kehrte sie ins Büro zurück, nahm den Telefonhörer ab und wählte Robertos Nummer. Als sich nach dem sechsten Klingeln der Anrufbeantworter einschaltete, legte sie auf, denn nun stiegen weitere Erinnerungen aus den Tiefen ihres Bewußtseins auf.

Die Geschichte, die Otto Owen erzählt hatte: daß er Henderson bei dem Versuch, Julie zu vergewaltigen, ertappt hatte.

Otto hatte an dieser Geschichte festgehalten, obwohl Julie selbst sie bestritten hatte.

Ja, aber Julie hatte Ottos Aussage erst bestritten, nachdem Ellen ihr eine Injektion verabreicht hatte, und kein anderer als Carl Henderson hatte ihr die Ampulle mit dem angeblichen Gegengift gegeben.

Hatte Carl ihr vielleicht absichtlich ein falsches Mittel gegeben?

Ihr fiel plötzlich ein, daß Carl versucht hatte, die Ampulle wieder an sich zu nehmen, daß sie sich aber geweigert hatte, sie ihm auszuhändigen.

Und gestern war Carl hier gewesen und hatte über Magenbeschwerden geklagt. Sie hatte ihn in jenem Raum untersucht, aus dem sie soeben die Ampulle geholt hatte.

Während die einzelnen Teile des Puzzles sich zusammenfügten, stieg eine rasende Wut in Ellen auf.

Wenn Otto die Wahrheit gesagt hatte, hatte Carl Henderson vielleicht gar nicht versucht, Julies Leben zu retten! Vielleicht hatte er in Wirklichkeit gehofft, daß sie sterben würde!

Und als das nicht geschah, war er einfach gegangen und hatte sich nicht darum gekümmert, daß Ellen das Zeug in der Ampulle auch anderen Patienten injizieren könnte!

Wutentbrannt griff sie nach ihrer Handtasche, brachte die Ampulle in dem kunterbunten Durcheinander unter, verließ die Klinik und fuhr geradewegs zum Polizeirevier neben dem Rathaus.

Es war geschlossen, und Ellen wußte sofort, warum.

Die Polizisten suchten immer noch in den Hügeln nach den vermißten Teenagern.

Nach den Teenagern, die Carl Henderson vergiftet hatte.

Absichtlich vergiftet hatte!

Ellen kochte vor Wut.

Sie ließ den Motor wieder an und fuhr weiter.

Ihr Verstand sagte ihr, daß sie im Begriff war, einen schweren Fehler zu begehen. Anstatt sich in ihrer Rage zu unbedachtem Handeln hinreißen zu lassen, sollte sie nach Hause fahren, sich einen Drink mixen und in aller Ruhe über die beste Vorgehensweise nachdenken.

Zumindest sollte sie warten, bis sie mit Roberto sprechen

und sich vergewissern konnte, daß er nicht gestern in San Luis Obispo neues Serum besorgt hatte.

Doch ihr Zorn auf Carl Henderson verdrängte alle rationalen Überlegungen.

Sie mußte ihn zur Rede stellen.

Sofort.

Carl Henderson war in seinem Kellerlabor, als es an der Haustür läutete. Am liebsten hätte er das Klingeln einfach ignoriert. Irgendwann würde der ungebetene Besucher frustriert abziehen, wenn ihm niemand öffnete.

Aber leider hatte Carl seinen Wagen vor dem Haus geparkt, und deshalb würde Wer-auch-immer vermuten, daß er zu Hause oder jedenfalls in der Nähe war, und vielleicht würde der Betreffende doch nicht so schnell aufgeben.

Es widerstrebte ihm zutiefst, seine faszinierenden Studien zu unterbrechen, wenn auch nur für die wenigen Minuten, die er brauchen würde, um den Besucher abzuwimmeln.

Er starrte das Plexiglasgefäß an, in dem die Ratte lag, der er gestern abend das Serum injiziert hatte.

Das Serum aus jener belastenden Ampulle, die er zum Glück aus der Klinik entwendet hatte.

Während er durch die transparenten Wände des Kastens blickte, wußte er zweifelsfrei, daß es richtig gewesen war, sich das braune Fläschchen zurückzuholen.

Nicht, daß er genau verstanden hätte, was in dem Behälter vor sich gegangen war. Das würde noch Stunden, vielleicht sogar Tage dauern, und vor allem mußte er dazu die tote Ratte unter dem Mikroskop sezieren.

Die Türklingel ertönte wieder, und Henderson wandte sich endlich von dem Plexiglaskasten ab, schaltete die hellen Lampen über der Arbeitsplatte aus und stieg rasch die steile Treppe ins Erdgeschoß empor. Er machte das Kellerlicht aus und vergewisserte sich, daß die Tür unter der Treppe gut verschlossen war, bevor er durch den Korridor zur Haustür ging und den gerafften Leinenvorhang zur Seite schob, der die Glasfüllung verhüllte.

Auf der Veranda stand Ellen Filmore – und ihr Gesichtsausdruck machte ihm angst.

Seine Nervosität hinter einem strahlenden Lächeln verbergend, öffnete Henderson die Tür. »Ellen!« begrüßte er sie. »Was für eine nette …«

»Hör auf!« unterbrach sie ihn mit eiskalter Stimme und rasiermesserscharfen Worten. »Ich weiß, was du getan hast, Carl. Ich weiß, daß das Zeug, das ich Julie Spellman injiziert habe, nicht jenes Serum war, das Molly das Leben gerettet hat.«

Henderson täuschte Überraschung vor, während er die Tür weiter öffnete und sie mit höflicher Geste hereinbat. »Nicht das gleiche Serum? Was meinst du damit? Natürlich war es das gleiche Mittel, und es hat bei Julie ja auch genauso gut gewirkt wie bei Molly.«

»Tatsächlich?« fragte Ellen in erbittertem Zorn. »Ist sie jetzt tot, Carl? Waren es ihre Knochen, die heute oben in den Hügeln gefunden wurden?«

Wieder überlief Henderson ein kalter Angstschauder. Von welchen Knochen redete sie nur? War es möglich, daß …

Er verdrängte den Gedanken rasch. Selbst wenn ein paar Knochen gefunden worden waren – was ließ sich damit schon beweisen? »Ellen, ich kann dir leider nicht mehr folgen.« Seine Stimme verriet immer noch nichts von seinem inneren Aufruhr. »Ich mache dir jetzt am besten einen Drink zurecht, und dann kannst du mir in Ruhe erzählen, was du auf dem Herzen hast.«

Er ging ihr ins Wohnzimmer voraus und schaltete den Kronleuchter an. Das Licht brach sich in den Kristallprismen, und die Panzer der unzähligen Käfer in den Vitrinen an den Wänden begannen in allen Regenbogenfarben zu schillern, während Scharen von Schmetterlingen durch die Glasplatten der Tische aufzusteigen schienen, so als wollten sie im Raum umherflattern.

Verblüfft über diese gespenstische Szenerie, blieb Ellen auf der Schwelle stehen.

Henderson stand schon vor dem kleinen Servierwagen, der ihm als Bar diente, und drehte sich lächelnd nach ihr um. »Hier bist du noch nie gewesen, stimmt's? Interessierst du dich für Insekten?«

»Sie haben mich nie interessiert«, erwiderte Ellen kalt, *»bis heute.«*

Sobald sie diese Worte ausgesprochen hatte, begriff sie ihren Fehler, denn mit Carl Henderson ging plötzlich eine Veränderung vor.

Keine auffällige – nur sein Lächeln gefror, und seine Augen wurden dunkler.

Doch das genügte, um Ellen klarzumachen, daß er genau wußte, wovon sie redete, und daß es ein Fehler gewesen war, in ihrer Wut auf ihn herzukommen.

Instinktiv wich sie einen Schritt zurück, dann wandte sie sich um und eilte zur Haustür.

Doch Carl Henderson war viel schneller, als sie erwartet hatte. Ihr blieb keine Zeit, den Türknauf umzudrehen: Sein linker Arm schlang sich um ihren Hals, und seine rechte Hand packte sie am Handgelenk und drehte ihr mit einem schmerzhaften Griff den Arm auf den Rücken. »Du kannst schreien, soviel du willst«, sagte er. »Glaub mir, niemand wird dich hören.«

»Laß mich gehen!« forderte Ellen, aber sie konnte selbst hören, daß der Zorn, der ihrer Stimme noch vor einer Minute Energie verliehen hatte, in Furcht umgeschlagen war.

»Ich glaube nicht, daß das möglich ist, Ellen«, sagte Henderson ruhig. Er zog sie den Korridor entlang, und sie dachte, daß er sie in die Küche bringen würde, doch plötzlich blieb er stehen und öffnete eine kleine Tür unter der Treppe.

Dann stieß er sie vor sich her, die Kellertreppe hinunter. »Wenn du wirklich über jene Injektion Bescheid wissen möchtest«, zischte er ihr ins Ohr, »kann ich dir gern Aufschluß darüber geben.«

Ihren rechten Arm noch immer mit eisernem Griff festhaltend, schob er sie im Keller vorwärts und zog schließlich an der Schnur, die die Leuchtstoffröhren über der Arbeitsplatte einschaltete.

Ellen blinzelte in dem grellen Licht, doch dann fiel ihr Blick auf den Plexiglasbehälter mit der Ratte.

Die Ratte war tot.

Ihre Haut war aufgerissen, so heftig hatte sie sich gekratzt, als der schreckliche Juckreiz aufgetreten war. Und sie hatte eine blutige Schnauze, weil sie immer wieder gegen die Käfigstäbe angerannt war, als der Schwarm in ihrem Körper versucht hatte, dem Summen des Ventilators zu entkommen.

Jetzt lag sie auf dem Käfigboden, aber es war nicht dieser Kadaver, der Ellens Aufmerksamkeit erregte.

Vielmehr starrte sie den schwarzen Film auf jener Seite des Plexiglaskastens an, die am weitesten vom Ventilator entfernt war. Obwohl sie die einzelnen Lebewesen nicht erkennen konnte, sah sie, daß diese Schicht in Bewegung war, eine kriechende Masse, deren Formation sich auf der Acrylwand ständig veränderte.

»Was ist das?« fragte sie unwillkürlich, das schwarze Gewimmel voll fasziniertem Ekel betrachtend.

»Ein Schwarm«, erklärte Carl. »Ein Schwarm von etwas, das sich genau wie ein Bienenvolk oder wie eine Ameisenkolonie zu verhalten scheint. Sie dringen irgendwo ein, ernähren und vermehren sich, und wenn der Schwarm zu groß wird, teilt er sich auf. Eine Art Invasionstrupp erobert einen neuen Wirt und bildet eine Kolonie.« Er lächelte. »Und ich habe sie erschaffen«, fügte er hinzu. »Ich habe diese neue Lebensform erschaffen.«

Als Ellen die Bedeutung seiner Worte voll erfaßte, starrte sie die tote Ratte in dumpfem Entsetzen an. »Sie ist von ihnen getötet worden, nicht wahr?« fragte sie mit hohler Stimme. Jetzt hatte sie eine ungefähre Vorstellung, was den vermißten Teenagern widerfahren sein mußte.

»Da bin ich mir noch nicht ganz sicher«, erwiderte Henderson völlig emotionslos. »Möglicherweise ist sie von ihnen getötet worden, aber vielleicht haben sie sie auch nur zur Raserei getrieben, und sie hat sich bei dem Versuch zu entkommen selbst umgebracht.« Er lächelte wieder, aber da er immer noch hinter ihr stand, konnte Ellen nicht sehen, wie eisig dieses Lächeln war. »Morgen früh werde ich mehr wissen«, sagte er. »Und vielleicht werde ich dir erzählen, was ich herausgefunden habe.«

Er zog sie auf eine Tür am hinteren Ende des Kellers zu. »Da drin wird es dir nicht gefallen«, kündigte er an, während er die Tür öffnete. Er stieß Ellen hinein und zog die Tür schnell wieder zu. »Dem Mädchen, das ich auf der Interstate mitgenommen habe, hat es auch nicht gefallen«, fuhr er lauter fort, damit sie ihn deutlich hören konnte. »Und Otto Owen fand es ganz schrecklich, obwohl er gar nicht lange drin war.«

Er wandte sich von der Tür ab und kehrte zur Arbeitsplatte zurück, um mit der Untersuchung der Organismen – *seiner* Organismen – zu beginnen, die in dem Plexiglasbehälter gefangen waren.

Eine neue Art mikroskopischer kleiner Bienen, wenn es denn tatsächlich Bienen waren, entwickelt von Carl Henderson in seinem Kellerlabor. Auch wenn er eigentlich nach etwas ganz anderem geforscht hatte, würde dies doch die Krönung seines Lebenswerkes sein.

Eine neue Lebensform, auf dem Planeten nie zuvor gesehen.

Seine Lebensform.

Apis hendersoni.

Er drehte sich noch einmal um und rief Ellen Filmore durch die geschlossene Tür zu: »Du wirst lernen, meine Zuchtexemplare zu lieben. Und sie werden dich auch lieben.«

Kapitel 26

»Ich bring's einfach nicht fertig, nach Hause zu gehen.«

Marge Larkin starrte niedergeschlagen in die hereinbrechende Dämmerung hinaus. Es war fast acht Uhr, und die Suche war bis zum nächsten Morgen unterbrochen worden. Die letzten Freiwilligen waren vor einer halben Stunde aus den Hügeln zurückgekommen. Marge saß im Wohnzimmer von Russells Haus, mit dumpfem Kopf, seelisch ausgelaugt. Doch auch körperlich war sie viel erschöpfter als normalerweise um diese Uhrzeit. Obwohl sie – wie schon den ganzen Tag über – keinen richtigen Hunger hatte, nahm sie sich etwas Schinken von der Platte, die jemand – sie erinnerte sich nicht einmal daran, wer – nachmittags auf den Tisch gestellt hatte.

»Bleib hier bei uns«, sagte Karen, die nur zu gut wußte, wie Marge nachts zumute sein würde. Sie hatte die Nacht nach Richards Tod noch lebhaft in Erinnerung, als sie sich gezwungen hatte, zu Bett zu gehen, dann aber bis zum Morgen wach gelegen hatte, von Einsamkeit überwältigt, die wie ein physisches Gewicht auf ihr lastete, so daß sie sich gefragt hatte, ob sie je die Kraft aufbringen würde, wieder aufzustehen. So würde es Marge heute nacht ergehen, dachte Karen. Sie selbst konnte bei Russell Halt suchen, aber Marge hatte nur Ben.

Der kleine Junge lag jetzt – ebenso wie Molly – bäuchlings vor dem Fernseher im Studio. Karen betrachtete die beiden Neunjährigen durch die offene Tür und beneidete sie um die Gabe, sich von den Bildern auf der Mattscheibe so faszinieren zu lassen, daß sie – wenn auch nur für Minuten – die schrecklichen Ereignisse vergessen konnten. Nein, Ben war noch nicht alt genug, um seiner Mutter in der Verzweiflung, die nachts über sie hereinbrechen würde, Trost und Beistand zu sein .

Sie drückte Marge mitfühlend die Hand. »Wir haben wirklich jede Menge Platz.« Und als Marge immer noch zögerte, fuhr sie fort: »Für Molly ist jetzt Schlafenszeit. Wie wär's wenn wir auch Ben von Russell ins Bett bringen lassen?«

»Bist du ganz sicher, daß es dir nicht zuviel Mühe macht?« fragte Marge. »Es wäre natürlich ... na ja, es würde die Dinge ein wenig leichter machen. So wie ich mich jetzt fühle, wüßte ich nicht, wie ich die Nacht überstehen sollte.«

»Zusammen schaffen wir es«, sagte Karen, doch obwohl sie Zuversicht auszustrahlen versuchte, konnte sie selbst nur mit größter Mühe ein gequältes Schluchzen unterdrücken und stand deshalb rasch auf. »Molly? Ins Bett mit dir!«

»Noch nicht.« Automatisch wandte Molly die übliche Verzögerungstaktik an. »Es ist doch erst ...«

»Es ist acht«, fiel Karen ihr ins Wort und schüttelte den Kopf, als das Mädchen zu weiteren Einwänden ansetzte. »Nicht heute abend, Molly. Bitte keine langen Diskussionen, Liebling.« Sie ging ins Studio, bückte sich und stellte Molly auf die Füße. Während sie ihrer Tochter zärtlich über die Wange strich, betete sie im stillen: Beschütze sie! Wenn ihr auch noch etwas zustoßen würde, könnte ich es nicht ertragen, das weiß ich ...

»Aber ich mache mir doch auch Sorgen um Julie und Kevin«, wandte Molly ein, so als hätte sie die Gedanken ihrer Mutter gelesen.

»Ich bin sicher, daß es ihnen gutgeht«, beteuerte Karen. »Vielleicht sind sie schon morgen früh wieder zu Hause. Wäre das nicht herrlich?«

Molly nickte, aber ihren Augen war anzusehen, daß sie von den Worten ihrer Mutter genausowenig überzeugt war wie diese selbst. »Ben übernachtet heute bei uns«, sagte Karen, um Molly abzulenken, denn sie wußte, daß sie in Tränen ausbrechen würde, wenn das Gespräch über Julie und Kevin fortgesetzt würde. Wie sie gehofft hatte, hellte sich Mollys Miene sofort auf.

»Kann er in meinem Zimmer schlafen?«

Karen schüttelte den Kopf. »Aber er wird im Nebenzimmer sein, und morgen früh kann er dir helfen, Flicka zu versorgen. Das macht euch beiden bestimmt Spaß.«

Durch diese Aussicht abgelenkt, ließ sich Molly ohne weitere Einwände von Russell auf den Arm nehmen und die Treppe hinauftragen.

»Du auch, Ben«, rief Marge aus dem Wohnzimmer. »Ab in die Falle!«

Der kleine Junge ließ sich von ihrer gespielten Fröhlichkeit nicht täuschen. Er stand auf, ging ins Wohnzimmer und schlang seine Arme um ihren Hals. »Mach dir keine Sorgen«, flüsterte er ihr ins Ohr. »Jeff wird wieder nach Hause kommen, ganz bestimmt.«

Marge nahm ihren jüngeren Sohn in die Arme. »Ich weiß«, murmelte sie, »ich weiß.« Doch als Ben gleich darauf Russell nach oben folgte, dachte sie, daß sie – genau wie Karen, als diese Molly beruhigen wollte – an ihre eigenen Worte nicht glaubte.

»Werden Kevin und Julie und Jeff wirklich wieder nach Hause kommen?« fragte Molly, als Russell sie wenige Minuten später sorgfältig zudeckte.

»Ich hoffe es.« Er küßte sie auf die Wange und zwinkerte ihr zu. »Wer weiß? Vielleicht hat deine Mutter ja recht, und wenn du morgen früh aufwachst, sind sie schon wieder da. Wäre das nicht eine schöne Überraschung?«

Molly nickte, aber sie wußte, daß auch ihr Stiefvater nicht wirklich glaubte, was er sagte. Ihre Augen füllten sich mit Tränen. »Und wenn sie nicht zurückkommen?« flüsterte sie mit bebender Stimme. »Wenn ihnen etwas ganz Schlimmes zugestoßen ist?«

Russell fühlte sich angesichts des Kummers des kleinen Mädchens sehr hilflos. »Sie *werden* zurückkommen«, versicherte er, obwohl er Mühe hatte, seine eigene Verzweiflung zu verbergen. »Ich bin ganz sicher.« Er hörte ein leises Winseln an der Tür, und als er hochschaute, sah er Bailey auf der Schwelle stehen, eine Vorderpfote etwas angehoben, unsicher mit dem Schwanz wedelnd. Russell verstand sofort. »Du möchtest heute nacht bei Molly schlafen, alter Junge, hab' ich recht?«

Der große Hund wedelte jetzt freudig mit dem Schwanz,

sprang rasch auf Mollys Bett und legte sich zufrieden neben sie hin. Zu Russells Erleichterung trockneten Mollys Tränen. »Darf er bei mir schlafen?« fragte sie. »Darf er das wirklich?«

Russell nickte. »Warum nicht?« Er bückte sich, küßte Molly noch einmal und kraulte Bailey hinter den Ohren. »Ihr werdet gut aufeinander aufpassen, ja?«

Molly nickte und schlang einen Arm um den Hund, der ihr glücklich die Wange leckte und mit dem schweren Schwanz auf die Matratze schlug.

Russell schaltete das Licht aus, schloß die Tür und ging wieder nach unten.

Immerhin würden Molly und Ben die Nacht durchschlafen.

Im Gegensatz zu Marge, Karen und ihm selbst.

Der Mond hing tief am Himmel und warf seinen bleichen Schein über die Talsohle, ohne die samtige Schwärze im Innern der Höhle zu erreichen. Kevin Owen saß auf dem Boden, mit dem Rücken an die kalte Felswand gelehnt, den Blick starr auf die hellgrauen Farbtöne jenseits des Höhleneingangs gerichtet, nur noch auf Reize reagierend, die er kaum wahrgenommen hatte, bis er heute hergekommen war.

Überall um ihn herum, in jedem Teil der Höhle, gaben Insekten feine Töne von sich. Doch heute nacht verschmolzen sie nicht zu einer monotonen Geräuschkulisse, die man nach kurzer Zeit nicht mehr bewußt wahrnahm, sondern blieben deutlich voneinander unterscheidbar.

Vor dem Eingang hörte er das Zirpen von Grillen, deren musikalischer Beitrag mit einem Funksignal zu vergleichen war, nicht nur für ihre eigene Spezies, sondern auch für andere Lebewesen.

Im Gegensatz zur sanften Melodie der Grillen gaben stolze Käfer laute Schnalzer von sich, und jedesmal, wenn Kevin ein solches scharfes Geräusch hörte, hatte er bildhaft vor Augen, wie die kleinen Geschöpfe in die Luft schnellten und dann wieder auf dem Boden landeten.

Und obwohl er sie nicht sehen konnte, spürte er die Gegenwart der Ameisen, die zuhauf über die harte Erde krochen, die den Boden der Höhle bildete. Ja, er konnte sogar etwas hören, das er sich als Mahlen der Mandibeln vorstellte, wenn sie Geröllstücke zerkleinerten, um diese in ihre unterirdischen Bauten zu schleppen.

Am deutlichsten konnte er jedoch die Bienenmusik unterscheiden.

Die Vibration kam von überallher, ein nahezu unterbewußter Ton, auf den etwas in seinem Innern magisch ansprach.

Zum erstenmal, seit die Krankheit über ihn gekommen war, hatten die grauenhaften Symptome nachgelassen.

Der Juckreiz, jener schreckliche Juckreiz, der seinen ganzen Körper erfaßt hatte, war verschwunden, und auch der fiebrige Schüttelfrost hatte ihn nach fast zwei Tagen aus seinem eisigen Würgegriff entlassen.

Eine leichte Brise, erzeugt von Millionen winziger, fächelnder Flügel, strich zärtlich über seine Haut. Und die Angst, die ihn ständig begleitet hatte, seit er das erste Mal mit Jeff an diesen Ort gekommen war, hatte sich gelegt. Er wußte, daß er hierher gehörte.

Er war nach Hause gekommen.

Wie lange er so dasaß, mit dem Rücken an die Wand gelehnt, und den betäubenden Lauten der Insekten lauschte, wußte er nicht, denn sein individuelles Bewußtsein schwand immer mehr dahin.

Er war nicht mehr Kevin Owen, da die schwärmenden Organismen, die sich in seinem Körper eingenistet hatten, seine Persönlichkeit bis auf winzige Überreste ausgelöscht und Kevins Körper und Geist ihren eigenen Geboten und jenen des größeren Schwarms unterjocht hatten, von dem sie ihrerseits nur ein kleiner Teil waren.

Während er in der Dunkelheit saß, stieg ein Bedürfnis in Kevin auf, ein Urinstinkt, dem er machtlos ausgeliefert war.

Instruktionen befolgend, die weder eine Quelle noch eine klar umrissene – und dem menschlichen Geist zugängliche – Form zu haben schienen, stand Kevin plötzlich auf und verließ die Höhle. Draußen blieb er eine Zeitlang regungslos stehen, bis seine Augen sich an die relative Helligkeit gewöhnten.

Die Nacht war zum Leben erwacht.

Die Luft war mit fliegenden Insekten angefüllt, und die Erde schien sich in eine lebendige Wesenheit verwandelt zu haben, denn im schwachen Mondlicht war bei genauem Hinsehen ein beweglicher Teppich aus winzigen Lebewesen zu erkennen. Der normale Beobachter hätte in all dem Gekrieche und Gekrabbel bestenfalls zufällige Muster gesehen, doch irgendwie übertrugen sich die Bewegungen dieser Horde auf den Organismus, der in Kevin nistete, und nun setzte auch er sich in Bewegung, in östliche Richtung, durch das Tal auf den nächsten Hügel zu.

Von seinen schweren Schuhsohlen zermalmt, starben Tausende von Insekten unter seinen Füßen, und kaum waren sie zertreten, wurden sie schon von den anderen Insekten um sie herum gefressen.

Der Teppich, den sie bildeten, blieb heil, das Muster, indem sie sich bewegten, wurde niemals unterbrochen.

Als Kevin den Hügel erreichte und hinaufzusteigen begann, hatten sich dieses Muster, das die tanzenden Insekten im Talgrund bildeten, unauslöschlich in Kevins Gesicht eingeprägt.

Und sein Körper – der nicht mehr ihm gehörte – war ein Sklave dieses Musters geworden.

Er ging durch die Dunkelheit, ohne den Lichtmangel wahrzunehmen, und sein Verstand war jetzt total geknechtet von dem fremdartigen Bewußtsein des Schwarms, der in ihn eingedrungen war.

Molly wachte in ihrem dunklen Zimmer auf und wußte sofort, daß etwas nicht stimmte. Sie lag auf der Seite, mit dem Rücken zum Fenster, und obwohl sie ihre Augen nicht geöffnet und auch nichts gehört hatte, war sie davon überzeugt, nicht mehr allein zu sein.

Jemand – oder etwas – war hier.

Sie kniff die Augen noch fester zusammen und versuchte, sich nicht zu bewegen, denn sobald sie auch nur einen Finger krümmte, würde jenes Etwas sich im Dunkeln bestimmt auf sie stürzen und sie in Stücke reißen, so wie die Menschenfresser in ihren Märchenbüchern das taten.

Die Zeit schien stillzustehen, und endlich riskierte es Molly, ihre Augen zu öffnen. Nur ein wenig – gerade weit genug, um das schwache Mondlicht zu sehen, das durch das Fenster ins Zimmer fiel.

Das Mondlicht – und eine Schatten!

Unwillkürlich schnappte sie laut nach Luft und hielt dann den Atem an, weil sie befürchtete, daß Wer-oder-was-auch-immer sie gehört haben könnte.

Der Schatten bewegte sich!

Und jetzt hörte sie ihn auch!

Etwas bewegte sich vom Fenster her auf sie zu, tappte um das Fußende ihres Bettes herum …

Ein Schrei stieg in ihrer Kehle auf, aber sie unterdrückte ihn, denn wenn sie schrie, würde Was-auch-immer sich mit Sicherheit auf sie stürzen und …

Und dann leckte Bailey ihr winselnd das Gesicht.

Sie stieß geräuschvoll den Atem aus, als die lähmende Angst der letzten Minuten von ihr wich, warf ihre Arme um den großen Hund und vergrub ihr Gesicht in seinem Nakkenfell. »Tu so was nie wieder!« flüsterte sie, so als könne er jedes Wort verstehen. »Du hast mich erschreckt!«

Baileys Zunge fuhr wieder über ihr Gesicht, dann riß er sich von ihr los und lief zum Fenster zurück. Die Vorderpfote auf das Sims gestellt, winselte er leise und drehte sich nach Molly um, die sich im Bett aufgerichtet hatte.

»Was ist los, Bailey?« fragte sie, immer noch im Flüsterton. Als er wieder winselte, sprang sie aus dem Bett, kauerte sich neben den Hund und legte einen Arm um ihn, während sie in die Dunkelheit hinausspähte, ohne etwas erkennen zu können.

Ihre Stirn legte sich in tiefe Falten, als sie überlegte, was sie tun sollte.

Ben Larkin schlief nebenan.

Aber wo waren alle anderen?

Barfuß schlich sie zur Tür, öffnete sie einen Spaltbreit und lauschte.

Im Haus war es ganz still.

Sie zog die Tür etwas weiter auf, schlüpfte auf den Korridor hinaus, lauschte wieder, öffnete, als sie immer noch nichts hörte, die Tür zum Nebenzimmer und schüttelte Ben. »Ben!« flüsterte sie. »Ben, wach auf!«

Endlich öffnete Ben die Augen. »Was ist?« murmelte er. »Ist was passiert?«

»Bailey«, sagte Molly. »Er führt sich so komisch auf. Komm mit, und schau's dir an! Nun komm schon!«

Ben rieb sich den Schlaf aus den Augen, schlüpfte in Hemd und Hose und folgte Molly in ihr Zimmer, wo Bailey immer noch winselnd aus dem Fenster schaute. »Was hat er nur?« fragte Molly.

Wie Molly vor wenigen Minuten, so trat auch Ben ans Fenster und blickte in die Dunkelheit hinaus, aber auch er sah nichts Ungewöhnliches. »Vielleicht muß er mal raus.« Mit schiefgelegtem Kopf wandte er sich direkt an den Hund. »Raus?« fragte er. »Möchtest du raus, Junge?« Bailey wedelte heftig mit dem Schwanz und lief zur Tür. »Zieh dich an«, sagte Ben zu Molly. »Wir lassen ihn raus. Er muß bestimmt Pipi machen.«

Molly warf ihm einen empörten Blick zu. »Ich zieh' meinen Pyjama nicht aus, wenn du im Zimmer bist«, erklärte sie würdevoll. »Außerdem brauchst du Schuhe, wenn wir rausgehen wollen.«

Keine Minute später standen Molly, die Bailey am Halsband festhielt, damit er nicht vorausstürzte, und Ben an der Treppe und mußten feststellen, daß unten vom Wohnzimmer Licht in den Flur fiel. »Und wenn unsere Mütter uns erwischen?« flüsterte Molly. »Sie werden uns nie erlauben, so spät noch rauszugehen.«

Ben spitzte den Mund, winkte Molly, ihm zu folgen, und schlich auf Zehenspitzen in ihr Zimmer zurück. Als auch Molly und Bailey wieder dort waren, schloß er die Tür und ging zum Fenster. »Ich wette, daß wir runterspringen könnten.« Er deutete auf das Dach der hinteren Veranda, das etwa einen halben Meter unter dem Fenster begann und schräg nach unten führte.

Molly betrachtete den unteren Rand. Die Veranda war bestimmt nicht höher als die Garage hinter dem Haus, in dem sie in Los Angeles gewohnt hatten, und von jenem Garagendach war sie oft gesprungen.

Na ja, wenn sie ganz ehrlich sein wollte, war sie nur ein einziges Mal hinabgesprungen, aber sie hatte sich dabei nicht verletzt.

»Und was ist mit Bailey?« fragte sie Ben, der schon hinausgeklettert war und die Dachschräge hinabkroch. Der Junge pfiff leise, und der Hund sprang sofort durch das Fenster aufs Dach.

Molly folgte, und gleich darauf spähten die beiden Kinder und der Hund von der Dachkante in die Tiefe. Es mußten etwa zweieinhalb Meter bis zum Boden sein. »Schaffst du's?« flüsterte Ben, und Molly konnte seiner Stimme anhören, daß er es ihr nicht zutraute.

Sie würdigte ihn keiner Antwort, drehte sich auf den Bauch und ließ sich hinabgleiten, bis sie an der Regenrinne hing. Dann holte sie tief Luft und ließ diesen letzten Halt los. Den Bruchteil einer Sekunde später grinste sie zu Ben hinauf.

»Komm«, zischte sie. »Beeil dich, sonst hören sie uns noch!«

Bailey, der neben Ben auf dem Dach stand, versteifte sich plötzlich, spitzte die Ohren und begann heftig zu zittern. Dann sprang er vom Dach, landete auf allen vieren und raste in Richtung Hühnerstall davon.

»Was hat er nur?« flüsterte Molly, als Ben gleich darauf neben ihr stand.

Beiden Kindern schoß eine Idee durch den Kopf, und Ben riß vor Aufregung die Augen weit auf. »Wetten, daß er Kevin riecht! Hunde können so was. Sie können irgendwas kilometerweit riechen.«

»Aber warum kommt Kevin nicht einfach nach Hause, wenn er in der Nähe ist?« forderte Molly ihn heraus.

Ben zuckte mit den Schultern. »Woher soll ich das wissen? Vielleicht ist er hingefallen und liegt mit einem gebrochenen Bein oder sonstwas da draußen.«

Die Kinder folgten Bailey den Abhang zum Hühnerstall hinab, und als sie nur noch wenige Meter entfernt waren, sahen sie eine Bewegung und einen dunklen Schatten, der aus der Stalltür trat. Zur Salzsäule erstarrt, blieb Molly stehen, und zu ihrer großen Überraschung sprang auch Bailey den Eindringling nicht an, sondern preßte sich, leise knurrend, an Mollys Beine. Sie spürte, daß ihre Knie vor Angst zitterten, doch dann drehte sich der Schatten um, und das Mondlicht fiel voll auf sein Gesicht.

»K-Kevin?« stammelte Molly mit schreckensweit aufgerissenen Augen, als sie ihren Stiefbruder erkannte und zugleich feststellen mußte, daß Ben recht gehabt hatte.

Etwas Schlimmes mußte Kevin zugestoßen sein.

Denn obwohl sie ihn in der Dunkelheit nicht klar erkennen konnte, sah sie im Mondschein doch, daß sein Gesicht blutverschmiert und sein Hemd blutdurchtränkt war.

Kevin stand regungslos da und starrte ins Mondlicht. Er hatte kein Zeitgefühl mehr, wußte nicht, wie lange es her war, daß er die Höhle verlassen hatte.

Ihm war auch nicht bewußt, wo er gewesen war und was er getan hatte, denn sein Bewußtsein war fast ausgelöscht: Nicht mehr sein eigenes Gehirn bestimmte sein Handeln, vielmehr war er zum bloßen Werkzeug des in seinem Körper hausenden Schwarms geworden.

Er war von den Hügeln hinabgewandert, ohne auf den Weg zu achten, ohne seine Umgebung wahrzunehmen, einfach die Befehle der Invasionstruppe befolgend, geleitet von den Mustern des Insektentanzes auf dem Talboden, die sich ihm eingeprägt hatten.

Nahrung.

Er mußte Nahrung sammeln und seinem Volk bringen.

Diese Aufgabe führte ihn zuerst zu den Bienenstöcken am Rand der Farm. Er öffnete die verlassenen Stöcke, brach so viel Honigwaben, wie er nur tragen konnte, aus den Rahmen und stopfte sie unter sein Hemd. Dann streifte er weiter durch die Nacht, bis er zum Hühnerstall kam. Er ging hinein, stieß die Hühner von den Stangen und raubte ihre Eier.

Einige saugte er sofort gierig aus, mit den anderen füllte er seine Taschen, um sie seinem Volk zu bringen.

Dann grub er seine Zähne in die Hälse von zwei Hennen und riß ihnen die Köpfe ab.

Er wollte sich gerade ein drittes Huhn schnappen, als er spürte, daß jemand in der Nähe war, obwohl er nichts gesehen oder gehört hatte. Instinktiv ging er auf die Stalltür zu und blieb schreckensstarr stehen, plötzlich mit einer Gefahr konfrontiert.

Und dann hörte Kevin ein Wort, und dieses Wort drang in sein von den Invasoren fast völlig unterdrücktes Bewußtsein.

Er hörte seinen Namen.

Nur langsam registrierte er, daß es *sein* Name war. Doch dann kehrte noch etwas mehr von seinem eigenen Bewußtsein zurück, und er erkannte Molly, die im Dunkeln stand und ihn erschrocken anstarrte.

»K-Kevin?« sagte sie wieder. »Was hast du?« Sie wollte einen Schritt auf ihn zu machen, besann sich aber in letzter Sekunde eines Besseren und legte unwillkürlich eine Hand auf Baileys Kopf. »Du s-s-siehst so k-komisch aus«, stammelte sie.

Kevins Finger wurden kraftlos, und die beiden toten Hühner fielen auf den Boden.

Die wimmelnde Masse in seinem Körper verfiel in hektische Aktivität, denn die Intelligenz des Schwarms hatte eine neue Behausung wahrgenommen, wo man eine Kolonie gründen, brüten und sich vermehren konnte.

Kevin ging auf Molly zu, während sich der schwarze Haufen schon in seinen Lungen sammelte, zum Ausschwärmen bereit, sobald er nahe genug am neuen Wirt ausatmen würde.

Molly stand regungslos da und blickte zu ihm auf, von seinem merkwürdigen Gesichtsausdruck wie gelähmt.

Und dann, gerade als er niederknien und sein Gesicht dem ihren nähern wollte, um das Ausschwärmen der Kolonie einzuleiten, brach sich sein eigenes Bewußtsein wieder Bahn, und er begriff, was mit Molly geschehen würde.

»Nein!« Er sprang keuchend auf und wich zurück. »Geh ins Haus! Geh sofort ins Haus, und laß mich allein!«

Unter Aufbietung der geringen ihm noch verbliebenen Willenskraft kämpfte Kevin gegen die Invasoren an, die in seinem Körper und Geist die Herrschaft übernommen hatten. Er wirbelte auf dem Absatz herum und taumelte in Richtung der Hügel.

Für einen langen Moment stand Molly wie versteinert und blickte Kevin nach, obwohl ihn die Dunkelheit längst wieder verschluckt hatte. Dann hörte sie hinter sich Bens Stimme.

»Wir müssen ihm folgen«, flüsterte er.

Molly drehte sich langsam um. Im Mondschein funkelten Bens Augen vor Aufregung. »Wir können sie finden, Molly«, sagte er. »Ich wette, daß wir sie alle finden können!«

Molly schüttelte den Kopf. »N-nein«, stammelte sie. »Es ist dunkel, und er ist fort, und ich fürchte mich und will nach Hause.«

»Aber wir können sie finden«, beharrte Ben. »Ich weiß, daß wir es können. Bailey wird uns helfen. Er würde Kevin bestimmt überallhin folgen.«

Molly hielt den großen Hund fest. »Wir sollten ins Haus zurückkehren«, wiederholte sie.

Ben warf ihr einen abschätzigen Blick zu und zuckte die Achseln. »Dann geh doch. Mir ist das egal. Ich nehme Bailey mit und finde sie alle.« So als hätte er Bens Worte verstanden, rückte Bailey näher an den Jungen heran, während er die Stelle beschnupperte, wo Kevin soeben noch gestanden hatte. »Siehst du?« krähte Ben. »*Er* will auch gehen! Also, geh nach Hause, wenn du willst, und Bailey und ich werden die anderen suchen.«

Molly blickte zum Haus hinüber, denn hinauf zu den Hügeln. Kevin tauchte für einen Augenblick in der Dunkelheit auf, und im Mondschein schien er ihr zuzuwinken.

Aber er hatte ihr doch befohlen, ins Haus zu gehen.

Wenn er aber krank war, so wie Julie krank gewesen war …

Molly kämpfte mit sich, unschlüssig, was sie tun sollte. Wenn Ben recht hatte, wenn Bailey ihnen helfen konnte, Julie und Jeff zu finden …

Sie stellte sich das Gesicht ihrer Mutter vor, wenn sie alle zusammen nach Hause kämen, und ihre letzten Zweifel verflogen. »Los, Bailey«, sagte sie. »Wir suchen Kevin.«

Der große Hund nahm die Spur auf, und Molly und Ben mußten rennen, um ihn nicht aus den Augen zu verlieren.

Molly und Ben standen Seite an Seite auf dem Hügel und blickten ins Tal hinab. Bailey saß zitternd neben Molly, und seltsame Laute kamen aus seiner Kehle – halb Winseln, halb Knurren. Überall um sie herum wimmelte es von Insekten, die zirpende, rasselnde oder schnarrende Töne von sich gaben.

Der Mond stand jetzt hoch am Himmel und erhellte die Nacht. Jenseits des Bachs, der das Tal durchschnitt, konnten sie einen Höhleneingang erkennen, und dicht davor stand eine dunkle Gestalt.

Dann setzte sich diese Gestalt in Bewegung, überquerte das Tal und begann den steinigen Hügel zu erklimmen.

»Jeff?« rief Ben, nicht ganz sicher, ob er richtig gesehen hatte.

Einen Moment lang herrschte Stille, doch dann antwortete die Gestalt, und Ben erkannte die Stimme seines Bruders: »Alles in Ordnung, Ben. Ich bin's, Jeff.«

Ben rannte den Hügel hinab, blieb aber abrupt stehen, als er nahe genug war, um seinen Bruder deutlich sehen zu können.

Jeffs Kopf war über und über mit einer Maske aus Bienen bedeckt, mit einer summenden Maske, die ständig ihre Form veränderte, weil manche Bienen sich in die Tiefe gruben, während andere an die Oberfläche krabbelten.

Bens Herz klopfte zum Zerspringen, und sein Atem gefror in der Lunge, während er diese grauenvolle Maske anstarrte. Entsetzt weiteten sich seine Augen, als Jeff immer näher kam und höchstens einen Meter vor ihm entfernt stehenblieb.

Wie auf Kommando stiegen die Bienen von seinem Kopf auf und verschwanden in der Nacht, und nun war Jeffs bleiches und angespanntes Gesicht im Mondschein deutlich zu sehen.

»Alles in Ordnung, Ben«, sagte Jeff wieder. »Mir geht's gut, und dir wird's auch gutgehen.«

Ben stand da wie ein von grellen Scheinwerfern hypnotisiertes Tier, während sein Bruder noch einen Schritt auf ihn zu machte, dicht vor ihm niederkniete und die Arme nach ihm ausstreckte. In diesem Moment gellte ein Schrei durch die Nacht.

»Nein!« brüllte Kevin. »Lauf, Ben! Schnell!«

Aufgerüttelt durch diesen Schrei aus dem Tal, machte Ben kehrt und rannte den Hügel hinauf. Obwohl ihre Beine sie kaum tragen wollten, folgte ihm Molly, den Schrei ihres Stiefbruders in den Ohren, Jeffs fahles Gesicht unauslöschlich vor Augen.

Von Julie war nichts zu sehen gewesen.

Kapitel 27

Sara McLaughlin stöhnte leise, wälzte sich im Bett herum und schlug gegen das feuchte und zerknüllte Laken, in dem sie sich verwickelt hatte, während sie für wenige Minuten in einen unruhigen Schlaf gefallen war. Endlich bekam sie einen Arm frei, zerrte das Laken von ihrem Körper und riß sich auch noch das Nachthemd vom Leibe. Nach Atem ringend, weil ihre Lunge mit dickem Schleim gefüllt zu sein schien, ließ sie sich nackt auf den Rücken fallen und dehnte ihren Brustkorb so weit wie nur möglich, um wieder Luft zu bekommen.

Von allen beengenden Textilien befreit zu sein, verschaffte ihr jedoch nur sehr kurzfristig Erleichterung. Wenige Sekunden später gewann das in ihrem Körper tobende Chaos wieder die Oberhand, und sie begann sich wütend zu kratzen, denn der Juckreiz wurde immer unerträglicher. Schließlich sprang sie aus dem Bett, ging zum Fenster und starrte in die Mondnacht hinaus.

Die Hügel, die sich als Silhouette vom Nachthimmel abhoben, lockten sie, riefen nach ihr. Etwas tief in ihnen Verborgenes übte auf Sara eine unwiderstehliche, magische Anziehungskraft aus, der sie nicht länger widerstehen konnte. Das Bedürfnis, dem engen Krankenzimmer zu entkommen und in die Hügel zu fliehen, wurde zur regelrechten Obsession.

Sie hatte Mühe, das Fenster zu öffnen, doch schließlich bekam sie es auf und kletterte auf den schmalen Grasstreifen hinab, der das Gebäude vom Parkplatz trennte. Auch die kühle Meeresbrise vermochte das in ihrem Körper wütende Fieber und das Chaos in ihrem Geist nicht zu lindern.

Ohne sich ihrer völligen Blöße bewußt zu sein, rannte sie davon, wobei sie leise vor sich hin wimmerte und die hellen Lichtkreise von den Lampen über dem Parkplatz instinktiv mied. Gleich darauf tauchte sie in den Schatten eines Eichengehölzes unter und bahnte sich einen Weg zwischen den

Bäumen hindurch, ohne die stechenden Schmerzen zu beachten, die Äste und Steine ihren nackten Füßen zufügten. Ihre rechte Fußsohle begann zu bluten, doch das bemerkte sie nicht einmal.

Sie gelangte an einen Zaun, der das Krankenhausgelände begrenzte. Nur noch dieses Hindernis trennte sie von den lockenden Hügeln, die sich im Norden und Osten dahinzogen. Der Zaun versperrte ihr den Weg. Sie lief daran entlang, erst in die eine, dann in die andere Richtung, wie ein Tiger im Käfig.

In ihren Körper entwickelte die Kolonie eine hektische Aktivität und schickte Späher aus, die einen neuen Wirt suchen sollten.

Winzige schwarze Lebewesen, unsichtbar in der nächtlichen Dunkelheit, kamen aus Saras Mund, aus ihren Nasenlöchern und Augen hervor, schwebten einige Sekunden in der Luft und starben sehr schnell, als sie keinen neuen Wirt fanden, in dem sie sich hätten einnisten und brüten können.

Und die Kolonie, die Saras Körper heimgesucht hatte, breitete sich, als keine Signale von den Spähern eintrafen, innerhalb des bisherigen Wirts immer weiter aus, griff Saras lebenswichtige Organe immer verheerender an.

Dann senkte sich vom Nachthimmel eine Insektenwolke auf Sara herab und umringte sie, und für kurze Zeit verspürte das Mädchen eine Art Ruhe.

Saras Augen konzentrierten sich auf die sie umschwirrenden Insekten und in ihrem Geist begann sich ein Bild zu formen, ein so abstraktes Bild, daß niemand außerhalb ihres fiebrigen Hirns es hätte erfassen können.

Doch für Sara und die in ihr wachsende Wesenheit war dieses Bild eine Landkarte, die ihr den Weg zu ihrem Ziel weisen würde. Obwohl sie sich an dem rauhen Maschendrahtzaun die Hände blutig riß, kletterte Sara über das einzige Hindernis hinweg, das sie von der Wildnis noch trennte.

Die letzten Fragmente ihrer Menschlichkeit waren ausgelöscht.

Die Heimkehr wurde zur einzigen, unabänderlichen Obsession ihrer Existenz.

Alice Jenkins kam um genau zehn Minuten vor Mitternacht ins Schwesternzimmer der Abteilung ›Erdgeschoß West‹, um JoAnna Morton abzulösen, die gerade die letzten Eintragungen zu den Vorkommnissen während ihrer Schicht machte. »Irgendwas Besonderes?« fragte Alice.

»Alles ruhig«, erwiderte JoAnna lächelnd. »Alle schlafen.« Sie verstaute diverse Utensilien, die auf dem Schreibtisch verstreut waren – ihre Schlüssel, den Lippenstift und ein Taschenbuch – in ihrer Handtasche, während Alice die übliche Runde durch die Station machte und einen kurzen Blick in jedes Zimmer warf, um sich – wie sie selbst es ausdrückte – zu vergewissern, daß »JoAnna niemanden verlegt hatte«.

In Zimmer 112, an dessen Tür ein Kärtchen mit dem Namen MCLAUGHLIN S. befestigt war, lief der Fernseher, das Bett war völlig zerwühlt, ein Nachthemd hing über dem Stuhl am Bett – und von »McLaughlin S.« war nichts zu sehen.

Alice runzelte die Stirn und betrat das Zimmer, in dem es so kühl war, daß sie fröstelte. Sie schloß rasch das Fenster und inspizierte das kleine Bad, das sich Nr. 112 und Nr. 114 teilten. Es war leer, und die Patientin von 114 schnarchte friedlich.

Mit noch stärker gerunzelter Stirn eilte Alice ins Schwesternzimmer zurück, wo JoAnna schon ihren Sweater anzog. »Hast du nicht gesagt, daß alle schlafen?« fragte sie. JoAnna warf ihr einen verblüfften Blick zu, nickte aber eifrig. »Nun, würdest du mir dann bitte erklären, was du mit ›McLaughlin S.‹ gemacht hast? 112 ist leer.«

JoAnna Morton starrte ihre Kollegin bestürzt an und hastete den Korridor entlang. Wie Alice gesagt hatte, war Zimmer 112 leer. Von Sara McLaughlin keine Spur! »Vor einer halben Stunde war sie noch da«, beteuerte sie, als sie ins Schwesternzimmer zurückkam. »Und ich kann mir beim besten Willen nicht vorstellen, daß ich sie weder gesehen noch gehört hätte, wenn sie irgendwohin gegangen wäre.«

Es sei denn, daß du völlig in deinen Liebesroman vertieft warst, dachte Alice, war aber zu taktvoll, um es auszusprechen. »Ich schau mal im Aufenthaltsraum und in der Halle nach«, sagte sie statt dessen und machte sich schon auf den Weg. »Du verständigst inzwischen die anderen Stationen.«

Zehn Minuten später, nachdem Sara im ganzen Krankenhaus vergeblich gesucht worden war, einigten sie sich auf die einzig mögliche Erklärung, auch wenn diese absolut keinen Sinn ergab: Sara mußte aus dem Fenster geklettert sein, ohne Nachthemd und ohne irgendein Kleidungsstück mitzunehmen. Und draußen schien sich das splitterfasernackte Mädchen in Luft aufgelöst zu haben.

»Also gut«, seufzte Alice, nachdem sie, JoAnna, die junge Schwester von der Notfallstation und zwei Krankenpfleger alle anderen Möglichkeiten ausgeschlossen hatten, »verständigen wir alle, die Bescheid wissen müssen. JoAnna, du rufst die Polizei an, und ich telefoniere mit ihrer Ärztin.« Ihr Blick schweifte zu der jungen Schwester. »Und Sie können die Eltern des Mädchens anrufen«, sagte sie. Bevor die Schwester Einwände erheben konnte, wählte Alice schon Ellen Filmores Nummer in Pleasant Valley. Nach dem fünften Klingeln schaltete sich ein Anrufbeantworter ein.

»Hier ist Ellen Filmore. Ich bin zur Zeit nicht zu Hause, aber hinterlassen Sie bitte eine Nachricht. Sollte es sich um einen Notfall handeln, rufen Sie bitte die Nummer 555-6472 an.«

Nach dem Signalton sprach Alice einige Worte auf Band und wählte sodann die von Ellen Filmore genannte Nummer. Nach dem vierten Klingeln meldete sich eine schläfrige Männerstimme.

»Hallo?«

»Ich suche Ellen Filmore.«

Sofort hörte sich die Stimme hellwach an. »Hier ist Roberto Muñoz, ihr Mitarbeiter.«

Alice Jenkins erklärte rasch, was passiert war. »Natürlich haben wir die Polizei und die Eltern verständigt. Wenn Sie mir sagen könnten, wo ich Dr. Filmore erreichen kann, würde ich gern mit ...«

»Schon gut«, fiel Roberto ihr ins Wort. »Wenn sie nicht zu Hause ist, weiß ich auch nicht, wo sie sein könnte, aber ich kann sie viel schneller finden als Sie. Ich kümmere mich darum.«

Roberto wählte die Nummer der Klinik und versuchte sich

anzuziehen, während er den Hörer zwischen Ohr und Schulter einklemmte. Als sich der Anrufbeantworter einschaltete und Roberto seine eigene Stimme hörte, mit einer ähnlichen Mitteilung wie auf dem Anrufbeantworter der Ärztin, legte er auf, überlegte kurz und wählte die Nummer der Sekretärin des Sheriffs. »Carla? Hier Roberto Muñoz aus Pleasant Valley. Haben Sie eine Ahnung, wo ich Dr. Filmore finden könnte? Und gibt's was Neues von unseren vermißten Kids?«

»Ein paar Polizisten fahren Streife, aber soviel ich weiß, haben sie noch niemanden gefunden«, erwiderte Carla. »Und von Dr. Filmore habe ich seit Wochen nichts gehört. Gibt es ein Problem, bei dem ich Ihnen helfen könnte?«

»Ich glaube nicht«, sagte Roberto seufzend. »Gerade ist noch einer unserer Teenager als vermißt gemeldet worden. Das Mädchen ist aus dem Krankenzimmer in San Luis Obispo verschwunden.«

»O Gott! Sind Sie sicher, daß wir nichts tun können?«

»Die dortige Polizei kümmert sich um die Sache. Bis später.« Er legte auf und zog sich vollends an, wobei er überlegte, was er jetzt tun sollte.

Das Merkwürdige war, daß seine Chefin ihn normalerweise immer informierte, wo sie zu erreichen war, oder aber eine Nachricht auf ihrem Anrufbeantworter hinterließ. Er arbeitete nun schon drei Jahre mit ihr zusammen und dies war das erste Mal, daß er einem Anrufer nicht hatte sagen können, wo sie sich aufhielt.

Roberto Muñoz griff nach seiner Brieftasche und den Autoschlüsseln und machte sich auf die Suche nach Ellen Filmore.

Etwas stimmte nicht.

Karen Owen öffnete die Augen und wußte im ersten Moment nicht, wo sie war. Dann erkannte sie das Wohnzimmer, und während die Benommenheit nach ihrem unruhigen Schlaf allmählich von ihr wich, bewegte sie ihre steifen Glieder auf dem Sofa und versuchte, ihren schmerzenden Nacken zu entspannen.

Ihr gegenüber, in dem großen braunen Ledersessel, schnarchte Russell rhythmisch, mit halb geöffnetem Mund

und auf die Brust gesenktem Kopf. Neben ihr auf der Couch schlief Marge Larkin, die Beine fast bis zur Brust angezogen, den Hals so verrenkt, daß Karen ihre eigenen Nackenschmerzen darüber fast vergaß. Obwohl ihre Muskeln gegen jede Bewegung protestierten, stand sie langsam auf und ging in die Küche, um sich eine Tasse Kaffee zu holen, den sie – wie sie glaubte – vor wenigen Minuten gemacht hatte. Die Uhr schlug gerade, als sie daran vorbeiging, und automatisch warf sie einen Blick darauf.

Halb eins.

Das bedeutete, daß sie den Kaffee *nicht* vor wenigen Minuten gekocht hatte, daß er inzwischen kalt sein würde.

Wie nur hatte sie zwei Stunden schlafen können?

Die gewaltige Anstrengung, ihre Gefühle unter Kontrolle zu halten, während sie am liebsten in Tränen ausgebrochen und sich ihrer Schwäche ergeben hätte, hatte sie offenbar erschöpft.

Sie schaltete die Heizplatte unter der Kaffeekanne ein und streckte die Hand nach einem Becher aus, hielt aber mitten in der Bewegung inne.

Mit gerunzelter Stirn sah sie sich in der Küche um. Irgend etwas stimmte nicht, aber was? Stand etwas an der falschen Stelle? Oder fehlte etwas?

Die Stille in diesem schlafenden Haus machte sie nervös. Das ist alles, sagte sie sich, aber sie wurde einfach das Gefühl nicht los, daß etwas nicht stimmte.

Von plötzlicher Angst gejagt, stürzte sie die Treppe hinauf. Das ist absolut lächerlich, redete sie sich selbst gut zu, alles ist in Ordnung, du machst dich unnötig verrückt!

Trotzdem klopfte ihr Herz zum Zerspringen, während sie durch den Korridor zu Mollys Zimmer rannte, die Tür aufriß und Licht machte.

Das Zimmer war leer.

»Nein!« flüsterte sie, schon unterwegs ins Nebenzimmer. »Nicht Molly, nein!« Gleich würde sie über sich selbst den Kopf schütteln. Sie würde die Tür öffnen, und Ben würde in Kevins Bett schlafen, und Molly und Bailey würden neben ihm auf dem Boden liegen, in eine Decke gehüllt.

Doch schon während sie die Tür öffnete, wußte sie tief im Innern, daß auch dieses Zimmer leer sein würde.

Ein Schrei entrang sich ihrer Brust – es sollte der Name ihres Mannes werden, aber sie brachte nur ein fast tierisches Geheul hervor. In wilder Hektik rannte sie von Zimmer zu Zimmer und rief nach Molly, und bis Russell oben anlangte, dicht gefolgt von Marge Larkin, hatte sie schon überall nachgesehen. Von Schluchzen geschüttelt, starrte sie ihren Mann und Marge hoffnungslos an. »Sie sind weg«, stammelte sie. »O Gott, Marge, jetzt sind unsere Kleinen auch noch verschwunden!«

Ihren Gefühlen endlich freien Lauf lassend, warf sie sich in Russells Arme. »Sie haben Bailey mitgenommen«, schluchzte sie. »Warum nur? O Gott, warum haben sie das nur getan?«

Doch noch während sie die Frage stellte, kannte sie tief im Herzen schon die Antwort.

Molly und Ben hatten sich aufgemacht, ihre Geschwister zu suchen.

Wie lange mochten sie schon fort sein?

Karen riß sich von Russell los, rannte die Treppe hinab und stürzte in die Nacht hinaus.

»Molly! Ben! Kommt zurück! O Gott, bitte kommt zurück …«

Während Russell Mark Shannon anrief, eilte Marge Larkin zu Karen hinaus, deren Schreie langsam in der nächtlichen Stille verklangen.

In der nächsten halben Stunde, während Mark Shannon herumtelefonierte und die Kunde verbreitete, daß nun auch noch Molly und Ben verschwunden waren, gingen in vielen Häusern von Pleasant Valley die Lichter an, und Männer machten sich auf den Weg zur Farm der Owens. Jeder von ihnen wußte, daß er keinen Schlaf mehr finden würde, bis Molly und Ben wieder zu Hause waren.

Oder bis sie wenigstens herausgefunden hatten, was den Kindern ihrer Stadt widerfuhr.

Roberto Muñoz fuhr auf den Klinikparkplatz, nicht weil er damit rechnete, Ellen Filmore hier zu finden, sondern weil er nicht mehr wußte, wo er sie sonst noch suchen könnte. Er war als erstes zu ihrem Haus gefahren und hatte sich vergewissert, daß ihr Auto nicht in der Garage war. Dann war er langsam straßauf, straßab gefahren, in der Hoffnung, ihren Wagen in irgendeiner Auffahrt stehen zu sehen.

Der Wagen schien sich jedoch in Luft aufgelöst zu haben.

War sie vielleicht überhaupt nicht aus San Luis Obispo zurückgekommen? Nein, dann hätte sie ihn angerufen. Ellen nahm ihre Verantwortung als einzige Ärztin der Stadt sehr ernst. Wenn sie Pleasant Valley unerwartet verlassen mußte, informierte sie ihn immer, egal, wie spät es sein mochte.

Roberto parkte in der Nähe des Eingangs, schloß die Tür auf und ging in Ellens Büro, wo er in ihrem Kalender nach irgendwelchen Hinweisen suchte, was sie vorgehabt haben könnte.

Nichts.

Er machte die Runde durch die übrigen Räume, ohne zu wissen, wonach er eigentlich Ausschau hielt. Er wußte nur, daß es seinem geschulten Blick sofort auffallen würde, wenn irgend etwas nicht stimmte.

Die offene Schublade in einem der Untersuchungsräume fiel ihm auch gleich ins Auge, und sobald er hineinschaute, wußte er, was fehlte.

Das Serum, daß Carl Henderson an dem Tag mitgebracht hatte, als Julie Spellman gestochen worden war.

Aber wer sollte dieses Serum stehlen?

Es war auch nicht gestohlen worden! Nichts deutete darauf hin, daß in die Klinik eingebrochen worden war, und kein Dieb hätte eine Schublade offengelassen, die Ellen oder ihm morgens sofort auffallen würde.

Ellen selbst mußte die Ampulle an sich genommen haben.

Plötzlich begriff auch er die Zusammenhänge, und nun wußte er auch, wo er die Ärztin finden würde. Er fuhr zu Carl Hendersons Haus, und hinter Hendersons grauem Jeep in der Auffahrt stand tatsächlich Ellen Filmores Auto.

Er wollte gerade aussteigen, als ihm an dem Haus etwas Merkwürdiges auffiel.

Zwei Wagen in der Auffahrt, aber im ganzen Haus brannte kein einziges Licht!

Roberto war heftig versucht, einfach ins Haus zu stürzen, notfalls einzubrechen, um Ellen zu finden. Doch dann änderte er seine Absicht. Henderson war gut fünfzehn Zentimeter größer und mindestens fünfzig Pfund schwerer als er selbst. Falls Ellen in Gefahr war, würde er allein sie nie retten können. Er mußte Hilfe holen – aber er konnte auch nicht einfach wegfahren.

Dann erinnerte er sich an eine törichte Angewohnheit der Ärztin, die sie trotz seiner ständigen Warnungen eigensinnig beibehielt. Er ließ den Motor seines Wagens laufen, rannte zu Ellens Wagen und öffnete die Fahrertür.

Der Schlüssel steckte – wie er gehofft hatte – im Zündschloß.

Er schaltete die Zündung ein, griff nach dem Hörer ihres Autotelefons und wählte Mark Shannons Nummer. Der Polizist meldete sich nach dem ersten Klingeln und hörte sich kein bißchen verschlafen an, obwohl in seinem Haus kein Licht gebrannt hatte, als Roberto vor kurzem daran vorbeigefahren war. »Hier ist Roberto, Mark«, sagte er leise und berichtete kurz, was passiert war und was er jetzt befürchtete.

Shannon hatte – von Russell über das Verschwinden von Ben und Molly informiert – gerade zur Farm der Owens fahren wollen, änderte nun aber seine Pläne. »Okay, bleib, wo du bist«, wies er Roberto an. »Ich bin in ein paar Minuten bei dir.«

Zitternd legte Roberto den Hörer auf, und dann hörte er etwas, wie aus weiter Ferne.

Obwohl das Geräusch sehr gedämpft gewesen war, stand für Roberto fest, daß er einen Schrei gehört hatte.

Wieder stieß Ellen Filmore einen Schrei aus, während sie über den Boden ihres stockfinsteren Kerkers kroch.

Sie hatte keine Ahnung, wie lange sie hier schon eingeschlossen war. Während aus den Minuten Stunden geworden waren und sie Henderson gehört hatte, wie er hinter der geschlossenen Tür umherging, war ihre Angst immer größer geworden.

Sie hatte versucht, Ruhe zu bewahren und gegen die Panik anzukämpfen, die sie zu überwältigen drohte, als sie in der dunklen Kammer eingesperrt wurde.

Um sich zu beschäftigen, erforschte sie den Raum, kroch zuerst auf allen vieren herum und stand schließlich auf, um die Wände abzutasten und mit ihren Armen die ungefähre Länge zu messen.

Der Raum schien leer zu sein, aber an der hinteren Wand entdeckte sie einige massive Bolzen, die tief in die vertikalen Balken gerammt waren – vermutlich hatten diese Balken das Haus gestützt, bevor die Wände betoniert worden waren. Einer der Balken schien etwas locker zu sein, und Ellen versuchte lange – *wie* lange, wußte sie nicht –, ihn aus dem Holz herauszubekommen, bis sie endlich, vor Anstrengung und Frust schluchzend, aufgab.

Im Fußboden gab es einen Abfluß, und in der Verbindungswand zum übrigen Keller entdeckte sie Unebenheiten, deren Zweck ihr rätselhaft war.

Nachdem sie den ganzen Raum abgetastet und festgestellt hatte, daß es nichts gab, was sie als Werkzeug oder Waffe verwenden könnte, beschloß sie, sich einfach auf den Boden zu setzen und abzuwarten.

Wach zu bleiben und zu lauschen.

Früher oder später würde Carl Henderson den Keller verlassen, und dann würde sie sich wieder an die Arbeit machen und die Tür irgendwie aufbekommen.

Zu schreien wäre zwecklos, das wußte sie. Das Haus war so einsam gelegen, daß niemand sie hören konnte, und ihre Schreie würden Carl Henderson möglicherweise veranlassen, sie sofort umzubringen.

Also saß sie scheinbar eine ganze Ewigkeit da, mit dem Rücken an die Wand gelehnt, zwang sich wach zu bleiben und lauschte angespannt.

Endlich trat Henderson dicht an die Tür heran und redete wieder mit ihr.

»Mir ist gerade eingefallen, daß du dich vielleicht einsam fühlst«, sagte er. »Das brachte mich auf die Idee, dir etwas Gesellschaft zu verschaffen.«

Dann trat wieder Stille ein, und Ellen fragte sich, ob er vielleicht nach oben gegangen war.

Sie wollte gerade aufstehen und zur Tür gegen, als sie spürte, daß etwas an ihrem Bein hochkroch.

Instinktiv streckte sie den Arm aus, um es wegzufegen, doch als sie es mit der Hand berührte, stach es sie in die Wade. Vor Schreck und Schmerz schrie sie auf, und nun verriet Henderson seine Anwesenheit.

Er lachte.

Und dann redete er wieder.

»Magst du Spinnen?« fragte er. »Hoffentlich, denn jetzt leisten dir mehrere hundert Spinnen Gesellschaft.«

Obwohl sie nichts sehen konnte, stellte sie sich plötzlich vor, daß in der Dunkelheit aus allen Richtungen Spinnen auf sie zu liefen.

Sie wich an die Wand zurück.

Einen Augenblick später krabbelte das erste Tier an ihrem Bein hoch, und wieder schrie sie auf.

Dann waren die Spinnen überall.

Sie fielen von der Decke in ihr Haar.

Sie krochen an ihren Beinen hoch.

Sie liefen über ihre Hände und Arme, über ihr Gesicht und ihren Hals.

Wieder entrang sich ihrer Kehle ein Schreckensschrei, und diesmal schwoll er zu einem wahren Geheul an.

Kapitel 28

Julie lag in der Nähe des Höhleneingangs.

Jedes Zeitgefühl war ihr abhanden gekommen, und sie erinnerte sich auch nicht mehr daran, wo sie war und wie sie hergekommen war. Das einzige, was sie noch wahrnahm, worauf sie noch reagierte, war ein gleichmäßiges Pulsieren, und dieser Rhythmus kam nicht nur aus der Tiefe ihres aufgeblähten Körpers, sondern auch von außerhalb.

Überall waren jetzt Insekten.

Bienen bedeckten die Höhlenwände, saßen so dicht nebeneinander, daß sie gleichsam einen dichten Vorhang vor den Felsen bildeten, und ihre Flügel bewegten sich unablässig, damit die Luft in der Höhle frisch und die Temperatur konstant blieb.

Scharen von Mücken und Moskitos schwirrten in der Luft umher, magisch angezogen von den Signalen, die jener Organismus aussandte, der sich in Julies Körper ständig weiter vermehrte.

Jeff Larkin und Andy Bennett knieten links und rechts von Julie, ebenso wie sie ihres menschlichen Wesens beraubt, zu Sklaven degradiert, die alle Befehle der in ihren Körpern wohnenden Herren widerspruchslos befolgten. Sie massierten Julies aufgedunsenen Körper, und ihre Finger glitten sanft und rhythmisch über die Haut des Mädchens, das sie umsorgten wie Arbeiterinnen ihre Bienenkönigin.

Kevin Owen kauerte neben Julies Kopf und fütterte sie von Mund zu Mund, wobei er ihr sogar das Kauen abnahm, so daß sie nur noch zu schlucken brauchte. Obwohl sein eigener Körper nach Nahrung lechzte, hatten Julies Bedürfnisse Vorrang, und er selbst schluckte nicht den kleinsten Happen.

Auch der Höhlenboden war mit einem dicken Teppich aus wimmelnden Insekten bedeckt. Ameisen waren überall, krochen auf Julie und den anderen herum, säuberten ihre Körper von den kleinsten Essensresten und schleppten sogar abgestorbene Hautschuppen fort.

Außerhalb der Höhle wurde das Summen im Tal immer lauter, als immer mehr Insekten auf die Wirkstoffe reagierten, die von Julies Poren abgegeben wurden und bei jedem Ausatmen aus ihren Lungen strömten.

Dann, als der Mond sich seinem Zenit näherte und Ostwind aufkam, tauchte in der Höhle eine neue Kraft auf, eine Kraft, die von der warmen Sommerbrise aus dem Tal emporgetragen wurde.

Julie bewegte sich, stand langsam auf.

Jeff Larkin und Andy Bennett erhoben sich ebenfalls und blieben wie Leibwächter links und rechts von ihrer Herrin stehen.

Als Julie die Höhle verließ, folgte Kevin ihr dicht auf den Fersen, gehorsam, geistlos, seine winzige Rolle im großen Mosaik der Existenz des Gesamtorganismus spielend.

Gemeinsam durchquerten die vier Jugendlichen das Tal, und der Insektenteppich teilte sich, wenn sie nahten, und verschmolz hinter ihnen sogleich wieder zu einem nahtlosen Ganzen.

Die fliegenden Insekten – Bienen und Schnaken, Moskitos, Wespen und Hornissen – verließen die Höhle nun auch und bildeten eine riesige Wolke um Julie und ihren Hofstaat, als die Königin durch den Bach watete und den Hügel auf der anderen Seite emporstieg – jenen Hügel, auf dem Bailey immer noch wartete. Seine Nackenhaare sträubten sich, und er begann leise zu knurren, als die gespenstische lebendige Masse, die sich nun zu einer einzigen Kraft vereinigt hatte, langsam näherkam.

Mit angespannten Muskeln schnupperte der Hund nervös, und sein Knurren verwandelte sich in ein angstvolles Winseln, als er die Gefahr in der Luft witterte. Doch durch die verschiedenen undefinierbaren Düfte hindurch nahm Bailey, wenn auch nur ganz schwach, den Geruch seines Herrn wahr, und dieser eine vertraute Geruch hielt ihn davon ab, vor dieser lebendigen schäumenden Flut die Flucht zu ergreifen.

Statt dessen stand er regungslos da, die Augen auf die dunkle Wolke gerichtet, hinter der die Sterne verschwanden und die das silberne Mondlicht dämpfte. Schließlich, als die Insekten ihn umringten, erstarb sogar das leise Winseln in seiner Kehle und als Julie – umgeben von ihrem dreiköpfigen Hofstaat – sich ihm näherte, machte der große Hund einen zögernden Schritt rückwärts.

Julie beugte sich vor, und die langen Krallen, in die ihre Nägel sich verwandelt hatten, durchbohrten mühelos das Fell des Hundes und drangen tief in seine Muskeln ein.

Während ein sengender Schmerz ihn durchfuhr, heulte Bailey vor Furcht und Qual laut auf, doch dieses schreckliche Geheul brach schon nach einer Sekunde ab, als das durch Julies Fingerspitzen injizierte Gift sein Gehirn erreichte und das Nervenzentrum lähmte.

Der große Hund stürzte zu Boden, und während Julie weiterging, tauchten die Kreaturen, die unter der Erdoberfläche hausten, in Massen auf und machten sich mit ihren Mandibeln an die Arbeit.

Innerhalb von Minuten waren Ameisen und Kakerlaken, die »Müllmänner« der Natur, mit ihm fertig. Nur Baileys Knochen lagen noch unangetastet da, ein komplettes Skelett, aber von Muskeln und Sehnen, Fett und Haut restlos gereinigt.

Erst viel später würde ein Kojote auftauchen, das Skelett kurz beschnuppern, sich eines von Baileys Hinterbeinen schnappen und mit seiner Trophäe im Maul wieder in der Wildnis verschwinden.

Bailey hatte nur einen sehr kurzen Moment der Furcht erlitten, und auch seine Todesqual war rasch vorbei gewesen.

Doch Baileys Tod war erst der Anfang.

Manny Gomez döste am Steuer seines Streifenwagens, war aber schlagartig hellwach, als ein fürchterliches Geheul anhob, das von unaussprechlicher Angst und Qual zeugte, jedoch sehr schnell wieder erstarb.

Manny setzte sich aufrecht hin und stieg gleich darauf aus. Lauschend blieb er im silbernen Mondschein neben dem Wagen stehen.

Das Geheul wiederholte sich nicht.

Trotzdem fühlte sich Manny unbehaglich, und allmählich verstand er, was nicht stimmte.

Es war die Stille.

Die absolute Stille.

In dieser Nacht fehlte die übliche Geräuschkulisse, die von den Insekten während des ganzen Sommers erzeugt wurde.

Stirnrunzelnd warf Manny einen Blick in die Runde. Der Mond stand hoch am Himmel und war hell genug, um die Landschaft in ein scharf abgegrenztes Schwarzweiß zu tauchen: Die Eichenwäldchen hoben sich vom sternenübersäten Himmel ab, und die Hügel bildeten ein dunkles Relief.

Etwa siebenhundertfünfzig Meter entfernt war das Haus der Owens hell erleuchtet, und auf der Weide jenseits der Straße konnte Manny die Umrisse einiger Kühe erkennen.

Gelegentlich war ihr leises Muhen zu hören.

Doch das sonst unablässige Lied der Insekten war verstummt, und Manny Gomez fragte sich unwillkürlich, ob ihn vielleicht sein Gedächtnis täuschte, ob es jene Musik der Insekten, an die er sich zu erinnern glaubte, vielleicht nie gegeben hatte. Dann kam ihm eine Idee. Er griff durch das offene Wagenfenster und schaltete die Scheinwerfer ein.

Normalerweise hätten sich Motten und Junikäfer innerhalb von Sekunden eingefunden. Die Motten wären spiralförmig in den Lichtstrahlen umhergeflattert und hätten sich schließlich am Glas zerschmettert, von der künstlichen Sonne in die Irre geführt. Und die Junikäfer hätten die Lichtstrahlen einige Male selbstsicher gekreuzt, dann aber ebenfalls die Orientierung verloren und, rücklings auf dem Boden landend, mit den Beinen gestrampelt und ihre Flügel aneinander gerieben, fast so, als wollten sie durch das Summen ihre Frustration abreagieren und sich schneller aus ihrer unbequemen Lage befreien.

Heute jedoch herrschte totale Stille, und weit und breit war kein Insekt zu sehen.

Plötzlich erwachte jedoch das Funkgerät zum Leben, und er hörte seinen Namen. Rasch nahm er das Mikrophon zur Hand und gab seine Dienstnummer und Position durch.

Sogar seine eigene Stimme hörte sich in der unnatürlichen Stille anders als sonst an. »Irgendwas Unheimliches geht hier vor«, sagte er. »Es ist totenstill.«

»Nun, das wird nicht mehr lange so bleiben«, meinte die Angestellte. »Zwei weitere Kinder sind verschwunden, diesmal zwei Neunjährige, ein Junge und ein Mädchen.«

»Lassen Sie mich raten«, unterbrach Manny sie, der schlagartig begriffen hatte, warum im Haus der Owens alle Lampen brannten. »Es sind Molly Spellman und Ben Larkin, stimmt's? Wie lange sind sie schon fort?«

»Das wissen wir nicht«, lautete die Antwort. »Der Stiefvater des Mädchens glaubt, daß sie sich in Begleitung eines Hundes auf die Suche nach den anderen gemacht haben könnten.«

Manny sprang in den Wagen und ließ den Motor an. »Bin schon unterwegs.« Wenn er die Abkürzung durch Vic Costas' Farm nahm, würde er auf dem Feldweg entlang der Hügel herauskommen, und wenn sie noch nicht allzu lange weg waren, war es möglich, daß er dort auf die beiden Kinder und ihren Hund stieß ...

Dann fiel ihm das entsetzliche Geheul ein, das ihn vor wenigen Minuten geweckt hatte.

Manny gab Vollgas, und der Streifenwagen brauste den Weg zu Vic Costas' Farm entlang.

Mark Shannon hielt auf der Auffahrt von Hendersons Haus, schaltete die Scheinwerfer aus, ließ aber den Motor laufen. Roberto Muñoz, der sich in Ellens Wagen eingeschlossen hatte, wo ihm wenigstens das Autotelefon ein Gefühl der Sicherheit gab, stieg nun aus und rannte auf den Streifenwagen zu.

»Hast du irgend etwas gesehen?« fragte Mark.

Roberto schüttelte den Kopf. »Aber da ... da war ein Schrei. Wenigstens glaube ich, einen Schrei gehört zu haben.« Nach kurzem Zögern fügte er hinzu: »Aber allmählich frage ich mich, ob ich überhaupt etwas gehört habe. Ich meine ... es kam mir so vor, aber ...«

»Ich versteh' schon.« Shannon ließ seinen Blick über das

dunkle Haus schweifen. Wäre Ellen Filmores Auto nicht davor geparkt gewesen, hätte er Roberto wohl nach Hause geschickt und wäre selbst zu Russells Farm weitergefahren. »Bei Nacht ist alles unheimlich. Es könnte eine Katze, ein Waschbär oder sonst was gewesen sein. Na ja, sehen wir uns mal um.«

»Gehst du nicht rein?« fragte Roberto.

»Ich brauche irgendwelche Hinweise darauf, daß irgend etwas nicht stimmt«, erwiderte Shannon. »So einfach wie im Fernsehen ist es leider nicht, Roberto. Ich darf nicht unbefugt eindringen, sonst bin ich morgen meine Dienstmarke los und Henderson erhebt Klage. Sogar wenn ein Dutzend Leichen da drin sein sollte, hat er immer noch Rechte.«

»Aber wenn ...«, begann Roberto.

Shannon fiel ihm mit einer Frage ins Wort, die einer Herausforderung gleichkam. »Machst du dir genug Sorgen um Ellen, um mich zu begleiten?«

Vor die Wahl gestellt, allein bei den Wagen zu bleiben oder den Polizisten zu begleiten, entschied sich Roberto für letzteres, genau wie Mark Shannon es erwartet hatte.

Er holte seine Taschenlampe aus dem Handschuhfach des Streifenwagens, schaltete sie aber nicht ein, sondern ging im Mondlicht um das Haus herum. Alle Fenster waren fest verschlossen, ebenso die Hintertür.

»Schau mal, ob du irgendwo einen Schlüssel findest«, wies Shannon den Pfleger an, als sie wieder vor dem Haus standen. Er wollte gerade auf die Klingel neben der Tür drücken, als beide Männer jenes Geräusch hörten, das Roberto schon einmal vernommen hatte.

Gedämpft, undeutlich, aber zweifellos ein Schrei.

Der Angstschrei einer Frau.

Das Geräusch ließ Shannon jede Vorsicht vergessen. Er zog seine Pistole aus dem Halfter und trat gleichzeitig mit dem rechten Fuß gegen die Tür, dicht unter dem Türknopf. Das morsche Holz des Türrahmens zersplitterte, und das Schloß wurde aus einer Verankerung gerissen, während die alte Tür aufflog und so heftig gegen die Wand krachte, daß die Glasfüllung klirrend zerbrach.

Shannon tastete nach einem Lichtschalter, drückte auf einen altmodischen Knopf, und der Kronleuchter tauchte alles in helles Licht.

»Mein Gott!« flüsterte Roberto, als sein Blick auf die Insektenkästen an den Wänden fiel. »Was ist denn das für 'n Zeug?«

»Käfer«, knurrte Shannon. »Er sammelt sie.« Er preßte einen Finger an seine Lippen und wartete auf ein Anzeichen dafür, daß jemand das Aufbrechen der Tür bemerkt hatte. Zunächst blieb alles still, doch dann waren Schritte auf einer Treppe zu hören. Instinktiv schaute Shannon zum dunklen Obergeschoß empor und wollte gerade auf den Lichtschalter am Fuß der Treppe drücken, als Roberto ihn mit dem Ellbogen anstieß.

»Da hinten!« zischte er und deutete auf den Korridor, der zur Küche führte.

Eine Tür hinter der Treppe hatte sich einen Spaltbreit geöffnet, fiel aber sofort wieder zu, weil Roberto viel zu laut geflüstert hatte. Shannon schob ihn beiseite und rannte auf die Tür zu, doch als er seine Hand nach der Türklinke ausstreckte, hörte er, daß ein Schlüssel sich im Schloß drehte.

»Polizei, Henderson!« brüllte er. »Öffnen Sie die Tür!«

Anstatt dem Befehl Folge zu leisten, polterte Henderson die Kellertreppe hinunter. Shannon trat seitlich ein Stück zurück, zielte sorgfältig und feuerte direkt auf das Schloß. Die Kugel durchschlug das Holz, prallte an der Messingplatte ab, flog durch den Korridor und bohrte sich in den Eichenrahmen der Küchentür. Shannon drückte das zerbrochene Schloß mit den Fingern heraus und riß die Tür auf.

Aus dem Keller war wieder ein Schrei zu hören, diesmal viel lauter. Shannon spähte vorsichtig um den Türrahmen herum in die Dunkelheit.

Dann knipste er seine Taschenlampe an und stieg hinab.

Molly Spellman rannte, so schnell sie konnte, aber ihr Abstand zu Ben Larkin wurde immer größer. Sie wußte weder, wie lange sie schon rannten, noch wo sie waren. Sie wußte nur, daß ihr Herz zum Zerspringen klopfte, daß ihre Beine schmerzten und sie kaum Luft bekam, aber trotzdem weiterrennen mußte.

Andernfalls würde sie Ben aus den Augen verlieren, und dann würde sie nie mehr nach Hause finden.

Der Gedanke, ganz allein hier draußen in den Hügeln zu bleiben, mitten in der Nacht, spornte sie an, etwas schneller zu rennen. Trotzdem entfernte sich Ben immer weiter von ihr und wurde fast schon von der Dunkelheit verschluckt.

Gleich würde sie allein sein.

Bei dieser schrecklichen Vorstellung stolperte sie und fiel der Länge nach auf den Pfad. »Ben!« schrie sie, und sein Namen hörte sich wie ein langgezogener schriller Klagelaut an. Auf dem Boden liegend, schluchzte sie vor Schmerz, weil sie sich den Ellbogen aufgeschürft hatte, noch mehr aber vor Entsetzen – nicht, weil Ben sie allein gelassen hatte, sondern weil sein Bruder sie hier finden könnte.

Das Bild von Jeff im Mondschein, sein gespenstisch fahles Gesicht und seine Finger mit den langen, spitzen Nägeln, hatte sich ihr unauslöschlich eingeprägt.

»Ben, warte! Komm zurück! Laß mich nicht allein!«

Am ganzen Leib zitternd, krampfhaft schluchzend und mit tränenüberströmtem Gesicht zog Molly ihre Beine bis an die Brust hoch, umschlang sie mit den Armen und blieb einfach liegen. Allmählich ließ ihr Schluchzen nach, und sie atmete wieder normal. Doch dann sträubten sich ihr die Haare, denn sie fühlte, daß jemand hinter ihr stand.

Jemand – oder *etwas*.

Ihr Herz klopfte wieder zum Zerspringen, das Blut gefror ihr in den Adern, und sie hielt den Atem an. Dann hörte sie eine Stimme.

»Molly? Kannst du nicht aufstehen?«

Ben!

Es war Ben!

Sie setzte sich auf, rieb sich die Augen mit den Fäusten und blickte zu ihm auf. Sein Gesicht war im Mondlicht deutlich zu erkennen, er hielt den Kopf schief und sah fast genauso verängstigt aus, wie sie sich fühlte.

»Was ist los?« fragte er. »Hast du dich verletzt?«

Nun, da sie nicht mehr allein war, ließ Mollys Angst etwas nach, und sie betastete vorsichtig ihren aufgeschürften Ellbogen. »Ich bin gestolpert«, sagte sie und fügte anklagend hinzu: »Warum bist du nicht stehengeblieben, als ich nach dir gerufen habe?«

»Bin ich doch«, verteidigte sich Ben. »Sobald ich dich gehört habe, bin ich umgekehrt. Und ich war die ganze Zeit hier, aber du hast so geweint, daß du mich nicht gesehen hast.«

Schniefend rollte Molly ihr Hosenbein hoch, untersuchte ihr verletztes Knie und stand auf. »Weißt du, wie wir nach Hause kommen?« fragte sie.

Ben schüttelte langsam den Kopf, doch als er sah, daß Mollys Augen sich wieder mit Tränen füllten, deutete er in die Richtung, in die sie gerannt waren. »Ich ... ich glaube, hier entlang«, stammelte er.

Molly warf einen Blick in die Runde, aber für sie sah in der Dunkelheit alles gleich aus. »Und wenn das nun der falsche Weg ist?«

Ben zögerte. Eine verschwommene Erinnerung stieg plötzlich aus den Tiefen seines Bewußtseins auf.

Die Erinnerung an etwas, das Jeff ihm erklärt hatte, als sie eines Nachts zusammen draußen gewesen waren und den Sternenhimmel betrachtet hatten.

»Siehst du?« Jeff hatte auf den Himmel gedeutet. »Das dort ist der Große Bär oder Große Wagen.« Er hatte ihm erklärt, wie man die sieben Sterne der Konstellation erkennen konnte. »Wenn du dir eine Linie entlang der Seite des Großen Wagens denkst, von der Deichsel weg, kannst du einen besonders hellen Stern sehen. Das ist der Polar- oder Nordstern. Solange du ihn sehen kannst, weißt du, wo Norden ist.«

Jetzt spähte Ben zum Himmel empor, fand die sieben hellen Sterne des Großen Bären und folgte sodann der Linie, von der Jeff gesprochen hatte.

Und da war jener besonders helle Stern, nach dem er gesucht hatte. Er deutete darauf. »Das ist der Nordstern, also ist Norden in dieser Richtung«, erklärte er Molly. »Und wir wohnen dort drüben!« Er bewegte den Arm nach Osten.

Durch Bens Sicherheit beruhigt, schob Molly ihre Hand in seine. »Aber wie weit ist es?« wollte sie wissen.

Diesmal antwortete Ben, ohne auch nur zu zögern. »Nicht sehr weit«, erklärte er, obwohl er in Wirklichkeit keine Ahnung hatte, wie weit sie von der Farm der Owens entfernt waren. »Vielleicht gleich hinter dem nächsten Hügel. Komm.«

Hand in Hand gingen sie den Abhang hinab, auf die Senke zwischen diesem und dem nächsten Hügel zu, doch sie hatten kaum ein Dutzend Schritte gemacht, als die Stille der Nacht von einem Lärm durchbrochen wurde, so daß sie wie angewurzelt stehenblieben.

Das Heulen eines sterbenden Tieres, das im selben Moment Manny Gomez aufweckte.

»W-was war das?« fragte Molly mit zitternder Stimme.

»Ich weiß nicht.« Ben umklammerte ihre Hand noch fester. »Aber ich glaube, wir sollten machen, daß wir hier wegkommen.« Er rannte los und zog Molly hinter sich her, den nächsten Hügel hinauf. Erst als sie oben waren, gönnte er sich und ihr eine Verschnaufpause.

Und diesmal hörten sie, als ihr Keuchen nachließ, etwas anderes.

Das gleiche Summen wie in dem Tal vor der Höhle.

Nur, daß es jetzt von Sekunde zu Sekunde lauter wurde und direkt auf sie zukam.

Kapitel 29

»Keine Bewegung, Henderson!« rief Mark Shannon. Er stand am Fuß der steilen Kellertreppe, Roberto Muñoz dicht hinter ihm.

Von dem grellen Lichtstrahl der Taschenlampe aufgespießt wie eines seiner Insekten, blinzelte Carl Henderson und wollte einen Arm heben, um seine Augen zu beschirmen.

»Ich sagte – keine Bewegung!« befahl Shannon. »Wo ist der Lichtschalter?« Als Henderson schwieg, sagte Mark über die Schulter hinweg: »Schau mal nach, Roberto. Wahrscheinlich ist er irgendwo an der Wand neben mir.«

Er hörte, wie der Pfleger umhertappte, und gleich darauf erhellte eine nackte Glühbirne den Keller mit grellem weißen Licht. Shannons Blick schweifte suchend umher und bohrte sich dann in Hendersons Gesicht. »Wo ist Ellen?«

Endlich machte Henderson den Mund auf, und seine Stimme zitterte wie die eines verängstigten kleinen Jungen: »Ich hab' ihr nichts getan. Ich hab' sie nur in die Dunkelkammer gesteckt, das ist alles.«

Noch bevor Henderson ausgeredet hatte, drang Ellens Stimme, gedämpft und verzerrt, durch eine Tür, die im dunklen Hintergrund des Kellers kaum zu sehen war. »Hilfe! O Gott, helft mir hier raus! Bitte!«

Während Mark Shannon Henderson mit der Pistole in Schach hielt, rannte Roberto auf die Tür zu, fand einen weiteren Lichtschalter und fummelte an dem altmodischen Schloß herum. Gleich darauf stieß er die Tür auf.

Im ersten Moment glaubte er, eine Halluzination zu haben.

Ellen Filmore saß an der hinteren Wand, ein Häufchen Elend mit aschfahlem Gesicht.

Spinnen krabbelten über ihre Haut, liefen über ihre Kleider, hingen in ihrem Haar.

Dutzende Spinnen – Aberdutzende!

Und unablässig fielen weitere aus den Sparren über Ellens Kopf, ließen sich elegant an ihren Fäden herab.

Roberto schnappte entsetzt nach Luft. Der ganze Raum war voller Spinnen, die über den Boden und über die Wände liefen oder ihre Netze webten. Von Ekel geschüttelt, mußte Roberto gegen den Wunsch ankämpfen, die Tür zuzuwerfen, um das Gewimmel der räuberischen Kreaturen nicht mehr sehen zu müssen. Doch statt dessen stürzte er in die Kammer, fegte so viele Spinnen wie möglich von Ellens Körper, zog sie auf die Beine und schob sie hinaus. Erst nachdem die Tür hinter ihnen zugefallen war, kehrte das Leben in Ellen zurück. Sie riß sich ihre langärmelige Bluse vom Leibe und schüttelte sie kräftig aus. Weit vorgebeugt, schüttelte sie wild den Kopf und fuhr sich mit den Fingern durch die Haare, hysterisch schluchzend, teils vor Entsetzen über das, was ihr in dem dunklen Raum widerfahren war, teils vor Erleichterung über die Erlösung von dieser Tortur.

Spinnen fielen auf den Boden und flohen vor dem grellen Licht in die dunklen Winkel des Kellers.

Als sie endlich von ihren Peinigern befreit war, löste sich Ellens enorme Nervenanspannung, mit der sie in den Stunden ihrer Dunkelheit gegen die Panik angekämpft hatte, und sie sank weinend auf einen durchgesessenen alten Stuhl. »Ich dachte, ich würde sterben«, schluchzte sie. »O Gott, ich dachte, sie würden mich umbringen!«

Einige Meter von ihr entfernt lachte Carl Henderson auf.

Es war ein düsteres, brüchiges Lachen, das Lachen eines Mannes, der kurz davor war, endgültig den Verstand zu verlieren. »Dich umbringen?« höhnte er verächtlich. »Aber nein! Wenn ich dich hätte umbringen wollen, wäre das überhaupt kein Problem für mich gewesen. Es waren doch nur Spinnen, Ellen! Ganz harmlose Spinnen! Und meine geliebten braunen Einsiedler waren nicht einmal dabei!«

Ein kalter Schauder überlief Mark Shannon, als er daran dachte, was einer Frau weiter im Süden passiert war, die von einer dieser kleinen, scheuen Spinnen gestochen worden war. Obwohl das Opfer nicht gestorben war, vermutete Shannon fast, daß der Frau das lieber gewesen wäre, denn ihr mußten Arme und Beine amputiert werden, weil ein Glied nach dem anderen infolge des Giftes abzusterben begann. »Braune Einsiedler?« wiederholte er. »Sie haben welche im Haus?«

Henderson wandte sich ihm zu. »Selbstverständlich«, erklärte er, so als hätte er es mit einem besonders begriffsstutzigen Schüler zu tun. »Spinnentiere sind nicht mein Spezialgebiet, aber das heißt nicht, daß ich kein Interesse an ihnen hätte. Ich interessiere mich für alles, was ...« Henderson verstummte mitten im Satz.

»Wofür interessieren Sie sich, Henderson?« fragte Mark Shannon nach.

Als Henderson keine Antwort gab, meldete sich Ellen Filmore zu Wort. Sie hatte sich inzwischen etwas gefaßt und schluchzte nicht mehr. »Ich glaube ...«, begann sie, doch dann drohte ihr die Stimme erneut zu versagen. Sie stählte sich, so als müßte sie einen Patienten über eine unheilbare Krankheit aufklären. »Ich glaube, Mark, daß er hier unten Menschen umgebracht hat. Er hat etwas von einem Mädchen von der Interstate gesagt ...«

Dawn Sanderson, dachte Shannon. Was zum Teufel macht ... Doch bevor er seinen Gedanken zu Ende führen konnte, trafen ihn Ellens nächste Worte wie ein Keulenschlag.

»... und von Otto Owen ...«

»Otto?« wiederholte Shannon verblüfft. »Er hat Otto umgebracht?«

»Das kann niemand beweisen!« spottete Henderson.

Als Ellen Filmore wiedergab, was Henderson ihr über die von ihm geschaffenen Organismen erzählt hatte, stieg in Mark Shannon eine grenzenlose Wut auf, und ihm schoß der Gedanke durch den Kopf, was passieren würde, wenn er Henderson ganz einfach auf der Stelle exekutierte.

Doch er wußte, daß er dieser Versuchung nicht nachgeben würde. Da nun aber auch noch Molly Spellman und Ben Larkin vermißt wurden, konnte er seine Zeit nicht damit vergeuden, Henderson ins nächste Gefängnis zu schaffen, das immerhin sechzig Kilometer entfernt war.

Dann fiel sein Blick auf die Tür zu Hendersons Dunkelkammer, und er wußte plötzlich, was er tun würde. Es war eine elegante Lösung, und es hatte etwas von ausgleichender Gerechtigkeit, Henderson – wenn auch leider nur vorübergehend – in dem Raum einzusperren, wo er seine Opfer gefangengehalten hatte.

»Da hinein!«

Er öffnete die Tür zu der Kammer und drückte auf den Lichtschalter, so daß eine nackte Glühbirne den Raum schwach erhellte. »Wenn Ellen nicht rauskommen konnte und Otto Owen auch nicht, wird es Ihnen wohl auch nicht gelingen.«

Carl Henderson schnappte nach Luft, und Mark Shannon bemerkte, daß die Selbstsicherheit und Arroganz, die der Mann soeben noch zur Schau getragen hatte, einem Ausdruck blanken Entsetzens gewichen waren. »Los, Bewegung!« befahl er, mit dem Kopf auf die Kammer deutend. »Ein Wort von Ihnen, ein Hinweis auf Ihre Rechte, und ich schließe Sie nicht nur ein, Henderson, sondern mache auch das Licht aus, und dann hocken Sie im Dunkeln.«

Carl Henderson hätte ohnehin kein verständliches Wort mehr hervorbringen können. Er wimmerte nur noch angsterfüllt vor sich hin, während Mark Shannon ihn zu der offenen Tür führte, und als der Polizist ihn in die Kammer stieß, breitete sich ein dunkler nasser Fleck auf seiner Hose aus.

Karen Owen hatte sich noch nie im Leben so hilflos gefühlt wie jetzt.

Wie hatte ihr das nur geschehen können?

Sie hatte sich doch fest vorgenommen – sich geschworen –, nicht einmal für eine Minute einzuschlafen, aber jetzt war auch ihre Kleine, das einzige, was ihr seit Julies Verschwinden geblieben war, vermißt und schien sich in der Dunkelheit einfach in Luft aufgelöst zu haben.

Wie war es nur möglich, daß sie nichts gehört hatte? Ben und Molly hatten doch bestimmt miteinander geflüstert – das taten Kinder ihres Alters immer. Und was war plötzlich in die beiden gefahren? Was könnte sie veranlaßt haben, mitten in der Nacht das Haus zu verlassen?

Unwillkürlich trat Karen wieder auf die Veranda hinaus und spähte in die Dunkelheit.

Sie wußte nicht, wie oft sie schon hinausgegangen war, seit Russell die Notrufnummer 911 gewählt und die beiden Kinder als vermißt gemeldet hatte. Zweimal war sie im Stall gewesen und hatte jeden Winkel abgesucht, in der Hoffnung, daß Molly und Ben sich nur irgendein Spiel ausgedacht hatten, ohne zu überlegen, welche Schrecken sie ihren Müttern damit einjagen würden. Aber sie hatte keine Spur von ihnen gefunden, weder im Stall noch in einem der Schuppen.

Vor etwa zehn Minuten war ihr aufgefallen, daß diese Nacht etwas Ungewöhnliches an sich hatte.

Zuerst versuchte sie, das seltsame Gefühl zu ignorieren, daß etwas anders war als sonst – natürlich kam ihr in dieser Nacht alles anders vor, sagte sie sich, denn schließlich war ja ihre kleine Tochter verschwunden! Aber es war etwas anders, und je mehr sie es zu ignorieren versuchte, desto mehr beschäftigte es sie.

Erst als Russell zu ihr herauskam, würde ihr plötzlich klar, was es war, doch noch immer glaubte sie, daß sie sich vielleicht täuschte.

Die Nacht war still.

Das leise Konzert der Insekten, an das sie sich in den letzten zwei Wochen so gewöhnt hatte, war nicht zu hören.

Sie hatte Russell darauf aufmerksam machen wollen, als die gespenstische Stille plötzlich von einem Geräusch durchbrochen wurde, das ihr das Blut in den Adern erstarren ließ.

Ein Tier schrie.

Das war kein Bellen, kein Jaulen, auch kein Heulen von Kojoten im Mondlicht, wie sie es von den Hügeln über dem San Fernando Valley her kannte.

Es war ein kurzes Aufheulen in unsagbarer Pein, das so schnell abbrach, daß sie vielleicht geglaubt hätte, es sich nur eingebildet zu haben, wenn Russell sie nicht fester an sich gezogen hätte.

»Es ist nur irgendein Tier«, murmelte er. »Es ist keines der …«

Er hatte seinen Satz nicht beendet, aber Karen wußte auch so genau, was er hatte sagen wollen.

Es ist keines der Kinder.

Sie hatte sich von ihm ins Haus führen lassen, aber seitdem war sie ständig zwischen Wohnzimmer und Küche hin und her gelaufen, um aus den Fenstern zu schauen. Durch das Küchenfenster, das nach Nordosten hinausging, konnte sie überhaupt nichts sehen, und durch das Wohnzimmerfenster, das einen Blick nach Süden und Westen erlaubte, war ebenfalls nur undurchdringliche Dunkelheit zu sehen – bis sie plötzlich Scheinwerfer entdeckte, die langsam näherkamen.

Also passierte endlich etwas!

»Jemand ist da draußen!« rief sie. Russell und Marge traten zu ihr ans Fenster, und zu dritt beobachteten sie den Wagen, der langsam den Feldweg nördlich von Vic Costas' Farm entlangfuhr. »Wer mag das sein?« fragte Karen leise. »Und was macht er dort oben?«

»Vielleicht ist es Shannon, der nach den Kindern sucht«, erwiderte Russell. »Ich fahre mal hin.«

»Wir fahren alle zusammen«, erwiderte Karen.

Zu dritt verließen sie das Haus durch die Hintertür und stiegen in den großen Transporter, der bis vor wenigen Tagen Otto gehört hatte. »Hinter dem Sitz muß eine Taschenlampe liegen«, sagte Russell, während er den Motor anließ. »Schau mal, ob du sie findest. Eine große Halogenlampe.«

Während der Transporter über den ausgefahrenen Feldweg in Richtung der Hügel rumpelte, kniete sich Karen auf den Sitz und wühlte zwischen den Schaltkabeln, Leuchtkugeln und anderen nützlichen Dingen herum, die Otto hinter dem Sitz aufbewahrt hatte. Und nun, da sie endlich etwas tun konnte, da sie sich aktiv an der Suche nach den vermißten Kindern beteiligte, wurde ihr etwas leichter ums Herz.

Wir werden sie finden, redete sie sich ein. Wir werden Molly und Ben noch heute nacht finden, und morgen werden wir auch alle anderen finden.

Doch unwillkürlich fragte sie sich, ob das nicht nur trügerische Hoffnungen waren, die mit der Realität nicht das geringste zu tun hatten.

Obwohl Mark Shannon wußte, daß die Hoffnung, Molly und Ben vor Sonnenaufgang zu finden, gleich Null war, war ihm auch klar, daß er die Suchaktion nicht abblasen konnte. Als er auf dem Feldweg hinter der Farm der Owens zu Manny Gomez gestoßen war, hatte er dort auch schon Russell, Karen und Marge Larkin vorgefunden, und in den nächsten zwanzig Minuten waren weitere Autos und Lastwagen eingetroffen. Alle Männer wollten sofort mit der Suche nach den beiden Kindern beginnen, und obwohl Shannon insgeheim der Ansicht war, daß das bei Dunkelheit der sprichwörtlichen Suche nach der Stecknadel im Heuhaufen gleichkam, hatte er die Freiwilligen in Gruppen eingeteilt und ihnen eingeschärft, untereinander Kontakt zu halten. »Ich werde euch alle am Morgen dringend brauchen und möchte wirklich nicht gezwungen sein, meinen Suchtrupp suchen lassen zu müssen. Ist das klar?«

Die Suche war nun schon seit drei Stunden im Gange, bisher ergebnislos, wie Mark Shannon dies auch erwartet hatte.

Von seinem Kommandoposten aus – auf halbem Wege zwischen den Farmen von Vic Costas und Russell Owen – versuchte Shannon, mit allen in Funkkontakt zu bleiben, wobei zeitweise nur noch ein unverständliches Durcheinander sich überlappender Gesprächsfetzen zustande kam.

Oben in den Hügeln schimmerten Lichter, und alle paar Minuten blieben die Männer des Suchtrupps auf den verschiedenen Pfaden stehen und leuchteten mit ihren Taschenlampen die Umgebung ab.

Wolken waren aufgezogen, und der vor zwei Stunden noch helle Mond war jetzt nur noch gelegentlich zu sehen. Sollte er ganz hinter den Wolken verschwinden, überlegte Shannon, war es zweifelhaft, ob die Suche fortgesetzt werden konnte. Vor einer halben Stunde hatte er seine freiwilligen Helfer gewarnt, sie sollten die Batterien ihrer Lampen schonen, damit sie notfalls auch ohne Mondlicht den Weg zurück ins Tal finden konnten.

Allerdings würde in wenigen Stunden die Morgendämmerung anbrechen, und dann hatten sie wenigstens eine geringe Chance, die Kinder zu finden. Was seine Hoffnungen dämpfte, war jenes schreckliche Heulen, das er gehört hatte, kurz bevor Roberto und er in Hendersons Haus eingedrungen waren.

Auch Manny Gomez hatte es gehört, ebenso Karen und Russell Owen und Marge Larkin.

.»Ich bin mir nicht sicher, was es war«, hatte Manny ihm bei seiner Ankunft berichtet. »Aber es hat sich angehört wie ein sterbendes Tier. Vielleicht ein Kojote.« Manny hatte sich vergewissert, daß Karen und Russell außer Hörweite waren, und dann hinzugefügt: »Oder vielleicht war es auch der Hund der Owens, Bailey.«

»Das glaube ich auch«, hatte Mark zugegeben.

Jetzt warf er wieder einmal einen Blick auf seine Uhr.

Viertel vor drei.

In drei Stunden würde es hell werden.

Ein Schrei riß ihn aus einen Gedanken, gleich darauf ein zweiter. Als er zu den Hügeln emporspähte, sah er, daß die Strahlen mehrerer Taschenlampen sich auf einem der Abhänge überkreuzten.

Er schaltete den starken Scheinwerfer auf dem Dach des Streifenwagens ein und schwenkte ihn langsam über den Hügel. Im nächsten Moment stand Karen Owen neben ihm, die Halogentaschenlampe aus dem Transporter mit beiden Händen umklammernd.

»Hat jemand was gesehen?« fragte sie atemlos. »Was ist los?«

»Ich weiß es nicht.« Shannon mied ihren Blick und konzentrierte sich darauf, seinen Scheinwerfer gleichmäßig hin und her zu bewegen.

»Molly!« rief Karen. »Ben! Wo seid ihr?« Sie knipste die Halogenlampe an und richtete den grellen Lichtstrahl direkt auf die Hügelkuppe.

Am äußersten Rand des Lichtstrahls glaubte sie plötzlich eine Bewegung zu sehen.

Sie schwenkte die Lampe langsam in die andere Richtung. »Molly!« rief sie wieder. »Molly, ich bin's, Mommy!«

Und dann – Karen kam es wie ein Wunder vor – tauchte eine winzige Gestalt mitten im Lichtstrahl auf.

Eine winzige Gestalt in Kleidungsstücken, die Karen sofort erkannte.

Eine winzige Gestalt, die winkte. Und dann eine zweite Gestalt.

»Sie sind es!« schrie Karen. »O Gott, es sind Molly und Ben!«

Mark Shannon schwenkte seinen Scheinwerfer, bis die beiden Kinder mitten im Lichtkegel waren. »Laufen Sie ihnen entgegen«, sagte er zu Karen. »Ich lasse sie keine Sekunde aus den Augen.«

Doch Karen hörte ihn nicht mehr. Sie rannte schon den Hügel hinauf, Marge Larkin dicht auf ihren Fersen.

Zehn Minuten später waren die beiden Frauen wieder da, ihre Kinder an sich gepreßt.

Und noch fünf Minuten später, in der Geborgenheit der hell erleuchteten Küche der Owens, berichteten Molly und Ben, was sie in dieser Nacht gesehen hatten.

Während sie zuhörten, brachen Karen und Marge in Tränen aus.

Kapitel 30

Sara McLaughlin stolperte den Pfad entlang, der im schwächer werdenden Mondlicht kaum noch zu erkennen war. Sie hatte keine Ahnung, wieviel Zeit seit ihrer Flucht aus dem Krankenhaus vergangen war, geschweige denn, wo sie jetzt war und wohin sie eigentlich wollte.

Sie folgte nur noch dem gebieterischen Verlangen, das tief in ihrem Innern seinen Ursprung hatte und das sie zwang, aus unbekannten Gründen auf ein unbekanntes Ziel zuzusteuern. In ihrer Hast strauchelte sie, als sie mit dem rechten Fuß – der blutete, seit sie sich vor einer Stunde die große Zehe an einer zerbrochenen Bierflasche geschnitten hatte – gegen einen Granitfelsen stieß. Instinktiv suchte sie Halt an einem großen Busch neben dem Pfad, und die langen Dornen der gewundenen Äste durchbohrten ihre Haut und drangen tief in ihre Handfläche ein.

Sie machte noch zwei stolpernde Schritte, bevor sie endgültig das Gleichgewicht verlor und zu Boden fiel, wobei sie sich das linke Knie aufschürfte und den rechten Knöchel verstauchte. Einen Augenblick blieb sie einfach liegen. Ihr Herz klopfte zum Zerspringen, und ihre Lungen versuchten fieberhaft, genügend Sauerstoff in ihren Körper zu pumpen.

Trotz des blutenden Fußes, der Dornenwunden in der linken Hand und der pochenden Schmerzen im verstauchten Knöchel kam Sara wieder auf die Beine und taumelte weiter. Jetzt lief sie nicht mehr auf dem Pfad, sondern einfach querfeldein, ohne auf die scharfen Steine und dornigen Äste zu achten, die ihr die Haut von den Fußsohlen rissen, bis sie auf dem rohen Fleisch lief und jeder Schritt so qualvoll war, daß jeder andere – jeder Mensch mit auch nur einem Funken Verstand – außerstande gewesen wäre weiterzugehen.

Doch Saras Verstand war schon vor langer Zeit völlig ausgeschaltet worden, und ihr Körper schleppte sich jenseits aller Schmerzgrenzen vorwärts, angetrieben von der unmenschlichen Kraft, die in ihr hauste und sich so stark vermehrt hatte, daß der schlanke Mädchenkörper kaum noch genügend Platz bot. Den Anweisungen einer Intelligenz gehorchend, die viel höher war als jene der Summe ihrer einzelnen Glieder, unternahm diese Kraft jetzt einen letzten verzweifelten Versuch, sich der großen Masse ihres Organismus anzuschließen und einen neuen Wirt zu finden, von dem sie sich ernähren könnte.

Geist und Körper völlig unterjocht, stolperte Sara McLaughlin weiter durch die Nacht.

»Bist du böse auf mich, Mommy?« fragte Molly Owen mit zitternder Stimme und feuchten Augen.

Sie waren in Mollys Zimmer, und obwohl inzwischen der Morgen graute, hatte Karen ihre Tochter gerade zu Bett gebracht und zugedeckt. Jetzt legte sie ihre Hand auf die Wange des kleinen Mädchens und schüttelte den Kopf. »Nein«, sagte sie, »aber du mußt mir versprechen, so etwas nie wieder zu tun, mein Liebling. Kannst du dir vorstellen, welche Ängste ich ausgestanden habe, als ich aufwachte und feststellen mußte, daß du fort warst?«

Mollys Kinn bebte. »Ich wollte dich überraschen«, flüsterte sie. »Wir wußten doch nicht, daß wir uns verirren würden! Wir wollten nur helfen!«

»Ich weiß«, seufzte Karen. Sie mußte an die seltsame Geschichte denken, die Molly und Ben erzählt hatten, von einem Tal weit oben in den Hügeln und von einer Höhle, wo die vermißten Teenager sich angeblich aufhielten, von Insektenscharen umgeben.

Millionen und Abermillionen Insekten, hatte Molly beteuert.

Natürlich konnte diese Geschichte nicht der Wahrheit entsprechen, obwohl die Kinder dort oben zweifellos etwas gesehen haben mußten. Aber was?

Und was war aus Bailey geworden?

Karen fröstelte immer noch, wenn sie sich an jenes schreckliche Geheul erinnerte, das sie vor einigen Stunden gehört hatte.

Ein Geheul, das abrupt verstummt war, so als wäre das Tier plötzlich tot umgefallen.

Aber wer konnte es angegriffen haben?

Ein Bienenschwarm wie jener, der vor wenigen Tagen die Stute getötet hatte?

Ein inneres Gefühl sagte Karen, daß es tatsächlich der gutmütige Mischling mit dem ständig wedelnden Schwanz gewesen war, dessen Todesschrei die gespenstische Stille durchbrochen hatte. Dasselbe Gefühl flüsterte ihr ein, daß der Hund von etwas ihm völlig Unbekanntem angegriffen worden war, von etwas, das noch grauenvoller war als die Szene, die Molly und Ben beschrieben hatten.

Ein Teil von Karen wollte wissen, was für ein Angreifer es gewesen war, doch der größere Teil von ihr hoffte, das nie zu erfahren. »Ich weiß, daß ihr nur helfen wolltet«, beruhigte sie Molly und küßte sie auf die Stirn, wobei sie hoffte, daß ihre Stimme nichts von ihrer Angst verriet. »Aber mitten in der Nacht allein loszugehen ist keine Hilfe, und du mußt mir versprechen, so etwas nie wieder zu tun.«

Molly blickte ihr fest in die Augen. »Ich verspreche es«, flüsterte sie. »Großes Indianerehrenwort!«

»Gut«, sagte Karen. »Und jetzt möchte ich, daß du schläfst, und wenn du aufwachst, wird vielleicht …«

… wird vielleicht auch Julie wieder hier sein, hatte sie sagen wollen, aber sie brachte es nicht mehr über sich, denn tief im Herzen glaubte sie nicht mehr daran.

»… wird vielleicht alles wieder in Ordnung sein«, beendete sie ihren Satz. Doch wie konnten die Dinge wieder in Ordnung kommen, falls etwas Wahres an der bizarren Geschichte der Kinder sein sollte, die sich für Karen allerdings anhörte wie ein Horrorfilm, den die Kids im Fernsehen gesehen hatten, und nicht wie etwas, das sie tatsächlich erlebt hatten? Aber ihre Stimmen hatten sogar in der Sicherheit der hellen Küche vor Grauen gezittert, und ihre Worte hatten wahr geklungen, nicht wie eine hohle Lüge, die sie erfunden hatten, nur um sich Ärger zu ersparen. »Schlaf jetzt, mein Liebling«, murmelte sie zärtlich. »Schlaf ein.«

Sie blieb bei Molly, bis die Kleine endlich erschöpft einschlief, dann machte sie das Licht aus und trat auf den Korridor hinaus. Marge Larkin kam gerade aus dem Nebenzimmer, wo sie Ben zu Bett gebracht hatte. Die beiden Frauen schwiegen, bis sie im Erdgeschoß waren. Dann wandte sich Karen an Jeffs Mutter.

»Glaubst du, daß wir Julie, Jeff und Kevin je wiedersehen werden?« fragte sie.

Marge schüttelte nach sekundenlangem Zögern grimmig den Kopf. »Wenn wir sie wiedersehen, werden wir sie vielleicht gar nicht wiedererkennen können«, flüsterte sie kaum hörbar und begann am ganzen Leib zu zittern. »Sie sind tot«, schluchzte sie. »O Karen, Gott steh mir bei, ich weiß es! Ich fühle es!«

Karen legte ihre Arme um Marge Larkin. »Ich weiß«, flüsterte sie ihr ins Ohr, »ich fühle es auch!«

Die beiden Frauen hielten einander eine Weile fest, stützten sich gegenseitig in ihrem Leid.

Im Keller von Hendersons Haus hob Ellen Filmore ihren Kopf vom Mikroskop, streckte ihren schmerzenden Rücken und rieb sich mit den Fäusten die Augen. Roberto und sie hatten sich Shannons Bemühungen, sie wegzuschicken, erfolgreich widersetzt. Statt dessen hatten sie die ganze Nacht gearbeitet, in der Hoffnung, vielleicht irgend etwas über Hendersons Schöpfung herauszufinden, das den infizierten Kindern helfen könnte.

Von Henderson hatten sie wenig gehört. Total auf die Arbeit konzentriert, hatten sie ihn oft minutenlang vergessen, bis die Stille im Labor wieder von seinem Schluchzen und Flehen, man möge ihn doch aus der Kammer befreien, durchbrochen wurde.

Ellen und Roberto hatten jedoch nicht die Absicht, seine Bitte zu erfüllen.

»Hast du das Lungengewebe fertig?« fragte Ellen Roberto, der für sie Objektträger präparierte, so schnell er konnte.

»Fast«, antwortete er, schnitt eine winzige Gewebeprobe von der Rattenlunge ab, legte sie auf eines der dünnen Glasplättchen, die sie auf einem Regal gefunden hatten, und fügte einen Tropfen Farbstoff hinzu. Er deckte das Präparat mit einem zweiten Plättchen ab und übergab es Ellen. »Damals in der Schule war das wesentlich einfacher«, kommentierte er. Die inneren Organe der Ratte waren so gründlich zerstört, daß man sie kaum noch identifizieren konnte.

Ellen Filmore drückte ihr Auge ans Mikroskop, stellte Licht und Brennweite ein und fand gleich darauf, wonach sie gesucht hatte.

In der Vergrößerung konnte sie die Alveolen deutlich erkennen. Einige sahen noch völlig normal aus, die allermeisten jedoch nicht. Die winzigen Säckchen, die zum Austausch von Kohlensäure gegen Sauerstoff benötigt wurden, hätten eigentlich leer sein müssen, aber viele waren von etwas besetzt.

Von etwas, das mit bloßem Auge nicht zu sehen, aber unter dem Mikroskop leicht zu identifizieren war.

Insekten.

Das letzte Teilstück des Puzzles fügte sich genau ins Bild.

Während ihrer langen Nachtarbeit hatte Ellen den Lebenszyklus der Parasitenkolonie begriffen, die den Rattenkörper heimgesucht und vernichtet hatte.

Im Blut hatte sie etwas gefunden, das wie Insektenlarven aussah, und sie vermutete, daß es solche Larven gewesen waren, die Barry Sadler in den Blutproben von Julie Spellman und Jeff Larkin entdeckt hatte.

Die Larven schienen sich jedoch in verschiedene Arten erwachsener Tiere verwandelt zu haben.

In den Eingeweiden der Ratte fand sie Arbeiterinnen, die sich um die Eier kümmerten.

Im Herzen der Ratte fand sie eine von ihrem Hofstaat umgebene Königin, die ihre Eier direkt in den Blutkreislauf ablegte, so daß sie geradewegs in den Eingeweiden, die als Brutstation dienten, landeten. Wenn die Larven schlüpften, kehrten sie in den Blutkreislauf zurück und ernährten sich offenbar vom Blut des Wirtes. Im Stadium der Verpuppung verteilten sie sich dann wieder – der königliche Hofstaat kehrte ins Herz zurück, die Arbeiterinnen in die Eingeweide.

Aber Ellen hatte auch andere Arten von erwachsenen Tieren gefunden.

Das Gehirn der Ratte war voll von ihnen, und die Folgen ihrer Anwesenheit waren unter dem Mikroskop deutlich zu sehen: Sie hatten das Gehirn Zelle für Zelle zerstört. Während Ellen die von der Kolonie angerichteten Schäden betrachtete, nahm ihr Entsetzen immer mehr zu, denn es handelte sich nicht um ein zufälliges Werk der Zerstörung. Vielmehr hatten die Organismen sich mit äußerster Sorgfalt durch das Gewebe gearbeitet und es mit winzigen Gängen durchzogen, so daß es einem Ameisenhaufen ähnelte.

Eine Zeitlang hatte die Ratte vielleicht nichts gespürt.

Doch als die Parasiten immer mehr Nervenzellen verschlangen, mußte sie Phantomreize wahrgenommen haben.

Vielleicht hatte sie Genuß empfunden, aber wahrscheinlicher rasende Schmerzen.

Bevor sie starb, mußte sie blind und taub gewesen sein, denn die optischen und akustischen Nervenzentren waren nicht mehr vorhanden.

Als die Kolonie sich immer weiter vermehrte und ausbreitete, mußte die Gehirntätigkeit der Ratte immer stärker in Mitleidenschaft gezogen worden sein. Doch die Kolonie, die offenbar jene besondere Intelligenz eines Bienenstocks oder Ameisenbaus besaß, hatte sich zunächst von unwichtigerem Gewebe ernährt und die lebenserhaltenden Teile des Gehirns nicht angetastet, damit der Wirt möglichst lange am Leben blieb. Das autonome Nervensystem und jene Teile des Gehirns, die es kontrollierten, waren fast intakt.

Die Frage war aber, was geschah, wenn der Wirt schließlich doch starb. Als diese Frage in Ellen aufgestiegen war, hatte sie ihre Aufmerksamkeit der Lunge zugewandt.

Und dort die Antwort gefunden.

Die ausgewachsenen Insekten, die sich noch in den Alveolen der Rattenlunge befanden, unterschieden sich von allen anderen.

Zum einen hatten sie Flügel.

Flügel, die – so vermutete Ellen – nach ihrem Jungfernflug abfallen würden, so wie die Flügel von Termiten und Ameisen abgestreift wurden, nachdem die Kolonie sich aufgeteilt hatte.

Als sie die Alveolen näher untersuchte, stellte sie fest, daß es sogar bei den ausgewachsenen Insekten Unterschiede gab.

Drei Puppen waren viel größer als die anderen – vermutlich angehende Königinnen.

Alle waren mit scharfen Rüsseln ausgestattet.

Schaudernd stellte Ellen sich vor, was passieren würde, wenn ein nicht infiziertes Tier einem infizierten nahe kam, nachdem der Schwarm sich gerade zur Teilung entschlossen hatte.

Sie stellte sich eine Wolke der winzigen Insekten vor, die aus der infizierten Lunge hervorbrach und durch die Luft schwärmte – wie weit?

Einen halben Meter?

Oder nur wenige Zentimeter?

Innerhalb von Sekunden würden die Angreifer die Haut durchbohren und sich im Blutstrom ausbreiten, um den neuen Wirt zu kolonisieren.

Zu kolonisieren und letztlich zu töten.

Trotzdem fielen Ellen bei der Untersuchung der Ratte einige Anomalien auf.

Woran war das Nagetier gestorben?

Das Gehirn war noch nicht tödlich beschädigt gewesen.

Und warum war der Luftfilter an dem Plexiglasbehälter mit einem Film von Insekten überzogen, die alle tot waren?

Offenbar konnten die Kreaturen außerhalb eines Säugetieres nicht lange überleben – Ellens bisherige Beobachtungen zufolge waren sie an nichts anderes adaptiert.

Doch weshalb hatten sie ihren Wirt verlassen, nur um zu sterben?

Weil die Ratte selbst im Sterben lag?

Körperlich und geistig erschöpft, richtete sich Ellen wieder auf. »Komm, gehen wir nach oben«, sagte sie zu Roberto, »und schauen nach, ob Henderson Kaffee in der Küche hat.«

Roberto machte eine Kopfbewegung in Richtung der verschlossenen Tür am anderen Ende des Kellers. In der letzten

Stunde war aus der Kammer nichts mehr zu hören gewesen. »Und was ist mit ihm?«

Ellens Augen bekamen einen harten Ausdruck, als sie sich an die Stunden erinnerte, die sie hinter jener Tür im Dunkeln verbracht hatte, und sie erlebte noch einmal das lähmende Entsetzen, als die Spinnen an ihren Beinen hochgekrabbelt waren. Doch als ihr einfiel, was dieser Mann den Teenagern von Pleasant Valley angetan hatte, verwandelte sich ihre Angst in eisige Wut. Sie war heftig versucht, das Licht in der Kammer auszumachen und einige von Hendersons Züchtungen hineinzulassen, damit sie ihn im Dunkeln quälten, so wie die Spinnen sie gequält hatten. Doch sie widerstand der Versuchung. »Soll er bleiben, wo er ist«, sagte sie. »Er hat diesen Raum so gebaut, daß er jetzt drinbleiben muß, bis Mark Zeit hat, ihn ins Gefängnis zu bringen.« Sie ging vor Roberto die steile Kellertreppe hinauf und blinzelte überrascht, als sie oben feststellte, daß es draußen schon hell wurde.

In Hendersons Küche suchte sie in den Schränken nach einem Glas Instantkaffee. Dann sah sie auf der Spüle eine Kaffeemaschine. »Soll ich den Kaffee machen, oder übernehmen Sie das?« fragte sie Roberto.

Er grinste. »Setzen Sie sich hin, Doc. Sie sehen noch geschaffter aus, als ich mich fühle.« Doch während er nach einem Filter für die Maschine suchte, fiel ihm ein Geräusch auf.

Ein leises Summen, so als wäre irgendwo in der Nähe ein Bienenschwarm. Als er aus dem Fenster schaute, sah er es.

»Verfluchte Scheiße, Doc!« rief er. »Was zum Teufel ist das nur?«

Ellen trat neben ihn ans Fenster. Zuerst wußte sie nicht, wovon er redete, doch dann konnte sie es in dem von Minute zu Minute heller werdenden Licht ebenfalls sehen.

In der Ferne, über den Hügeln hinter dem Feld, das an Hendersons Haus grenzte, hing etwas, das auf den ersten Blick wie eine dunkle Wolke aussah, doch während sie darauf starrte, nahm auch sie jenes Summen wahr.

Insekten!

Millionen und Abermillionen Insekten, die aus den Hügeln emporwogten und in den Himmel aufstiegen.

Das Summen wurde von Sekunde zu Sekunde lauter.

Ellen riß vor Schreck weit die Augen auf, als sie begriff, was das zu bedeuten hatte. »Kommen Sie!« Sie packte Roberto am Arm und zog ihn auf die Küchentür zu. »Nichts wie raus hier!«

»Raus? Aber ...«

»Hören Sie sie nicht?« rief Ellen. »Sehen Sie nicht, daß sie direkt auf uns zukommen?«

Roberto warf wieder einen Blick aus dem Fenster.

Die Insektenwolke wurde mit jeder Sekunde größer, und Roberto erkannte, daß Ellen recht hatte – sie drangen schon auf das Feld vor. Der Grenzzaun am anderen Ende verschwand in der dunklen Masse, so als wäre er verschluckt worden. Roberto fiel plötzlich ein, daß sein Großvater ihm einmal von einer Heuschreckenplage erzählt hatte, die sein Heimatdorf in Mexiko heimgesucht hatte, als der alte Mann noch ein Junge gewesen war. *Mitten am Tag wurde es Nacht, Roberto. Man konnte nichts sehen, nichts hören, kaum atmen. Wir dachten, wir würden alle sterben. Wir dachten alle, wir würden sterben.* Die Erinnerung an diese Worte seines Großvaters versetzten Roberto in Aktion. Er vergaß den Kaffee und folgte Ellen durch die Vordertür ins Freie.

»Mein Auto!« rief Ellen und rannte auf die Fahrerseite ihres Buick zu. »Dort haben wir wenigstens ein Telefon.«

Die ersten Späher, die vom Schwarm ausgesandt worden waren, umschwirrten schon das Auto, als Ellen und Roberto die Türen zuschlugen. Während Ellen den Motor anließ, griff Roberto zum Telefonhörer und wählte 911.

»Wo ist Shannon?« fragte er ohne jede Einleitung. Als die Angestellte Näheres wissen wollte, reichte Roberto den Hörer an Ellen weiter, die schon die Auffahrt hinabbrauste. »Ihr Titel wirkt hier vielleicht«, sagte er.

»Hier ist Dr. Filmore!« schrie Ellen. »Ich muß wissen, wo Mark Shannon ist! Sofort!«

Die Angestellte, die Ellens Stimme erkannte und die Dringlichkeit heraushörte, gab unverzüglich Auskunft. »Er ist auf der Farm der Owens. Wissen Sie, wo das ist?«

»Ja«, sagte Ellen. »Etwa sieben Kilometer von meinem jetzigen Standort entfernt. Können Sie mich mit ihm verbinden?«

»Bin schon dabei.«

Eine Sekunde später meldete sich der Polizist und lauschte schreckensstarr, als Ellen ihm die Insektenwolke zu beschreiben versuchte, die immer noch vom Hügel herabkam und über das Feld auf Carl Hendersons Haus zusteuerte.

»Ich habe so etwas noch nie gesehen«, berichtete sie. »Es sind alle möglichen Insekten, Mark.« Sie bremste ab, als das Auto in die Wolke geriet, die nun schon die Straße verschlang. »Ich kann Bienen und Hornissen und Schnaken sehen, und Heuschrecken und Wespen. O Gott! Es sieht wie eine Plage aus!« Plötzlich ließ der Wagen den Schwarm hinter sich, und sie konnte die Straße wieder deutlich sehen. »Wir sind jetzt aus der Wolke raus, Mark, und können die Farm in ...«

»Nein!« unterbrach Shannon. »Bleib, wo du bist. Ich bin in fünf Minuten da.«

Ellen hielt an, ließ aber den Motor laufen, für den Fall, daß die Masse der fliegenden Insekten plötzlich die Richtung änderte und auf sie zukam. Doch dann sah sie für den Bruchteil einer Sekunde vier Gestalten, die sich inmitten des lebendigen Wirbelwinds langsam über das Feld bewegten.

Vier Gestalten – ein Mädchen und drei Jungen –, die offenbar ein bestimmtes Ziel hatten: Hendersons Haus.

Jenen Ort, so begriff Ellen plötzlich, wo der Parasit ursprünglich erzeugt worden war.

Und jetzt wußte sie auch, was der Schwarm tat.

Er fliegt nach Hause, dachte sie. *Er fliegt nach Hause, wie eine Taubenschar.*

Nur daß diese Schar hier tödlich war.

Kapitel 31

»Was ist los?« fragte Karen mit lautem Herzklopfen, als Mark Shannon den Hörer auflegte. War es möglich, daß jemand die vermißten Kinder gefunden hatte? Doch als Mark sich der kleinen Gruppe in der Küche der Owens zuwandte, war er bleich und sah grimmig aus.

»Insekten«, sagte er. »Alle möglichen Insekten – Millionen Insekten, genau wie die Kinder erzählt haben.«

»Wo?« flüsterte Karen.

»Was ist mit unseren Kindern?« fragte Marge Larkin mit zitternder Stimme. »Hat jemand sie gesehen?«

Shannon ging schon auf die Hintertür zu. »Die Insekten sind in der Nähe von Hendersons Haus. Von den Kids war nicht die Rede, aber das heißt noch lange nicht, daß sie nicht dort sind.« Er schaltete sein Funkgerät ein und sprach schnell ins Mikrophon. »Manny? Drüben bei Hendersons Haus scheint etwas Merkwürdiges los zu sein. Wo bist du?«

Es knackte im Gerät, dann meldete sich Shannons Kollege. »Ich bin etwa anderthalb Kilometer von dort entfernt. Du kannst dir nicht vorstellen, was hier vorgeht! So was Unheimliches hab' ich noch nie gesehen! Wie die Heuschrekkenplage von 1917! Du solltest besser herkommen!«

»Bin schon unterwegs, Manny«, sagte Mark. »Sorg dafür, daß alle, die dort sind, sich in ihre Autos setzen und die Fenster schließen. Soviel ich gehört habe, sind es nicht nur Heuschrecken, sondern genügend Bienen, Hornissen, Wespen und sonstiges Zeug, um die ganze Stadt umzubringen. Niemand soll irgendwas unternehmen, bis ich dort bin.«

»Wir fahren mit«, sagte Karen in einem Ton, der keinen Widerspruch duldete.

Shannon war jedoch entschlossen, so viele Leute wie nur irgend möglich von Hendersons Haus fernzuhalten. »Ich glaube nicht, daß das eine gute Idee ist«, begann er, doch nun ergriff Russell das Wort, und seine Stimme klang genauso energisch wie die seiner Frau.

»Es ist durchaus möglich, daß unsere Kinder dort sind«, sagte er. »Du kannst dir den Mund fusselig reden, aber du wirst weder mich noch Karen noch Marge von dort fernhalten können.«

»Und wir lassen auch Molly und Ben nicht allein zurück«, erklärte Karen resolut.

»Wenn du selbst Kinder hättest ...«, fiel Russell wieder ein, doch Shannon, der die Sinnlosigkeit weiterer Diskussionen eingesehen hatte, hob die Hände, um dem Wortschwall Einhalt zu gebieten.

»Also gut, genug geredet. Aber vergeßt nicht, wer das Kommando hat, und bleibt in eurem Auto, bis ich euch aussteigen erlaube. Und sorgt dafür, daß Molly und Ben nicht auf die Idee kommen, eine Tür oder ein Fenster zu öffnen.« Nach kurzem Zögern fügte er hinzu: »Da ist etwas, das ich euch noch nicht erzählt habe, das ihr jetzt aber wissen solltet. Ich habe Carl Henderson im Keller seines Hauses eingesperrt.«

Russell klappte der Unterkiefer herunter, und Karen, die gerade nach oben gehen wollte, um Molly zu wecken, drehte sich um und starrte den Polizisten an. Intuitiv wußte sie, was kommen würde.

»Otto!« rief sie. »Er hatte also recht, stimmt's? In bezug auf Carl?«

Shannon nickte grimmig. »Otto war der Wahrheit offenbar so nahegekommen, daß Carl ihn umbrachte. Als ich hinkam, hatte er Ellen Filmore in einem dunklen Raum eingeschlossen, wo es von Spinnen wimmelte. Seine ›Lieblinge‹, so nennt er dieses Getier! Er hat alle möglichen Insekten im Keller – Spinnen und auch Skorpione, Gott weiß, was sonst noch alles! Und es sieht so aus, als hätte er mindestens ein Mädchen ermordet, vielleicht auch mehrere.«

Karen wurde plötzlich so schwindlig, daß sie sich am Türrahmen festhalten mußte. Ihre Finger umklammerten das Holz so fest, daß die Knöchel weiß hervortraten. Doch als Russell zu ihr eilen wollte, schüttelte sie den Kopf. »Ist schon vorbei«, sagte sie. »Marge und ich holen jetzt Molly und Ben, und dann können wir losfahren.« Russell schwieg, aber Karen konnte sehen, daß eine Vene an seiner Schläfe vor Wut pochte. Sie warf ihrem Mann einen warnenden Blick zu und wandte sich an Shannon. »Er wird im Auto bleiben, Mark. Wir alle. Niemand wird versuchen, etwas auf eigene Faust zu unternehmen.«

Shannon warf Russell einen forschenden Blick zu, doch dann nickte er, verließ das Haus durch die Hintertür und trabte auf seinen Streifenwagen zu.

Als Karen und Marge fünf Minuten später mit den schläfrigen Kindern auf den Armen nach unten kamen, stand Russell noch immer an derselben Stelle, sein Gesicht eine Maske kalter Wut.

»Ich bring' diesen verlogenen Mistkerl um!« knurrte er. »Wenn ich ihn sehe, bringe ich ihn um, das schwöre ich!«

Carl Henderson bewegte sich und erwachte langsam aus einem unruhigen Schlaf.

Sein Körper schmerzte, alle Muskeln waren steif und verspannt, und als er die Beine ausstreckte, spürte er einen scharfen Stich in der Hüfte.

Er öffnete ein Auge und war im ersten Moment völlig desorientiert.

Zuerst konnte er nichts sehen, denn obwohl die nackte Glühbirne an der Decke brannte, schien alles um ihn herum in Schwärze getaucht zu sein. Es war so, als läge er auf einer kalten Steinplatte inmitten einer massiven Höhle, deren Wände viel zu weit entfernt waren, um vom Licht der Glühbirne über seinem Kopf wenigstens schwach beleuchtet zu werden.

Dann klärte sich sein Gesicht, und eine alte, jahrzehntelang vergessene Erinnerung stieg plötzlich auf. Alles fiel Carl Henderson wieder ein …

Er war erst vier Jahre alt gewesen, an jenem Tag, als er die Pforte im hinteren Zaun passierte, ein Glas mit seinem allerersten Schwalbenschwanz in beiden Händen, und durch die Hintertür ins Haus rannte, begierig, seiner Schwester diesen Schatz zu zeigen.

Er konnte den Fernseher im Wohnzimmer hören, und er war sicher, daß seine Schwester noch immer auf der Couch liegen würde, wie vor einer Stunde, als er hinausgegangen war.

Wenn er ganz besonders nett zu ihr war, würde sie ihm vielleicht sogar helfen, den hübschen Schmetterling aufzuspießen, damit er ihn nicht aus Versehen kaputtmachte.

Als er das Wohnzimmer betrat, hörte er ein anderes Geräusch, eine Art Stöhnen, das lauter war als der Ton des Fernsehers.

Mit dem Glas in den Händen ging er um die Couch herum. Und dann sah er seine Schwester.

Sie lag immer noch auf der Couch.

Aber sie hatte keine Kleider an, und auf ihr lag der Junge, der ein paar Häuser weiter wohnte.

Eine Sekunde stand er einfach da und betrachtete ihre dichte schwarze Haarmähne, die über die Couchlehne hing, ohne zu verstehen, was sie und der Junge machten.

Doch dann sah sie ihn, und er wußte sofort, daß sie schrecklich wütend auf ihn war.

Sie riß die Augen weit auf, bekam einen hochroten Kopf und schrie: »Du kleiner Mistkerl! Was hast du hier zu suchen? Habe ich dir nicht gesagt, daß du draußen bleiben sollst, bis ich dich rufe?«

Er machte große Augen und wich ängstlich einen Schritt zurück. »Ich habe einen Schmetterling gefangen«, begann er. »Ich ...«

»Ein Insekt?« brüllte seine Schwester. »Du bist reingekommen, nur weil du ein blödes Insekt gefangen hast?« Sie sprang vom Sofa auf und starrte zornig auf ihn herab. »Dir werd' ich's zeigen! Komm mit!« Sie riß ihm das Glas aus den Händen, und dann packte sie ihn am Arm und zerrte ihn aus dem Wohnzimmer. Er versuchte sich loszureißen, aber ihre Finger schlossen sich noch fester um seinen Arm, und er mußte plötzlich daran denken, daß der Schmetterling vor wenigen Minuten zwischen seinen eigenen Fingern ähnlich um seine Freiheit gekämpft hatte.

»Laß mich los!« bettelte er. »Ich habe doch nichts ...«

Aber seine Schwester schien ihn nicht zu hören. Sie zog ihn den

Korridor entlang, zur Tür hinter der Treppe und in den Keller hinab. Seine Füße trugen ihn kaum noch, als sie ihn über den Betonboden in den hintersten Teil des Kellers schleifte und eine Tür öffnete, hinter der sich eine große Dunkelkammer befand, wo früher – wie Carl wußte – irgend jemand Fotos entwickelt hatte. Die schwarz gestrichenen Wände hatten dem kleinen Jungen von jeher Angst eingejagt. Seit er den Raum zum erstenmal gesehen hatte, war er davon überzeugt, daß in den finsteren Ecken Kobolde und Hexen und Monster hausten, die sich aus der Dunkelheit auf ihn stürzen und ihn töten würden, wenn er aus Versehen dort eingeschlossen würde.

»Bleib hier drin, wenn du Insekten so liebst!« sagte seine Schwester, während sie ihn hineinstieß. »Bleib mit den Küchenschaben hier, bis du gelernt hast zu tun, was man dir sagt!«

Sie schlug die Tür zu, und eine Sekunde später hörte der kleine Junge, daß der Schlüssel sich im Schloß drehte. Bevor er auch nur schreien konnte, entfernten sich ihre Schritte, und er hörte, daß sie die Treppe hinaufstieg.

Ein Schrei ging in seiner Kehle auf, erstarb aber, als die Dunkelheit sich um ihn schloß.

Alle Dämonen aus seinen Alpträumen lauerten in der Schwärze, blieben außer Reichweite, kreisten ihn aber ein. Obwohl er sie weder sehen noch hören, noch fühlen konnte, wußte er, daß sie da waren.

Er ließ sich auf den Boden fallen und rutschte rückwärts, bis er mit dem Rücken gegen eine Wand stieß. Dann schob er sich seitwärts, bis er zu einer Ecke gelangte und nicht weiter konnte. Er preßte sich in den Winkel, den die alten Betonwände bildeten, zog die Knie bis zur Brust hoch und schlang die Arme um die Beine.

Die Augen fest zusammengekniffen, versuchte er so zu tun, als gäbe es die Dunkelheit gar nicht, als bräuchte er nur die Augen zu öffnen – und schon würde es hell sein, und er würde sehen können.

Da er aber wußte, daß das nicht stimmte, öffnete er seine Augen nicht, denn wenn er das tun und die Dunkelheit ringsum sehen würde, dann würde ihn etwas anspringen, lange Klauen in sein Fleisch bohren und ihn mit scharfen Zähnen in Stücke reißen.

Sein Körper wurde von Schluchzen geschüttelt, und er vergrub sein Gesicht in den Armen, während Tränen aus seinen fest zusammengekniffenen Augen flossen.

Dann spürte er etwas.

Ein Kitzeln, so als krabbelte etwas sein Bein hoch.

Instinktiv fegte er es mit der rechten Hand weg, und einen Moment lang hörte das Kitzeln auf.

Dann begann es wieder, aber diesmal am anderen Bein.

Jetzt hörte er auch etwas.

Das Geräusch war zuerst sehr schwach, und er wußte nicht, was es war.

Doch dann, als er den Atem anhielt, hörte es sich irgendwie vertraut an.

Wie das Summen einer Fliege am Fenster, die hinauszukommen versucht.

Das Geräusch wurde lauter, und er fühlte jenes Kitzeln wieder, jetzt an beiden Beinen und auch an den Armen. So als würden Hunderte von Insekten auf ihm herumkrabbeln.

Das Summen wurde lauter, und er nahm eine leichte Brise wahr, so als flögen sie um ihn herum – in so großer Zahl, daß er sie sich nicht einmal vorstellen konnte – und brächten mit ihren Flügeln die Luft in Bewegung.

Dann begannen sie sich auf seinem Gesicht niederzulassen, und während Panik in ihm aufstieg, zogen Bilder an seinem geistigen Auge vorüber.

Bilder von den Insekten in seinen Zigarrenkisten.

Den Insekten, die er gefangen und getötet und auf Nadeln gespießt hatte.

Den vielen, vielen anderen, die er getötet und dann weggeworfen hatte, weil sie zerfielen, als er sie aufzuspießen versuchte.

Plötzlich wußte er, was vor sich ging.

Es waren nicht die Monster und Dämonen aus seinen Alpträumen, die in der Dunkelheit lauerten.

Es waren all die Insekten, die er getötet hatte.

All die winzigen Kreaturen, die er in seinem Glas gefangen und getötet hatte.

Jetzt stürzten sie sich aus der Dunkelheit auf ihn.

Sie würden ihm antun, was er ihnen angetan hatte.

Sie krochen über seine Haut, ihre vibrierenden Flügel summten dicht an seinen Ohren, und sie drangen sogar in seine Ohrmuscheln und in seine Nase vor.

Seine Schreckensschreie erfüllten die Dunkelkammer und hallten von den Wänden wider, aber die Kreaturen krabbelten weiter auf ihm herum und umschwärmten ihn mit immer lauterem Gesumm.

Er schlug nach seinen unsichtbaren Peinigern, schlug wild um sich und rollte dann über den Boden, in einem verzweifelten Versuch, der Insektenhorde zu entkommen.

Sie waren überall. Er fühlte sie unter sich, glaubte sogar zu hören, wie ihre Flügel und Panzer von seinem Gewicht zermalmt wurden.

Der Boden fühlte sich allmählich glitschig an, aber was er auch tat, wohin er auch zu fliehen versuchte – sie waren überall, und es wurden immer mehr.

In der Luft wimmelte es jetzt von ihnen, und wenn er im Dunkeln wild mit den Armen ruderte, fühlte er sie und stellte sich vor, daß sie ihn gleich beißen und stechen würden.

Seine Schreie wurden noch lauter und schriller. Er rappelte sich hoch und stolperte durch die Kammer, nahe daran, vor Angst den Verstand zu verlieren.

Er rannte gegen eine Wand, sein Gesicht prallte gegen den kalten Beton, und ein warmer Blutstrom rann aus seiner Nase.

Vor Schmerz brüllend, ließ er sich wieder auf den Boden fallen.

Jetzt klebten die Insekten an dem Blut auf seinem Gesicht, und er hatte sogar einige im Mund.

Wieder schrie er, aber seine Stimme klang erstickt, und er schluchzte hilflos, während er auf dem Boden herumkroch und vergeblich versuchte, der wuselnden und schwirrenden Masse zu entfliehen.

Sie würden ihn töten!

Er würde ganz allein sterben, und niemand würde kommen und ihn retten!

»Mommy …«, wimmerte er kaum hörbar. Eine schreckliche Schwäche überfiel ihn, und er hockte zitternd auf dem Boden, dem Grauen nicht mehr gewachsen.

»Mommy …«

Dann glaubte er, irgendwo in weiter Ferne einen Lichtstrahl zu sehen.

Starr vor Schreck, war er im ersten Moment überzeugt, gestorben zu sein, und das Licht war Gott, der gekommen war, um ihn in den Himmel zu holen.

Dann wurde es über seinem Kopf blendend hell, und die Dunkelheit ringsum verschwand.

Und dann hörte er ein Geräusch.

Seine Schwester.

Es war seine Schwester, und sie lachte!

Er richtete sich auf und blinzelte im hellen Licht.

Warum lachte sie?

Dann hörte er ihre Stimme.

»Was ist los mit dir?« fragte sie. »Es sind nicht einmal Küchenschaben, du Angsthase! Nur Termiten. Termiten können dir gar nichts tun.«

Seine Augen gewöhnten sich allmählich an die Helligkeit, und jetzt konnte er sie endlich sehen.

Tausende von Termiten, die aus den Rissen im Betonboden schwärmten und an den schweren Stützbalken herabkrochen.

Sie umschwirrten seinen Kopf, und er versuchte sich zu ducken und sie von seiner Haut zu fegen.

Ein Schatten fiel auf den kleinen Jungen, und dann schloß sich die Hand seiner Schwester um seinen Arm.

Laut schluchzend, vor Entsetzen über den Angriff in der Dunkelheit immer noch am ganzen Leibe zitternd, wollte er seinen Arm losreißen.

Seine Schwester zog ihn hoch, aber er wehrte sich heftig.

»Hör auf zu flennen!« rief sie. »Ich will uns doch nur hier rausbringen!«

Als er weiterschluchzte, holte seine Schwester aus und gab ihm eine Ohrfeige. Seine Wange brannte, und er heulte auf, aber das brachte ihm nur einen weiteren Schlag ein und dann noch einen.

»Sei still!« schrie sie ihn an. »Es gibt überhaupt keinen Grund zum Plärren! Das sind doch nur harmlose Termiten.«

Wieder schlug sie ihm ins Gesicht, und er heulte noch lauter.

Sie verabreichte ihm eine Ohrfeige nach der anderen und befahl ihm dazwischen, still zu sein, aber das konnte er nicht, denn unwillkürlich schrie er vor Schmerz auf, sobald ihre Hand auf seinem Gesicht landete.

Als er schon glaubte, daß sie ihn zu Tode prügeln würde, ließ sie ihn plötzlich los, und er fiel schluchzend zu Boden.

»Wie du willst«, hörte er sie sagen. »Wenn du dich wie ein Baby

aufführst, wirst du auch wie ein Baby behandelt. Von mir aus kannst du hier drin krepieren.«

Das Licht ging aus, und wieder schloß sich die Dunkelheit um ihn – die grauenvolle Dunkelheit, die erfüllt war mit dem Summen Tausender Insektenflügel.

Die Insekten krabbelten über seine Haut, krochen in seine Ohren, schlüpften in seine Nase.

Und als er so im Dunkeln dalag und von den Insekten an Körper und Geist gepeinigt wurde, begann tief in seiner Seele ein heißer Funke zu glimmen: Haß!

Er konzentrierte sich auf diesen Funken Haß.

Er nährte ihn und entfachte ihn zu einer lodernden Flamme.

Und während er so auf dem harten Betonboden lag und darauf wartete, daß jemand kommen und ihn vor der Dunkelheit und den Insekten retten würde, wurde sein ganzes Wesen von diesem Haß verzehrt.

Es war ein Haß, von dem er nie mehr ablassen würde.

Ein Haß, dem er immer neue Nahrung gab, bis er so groß, so gewaltig war, daß er nie mehr verging und nie befriedigt werden konnte.

Und ausgelöst wurde er immer von einem Mädchen, das wie seine Schwester aussah.

Einem Mädchen mit dichter, dunkler Haarmähne …

Nein!

Das war nicht die Realität! Es war nur eine Erinnerung, und er war kein kleiner Junge mehr, und es war nicht einmal dunkel.

Carl Henderson lag da, zwang sich zur Ruhe, verdrängte die schreckliche Erinnerung und versuchte sich zu entspannen. Sein Pulsschlag beruhigte sich, und sein Atem, soeben noch ein krampfhaftes Rasseln und Keuchen, wurde wieder normal.

Ihm fiel ein, was während der Nacht passiert und wie er in die Kammer gekommen war.

Er lauschte angespannt, ob Ellen Filmores Gemurmel zu hören war.

Die Schalldämpfung, die er vor Jahren eingebaut hatte,

war nicht perfekt – er hatte die Schreie des Mädchens vor der Interstate hören können, auch Ottos und Ellens Schreie, und bevor er vor Erschöpfung eingeschlafen war, hatte er gehört, wie Ellen sich mit Roberto Muñoz unterhielt.

Doch jetzt war nichts zu hören.

Nichts außer einem schwachen Summen.

Einem Summen, das sich anhörte wie der Flügelschlag von Millionen Insekten.

Carl Henderson richtete sich auf, und die Panik, die er gerade bekämpft hatte, drohte ihn wieder zu überwältigen.

Hatten sie seine Lieblinge freigelassen?

Waren seine Haustiere vielleicht schon unterwegs in die Dunkelkammer?

Er starrte den kleinen Tunnel an, den er selbst gebaut hatte. Würde die Klappe gleich aufgehen und einige der von ihm liebevoll gezüchteten Kreaturen einlassen, in diesen Raum, wo es nichts gab, womit er sich verteidigen könnte?

Seine Nerven begannen zu prickeln, seine Sinne schärften sich.

Er sah plötzlich wieder den Leichnam des Mädchens vor sich, das er an den Armen aufgehängt und den Ameisen zum Fraß überlassen hatte.

Und Ottos Leichnam, mit Skorpionen übersät, die in die dunkelsten Ecken des Raums gehuscht waren, als er das Licht eingeschaltet hatte.

Waren sie noch da?

Was, wenn plötzlich das Licht ausging?

Und die Spinnen.

Was war mit den Spinnen, die er freigelassen hatte, damit sie Ellen Filmore peinigten? Wo waren sie jetzt?

Das Summen wurde lauter und dröhnte Carl Henderson in den Ohren. In wilder Panik sprang er auf, stürzte zur Tür und hämmerte mit den Fäusten gegen die Füllung, die er eigenhändig verstärkt hatte.

»Laßt mich raus!« flehte er. »O Gott, laßt mich raus!«

Aber auf der anderen Seite der Tür war niemand, der ihn hätte hören können, und schließlich sank er auf die Knie, während das Summen des Schwarms in seinen Ohren weiter anschwoll.

Des Schwarms, der nicht nur in Hendersons gemartertem Hirn existierte.

Des ganz realen Schwarms, der nun heimkehrte.

»Mein Gott!« rief Karen. »Was ist das?«

Russell brachte das Auto zum Stehen, von dem Anblick vor der Windschutzscheibe genauso erschrocken wie seine Frau.

Insekten umschwirrten das Auto, schienen aus allen Richtungen zu kommen. Doch das war noch gar nichts, verglichen mit dem Schauspiel ein Stück weiter vorne, wo die wirbelnde brodelnde Wolke immer dichter und dunkler wurde, eine undurchdringliche lebendige Masse, die von den Hügeln herbeikam und querfeldein auf das alte viktorianische Haus zusteuerte, in dem Carl Henderson sein ganzes Leben verbracht hatte.

»Sie sind mittendrin«, flüsterte Marge Larkin auf dem Rücksitz. Sie beugte sich vor, umklammerte mit beiden Händen die Rückenlehne der Vordersitze und blickte von Karen zu Russell. »Ich fühle es – unsere Kinder sind mittendrin.«

»Es ist wie das, was wir heute nacht gesehen haben, Mommy«, piepste Molly, die aufgestanden war, um besser sehen zu können. »Nur, daß es jetzt noch viel mehr sind! Wo kommen sie nur alle her?«

Keiner der Erwachsenen gab ihr eine Antwort. Sie alle starrten die wirbelnde Masse fassungslos an und konnten kaum glauben, daß das die Wirklichkeit war, geschweige denn, daß sie dieses unheimliche Geschehen hätten erklären können.

Die fünf Wageninsassen saßen schweigend da und beobachteten, wie der mit jeder Sekunde größer werdende Schwarm in östliche Richtung zog und das Morgenlicht trübte.

»Mir gefällt das nicht«, murmelte Ben Larkin, und seiner Stimme war die Angst anzuhören, die auch alle anderen verspürten. »Ich will nach Hause!«

Marge legte einen Arm um ihn, den anderen um Molly und zog beide Kinder an sich. »Wir sind hier in Sicherheit«, sagte sie beruhigend. »Ins Auto können sie nicht rein.«

Russell hörte ihre Worte und machte sich hastig am Armaturenbrett zu schaffen, um die Lüftungsklappen zu schließen.

Karen sah ihn hantieren und wandte sich ihm zu. »Können sie wirklich nicht eindringen?« fragte sie, und ihre Stimme zitterte, als sie sah, daß Wespen sich auf der Windschutzscheibe niedergelassen hatten, das Glas erkundeten und größtes Interesse an den Rändern bekundeten. Zu Karens Entsetzen begannen sie, mit ihren Mandibeln das schwarze Gummi der Dichtung anzunagen. Sie griff nach Russells Hand, und er drückte sie beruhigend.

»Wir sind in Sicherheit«, beteuerte er. »Heutzutage sind Autos so perfekt abgedichtet, daß sie sogar schwimmen würden.« Doch während er die Worte aussprach, fragte er sich, ob sie der Wahrheit entsprachen.

Julie erreichte den Pfahlzaun, der das Feld von Carl Hendersons Hinterhof trennte. Obwohl ihre Augen nicht verrieten, daß sie das Hindernis überhaupt gesehen hatte, blieb sie einen halben Meter davor stehen und wartete. Kevin, Jeff und Andy gingen dicht an den Zaun heran und rissen so viele Pfähle von den beiden Querbalken ab, daß Julie bequem hindurchklettern konnte. Ohne die dichte Insektenwolke, von der sie umgeben war, zu beachten, ohne sich von dem Brausen der Millionen Flügel stören zu lassen, die dicht an ihren Ohren vibrierten, bewegte sie sich stetig auf das Haus zu.

In ihrem Innern führte die Intelligenz des Schwarms weiter ihr strenges Regiment, und jede Pore von Julies Körper gab ständig Pheromone ab, Wirkstoffe, die der Horde genaue Anweisungen gaben.

Als sie die Stufen zur vorderen Veranda emporstieg, reagierten Wespen und Hornissen auf einen Aufruf, Baumaterial zu sammeln, und begannen Zellulose von den Hausmauern abzureißen. Jede trug nur ein winziges Stückchen davon, kehrte aber gleich darauf zurück, um ein neues zu holen.

Aus dem Erdboden unter dem Haus schwärmten Ameisen

empor, während die Termiten in den Stützbalken eine hektische Aktivität entwickelten und sich mit ihren Mandibeln ans Werk machten.

Als Julie das Haus betrat, strömte der Schwarm hinterher, so als würde er von einem Vakuum angesaugt. Bald vibrierte das ganze Haus vom Gesumm der Insekten.

Und im Keller, in der noch beleuchteten Dunkelkammer, begann Carl Henderson zu schwitzen, als das ursprünglich leise Summen so laut wurde, daß er glaubte, ihm würden glühende Nägel ins Gehirn getrieben.

Als Julie auf die Kellertreppe zuging, ihr Hofstaat – Jeff, Andy und Kevin – noch immer dicht hinter ihr, huschten Küchenschaben aus den dunklen Ecken und Rissen in der Küche hervor und verschwanden in den Steckdosen, um die ohnehin schon abgenutzten Isolierungen der Stromleitungen anzuknabbern.

Julie und ihr Hofstaat gingen die Kellertreppe hinab.

Nun begannen auch die Insekten, die Carl Henderson jahrelang gepflegt und ernährt hatte, auf die Pheromone zu reagieren. In den Ameisenkolonien brach eine regelrechte Arbeitswut aus. Die Tiere, die sich über Generationen hinweg mit den künstlichen Grenzen ihrer Terrarien begnügt hatten, spielten verrückt und gruben sich in die Bleiverkleidungen ihrer Kästen. Ihre Mandibeln hielten dem Material nicht lange stand, und sie zogen sich Vergiftungen zu, aber jeder ausgeschiedene Arbeiter wurde sofort durch einen anderen ersetzt. Schließlich waren die Barrieren überwunden, und die Ameisen konnten sich den Horden anderer Insekten anschließen, die aus den Rissen im alten Betonboden und aus den löchrigen Deckenbalken hervorschwärmten.

Am Fuß der Kellertreppe blieb Julie kurz stehen, doch gleich darauf ging sie weiter, den Blick starr nach vorne gerichtet.

Sie näherte sich langsam der verschlossenen Tür von Carl Hendersons Geheimkammer.

Carl Henderson starrte entsetzt die Insekten an, die aus den Wänden zu sickern schienen. Über ihm kamen aus den

Deckenbalken Termiten hervor, und aus den Rissen im Boden krochen Ameisen aller möglichen Arten.

Küchenschaben tauchten scheinbar aus dem Nichts auf, und während Henderson zu der nackten Glühbirne über seinem Kopf emporblickte und inbrünstig hoffte, daß die Helligkeit das ihn plötzlich umgebende Grauen vertreiben würde, kroch eine Küchenschabe unter der Fassung hervor und fiel ihm direkt ins Gesicht.

Er schrie auf und fegte das ekelhafte Ding von seiner Wange, und in dieser Sekunde ging das Licht aus, und Henderson war in einer schwarzen Hölle gefangen.

Die Ameisen schwärmten über seine Haut, bohrten ihre Mandibeln in ihn und injizierten winzige Giftmengen, so daß er innerhalb weniger Sekunden das Gefühl hatte, bei lebendigem Leibe verbrannt zu werden.

Vor Angst und Schmerz schreiend, taumelte er auf die Tür zu, doch das Hämmern seiner Fäuste ging im ständig anschwellenden Lärm der Insekten unter, die jetzt den ganzen Keller füllten.

Und dann öffnete sich wie durch ein Wunder die Tür.

Einen Augenblick lang – für einen so kurzen Augenblick, daß er ihn kaum genießen konnte – stieg freudige Erregung in ihm auf, weil er glaubte, doch noch entkommen zu können.

Dann griff der Schwarm an, und während Wespen und Hornissen zustachen, labten sich die Moskitos an seinem Blut.

Henderson wollte schreien, doch als er einatmete, hatte er plötzlich eine Wolke Mücken im Mund, und er glaubte zu ersticken. Hustend fiel er zu Boden.

Er kroch auf allen vieren herum, in einem verzweifelten Versuch, den Angreifern zu entkommen, nur um Sekunden später eine neue Präsenz zu spüren.

Seine Finger schlossen sich um einen menschlichen Knöchel.

Doch noch bevor er um Gnade winseln konnte, griffen Julies geschwollene Finger nach ihm, und ihre langen, stachelartigen Nägel gruben sich in sein Fleisch.

In diesem Moment entstand in den von Küchenschaben angenagten Stromleitungen ein Kurzschluß, und das zundertrockene Holzhaus geriet sofort in Brand. Das letzte, was Carl Henderson sah, bevor er starb, war ein von den Flammen in höllisches Licht getauchtes Gesicht – ein aufgedunsenes, fahles Gesicht, aber unverkennbar das Gesicht eines jungen Mädchens, umrahmt von langen dunklen Haaren.

Julie Spellmans Gesicht ... das Gesicht seiner Schwester.

Carl Hendersons Haus, soeben noch von einer dichten Insektenwolke umhüllt, stand plötzlich lichterloh in Flammen, die von den Millionen schlagender Insektenflügel angefacht wurden.

Innerhalb von Sekunden war der ganze Bau ein flammendes Inferno. Die Flammen schossen dreißig Meter in die Luft empor, und sogar die Insekten rings um das Haus nährten das Feuer.

Nicht einmal fünf Minuten nach Ausbruch des Brandes brach das Haus in sich zusammen, und die Ruinen stürzten in die Kellergrube, so daß ein Funkenregen in alle Richtungen stob.

Als die Flammen erloschen und vom Haus nur noch Asche und ein Haufen glimmender Kohle übrig waren, begann sich die Insektenwolke aufzulösen.

Der schwarze Rauch, der hoch in den Himmel emporstieg, hatte viele Autofahrer angelockt. Erschüttert stiegen sie jetzt aus, sahen einander benommen an und konnten kaum glauben, was sie erlebt hatten. Rauchender Schutt – mehr war von Carl Hendersons Haus nicht geblieben.

Karen und Russell, Molly in ihrer Mitte, standen neben Marge Larkin, die ihre Arme schützend um Ben gelegt hatte. Als Ellen Filmore die kleine Gruppe erspähte, stellte sie sich dazu.

»Es ist vorüber«, sagte sie. »Carl hat das alles über uns gebracht, und am Ende ist das Unheil über ihn selbst hereingebrochen. Aber jetzt ist es endgültig vorüber.«

Karen Owen warf der Ärztin einen unsicheren Blick zu. »Aber unsere Kinder«, flüsterte sie. »Julie und Kevin und Jeff ...«

Ellen dachte an die Ratte, die Roberto und sie vor kurzem seziert hatten, und sie entschied, daß keine Notwendigkeit bestand, diesen Menschen zu erzählen, welche Qualen ihre Kinder ausgestanden haben mußten. »Sie sind schnell gestorben«, sagte sie. »Wahrscheinlich wußten sie nicht einmal, was ihnen geschah.«

Karen starrte den Schutthaufen lange an, doch schließlich wandte sie sich ab, die Worte der Ärztin in den Ohren.

Möge es wahr sein, dachte sie. Möge alles vorüber sein, und mögen sie nicht mehr gelitten haben, als sie ertragen konnten.

EPILOG

Der Kojote blieb stehen, und sein Nackenfell sträubte sich, als der unbekannte Geruch ihm in die Nase stieg. Sein Körper versteifte sich, er hob eine Vorderpfote an und schnupperte. Dann machte er sich an diesem heißen Morgen auf die Suche nach der Beute, die er im Wind gewittert hatte.

Er blieb bald wieder stehen, denn jetzt war der Geruch sehr stark. Mit gespitzten Ohren lauschte er regungslos, um seine Beute nicht zu warnen.

Dann hörte er es.

Ein kaum hörbarer, aber vertrauter Laut.

Seine Beute war verletzt.

Hatte Schmerzen.

Lag im Sterben.

Er brauchte sie nicht zu jagen, und er brauchte sich nicht zu fürchten.

Seinen Schwanz wie eine Feder aufgestellt, schlich er sich an, vor Gier zitternd, in Erwartung des Mahls heftig speichelnd.

Dann sah er die Beute.

Er erkannte die Form sofort, denn er hatte schon oft Menschen gesehen.

Wieder zögerte er, denn er hatte gelernt, ihnen zu mißtrauen.

Aber dieser Mensch roch anders als alle anderen.

Sah auch anders aus.

Lag auf dem Boden, in einer Demutshaltung, den Bauch nach oben gekehrt.

Vorsichtig näherte sich der Kojote.

Die Gestalt auf dem Boden bewegte sich ein wenig, und ihre Haut kräuselte sich, so als ob etwas darunter wäre.

Wieder hörte der Kojote das Stöhnen, das ihm sagte, daß dieser Mensch im Sterben lag. Ermutigt durch dieses Geräusch und durch die schwachen Bewegungen, schlich er noch näher heran und schnupperte.

Von der Haut des Menschen ging schon der Geruch des Todes aus.

Der Kojote berührte das Wesen mit einer Pfote.

Es bewegte sich wieder und stöhnte abermals.

Der Kojote bewegte sich auf den Kopf und die ungeschützte Kehle zu, und sein Instinkt drängte ihn, seine Zähne in das nackte Fleisch zu bohren, die Luftröhre aufzureißen und dann abzuwarten, bis das Wesen starb. Anschließend konnte er in aller Ruhe mit dem Festmahl beginnen.

Er kroch dicht an die Beute heran und öffnete seine Schnauze.

Und plötzlich öffnete seine Beute den Mund, und eine schwarze Wolke entströmte ihrer Kehle. Die schwirrende, stechende Masse hüllte den Kopf des Kojoten ein, schwärmte in seine geöffnete Schnauze, verschwand unter seiner Zunge und in seinem Zahnfleisch, grub sich in seine Haut und besetzte seine Kehle.

In diesem Augenblick – von der Kolonie aufgegeben, die sie umgebracht hatte – starb Sara McLaughlin endlich.

Und der Kojote, der seinen Schmerz in unnatürlicher Passivität ertrug, torkelte rückwärts, von heftiger Übelkeit gewürgt. Dann schüttelte er sich kurz und trottete davon.